北京市文联庆祝建党百年

特约原创文学作品

THE GLORIOUS FOOTSTEPS IN A CENTURY

（下卷）

目录

翻天覆地

新的天地 上

新的天地 下

翻天覆地

推巨石的人

宁　肯

一个新粒子诞生一个新世界

1978年，新泽西，普林斯顿。

中国物理代表团访问美国，代表团成员有四人，其中有后来被称为“中关村第一人”的中国科学院物理所核聚变专家陈春先。为了这次访问，陈春先像其他成员一样购置了统一的灰调西装、统一的皮鞋，穿越了浩瀚的太平洋，来到前不久还被中国人称为“腐朽荒淫的国度”。改革开放后，外面的世界什么样？仿佛一个世纪轮回一样，100年之后他们又成为先行看世界的人。

代表团的访问目标是，参观普林斯顿等离子体物理实验室环形聚变实验反应堆的托卡马克：一种环形磁约束装置。不仅用美国的实验数据对比北京托卡马克6号装置的实验数据，还要以美国托卡马克为参考蓝本，筹建国家投资4000万元的托卡马克8号装置，从核聚变中探索人类新能源。据此来说，虽是轮回，却又和100年前不一样。

1954年，苏联“原子能之父”萨哈罗夫，在西伯利亚库尔恰托夫原子能

研究所研制出了存放等离子体的容器，命名为“托卡马克”。1968年，托卡马克装置T–3取得重大突破，在千万摄氏度高温以上获得稳定环形高温等离子体。翌年英国卡莱姆实验室的科学家在苏联对T–3进行测试，证实了苏联获得的重大突破，在全球引起轰动，西方各国纷纷建造托卡马克。1974年，陈春先带领课题组奇迹般地研制出中国首台托卡马克6号，打破西方发达国家对核聚变的垄断。有了这样的成绩，访问美国，考察学习，顺理成章。

著名华裔实验物理学家丁肇中见到了代表团。他曾有一句名言：“科学实验的结果往往会出乎人们原来的想象，产生出新的粒子、新的世界。”其实不仅科学实验，很多事情都是这样：偶然决定着必然，一个看起来无关的事物可能会改变整个事物的发展方向。如同一个新粒子，诞生了一个新世界，访美期间，美国给陈春先留下最深印象的不是先进的实验室，不是托卡马克，而是科研爆发力。陈春先注意到本来托卡马克、人造卫星是苏联首先研制成功，但是美国“核聚变之父”弗斯（H.P.Furth）教授带领科技人员，只用了几个月就研制出托卡马克，并且超过苏联，成为日本、联邦德国、法国建造托卡马克的学习基地。接下来，美国的航天事业很快赶超了苏联，不但发射卫星，有了宇航员，还把人类送上了月球，超越了加加林。美国何以这么快？此外，陈春先还注意到美国核聚变的研究是军事和民用两条腿走路，提高军事实力同时推进民用核发电，促进经济的发展，互为源头。这些都让陈春先感兴趣，想弄个明白。

不久，陈春先有了第二次访美的机会，这次他的身份是民间访问者，行动比较自由，没有接待方，因此也没有接待费用的限制，可以到处走，想看什么就看什么。上次访美交下的朋友提供了诸多方便，陈春先十分轻松，这次重点看的是美国的民用核设施，走访了20多个城市，参观了几十个核聚变实验室。同样有许多惊奇，同样是这些惊奇改变着陈春先，如让陈春先惊奇的是那些先进的实验室的设备竟是一些小公司制造的，这些小公司多不过百人，少则几十人。

“这些小公司怎么可能为核实验室制造设备？在中国这得几千人！”

陈春先问朋友，朋友告诉陈春先：“这些小公司是美国新技术扩散区的新

技术公司，新技术扩散区在波士顿128号公路、旧金山硅谷两地，那里有几千家新技术公司。这种公司由两部分人组成：一部分人是教授、工程师、大学生，他们有技术，负责产品设计、研发、制造、销售；另一部分人是风险投资家、企业家、金融界人士，他们有钱，负责提供公司创业时需要的资金。我们实验室使用的超导磁体，由128号公路上的永磁公司制造的。”

这些信息，陈春先闻所未闻，这让他有种穿越感。的确，改革开放后，一切都那么新鲜。“教授、大学生办公司？”中国人与美国人差别太大了，思维方式都不一样。至此，陈春先完全忘了最初来访问的理由：托卡马克。

托卡马克是前现代的东西，硅谷、128公路才是当代。

128公路让陈春先想到北京二环路，而中关村与硅谷在人才密集度上也有相似之处，但不同更为明显：时光不同。或者说，两个国家不能同日而语，存在着巨大的“时差”。物理学家从来是善思考的，思考常常超出物理之外。那么中国要想与世界同日而语，中关村就得先与硅谷同日而语。

陈春先到硅谷、128公路转了一大圈。这位中国的核聚变物理学家自身产生了聚变，如同丁肇中所说，一个新粒子诞生了一个新世界，一个观念诞生了新的陈春先，陈春先的思维发生了结构性变化。

128公路两侧林立的多家高新技术小公司成为陈春先兴趣所在，陈春先找到朋友提到的永磁公司。永磁公司的老板汤姆克是荷兰裔美国人、波士顿大学核物理学教授，可以说，陈春先与汤姆克完全是同行，但汤姆克做教授的同时还开着这家永磁公司，为美国航天局供货，这让陈春先对汤姆克刮目相看。

“我有技术有想法，另外一些人有钱，”汤姆克教授对陈春先教授说，“就这么简单。二者结合起来，就可以创造产品。”

“真这么简单？”陈春先难以置信。

“非常简单。”

“你有多少人？”陈春先问。

“二十几个，但产品在全球各个核实验室使用，生意多时会招些临时工。”

简短的谈话，对陈春先的震撼却不轻。

128公路是波士顿市的一条半环形公路，早在第二次世界大战以前，由位于波士顿的马萨诸塞理工学院（MIT）的一些研究实验室分化出了一些新技术公司，如离子公司、高压电公司和EG-G公司。陈春先详细了解到，这期间，MIT鼓励搞工程的教工跟本地区的私人公司挂钩，不仅允许MIT教工向当地公司提供咨询服务，而且还鼓励他们去开办公司。在微电子技术革命开始后，MIT和联邦政府或建立风险资金公司或拨款资助，使这个地区很快成长为高技术区。到20世纪60年代，美国投资200亿美元搞载人飞船登上月球，又在几十年的美苏“冷战”中投入数千亿美元研发军事装备。虽然在全球军备竞赛中领先，但是这些巨额投入没给美国经济带来好处，美国在与日本等国家的经济竞争中处处败阵。日本的汽车、半导体、彩电等产品畅销全球，美国产品处于竞争劣势。美国为扭转被动局面推出128号公路、硅谷技术扩散区，颁布税收、贷款、风险投资、企业上市等优惠政策，鼓励科研人员办公司扩散新技术，新技术产业成为美国经济新的增长点。

这段历史包含着相当重要的信息，从中几乎可以看到美国经济发展的引擎。

陈春先又去了硅谷。硅谷地处美国加州北部旧金山湾以南，早期以硅芯片的设计与制造著称，因而得名。后来其他高技术产业也蓬勃发展，硅谷的名称现在泛指所有高技术产业。硅谷是美国重要的电子工业基地，也是世界最为知名的电子工业集中地。择址硅谷的计算机公司已经发展到大约1500家。其特点是以附近一些具有雄厚科研力量的美国一流大学斯坦福、伯克利和加州理工等世界知名大学为依托，以高技术的中小公司群为基础，并拥有惠普、英特尔、苹果、思科、英伟达、朗讯等大公司，集科学、技术、生产于一体。

在硅谷，陈春先完全被那些由教授和学生创办的小公司给迷住了。斯坦福大学的老校长泰曼是个有远见的科学家，当年他决定把校园的一些土地租给师生去办高技术公司，鼓励师生创业，将所学知识与创意转化为生产力与商品。

有两个学生在一个车库搞出第一台高频振荡器，在另一个车库，世界上第一台微型计算机出现在另一个年轻人手中。作为这些技术的副产品，硅谷的车库中诞生了后来驰名世界的两家公司：惠普和苹果。

陈春先一直试图理解为何美国核聚变实验的效率那样高，周期那么短。此前他一直以为美国人的实验技术先进，制造设备的工厂水平高，但现在他理解了波士顿的128公路，理解了旧金山湾的硅谷，理解了斯坦福大学，理解了“技术扩散区”的概念，他终于明白了“把工厂、学校、科研院所密切联系起来”的格式塔体制。格式塔系德文“Gestalt”的音译，主要指完形，即具有不同部分分离特性的有机整体，将这种整体特性运用到心理学研究中，产生了格式塔心理学派，运用到技术扩散区即是128公路体制，硅谷体制。

科学家与社会学家都善思考，不同在于，科学家是讲逻辑的，而逻辑意味着必然，必然意味着行动。科学就是这样，不含糊。

陈春先回到中关村。以前如此熟悉的中关村被陈春先重新审视，如果没有美国之行，没有128公路、硅谷的见闻，中关村还是以前的中关村，会是一成不变的，但有了硅谷的映照，一切不同了。如此超稳定的中关村，开始在陈春先的眼里动起来，至少在他脑子里动起来。交流，走出去，看世界，就是这样：看到了别人也才看到自己、认识自己，自己往往存在于别人当中。

没有交流就如同一个人没有镜子，一个国家也是如此。

在互为镜像中，看到自己的不同、相同、可能性，相互影响。

而历史不就是这样进步的吗？

诞　生

过去的中关村，有着某种地理位置上的必然。1949年10月，当毛泽东在天安门城楼宣告中华人民共和国成立万众欢呼时，中关村还是北京西北一个货真价实的村，一派荒凉景象。那时中关村不过二十几户人家，务农为生，村落

明显保留着世代守坟人的生活格局。房屋散漫，依坟而建。但历史运动也像地质运动一样，有时会让一个地方突然隆起，国家考虑既然北面不远处已有了北京大学、清华大学，便决定在荒凉的中关村建立科学城、大学城。在政府鼓励之下，大学校园纷纷挺进京城西北，一条狭窄的马路附近迅速崛起了八大学院，这条狭窄的马路后来也因此被称为“学院路”。20世纪50年代中后期，除了大学，中国科学院的第一批科研院所也在此建成，在不到10年的时间里中关村的“科学城”与“大学城”蔚为大观，成为即使从世界上来看也是人才、知识最密集的地区之一。

这是第一次“地质”运动。会有第二次吗?

陈春先当然没想这么多，他只是看到中关村在人才密集程度上与硅谷极其相似，但大学教授、科技人员还是超稳定结构，只满足于实验室的成果和评奖的象牙之塔；在研制科技成果时，花多少钱，成本多高，转化为产品后老百姓是否买得起，从不在他们考虑的范围，非常不“格式塔”，许多研究成果完全处于“分离”状态。

变成了“新人”的陈春先回到中关村后成了一个鼓动家，当国人还在为“伤痕文学”激动，为“十年动乱”痛彻不已，还在挣脱“两个凡是”，总之一切还是满目疮痍、百废待兴时，新人陈春先已开始像“外星人”一样大谈硅谷，谈128公路，谈惠普、英特尔、思科、王安，谈汤姆克教授的永磁公司，谈乔布斯和苹果。那时谈乔布斯具有很高的前瞻性，那可是1979年、1980年，而乔布斯才于1976年4月1日签署了一份合同，决定成立一家电脑公司。1977年4月，乔布斯才在美国第一次计算机展览会上展示了苹果Ⅱ号样机。陈春先40多年前就谈乔布斯，比绝大多数中国人早了多少年？当今的中关村是怎么发展起来的？从某种意义上是从陈春先开始的，他的先行的意义绝不亚于一百年前中国的那些伟大的先驱。的确，当时，同事们谁也没去过美国，闻所未闻，好像在听一个地球之外的世界。当陈春先说“我们也可以这样”，人们觉得陈春先像是在说梦话。

“不是梦话，”陈春先说，“我们这里的人才密度一点不亚于硅谷、斯坦福、128公路，我们只需转变观念就能追赶。”

关键时期中国总是有人，这也是中国的幸运，有那种先导的人、撬动历史的人。但当时陈春先那样说又没人信。

别人信不信并不重要，关键是有些关键的人得信，而总有关键的人，否则就不是历史了。比如北京科协，就敏锐感觉到了陈春先不同的“语境”，请陈春先做访美报告。于是，1980年10月23日下午，在数百人的报告厅，陈春先面对年轻人也包括许多中老年人做了一场访美报告。

“我看到了美国尖端科学发展很快。美国高速发展的原因在于技术转化为产品特别快。科学家、工程师有一种强烈的创业精神，总是急于把自己的发明、专有技术知识变成产品，自己去借钱，合股开工厂。我感兴趣的是，那里已经形成几百亿美元产值的新兴工业。我们大多都在中关村工作了20多年，相比之下，这里的人才密度绝不比旧金山和波士顿地区低，素质也并不差，我总觉得我们有很大的潜力没有挖出来。我过去搞过激光，开始差距不大，后来越来越大，实在觉得不是滋味。我们必须转变观念，革新机制。”

报告会上，陈春先宣布了一个惊人的消息：他将在中关村创办一家类似硅谷或128公路边上那种“公司”。这绝不是说说而已，科学的逻辑使科学家的思维必然地像链条齿轮一样转动起来。之所以将“公司”打了引号，是因为陈春先想在物理所开公司，向领导请示了好几次，都泥牛入海，毫无音讯。一方面领导的想法与从美国回来的陈春先的想法不同，领导觉得不可思议，天方夜谭；另一方面即使被陈春先使劲劝说，领导同意了也没办法批陈春先办公司，因为研究所怎么能办公司呢？就没这个机制。

陈春先只能在物理所之外想办法，找到了北京市科协科技咨询部的负责人赵绮秋寻求可能。赵绮秋听陈春先谈了美国之行，像陈春先一样惊讶，脑洞大开，赵绮秋说办公司的事先等等，能不能先做场报告，你讲得太精彩了。这个当然毫无问题，于是陈春先先准备报告。

女人是感性的，同时也是务实的，这两点往往使她们作为管理者比男人更有效率，说白了，官僚主义更少。赵绮秋对陈春先说：“你的想法非常新，我支持你，但开公司很麻烦，要有大量的注册资金、门市用房，上级主管单位同意，工商局才会批准，这些手续恐怕很难都能办下来。一个环节过不了关你就卡了壳，就算全过了关，没一年半载你也办不下来。”

赵绮秋说的是实情，她比陈春先更懂公司。

陈春先碰到了非常硬的东西，也是时代的东西。但总体上时代的坚冰既已打破，具体的打破就是必然。赵绮秋为陈春先出谋划策：也不是完全没有办法，你是等离子体学会的副理事长，可以在等离子体学会搞个服务部，服务部全部工作由你负责，基本和办公司差不多。陈春先感激赵绮秋，看到一线曙光，就像看到铁板上出现一丝缝隙，而这缝隙正是由赵绮秋这样的管理者用莲花一样的妙手给陈春先打开的。

那个时代光有陈春先不行，还要有妙人，赵绮秋便是那个时代的妙人。在与几个志同道合者商议之后，陈春先把服务部的名字定为“北京等离子体学会先进技术发展服务部”，而没叫“公司”。此后的几个月，陈春先拿着从北京市科协讨来的“批准文件”，到公安局刻了一个圆形公章，到银行开了一个账户，“公司”就算成立了。这是个非常平常的日子，当时谁也不知道这一天发生了什么，但是在以后的日子里，人们越来越一致认为那一天是中关村公司的诞生日。阿根廷大作家博尔赫斯说过一句有点让人费解但十分深刻的话：“常常是后者使前者变得伟大。”某种意义上可以理解为是中关村后来的发展壮大让陈春先变得伟大，换句话说，假如没后来气势如虹的中关村，有谁会记得陈春先？如今人们追溯中关村的历史，追溯到了陈春先成立服务部的那一天。

苏格拉底判例

服务部的开办经费200元，由北京市科协提供，别小看这200元，意义重

大，既是支持也是通关，是个人行为也是国家行为——国家与个人的混合，后来成为中关村公司基本的模式。服务部成员也都是兼职，国家与个人的混合，其中有中科院物理所的刘春城、潘英、李兵、耿秀敏，电子所的吴德顺，力学所的曹永仙、王殿儒、汪诗金，电工所的陈首燊，清华大学的罗承沐。大学与科研院所的个人行为已经多少有点“硅谷”或128公路的意思，服务部的体制完全按照公司化模式打造，设有财务、对外联系业务、研发产品、销售等专职人员。

服务部工作地点在两个地方，一个是陈春先的办公室，一个是物理所的仓库。开始的业务是利用中科院的牌子和市科协的关系，到北京乡镇企业搞设计解决技术问题或讲课培训传授实用技术。每个人都是晚上或者周末才来上班，不出去的话大家坐在一起为咨询者提供答案，酌情收取服务费用。

服务部没挣钱或挣钱少还好说，大家观望，甚至有人看笑话，但一旦挣到钱且在当时是“大钱”，便搅动了整个中关村的一池静水。首先是陈春先所在的物理所的一些人受不了了，各种质疑甚至愤怒的质疑、批判接踵而来。

1981年，参加服务部的人越来越多，业务也从咨询转到研制产品。其间陈春先又去了一次美国，3次美国之行带回不少芯片，而利用这些芯片制造的核聚变实验的电源开关，成为服务部的主打产品。服务部这年赚到3万多元钱，陈春先用这些钱在中科院生活区盖起了两个30多平方米的木板房，挂起了两块牌子，一块是“北京等离子体学会先进技术发展服务部”，一块是“《北京等离子体学报》编辑部”。开办电子培训班是服务部另一项业务，陈春先和李兵负责培训待业青年，讲授计算机和电子技术。电子培训班对中关村后来的起飞意义非凡，造就了大批人才，被后来的人们称为“中关村电子一条街”初期的“黄埔军校”。

培训班老师从清华、北大、北航等大学聘请。为请到优秀老师，陈春先给的授课费为每小时6元，那时国家规定的兼职教员授课费为每小时1.5元。

问题出现了：有物理所领导认为服务部主要成员来自物理所，他们拿着物

理所发的工资，做出东西再卖给物理所，是损公肥私。服务部制造的电源卖给别的单位，是吃里爬外个人干私活捞钱，抢物理所生意。这件事也被物理所领导看成“有罪”，陈春先的胆子太大，不服从国家规定。授课费超标，违反国家规定。这时又传来消息说陈春先在服务部每月拿15元津贴。陈春先工资级差是7.5元，等于给自己涨两级工资，所领导更认为服务部有问题，要查服务部的账。

困难的时候，妙人赵绮秋作为主管领导来到服务部，陈春先介绍了服务部近期的工作。赵绮秋看到服务部从外出讲课和技术咨询发展到制造专用电源开关，还同外地科研院所联合开发新项目，很是高兴，同时对于所里指控陈春先“损公肥私、抢物理所生意、授课费超标”十分激愤，坚决支持陈春先。“科学探索在自由的学术空间才能成为可能，服务部搞改革开放和科学探索，就是要打破旧的科研体制。”陈春先说。赵绮秋很感动，要陈春先不要生气，改革肯定有阻力，服务部的事情没有错，跟领导讲清楚会得到理解。陈春先做了解释：“国家给核聚变项目的拨款服务部没有动，在服务部工作的同志每个月有津贴7～15元，我1分钱津贴没有拿，怕人家说我拿双倍工资。物理所的钳子、改锥、检测设备等服务部人员可能借用过，这些事在服务部账上记得很清楚。”

赵绮秋提醒陈春先，今后服务部不要和物理所以及中科院其他各所争业务，使用单位东西要征得单位同意，要给使用费。“你们初次办服务部对财务没经验，有的账目可能不清楚，让市科协会计先看看，别让人家抓小辫。”赵绮秋以这种方式查账，陈春先接受。不久市科协会计查看服务部所有账本，对全部20多笔收入、350多笔支出进行检查，得出的结论是服务部没有财务问题。1982年春节过后，市科协副主席孙洪和赵绮秋到物理所找物理所领导谈服务部问题，将上述结论告知。赵绮秋旗帜鲜明地对物理所领导说，服务部人员每月有7～15元津贴，这不是什么问题，是多劳多得打破“大锅饭”有力的行动。服务部人员使用物理所工具的现象，也不是原则问题，改革哪有不闯灯的，改革就是打破旧制度。

陈春先愉快了，物理所领导却不高兴了，且高高在上地压了市科协一头，对赵绮秋说："服务部的账应由物理所审查，不仅如此，还要将查账结果上报给中科院；服务部主要人员都来自物理所，我们审查陈春先负责的1室科研账目中，有不少重大问题都与服务部有关。"

中科院物理所领导说完拂袖而去，随后向中科院有关部门打报告，声称陈春先把科研项目中的国家财产非法转移到服务部卖掉，还有十几万元国家拨款也被转移到服务部私分，要求立案查处。不仅如此，有人还在物理所的全体会议上公开点名，说陈春先办的服务部不是什么移植硅谷经验、扩散新技术，而是跟卖菜、卖肉的二道贩子没什么两样，是把国家几十年积累的科研成果贩卖出去，是科技二道贩子；服务部每月还发津贴，是鼓励科研人员不务正业，腐蚀科研队伍搞歪门邪道。

听了这话，所里开始有人后悔到服务部干活了。当天晚上就有人到陈春先家，放下从服务部拿到的津贴二话不说就走，陈春先无言以对。

赵绮秋找到物理所领导理论：陈春先在完成本职工作的情况下，利用业余时间搞科技咨询，我们应该支持。再说了，服务部是市科协批准成立的下属机构，只接受市科协的财务检查，物理所没有权力查账！

物理所领导坚持认为陈春先是服务部负责人，也是所里的人，物理所查账是正常的。优雅的赵绮秋再也抑制不住心中的怒火，大声说："物理所为什么要查服务部的账，我看这是要整垮陈春先和服务部，你们居心何在？"

5月，物理所一位副所长带领工作组进驻服务部，这天服务部平时人来人往的热闹场面没有了，谁都不敢露面。只有陈春先站在大门口胸怀坦荡地迎接工作组。物理所副所长拿着几张"白条"问陈春先："发放这些津贴有什么根据？"陈春先回答："中国科协和国家科委规定，科技人员在不影响本职工作的前提下，利用业余时间进行科技咨询工作，每月可以获得15元左右的津贴。"副所长听完把手伸向陈春先，说："把中国科协和国家科委的文件拿出来我看看。"

在场的人都知道这是故意刁难陈春先，当年部级文件都属于保密文件，陈春先肯定不会有。谁也没想到陈春先从从容容地拿出方毅副总理讲话稿的复印件，递给副所长："在方毅副总理的讲话中有这条规定。"副所长看完后辩称："这是领导人讲话，不是正式文件，再说，科技人员是脑力劳动工作者，怎么分清工作时间和业余时间？怎么分清本职工作和业余工作？"查账人员不顾陈春先反对，复印了全部账目记载的情况，派人到北京和外地与服务部有合作关系的单位进行调查，理由是追查陈春先的经济问题。物理所凡是在服务部拿津贴的人，他个个面谈。领导开会说：今年国家开展的重要活动是打击经济领域严重犯罪活动。物理所已经把陈春先列为重点审查对象，谁在服务部工作过，要主动向组织讲清楚。今后物理所人员无论是工作时间还是业余时间到服务部工作，都要经过领导批准。

散会后没有一个人敢跟陈春先一块儿走，都怕跟着沾包，都吓坏了。那时离"文革"还很近，运动整人记忆犹新，心有余悸是一种普遍的心理。物理所内部天天都流传着有关服务部的各种小道消息，什么陈春先被定为经济犯罪团伙首要分子，服务部的账写得像天书，是本花账，谁也看不懂，服务部账上全是白条，陈春先明着给自己涨两级工资。一天晚上，实在气不过，有一位服务部的骨干成员走进陈春先的家对陈春先说："领导要在院里给我们立案，这是要往死里整我们，他不仁我们也可以不义，我们也要让他知道点厉害。"

陈春先就是陈春先，即使在被迫害的情况下，陈春先仍认为这样做不合适。陈春先被多次点名以后，心情恶劣，却从未想过用非正常的手段报复，每日回家后总是闭目沉思，想到被立案的结果可能是受处分、劳动教养、判刑入大牢，失败和死亡降临的幻觉不时出现在大脑里。

中国文化注重仁的精神。"仁"的核心便是忠恕之道。许你不仁，不许我不义，体现的便是忠恕之道（人不犯我，我不犯人，人若犯我，我必犯人，是后来才有的总结）。而古希腊也有一种类似中国"仁"的精神。古希腊哲学家苏格拉底主张无神论与言论自由，被指控鄙视雅典议会制度，遭到三个公民起

诉。陪审团投了两次票，第一次投票是表决有罪还是无罪，第二次是量刑，苏格拉底被判处服毒自杀。当时苏格拉底的亲友和弟子们都劝其逃往国外，弟子克里多告诉苏格拉底，他们已经准备好了一笔钱帮助他逃跑，他的仰慕者则做好准备接应他及其家人。

苏格拉底不肯接受这个方案。因为在他看来，法律一旦裁决，即生效。而即使这项制度的裁判本身是错误的，任何逃避法律制裁的行为也是错误的。他认为他也没有权利躲避制裁。苏格拉底说："假定我准备从这里逃走，雅典的法律就会来这样质问我：苏格拉底，你打算干什么？你想采取行动来破坏我们的法律，损害我们的国家吗？如果一个城邦已公开的法律判决没有威慑力，可以被私人随意取消或破坏，你以为这个城邦还能继续生存而不被推翻吗？在我的审判中，国家通过错误的判决冤枉了我，我就打算破坏法律，我能这样做吗？"

苏格拉底终究没有逃走，他甚至在饮下毒药之前还在与弟子讨论哲学问题，在行刑人告诉他毒药需要活动才会发作时还在谈。1787年，雅克·路易·大卫创作了著名的《苏格拉底之死》，描绘的即是苏格拉底服毒自杀的情节：在一个阴暗坚固的牢狱中，苏格拉底庄重地坐在床上，亲人和弟子们分列两旁；牢门半开，从门缝中射进一束阳光，苏格拉底位于视觉中心位置，他裸露着久经磨难的瘦弱身子，高举着有力的左手，继续向弟子们阐述自己的见解和观点，同时右手镇定地伸出，欲从弟子手中接过毒药杯……

这样的故事陈春先知道或不知道，都没关系，他有着自己人生的原则，他可以逃脱厄运，但是他制止了同事（弟子）。虽然好像做到这点并不难，甚至很简单，就像科学有时很简单，但唯其简单才又特别复杂。

中关村不少知识分子都在暗中关注陈春先，如果服务部这棵"树"不倒，他们会走出科研院所办公司。如果服务部这棵"树"被砍倒，陈春先和进入服务部的人没有好下场，他们在今后数年内不会再有开公司的想法。

陈春先为宣泄心中的苦闷，每天晚上都到服务部的办公室独自坐到深夜。

服务部基本上散了，只剩下纪世瀛等一两个骨干，其他人已作鸟兽散，似乎只等着他有一天被带走。陈春先有原则，但还不是苏格拉底，他准备向所领导缴械投降，不再扛了。他守住了做人底线，但学习硅谷的信念开始动摇。

一天晚上，陈春先像往常一样一个人独守服务部，忽然看到赵绮秋在门前来回踱步，立刻出门迎上前去，两个人的手握在一起。赵绮秋来看看陈春先，“听到你要被立案审查的消息，我很难过。本想到单位看你，物理所的人肯定不欢迎。只好到服务部来等，事情发展到这步你不要着急。”赵绮秋说完眼含热泪。

远 航

赵绮秋这一段时间来的叹息，引起丈夫周鸿书的注意。听完妻子的倾诉，周鸿书紧锁眉头，认为兹事体大，涉及改革成败，便对妻子说，他想把陈春先服务部的事写篇“内部动态清样”让中央领导看看，听听领导怎么说。

周鸿书当年任新华社北京分社副社长，有着高度的政治敏感，洞悉高层的改革动向，当年那篇《北京市委为天安门事件平反》轰动全国的消息，就是周鸿书参加北京有关方面会议从文件堆中挑出来的新闻。

转机出现在1983年1月25日的清晨，中关村88号楼——这幢住着冯康、陈景润、杨乐、张广厚的中科院宿舍楼楼道像往常一样乱哄哄的，服务部骨干分子纪世瀛住在103室，这天早上，他被一阵紧急的敲门声惊醒，有人在门外喊：“快打开收音机，听听新闻和报纸摘要。”

中央人民广播电台正在播一篇重要报道，报道肯定了陈春先的服务部探索的新路子！等纪世瀛冲出来，新闻已经播完了。当时大家谁都不知道这则新闻的来头儿，但历史后来证明，就是在那一刻，中关村的命运被改写了。原来周鸿书派记者潘善棠两次采访了陈春先，并亲自对采访文章进行审阅和修改，最后把文章的题目定为《研究员陈春先搞“新技术扩散”试验初见成效》，发往

新华社《国内动态清样》。新华社《国内动态清样》也称内参，是新华社记者对各种事件通过采访写成的稿件，这些稿件简明快捷，专供党中央、国务院领导阅读。这篇文章有1500多字，讲述了陈春先创办服务部的意义和取得的成绩，还介绍了中关村地区拥有的科技成果和人才优势。指出这些科学成果大多数停留在论文、样品、展品阶段，处于“潜在财富”状态，不能迅速生产，取得经济效益。

这不是一篇普通的新闻报道，而是一份直呈中共中央政治局委员参阅的机密级内参，在新华社《国内动态清样》第52期刊出。作为“党的耳目喉舌”，采写内参是新华社记者的一项重要任务，其内容涉及当时拿不准或不宜公开报道的领域，比如重要动态、敏感问题和重要建议等。内参有一定的格式，例如《国内动态清样》，纸张大小为16开，要求内容简明扼要，字数限定在2000字以内。当时全中国有资格看到《国内动态清样》的人在100人左右。高级别的读者群决定了这篇内参的特殊效果，何况文章结尾处倾向鲜明：“但陈春先搞科研成果、新技术扩散试验，却受到本部门一些领导的反对，如科学院物理所个别领导人就认为，陈春先他们是搞歪门邪道，不务正业，并进行阻挠，使该所进行这项试验的人员思想负担很重，严重地影响了他们继续试验的积极性。”

内参于1983年1月6日刊出，1月7日，时任国务院副总理方毅在《国内动态清样》有关陈春先的报道上批示：“陈春先同志的做法完全对头的，应予鼓励。”方毅还打电话给中科院，要求停止对陈春先的立案审查，还邀请陈春先到他的办公室长谈两个多小时。1月8日，时任中共中央政治局常委、书记处书记胡启立批示：“陈春先同志带头开创新局面，可能走出一条新路子，一方面较快地把科技转化为直接生产力，另一方面多了一条渠道，使科技人员为四化做贡献。一些确有贡献的科技人员可以先富起来，打破铁饭碗、大锅饭，当然还要研究必要的管理办法及制定政策，此事可委托科协大力支持。如何定，请耀邦酌定。”同一天，胡耀邦同志批示：“可请科技小组研究方针政策

时代明珠 中国画 124cmx248cm 李呈修

来。”这便是20世纪80年代的中国决策者，难怪让后人感叹。就这样，历史乘风破浪，陈春先的服务部在顶层的支持下得以延续，成为大时代的界碑，中关村的科学家、教授，不再观望，各显其能，融入历史。

那时的中关村，如同中国一样是一块呼唤改革的巨石，陈春先孤独地在推这块巨石。还原到当时的语境，他推得如此之难，难得让人绝望，但历史也正是在个人的绝望中前进，“陈春先的一小步，是中国科技改革的一大步”，有人后来这样说，说得非常不错。总结过去，《中国的新革命》的作者凌志军把中关村当作中国改革开放的一个缩影，认为“20世纪最后20年这个国家打碎了精神枷锁，让自己成为全世界最庞大的‘制造车间’。在21世纪的第一个10年，它急切地渴望拿下新技术的高地，把‘中国制造’变成‘中国创造’。这个国家之所以能够改变世界，是因为它改变了自己”。

这个改变就是从具体的陈春先开始的，回过头看更不能小觑陈春先的人格意义：在那样困难、绝望的情况下他的人格不变形。这些中外哲人的古训陈春先以科学的精神做到了。陈春先的持守并不亚于推动巨石，事实上两者相辅相成。

从奥运看国运

孙晶岩

2008年北京奥运会惊艳世界，人们至今记忆犹新。第24届冬奥会于2022年2月4日至20日在北京和张家口举行。这是继2008年北京成功举办夏季奥运会之后中国第二次承办奥运盛会，也是冬奥会首次落户中国。北京成为世界唯一举办夏季奥运会和冬季奥运会的"双奥"城市。当年，我有幸应北京奥组委之约，受中国作家协会委派，全程跟踪采访创作了中国第一部全景式记述北京奥运会的长篇报告文学《五环旗下的中国》；在中国作家协会和北京冬奥组委的信任支持下，从2018年5月至今，我全身心地采访创作中国首部全景式记述2022年北京·张家口筹办冬奥会的书。国运即是我运，作为中国人，作为中国作家，我由衷地感到幸运与自豪。

2001年7月13日夜晚，当萨马兰奇在莫斯科宣布北京为2008年奥运会举办城市时，在北京天安门广场、中华世纪坛、首都机场、北京火车站、王府井大街、中关村科技园等繁华地段，到处都在散发《人民日报》申奥成功的

《号外》。北京沸腾了，激情和欢乐淹没了北京这座东方古城。欢笑声、锣鼓声、歌唱声、口号声、鸣笛声此起彼伏，北京乃至全中国沉浸在一片欢乐的海洋中，幸福的人们举着小红旗，不管是否相识都挽着臂膀动情地高呼："中国万岁！"

那一天，我是这海洋中的一滴水，这滴水深深感受到了奥运与国运在中国人心中的分量，这个场景永远定格在我的记忆中。我经历过中国申奥失利后的沮丧和无奈，深知中国在申办奥运的道路上走得多么艰难，西方敌对势力拼命阻挠中国举办奥运会，中国申奥成功的那天，中国人的热情像火山一样喷发了，万众一心的场面令我动容。

作为报告文学作家，职业的敏感使我意识到这是一个千载难逢的好题材，必须抓住机会。我获得了北京奥组委和国家体育总局的信任，被批准可以参加奥组委新闻中心组织的所有采访活动。我觉得非常荣幸，就像一个演员获得了一个好角色一样，但同时也感到肩上的担子沉甸甸的。

曾经有外国人问我："你们中国人为什么把奥运那么当回事？"

要回答这个问题，必须从中国经历了什么谈起。在旧中国，我的祖国积贫积弱，我的同胞被称为"东亚病夫"，刘长春1932年只身代表中国出征洛杉矶奥运会时，连路费也拿不出，行装也买不起，还得靠张学良赞助。一个人的奥林匹克，既悲壮又令人心酸，真是百年积弱，八方昏濛。申办奥运会，中国老百姓对奥运的支持率占80%，居世界首位。中国人为什么有那么强烈的奥运情结和奥运热情？那是强烈的爱国心和期盼中华振兴的愿望使然。中国人经历了太多的屈辱，落后就要挨打，封闭就要挨打。奥运会使得中国有了向世界展示自己的机会，地球的一个大舞台搬到中国来了，主动权交给了炎黄子孙。在奥运会举办期间，全世界的目光将聚焦北京，五湖四海的朋友将聚集北京，这是唯有奥运会主办国才有的优势。

数百年来炎黄子孙被污蔑为"东亚病夫"，别有用心的人不断地抹黑中国，不少西方人认为中国人还是穿着长袍马褂，梳着大辫子，贫穷落后，连

电灯都没有，中国人太需要用一场国际体育盛会向世界展示自己，太需要让世界公正地认识自己，这就是中国和中国人有那么强烈的奥运情结和奥运热情的原因。

作为东方文明的发祥地之一，中华文明源远流长，博大精深，特色鲜明，对世界文化产生了深刻影响，中华文明是世界上唯一从未间断、绵延至今的人类文明瑰宝。2008年北京奥运会是一次充分展示中华民族五千年悠久历史和灿烂文化的盛会，是一个中国向世界展示自己魅力的平台。我们要让当代奥林匹克精神与中华文明相互补充，从而使奥林匹克运动所提倡的国际交流真正得以实现。

2008年8月8日，现代奥运会终于在诞生100多年后来到了中国，百年梦想成真的时刻，所有的中华儿女无不为之雀跃，无论是喜悦的泪水还是激动的泪水，都让每一个炎黄子孙觉得无比幸福。“同一个世界，同一个梦想”，这就是我们想对世界说的。

作家离不开时代，北京筹办第29届奥运会，中国政府和老百姓的积极性空前一致，全国上下万众一心，那种心气儿令我鼓舞和兴奋。无论是运动员还是志愿者，无论是建设者还是普通市民，你都能感觉到中国人对奥运的热切期盼，对祖国的无比热爱。为了绿色奥运让汽车限行，北京人二话不说立刻照办；为了办好奥运，无数人争当志愿者……

记录当代中国发生的大事件，人们往往很在意记者的摄像镜头和报纸的“豆腐块”，可我认为厚重的文学作品是不可或缺的。几十年后，人们要想了解北京奥运会，调阅视频资料很麻烦，如果书架上放着一本图文并茂全景式介绍北京奥运会的书，翻阅起来就十分方便。我在北京生活了50多年，在北京读的小学、中学和大学，本土作家对于从小养育自己的城市有深厚的感情，我熟悉北京的建筑、民俗、语言、艺术，熟悉北京的主要街道、艺术殿堂，我和北京休戚与共，血脉相连，我要用手中的笔讴歌美丽的北京，讴歌可爱的中国。

我觉得应该先从中国奥运第一人写起，为了写好刘长春，我在沈阳、大

连、旅顺、北京寻踪，采访了20多位刘长春的领导、秘书、同事和家人，查阅了历史文献，费尽周折在发黄的故纸堆中寻觅，新发现了刘长春手稿。这样的沉潜与寻访，不仅使我挖掘到关于刘长春的独家第一手资料，而且也使我在走近对象时获得了一种主体与客体互通的感应，从而使所报告的人物及其故事具有了更多的可触可摸的质感。经过潜心打磨，我完成了报告文学《中国奥运第一人》，在《北京文学》发表，在《人民日报》海外版连载。

对于北京奥运会，我既关注到“金字塔的顶端”：冠军和金牌，也关注到“金字塔的底座”：那些隐藏在冠军和金牌背后却同样付出了汗水和辛劳的人。在创作时，我既写到了李宁、刘翔、郭晶晶、邓亚萍、杨扬等世界冠军的故事，也用了同样重的笔墨写陪练、志愿者等普通人的故事。让我印象最深的是国家柔道队的陪练徐立功，他在陪练的岗位上干了9个年头，每天最少被摔300次，他最多一天被摔了450次，他的膝关节、两个肩膀、手和颈椎都受过伤，头部还被摔成脑震荡。每一次我到训练场馆采访徐立功的时候，听着他一次次被摔到地上的“咣”“咣”声，都觉得非常心疼，感慨良多。他就这么被摔了9年，我专门为徐立功写了一个章节，此外还写到了刘翔和教练孙海平、跳水女皇郭晶晶、体操王子李宁、乒乓女杰邓亚萍、冰上天骄杨扬、中国登山队队长王勇峰等人，别人看到的郭晶晶都是站在领奖台上风光无限的样子，而我看到的郭晶晶却比屏幕形象显得瘦小：她梳着一个马尾辫，双脚踝关节和右脚板都缠着厚厚的纱布，疲惫不堪地趴在训练馆的垫子上。她要在四层高的垫子上练习跳跃，脚板上伤痕累累，看到她汗水涔涔的背影，我的心不由得一阵战栗。郭晶晶忍受常人难以忍受的痛苦顽强拼搏，这就是她能够在世界跳水台上独领风骚的原因。

在三年的时间里，我深入奥运第一线，经历了1000多个日夜的艰难采访，与400多位奥运人士促膝长谈。为了写好建设者，春节我在鸟巢工地度过，与奥运建设者聊工程；为了写好志愿者，我当过扶贫志愿者，为打工子弟学校讲课、捐赠书籍，资助穷孩子念书；为了写好全民健身，我亲自参加北京“全日

空”杯国际小马拉松赛并跑完全程……采访奥运会，脚板子底下出素材。我到国家体育总局训练馆看运动员练习举重和柔道，到国家体育总局游泳馆看运动员在泳池中劈波斩浪，到体操训练馆看运动员跳跃翻腾……我被奥运健儿顽强拼搏的精神感动，深感体育的魅力和奥运精神的伟大。筹办奥运会的过程与国运一脉相承，采访奥运会的过程就是了解国运的过程，我要用文学作品将自己的感受真实地记录下来，讴歌我的祖国日新月异的变化和发展。采访奥运会使我看到了中国人精神面貌的闪光点，感受到炎黄子孙的爱国之心，心灵得到了净化，思想得到了升华。我出版了长篇报告文学《五环旗下的中国》，应邀在中国作家网开设了“晶岩天天说奥运”栏目，发表了50多篇评论。

从那以后，我被贴上了“奥运作家”的标签，参加了与奥运冠军雅聚的活动。看到北京崛起的奥运新地标，我的心比吃了蜜还甜。我经常和家人一起到奥林匹克公园散步、锻炼，这是奥运给北京人带来的实惠。我把奥运场馆当成北京人的骄傲，曾经陪同四川抗震救灾英雄少年参观鸟巢和水立方，带领新疆和田地区的中学生参观奥林匹克公园旁的中国科技馆。我是北京市101中的学生，北京市第一个特级体育教师就在我的母校，他不仅教会我跑步要领，更锻炼了我的意志，使我在部队荣获女子800米中长跑冠军，懂得了体育精神。人应当感恩和反哺，我要把北京名校体育教师对我的培养传承下去，弘扬奥林匹克精神和中华体育精神，给孩子们的心田播撒奥林匹克和科技的种子，是我义不容辞的责任。

自从2008年北京奥运会成功举办后，中国的国际地位迅速上升，扭转了世界对中国的看法，迄今为止，世界上能够举办冬奥会的国家基本上都是发达国家，中国能够举办夏奥会和冬奥会，是中国国力强盛的体现。在亚洲，日本和韩国已经举办过冬奥会，中国如果连冬奥会都不能举办，怎么能算亚洲强国，更何谈世界强国？所以，能够圆满举办冬奥会是中国跻身世界强国之列的重要标志。

得知北京成功申办2022年冬奥会，我格外高兴。2018年5月，我开始接

触北京冬奥组委新闻宣传部工作人员，应邀参加北京冬奥组委组织的平昌冬奥会实战培训系列主题大讨论，聆听各界冬奥人士讲冬奥。我奔赴挪威、瑞典、芬兰、丹麦、英国、爱尔兰、奥地利、加拿大等冰雪运动强国考察，与各国冰雪运动爱好者、运动员交流，参观温哥华冬奥会主场馆、奥林匹克场馆冰雪运动情况，观察不同雪场，了解世界冰雪运动强国的情况，查阅了大量关于世界冬奥会的书刊，见证了中加冰雪外交签约仪式、冬奥会倒计时1000天玲珑塔前的盛典、2019国际奥林匹克日冬奥主题活动、北京冬奥会与冬残奥会赛会志愿者招募盛典等大型活动。这些采访开阔了我的视野，我感到体育无国界，当今世界，和平与发展是主流，中国筹办冬奥会就是在为和平与发展做贡献。

中国能够举办夏奥会和冬奥会，是国运昌盛所致。中国人干事情有一个特点：不干则已，干就要举全国之力全力以赴做到极致。筹办冬奥会比筹办夏奥会难多了，采访冬奥会也比采访夏奥会难多了，首先是地域的广泛，采访夏奥会我只需要在北京转，而采访冬奥会我要在北京赛区首钢园、北京奥林匹克公园诸多场馆、延庆赛区、张家口赛区等地奔波。冬奥会的建设和训练场面冬天最出彩，白雪皑皑，越是寒冷越是采访的好时机。走在延庆小海陀山和张家口崇礼的雪场，听着雪发出咯吱咯吱的响声，觉得那是世界上最动听的乐曲；看着奥运健儿在雪中飞跃，觉得是哪吒驾着风火轮在翻腾。

近年来北京的冬天格外寒冷，到延庆赛区采访，大雪纷飞，我凌晨5点起床，出发时汽车玻璃窗上布满冰凌，热车5分钟都无效，只好用保温杯中的热水浇玻璃窗，用掸子推掉汽车上厚厚的雪，足足折腾半个钟头才能出发。到张家口赛区采访，赶上大雪封路，汽车无法上山，只好在张家口见缝插针采访。好不容易等到高速公路解封，心急火燎向崇礼赶，到了山上已经是下午一点多钟，立刻马不停蹄采访到深夜。次日清晨早早爬起来堵采访对象，因为建设者早晨七点多出工。

每次到雪场采访，我都穿着羽绒服、棉裤，脚蹬雪地靴，雪山上体感温度零下20多摄氏度。夜里是造雪最壮观的时刻，我和张家口赛区的建设者一道

在雪场看造雪，一轮上弦月挂在天边，纷纷扬扬的雪花颗粒扑打在脸上，凉飕飕的；我站在崇礼“雪如意”前采访中铁建工的建设者，鹅毛似的狂雪在我们面前飞舞，看到建设者手冻得像胡萝卜似的通红通红，眉毛、睫毛上都是霜，我特别心疼。工人告诉我，他们早晨五点多起床，七点就要到岗，每天工作十几个钟头，连中午都不能休息。晚上太阳落山了，他们还在干活，没有节假日、双休日。我亲眼见到有的冬奥人在建设冬奥场馆时失去了亲人，回家料理完亲人的丧事就回来上工；有的冬奥人为了工程长期不能与家人团聚，以至于回到家里孩子不认识爸爸。在延庆赛区，工人灰头土脸在建设赛道，有的睡在山上的窝棚里，非常艰苦。

中国一共获得过13枚冬奥会金牌，这些金牌全部来自黑龙江省和吉林省的运动员，我专程来到黑龙江省和吉林省，探寻中国冰雪运动强省的拼搏之路。我在黑龙江亚布力滑雪场全国高山滑雪冠军赛现场跟班作业，亲眼看到为了保证运动员比赛，教练员、裁判员、雪场工作人员凌晨三点多起床，四点多乘坐缆车到达山顶，我看到了日月同辉的天象奇景，也看到了冬奥人的无私奉献，他们冒着严寒精益求精地清理雪道、插旗门、安装防护网、检查全线路的计时系统。山顶出发点海拔1209米，朔风刺骨，我穿着羽绒服、外套滑雪服还冻得瑟瑟发抖，拍摄一会儿照片手就冻僵了，而冬奥人雪季天天都在这样的天气里奋斗，艰苦可想而知。他们几乎人人有伤，却斗志昂扬，仿佛黑土地上张扬着生命力的红高粱。当运动员在洁白的雪道上风驰电掣般疾驰时，有多少人在为他们付出？亚布力滑雪场场长李海涛在山上工作了整整11年，脸晒得黝黑，熟悉山上的每一条雪道、每一棵树，一门心思扑在工作上；黑龙江省冬季运动与后备人才管理中心雪上科科长崔红彬2020年11月来到亚布力，夜以继日带领运动员训练。他的母亲和姐姐在沈阳，自己的小家在哈尔滨，虽然近在咫尺，可他元旦、春节、清明节都没有回家，为了组织赛事四天四宿没有合眼。他整整在山上猫了四个月，头发长得像中国猿人，疫情期间不能去理发馆，只好买把推子自己理发。

为了备战北京冬奥会，我们加强了雪上训练，运动员全封闭训练，放弃了与家人团聚的机会，节假日不休息。在雪季，他们来到崇礼、延庆、亚布力雪场训练；雪季结束，就到坝上和吉林北山四季越野滑雪场训练。北山四季越野滑雪场在人防工事里造雪，是为了弥补我国越野滑雪项目的短板，提高运动员训练水平，备战北京2022年冬奥会而启动的国家体育总局重点工程，是亚洲首例、世界第四例国际水平的全天候标准化越野滑雪专业训练场地，可以使运动员一年四季都能训练，但是里面阴冷潮湿，湿气极重。室内雪道1308米，我在里面走完全程，穿两件羽绒服都冷，而运动员却穿着单薄的衣服训练，上坡下坡轮番交替，一滑就是30多公里，还要做短冲专项训练，衣服湿透，到终点时人都累瘫了。

在中国，请教练、租运动场地、买运动器械和服装、请医生疗伤，一切都是国家替运动员买单。训练是艰苦的，但是中国的体育科研有了长足的进步。运动员使用的冰刀鞋、运动服、雪具都有了很大进步，还有飞行器核心力量训练、漂浮仓放松恢复、加压放松恢复、按摩放松恢复等，有力地加强了运动员的身体素质，提高了运动水平。中国运动员的伙食超级棒，有专门的营养师设计营养配餐，这是科技冬奥的硕果，也是国力强盛的体现。

中国过去没有可以举办国际比赛的高质量雪场、雪车雪橇赛道、U型池、滑雪大跳台等，短短几年时间，这些优质冬奥场馆像雨后春笋在中国大地萌生，亚布力滑雪场还有了智能雪场，得到国际雪联、国际滑联和国际单项组织的认可，一些新建的冬奥场馆成为世界之最。我见到过国外优质的冬奥场馆，中国新建的冬奥场馆一点也不逊色，这是中国举国体制的优势，齐心协力办大事。为了取得好成绩，运动员刻苦训练，顽强拼搏，有的运动员骨折了还参加比赛，有的运动员在训练中被撞受伤，身上缝了几十针；雪车雪橇运动员在滑行一轮后，要把沉重的雪车雪橇抬上车，运到出发口，我见到的冰雪运动员几乎人人有伤……没有人可以随随便便成功，不经一番寒彻骨，怎得梅花扑鼻香？我把现场的独特感受都写进了有关冬奥的书里。

2021年春节，我在延庆赛区采访，早晨5点钟从家里出发时，伸手不见五指，与冬奥会建设者一起过春节、吃盒饭、采访，我尝到了春节不能痛快地睡懒觉、幸福地大快朵颐、与家人共度佳节的滋味，更加理解了冬奥人的不易。作家在这样的时刻深入生活，冬奥建设者和运动员把我当成了自己人，我可以听到他们发自肺腑的声音。这是一个冷冬，山上风很硬，看到运动员和教练员春节不休息，顽强训练；雪车雪橇运动员驾驶着雪车雪橇飞驰而过，高山滑雪运动员在雪场超级大回转穿越旗门，连续转弯向下滑行；建设者加班加点，无法与家人团聚。我深切体会到什么叫作无私奉献，为国拼搏。中国有了这样的基石，就大有希望。

我特别关注奥运会给赛区老百姓生活带来的改善，采访夏奥会，我走进洼里农民的搬迁房中，与农民促膝谈心，写洼里农民为了奥运会献出家园重新创业的故事；采访冬奥会，我走进延庆西大庄科村和崇礼普通农民家中，与老百姓推心置腹地聊天，看到北京冬奥会改善了延庆赛区和张家口赛区农民的生活，推进了京津冀一体化建设，北京冬奥会给老百姓建造了那么多好场馆，我打心眼儿里感到欣慰。

三年来，我亲眼见证了延庆赛区初建时的艰辛，参加过他们的工程讨论会，与他们一起吃没有滋味儿的盒饭，乘坐全地形车灰头土脸地采访，经历过工地上的瓢泼大雨和刺骨寒风，如今看到高山滑雪赛道、雪车雪橇赛道在延庆赛区崛起；雪如意、冰玉环在张家口赛区傲然挺立；冰丝带和首钢工业园滑雪大跳台等一批冬奥场馆横空出世，心情格外激动。干工程，中国人是世界一流的，炎黄子孙肯于吃苦，舍得拼命，这是国运昌盛的体现、铁人精神的雕像。

作为双奥作家，采访的区域和线路是不同的，但是采访的主题是相同的。令我兴奋的是采访北京冬奥会，我又见到了一些采访夏奥会时接触过的主人公，比如奥运冠军杨扬，国家游泳中心董事长杨奇勇和蔡萌萌等人，他们的年龄变了，模样变了，但是为奥运添砖加瓦的心没有变。

一群不同文化背景的建筑师、工程师、制冰师从世界各地聚集到北京和张

家口，为北京冬奥会的场馆建设添砖加瓦。我在三大赛区见到并采访了一些外国建筑师、制冰师，一年之后，“双奥之城”北京将再次闪耀世界，绽放出绚丽的冬奥之花。冬奥会再次给我们提供了一个机会，让中华文化能够在世界上展示出来。冬奥场馆的竣工和运动员出色的成绩标志着中国已经成长为一个体育大国，随着国家实力的增长，中国将更紧密地融入全球体系。

2022年北京冬奥会和2008年北京奥运会相隔了14年，当时中国的经济实力和国际地位跟今天相比还有差距。经过14年的发展，特别是党的十八大以来我国综合国力得到大幅度提升，国际形象、国际影响力也有很大改观。利用冬奥会这个机会，可以更自信地来展现我们中华的文化、中国的色彩。

2021年是中国共产党成立100周年，恰逢“十四五”初期，自然界的疫情困扰着我们，西方敌对势力仍然在阻挠中国办冬奥，反华排华，尽管前进的道路充满艰险，我们仍然砥砺前行。

最近，习近平总书记用两天的时间视察北京、延庆、张家口三大赛区的冬奥场馆和运动员备战，足以看出我国领导人对办好北京冬奥会、冬残奥会的重视和决心。这些赛区我都走过，亲眼看到了从无到有的变化。现在，三大赛区所有竞赛场馆全部完工，参与冰雪运动的人群不断扩大，京津冀区域协同发展注入新动力，这是中国的骄傲。北京冬奥会、冬残奥会是我国“十四五”初期举办的重大标志性活动，是展现国家形象、振兴民族精神的重要契机。当前的国际形势十分严峻，我国如期、安全地举办冬奥会、冬残奥会，必将彰显中国负责任大国形象，增强全体中华儿女的自信心、自豪感，给全球奥林匹克带来光芒。

现在，北京冬奥会、冬残奥会志愿者全球报名人数已达100万人，这是中国国力强盛的体现，是奥林匹克精神凝聚力的体现。采访北京夏奥会和冬奥会是我通过不断学习充实自己的过程，我现在边采访、边写作、边宣讲，乐在其中。北京是世界上第一个举办过夏季奥运会和冬季奥运会的“双奥之城”，是国际奥林匹克文化传播中心和世界文明交流互鉴的大舞台，2008年奥运会让

北京发展站上了一个新台阶，如今，绿色、共享、开放、廉洁的北京冬奥会筹办理念，让“双奥之城”正在迎来又一次新的蜕变。

采写奥运会，我有来自心灵深处的责任与喜悦。当北京奥运会开幕式的“脚印礼花”映满天空时，当北京冬奥会的火炬传递时，向世人展示的是曾被蔑视为“东亚病夫”的中国人的强健体魄，展示的是坚韧、拼搏、自强、奋进的我亲爱的祖国——中华人民共和国。

你的每一步都从我眼前走过

星　河

自童年起我就面临一个蝙蝠般的身份困境——北京人说我不像北京人，因为我连很多城里胡同的俗话和俚语都听不懂；但外地人说我就是北京人，因为在我的口语里充满了各种儿化音、吞音，也就是所谓的“京腔”。

这是因为，我生活在大学校园里。

据我考察，凡是成长于机关大院、部队军营、大学校园以及其他一些类似的群体性院落的人，均属此列。这些家庭来自五湖四海，各地方言汇聚一处，最终只能通过普通话来交流。所以有一段时间我戏称自己不是“北京人”，而是“普通人”——说普通话的人。

始终居住在大学校园，校园的周边环境也都是大学校园，后来大部分工作和生活也与各个大学校园密不可分，所以我对大学校园有着一份极为特殊的感情。

简单描绘自然无法面面俱到，想要求全恐是一种奢望，毕竟千言万语不足

以描绘万一，是以只能撷取片段，略道一二。

留在20世纪的“筒子楼”

1957年，我父亲从北京航空学院毕业，成为这所高校的一名大学教师。

将近10年之后，我父母结婚，学校借给他们一间12平方米的蜜月婚房，但他们只住了短短几天。之后他们又各自回到原来的集体宿舍，周末只能跨城相聚，偶尔暂居亲戚家的平房。直到我快出生时，我父母才住进学校分的教师住宅，三居室中最小的一间，9平方米——这种居住方式，被称为“合住”，在这个单元里合住了三户人家。

我对那个房间没有丝毫印象。从我记事起，我家就已居住在“12平方米”了——那是原来的学生宿舍楼，也就是所谓的“筒子楼”。

在很长一段时间里，各大学的大部分教师都居住在这种筒子楼里。洗漱要去公共水房，如厕要去公共厕所，同样属于公共空间的楼道则堆满了蜂窝煤炉与各种杂物。我家所在的这栋楼，居住的都是全家只有一人在本校工作的教工家庭，所以不分级别职称，甚至还住有教授。1976年周恩来去世时，只有教授家有一台九英寸黑白电视，全楼居民恨不得都想挤进他家的小屋去看电视。

改革开放之后，许多高校开始兴建教师住宅，但直到20世纪末，仍有不少青年教师一家老小挤住在筒子楼里。1999年春节前夕，时任副总理李岚清视察在京高校，看到年轻教师的住房条件如此简陋，颇为动情。他指示：一定要下大力气解决这个问题，决不能把部委高校的筒子楼和危房带进21世纪。

在有关方面的督促下，各大学迅速行动起来。清华大学仅用四个月时间就把一栋筒子楼改造为一室一厅的教师公寓，自此拉开了高校筒子楼改造的序幕。

在北京师范大学里有一个著名的“景点”，被称为“四合院”。四合院不是真正的院落，而是由东南西北四栋筒子楼围成的正方形区域。改造之后，每

个房间都有了厅堂厨卫，原来的筒子楼宿舍变成了面积虽小但独门独户的单元房。

据教育部统计，1998年、1999年两年，中央部委和地方政府总投资超过42亿元，共计改造筒子楼500多万平方米，让8万多名青年教师乔迁新居。

与此同时，各高校的住宅建筑也如雨后春笋般迅速生长起来，校园里开始出现许多高大的塔楼。那些年通过国家、学校、教师“各拿一点”的办法，共筹集资金1140多亿元，建造教师住宅1.5亿平方米，教师人均居住面积达到11.9平方米，高于同期城镇居民人均水平。

校园面积毕竟有限，不可能无限量地扩建住宅。为了解决教师住房问题，在此之前还有各种各样的不同举措。

早在1993年，位于西三旗以东的育新花园开始筹建，不到四年就已初具规模。在1993年和1996年9月8日这同一天，李岚清分别出席了育新花园的奠基仪式与入住仪式。这是一个各高校教师聚集一处的小区，考虑到当年教师的经济承受能力，这些房子采用的就是国家出一些钱、学校出一些钱、个人出一些钱的方式，许多教师因此住上了大房子。据说当时学院路有些高校的政策是：交出校内小三居，可以置换育新一套大三居外加一套独单！

育新模式最大的功绩还不是住房面积的扩大，而是至关重要的环境与配套设施，毕竟在当时来说这个地方还相对偏远，存在各种不便，但有关部门还是完美地解决了这一问题。

为了解决教师的交通问题，小区门口开通了几条公交线路，而且多为总站；为了解决教师的就医和生活问题，小区设置了北医三院分院，还建有邮局和多家银行。为了解决教师子女的入托入学问题，小区建起了幼儿园和中小学。为了解决教师的购物问题，小区门口建有几家超市商场。为了教师能购买到更新鲜更便宜的水果蔬菜，又专门开设了自由市场。

那个时候，回龙观的一些小区配套尚不完善，轻轨13号线也未开通，育新花园俨然成为这一区域的模范样板。

“中国最高校门”与六座奥运场馆

1977年冬天，570万名考生走进曾被关闭了十余年的高考考场，开启了中国恢复高考的历史征程。但是，当数十万上榜学子走进高校时，迎面而来的却大多是20世纪50年代的教学设施。

改革开放之前，北京航空航天大学唯一显得有些气派的建筑，就是教学区里五栋高大的教学楼，但那都是苏联援建的产物，此后几乎没有什么大型基建项目。事实上在20世纪80年代之前，除了极个别新建建筑，比如1975年落成的北京大学新图书馆，其他高校鲜少基建，各大校园的画面几乎定格于30年前。随着改革开放的到来，大学首先解决的是教师的生活问题也就是居住问题，很少修建新的教学设施。

恢复高考的决策，主要应归功于第二代领导人邓小平。此前此后，邓小平对教育与科技领域都有过强烈关注和重要指示。1977年7月，刚刚复出的邓小平主抓科技和教育，他在谈到大学建设时指出：“要抓一批重点大学。重点大学既是教育的中心，又是办科研的中心。”几天之后，邓小平再次明确提出：“高等院校，特别是重点高等院校，应当是科研的一个重要方面军。”1978年3月，全国科学大会在北京隆重召开，邓小平在开幕式上做了重要讲话，阐述了“科学技术是生产力”的著名论断，这场科技界的空前盛会标志着“科学的春天”的到来。1983年，邓小平为景山学校题词——“教育要面向现代化，面向世界，面向未来”，正式提出教育现代化的任务与主张。这些政策有力推进了高校建设的加速进行。在相关政策的鼓励与支持下，北京各大高校的面貌逐渐得以改观。

在学院路的高校中，北京邮电大学最早建起了新图书馆。这座原本就不高的建筑现在看起来已越发矮小，但在20世纪80年代中叶它却颇具现代特性。这座图书馆建筑一直没有扩建，最多是扩充了一些自习室，但藏书库却始终没有扩大。原因应该有两个：一是北邮已在昌平沙河建起新校区，二是传统图书

的电子化。20世纪90年代，我亲眼见到北邮图书馆的职工用最传统的方式一本一本地将过去那些图书的信息录入电脑。

一座不断进取的大学，自然需要不断地更新各种教学设施，比如教学楼，比如图书馆，比如实验室，而这一切都少不了最基础的基建工程。20世纪80年代至90年代，北京各高校的基建项目纷纷上马，一批新建筑拔地而起，比如北京师范大学新图书馆、清华大学新图书馆以及北京交通大学第九教学楼。在兴建楼宇的同时，各所大学纷纷购地建楼，悄然扩张，比如清华大学与北京大学，由于通过不同方式向校外拓展，如今两所高校已几乎相邻接壤比肩而立。

大学校门的更新也是一个重要标志，几乎所有高校都重新修葺了原有的破败校门。有一件事让我印象十分深刻，当时北京交通大学凭借拥有建筑系的得天独厚条件，在校内广泛征集校门设计方案，最后入选者果然是曾展示在橱窗里的方案之一。落成后的校园南门是一个砖红色的巨大高拱，巍峨大气，壮观前卫，在众多同类造型中脱颖而出。当然时隔多年，高校校门多姿多彩，这一标志性建筑已略显陈旧，但依旧不失“中国最高校门”之称。

北京交通大学的高拱校门应该融入了“铁轨”的寓意，属于与学校性质相关的标志，象征着中国铁路建设的世纪征程。说到标志，不同大学也各具特色。北京航空航天大学原来有一个堆满各种旧飞机的停机坪，后来发展为对外开放的北京航空航天博物馆；北京理工大学校园里停有几辆崭新的坦克和装甲车，学生们甚至在上课时看到过它们轰鸣着驶过校园；而在北京邮电大学的西门广场上，不同颜色的地砖排列出一条莫尔斯电码，解码翻译出来正是该校校训——“厚德 博学 敬业 乐群”。

随着新世纪的到来，各大高校的教学建筑开始向综合化整体化演进。中央财经大学改造了原有的主楼建筑，使之与两侧辅楼连为一体。北京师范大学新建的恢宏主楼，甚至貌似“罩”住了原来的图书馆。而北京航空航天大学的新主楼完全就是一个颇具规模的庞大建筑群，据说总投资高达数亿元。

体育运动设施在一定程度上影响着一所大学师生的体育与健康水平，所以在改革开放之后各大高校都曾多次翻修运动场，但最重要的一次大规模建设还是在2001年之后。

2001年中国北京赢得2008年奥运会主办权，各项筹备工作紧锣密鼓地展开，相关体育设施的规划也被提上议事日程。但一个不可回避的严峻问题被摆在组织者面前：奥运结束后如何让这些场馆不被闲置。于是有关方面充分借鉴雅典、悉尼、亚特兰大等奥运主办城市的经验，开始在大学当中兴建奥运场馆。

2008年奥运会有六座比赛场馆都建在校园之中，占据北京奥运场馆总数的20%。新建场馆四座，包括北京大学体育馆、中国农业大学体育馆、北京科技大学体育馆和北京工业大学体育馆；改扩建场馆两座，包括北京航空航天大学体育馆和北京理工大学体育馆。

这一举措，不但节省了大笔居民拆迁费用，缩减了奥运会的举办成本，还让这些场馆在奥运结束之后继续得到合理而有效的利用。2008年北京奥运合理利用大学体育场馆的举措，既实现了开源节流，又做到了支持教育事业，充分造福了北京高校的广大师生。

从饭票到刷脸

改革开放以来，国家对高等教育的投入可谓不计其数，大学校园的面貌也是日新月异，甚至隔一段时间再去就会感到陌生。当然，崭新完备的基础设施并不意味着一所现代化大学的全部，想要成为世界一流大学，教学与科研自然是至关重要的要素。但除此之外，衡量校园优劣的指标中，还应该包括各种软性的学习与生活条件。

学生的居住环境虽不是教育成败的必然因素，但也在极大程度上影响着学生的学习心态。值得一提的是，这些年来北京高校的学生宿舍也有巨大改观，

中央财经大学率先建起拥有独立卫生间的研究生宿舍，此后类似的宿舍模式便多了起来。

除了师生居住环境的改善，大学校园里的各种生活措施也在潜移默化中一点点改变。

我小时候整座校园只有一家商店，出售油盐酱醋之类的基本生活用品，名曰“合作社”；此外还有粮店、理发馆、浴室等必要的生活设施。这种状况与现在校园丰富的购物环境和生活设施完全无法相比。

食堂是当年中国各个单位的通配。当时不多的几个食堂供学生与教工共用，我们经常去购买主食，花色品种十分单调。各高校食堂都有自己的饭票，最初多为一次性的，后均改成多次使用型，花样繁多，各具特色，我曾设法收集，可惜至今未全。

每所大学的饭票使用规则不尽相同。大部分院校饭票本身含钱，比如一斤食堂粮票等值于1斤粮票2角钱，可以用它买五个馒头。但北京师范大学却不是这样，食堂粮票本身并不含钱（与发放方式有关，因为师范院校的补贴很多是直接以食堂粮票的形式发放的），购买一斤馒头要用1斤食堂粮票加2角食堂菜票。结果在国家取消粮票时，其他高校都在办理退票（钱）工作，只有北京师范大学到处都是扔了一地的花花绿绿的塑料粮票。

但是，很快就餐卡进入大学食堂，学生买饭不必再携带一捆捆饭票，一卡在手吃遍各家食堂。这恐怕是最早引入大学校园生活的电子技术产品。

其实有时候，技术对生活的改变是一点一滴的，而不是一蹴而就的。它们会悄悄贴近我们的身边，渗入我们的生活，让我们对它们逐渐从陌生变为习惯，最终变得不可或缺。

以前的银行储蓄方式是“哪存哪取”。中国工商银行最早的“通存通兑”营业点，就开设在北京航空航天大学校园内，当时的储蓄所代码是001——全北京头一号。年轻人容易接受新事物，我开始不带现金，走到哪里的储蓄所就取到哪里，恨不得把活期存折当作信用卡用。那时可以办理这一业务的联网储

蓄所已经不少，大多设在大学校园，但有些营业员还是不太习惯，质问我，为什么北航存的钱要到这里来取？但是很快，这种全市联网的通存通兑储蓄所就遍地开花了——想必现在的年轻人一定十分奇怪：为什么会对这种落后陈旧的金融服务方式感到如此欣喜？因为这在当时完全是一个革命性的进步。

随着联系与交往的需要，大学校园里的公用电话日趋紧张。宿舍楼下的公用电话永远别想打进去，想往外打则要忍受无尽的长队，为此还屡屡出现各种纠纷。数字寻呼机时代可以把电话号码留给对方，但这样的回复电话仍旧打不进来。于是有关部门开始在高校范围实施“电话绿化计划”，每个大学生宿舍安装一部电话，凭借特别的号码拨打，彻底解决了学生的通信问题。

电视绿化计划还在电话绿化计划之前，每个大学生宿舍安装一台电视。在此之前大学生的视听娱乐方式，就是人手一台半导体收音机。

当然，上述两项举措很快就被时代甩到了后面，因为学生们很快都有了自己的手机，而电视在年轻人中的影响开始陡降——即便要看也可以通过电脑与网络。

说到网络，互联网在中国的兴起也主要得益于大学。中国最初一批上网冲浪者，以大学教师和学生居多。他们利用网络即时联系，查阅资料，讨论问题，广泛社交……正是这一批人，构成了中国当之无愧的第一代网民。

移动互联网的兴起又让人们的许多观念发生了翻天覆地的变化，这一次大学依旧走在整个社会前面，至少与最新的浪潮齐头并进。北京化工大学率先安装了刷脸识别的门禁系统，许多食堂纷纷改为无人管理的自助结账，在北京航空航天大学北部联体宿舍楼下的小超市里，没有管理人员，每一名学生都会对选好的商品自行扫码，刷脸付款。

世纪回眸

为了更加完整地描述位于北京地区的高等学府，有必要追溯一下我出生前

的遥远历史。

北京是中国的教育重镇，集聚着近百所高等院校，为中国和世界培养出无数的优秀人才。从历史的角度来看，在京高校基本上可分为三类——

第一类是历史悠久的百年名校，清华大学与北京大学即属此类。

1898年，中国近代第一所大学京师大学堂正式成立。此后这所命途多舛的近代大学屡遭变故，以至停办。1902年京师大学堂得以重建，成为包括北京大学、北京师范大学在内很多大学的前身。

1908年，京师大学堂师范科独立设校，后发展为北京师范大学。

1911年，清华学堂成立，后发展为清华大学。

1912年，京师大学堂改称北京大学。

自此之后，北京的这些大学就与近代中国的风风雨雨紧密相连。她们引风气之先，荡涤贫弱落后之腐朽；她们播知识之种，开启蒙昧无知之民智；她们传播着诸多的思潮观念，培养出无数的学子达人，孕育了无尽的革命火种。

这其中最著名的风潮，自然是爆发于1919年的五四运动。这场极具颠覆性的思想解放运动，标志着中国无产阶级第一次登上政治舞台，直接为中国共产党的成立创造了阶级、思想和干部几个方面的条件。

1921年，中国共产党正式成立，很多党的创建者都来自北京大学：李大钊、陈独秀、毛泽东、刘仁静、张国焘……

而在新中国成立之后，又有很多干部来自清华大学，包括后来的国家领导人朱镕基、胡锦涛、习近平……

第二类是随中国共产党进京迁入的学校，这主要是指中国人民大学和北京理工大学。

这两所大学的前身都成立于抗战时期的延安，带有明显的革命印记。中国人民大学前身是1937年成立的陕北公学，以及后来的华北联合大学和华北大学，1950年正式成立中国人民大学。北京理工大学前身是1940年成立的延安自然科学院，历经晋察冀边区工业专门学校、华北大学工学院等办学时期，

1949年成立北京工业学院，1988年更名为北京理工大学。

如今中国人民大学和北京理工大学位于北三环与西三环的交界处，一北一南比邻而立，都是北京乃至全国最重要的大学，跻身“双一流大学”之列。

第三类则是新成立和新组建的高校，包括北京航空航天大学、北京邮电大学等等。

要说“新成立”，其实只有一所高校完全符合这一定义，那就是中国科学技术大学。

20世纪50年代，中国的科技力量与综合国力都十分薄弱，作为全国学术科研中心的中国科学院急需补充后备力量，但当时的大学毕业生却难以满足需要。于是中科院凭借自身优势，计划创办一所培养尖端科技人才的新型大学。

中科大的创办堪称奇迹，1958年一年即告建成，校址位于玉泉路西。春天提出动议，夏天开始招生，秋天新生入学。原计划由苏联专家授课，但在中苏分歧后苏联专家撤走，于是中科院一批大师级人物亲自授课，培养出的毕业生也确实十分优秀。

遗憾的是由于种种原因，1970年中国科学技术大学南迁合肥，从此落户安徽，再也未能回京。如今在合肥中科大的老北门内，有一条通往第一教学楼的宽阔道路，道路两边开满了美丽的樱花，被中科大学生称为“樱花大道”，但老人们却都称之为“玉泉北路”——这一带有明显地理特征的名称与记忆，流露出一种十分纠结的情绪与滋味，成为中科大人对那个永远也回不去的地方的深深怀念。

此外一些大学则属于“新组建”，大多源于1952年的“院系调整”，这是当时中国政府对高等教育系统的一次重大调整。

如今在京的很多高校都与天津大学有着千丝万缕的渊源。当时从天津大学抽调出地质组、冶金系和采矿系金属矿组、采矿系采煤组、电信系等一批系与专业，分别组建北京地质学院（现中国地质大学）、北京钢铁学院（现北京科技大学）、北京矿业学院（现中国矿业大学）、北京邮电学院（现北京邮电大

学），采矿系采石油组并入清华大学石油工程系后成立北京石油学院（现属中国石油大学），航空系并入清华大学航空学院后成立北京航空学院（现北京航空航天大学）。

上述这些高校（未包括距离较远的北京邮电学院），加上北京林业学院（现北京林业大学）、北京农业机械化学院（现属中国农业大学）以及北京医学院（现北京大学医学部），在很长一段时间被称为学院路“八大院校”。

所以在1952年，当我父亲作为有史以来第一批新生考入北京航空学院时，该校还没有自己的正式校舍。在求学的前两年时间里，他们一直借住在北京工业学院超过20人一间的学生宿舍里，在那里读书学习，并时常前往未来的北航校园参加建校义务劳动。

1957年，我父亲从北京航空学院毕业，成为这所高校的一名大学教师。

盛世中国说奥运

徐　坤

现在是2021年的北京三月初春季节，距离2022年2月北京冬奥会的举办还有不到一年的时间了。全国人民都满怀激情和信心，盼望着又一次国际体育盛会在首都北京举行。在刚刚过去的2020年，在以习近平同志为核心的党中央领导下，全国人民齐心协力艰苦奋战，取得了抗击新冠肺炎疫情的伟大胜利，中国人民团结一致的磅礴力量又一次彰显，北京正在克服疫情带来的影响，加紧筹办2022年冬奥会步伐，明年要在世界舞台上来一次隆重的亮相。可以想见，明年此时，北京将又一次成为世界瞩目的中心，天空焰火绚烂，大地瑞雪飘拂，春意爬满红墙绿瓦。来自五大洲的各国运动员朝气蓬勃齐聚北京，谱写一曲生机勃勃的人类颂歌，也是中国坚持倡导的人类命运共同体的颂歌。

2022年的北京冬季奥运会是第24届冬季奥林匹克运动会。2015年7月31日，国际奥委会主席托马斯·巴赫宣布2022年冬季奥林匹克运动会主办城市

是北京，北京成为第一个举办过夏季奥林匹克运动会和冬季奥林匹克运动会以及亚洲运动会三项国际赛事的城市，也是继1952年挪威奥斯陆之后时隔70年第二个举办冬奥会的首都城市。

对于北京这座千年古都来说，继2008年举办夏季奥运会之后，相隔14年，于2022年举办冬季奥运会，可谓是百年不遇的庆典，谱写了中华民族伟大复兴进程中的新华章。躬逢盛世，我们这代人，深深地为祖国的繁荣昌盛而自豪！

回想起2008年北京举办的夏季奥运会，我作为一名亲历者和参与者，不由得心潮澎湃，感慨万千！2001年7月13日，在莫斯科举行的国际奥委会第112次全会上，国际奥委会投票选定北京获得2008年奥运会主办权。随后，国际奥委会主席萨马兰奇在莫斯科宣布，北京成为2008年奥运会主办城市！当天晚上，北京申奥成功的消息传来，北京40万名群众涌向天安门广场狂欢。守候在电视机前等待宣布结果的全国亿万观众瞬间情绪沸腾了！人们纷纷冲出家门，弹冠相庆，奔走相告，热烈庆祝这一国之喜事。申奥成功当晚的举国欢庆镜头深深嵌入民族复兴的记忆里。也是从那一天开始，北京正式进入“奥运时间”。

2004年初，我作为北京作家协会的一名驻会作家，接受了作协分派的任务，书写一部奥运题材的长篇小说，从此与奥运结缘。从那时起到2008年8月北京奥运会召开，四年多的时间里一直追踪着奥运建设的步伐，进行密集的采访和艰苦的写作，先后采访过北京奥组委的官员、“鸟巢”中方总设计师、“水立方”设计团队、中国建筑设计院、北京建筑设计院的建筑设计师、奥运会国家体育场项目部总工程师，也采访过奥运工地上的民工以及普通北京市民，时刻关注一点一滴有关奥运的信息，充分感受到2008年奥运会给北京带来的深刻变化。2008年4月北京奥运会前夕，50多万字的长篇小说《八月狂想曲》由北京十月文艺出版社出版，书写了一曲“新北京，新奥运”的青春中国颂歌。小说出版后先后荣获第十一届中宣部“五个一工程”奖，第四届老舍文学奖。

2008 北京奥运　油画　250cm x600cm　雷波　白羽平　马琳　秦秀杰　邓乐民　陈毅刚　刘一　白冰洋

2008年9月我还被北京市委市政府、北京奥组委授予“北京奥运会残奥会先进个人”光荣称号。2008北京奥运是国之盛事，也是我个人职业写作生涯中永远值得铭记的一件大事。

奥体中心的前世今生

机缘巧合，居京30多年，我的活动范围一直都是北边，从亚运村到奥运村一带。从最早居住在清华东路学院路，到现在的三环马甸北太平庄，再到昌平小汤山一带，亲眼见证了亚运村奥运村的出生和成长，看到了它前世的景象和今生的繁华。

2008年建起的新地标北京奥运中心（包括奥林匹克森林公园、奥运村、奥林匹克国家主体育场“鸟巢”、“水立方”国家游泳中心，以及奥林匹克会议中心的广大区域），离我家住的地方都不远。尤其是奥林匹克森林公园北园，如今已成了我周末闲暇时跑步锻炼的“操场”。

2001年北京刚刚申办下来奥运会时，这片广大的区域还叫朝阳区洼里乡，是名副其实的乡下。在没有建成南北贯穿的立汤路和奥运大道之前，人们从北边进城，都不得不从洼里乡道路穿越而过。过了立水桥（那时的立水河上还没有大桥，所谓立水河，也只是昌平区的清河蜿蜒而下的一条臭河沟），拐上洼里乡狭窄逼仄的小土路，路边右手铁丝网拦着的，是洼里乡的“北绪野生动物园”，动物已经迁走了，只留下大门还在，还有狮啊虎啊什么的遗留的尿臊气味，时时从阴森的树林里往外飘散。路的左手，也是树林，阴森森，成片成片，也用铁丝网拦着，外边还搭起一些临建，时时看见农民工模样的住户人家在里面煮饭聊天。小路极窄，只能容两辆车并行，晴天暴土扬尘，雨天泥泞不堪。稍微有点剐蹭，就把路卡死了，一堵堵半天。白天还好，晚上如果是一个人打车或者开车，就不敢从这里走，太黑了，太背。没有路灯，夜风一吹，两边的森林摇曳嘎嘎叫成一片，像是闹鬼，瘆人！每次从这里经过我都胆战

心惊。

然而，谁能知道呢?!这些树，却正是今天的奥林匹克公园里绿油油的参天森林！从1991年北京市向奥委会正式提出承办2000年奥运会开始，洼里人就开始着手准备，从1992年起就放弃了原有“贡米”的种植，开始为即将落户这里的奥林匹克公园大量种植奥运树，总共种了12000多亩的树。就是这些吓唬了我好几年的树，等到了2008年奥运会开幕集体亮相时，那个油光滑亮、那个接天蔽日、那个枝叶纷披、那个葳蕤高耸啊！它们已经整整长了16个年头了啊！早先不知道的人还多有啧言，说北京筹办奥运的七年时间想盖起几个建筑尚可理解，想要建起一座奥林匹克森林公园，不是痴心妄想吗？都说十年树木、百年树人啊！可他们怎么能知道，这16个年头以来，洼里人民为奥运做出多少贡献和牺牲！

出了这条森林小道，再往城里方向走，就可以看见洼里乡的乡村田园景色了。路旁大片大片的菜地，卷心菜啊大白菜啊圆滚滚的长得很结实，田野还时不时飘来一阵阵大粪香。粪香伴人前行，过了一个红绿灯，就到了亚运村汇源公寓和北辰购物中心西门那个位置上，路西的菜地，就是如今的“鸟巢”国家主体育场和“水立方”国家游泳中心所在地。虽只有一条街口之隔，却是城乡之别。

2001年北京申办奥运成功，这块地面上的朝阳区洼里乡整体搬迁，总共2745户23000口人迁移，搬迁到昌平区小汤山、天通苑等13个社区。2004年4月，洼里乡更名为奥运村乡，成立了“奥运村地区办事处”。2004年，这里完全变为奥运工地，洼里乡从北京地图上消失，“鸟巢”体育场、“水立方”游泳中心从这块土地上崛起。

从2004年开始，我接受写作奥运长篇小说《八月狂想曲》的任务，频繁出没采访于这个世界上最大的建筑工地，年复一年，日复一日，眼见得它从菜地、乡野、黄土、钢筋、水泥、混凝土、沥青、气泡、板砖……变成了眼下壮阔恢宏的奥运中心地区。

从北京城的中心大道长安街上下来，沿中轴路的延长方向，往北，往北，再往北，北得不能再北之时，就到了北京的新地标、举世瞩目的奥运中心。2008年8月8号，第29届北京奥运会开幕式上，29个焰火大脚印，就从北京城的上空闲庭信步，左一脚右一脚，迈着舞蹈演员的八字步，从天安门广场上空一路五彩缤纷走到“鸟巢”国家主体育场开幕式现场。新中国盛世华章从此留下灿烂辉煌的一幕。

“鸟巢”体育场与中方总设计师

采访“鸟巢”国家主体育场总设计师李兴钢，是我职业生涯里重要的一笔。没有这一笔，就没有随之而来的我对于奥运意义和建筑设计的感性认知，也就没有小说《八月狂想曲》里那些痛切而长的对于时代、历史、命运、机遇的重新领会和认知。

作为奥运会国家主体育场“鸟巢”工程的中方总设计师，李兴钢是个重要采访对象，不采访上他不行。随着一群钢筋铁骨的庞大支架铮铮雄起于北四环边上，能容纳近10万人的大型体育场“鸟巢”越来越引人注目并惹起争议。几次联络，几次失败。百般周折，终于得到首肯，去他供职的中国建筑设计院采访。

2006年的深秋，北京的10月非常美妙，车公庄大街两旁的洋槐叶子在太阳底下油亮油亮的，衬着中国建筑设计院的大楼也和颜悦色，一派绿色气象。进去找李兴钢的办公室，没费什么力气。出现在面前的李兴钢，瘦削、白净，留个小平头，一副圆形无框眼镜，一件黑色条绒上衣，说话还有几丝腼腆，看上去像个内敛的书生。如果不是事先知道他是1969年出生，此时应该三十有七，单凭直觉，第一眼有可能把他当成是27岁的在校研究生。

话题很快进入专业建筑领域层面，李兴钢在自己话语势力范围里庖丁解牛，游刃有余。

这是我所见过的年轻建筑设计师中最中正圆通、含而不露的人。

都说机遇垂青有准备的人。机遇也驾幸有才干的人。机遇其实更眷顾孜孜矻矻、怀揣天下之人。

早在2003年初，当中国建筑设计院选择年方33岁的李兴钢作为中方代表，去瑞士同赫尔佐格和德梅隆建筑事务所合作，参加2008北京奥运会国家体育场工程设计竞标时，便已经决定了奥运场馆设计的走向——面向世界，面向未来。

在人才济济、群雄并立的“中国院”，李兴钢的起跳高度并不算高，他是天津大学建筑系的本科毕业生，要在设计院里赢过那么多硕士、博士、海归，必须将动作难度系数扩大到别人的数十倍上百倍才行。几年下来，他拼力拼搏，刻苦钻研，出国进修，弥补短板，设计的作品多次获得各种大奖，31岁时就评上正高职称，并当上了院里的副总建筑师，是建院50多年来担任这个职位最年轻的一位。几个跳空高开，李兴钢就把起点的不利抹平了。每跳一次，都会跃升到更高一个平台。李兴钢年纪轻轻就能取得如此业绩，可想而知他的智慧、聪颖，以及对事业的奋斗拼搏程度。

2003年底，当“鸟巢”方案中标并开始建设时，古人说的那种“劳其筋骨、饿其体肤”的磨难和考验就开始了。“鸟巢”体育场开工以来600多个日日夜夜的煎熬，几千张图纸的审核，协调政府、业主、各建设团队的关系、瘦身去盖，削减造价……无休止的争议、诘难……阐释意义，面对媒体一次次苦心孤诣重复表述……两年多时间的紧张、失眠、亚健康状态，直至有一天恶心、呕吐，李兴钢不得不被送进医院治疗输液。

有谁，奋力跨过几百米栏，却只为回味栏杆撞击大腿时的疼痛吗？跨越它们，扫清障碍，迅疾奔向终点，这才是正果和目的。两年多过去，“鸟巢”披盔挂甲，沐浴朝阳，映照西山晴雪、远眺香山落日，正以它无与伦比的几何造型，矗立于古老的中轴线上。

检索既往的艰苦历程，李兴钢此时神态宁静，已是一片云淡风轻。

压力面前，你是怎么撑住的？想没想到过万一不成功呢？

我有点儿很不专业地提问。

他笑了，其实问完之后我心里就立刻蹦出答案。怎么能不成功呢？这是个只能成功不能失败的项目。有制度做保障，体制做后盾，有什么事情是做不成的？无非是距离期望值有多远或多近罢了。

是啊，怎么能不成功呢？无非是距离期望值的远近不同罢了；无非是要拿金牌，就必须比别人遭更多的罪罢了；无非是无尽的磨难历练考验煎熬；无非是笃信执着；无非是对目标的渴望，对前程的信仰比别人更坚韧更虔诚罢了！

采访到这里，我想，我已经知道小说该怎么写了。大时代的激情岁月，个体的渺小，对于运命的把握，说是身不由己，其实步步留痕，掌控在每一步印记里。一个人的职业生涯，就是漫长的等待，精修精进，历练，充分的时间空间量的积累，才能换来有朝一日的喷薄而出。

好了。开始吧！《八月狂想曲》就从年轻的建筑师这里开始，奏响第一个音符！皇皇50万字，仍然不得尽兴，一直，一直，一直朝着那金声玉振、钟磬齐鸣、万民欢腾的2008年的八月轰鸣呼啸而去！

……2008年8月24日夜，国家主体育场“鸟巢”里燃烧了16天的奥运圣火熄灭。尘埃落定。大幕闭合。国际奥委会主席罗格在北京奥运闭幕式上致辞：“这是一届真正的无与伦比的奥运会！”

无与伦比！《八月狂想曲》！一代人，一桩事，就这样，在磅礴壮阔的钢筋混凝土的合颂之中被镌刻进历史。

奥运文化遗产

2010年8月8日，纪念北京举办奥运会两周年时，有关部门请来阿根廷球星梅西和巴萨在“鸟巢”国家主体育场跟北京国安队踢了一场球，一时间球迷汇聚，安静了许久的鸟巢奥运村又热闹起来。像北京的其他奥运赛事场馆一

样，这座能容纳近10万人的“鸟巢”体育场，是奥运会给北京留下的丰厚的文化遗产，丰富了人们的精神文化生活。作为令人骄傲的北京新地标，这些奥运场馆向世界展示着中国强大的国力、卓越的建筑技艺。一座座优秀的建筑就是一首首凝固的诗篇，矗立在大地上，供人们参观、吟诵、瞻仰。同时，这些体育场馆也发挥着务实功能和赛后运营效益，如“鸟巢”体育场就经常举办一些体育赛事和大型文艺演出，这里举办过世界田径挑战赛、足球比赛、田径世锦赛、青少年足球比赛等，明星成龙、王力宏、汪峰都曾在鸟巢举办过演唱会。北京卫视的跨年晚会也多次放在“鸟巢”“水立方”举办，2021年北京卫视跨年晚会的主题是：鸟巢跨年夜，浓浓冬奥情。演员们用美妙的歌声，唱出了对2008年夏季奥运会的留恋，也深情唱出了对2022年北京冬奥会的期盼和祝福。

如今，从北京城的中心大道长安街上下来，沿中轴路的延长方向，往北，从北四环上北辰西路，没出多远，蓦地，就会看见一架钢铁编织的庞然大物“鸟巢”，赫然映入视野。依伴着它的，就是充满蓝色气泡的“水立方”。它们就像太阳下的双子星座，亦如大地上多情母豹与相伴的雄狮，构成和谐的太极阴阳图。继续往前，走上奥林匹克公园大道，双向四车道的马路平坦，中间巨大的隔离带里花木扶疏。路旁没有人家，只有森林公园里的绿树森森，只有云杉和银杏枝头的小鸟啾啾。短短十几年时间里，北京新亚奥区域就以骄人的气概，雄起于东方地平线上。

北京不断在变。它越变越好，越变越漂亮，国际化大都市的气概令世人瞩目。不变的是北京悠久的历史和文化风土人情，不变的是那一份世道人心。对于北京，对于新亚奥，对于前世今生洼里乡和奥运村，我们大多数人可能都是过客，流年碎影，脚步匆匆。所幸的是，我们同时见证了一个风起云涌的激情时代，见证了古老丰厚北京的飞速发展。

时代变迁话通信

韩笑纹

改革开放，通信先行

1984年是我人生的一个新的起点，漫长而又枯燥的学生时代在这一年的夏季结束了，我步入了工作岗位。

我被分配到北京市电信管理局十万门程控电话工程指挥部筹备处，办公地点在长安街的电报大楼六层。

“十万门程控电话工程指挥部”是个什么单位呢？可能现在的大部分朋友都不知道。但对于所有电信业内人士来说，这是个可以写进我国电信行业发展史的单位，它的成立是我国电信行业飞速向现代化发展的起跑线。

现在四五十岁以上年龄的朋友都应该还记得，在20世纪80年代之前，我们国家的通信水平还相当落后，电话普及率非常低，家中能有电话的只有高级干部和一些社会名流，而普通百姓家是没有条件安装电话的。

那时每一条胡同或者每一个居民楼都有公用传呼电话，如果谁想要打电话就要到公用电话地点来打，倘若别人打来电话找你，则是由看电话的人去家里

喊你，你再跑到公用电话处来接电话。为了不耽误别人通电话，对方先将电话挂断，你还要再重新将电话拨过去。有时赶上打电话的人多，你要耐住性子拨很长时间才能打通这个电话，极不方便。

机关单位的电话同样也是严重不足。大一点的单位基本都有总机，各个部门设有分机，赶上电话比较多的时候，电话打出打进都挺困难。而规模小一些的单位，必要或重要的科室才会给安装一部电话，一般的职工也只能去传达室打电话，或者由传达室的人叫你去接电话。

记得20世纪70年代，社会上流传一则笑话："文化大革命"中某工厂在大礼堂开批斗大会，台上面坐着"革委会"的正副主任，被批斗对象低头站在一边，会议开得轰轰烈烈，一对男女职工不时地带动全场高呼口号，底下的群众也都一遍遍地跟着齐声喊，这时礼堂的大门被推开了，传达室的老师傅将头伸了进来，对着台上喊"李主任电话"，台底下的群众也不由自主跟着同声喊"李主任电话"。笑话极具讽刺性，但也从侧面真实地反映出当时电话的状况。

如果要和国内其他地方通长途电话，那就更加不容易了。首先要去邮电局排队，排上队后才能在营业柜台填写挂号单，然后长途话务员根据填写的单子人工转接到另一座城市或地区的邮电局所，再由当地相关的邮电局所转接到具体的电话机。这一流程下来，快时也要几十分钟，慢的甚至需要一两个小时。

所以在那个时代人与人之间的信息联系大都是通过信件传递，即使是在同一座城市也都是写封信，贴上四分钱的邮票，投到绿色信筒里，顶多一天对方就能收到。但是要往外地邮寄信件就会慢多了，若遇到紧急情况，那就只能发电报了。可电报资费比较贵，对于普通老百姓来说可谓相当奢侈，一个字就要几毛钱，除非家中遇到大事急事，不然是不会拍电报的。

党的十一届三中全会后，国家决定将今后的工作重点转移到经济建设上来，全国开始了热火朝天的现代化基础建设。

我国通信行业一马当先。

当时我国的通信基础设施太落后了。发达国家都已经是数字程控交换机了，而我国大城市还大多是步进制交换机，就连首都北京也是正逐步更新改造为纵横制交换机。农村或边远山区还存在手摇发电人工接线的通信模式。这种落后的通信方式大大地阻碍了信息的传递和流通，难以承担国民经济发展和现代化建设的重担。国家领导充分意识到这点，下决心要将我国通信设施提升到国际先进水平，实现通信快速发展，积极引进外资和技术成了唯一正确的做法。

1983年，国务院领导率团访问法国，与法国知名通信公司阿尔卡特达成了合作意向，由阿尔卡特通信公司提供设备和技术，在我国首都北京建设十万门数字程控交换机工程。

1984年5月18日，邮电部正式立项，批准改扩建北京电话网十万门数字程控交换机工程。这是“七五”期间国家重点建设项目，是载入我国电信历史的最大的电话工程。它正式拉开了我国电信行业迈向现代化的序幕。

我有幸在通信大发展建设的筹备期就加入其中，目睹并亲身感受到了我国通信事业发展的每一阶段日新月异的成就，见证了我国首都通信从一穷二白白手起家，到步履维艰艰苦努力，再到蓄势待发抓住机遇一路奋进，最终实现弯道超车，跨越走到今天的世界领先地位。

龙腾虎跃，赶超世界

常言说“万事开头难”。但中国的电信行业在改革开放大潮的浪涛推动下，从一开始就呈现出惊人的爆发力。短短的10年工夫便取得了接近或追平发达国家电信水平的成绩，令世界上所有国家都惊叹不已。

1984年，北京市就有两个电信成果令人刮目相看。第一个成果是在11月8日，北京市第一个程控电话局——呼家楼50电话分局建成投产运营，又过了一年，即1985年12月25日，呼家楼程控电话50分局，升级为500局，成为北

京电话网第一个七位制局。又过了10年，到了1996年，北京市电话号码升为八位，是继巴黎、东京、中国香港、上海之后，世界上仅有的第五个电话号码升至八位的城市，已超过英、美、德等老牌发达国家。第二个成果是在1984年12月，中国首次进行南极科学考察，北京短波第三、第四发讯台和第五收讯台担负了此次远洋考察的通信任务。短波电台与“向阳红10号”科学考察船保持通信联系，1985年1月8日与到达南极的中国南极考察队无线电话通话成功，通话距离1.7万多公里，这在当时已达到了领先世界通信水平的地位，也是中国电信史上最远距离的短波通信。

我国的通信水平在短短的10年时间取得了长足的进步，这和国家的英明决策是分不开的。早在20世纪80年代初期，国务院就将通信设备定为开放性行业，允许并鼓励民营企业和民间资本对通信设备进行自主研发和制造。那些年，如雨后春笋般的大大小小的通信设备企业遍布全国，大家群策群力，出资金，出技术，出智慧，出汗水，为我国通信发展做出了不可磨灭的贡献。

到了20世纪90年代，从这些公司里脱颖而出的大型通信设备民营企业有四家，分别是巨龙、大唐、中兴和华为。当时坊间流传着这样一个故事：邮电部部长向当时国务院分管副总理邹家华汇报这四家公司的情况，邹副总理看到四个公司的名字后哈哈大笑起来，部长纳闷地问道，您为何笑啊？邹副总理说，你将这四家公司名字的第一个字相连一下，这不就是巨大中华嘛！

正是有了国家的英明决策，果断地放开了电信市场，吸引了社会力量的介入，再加上全体电信人的共同努力，只用了短短的20年时间，就让我国通信水平从极其落后的状况，迈进世界领先的行列。

整个20世纪90年代，中国的通信行业就像中国的经济一样呈现出井喷之势。

仅就北京而言，1994年7月，北京市的城近郊区全部实现了电话程控化，装机容量大幅度提高，曾经遥不可及的“奢侈品”进入了寻常百姓家。几年之内，城市几乎家家都有了电话。

当时通信公司的各个营业厅都是排长队报装电话的人群，往往要排好几个小时的队才能排到柜台前办理申请报装手续，但大家却都乐此不疲，人人的脸上都洋溢着笑容。可见当时人们对电话的向往，以及对现代化生活的追求。

中国成为世界上电话普及率最高的国家。

紧接着，我国又对新型新式的通信工具，开始了引进和生产。

1985年无线寻呼业务诞生，开创了个人通信工具的先河。也就是说，不管你身处何地，哪怕远离城市，也能够找到你，并把想要诉说的内容通过数字符号传递给你。

这个通信工具小巧便利，可随身携带，大家都叫它BP机。

现在30岁以下的年轻人，可能都没有用过BP机。但当时可是风靡一时的，谁的腰间能挎着个BP机，那可太拽了，每当BP机发出清脆的滴滴声时，有的持有者还要故意装作没听见，让它多响几下，借以显示持有者的身份。然而，寻呼机的发展仅仅持续了大约五年的时间，便被手机逐渐地取代了。

手机是大家对它的简称。它的学名应该叫无线移动电话。电话从有线到无线是一次革命性的飞跃，标志着人类社会从此进入了无线通信时代。

早期的移动电话，厚实笨重，形状像一块黑色的砖头，重量要在一斤以上，而且价格昂贵，一台就要几万元，所以首先使用它的大都是那些先富起来的生意人。他们走路时将它拿在手里，吃饭时将它立在桌上，有意无意地向别人显示自己的身份和财力。因此，当年人们都称它为“大哥大”。

其实，当时的移动电话除了通话外没有别的任何功能，而且通话质量非常差，信号也不够稳定，需要靠使劲地喊，对方才能听清楚。那时常常看到这样的街景：一个西装革履绅士派头十足的人，一手拎着黑皮包，一手拿着黑砖头大小的电话，高声叫喊，像是在和电话那头的人吵架，引得路人们侧目相看。

短短的20年时间，我国的通信事业完成了华丽的转身。从落后的有线通信跨越到世界领先的无线通信。与此同时，通信还担负着更大更多的社会责任。比如，1990年承担第十一届亚洲运动会的通信保障任务；1997年、1999

年圆满完成了香港回归和澳门回归的重点通信保障任务；1999年10月1日，圆满完成新中国成立50周年阅兵及庆典活动的通信保障任务……充分显示了首都通信全覆盖、多层次、高质量、大规模的一流水平。

喜逢奥运，续写辉煌

2001年是21世纪的第一年。这一年世界上有件大事让中国人永远铭记。那就是北京取得了第29届夏季奥林匹克运动会的举办权。

那是2001年7月13日，北京时间22点整，全世界的目光都集中在莫斯科国际奥委会第112次全会上。人们屏住呼吸，看着时任国际奥委会主席萨马兰奇缓缓地从一个金色的盒子里取出一张折好的纸，然后慢慢地打开，用他特有的低沉而深厚的嗓音念出了一个词：Beijing。那一刻，所有的中国人都听懂了，北京！

从那一刻起，中国北京被推到了世界舞台的中心。

北京，作为中华人民共和国的首都，有着千年的悠久历史，丰富厚重的文化底蕴，得天独厚的地理位置，她是我国政治、经济、文化的中心，随着改革开放的步伐，她已由一个历史文化名城跻身世界知名的国际大都市的行列。

一年以后，即2002年7月15日，在北京市市政府大楼里召开了一次重要的市长办公会。这次会议对2008年奥运会的准备工作做了全面部署，会议吹响了北京筹备奥运会的号角。

市长办公会议同时决定并授权北京市通信公司组建北京市数字集群指挥调度无线政务网。这是国际奥委会的要求，也是我们的承诺，更是奥运会的需要。

数字集群无线通信网是世界上最为先进的通信网络。它需要顶尖的设备，顶尖的技术，顶尖的人员。时间紧迫，其难度之大可想而知。

北京通信公司接到任务后马上行动起来，按照上级的指示，首先要组建一

个无线政务网络通信公司，负责北京无线政务网的建设和运营。于是从公司的各个相关部门抽调了9名骨干力量，组成了筹备组。我是其中的一员。

那是一段令我难以忘怀的日子。尽管距离现在已经过去将近20年了，但仍会让我时常想起那些无比的自豪、冲天的干劲、热血沸腾的日日夜夜。

我们“临危受命”的九员大将克服了难以想象的重重困难，加班加点，挑灯夜战，艰苦奋战，在仅有的40个工作日，统共57天的时间里，圆满完成了符合国际奥委会要求的具有先进的科学技术和现代企业管理的崭新公司的组建工作。

2002年12月30日，北京正通网络通信有限公司正式诞生了！她的诞生，标志着我国数字集群无线政务网的建设已成为城市信息化建设的重要领域，开创了由“企业运营、政府购买服务”的新型经济运营模式。并创造了“公司当年成立、工程当年立项、基站当年建设、网络当年开通”的业界佳话。

2004年11月，北京正通公司为2004年北京国际接力马拉松赛场提供数字集群通信服务赞助，这是北京正通公司首次参与社会公益活动，北京正通公司成为北京国际接力马拉松赛的长期合作伙伴和数字集群通信服务赞助商。至2008年北京奥运会开幕之前，北京无线政务网多次在政府与社会的大型活动中发挥了不可替代的作用。

每一次的通信任务保障，都凝聚着通信建设者的不懈努力。这其中有建设部门找基站、建基站的艰辛，有运行维护技术部门的网络覆盖测试和分析以及基站、机房的维护，有市场部门的用户发展和用户服务，管理部门的综合支撑和后勤保障。正是这些平凡普通的通信人并肩携手、奋力拼搏、兢兢业业、无私奉献、无怨无悔地坚守在无线政务网通信保障的各个岗位上，以专业和可靠的数字集群通信保障能力，以优质的服务和高度的责任心，圆满完成了国家及北京市各项重大通信保障任务。

2008年8月8日晚8时，第29届夏季奥林匹克运动会在北京国家体育场隆重开幕。北京正通公司经过了5年的网络建设和多次重大通信保障的锻炼，已

一步步地成熟、发展、壮大，已经形成了一整套比较完备的重要通信服务保障体系，有着世界领先的网络通信水平和可靠的技术保障能力，凝结了多年丰富的重要通信服务保障经验，具备强大的奥运保障团队来支撑。但面对这样一场全世界瞩目的盛大赛事，作为神经系统的通信调度网络，容不得半点的偏差和错漏，无线政务网的每一个保障人员都感到了“使命神圣，责任重大”。因为这是中国政府、北京市奥组委向国际社会和国际奥委会做出的庄严承诺。

从2008年7月7日至8月24日奥运赛时期间，奥运集群通信的现场保障团队，为奥组委提供了近1.5万部集群终端、42个竞赛和非竞赛场馆的现场通信服务，11家非竞赛场馆实行24小时通信服务，各场馆日平均工作时长超过13小时；日巡检测试点数量达到1320个，日巡检路线长度超过200公里。集群通信的现场保障不但包括对于奥运会本身数字集群通信的保障，还要在同一时间为北京市的公安、安保、武警、消防、交管、城管、急救、公共交通、天气控制、电力等8.6万个在网的重要用户提供优质的数字集群通信保障。

在整个奥运会期间，北京无线数字集群通信保障工作创造了多项奥运会、残奥会通信保障史上的新纪录：用数字集群通信共网确保了奥运会、安保、城市管理、应急指挥通信畅通，是历届奥运会的首创；网络承载用户数远远高于历届奥运集群网络；用户密度大，在网用户数远高于历届奥运会、残奥会集群网络的承载能力；全网日呼叫峰值、忙时呼叫次数、话务量均为雅典奥运会的数倍；确保奥运会、残奥会期间80多个国家和地区国家元首和领导人参加政治、文化和体育活动的安保、礼宾服务指挥调度通信保障任务，保障级别最高；在开幕式时创造了近9万在网用户的通信，近20万人的安全入场和快速疏散通信指挥调度的业界传奇。圆满而出色地完成了第29届夏季奥运会和残奥会的数字集群通信保障任务。获得了中共北京市委、市政府和北京奥组委以及全网用户的高度评价，高标准实现了对国际奥委会的承诺。

永无止境，再攀高峰

北京奥运会后，中国通信事业的发展势头和速度愈加强劲。我国通信网络规模容量成倍扩增，已建成包括光纤、数字微波、卫星、程控交换、移动通信、数据通信等覆盖全国、通达世界的公用电信网，建立了全球最大规模4G商用网络。尤其近些年来，随着通信技术与计算机和互联网普及应用的结合，社会彻底进入了信息化时代。

信息化使人类以更快捷更便利的方式获得并传递人类创造的一切文明成果，促进全球各国人们之间的密切交往和对话，进一步增进相互了解和理解，有利于人类的共同繁荣和发展。

今天的中国移动互联网高速发展，其基础是中国通信行业的高度发达。由此带来了通信方式的巨大变革，社会的信息化已经对我们的日常生活产生了非常大的影响。人与人之间的沟通交流更加便利，人与人之间的距离越来越近，地球村渐渐变得更小。对于普通大众来说，拿出手机，解决生活上的一切，似乎已经习以为常。无论在地铁、高铁还是边远农村以及山沟沟里甚至江河湖海都有覆盖良好的网络信号，使得每个普通居民在吃穿住行等生活的方方面面都可通过一部手机线上搞定。

随着移动通信技术和4G、5G网络覆盖率的提高，智能制造、万物互联、网络银行、移动支付、各类出行、餐饮外卖、网络购物、网上医院等诸多移动应用加快普及，带动移动互联网接入流量消费高速增长。越来越多的外国人在中国看到并亲身体验扫码支付、无人超市、共享单车等带来的巨大便利。手机信号好、网速快、移动应用便捷，成为他们中国之行的强烈印象。

互联网与实体经济的深度融合，与经济社会各领域的跨界联手，为新经济发展增添了活力，催生一系列“互联网+”经济新业态，为国民经济增长注入了新的动力，带动了人才的培养、技术的进步、资本的积累，以及较好的营商环境，中国市场的优势越发突出，为全球通信产业提供了良好的发展前景，助

推了全球通信产业的快速发展。

通信百年，从无到有、从学习到创新、从跟随到引领、从崛起到腾飞，见证了人们经济生活的时代变迁，折射出社会经济发展的万千精彩。在这个惊喜不断的时代，跨越变革的时代，永攀科技高峰的时代，地球村的时代，我与时代同行，一路走来，满满都是回忆，满满都是憧憬。

岂曰无衣，与子同袍

老　骥

天下非一人之天下，乃天下人之天下也。同天下之利者则得天下，擅天下之利者则失天下。

——《太公六韬》

一从大地起风雷

19世纪末，《时务报》创始人汪康年写了一篇《中国自强策》，文中讲道：

中国素以君权为主务，以保世滋大为宗旨，故其治多禁防遏抑之制，而少开拓扩充之意……循习至久，全国之民皆失自主之权，无相为之心，上下隔绝，彼此相离，民视君父如陌路，视同国若途人。夫民之弱与离，君所欲也，积至今数千年，乃受其大祸。然则至今日，

> 而欲力反数千年之积弊，以求与西人相角，亦唯曰复民权、崇公理而已。

第一次读到汪氏这篇文章，是20年前的夏天，在北京大学图书馆。午后的阳光照例明媚而热烈，穿透窗前枝叶交叠的银杏，把一隙斑驳的树影，印刻在《汪康年文集》青瓷一般深黛色封面上。不远处的百年大讲堂传出欢歌口号，此起彼伏洋溢着青春活力，一群学生正在庆祝北京奥运会申办成功。胜利者海沸一般的激情狂喜，和汪氏100年前无奈、愤慨以及坚定沉重的悲壮，在四壁的图书中间回旋往复、形成鲜明对比，更让我从“复民权、崇公理”的疾呼中，一窥数千年封建专制下的国力不昌，以及晚清开明士大夫追求现代民主的觉醒。

现代民主是什么？作为一种以自由、平等、人权为基础的政治理念、政治精神、政治态度和政治作风，现代民主从一开始就是个舶来品。而接受舶来品，对传统士人来说，精神上总有些不痛快、不情愿。哪怕是洋务运动的代表人物张之洞，在他的《劝学篇》里，也理直气壮地表达和汪康年天壤之别的政治观念：

> 使民权之说一倡，愚民必喜，乱民必作，纪纲不行，大乱四起……子不从父，弟不尊师，妇不从夫，贱不服贵，弱肉强食，不尽灭人类不止，环球万国必无此政，生番蛮獠亦必无此俗。

然而，思想的发展，不以张之洞等人的意志而停步。40余年，江河日下，梁栋崩析，棋局已残。亡国灭种之危越发急迫，切肤之痛让民主日渐一日成为澎湃汹涌的大潮。日俄战争中民主的日本完胜专制的沙俄，更让中国人的心灵为之震撼，向日本学习、实行立宪民主，成为大势所趋。

立宪、民主，要有合适的政权组织形式作为运行载体。《中国新报》主编

杨度著《金铁主义说》，明白地发出“开国会”的号召，言语铿锵，如洪钟大吕、振聋发聩：

> 吾今日所主张之唯一救国方法，以大声疾呼号召于天下者，曰“开国会”三字而已。

开国会，必然涉及选举。关于选举，黄遵宪更有发言权。他在光绪八年担任清廷驻美国旧金山总领事，目睹了1884年美国总统大选：“甲申十月，为公举总统之期。合众党欲留前任布连，而共和党则举姬利扶兰。两党哄争，卒举姬君。”作为诗人的黄遵宪诗兴大发：

> 吹我合众笳，击我合众鼓。
> 擎我合众花，书我合众簿。
> 汝众勿喧哗，请听吾党语。
> 人各有齿牙，人各有肺腑。
> 聚众成国家，一身此尺土。
> 所举勿参差，此乃众人父。
> ……
> 吁嗟华盛顿，及今百年矣。
> 自树独立旗，不复受压制。
> 红黄黑白种，一律平等视。
> 人人得自由，万物咸遂利。
> 民智益发扬，国富乃倍蓰。
> 泱泱大国风，闻乐叹观止。

读黄公这首《纪事》，恍惚如读托克维尔《论美国的民主》，我看到字里行

间，全是欣羡和倾倒。清朝人也好，法国人也罢，旧世界的人如天外来客，被一种震撼的新鲜充斥心灵，除了虔诚的顶礼膜拜，愈觉“往者不可谏，来者犹可追”的紧迫。

1906年，清廷宣布“预备仿行立宪”，载泽、端方、戴鸿慈、尚其亨、李盛铎五大臣出洋考察政治，两年后颁布《钦定宪法大纲》。可是，南方诸省的急性子们已经迫不及待。辛亥革命的枪声一响，“开国会”“行选举”这一历史接力，落在了民国临时参议院肩上。从1912年12月到1913年3月，新成立的民国进行了历史上第一次国会选举，选出参议员274名、众议员596名。这届国会苦苦支撑了9个月，即被袁世凯非法解散。以后30多年，虽然几经恢复，却成了各方政治势力左右操控的“木偶”。江石悍利，波恶涡诡，争取民主的改革与抗议之声此起彼落，然而反民主的调查与暗杀之事，更是层出不穷。20世纪30年代初，民权保障同盟总干事杨杏佛，发出低抑而凄楚的感叹：

> 争取民权的保障是18世纪的事情，不幸我们中国人活在20世纪里还是不能不做这种18世纪的工作。

可是感叹又有什么用？发完感叹后不久，1933年6月18日，杨杏佛在上海街头被暗杀。杨杏佛的儿子杨小佛，当时只有15岁，多年以后回忆说：

> 那是个星期天，父亲和往常一样，带着我乘坐纳喜牌篷车外出。刚驶出中央研究院大门，拟向北转入亚尔培路时，只见路边冲出4个持枪大汉，立在汽车四角射击。司机胸部连中两弹，打开车门夺路逃命。父亲听到枪声，立即伏在我的身上……终于，父亲倒在了血泊之中，气绝身亡。

楼观才成人已去，旌旗未卷头先白。历史一再证明，如果没有民意民权为

根基，所谓的“民主”，最终只是抟在政客手里的道具而已。

芙蓉国里尽朝晖

去过嘉兴，看过红船。江南形胜地，随处可见水色空蒙波光潋滟，清溪上成群的鸟飞过去飞过来，像云一般回合无意、像浪一般卷舒自如、像米芾的书法一般飘逸洒脱。我想100年前的盛夏，那十几位朝气蓬勃的年轻人，或布衣长衫，或西装革履，在这游船上相聚，是否也如我一样，为湖山晴明岁月静好所感动？不，不会的，他们才无暇四顾这旖旎的风光，对他们来说，哪有湖山晴明哪有岁月静好，他们哀民生之多艰哀神州正有陆沉忧，他们明白自己肩负改天换地的天降大任，他们正踌躇满志激情澎湃、要擘画一个新世界新未来。

中国人对民主道路的探索，因为中国共产党的成立，站上了一个崭新的起点。而民主在中国，也开始跃出少数“精英”的把控，成为可以动员无产者广泛参与的有机事物。它正在摆脱浮华虚饰回归质朴遒健，以一种清晰而有力的姿态，横空出世，灿如朝阳。

中国共产党自成立之初，即明白地、庄严地向世人宣告：“我们党承认苏维埃管理制度，要把工人、农民和士兵组织起来。”

所谓“苏维埃”，是俄文的音译，意思是“代表会议”。俄国十月革命后，创建了代表无产阶级的政权组织形式“工农兵苏维埃”。李大钊、蔡和森最早将这一制度介绍到中国，断定这种政治组织，必将是未来真正的、能够代表劳苦大众的民主形式。1918年11月，李大钊在《Bolshevism（布尔什维主义）的胜利》发出了雄辩的赞美：

这等会议，应该组织世界所有的政府……但有劳工联合的会议，什么事都归他们决定。一切产业都归在那产业里作工的人所有，此外不许更有所有权。他们将要联合世界的无产庶民，拿他们最大、最强

> 的抵抗力，创造一自由乡土，先造欧洲联邦民主国，做世界联邦的基础。这是Bolsheviki的主义。这是二十世纪世界革命的新信条。

李大钊的新信条，在革命的血与火的洗礼中付诸实践。1931年11月，中华苏维埃第一次全国代表大会在江西瑞金叶坪村举行。三年后，中华苏维埃召开了第二次全国代表大会，向全世界表明自己政权的工农民主专政的性质及其运行方式：

> 中华苏维埃政权所建设的，是工人和农民的民主专政国家。……中华苏维埃共和国之最高政权为全国工农兵会议（苏维埃）的大会，在大会闭会的期间，全国苏维埃临时中央执行委员会为最高政权机关，中央执行委员会下组织人民委员会处理日常政务，发布一切法令和决议案。

红旗漫卷，遍地英雄。带有鲜明革命主义特征的红色民主如星星之火，在中华大地的秋野上，形成了不可遏制的烧天之势。

我一直在想，假如没有1937年7月7日卢沟桥上那一场事变，没有日本人践踏在中华大地上的铁蹄肆意蹂躏肆意摧残，中国民主将走向哪里？

但是历史不能假设。平津危急！华北危急！中华民族危急！卢沟桥的枪声惊醒了沉睡的雄狮，从此中国地不分南北、人不分老幼，抵御外侮成了每一个中华儿女的政治主题。

在滚滚的抗日洪流中，国共两党以及各民主党派、各方面力量紧密合作、救亡图存。中国共产党适应抗日统一战线建设需要，迅速将边区苏维埃政权转变成“三三制”参议会，除了党领导的工农兵群众，将非党左派进步分子、中间分子吸收到政权机关中。

苏维埃演变为参议会，使民主大大扩展了范围、增强了韧性。如果说苏维

埃的民主有如骅骝长嘶、有御风图南征服八荒之势，但可能因为鲜明的目标主义以及阵线的过度清白而孤立无援的话，参议会则有着很大的不同，它含藏内敛、包容稳健、醇厚平和，少了咄咄逼人、多了圆润弹力，但是培蓄待发的精神，并没有因此缩减。它像苏维埃一样，积极发动最基层的人民群众参与政治建设。

20世纪40年代初，延安群众中流传一句俗语："金豆豆、银豆豆，豆豆不能随便投；选好人、办好事，投在好人碗里头。"这句朴实的韵文，生动再现了陕甘宁边区独特的"豆选"场景。那时候边区农民大多不识字、不会画票，为了让他们在选举中充分表达意愿，当地的党组织发明了一种"豆选"：干部候选人跟全体村民见面，然后背对群众站成一排，每个候选人背后的桌子上放一个大碗。所有来参加选举的村民，每人发一粒黄豆当作选票，请他们拿着豆，依次走过候选人背后，想选哪位候选人当乡长当村主任，就把黄豆放在此人背后的碗里。"豆选"既简便又有趣，每回选举就像赶庙会、过年节一样，十里八乡的男女老少齐出动，"有的妇女抱着娃娃、兜里揣着馍馍参加选举，连许多极少出窑洞的小脚妇女，也骑着毛驴翻山越岭参加选举"。这种创始于延安时期的、带着泥土气息的选举办法，后来迅速传遍了各个解放区，解决了农村地区基层政权的民主产生问题。

在中国这样一个人口众多、人民群众文化水平和参政能力普遍不高的国度中，民主真的就像那一粒一粒的豆种，经过精心的呵护培育，逐渐生根发芽、成长壮大。

民主在哪里？不在紫殿深宫皇皇高人空论，而在寻常巷陌俯仰指顾之间。

一唱雄鸡天下白

1948年4月30日，中共中央发布著名的"五一"口号，号召"各民主党派、各人民团体、各社会贤达迅速召开政治协商会议，讨论并实现召集人民代

表大会，成立民主联合政府”。

1948年上半年的历史，是光明和黑暗两种前途正在中华大地上发生革命性逆转的历史：在华东，除济南、青岛、临沂等少数据点，山东全境已经解放。在陕北，西北野战军一举收复了延安。在华北，聂荣臻等指挥的华北野战军正在包围太原。在东北，林彪、罗荣桓等指挥的东北野战军已经解放四平。在中原，陈毅、粟裕等指挥的华东野战军取得了豫东战役等胜利，完全打乱了蒋介石在中原地区的防御体系。而刘邓大军千里挺进大别山，战线直接推进到长江北岸，对国民党南京政府形成强大的威胁。截江组练驱山，万里未收貔虎。独裁统治行将就木，一个独立、民主、和平、统一的新中国即将诞生。

中国共产党人的政治主张、新中国政权蓝图的战略构想，得到了各民主党派和社会贤达的热烈响应。民盟创始人、“川北圣人”张澜，当时正在上海虹桥疗养院养病。他听说在香港的民盟总部已经通电响应中共中央的“五一”口号，表示“极感欣慰”，认为这是“国家当前自救唯一途径”。1948年6月14日，在张澜等人的推动下，民盟再发表《响应中共“五一”号召致全国各民主党派各人民团体各报馆暨全国同胞书》：

> 本盟自成立以来，一向主张以民主和平独立统一为建设新中国的基本方针，同时亦以此为本盟奋斗的中心目标，早为海内外人士所共鉴。……此次中共发布“五一”口号，其第五项主张迅速召开政治协商会议，实现民主联合政府，正与本盟历来一贯的主张相符合，本盟当然愿为这一主张的早日实现而积极奋斗。同时中共“五一”口号发布以来，各方纷纷热烈响应，足见政治协商与联合政府的主张，决非任何一党一派独有的主张，而是一切民主党派和民主团体乃至全国人民的共同要求。

1949年9月21日至30日，中国人民政治协商会议第一届全体会议在北平

召开。来自海内外46个单位的代表662人参加，其中最年轻的22岁，最年长的92岁，可谓群贤毕至、少长咸集。相比于1946年的“旧政协”参加代表只有38位，“新政协”的凝聚力和广泛代表性可见一斑。这么多人聚在一起开会，如何实现所有意见的充分表达？叶圣陶的日记解答了我心中的疑惑：

> 凡已来平之政协代表俱以今日讨论此草案，共分二十小组……此方式余以为甚善。六百余人共聚一堂，必不能为详密之讨论，今于事先分组研究，然后综合各组之意见而为修订，可谓普及于人人，实比旧日开会方式进步多多。此新民主之民主集中大异于旧民主者也。

而著名报人胡愈之则为政协会议体现出的空前团结空前民主的氛围所感染，他怀着极为欣悦的心情，热情洋溢，大声称颂：

> 全中国人民都希望有这么一天。这么一天已经到来了。这不是一件小事，这是天大的事情。因为这表示全中国人民破天荒第一次大团结，向民主建国的大路，跨上了第一步。……这不可能不影响到国家和人民的永久的前途，也不可能不影响到世界和人类的永久的前途。

政协会议，重在协商。从政协代表的产生，到中央政府的人事安排，都是中国共产党和各民主党派、各方面代表协商出来的。许多有影响的民主人士，包括国民党内的一些代表人物、起义将领，担任了新政权的要职，以至于有些共产党员想不开发牢骚，说“共产党打天下、民主人士坐天下”，“老革命不如新革命、新革命不如不革命、不革命不如反革命、小反革命不如大反革命”。

这些闲话，于团结不利，于民主不利。

毛泽东敏锐地发觉党内同志存在的这些错误思想，及时开展政策教育：

人民政协会议一定要有各方面人物，不然就是开党代表会议了。民主党派不是一根头发，而是一把头发。他们人数虽然不多，社会联系却很广泛。我们共产党人，必须学会和各民主党派与无党派民主人士共同生活，共同工作。

出席政协会议的有一位毛泽东的老朋友，著名诗人、同盟会元老柳亚子。作为民盟中央执行委员，柳亚子比较早地响应毛泽东号召，于1949年3月从香港来北平参加民主建国活动。他认为以自己的名声与才能，必在新政协中得以重用；但新政协人才济济，各方面代表人物众多，对柳亚子的安排并没有满足他的期望。柳亚子写了一首诗呈毛泽东：

开天辟地君真健，说项依刘我大难。
夺席谈经非五鹿，无车弹铗怨冯驩。
头颅早悔平生贱，肝胆宁忘一寸丹。
安得南征驰捷报，分湖便是子陵滩。

在这首诗里，柳亚子表达了自己“无车”即待遇未达期望的不满情绪，同时表示与其如此不如学汉朝的严光，归隐田园算了。当然，柳亚子不满情绪是真，归隐之心或假。毛泽东看了这首诗，即和一首：

饮茶粤海未能忘，索句渝州叶正黄。
三十一年还旧国，落花时节读华章。
牢骚太盛防肠断，风物长宜放眼量。
莫道昆明池水浅，观鱼胜过富春江。

既对柳亚子的牢骚太盛进行规劝，同时又对柳亚子予以挽留，希望他不计

个人得失，留在北平积极投身民主建国各项工作。柳亚子接受了毛泽东的挽留，再写诗一首，自责“《离骚》屈子幽兰怨”，并赞毛泽东“风度元戎海水量”，同时表示“倘遣名园长属我，躬耕原不恋吴江”，从此不再提个人利益诉求，全心投入到新中国的民主事业中去。

中国人民政治协商会议第一届全体会议完成了民主建国各项任务，于9月30日胜利闭幕。

第二天，10月1日，下午3时，30万首都各界人民群众和解放军代表聚集在天安门广场，见证了一场前所未有的伟大庆典。

中华人民共和国诞生了！

云山苍苍，江水泱泱。有着5000多年文明史和6亿人口的东方大国，经过一代又一代的抗争、试验、实践、总结，从此成为一个新民主主义国家。因为有了人民的当家作主，中国的民主进程有如旭日东升、红盘乍涌，神州处处，第见风帆沙鸟、竹树烟云。

良宵盛会喜空前

毛泽东第一次提出人民代表大会的理论构想，是1940年1月。在《新民主主义论》中，他讲道：

> 没有适当形式的政权机关，就不能代表国家。中国现在可以采取全国人民代表大会、省人民代表大会、县人民代表大会、区人民代表大会直到乡人民代表大会的系统。

14年后，毛泽东的理想变成现实。1954年9月15日，中华人民共和国第一届全国人民代表大会第一次会议在北京开幕了。

和政协会议协商产生代表不同，全国人大代表是在普遍、平等的基础上，

从乡到县、从县到省，又从省到中央，一层一层选举出来的。

自有文明史以来的5000多年中，中国从未有过全国范围的政治选举。如此开天辟地一般的新创举，在人民群众中引发了怎样的反响？我看到1953年3月5日《北京日报》刊出的《北京各界人民热烈拥护选举法》，生动地描绘当时的场景：

前门区椿树下头条三号居民李菊生说："国家真跟咱们自己的家一样，要咱们自己来做主。咱一定要把眼擦得亮亮的，选举真能为咱们办事的人大代表！"……青年学生们也感到欢欣鼓舞。北京第八中学高一的梁仲才同学兴奋地说："我今年整18周岁，并且是在首都参加选举，这是我一生最大的幸福！"

全国人大代表需由各省区市人民代表大会选举产生。1954年8月17日，北京市第一届人民代表大会第一次会议在中山公园中山堂开幕。正是在这次会议上，毛泽东等党和国家领导人当选为全国人大代表。

北京市人大代表选举毛泽东，有着怎样的兴奋喜悦、激动幸福的心情？我看到老舍在大会结束后写的一篇文章，标题就叫《毛主席，我选举了您》，睹其字如闻其声。身为作家的老舍，忽然变得语无伦次：

选票上的第一名候选人是伟大的毛泽东啊！……轮到我去投票。我觉得出我的脸白了，眼圈更湿了！我愿多拿一会儿那张选票，热情地吻它。可是，我必须把它投入票箱里。我投了票。看看前后左右的人，他们的眼里也含着泪。

是啊！无论是各行各业各地的选民，还是当选的1226名全国人大代表，谁又不是和老舍一样，心里充满着激动、骄傲和自豪呢？商务印书馆的创办人

张元济当时已经88岁，风烛残年，卧病上海。听说自己被选为全国人大代表，即写信给朋友表示“无上荣幸”，并说“必当扶病来京出席，死在北京亦所欣然”。人民代表大会的感召，承载着新中国新民主的希望，正如春风里的云雷、动地而来的欢歌，在每个人心里，激荡起山鸣谷应的强烈回声。

第一届全国人民代表大会第一次会议通过了新中国第一部宪法，让新生不久的共和国，有了根本的法律依循和治理章程。民主法治密不可分，民主是法治的意志基础和程序基础，法治是民主的制度保障和秩序保障。70年来的历史证明，宪法实施得好不好，直接影响民主的前途和命运。黄炎培代表在大会上发言，对宪法的执行寄予厚望：

> 我万分恳切要求各方面对于宪法予以高度的重视来正确执行，所有领导、管理、监督、检察各方面对于宪法执行工作，特别予以严重注视，各级人民代表大会代表们更须正确反映人民群众对于国家机关工作的意见，发现了困难或偏差，必须全国上下一致努力来克服来纠正。

事实上，黄炎培与其说是对宪法寄予厚望，不如说是对宪法框架下保证人民自由民主地行使政治权力寄予厚望。一届全国人民代表大会的代表，也确能对国家机关直言不讳地发表批评意见。比如，在讨论到政府工作报告时，程潜代表发言：

> 我觉得，在有些工作中，气血脉络还欠灵活呼应，党对政府的领导以及党同非党的团结协作，也还未达到有原则的乳水交融的境界。这就是美中不足之处。希望共产党对政府在领导方法上注意改进，加强思想领导，建立科学的分工负责制，以此来更加加强党同非党的团结协作。

其他代表也都实事求是畅所欲言，从不同角度给党和政府的工作提意见。曹荻秋代表批评中央有些部门对下情了解不够以致在工作指导上有不尽合乎实际的地方。梁希代表建议改进粮油统销工作。沈雁冰代表建议不要用行政方式去领导文艺创作。所有代表都怀着一种朴素而诚恳的希望，希望真正代表人民参与到新生政权建设中，希望为建设富强民主的社会主义国家贡献才智贡献力量。

读这些60多年前的档案材料，我恍惚感到每位代表的形象鲜活交叠浮现在眼前，他们的身姿神态手势，他们的措辞轻重、声调高低、语速急徐——我相信那种民主氛围是真诚而和谐的、是充盈而清新的、是热烈而明快的、是有着美学意义自由自在因而令人向往的。我甚至看到，邵力子代表在1956年6月举行的一届全国人大三次会议上发言，郑重介绍“吞食蝌蚪可以避孕”。虽然方法欠科学，但反映了他关注中国人口过快增长、因而倡导计划生育的先见之明。这种活泼泼的民主形式，在人民代表大会创立之初的三年时间里，一直得到鼓励和提倡。中国人民自我培育的民主兴致、民主热情、民主信心和民主精神，不断发扬、不断光大、不断臻于完善。

人间正道是沧桑

初生的社会主义民主制度步履蹒跚，实践探索艰辛而曲折。20世纪60年代的人潮市声惊红骇绿，20世纪70年代的乱云急雨倒立江湖，如岁月彼端传出的噬痛，如劈空而来横加额上的雷殛。立法基本停顿。监督流于形式。就连全国人民代表大会及其常委会，也不能按时召开。三届全国人大期间只开过1次大会、33次常委会会议，四届全国人大期间，只开过1次大会、5次常委会会议。地方各级人大更是陷入瘫痪，民主法治遭到严重破坏，人民的权利和合法权益得不到保障。

严冬有日终须尽，万里溪山唤春回。

1978年12月，党的十一届三中全会胜利召开。这是一次德被生民的会议，这是一次功施社稷的会议，这是一次足可铭彝鼎而披弦歌的会议，健全社会主义民主、加强社会主义法治，因为这次会议，成为党和国家坚定不移的基本方针。

春秋替序，物故者新，长林古木，振以清风。在“文化大革命”中被错误“打倒”的彭真复出，担任了全国人大法制委员会主任，实际上主持全国人大日常工作。他为中国民主法治的恢复和发展，付出极大心血、做出巨大贡献。全国人大常委会法制工作委员会原副主任委员张春生回忆说：

> 这10年，我看他（彭真）是很想从体制上突破一些东西的。就人大来讲，就是要突破“橡皮图章”，切实发挥国家权力机关的作用。……大家跟着他做了几件大事，确实有所突破。

张春生提到的“几件大事”，其中一件，就是把等额选举改为差额选举。人民代表大会初创时期，普遍实行等额选举，通俗说法是“上面提名单，下面画圈圈”。1979年修改选举法和地方组织法，把各级人大代表选举一律变成了差额选举。差额选举就会有当选、有落选，落选了怎么办？彭真讲：

> 选举过程，是干部、群众批评自我批评的过程。……没有当选的，应改正错误缺点，从各方面提高自己。有些人落选，也可能是由于群众还不了解，或了解得不全面，俗话说日久见人心，只要坚持不懈地努力工作，全心全意为人民服务，群众是会慢慢了解、认识的。

其实，改革开放40多年来民主实践的探索，不只是选举制度的改革，更重要的是拓展了民主的空间、丰富了民主的呈现。特别是21世纪以来，随着基层人大机构的逐步健全，民主的运行与深化正逐渐和基层社会治理、民生进

步改善结合起来，成为中国治理体系和治理能力现代化的不竭动力。

2020年，北京市人大常委会审议通过《北京市物业管理条例》和《北京市生活垃圾管理条例》，市、区、乡镇三级人大代表1.2万人参与了立法工作和执法检查。“万名代表走基层”，作为对延安边区“豆选”制的精神延续，让立法执法在北京实实在在走了一回群众路线，把民主动员的触角深入到千家万户。北京市人大代表李冬梅参与生活垃圾管理条例的执法检查，身边、路边、周边的垃圾桶，被她检查了一个遍，“忍不住，都成了习惯了，看到垃圾桶，就想去掀盖子瞅一眼”。物业管理条例所独创的“物管会”制度，已经成为推动社区自治、解决居民物业矛盾纠纷这一城市治理老大难的“新钥匙”。《人民日报》专题报道，赞北京“有了物管会，治理更到位”，鲜明地道出了立法主旨和实施效果。

21世纪以来的民主，越来越融入国家建设的方方面面。如果说改革开放之初我们的民主观念集中在“优化选举”的“单维度论”，那么，现在则更多将自由、自治、法治、参与、协商等国家建设话语，引入了民主建设的框架，“多维度论”的民主理念和实践成为主流。2016年，中国人民大学国际关系学院教授杨光斌接受媒体采访时讲道：

> 多维度的民主观，恰恰是符合大国国家建设复杂性的特性。试想，如此大的国家，以一个维度来衡量政治性质,即政治的好与坏，完全不符合国家建设要处理的多维度的复杂关系，一个大国怎么可能一选了之？其实，也正是因为把单维度的民主形式等同于一切，甚至代替了复杂性的国家建设，很多发展中国家就因此陷入困境而难以自拔……

杨光斌试图阐述这样一个道理：作为政治运行方式的民主，内容有真伪之别但形式无优劣之分。和西方国家唯党争、唯票选的民主比起来，中国多维度

民主形式，更具包容性和稳定性，也更有秩序和效率。

我们把目光转到2002年，这一年，美国杜克大学政治学系教授史天健来中国开展关于民主政治的民意调查。民调问卷中有一些开放性题目："对你来说民主到底指的是什么？"结果显示，有近55%的人认为民主是为人民服务。问卷中还有一个选择题，"党和国家领导人是由有规律的选举产生"和"党和国家领导人在做决策的时候时时刻刻想到人民的利益"，你认为哪个更重要？结果80%的受访者认为后者更重要。由此史天健得出结论：

> 第一，中国人想要民主，但中国老百姓想要的民主恐怕更符合孔孟的民本思想，而不是西方意义上的民主，尽管他们用"民主"这个字眼来形容他们的理想。第二，人民是以不同的标准在评价政府，而这种评价并非简单的选举就可以满足。第三，对于政府和政治学者来讲，这就构成一个更大的问题：我们在做制度设计的时候，要发展什么样的民主？怎样的制度设计才能满足人民的要求？

也就是说，在大多数中国人的心中，着眼民生改善的传统民本主义性质的民主模式，远比空洞的西式民主说教更加真实可感、更加坚定有力。这就引发了一个有意思的课题：本文开始提到的汪康年们追求的那些非传统意义上的民主，假如真的照搬照抄到中国来，会不会水土不服？所幸百年来中国民主的领导者、推动者、实践者，借鉴舶来的民主观念，结合传统文化中深厚的民本主义思想积淀，不断试验，不断改进，不断完善，走出了一条独特的民主之路。而中国建设发展的实践，特别是40多年来经济腾飞、民族团结、人民生活的富足美满，已证明这条道路的勃勃生机和强大效能。履不必同、期于适足，治不必同、期于利民。占全世界人口1/5的中国人民的聪明智慧，或许更能解析人类民主的深层密码、更好书写世界政治发展史上的华彩篇章。

2021年3月5日，十三届全国人大四次会议在北京如期举行。2900多名代

表再次相聚一堂，共商国是。

大会堂外，春寒清冽，万物将萌。杨柳娇羞地晕染着轻烟一般似有似无的柔黄。三月的红梅饱满绚烂如朝霞，在轻风吹拂下婆娑起舞。无数只色彩斑斓的鸟儿上下翻飞低吟欢唱，清音嘹亮争相讲述又一个春天的故事。春天来了。从塞外穹庐到江南台榭，从冰山太古到浩海烟波，峰峦如聚，大河如练，长风跌宕，红旆垂空。

百年民主迤逦前行，刻画出一道道坚毅而清晰的纹路，曲折多姿却又浑厚谐美。

如世纪老人须髯临风一展笑靥，从容笃定地，走向春意盎然的未来。

闪亮的光影

陈楫宝

张芸霖坐337路公交在“首钢厂东门”站下车，下站后四处张望，再次抬头看了看站牌名——首钢厂东门。

没有下错站。

她仿佛在寻找什么，眼神有些茫然。

春寒料峭，有冷风吹过，撩起了她额前的刘海。她一身橘红色的半长大衣，站在人潮里，在桃花尚未绽放的初春，那么鲜亮。

眼前，一条双向八车道的宽阔马路向西延伸，车辆来往穿梭。向西的车辆宛若撒腿奔跑的骏马，驰上一架大桥——一高一矮两座钢塔像是两个倾斜的巨大椭圆形耳环佩戴在大桥两端，跨过永定河，奔向群山环绕的门头沟。

这条马路就是长安街西延长线，穿过“首钢厂东门”，从腹地把老首钢分成南北两区，开启了新时代；这座大桥是新首钢大桥，已经是继故宫、国家大剧院、军事博物馆、中华世纪坛等地标性建筑长安街上又一颗“明珠”。

在新首钢大桥通车之前，北京市长安街贯通的长度是42公里，通车之后长度延长到了55公里，“百里长安街”名副其实。

我陪张芸霖重返故地。张芸霖对我说，心心念念的首钢厂东门不见了哦。说这话时，语气虽然有小小的失落，但更多的是惊喜和期待：已经是网红打卡地的新首钢园，究竟是什么样的呢？

张芸霖是首钢第三代子弟，有着10多年党龄。这位80后姑娘，在石景山和首钢度过美好的童年时光。她的姥爷、小姨、小舅都是首钢人，也都是党员。姥爷在首钢干到退休，奉献一辈子；小舅在首钢启动搬迁后，作为优秀党员干部分流到首钢旗下河北迁钢；小姨自谋职业在老崇文区就业。张芸霖这些长辈隔三岔五就回到石景山，邀上首钢三两个老友，回首钢看看，回味那些火热的时光。

自2008年全家从石景山搬迁到大兴后，张芸霖就再也没有来过首钢。她记忆中的“首钢厂东门”朱红外墙、绿琉璃瓦，古香古色高大雄伟，是十里钢城的标志，更是石景山一代人的红色记忆。

首钢园在疫情期间限流，首钢负责外宣的彭建军先生开车出来接我们。在首钢奉献了40多年美好时光的彭先生，穿着一身深蓝色首钢工作服，上衣左口袋上方缝制着红色的“首钢集团”四个字和标识，别着一枚闪耀的党徽，精神气十足。

彭建军对于首钢第三代子弟有着天然的亲切感，他告诉一脸疑惑的张芸霖说，“首钢厂东门”从原址因建马路拆迁后，2015年5月异地迁建，重新复建的厂东门完整保留了原貌，在原址向西北500米处，12.85米高、56.28米长，新门完全按1:1的比例复建。

车子缓缓开向首钢园区。在园区南门外我们透过车窗看到了复建的“首钢厂东门”，坐北朝南，同样是朱红外墙、绿琉璃瓦。这个首钢特有的符号以及长安街西延线上的地标性建筑，见证了每天早晚高峰时，千千万万老首钢人上下班穿行于此的壮观场面；见证了首钢的发展历程和光辉岁月。

异地迁建的“首钢厂东门”已不是员工进出首钢的主要通道，而是作为新首钢保存工业遗址完整的鲜明象征，寓意着开启新纪元。

一

首钢园静谧，从西伯利亚长途跋涉而来的各种候鸟在群明湖顽皮嬉戏，传来一阵阵翅膀拍打着水面的声音。

张芸霖记忆中的“厂内跑公交，厂内跑火车，一列列货运火车，撞击铁轨，长烟鸣笛，轰隆隆”的景象不见了，“那时可热闹了”！

不过，高炉，冷水塔，转炉，筒仓，煤气罐，焦炉，管线，铁路专用线，机车，专用运输车，大料仓以及转运站、除尘塔、皮带通廊等——这些富有代表性的炼钢炼铁专用工业设施，被一一保留下来。它们静静地站在这里，看着世间，守候着时光，彰显着这座共和国十大钢铁巨人之一在此地的昔日伟岸和荣耀。

这是百年钢企。站在“白屋”面前，时光一下子拉回了百多年前。“白屋”是“龙烟别墅”的俗称，坐落在古迹繁多的石景山下，与石景山顶的功碑阁相互照望，是首钢年代最久的现代建筑，也是这里唯一的西式房屋。1919年首钢前身龙烟铁矿公司石景山炼厂就地取材，利用开山所得的石料所建造，专供美国工程师格林办公和住宿。

张芸霖姥爷告诉她，这座“白屋”最初被涂为黄色，并非一开始就是白色，风吹雨淋年头一长，渐渐地褪为白色，首钢人叫它“白屋”。

我们触摸着它那略微冰凉的外墙，仿佛是在触摸历史，它是如此的真实，隔着时空与过往对话。我们宛若听到了首钢第一声啼哭。102年前，这声新生婴儿的啼哭声，向着世界宣告，他来了。

翻阅关续文的《首钢史话》，重现了这个场面：民国初年，初冬的北京街头，嘈杂混乱，一个背着篓子叫卖红色赭石染料的农民身后，却尾随一个碧眼

直鼻白皮肤的外国人，在那个政权更迭动不动就兵戎相见的年代，引得街上人们一片惊愕……

那个外国人名叫麦西生，是来自丹麦的矿冶工程师。以自己的专业知识，判断“染料”也许是某种矿石，他于是买下了一些回家化验，果真是含量甚高的一种赤铁矿。经过打听，“染料”矿石产自龙关山，北京往西100多公里。

还有一个外国人安特生，来自瑞典的地质学家，时任北洋政府聘请的矿政顾问，帮助中国寻找矿藏。他在麦西生的寓所里，也发现了这些深红色“染料”的意外之喜。安特生立即安排助手陪同麦西生前往龙关山察看，随即他亲自同地质调查所技师新常富等人一起前去踏访，在龙关、辛窑堡一带果然有一个巨大的矿层区，储量达1亿吨，“那是个富铁矿，矿石含铁量在46%到56%之间，都可以直接投到炼铁炉里冶炼”。

发现铁矿的消息传到北洋政府，引起轰动。筹办铁矿公司，陆宗舆当上“龙关铁矿公司”督办。不久，安特生又发现烟筒山一处面积巨大的铁矿藏，含铁量平均为48%，与龙关铁矿同属一个矿床，报告给北洋政府：“其矿产之美富不亚于凤凰山、龙关、秣陵、大冶诸处，实为最近发现唯一之大铁矿。”读到安特生的《烟筒山铁矿勘查报告》，陆宗舆当即向农商部提出要求，将烟筒山铁矿划入龙关铁矿公司并案办理，最后获得批准，公司更名为“龙烟铁矿股份有限公司”，于1918年7月18日宣告成立。

寻找到了矿藏，下一步就需要大笔资金投入。对于贫弱的北洋政府时期的中国，资金从哪儿来？

在今天的首钢博物馆，我们看到了这份当初的入股名单，股东们可谓声名显赫：黎元洪入资5万银圆，徐世昌16万银圆，冯国璋5万银圆，段祺瑞35万银圆，曹锟1万银圆，陆宗舆11万银圆……甚至清华学校挪用中华教育基金会8万银圆入股。简直涵盖了当时北洋政界商界的主要风云人物。

这家官商合办的公司，从简章上约定由官方与商界各出一半，共集资500万元。商界250万元，都是私人出资。1919年3月29日陆宗舆在家中花园召开

股东会，他向与会者们报告说：公司的计划是，建立一座大型炼铁厂，估计利润率会在27.2%；炼铁废料等可以生产水泥，利润率在50%—75%；还会建炼钢厂，估计利润率可达46%。三大主要项目平均下来，利润可达41%。据说，高毛利的“龙烟”项目宛若时下的茅台股，在当时政商界风靡一时，俨然明星项目。

筹资到位后，就是给冶炼厂选址了。

把炼厂选在北京西部的石景山。在陆宗舆起草的《龙烟铁矿公司股东会报告书》讲述了其中的理由：第一，这里地势较高而且宽阔，基岩地层坚固，有一座青石山恰可以承受建高炉的压力。第二，炼厂所需的铁矿石，可以由京绥路从北面运来，而炼铁所需的另一种配料石灰石，附近的将军岭就有出产，用水可以从这里的永定河中汲取。第三，炼成之铁走京奉线运至天津外销，也是极为便利。第四，“京师华商电灯公司”即将在石景山北麓兴建，电力来源的解决也极为方便。第五，这里地处京畿，战时安全也更有保证。至于煤炭来源——“公司在与京绥铁路接近的蔚州，觅得一煤矿……适合炼厂之用……暂以沿京汉路出产之煤如井陉、磁县、临城、六河沟等处，皆与之订有优惠合同取求甚便……”

落地石景山，此举奠定了首钢的最初根基——在新中国成立之后，发展成中国最大的钢铁企业之一。

1919年9月石景山炼铁厂破土动工。那座青石山，海拔20多米高，被凿平，一座炼铁炉建在上面，产能为日产250吨。这座炼铁炉，连同热风机、锅炉等都是从美国贝林马雪尔公司订购，关续文形容这一整套设备皆“世界先进，亚洲一流”。

打好炼铁高炉的地基，挖掘了原料地沟，石景山炼铁厂还修建了厂内的铁路干线，建设办公用房与职工宿舍等。

没想到，当1921年美国的设备陆续运到时，“龙烟公司”没钱了。

筹办四五年，花费数百万，石景山龙烟炼铁厂始终没能炼出一炉铁。从

1919年开工到1923年停建，至抗日战争全面爆发前的1937年7月，这里已荒草萋萋，设备锈蚀。

这是一个令人感到痛心的真实镜照：旧中国积弱已久，渴望富强，迫切上马重工业，但毫无工业基础。即使龙烟公司拥有雄厚的官方政治背景，可谓含着金钥匙诞生，但是在一波又一波的政治动荡中，奈何时运不济、命途多舛。

1945年9月，抗战胜利，国民政府接收石景山制铁所，把厂名改为“石景山钢铁厂”。只部分恢复了生产。在这一时期，厂内野草丛生，满目荒凉。工人们不甘心被奴役，不仅利用怠工来进行反抗，而且还多次进行索粮和罢工斗争。

1948年12月16日，中国人民解放军进入石景山钢铁厂。石钢成为北京市第一家国营的钢铁企业。历史掀开了崭新的一页。

在这一天来到以前，该厂累计生产28.6万吨生铁。

二

张芸霖姥爷生于1926年，石景山钢铁厂获得解放后不久，他在20多岁时就进入了石钢，那时石景山钢铁厂还没有改成石景山钢铁公司，更没有变更为首都钢铁公司。

张芸霖姥爷是首钢的“活化石”，是首钢的见证人。从踏入石钢第一天，姥爷真正成为一辈子的“首钢人”，经历了“大炼钢铁”的火红年代和“承包制改革”的黄金岁月。即使退休了，姥爷也退而不休，由于写得一手好字，还是优秀共产党员，被老山派出所返聘做记录工作，此后又在家门口的首钢车棚子看车。竹子车牌上刷的车牌号，门口上的各种通知文字，都是姥爷亲手写的。至今，车棚还有那些油漆刷的字。

张芸霖依然记得小时候姥爷跟她说，新中国成立初期，首钢高炉不冒烟、场地长满草，老一辈首钢人靠大锤、扁担和箩筐，仅用半年时间使高炉重新流

出铁水。以“顶破天花板，才能见青天”“回马坡前不怕鬼，强敌面前不服输”的创业精神，迅速掀起恢复生产的劳动热潮——那是改天换地的年代。

小张芸霖对姥爷说的这番话懵懵懂懂，直到她的小舅，进入首钢赶上“承包责任制”的改革红利；她的小姨在承包制即将结束之际进入首钢，迎来了股份制改造上市的红利时代；自己上大学、参加工作——这一家三代，他们所经历的，恰是新中国成立后首钢一路曲折但昂扬向上波澜壮阔的发展史。

首钢与新中国一起成长。从小在老山首钢家属区姥姥家长大的张芸霖，经常听到姥爷与老街坊闲谈，重提首钢往事，回忆起那些火红的年代和火红的钢城。1958年首钢建起了中国第一座侧吹转炉；1964年建起了中国第一座30吨氧气顶吹转炉，在中国最早采用高炉喷吹煤技术；20世纪70年代末，二号高炉综合采用37项国内外先进技术，在中国最早采用高炉喷吹技术，成为中国第一座现代化高炉……然后，通过引进国外二手设备进行技术改造，先后建设了第二炼钢厂、第三炼钢厂、第二线材厂、第三线材厂、中厚板厂、3万立方米制氧机、自备电站等一批重点项目，使首钢生产规模迅速扩大，1994年首钢钢产量达到824万吨，列当年全国第一位，为北京贡献了全市1/4的税收。

而改革是首钢的特色基因。

比如说首钢承包制。张芸霖曾经记得姥爷跟她提到过，承包制后，工资翻了很多，首钢人到哪儿都受欢迎，备受羡慕。

张芸霖的小舅就是在承包制刚推行时候，迈入首钢，满怀激情，穿上崭新的工作服，以不服输的劲儿，迅速成为技术操作能手，逐渐成为一名工作骨干，之后在首钢炼钢厂供应科、设备科、机动科、人事科、宣传部等多个部门班组都干过，是“首钢承包制”改革的受益者，“比外边儿其他单位都多挣两倍以上，还能拿不少奖金”。

“农业看凤阳，工业看首钢”，彭建军说这是当年全社会的评价。16岁进入首钢技校，毕业后留校任教，承包制在首钢推开后，从技校调到首钢宣传部，一干就是大半辈子，彭建军也是首钢承包制、搬迁、再创新首钢的见

证人。

安徽凤阳小岗村是农村承包制的发源地，那么首钢承包制则成为当时全国国有企业改革的典范之一，在全国产生了很大影响，成为我国工业企业改革的一面旗帜。

大学毕业后分配到首钢机械厂，后来考取国家公务员，如今是国家知识产权局二级巡视员的周洪良，认为自己就是首钢改革红利的受益者。这位有着近30年党龄的优秀党员言辞恳切，直言当年在首钢搞工业企业承包制试点，和在安徽凤阳小岗村搞农村承包制试点一样，需要执政党拿出极大的勇气和胆识。

从1979年开始，国家对国有企业进行了一系列“放权让利”的改革。首钢被列为第一批国家经济体制改革试点单位，从1981年到1995年，国家给首钢企业发展的新政策——“承包制”，在时任首钢掌门人周冠五的带领下，首钢钢产量从179万吨增加到824万吨，增长3.6倍，列当年全国第一位；销售增长17.7倍；实现利润增长16.3倍；资产总额增长18.29倍。首钢公司党委全面实施承包制管理，实行“上缴利润递增包干”，包保连续15年企业产能利润以20%递增，并向国家交足税收，而用余下利润资金，按照“6∶2∶2”分配。张芸霖的小舅解释，“6”即企业扩大发展；“2”即工作者报酬收入；其余的“2”即工作者福利，比如生活住房条件的改善，这些都是企业内部自筹自建的。

20世纪80年代初，张芸霖刚出生不久，首钢给她姥爷分了一套位于石景山区老山首钢家属区的三居室楼房，添置了新家具，从平房搬进了楼房，从狭窄拥挤到宽敞舒适，居住和生活条件大幅改善，全家三代几口人都跟着沾光。

在张芸霖小时候，她的小舅骑着那辆“永久牌”28自行车，每天穿梭于西长安街进出首钢厂东门上下班。这辆自行车，当年在人们的心里位置很高，就像现在私家车一样，别人一般需要攒上两三年的钱，才能买得起，而小舅只用几个月的工资就买到了。那时候年轻人找对象都愿意找首钢的，小舅因此获得了“甜蜜幸福”：新婚数年后，便为小家添置了电视机、电风扇、缝纫机等

“三大件”，感觉倍儿有面。之后不久，又享受首钢职工福利分房，搬入了位于石景山区古城首钢家属区的两居室楼房。

1992年，国务院批准赋予首钢投资立项权、资金融通权和外贸自主权。在钢铁主业发展的同时，首钢兼营采矿、机械、电子、建筑、房地产、服务业、海外贸易等多种行业，在香港收购了四家上市公司，收购了秘鲁铁矿，成立了华夏银行等。首钢从一个单纯生产型的钢铁企业，逐步发展成为以钢铁业为主，跨地区、跨行业、跨所有制、跨国经营的特大型联合企业，综合实力从我国钢铁行业第八位上升到前三位。

富有改革基因的首钢“敢为天下先”。1994年底，为了培养复合型人才，首钢职工大学按照总公司党委要求，举办了财会班，学员有100多人，三个班，聘请北京高校有名专家授课，这在当时是个创举。学员从厂矿中选拔，要求必须是中共党员、工作两三年以上、熟悉生产工艺流程人员。这些学员后来大多数担任首钢各公司财务骨干。周洪良是其中之一。后来他一鼓作气，考上公务员、注册会计师、注册税务师、高级会计师。

张芸霖的小姨在首钢技校毕业后到首钢机械厂当工人，下班回来就腰酸背痛的，老让张芸霖给她按摩肩膀。恰逢大好机遇，她积极报名参加选拔、培训、学习，也参与了财会班学习，毕业后顺利调到供应处。在此，她还结识了同在首钢做机械设计工作的小姨夫，从而成为真正的首钢“双职工”。

那是阳光灿烂的日子。除了工资、住房福利外，首钢给职工的生活福利待遇也令人羡慕，食堂、澡堂、剧场、宿舍、幼儿园、医院、副食店等，生活配套一应俱全，还经常给职工发放各种福利，吃的、喝的、穿的、用的……张芸霖到现在都惦记着小时候小姨带回家的首钢自制面包、汽水、香肠等以及毛巾、手套、劳保护手霜等日用消费品。

还有首钢的锅炉蒸米饭。“小时候，我去小姨工作的地方，看到有个锅炉房，挨着浴室。锅炉房有个大蒸锅，可蒸米饭，上面可以热熟的菜，有五六排。带饭的职工用铝饭盒装好饭菜，每人在饭盒做上记号，一排一排地码放整

齐，热饭热菜。”

“‘学雷锋树新风’，见义勇为学雷锋，做好事儿。那会儿我小舅在宣传部做通讯员，在《首钢报》上发表过不少工人学雷锋感人事迹。”

“你知道吗？现在北京长安街复兴门至建国门路段的金色护栏，兼具美观和防冲撞性能，高强度特殊钢制造、整体焊接成型、强度高、防冲撞性能好，是首钢产的。”

“中华世纪坛旋转体是首钢产的，重量约3200吨。”

——无论是回忆还是在当下，无论是张芸霖还是彭建军，首钢自豪感融入了首钢子弟们的骨子里。

20世纪八九十年代，首钢人每天早晨骑着自行车穿过长安街，哼着歌儿，一路往西，在人人羡慕的目光中，涌进首钢厂东门；待到夕阳西下再成群结队地涌出首钢厂东门，依然骑着自行车……首钢人感觉那时候的风都是甜的。

1995年首钢承包制到期后，进入了以建立现代企业制度为目标，实行集团化改革的新阶段。从1995年开始将钢铁主流程以外的单位分立为子公司，把单一法人企业高度集中的管理体制，转变为多法人的以资本为纽带的母子公司管理体制。1996年成立首钢集团。1999年，首钢股份在深交所上市。

从那时起，进出首钢厂东门的，渐渐不再只有自行车，更多的是桑塔纳、捷达、高尔夫等家庭小轿车，首钢员工就这样同首钢一道迈入21世纪，首钢因此成为我国冶金工业的缩影，改革开放的一面旗帜。

三

“灰蒙蒙的。气味难闻。”

这是石景山以及首钢厂区留给张芸霖童年时代为数不多的不佳记忆。在她的印象中，首钢厂区附近的树叶上经常落一层黑灰，叶子的颜色变成了“墨绿色”，看不出叶子原有的“碧绿色”。张芸霖的二舅家位于厂区东边一个名为

“北辛安”的村，首钢烟尘、粉尘污染比较严重，也波及于此。当时北辛安流传着“三不敢”：一不敢开窗，二不敢在外乘凉，三不敢在外晾衣服。

张芸霖至今还记得，小时候去机械厂找小姨和小姨夫，看到周围工人们的面部和工作服上都沾有一层薄薄的灰。

首钢曾经为环保做出过诸多努力，1995年缩减产量并从利润中拿出30%用于环境污染治理，厂区周边的树叶渐渐露出了“碧绿色”。然而，首钢排污总量依然很大，整体空气质量还不算很理想。

2001年，北京争得奥运会举办权。2004年8月，决定首钢园未来几十年命运的“新大都会议”，开启了首钢史无前例的搬迁。

为了首都一片蔚蓝的天空，以及资源优化配置。

2005年6月，服役了47年的5号高炉停产，此后，更多的高炉、脱硫车间、焦化厂陆续停工。到2010年底，首钢石景山钢铁主流程全部停产。至此，当年钢花四溅、璀璨绚丽的火热场面，在老首钢或许再也见不到了。

张芸霖的小姨讲了一个细节，首钢厂内有一条铁轨，铁轨专为上游“0688”蒸汽机火车服务。20世纪80年代初，当北京市冶金局的沙河铁厂和首钢第一线材厂合并后，这辆蒸汽机火车开始参与倒运钢坯工作，以巨无霸姿态一度成为首钢厂的新晋明星。

2006年2月，上游“0688”蒸汽机火车被销毁。

那时候张芸霖在姥姥家楼下，时常听到在首钢工作的街坊们对于搬迁之事的各种讨论和猜疑：“会不会下岗没了工作？”“如果首钢搬家，我们也要跟着搬吗？”……

小舅对首钢搬迁自然不舍，把工作记事本和发表过自己文章的《首钢报》保留了下来，珍藏自己在首钢的工作足迹和荣誉。之后，他被分流到了河北迁钢工作。小姨则是选择了另一条路，希望到社会闯一闯，买断工龄后，走出石景山区到老崇文区闯荡，自谋职业做财务工作。

首钢搬迁，10多万人安置分流，没有发生一宗上访就完成了：一部分人

去了曹妃甸，一部分去了迁钢，一部分人留在首钢转岗从事服务类行业，大部分人选择了买断工龄，进入社会自谋职业。

2011年1月13日，首钢举行石景山钢铁主流程停产仪式，意味着拥有91年历史的首钢今后在石景山区不再炼钢。

曾经盘踞在石景山的那几个大烟囱，后来伴随着停产外迁，渐渐淡出人们的记忆。

曾经每个冬天的早晨，在晨曦中熙熙攘攘前来上班的职工，有自行车旁边挂着儿童车的家长，有年长的、也有年轻的工人——这些烟火味儿十足的首钢早晨，在张芸霖的首钢记忆里也是渐行渐远。

首钢搬迁后，在曹妃甸的京唐公司新钢厂采用了220项国内外先进技术，在能耗、物耗和排放指标上处在世界最先进的行列，比北京老厂还要优越得多，实现了装备大型化、生产清洁化、经济循环化和产品高端化，保障了首钢在新的地区不会对当地的环境造成危害。

260公里，从石景山到渤海湾，从老首钢到新京唐，从山到海，首钢成为我国第一个向沿海搬迁的大型钢铁企业，成为中国新一代可循环钢铁制造流程的示范，被誉为中国钢铁的“梦工厂”。

张芸霖的好友浩彬，是她的同龄人，大学毕业后分配到石景山老首钢实习培训，培训结束后，就赶上了首钢搬迁，被分配到首钢迁钢，如今在迁钢负责环保技术输出等工作。浩彬认为首钢在环保方面很厉害，是全国乃至全球第一家实现全流程钢铁行业超低排放的企业。

浩彬所在的迁钢，经过设备更新和技术升级改造，自动化程度非常高，几乎全部由计算机操控完成，可实现“一键炼钢”“一键轧钢”，只需用鼠标轻击一下按钮，即可指挥“钢铁巨龙”。

迁钢厂房里见不到工人，如物流运输车间，就已实现无人工厂，运输车辆到达厂房门口，自动监测车牌号码，自动开启大门，车辆进入车间后，无人航车根据大物流系统指令，将指定钢卷吊装至车辆上，出门自动打印出票据，票

据包含产品规格重量型号及运输目的地的信息——张芸霖的小舅进入迁钢后，面对新的设备、新的工作方式有些蒙圈。他赶紧跟着年轻人学习电脑和自动化，很快对新设备运用自如了。

四

首钢园别致景观，目眩神迷。

张芸霖认为没有任何词语可以形容她此时的心情。

此刻，我们站在3号高炉72米高的玻璃观景台上。

换乘两次电梯到达，站在玻璃栈台，登高览胜。这是富有创意的工业旅游点，将是未来首都最炫酷的一处空中秀场。在这里，自高炉回望秀池、石景山，是“工业”与“自然”的隔空对话。

2010年首钢主厂区全面停产，工业遗存的去留问题逐渐受到关注。2013年，国家启动全国城区老工业区搬迁改造试点工作，首钢老厂区进入首批试点名单。一年以后，国务院出台政策，首钢老工业区获得了政府土地和财税政策的倾斜。

恰如当年我党和我国政府力推首钢搞承包制试点一样，在关键时刻再次决策，即明确了首钢对工业遗存保护、利用的开发思路，传承首钢工业风貌。

如何在现有工业建筑遗存上进行保护性再开发和改造呢?

不能照搬“798”。“798”主要是厂房，首钢园多是筒仓、料仓、高炉等工业设施，改造复杂程度和难度非常大。当然，一旦改造完成，它会呈现出比别的园区更有震撼性和独特性的工业景观。

恰逢北京拿下了2022年冬奥运主办权。2022年北京冬奥会唯一位于市区的雪上项目举办地，就在首钢园。

这是一项巨大的挑战，也是一个全新的机会。

彭建军先生解释，因为在巨型工业遗存里举办奥运会，并同时满足多种现

代化需求，这在全世界是第一例。首钢园最终确定了九字改造方针：封存旧、拆除余、织补新。

首钢园分为南北两区，建筑面积达660万平方米。已经改造完成的首钢园北区目前已形成了五大功能区：石景山景观公园、冬奥广场、首钢工业遗址公园、公共服务配套区和城市织补创新工场五大功能区。

首钢三号高炉改造，就是其中典范。3号高炉有100多米高，临近冬奥组委办公楼和波光潋滟的秀池，是园区内当之无愧的“明星高炉”。留存的5座高炉中，3号高炉地理位置尤其优越，举目远眺，石景山的胜景一览无余。三号高炉紧邻的便是秀池（曾经用于炼铁的冷却水池），宛若山水相傍。

2018年11月，奔驰汽车举办发布会，那是三号高炉首秀，光彩照人。

此后，北京卫视跨年冰雪盛典、电竞北京2020、“景贤计划”全球发布会、2021年北京消费季主会场启动仪式……3号高炉一跃成为各项新品发布、品牌推广和高雅时尚活动的宠儿。

秀池的晾水池原本水深5米，如今水深就被压缩到了 1.2 米，通过变废为宝的大胆创意，把下面的空间改造成地下车库和水下艺术展厅。其中，地下车库能容纳800多个车位，解决了工业遗存更新空间利用的问题。

穿过水下环形艺术展厅，看着展厅外围的百年首钢功勋墙，我们缓步走着，凝视着，那些年代和大事件的记录，伸手触摸着凹凸的字体，顿感庄严、肃穆，感受着首钢百年的沧桑与巨变。

首钢园独具匠心的文化创意改造，让首钢子弟张芸霖激动、震撼，甚或雀跃。

矗立在3号高炉旁的首钢园区“Shang Brew香啤坊”艺术墙，由百年首钢工人工作过的101件工具构成的纪念墙，墙上挂满原首钢工人们从全国各地寄来的劳动工具和零件，电表、锤子、锯子在内的工具。香啤坊的发酵间内，四个仿造首钢高炉打造金属质地的酿酒桶，是朋克与传统的冲撞。钢铁与皮革、钢管与砖墙、涂鸦……这家由工业元素集结起来、精心打造的啤酒坊，向百年

首钢的铁色记忆致敬。

精煤车间被设计改造成了国家冬训中心、1号高炉将被打造成电竞体验馆等。还有，焦化厂附近一片区域，已被改造成了一个城市的纵向带状公园；西部永定河河畔的自然生态整治和石景山片区的生态治理，正在加速修复。

在群明湖畔，有一个空中步道，距地高14米，站在此处可举目远眺。紧挨着湖畔，新建的滑雪大跳台如一只巨型的水晶鞋，是2022年北京冬奥会在北京市区的唯一一个比赛项目，共产生4块奥运金牌。滑雪大跳台又与相邻的四个冷却塔呼应，雄辩地证明，那个当初令许多老首钢人难以割舍的地方，如今已融入了新的血液：人文景致、工业情怀与生态之美相融一体。

首钢园在2019年下半年对外开放，2020年至今新冠肺炎疫情期间限流。未来，除了工业遗存，还有科幻园区、潮流运动、无人科技、冬奥足迹……首钢园正以多种炫酷的姿态，展现在世人面前，甚至首钢园有意用10年时间建设“科幻之城”。

“虽然找不到记忆中喧嚣的首钢，但我看到了未来。”乘坐3号高炉电梯徐徐下降，窗外白云飘悠，一片林立高楼，曾经用来装铁水的“鱼雷罐车”，以及那些运矿石的皮带通廊、厂房、管线等宝贵的工业遗存项目，伴随着一个立体的新世界，在视线中缓缓“上升”，张芸霖忽而感慨不已。

这就是凤凰涅槃。

开车送我们离开首钢园的路上，彭建军感慨，还有两年他就退休了。百年首钢史，实际上就是我们党和国家、区域和首都北京发展的历史缩影；展示百年首钢新形象，实际上就是展示我们党和国家、京津冀协同发展、首都建设的伟大成就和巨大变化。

可不是吗？“百年首钢恰是风华正茂”，首钢人传承“敢闯、敢坚持、敢于苦干硬干”，发扬“敢担当、敢创新、敢为天下先”，已经融入一代代首钢人的精神。

从魏公村到卢沟桥

柳建伟

一

魏公村和卢沟桥，都是北京的地名。这两个地方，在北京都很有名气。

卢沟桥有名自不必说了，自从1937年7月7日，中国人民在这里打响全面抗战的第一枪后，“卢沟桥”三个字便成了全中国人都知道的一个历史的重要坐标和文化符号。

魏公村的历史就更久远了，它的名字起源于唐代新疆维吾尔族人在这一带活动。史料记载：“畏兀村，盖京西直门外村名，本西域畏兀部落，元太祖时来归，聚处于此，以称村焉。”明成化年间，这个村子叫畏兀村。到了20世纪20年代，这里便被称为魏公村了。今天魏公村之所以有名，不在它的历史缘起和名字沿革，而在于这里坐落着北京理工大学、北京外国语大学、中央民族大学、北京舞蹈学院和解放军艺术学院。

二

魏公村和卢沟桥，是我人生中非常非常重要的学习、工作和生活的地方。在我看来，它们对我的意义，差不多等同于故乡对于一个人的意义了。

1991年9月，将满28岁的我，离开第二故乡成都，到北京读解放军艺术学院。此后的两年，我学习生活在魏公村。

这是我大学本科毕业8年后的第一次脱产式学习。目的如下：一是为了改行，想从一个侍候大型计算机的工程师，变成部队的专业作家。完成这样的改变，读解放军艺术学院文学系便是最好的渠道。因为在几年前，莫言等师兄们都是因为读了解放军艺术学院文学系而改行的。二是想寻找机会调到北京工作。因为北京是中国的政治、文化中心，这样的地方最适合作家工作和生活。

到地处北京魏公村的解放军艺术学院读书，是我为改变人生道路做出的第一次自主人生选择。我想成为一个真正的北京人。

我本来很早就有机会成为真正的北京人的。20世纪60年代初，我父亲大学毕业后，就被分配到了北京工作。开始的两年，他的工作地点，就在天安门广场东南角的一个院子里。4岁半的时候，我因调皮玩铁丝伤了眼睛，母亲带我到北京同仁医院治眼伤那些日子，我们全家就住在那个院子里。五一劳动节夜晚天安门广场放焰火，应该是北京给我留下的最初的记忆。从不足1岁到12周岁，我在北京度过了12个炎热的夏季。母亲是个小学老师，每年只有暑假时才能带着我和妹妹们到北京探亲。

然而，我那时不可能成为一个北京人。因为那时的户籍政策规定：子女的户口，只能落在母亲的户口所在地。我13岁那年，父亲因祖父祖母年事已高，从北京调回河南镇平工作。至此，我也告别了一年一度像候鸟一样和北京的亲密接触。

2021年的初夏，在中国共产党百年华诞即将到来的时候，57岁半的我，结束了43年的军旅生涯，提前退休，同时也结束了40多年只有军队集体户口的日子，终于落户到位于北京市丰台区卢沟桥街道地界上的第二十二军休所。

从这个时间节点开始，我才算是一个真正的北京人了。

真没想到，我会以一个生活在卢沟桥街道地界上的北京人的身份，开始我的退休生活。

真没想到，我在北京魏公村开始做的成为真正北京人的梦，一梦就是30年，最终竟然实现了。

北京的魏公村，北京的卢沟桥，叫我如何不写写它们？

三

30年，对历史长河讲，大概叫一束浪花。

30年，对一个人讲，那是半辈子的人生。

1991年至2021年这30年的北京，发展变化那才真叫个日新月异、沧海桑田。

还是说说魏公村和卢沟桥这些年给我留下的记忆吧。

30年前的魏公村，虽有五所著名大学驻扎，但像样的建筑还真没几座。友谊宾馆算是那时的地标性建筑吧。不知国家图书馆所在地属不属于魏公村，即便属魏公村，那时的馆舍也算不得宏伟。解放军艺术学院西门外的南北大街那时还不叫中关村南大街，但这大街却与众不同，双向四车道间，由数排大杨树隔着，看上去气派是气派，可总感觉有点郊区公路的味道。解放军艺术学院在路东，正对面隔一大片棚户区是北京外国语学院，西北是北京理工大学，朝西南跨过大道两三百米就是中央民族学院，中央民族学院往南一点，便是占地和解放军艺术学院一样秀珍的北京舞蹈学院了。

在这里出行，近处靠骑二手自行车，想去北边的清华北大转转，想到南边的首都体育馆看个体育赛事、到北京动物园看个老虎之类的猛兽，302路和332路公交车是唯二的选择。

魏公村那时的小馆子，没什么特别的，唯有解放军艺术学院西门对面棚户区里的新疆拉条子、炒面片能让我怀念至今。

当然，民族学院夏日晚饭后几十个少数民族的美少女和北京舞蹈学院在练功房里挥汗练功的美少年美少女，也是至今常常能在脑海里闪现的绝美风景。

30年前的卢沟桥，绝对还是偏远的京郊。那时，北京的三环路还没全线修通。从解放军艺术学院到地处卢沟桥的八一电影制片厂看内部电影，只能骑自行车前往。那年秋天，几个同学相约骑车到卢沟桥赏月，一来一回，路上就用了三个多小时，返校时宿舍楼大门都关了。

今天的魏公村，自然是大都市的繁华处了。高楼林立，几个学院都改名叫大学了，交通自是地上地下四通八达，想吃个鲜的，八大菜系的中高档馆子抬腿便到。只是也有不如意的地方，堵车堵得厉害，几个大学的校门也不能随意出入了。

卢沟桥呢？自然也是今非昔比。我工作生活18年的八一电影制片厂，早已变成了闹市区，向南3公里，几年后便会建成北京的第二个CBD了，想去卢沟桥上赏月看石狮子，从厂里开车出发，20分钟必能到达。当然也有不如意，早餐的馄饨摊不见了，正宗的天津煎饼果子也吃不到了。

四

2021年，建党100年了，中国正在阔步走在民族伟大复兴的征程上。作为一个新的北京人，我从魏公村到卢沟桥，见证了北京过去30年的伟大变迁。今后，我仍会在卢沟桥，继续见证这座伟大都市走向更加伟大，我的北京梦仍会继续。

忽然就记起了歌手汪峰《北京，北京》中的几句歌词：“当我走在这里的每一条街道，我的心似乎从来都不能平静，除了发动机的轰鸣和电气之音，我似乎听到了它烛骨般的心跳，我在这里欢笑，我在这里哭泣，我在这里活着，也在这里死去，我在这里祈祷，我在这里迷惘，我在这里寻找，在这里失去，北京，北京。”

真是一首写北京的好歌。

真是一座来生来世都想反复活在这里的伟大城市。

家住金融街

姜 华

完全是因为家庭的团聚，我放弃了自己酷爱的出版行业，在7月一个酷热难耐的日子里，从一个省会城市，进入了北京的金融系统工作。工作地点就在北京金融街的通泰大厦。

刚到北京，我住的地方离金融街挺远，得先坐地铁13号线到西直门，再换2号线到复兴门，两边还都要走上一段路程，对于我这个自从工作以来，到单位上班都是5分钟的路程、走着都能到的人来说，真是天大的考验啊！我每天几乎都是跑着上班，唯恐迟到。生活、工作的各种不适应，让我迅速地消瘦下来，新结识的同事都问我吃了什么减肥药，我只能笑而不答。

好在这样的日子不长，因为在海淀区知春路的房子租期到了。我迅速在金融街附近找房子。到找房的时候才发现，金融街是属于平常的人工作而非日常生活的地方，房源很是稀缺，最后终于在金融街的证监会家属院找到了房子，我又恢复了5分钟就能走到上班地点的生活，可我不能恢复的是往日对出版工

作的热爱，毕竟年龄大了，行业跨度也太大了。为了消解自己的郁闷，我开始了对金融街的探访，每天一到中午休息的时间，我就会走出通泰大厦，到金融街上去寻找探访的目标。

第一个发现的目标就是通泰大厦东边的北京都城隍庙后殿（寝殿），它在高楼林立的金融街上太显眼了，满满的中国建筑元素，青瓦飞檐，雕梁画栋，红墙白阶，青松石碑，旁边高耸入云的玻璃幕大厦反倒成了它的陪衬，显得单调、无趣。

城隍庙几乎遍布于我国的大小城市，来源于我国本土的传统宗教文化，而北京的都城隍庙是我国所有城隍庙里最大、级别最高的，为天下城隍庙之首。这座具有700多年历史的都城隍庙，是元朝时期利用金代的一座古刹改建而成的，原有门三重，大殿和寝殿，大殿名大威灵祠，左右有两庑。在历史的行进过程中，这座城隍庙曾多次被毁，最近一次是在1984年重建，但也仅仅是剩下都城隍庙的后殿（寝殿）了。重建后，将那些从遗址下发现的石碑、石墩、墙砖进行整理，建成了一个遗址公园。这个微型公园，在周边现代化建筑的映衬下，显得分外有历史和厚重感。徜徉在这个遗址公园里，我想，这座都城隍庙在历史的长河里，曾经是巍峨耸立、金碧辉煌的，它的规模相当大，它的高度应该远远高于周遭低矮的民房和街道，而今在高楼耸入云天的金融街上，它靠着自身历史的厚重和文化的意味散发着别样的魅力，有着高楼大厦无法与之比肩的内在美。可翻、可读、可思、可想。

通泰大厦的西边向北走不远，还有一座古建筑叫“吕祖宫”，红墙黛瓦的庙宇在金融街高楼密布的现代建筑群中，显得那样别致、清幽。它最早是隶属于白云观的一座火神庙。清朝时，处于这个位置的民用建筑很稠密，胡同连成一片，一旦有火灾发生，就会造成大面积的毁损。在清咸丰七年（1857年），人们修建了这座小型道观，道教居士叶合仁出资将火神庙重修为吕祖宫，请来吕祖宫的火种，以此来祈求消除火灾，保佑平安。该宫观以供奉道教纯阳祖师吕洞宾而得名，是道教全真龙门派著名宫观。相传，吕祖宫的火神很灵验，从

清到民国末年，这里的香火一直都很旺。

经过近200年岁月的冲洗，这座清代名庙保存得基本完好。它静静地立在金融街上，见证了金城坊的消失和金融街的出现。在西式建筑林立的金融街上，这座中式建筑用它独特的语言，诠释着中华文化的博大精深。

金融街又是如何形成的呢？站在由陈慕华题写的“北京金融街”这几个金光闪闪大字的石碑前，我不由得向自己提问。关于这个问题，我查阅了不少有关金融街的资料，1987年，时任中国人民银行行长的陈慕华向当时的北京市常务副市长张百发提出了建设金融街的构想，我所办公的通泰大厦就是第一批在金融街落成的建筑物。经过30多年的不断建设，金融街已发展成了与“伦敦金融城”齐肩的、成规模的金融核心区，正在国家的经济发展中显现出重要的作用。

我应该感到自豪啊，能在金融街蓬勃发展的年代里，作为一滴水融入国家金融建设的浪潮里。身在其中的时候反而感觉不到，感受到的只是职场转换带来的不适，正好也赶上身体处于更年期阶段，每天感受到的只是精神的落寞和身体的痛苦。所以，我每个夜晚都会在金融街上散步（因为所居的家属院内没有可散步的地方），以排解我内心的郁闷及身体的不适感。白天，金融街上人流如织，车流如河，尤其是上下班的时候，可到了晚上，金融街就变得车少人稀了。走过一条条街道，仿佛就只有我一个人在散步。说是团聚，儿子在其他地方租房，不和我们住在一起，先生接手的是金融机构的一个烂摊子，为了迅速改变其面貌，整天天南地北地出差，根本顾不上管我的什么情绪，偶尔在家的时候会陪我出去散散步。有一次，他看我情绪不好，指着远处一个遛狗的女人的背影说：住在北京的金融街上，你还不高兴，真是不知足啊！你看，人家只能遛狗，你却能遛老头！说得我哈哈大笑起来，好久都没有这么开心地笑过了。笑声在夜晚空旷的金融街上空飘荡着，很久很久都没有散去。

我和先生多年两地分居，他先是在河南收拾了三个经济效益太差的地市级的金融机构，然后又被派到经济效益太差的省，他战完陕西战天津，到北京又

是收拾烂摊子，我戏称他是金融界的“圣斗士”！可在金融界有多少像他这样辗转多地“抢险救灾”的金融干部啊！

有时，只剩我一个人的双休日，我就开启了自己游金融街的模式，一条街、一条街地用脚步去丈量。我走过从南到北贯通的金融大街，还走过广宁伯街，走过武定侯街，走过金城坊街，走过太平桥大街，穿过学院胡同、东兴盛胡同、西兴盛胡同、成方街……我边走边想：700多年前，忽必烈怎么也没有想到，他设立的一个金城坊，竟会变成今天这样一个高大上的国家金融中心，成为北京市一道亮丽的风景线。

当年，建元大都时，忽必烈经过认真考察后，决定在大都城内设立50个坊，其中之一就是“金城坊”，地理位置在元大都的西南角，也就是今天的金融街这里。

金城坊原是一片居民区，这里胡同纵横交错，地势低洼，东面的太平桥大街原是一条泄洪沟，从北至南一直通到南护城河。如今，早已没有了胡同和胡同里那些低矮破旧民房，有的是高楼林立，马路宽阔，人如潮涌，车流如织。这一片也曾有过几处显赫的地方，像明代的武定侯、广宁伯等居住的府邸，现在都用他们的名字命名了金融街的街道。武定侯街和广宁伯街的街名就是这么来的。

属于金融街的这一片区域里，在元、明、清时期，开了很多的银号，当年的皇亲国戚和有钱人都在这里做生意。清朝时，“金城坊”已改名叫“锦什坊”，在这里设置了大清银行，民国后改名为中国银行。当年，很多的银行也都聚集在这里。军阀混战时期，这里逐渐败落，银行、票号多转至了前门和东城……

如今，这里已被建成了在世界上都颇有名气的金融街，大家都称它是“中国的华尔街”。它的规模可比华尔街大多了。它的占地面积已达3.78平方公里，区域内聚集了以国家金融管理部门和大型商业银行、保险集团、券商、基金、通信以及重要市场机构为代表的1800多家金融机构和大型国有企业的总部。这里人才济济，从业人员大都是高学历的人才，有从海外归来的金融精英，还

有相当一部分人是当年各地的高考状元考进了北京的各所名校，毕业后，经过多场考试而留在了北京工作。我工作的那个大职场里，20多个人来自20多个省份。他们若是讲自己的家乡话，我一句话都听不懂。他们精通业务，积极创新，不断推动和引领金融相关领域业务的发展和市场开拓。他们勤奋好学，发现有新的知识点都能快速转化为自己所用。每天中午用餐的时候，总有几个年轻人愿意陪我用餐，说在和我吃饭交流的过程中，他们受益匪浅。

我住在金融街的那些年，亲眼看着一幢幢高楼拔地而起，感受着祖国新建设一日千里的发展、变化，内心是喜悦的。每天晚上散步，我最喜欢研究的是金融街上各幢大楼的建筑样式。在金融街的建筑群中，以中国建设银行为代表的方方正正的方形大楼居多，尽管外形有很多相似的地方，但建筑材料却是每幢大楼都有自己的特色。再就是投资广场多面体的大楼也有其建筑特点。我最欣赏的是中国人民银行的建筑样式，特别像一个敞开怀抱、拥抱着很多个孩子的母亲。它立在长安街上，是金融街的起点，也是金融街的核心，国家的金融政策都从这里发出，很多中国人都亲切地称它是“央妈”。其次是中国人寿和北京银行双子座的椭圆形的建筑，这幢椭圆形的大楼立在方形大楼居多的金融街上，分外醒目。它的外壁是白色的骨架，绿色的玻璃幕墙，别致、大气，雍容华贵。每次从二环开车路过，最先映入眼帘的一定是这幢大楼。它正好坐落在金融大街的中心，大厦前是一个巨大的喷泉广场，每到上午10点、下午4点，无数根银色的水柱齐刷刷地喷向天空，水汽被阳光幻化成缤纷的霓彩，玄妙而多姿。楼前还有一大片绿草地和一个中等大的花园，不同的季节里开满了属于那个季节的花朵。由喷泉广场和绿草地、花园组成的广场，是金融街的主广场，也是金融街的上班族午休时间最喜欢溜达的地方。广场旁边就是颇有建筑特色的金融街购物中心，它的显性标志，不是楼高而是楼长，楼高只有四层，长度却有一条街那么长。透明的、斜坡型的屋顶，有着别人难以复制的特点。再就是通泰大厦，它的外形是不规则的建筑样式，外壁又采用了三种颜色：黑白浅棕，立在金融大街上让人过目不忘。还有门前有雕塑的纯西式的中

国平安大楼等，金融街上的每一幢建筑都有它独特的魅力。凝固的诗是对金融街有着不同风格建筑群的最美的礼赞！恰好碰上月色很好的夜晚，在高楼之间行走，月亮时而在楼间，时而在楼顶，紧紧地跟随着我。都市的月光给人以别样的感受，也是一个人散步时最好的伙伴。

我每天去上班的路上，必然要路过中国证监会和中国移动大厦之间的一个小花园，花园里有古树，有松树，有翠竹，有一个精致的四合院，据说是民国时期的建筑，还有三棵特别漂亮的玉兰花树。我每天上下班都要从树下路过，看着它们随着四季的变化而变化，或繁茂或凋零，周而复始。我最喜欢看它们春天的样子，没有树叶点缀的花朵，在初春的某一个夜晚，像是约好似的突然就闪现在我的眼前，像一群白色的鸽子落满枝头，又像是一只只白玉色的酒杯在互相碰杯，庆贺春天的到来。微风吹过，淡雅的香气沁人心脾，给人视觉和嗅觉的双重满足。此时，我想起古人赞美玉兰花的诗：洁若清荷不染尘，色如凝脂嫩荑纷。娇柔独爱东风暖，影落红墙香满门。觉得分外贴切、适意。金融街初春的早上，无数双急匆匆上班的脚步，都会因这三株开满玉兰花的花树而驻足欣赏，欣然地接受着美的洗礼、心的愉悦。玉兰花盛开的那几天，整条金融大街都满溢着芬芳，充满了节日的气息。

长安街上高大的玉兰花树也是我最喜欢的风景，开在高入云端的树枝上的花朵虽美但离我太远，我不能近距离地观赏它的容颜，嗅闻它馨香的气息。相比，我更喜欢金融街上的玉兰花树，它的美离我近，给我精神上的愉悦也更为深刻。

在金融街工作的第二年，我的情绪经过多种方式的调理，逐渐趋于平静。身体舒服了，精神也就好多了。我又开启了对金融街雕塑群的探访。建筑和雕塑是我除了文学、音乐和绘画之外的最爱。

穿行在金融街高楼耸立、道路纵横交错的空间里，我并没有产生过那种拥挤、呆板和单一的感觉，这是因为金融街上的各种雕塑和大小不一的花园起到了很好的平衡作用。城市雕塑是一个城市的文化载体，也是最能显示一个城市

的文化气息的大众艺术品。站在雕塑面前，不说话的雕塑会告诉人很多很多东西，作者会将他的思想通过雕塑充分地表现出来，或反映时代，或昭示未来……金融街上的雕塑，由于行业的原因，全都散发着浓浓的金融气息。从通泰大厦的西边往南走，就看到一个刻有“金融街”三个金色大字的大型雕塑，墨色大理石的基阶，上面是由四块布币组成的一个酷似鼎的造型，最上面托着一个黄金色彩的大球体。这个圆球是由四个铜钱造型相连而成的。南北两边的是“开元通宝”，东西两边仅写着一个大写的字母“R”。第一次欣赏这个雕塑，我有很多看不明白的地方。我围着这个雕塑转了好多遍，左看右看，前看后看，边看边想，我国自古以来的钱币有很多种，为什么只选中了布币和开元通宝呢？我经过查阅资料才知道，布币是我国流行最早的人造钱币，它结束了我国用天然贝或骨贝、石贝行使货币功能的原始货币时代，直到秦始皇统一货币，我国才开始完全使用环币。

开元通宝是唐玄宗时代使用的货币，币为青铜铸造，正面“开元通宝”四个字由唐朝大书法家欧阳询所书。开元通宝开创了我国货币史上的一个新纪元，10进位制的货币由此产生，并对后世影响深远。正是由于这样的原因，金融街上竖起的雕塑含有深厚的历史文化意味。

我静静地立在这个大型的雕塑前，脑海中浮现了我在西方国家看到过的很多个雕塑，米隆的《掷铁饼者》，米开朗琪罗的《大卫》，亚力山德罗斯的《维纳斯像》，罗丹的《思想者》……它们作为世界的顶级雕塑，其艺术成就后人很难超越。但究其背后的历史文化背景却没有我眼前的这座雕塑意蕴深厚，值得观赏的人反复品味、沉思。初夏的阳光照射下来，由布币托举的那枚金色的大圆球熠熠发光。圆球东西两面的“R”是人民币的代表字母，今天的人民币随着国家的强盛，正在世界经济的发展中起着重要的作用。尤其是“一带一路”的建设，正在把人民币推向全世界。布币上刻着古意的汉字，它是在祝福每一家落户金融街的企业都兴旺发达，蒸蒸日上，又何不是祝愿人民币走向更多国家的吉言呢！

金融街上还有一座以中国算盘为整体造型的大型雕塑，它是用铸铜塑成的方形的盘架，用不锈钢的材质做成了圆溜溜的算珠，算珠布局则为世界版图。它彰显了金融街的胸怀和气魄：立足中国，放眼世界。算盘是中国传统的计算工具，是由早在春秋时期就已普遍使用的算筹逐渐演变而来的，它是中国古代的一项重要发明，它还是在阿拉伯数字出现之前就被中国人广泛使用的一种计算工具。中国是算盘的故乡，在计算机已被普遍使用的今天，古老的算盘因它的便捷、准确等优点仍被很多人喜欢和使用。中国算盘既是一种计算工具，又被用来寓意招财进宝。这样的雕塑立在金融街上，不正是寓意国家繁荣昌盛，引来八方财富吗？世界上有哪一座雕塑能与金融街上的雕塑所含有的文化底蕴相比呢？我已走遍了世界各地，了解过世界上的各种文化，比较过各种文化之间的差异之后，才更觉中华文化的丰厚、深邃、意味无穷。

在金融街的中心区，有一个金融街区域标志性巨型雕塑。它是由四块花岗岩榫接而成的，总重量达70余吨。雕塑正面雕刻着金融街建成前的街道、胡同的地名，它将金融街的今昔巨变雕刻下来，让千秋万代的后人都能从这座雕塑得知金融街形成的来龙去脉。世上活着的每一个人，都不过是人间的过客，只有这些雕塑能够穿越一代代人的目光在世间永驻。

金融街喷泉广场旁边，新立起来一个走上坡路的牛的雕塑，它正鼓起全身的力气，走在上坡的路上。这个金色的黄牛不正是拼搏的金融人乃至中国人的生存写照吗！

每年新年到来的时候，金融街上的各家机构都会亮起有自己特色的灯饰，把金融街打扮得流光溢彩，灿若天街。金融街购物中心的东南门正对着证监会的大门，它每年的灯光秀都牵动着全国股民的心，股民们恨不得每年秀出来的都是金光闪闪的大牛，千万别出现熊和黑天鹅之类的造型。这也成了金融街的趣话之一。

经济兴，金融兴。金融街的形成和发展不是凭空而来的，是中国共产党领导金融事业发展的一个丰硕成果，是金融界所有共产党员辛勤工作的结果，也

是红色百年党史中重要的一个章节，更是国家几十年来不断改革开放、坚定执着推动经济社会发展而带动起来的。在改革开放的几十年中，随着计划经济向市场经济转轨，我国的金融事业变化巨大。从1949年宣告中华人民共和国成立以后，很长一段时间内，我国的金融机构只有一家中国人民银行，它既承担着中央银行的任务又具体办理大部分银行业务。经过改革开放40多年的快速发展，我国已初步建立了由中国人民银行进行宏观调控，由银监会、保监会、证监会分业监管的体系，俗称“一行三会”，现在是“一行两会”，即以国有商业银行和其他新型商业银行为主体，政策性银行、非银行金融机构、外资金融机构并存，功能互补和协调发展的新的金融机构组织体系。可以说，世界上任何先进国家拥有的金融机构，我国大部分都建立起来了。健全的金融机构极大地提升了我国在世界上的竞争力，极大地满足了人民群众日益增长的金融需求。

一转眼，我到金融街工作好多年了，从当初的各种不适应到深深地爱上金融街，经历了一个不算太长的过程。我享受它带给我的视野的开阔，知识的丰富，审美的满足以及对自身生命价值的再认识。我，变成了一朵独特的花，在属于金融街的时光中慢慢绽放。

我逐渐变成了金融街的义务宣传员，对身边金融圈外的朋友们、对所有要到北京来的朋友们都会主动宣传：你们（在）来北京一定要到金融街上转转，会有你们意想不到的收获哟。你们心心念念要看的新北京，在金融街就能找得到啊！

我建议他们：喜欢建筑的人，应该到金融街上来，这里的每一座建筑都有它独特的魅力，或建筑样式或建筑材料或文化品位。无论是西式建筑还是中式建筑，都能在这里找到比较的标的。中式和西式建筑对比着欣赏，既能发现其差异，又能找到其共性。西式建筑的摩登、喧闹、单一与中式建筑的浑厚、宁静、有趣，交替冲击着人的视野，撞击着人的内心，会让人别有一番满足在心头。

喜欢雕塑的人，应该到金融街上来，这里形式不同的、历史文化意味深厚的雕塑群，和你欣赏过的雕塑有很大的差异，会让你情不自禁地停下来，静静地品味，并一品、再品，直到品出自己审美趣味的满足。

喜欢研究中国金融的人，应该到金融街上来，这里有健全的金融机构，有负责金融管理职能的“一行两会”，无论是中国的还是外国的银行在这里都能找得到，大型的保险公司总部都在这条街上落脚，证券公司，期货公司，全国的清结算中心，大都在金融街上。人民币资金，在这里供给，流向全国各地，又汇集于此。这里是国内金融机构最密集的区域，也是管理金融机构资产最多的区域；这里是人民币资金流动枢纽，也是国内金融信息的发源地和金融高端人才的聚集地。金融街是中国金融的地标，更是中国金融的大脑和心脏。这条街代言了中国金融的繁荣！

喜欢在秋天看银杏树的人，更应该到金融街上来，这里遍植银杏树，除了每条街道两边都是银杏树，很多高楼的间距里还藏有好多片银杏林。一到秋天，这里满目都是金黄色，“满城尽带黄金甲”就应该是这个样子的吧。在金秋时节里，在丽日蓝天下，在金融街上欣赏金色的银杏树，该是多么时尚，多么浪漫，多么惬意！

我，虽然只是祖国金融建设中的一块砖，但我已属于金融街高楼大厦中的一个部分。

新的天地 上

所有的日子，所有的日子都来吧

王蒙　何向阳

何向阳：王蒙老师，您好！首先，祝贺您在新中国成立70周年之际获得“人民艺术家”这一国家荣誉称号，2019年9月29日从央视直播中看到国家主席习近平为您亲自颁发国家荣誉奖章时，我想这份荣誉固然是对您个人成就的肯定表彰，同时也是对您所代表的共和国培养的第一代作家的奖掖，以及对共和国成立之后成长起来的几代作家的激励。作为一个与时代同行、与祖国共命运的作家，从20世纪30年代开始到21世纪20年代的今天，您经历了中国社会的巨大变化与进步，其间几乎每个历史阶段在您作品中都留下了印记，您如何看待作家、艺术家个体创作与他所处的大历史之间的关系？

王蒙：谢谢您！我们那时候习惯的说法是“（20世纪）50年代开始写作的作家”，刚才你说到“共和国第一代作家”，这个词过去我还没听说过，对我也是一种使命和鞭策。新中国的建立跟文学界、文学人的努力是分不开的，1949年10月1日以前，中国有一大批优秀的老作家，如鲁、郭、茅、巴、老、曹，

冰心、叶圣陶、丁玲、艾青、欧阳山、草明、赵树理、康濯、马烽等，作家的阵容特别强大，而且当时我们文化界、文学界的情况跟苏联还不一样。在刚刚成立的新中国，大量作家回归内地、回到大陆来写作，关于这件事情，舒乙讲过，他说老舍就说过，1949年中国有90%的写作者都是欢欣鼓舞地进到北京，来迎接新中国的建立。就说我自己吧，我的青年时期，甚至是少年时期，就是在这样的氛围里度过的。我入党很早，大概14岁的时候，只是符合了共产主义青年团的入团年龄。我所处的那个时期正好赶上时代的大变迁，这给予了这一代人激励、激情，也为我们提供了亲眼为历史作证的机会，这是我们这一代人这一代作家的幸运，也在以后变成了我们写作中共同的一个文学的主题或者说是母题。

何向阳：您的第一部长篇小说，写于新中国成立初期的《青春万岁》，入选“新中国70年70部长篇小说典藏”书单，这部小说影响了一代代的读者。2019年我在中央党校第46期中青班学习，我们毕业前的一次会上还有一位老师高声朗诵这部作品中的“序诗”，“所有的日子，所有的日子都来吧/让我编织你们，用青春的金线/和幸福的璎珞，编织你们”。当这首诗被朗诵出来时，我感觉身上的血都热了。对于《青春万岁》，不同年代的读者的阅读记忆是不同的，2018年在青岛，在“改革开放40年最有影响力的40部小说”发布会上，我们坐在台下聆听了您和一群中小学生一起朗诵。那次倾听让我和许多人都流下了泪水。一部作品活在一代代人的心里，是多么美好的一件事。《青春万岁》给一代代读者留下了难以磨灭的记忆，的确是一部跨越了许多岁月的不朽作品，从1957年这部长篇小说的部分章节在《文汇报》上发表，到1979年人民文学出版社出版长篇，再到1983年黄蜀芹导演的同名电影，后来2005年国家话剧院一度要把它改编成话剧，再到2019年《故事里的中国》节目中，它以舞台剧的演绎形式得以呈现，可以说它影响了一代代的读者。而对于您来讲，它的意义更是不同，您个人的青春年代与共和国的青春是同频共振的，而且这种同频共振的关系在您的创作中一直贯穿始终。

王蒙：你刚才说的这个词——同频共振，我特别喜欢，也特别感动，我们这代人如果说幸运，就是我们的生命、我们的年龄和这个国家的历史发生了共振。那些小至十三四岁、大至十八九岁的青少年，他们赶上了革命的胜利、国家命运再造的进程，这是多么难得。1947年，毛泽东主席作了《目前形势和我们的任务》的报告，他当时都没想到胜利来得这么快。然后你看到的一切都是新的思想，人们唱着新的歌，用的词也都不一样了，人的作风也都不一样了。我写的书恰恰就有这样一种想法，把这些记录下来，把它们挽留住。因为人不可能天天处在这样一种激奋状态，看什么都新鲜：听一次讲话就热泪盈眶，看一个苏联电影也是热泪盈眶，你要当时不记录下来，可能以后就很难再体会那种心情了。

中华人民共和国1949年建立以后，每天都在发展，都有好的事情发生，比如说北京刚一解放的时候垃圾堆特别多，当时整个东单广场全是高高的垃圾，臭得不行。国民党政府的时候根本没人管，后来共产党来了以后，连夜用两三天时间清理干净。之后一年之内就开始在交道口建电影院，在新街口建电影院，在什刹海开辟游泳场，万事万物都百废俱兴。1953年11月我开始写《青春万岁》，确实也是一种勇敢的对于这个大时代的记录和应答，我想尽到自己的历史责任。《青春万岁》现在仍然不断地以各种形式在重版，2020年也有新版，不止一个版本，我很受鼓舞。因为《青春万岁》是1953年开始写的，1956年我获得了半年的创作假，基本写完了这部作品，这部小说的序诗，就是您刚刚讲的“所有的日子都来吧”。当时我特别崇拜的诗人是邵燕祥，我就把序诗寄给邵燕祥，后来他都忘了，但我记得非常清楚，因为那时我是他的一个“粉丝”，当时他给我回了封信说“序诗是诗，而且是好诗”，这话很有师长的味道。诗一上来有两句话，为了整齐他给我改了，本来是：“所有的日子，所有的日子都来吧，让我编织你们。”最后他改成了“用青春的金线和幸福的璎珞，编织你们”。

何向阳：在自传、自述写作中，您多次提到许多作家的文学作品对您最初

写作的影响，比如列夫·托尔斯泰、屠格涅夫、陀思妥耶夫斯基、契诃夫等，您在《王蒙八十自述》中写道："1952年的深秋与初冬我在阅读巴尔扎克中度过。"您还说："超越一切的是法捷耶夫的《青年近卫军》，他能写出一代社会主义工农国家的青年人的灵魂，绝不教条，绝不老套，绝不投合，然而它是最绚丽、最丰富，也最进步、最革命、最正确的。"能够以这样热情的文字写一位作家，足见《青年近卫军》对您写作初始时期的影响，少年时代对俄苏文学的阅读和接近，构成了您的作品最初的理想主义底色。

一代作家的成长离不开大的时代环境。1956年由中国作协与团中央联合召开的第一次青创会，汇聚了新中国的青年作家英才，听家父说你们当时住在新侨饭店，会议开得生机勃勃，周恩来总理专门到会上来看望你们，可以想见那次青创会的盛况。长篇小说《青春万岁》与中篇小说《组织部来了个年轻人》的写作同属一个时间段，它们之间也有主人公生活的连续性，一个即将走出校园，一个刚刚走进机关，主人公的精神实质是一致的，但人们往往对林震这个"新人"的理解与郑波、杨蔷云等新人又有所不同。林震这个新人形象的确是与众不同的，小说似乎在批判向度上将现实主义的文学精神引入了深层，林震"这一个"人物在当代文学史上的地位即在于他将信仰视为生命，并在工作中一以贯之，不懦弱，不妥协，他坚持坚守的东西真的是贵比千金。但无论当时还是现在，对这一个新人形象的研究仍是不够的。什么是您最希望在林震这位主人公身上得到表达的？

王蒙：法捷耶夫是一位长满了革命者的神经与浪漫的艺术细胞的作家，他的革命理想、艺术理想、文学激情融合在了一起。他写的苏联卫国战争中的青年近卫军成员，单纯而又丰富，勇敢而又坚忍，忘我而又个性化。16岁的队长奥列格，冷静周到，有着领导人的素质。净如水莲的乌丽娅，深沉矜持。而泼辣靓丽的柳巴，玩弄法西斯如入无人之境。险中取胜的丘列宁，是孤胆英雄。他们与另一种空虚的、颓废的、自私的哼哼唧唧的人生是怎样的不同啊。即使苏联最后解体了，法捷耶夫则早已自杀，他写青年英雄人物，他的追求，

他的理想，他的新生活与新人梦，他对于美好的青年美好的人生的向往，仍然永在。我当时是新民主主义青年团的工作人员，我们那时每天讨论的都是培育全面发展的社会主义新人。

至于林震，他不是英雄，他有追求，也有幼稚和困惑。即使是笃诚的现实主义写作，也因为作品的浪漫与激情而渲染着梦想与现实的碰撞，有火花，也有泪痕，有宏伟雄奇，也有天真烂漫和脆弱。现实而又梦想，生活而又文学，世俗而又升华，多情而又那么多成熟的人情世故：这也许正是文学的魅力吧。

第一次青创会，我们是在北京饭店与周总理见面的，女同志们排着队等着与总理一起跳舞。

何向阳：我注意到您的创作有几次大的起伏，或者说是有过几次创作高峰期。比如，20世纪50年代、80年代、21世纪的今天，也可以说是新中国成立初期、改革开放初期、新时代，您的创作均处于“突飞猛进”的爆发期。三个时期各有代表作，从《青春万岁》到《活动变人形》到《笑的风》，各个阶段的中、短篇也极为精彩，如《组织部来了个年轻人》，如《蝴蝶》《布礼》《如歌的行板》《明年我将衰老》《生死恋》等。但同时我也注意到一个现象，就是您的创作不惧低谷状态，文学创造能够最终以另一种方式得以完成，如《青春万岁》，其由人民文学出版社正式出版是在1979年，而那时已是完成它的25年之后了；而获得茅盾文学奖的《这边风景》，写作于1974年，出版于2013年，从40岁到79岁，其间整整相隔39年。25年、39年，无论岁月如何流逝，您一直以文字在与岁月与时间博弈。当然，最终您是胜者，同时也可以说这两部作品都经历了漫长的时间考验，也见证了您创作的两个最重要的人生阶段。我想知道的是，您是如何在时间或经历可能要拿走您的文字的时候，而紧紧地抓住它从不放手的？这样的状况好像在一个作家身上并不多见。对于早期作品的修订与创造，其实对于一个作家而言是一项比原初的创作更艰难也更具挑战的工作，您是怎样在漫长的岁月中一直保持着这样一种特别昂扬的创造力的？

王蒙：我自己也说不清楚，当然对于一个写作者来说，这也可以说是一

件幸运的事。我们现在可以设想一下，如果《青春万岁》不是1979年第一次出版，而是20世纪50年代就出版了，当时获得的反应可能比后来还强烈很多。但是从另外一个角度安慰自己，这也算是对我的写作的一个考验，一部作品毕竟经历了这么长的时间的、历史的考验。《青春万岁》经过了1/4个世纪，《这边风景》大致上是经历了40年才出版的，当代文学中有许许多多远比它们更重要的更有文学史意义的作品，经过25年或者45年以后，您再看那些作品，它可能会是一个重要的里程碑，但已经不在读者的书桌上，更不在青年的案头上了。这也是很遗憾的事。所以我觉得《青春万岁》近70年后还红火着，真是幸福啊。您记得吗？国庆70周年，国庆群众游行的一个方队就命名为“青春万岁”，而方队的群体自行车队，是多么接近黄蜀芹导演的《青春万岁》影片场面啊！这也是我的幸运，尤其我没想到，在邵燕祥的帮助下改出来的序诗，现在还有点家喻户晓的劲儿。你上网上查一查，有很多版本，有青年学生、著名演员、广播员、艺术大家演绎的不同朗诵视频版本，各有各的味道。

何向阳：这首诗在不同年龄段的人群中都能引起共鸣。它跟您的许多作品一样，就是总会有一个非常光明的底色在里面，有一种乐观的、不顾一切而向前走的精神。我个人觉得您的作品一直有一种追光感，或者说是一种趋光性，一种向前的行动，它是追光而行的，哪怕在个人创作不是很顺畅的时期，或者是坎坷、曲折的人生段落里，您的作品，包括您本人也一直给人以一种追光的感觉。

王蒙：我是觉得不管怎么说，在我已有的80多年人生历程里，一个始终有目标、有太多的热度与活计的人生是幸运的，它是光明的人生，是幸福的人生，是一个足实与成功的人生。人一旦老了，往往有些遗憾和后悔，觉得这个事情想干没干，那个地方想去没去过，年轻的时候想唱歌也没唱好，后来想跳舞也不会跳……可我这样的遗憾比较少，我86岁了，没闲着，不必蹉跎踌躇，这绝对是一种真实的心情。我也觉得环境对我来说仍然产生了正面的影响，我开玩笑说，人这一辈子跟打篮球一样，上半场你输得比较多，15比68落后，

可是下半场你打得优秀一点，反败为胜了，大比分超出，还发什么牢骚，还吭吭唧唧什么呢?

这是从个人角度，从社会、国家的角度来说，我这辈子经历了别人几辈子的事，原来咱们吃喝拉撒睡是什么样的，现在又是什么样？我小时候出生3年最大的事就是卢沟桥事变，日本占领了我们的国土，当时我是在沦陷区也叫占领区。我们那儿离阜成门很近，到处都站着日军，男女老幼从他们面前经过都得鞠躬。小学里有个日本教官，一上课全体老师学生都得站起来先说日语，那是什么滋味？我这一辈子经历了太多事儿了，当然自己也会有各种各样的反应。我自己也参加了，也争取了，也冒险了，也奋斗了，付出了不可以不付出的代价。看到新中国的建立，有这么一个光明的底色。再说我虽然小，但党的政治生活参加得非常多，从最早在天安门广场参加腰鼓队，到后来“三反”“五反”的时候斗资本家，各种事见多了。当然我也有懊恼，也觉得自己肯定有错误，有缺点，有需要纠正的地方，但是少有遗憾。

何向阳：您经历了新中国的成立、建设、改革开放、新时代这样一个完整的历史时期，作为一个作家，对这一完整的历史时期的社会发展，您是最好的观察者、参与者并同时也是最有发言权的书写者；同时作为一位作家，您的作品也忠实记录了共和国的发展历程，当然其中也有曲折和弯路，但您在作品中表达的情绪一直是昂扬的，乐观的，向前的，即使在面对困难时也毫不晦涩灰暗。您一直相信，一种对生活的信念在您作品中一直“活着”，就像《布礼》中凌雪对钟亦成所说的“物质不灭和能量守恒的法则”“人民的愿望、正义的信念、忠诚”，作为您作品中的底气，哪怕是在杂色的生活中，您的写作所传达出来的东西也总是光明、温暖而坚定的。

王蒙：对，非常坚定，尤其没有绝望的念头。我总是觉得，事情总会往好的方面发展，即便不发展也坏不到哪儿去。为什么呢？我去新疆从事了很多体力劳动，但是劳动不好吗？我父亲跟我说过俄罗斯的心理学家巴甫洛夫的一句话，原文我记不清了，大意是说——我爱劳动，我爱脑力劳动和体力劳动，但

是我更爱体力劳动。你也可以说这是自我安慰，但是为什么人不可以自我安慰？你不自我安慰，自己折腾自己，自己折磨自己，我觉得不是好的选择。

何向阳：特别喜欢您这种乐观的态度，总是很欢乐地去拥抱生活，这其实体现了您的人生信念，包括对生活的信念，对文学的信念，对人的信念，这是一个底子。有这个底子，才能够坦然面对所经历的一切，才能够纵浪大化、不忧不惧。刚才您说到新疆，新疆之于您的创作与人生的重要性而言，是不可替代的。从1963年到1979年您在新疆度过了16个春秋。1963年您还不到30岁，这16年是您从29岁到45岁的岁月，也可以说是一个人从青年到壮年的最好的时候。您的《你好，新疆》一书开始一句就是："我天天想着新疆！"您在回忆新疆时期的文字中写这16年对您的一生"极其重要"，您"受到了边疆巍巍天山、茫茫戈壁、锦绣绿洲、缤纷农舍的洗礼"，您"更开阔也更坚强了"，您对外国朋友说，您这16年"在修维吾尔学的博士后。预科2年，本科5年，实习3年，硕士研究生2年，博士研究生2年，博士后2年，共16年整"。您说："越是年长，我越为我在新疆的经历，为我在新疆交出的答卷而骄傲。"70万字的《这边风景》作为一份长长的答卷，足见新疆在您生命中的分量，足见这段生活对您产生了怎样至关重要的影响。

王蒙：这里我要说明一点，我在新疆16年间参加体力劳动的时间大概是8年，并不是全部的时间。因为我在伊犁，户口和家都安在伊犁，但我是在农村参加劳动，有6年时间在农村参加劳动，还在"五七干校"待了两年多。另外8年是在编辑部，当时叫创作研究室，帮助当地排话剧写稿子。我确实是喜欢新的事物，对世界充满了好奇心。我为什么愿意去新疆呢？原因之一就是毛主席号召知识分子要经风雨，见世面。他说，应该经风雨、见世面；这个风雨，就是群众斗争的大风雨，这个世面，就是群众斗争的大世面。而且我认为毛主席特别关注中国的农民。所以我就去了新疆，我在北京待的时间太久了，那时候我已经快要30岁了。

何向阳：所以您29岁选择了去新疆。

王蒙：对啊，我已经快要30岁了，这里头绝大部分时间都是在北京，除了3岁以前模模糊糊的记忆是生活在河北南皮。一个人光在北京生活是绝对不够的。还有一个，我现在想起来也特别幸运，就是我当时感觉在北京找不着感觉，因为20世纪60年代的社会生活复杂多变，我也没办法预料和判断未来的生活和前景会怎样，直到现在，我在回忆我这一生的时候，都认为当时自己做出了一个关乎生死存亡的智慧选择，那就是去新疆。去新疆我救了自己，也获得了更阔大的世界。

世界这么大，尤其新疆，不到新疆你能知道伟大祖国有多大吗？一到新疆，我立马就服了，那出一趟差到伊犁得三天三夜才能到地方，到喀什得六天六夜才能到，到和田需要九天九夜。在新疆，人对于空间和时间的观念都发生了变化。此外当然还有文化观念的变化。新疆是伟大祖国的不可分割的一部分，每个民族各有自己的特色，南疆和北疆也不同，即便同样是南疆，喀什噶尔跟阿克苏、和田也不一样，和北京当然是不一样的，就像俄罗斯思想家萨尔蒂科夫·谢德林专门写过一本书《外省散记》，如今，一个写作人在首都与在“外省”也各有特色，各有长短。我觉得我的心胸、观念在当时有了很大的扩展，这扩展也不容易，这种可能性可以说在当时的中国也是很难做到的。这也是我人生里一个非常重要的阶段，而且我还必须说明，在这个阶段我得到了很多人的帮助。我只能说，我的选择是一个自然的正面的选择。我没有因为去新疆而悲观失望，而是越来越有希望。

何向阳：新疆对于一位作家的滋养，是让您接了地气。原来是一个青年，回来就是一个壮年了，而且您是带着整个人生的新疆的大风景回来的。到了20世纪七八十年代，也就是1979年到1986年，您的创作呈现出一种“井喷”的状态，那时候一打开文学刊物全是王蒙的新作，而且风格各异，有现实主义的、有现代派的、有先锋的，让读者有眼花缭乱目不暇接之感。《蝴蝶》《春之声》《海的梦》，新作之多，真的是让评论家们追也追不上。这种创作的“井喷”状态，是不是也有新疆生活对您的激发？一下子就把您的这个气给提起

来了。

王蒙：新疆提供了一个特别好的，和我的城市生活互相参照的参照物。当我写到城市特别是干部和知识分子，脑子里浮现的仍然是新疆农民的音容笑貌，当我写到新疆的这些事情，也有城市的干部、知识分子、工人，以他们的存在来比较，这大概可以叫作比较地理学。刚才您提到一些作品，但是还有一个作品您没有提到，它对我个人的意义非常大，就是《夜的眼》。《夜的眼》写得非常早。那是1979年10月我写出来的，11月刊登在《光明日报》，而且《光明日报》发了一个整版。《夜的眼》的读者可能没从中看到新疆，但实际上有新疆，说到原来我待的这个地方去搭便车，手里头抓着一个羊腿。这种场面是属于新疆的，可爱，可悲。后来我写了一组收到《在伊犁》里，都是跟新疆有关系的作品，甚至其中某些还带有非虚构色彩，这些作品有的翻译成了日语，有些翻译成了英语。

何向阳：上海文艺出版社曾出版过一部《王蒙和他笔下的新疆》，图文并茂，其中的文字就选自您的《在伊犁》系列小说，记得有《哦，穆罕默德·阿麦德》《淡灰色的眼珠》《好汉子依斯麻尔》《虚掩的土屋小院》《爱弥拉姑娘的爱情》等。的确如您所言，新疆作为您的第二故乡，“是她在最困难的时候给了我快乐和安慰，在最匮乏的时候给了我以丰富和享受，在最软弱的时候给了我粗犷和坚强，在最迷茫的时候给了我以永远的乐观和力量”。有时候我想，一个地方与一个作家很多时候是一种相互找到。新疆与您就是这么一种情形。如您诗中所写——“我变了吗？所有的经过，都没有经过，我还是你的。”还是那个“戴眼镜的巴彦岱”。同时我也注意到几十年来，您一直保持着旺盛的生命力和蓬勃的创作活力，无怨无悔，真的是——所有的经过，都没有经过，这种超越能力，只有天真而深邃的爱才能做到。记得一次从广州开会回来，在飞机上读花城出版社出版的您的《明年我将衰老》，竟读得哭出了声，打动我的不只是语言，还有那种化解不开的深情。近年，您的《生死恋》《笑的风》出版，作为您的忠实读者，2020年10月，我还在《人民文学》上读到您的短

篇小说《夏天的奇遇》，而2019年1月的《人民文学》《上海文学》都以您的小说打头。就在2020年初，人民文学出版社出版了您的50卷《王蒙文集》。记得《王蒙文选》1983年出版时是4卷，1993年是10卷，《王蒙文存》2003年出版时是23卷，《王蒙文集》2014年出版时是45卷，时隔10年，您的作品从数量上来讲几乎翻番，而距2014年短短5年之后，新版《王蒙文集》已达50卷，2020年新发表的作品还没有收进去呢。从数量上看，呈几何级数增长，从时间上看，它还一直在不断“生长”和“可持续发展”着。我个人感觉您的创作在新时代又迎来了一个巅峰期，这个巅峰期，让我想到改革开放新时期伊始，您的一系列中、短篇如“集束手榴弹”在中国文坛造成的威力。这样的文学创造力，即便对正处于盛年的很多中青年作家而言，也都难以达到，为您旺盛的创造力感到惊喜和敬佩。您的这种创作动力，似乎一直未有停顿，这些年，就像改革开放初期一样，您的创作又迎来了新的井喷。

王蒙：大致是1957年底在《人民文学》发表了一个2000字的短篇小说叫《冬雨》，这个作品后来翻译成了捷克文、斯洛伐克文和英文，在捷克出版的3种文字的文学刊物，都把它发表了。从那以后一直到1978年，我基本上都没写过什么东西。这其中有20年的时间是沉默着，也不能说没有发表过，因为好像1962年发表过两篇，但有相当长时间基本上写作是中断的。一旦能写作，就有很多很多东西可以写，就叫厚积薄发吧，因为歇菜20年了。我对写作的最大的动力，还是对生活的热爱，这个热爱可以表现为兴趣，也可以成为热烈与坚忍的期盼。它是一种激情，你甚至也可以说是一种爱恋。

何向阳：也是一种深情。相比于小说家的冷峻分析，您的作品常常透露出的是一种诗人气质。单纯、浪漫，也很独特、果断。

王蒙：是一种对生活的爱恋吧。对于我来说，写小说我很少先想到故事，而是先想到这个事儿、这个人必须要写。这种感觉必须要写，某种倒霉的感觉一定要写出来。而且不光是倒霉，更重要的是从倒霉变成好的感觉，都是从感觉出发的，这种对生活的热爱和恋恋不舍，构成了我写作的动力。可以说，我

对于生命、活着的感觉就在这里。

何向阳：几年前我曾在绵阳一次关于您创作的全国研讨会的发言中，引用了您的一句话，讲您的作品是写给世界的“情书”，您80岁了，但仍在爱着。2020年1月参加北京全国图书订货会，人民文学出版社为您新版50卷文集召开了首发式，当时我望着满满当当两大箱子您的50卷文集，不能不再次感叹，这得对这个世界有多爱，才能写出这么沉甸甸的足分量的“情书”呵！

王蒙：哈哈。真是这样，这里面包括对生命的珍惜。人老了，现在86岁了，您不能说“明年”再衰老了，但是我没有疲倦感，也有很多朋友跟我年龄差不多的，现在记忆力不行了，一想到写作烦得要死。我也很同情人家，我相信他说的话，而且人家也有可能烦你，你没完没了地写也有可能造成审美疲劳。但是我仍然珍惜我的生命，珍惜我的老年，起码我最近这3年写起文章来词儿就特别不一样，绝对跟过去不一样。大致上，从1996年到2012年，我这十几年正经写的很少，只写了《尴尬风流》，就是那种带有自嘲性的小短篇，要把超短小说都加在一块，也算个长篇了。我国有一个说法叫作“青春作赋，皓首穷经”，那几年我主要在研究孔孟老庄，后来还加上荀子，一共写了大概10本书，占据了我主要的时间，但每年还都会写十几二十篇的《尴尬风流》。2012年以后，我进入了一个新的人生阶段，因为我生活上、情感上有了更大的变化和刺激，一个是和我同甘共苦半个多世纪的爱人瑞芳去世了，后来我跟单三娅有了新的结合，我在生活当中所经历的各种个人和情感的变化，同社会生活剧烈迅猛的发展结合在一起了，我又开始中短长各种作品都写起来了。

何向阳：2012年，对您个人来说是一个转折点。您个人生活情感的变化与社会生活的变化再一次结合在一起，2012年之前，您有一阶段的创作多集中于对老子、庄子的文化解读上，好像从2012年以后，您又开始大量写小说了。

王蒙：对，也可以说是一次新的井喷，其中有历史的背景，有个人的生活，自己的内心世界的变化，所以我的创作确实又掀起了一个实际的高潮。

2018年，《人民文学》《中国作家》《上海文学》都在4月刊发了我的作品，对我来说确实算进入一个新的阶段。甚至于我还要说这里头也有文化的变化，因为那一段找我谈文化问题的人也特别多，有文学的话题，有语言的话题，我一进入那个语言圈里就欲罢不能，光这些词就把你给点燃了。我最近又开始写新的小说，当然我不能向读者保证说我还能再写多少年。但是目前，说起文学创作、小说创作，我仍然在兴奋之中，不管你写多少论文，多少诸子百家的研究文章，一写起小说，每一个细胞都在跳动，每一根神经都在抖擞。我想说嘚瑟，后来改成抖擞，其实我心里想的也可能是哆嗦。

何向阳：这个状态太好了，就是舞蹈的状态，这种跳舞的状态，就是所有细胞都调动起来的状态，是作家写作中最活跃最投入也最忘我的一种状态。

王蒙：说得太棒了，确实是跳舞的感受，是发狂的感受，我从来没有感到写作是这样动感，是在满场飞地跳动。

何向阳：最近读您的《笑的风》，您把中篇改写成了一个长篇，里面还有一些诗歌，这些诗都是您原创的吗？您的诗集我读过。相比而言，您的小说的抒情性越来越强。我是说这太有意思了，是一种叙事和诗意相互交织的状态。

王蒙：这是我从《红楼梦》里学的。中国人对我们平常说的五言七言诗非常有兴趣，吃喝拉撒睡，会客、游戏、娱乐、喝酒都要写诗。曹雪芹动不动在小说里就来一段儿。中国古代有一个成见，小说、戏曲，还有词（实际上是唱词）都是低俗的，文章和诗才是高雅的。曹雪芹当时潦倒不堪地写小说，同时他提醒读者，他也会写很好的诗。《红楼梦》写元妃省亲的时候全是歌颂的诗，连林黛玉写的都是歌颂的，“盛世无饥馁，何须耕织忙”。但这不是林黛玉写的，而是曹雪芹写的。我的文集里，最早的作品就是10岁作的第一首古体诗《题画马》，那时候我每天都在学画马，可是我绘画没有任何才能，却写了“千里追风谁能敌，长途跋涉不觉劳。只因伯乐无从觅，化作神龙上九霄”。我当时10岁怎么就想出这种诗了，而且摆出一副怀才不遇的架势，现在我也想不明白。

何向阳：您这番话让我想起，您在20世纪80年代提出一个观点，就是作家的学者化问题。我以为这也是一个对于作家的精神资源的建设问题，这一问题当时一经提出就引起文学界的关注。在作家学者化问题上，您一直是您理论的实践者，可以说在这一方面您一直身体力行，您关于庄子的作品就至少写了三部，《庄子的享受》《庄子的快活》《庄子的奔腾》，而且都是在一两年内完成的。还有《老子的帮助》，从"孔孟老庄"一直到李商隐的注疏、《红楼梦》的解读，今年您又刚刚完成了历时4年写作的荀子的研究著作。您在大量小说创作间歇，还兴致勃勃地写下了甚至在某一时间段就体积与容量而言都比小说创作本身大得多的文化随笔、研究著作，又出版了《王蒙讲孔孟老庄》青少年版，2020年6月还用了27天一天三集一集30分钟几乎是一口气录完了80集的《红楼梦》讲解视频，从中可以看出您对中华传统文化的真心热爱。您关于中华文化的写作，从先秦开始一直到唐代，又跨越到清代，好像历史上大的文化脉络全部贯穿起来了，也是一种对传统文化的自觉传承，这种写作您是有意为之，还是一种兴之所至？抑或在历史文化与现实创作中找到一种特有的交替互融的书写方式？看得出您对这些与古典文化有关的写作都非常快乐。

王蒙：是这样的。1979年第四次文代会第三次作代会时，我在大会发言时已经提到我们的作家需要提高文化知识水平。作家不要求都是学者，因为作家和学者是两个路子，但是越来越非学者化真的是一个问题。您可以想想鲁、郭、茅、巴、老、曹，他们的教育程度、学历知识程度、对外语的掌握，对他们的写作产生了怎样的影响。我们都是知识分子，当然我们也有我们的优势，下过乡、扛过枪、种过地，参与过社会生活、政治生活、党的生活等等。但是我觉得一个作家要面对写作，学识还是必要的。我是爱学习的一个人，我就是一个学生。现在包括对外语，再难只要有机会我都愿意去学，但是严格的达标并没有做到。今天的学习范围更大了，特别是对于一个作家的学习而言，不能满足于光从网上看到的信息。

何向阳：还是要读书，要阅读。对一位作家而言，学习是多向度的，也几

乎是无止境的。

王蒙：现在从我们国家层面来说，党中央、政府对于学习的提倡不遗余力，我们说建设学习型政党，政协也在建设学习型组织，各单位也都特别重视学习，个人也都注意增长自己的知识，说得夸张一点，这个重视程度是空前的。对于学习而言，我个人一直有这个爱好和愿望。

何向阳：记得2000年中国作家代表团出访印度，您是我们团长，在印度举办的中国电影节的开幕式上，您做了半小时的英语演讲，言及中国电影、中国文学、中国文化以及中、印文化间的学习与交流。语言表达对您来讲，很多时候都可以信手拈来。好像在语言方面，您有着过人的天赋。听说您47岁开始学习英语，每天要记忆的词汇量都是一定的。

王蒙：其实我英语语言的能力还远远不过关。那次有个特殊的原因，就是中央电视台九频道当时找我做一个英语的关于中国作家和中国文学的对谈，后来我就被迫恶补，那会儿十几天天天在写中文的稿子，请中国翻译协会的领导黄友义先生帮我翻译成英文，我连那个重音都注上，一边查着字典，一边每天从早念到晚念了十几天，后来谈得还挺好。这也是我的一个乐趣，当然有显摆的成分。记得有一次，日中友好协会欢迎我带的一个代表团，我在欢迎活动上用日语致辞。在伊朗的一个对外文化活动上，我用波斯语讲了15分钟。后来2010年在哈佛大学举行中美作家主旨演讲，我是用英语讲的。2020年底，在哈萨克斯坦驻华大使馆举行的艾克拜尔·米吉提翻译的《阿拜》首发式，我是用哈萨克文讲的话。在土耳其的安卡拉，我当时还当着文化部部长，在参加一个官方欢迎会时用土耳其语发言。我还访问过阿拉木图，在活动上讲哈萨克语。我可不是说这些都懂，好些都不懂，但是我把拼音写上，我说的那些语言都和我学习维吾尔语有关系，波斯语、哈萨克语、土耳其语，在莫斯科获得博士学位的时候也用俄语致过答词。我也算是有志于促进各民族与中外的文学语言相互亲近和理解。对不起，这有点中国式的说法，叫作“老要猖狂”了。

何向阳：语言的学习其实也是一位作家对别的国家、别的民族、不同文

化、不同文明的尊重。语言最基础，也最根本，是文化的最小细胞。这方面的融会贯通会带来不一样的视野。当然每一代作家都有他那一代的文化使命，从对您作品的阅读中一直获得这样一种强烈的感觉，就是您的叙述中有一种坚不可摧又游刃有余的文化自信，坚定与幽默共在的这种表达方式，令人阅读时能获得一种智慧的享受。

王蒙：中国的文化传统有这么一个思路：期待圣贤。圣人是什么意思呢？首推孔子，他能够给人民教化，叫作“天不生仲尼，万古如长夜”，让大家知道人应该怎样、不应该怎样，这样才能安居乐业。孔子是最重视文化的，重视文学艺术，尤其是重视诗。他是《诗经》的责任编辑，而且他认为要从《诗经》看出世道人心，要培养人的精神上的格局。加上《孟子》，总体来说就是“怨而不怒、哀而不伤、乐而不淫”，或者是“思无邪”。诗的作用一个是“不读诗，无以言”，另一种是要通过读诗“多识鸟兽草木之名”，他们把文学的责任讲得很清楚。历史文学也是他编辑，包括孔子删改编辑《春秋》，其实那个时候文学和历史是不分的。您看司马迁的《史记》可以算历史记忆，但非常文学，很多篇章都充满小说性，《鸿门宴》《霸王别姬》是写得多好的小说。而且这种文化追求、文学追求，正是权力的依据，我们所称颂的是“内圣外王”，对于个人的修养来说，他是一个圣人，“外王”就是他对社会所做的事情，取得了起码是带动、影响、发展的作用。中国的传统文化又喜欢讲人格，“格”和“境界”，不管是诗词也好，文章也好，戏曲也好。中国还有一个说法，叫“不关风化体，纵好也枉然”，风化也是对人的作用，就是有利于树立好的社会风气，有利于树立或者推动人民的教化、老百姓的教化，有利于推动社会文明、政治文明、经济、生态方方面面的文明。

何向阳：中国一直有“文以载道”的传统。可以说中国历史上一代代的文学书写也多得益于这一传统。

王蒙：对，文以载道。当然，我认为文学人、写作人，有些个人的一己的考虑，这也不足为奇。我开始写作的时候，看到富尔曼诺夫写《夏伯阳》的故

事，他以日记的形式，说“成名的思想已经让我昏了头了，我现在激动得感到写出来以后非成名不可，我简直受不了了”，这样的个人化的想法也无可厚非。你有成名的思想，这也算不了什么，但这跟作品对社会的作用、对道德的启示、对风化的启示，与作家真正的内心世界，是没办法比的。这是一种作家人格，所谓责任心，是对中国文化的责任，对有利于社会、有利于风化、有利于发展的责任。

何向阳：十分辩证。您刚才提到“人格”一词，我非常感兴趣。这也是一个作家在创作中必然会遭遇也必须要解决的问题。可惜的是这一问题尚未引起理论界的更多关注。我2011年出版的《人格论》里曾试图谈论这个问题。人格，当然从学术上讲是一个“拿来”的概念，中国古代文化思想中虽没有提出“人格”这个明确的概念，但一以贯之的文化对于人的内在修为一直是有其要求和指向的。以中国倾向于形象描述而不擅长定义的习惯，明代思想家胡敬斋在其文集中曾有这样对“圣人”境界的比喻，“屹乎若太山之高，浩乎若沧溟之深，纬乎若日星之炳”。相对于“万世之师”的圣人，“君子”由其现实性所获得的群体性几千年来超越了单一的历史或单独的学派，作为一种理想人格典范，推动着中国文化思想的发展。从这个角度讲，它树立了一种做人的标准，同时也是我们在经验世界里的重要参照，它的几乎无所不在显示了中国文化的强大。我们的人格存在，是对于这一文化事实的提取和发展，所以人格于我们而言是“活”的，它是敞开的，带有强烈的实践性。人是“人格”的一个“半成品”，而“成人”，则显示了人格的不断调适而臻于完善的过程。这样看，文化传统、社会环境以及个人经历铸就作家人格，而作家在自己的作品中塑造文学形象及人格精神，经过作家铸造的文化人格又进一步影响和铸造着成千上万一代代读者的社会人格。所以人格无小事，作家的“立言”，从大的方面来讲也是“立人”。作家的人格——作为“灵魂工程师”的灵魂，对于社会心理、文化演进负有责任，它直接参与了人类精神的创造和提升。在您的作品中，我刚才讲到了趋光性，还有就是向善性，您的小说的人物身上——无论是知识分

子，还是普通劳动者，无论他们在生活中遭遇了什么样的困难，都有一种将事情向好处想的乐观和豁达，也可以说是不屈服于命运的自信，在任何命运给出的戏本中，他们都能以最真实的面目、最善良的本质对待生活。这也是一种很了不起的“君子人格”。文学的书写其实是把自己的心交给读者、交给社会、交给文化漫长的历程，所以作为主体的人的“心”特别重要。这里当然也有一个表达的问题。在社会的发展进程当中，每一个时代都存在一个艺术表达的尺度问题，您怎么看待这个问题？

王蒙：古今中外甭管是说起哪个著名的人的作品，您脑子里都会出现作者的形象，他对人民有着深切的爱恋。比如说李白，你能想象他大概是什么样的，但是又没法很具体，杜甫跟李白就不一样，曹雪芹跟李白、杜甫也不一样，吴敬梓又跟曹雪芹、李白、杜甫、屈原不同。屈原有另外一股劲，屈原的责任感太强了，因为他是三闾大夫，不是一般人。他对楚国的责任始终在那里，所以在这方面他会有所选择，但更重要的还是对生活的深刻的理解，对老百姓、对人民的这种深切的爱。

我最近在看电视剧《装台》，这个电视剧由陈彦的小说改编，这部作品还被评为当年的中国好书。陈彦写了很多生活中的老百姓、小人物，有好人，也有无知的、不讲理的、坑害老百姓的人，像铁主任就专门坑害装台的工人，装台的工人很可怜，要编制没编制，要合同也没有合同，家庭教育也有很多问题。一些人的婚恋也有遗憾，都离真正的爱情和互助有很大差距，甚至都不完全符合《婚姻法》，这其中刁顺子的闺女也是很让人受不了。另外，它恰恰写出了在中国社会物质和精神水准相对低一点的群体中，甚至在半文盲、文盲式的人物里面，仍然有中国传统文化、中国民间文化的一些美好品质在起作用，比如责任、敬业、团结、互助、与人为善。这个作品受到了观众的热烈欢迎，收视率非常高，就是因为其中可以看见老百姓的生活。作家是以人民为中心的，这个电视剧之所以取得成功，我觉得关键就是它跟那种概念化的戏剧不一样，它让你感觉到非常强的生活质感，内容驳杂，杂而不乱，方言、饮食、

戏剧、生活琐屑，一应俱全。里面的爱情不是知识分子的爱情，不是干部的爱情，也不完全是过去那种老农民的爱情，也不能说是商业性的爱情，你看刁菊花那个人，脾气再坏但有自己的尊严和气节——你越有钱我越给你拿糖，有钱有什么了不起的？

如果你对生活有着真情实感有深切体验，你对人民有大爱，写起来就得心应手，既不发生尺度的问题也不会发生文思枯竭的问题，怎么写怎么对。你要有生活，有爱心，有充足的经验，才能不显出捉襟见肘。我觉得，咱们都应该琢磨琢磨《装台》，这对于咱们树立写作的信心、文学的信心、语言的信心有裨益。电视剧再调整改编，毕竟也是跟文字有关系的，所以文学仍然是基础，是艺术的母本。比如您要听一个音乐，听一部交响乐，怕大家听不懂，先每人发一则说明书，那等于用文学来解释，所以从事文学的人是有重要的责任的，在自身之外还要给整个文艺创作提供各种各样的脚本和参考。

何向阳：的确如此。作家不但要有代际传承的文化责任，也同时要有对于同时代其他艺术门类创作思想引领的一份文化责任。就是说，在我们的文化与时代中，对于作家的要求其实是很高的。说到代际方面的文化责任，这也是一种作家必须承担的历史使命。一部作品的诞生有时也不只是作家单独一个人的事，尤其在一位青年作家的成长期。您在多个场合讲到过一些老作家对您创作最初的帮助。比如，您提到过1955年，在中国作协青年工作委员会的萧殷同志，给您开介绍信，为您提供了半年的创作假。中国作协2020年年初又重新恢复成立了青年工作委员会，办事机构设在创作研究部，中国作协青年工作委员会今年在抗击新冠肺炎疫情任务很重的情况下仍然坚持围绕作协中心工作和重点工作，协调、组织作协各业务部门和社会力量开展面向青年作家和读者的文学活动，先后在广西、西藏召开青年作家创作会议，团结、凝聚青年作家包括新文学群体的力量，发挥他们在文学创作中的巨大潜力。推动更新一代人的创作，也是已经取得成就的每一位作家的责任。作为“人民艺术家”，您于2020年捐赠款项，在中华文学基金会设立了王蒙青年文学专项基金，用于

奖掖40岁以下的青年作家的创作，作出这样的决定和举措您是基于什么样的考虑？

王蒙：因为我必须面对现实，我已经86岁零3个月了，和《青春万岁》那本书里不同，我已经耄耋之年而且走向鲐背之年了，而文学的希望、文化的希望在青年身上。毛泽东主席曾经说过："世界是我们的，也是你们的"。我还想说："世界是我们的，也是你们的，归根结底，是他们的"，是比你们和我们更年轻的一代。

我从来不轻视网络文学作品，我有时候看网上的一些小说，一类是小资类型的，还可以；一类是知识型的也挺好，比如《明朝那些事儿》还是一位高级领导介绍给我的，把书寄给我了。另外我也看到了网上有一些相当穷极无聊的、低俗的作品，每当看到这些的时候我就觉得我们的一些文学青年的创作偏弱，青年作者、青年作家、青年诗人、青年演员、青年编辑的队伍还可以增强，我希望在我日渐老去的日子里同时也能够表示出自己的一份心愿，就是希望我们国家有更多的文学业绩更多的文学瑰宝。

新中国成立已经70多年了，我们可以想一想，1919年五四运动到1949年新中国成立，这中间经历了30年，这30年间有鲁、郭、茅、巴、老、曹，有胡适、徐志摩、张爱玲，当然还有丁玲、艾青、赵树理、欧阳山等革命的文学家。那我们呢？我们也要给子孙后代、给历史留下文学经典和文学的业绩。英国人有个说法很惊人，"英国可以没有英伦三岛，不能没有莎士比亚"，实际上英伦三岛不能没有啊，要是这没有了他们就没有国土了，这个说得比较夸张，但是说出狠劲儿来了。文学的责任是"狠"的责任，是对子孙后代的责任，是对历史的责任，是对中华民族的责任，我们的文学完全应该有更好的经典，更辉煌的经典，更对得起未来的经典作品。

何向阳：记得2017年8月15日您发表于《人民日报》的《旧邦维新的文化自信》一文中，讲到一次在开封清明上河园听以辛弃疾《青玉案·元夕》为歌词的合唱。"东风夜放花千树。更吹落，星如雨。宝马雕车香满路。凤箫声

动，玉壶光转，一夜鱼龙舞。”您说您感动得热泪盈眶，并在文中称，“哪怕仅仅为了欣赏辛弃疾的诗词，下一辈子，下下辈子，仍然要做中国人”。足见您对中华文化的深爱。前不久，党的十九届五中全会通过了《中共中央关于制定国民经济和社会发展第十四个五年规划和二〇三五年远景目标的建议》，提出到2035年建成社会主义文化强国，强调要把文化建设放在全局工作的突出位置，把文化建设提升到一个新的历史高度。您认为文学在满足人民文化需求、增强人民精神力量方面应发挥什么样的作用？您对2035年有什么愿景和期待？

王蒙：这个问题很有意思，《人民日报》还约我写了一篇短语，150字的对新的征程中建设文化强国的一些想法。新中国成立70多年来，改革开放40多年来，中国共产党迎来建党100周年，中国的发展变化，包括个人的精神生活、私人生活、家庭生活轨迹，其中有很多故事很多事情还远远没有在文学作品中体现出来。当我们概括一个时期或者一个阶段的历史任务的时候，我们抓的往往是“纲领”荦荦大端，但是文学恰恰是以小见大，在表现春天的时候还要把枝枝叶叶、点点滴滴、花蕊花瓣、蛀虫都表现出来，而这个生活之丰富是历史上非常少见的。有获得就有失落，这很简单。我从1991年开始就用电脑了，最早是从“286”开始，可是回过头再想起用蘸水钢笔写作的年代，也很有意思。我开始写《青春万岁》的时候，不知道为什么非得用蘸水钢笔写，用英雄牌的自来水笔都写不出来，更早些时候鲁迅是用毛笔写的，茅盾是用毛笔写，管桦是用毛笔写的，起码人家都留下了很多的手稿，现在都没手稿了，所以我觉得各种事情应该有历史感。手机给咱们提供的便捷、快乐真是不可想象，现在我们都是“无一日不可无手机”甚至“每小时不可无手机”，进一个饭馆，先想知道的不是菜谱，而是Wi-Fi密码。可是反过来说，现在有多少人沉浸在手机、沉浸在浏览里，而深度的阅读反倒不如过去了。我经常在报纸上看到，现在全世界的统计中国人的阅读量不在前列，没有以色列、韩国、意大利、法国人阅读量多，这也是个大问题。我们对文化的期待、对文学的期待，

离彻底落实贯彻下来还有很大的距离，还需要艰苦奋斗，还得苦干，我们对语言文字的运用，对生活的理解、表现和把握，对历史的理解和认知，这里面的学问还大着呢，活儿还重得多，其间既有迅速的发展，又有对古老传统的继承。就像咱们刚才说到的《装台》，其中既有中国文化的老老实实、本分、耐性、忍辱负重，也有不断追求新的标准、新的方式、对艺术的把握，就连刁顺子时间长了也有点艺术细胞了。人的快乐、困惑、收获、失落、艰难、喜悦都是交织在一起的。我们对这些的感悟，对于建设文化强国的理解还需要深化、研究和部署，这确实是一个大学问，而且也是一个责任如山的任务。

何向阳：谢谢您王蒙老师。祝您新年快乐！期望新的一年读到您更新更多的作品，也期望您健康长寿幸福。等到2035年，您101岁时，希望我们还在一起畅谈文学、畅谈未来。

王蒙：谢谢。悄悄告诉您一句，有位老朋友前些日子来看我，对我的要求是，一定要活到2049年，也就是中华人民共和国成立100周年。我还差远啦。谢谢朋友们的祝愿。新年好！谢谢！

水岸绿心之城：北京城市副中心

邱华栋

平台风景

开车从东四环上了广渠路向东走，一路都是高架。到达怡乐中路附近，高架快速路迅速转入到地下隧道，此时导航提醒我，这段隧道接近6公里。6公里？没错！这可能是北京城区地底下最长的隧道快速路了。我的导航显示，这条双向公路隧道是在通州城区的街道下面穿行，避开了红绿灯控制的繁忙的地面交通。接着，穿越了大运河的底下。等到我再钻出地面，向右一拐，就来到了正在兴建的城市副中心三大文化设施建设工地。我看了看表，从东四环抵达东六环外侧的副中心区域，只花了十几分钟。走这条通往城市副中心的快速路，真是太畅快了！

在朋友的引领下，我登上正在建设的城市副中心三大文化设施工程指挥部的二楼平台。在露天平台上，我先是看了三大文化建筑的设计展板和空间结构图。然后，站在平台边缘，能够看到半圆形的施工现场在我的面前展开。这是2021年3月，乍暖还寒的天气，并没有阻挡施工的进程，巨大的工地现场令我

震撼：城市副中心图书馆、博物馆和大剧院，沿着一条半圆的弧线展开，钢筋水泥的丛林中，建筑工人们正在忙碌，一顶顶颜色醒目的安全帽如同跃动的花朵。用浩大来形容这三大建筑的施工工地是合适的，一派繁忙中，嘈杂的施工声就像是现代和后现代风格交织的交响乐，在被薄雾笼罩的天空下，热火朝天地向天空隆起。

城市副中心图书馆、博物馆和大剧院，都是按照省级文化设施建设要求来进行建设的。城市副中心图书馆建筑面积7.5万平方米，高22米，设计理念超前而新颖：一根根巨大的钢柱象征银杏树，屋顶的银杏叶状透光玻璃等材料使得这座图书馆就像是一片银杏树林。人们走在图书馆里，采光良好的屋顶洒下来阳光，照在安心读书的人和行走的读者身上，仿佛人们在树林里行走。“这世上如果有天堂，天堂应该是图书馆的模样。”这句关于图书馆的名句，在这里得到了鲜活的实践。不知道说这句话的博尔赫斯如果真的来到这里，会发出怎样的感叹？

副中心博物馆的规划建筑面积有9万多平方米，由一组并列的长方形建筑组合而成，按照时间的轴线，色调逐渐由历史的凝重走向了现当代的鲜活。这里的地名是“小圣庙”，这个地名的来源，想必是曾有一座小庙，当年沿着大运河北上运货讨生活的人们在这里歇歇脚拜拜佛，小圣庙由此得名。现如今小庙已经不见了，在三大文化建筑边上还存有这座小庙的地基，被当作文化遗存保留了下来，等到建筑完工，时空也将在这里达成神奇的汇聚。

副中心大剧院建筑面积12万多平方米，连体的底层建筑托起了三个方形建筑区块，就像是起伏的乐章，又像是三个巨大的音箱，剧院、音乐厅和剧场建筑分别都能容纳1000人以上的观众，它们互相回应，就像是形式各异的艺术门类的互相致敬，建筑立面和颜色清爽、灵动，带有表演艺术的美感和生动感。大剧院建筑最高处49.5米，在旁边森林公园的映衬下，并不显山露水。

我站在二层平台上向北望去，可以看见城市副中心行政中心那片区域的建筑也都矗立着。一条巨龙蜿蜒而过。没错，那就是既古老又年轻的大运河。

大运河的绿

2012年党的十八大召开后，北京迎来了新的发展机遇。在《北京城市总体规划（2016年—2035年）》第一节中，明确了北京未来发展的战略定位。其中提到了“着力提升首都功能，有效疏解非首都功能”，与之相适应的，就是北京城市副中心的设立。很快就有了相关决策和系列落实：北京市委、市政府几套班子的办公机构和所有市属机关办公机构，全部迁出北京核心城区，迁到东部通州，通州建设规划北京城市副中心，在大运河一带建立副中心新城区。

通州自古就是个好地方。好在它是京畿咽喉重镇，好在它是百里长安街的东端，更好在它位于大运河北首。历史上的通州，在西汉是路县故城，在北齐是通州古城，在明嘉靖年间，这里还有一座著名的张家湾古镇。建设北京城市副中心，通州就要塑造集约紧凑、大疏大密的城市格局，形成长安街东延长线规整有序、端正大气的畿辅门户形象，这些历史文化资源都可以在今后转换再生成为文化旅游资源，成为一盘大棋中的漂亮棋子。而其中深得画龙点睛的要义元素，则是明眸善睐的大运河。

丽日蓝天下，大运河迤逦盘绕，遥遥可见一片巨大的绿心森林公园，这就是副中心的“绿肺”了。在地图上看，这片森林公园面积很大，是个大绿心的形状，形成了五星和心型变通的图案，烘托着副中心城区成为一座绿色城区。这颗绿心可见，这片绿肺可得，说到底是这些年对大运河的治理见到了成效。覆盖906平方公里的通州总体规划已经从2016年开始实施。通州几年来都在大力提升环境。举个例子：以往北京的废品回收行业集中在通州，粗算至少有20家较有规模的废品回收市场，这些废品回收站嘈杂、缭乱，气味难闻、占道经营，是多年来饱受诟病的一个问题，也是北京的“大城市病”的一个表征。几年来，共清退废品回收市场18家，清腾出土地共计1500亩，这有力地改善了建设环境。因为这些腾退的土地，都在按照城市副中心的总体规划，大部分建成了绿地，为城市副中心增添了生机勃勃的绿色地带。城市副中心还逐

步将一些工业大院和“小散乱污”企业搬迁改造，使城市空间布局更加优化合理。

于是我们才能看到眼前的美景：水量增加，水道纵横，水面波光潋滟，还有飞鸟集翔……大运河森林公园早就成为北京市民的一大休闲去处，这些景观正在使副中心成为一座灵动的水岸之城。水岸城市？没错，城市副中心带给人们的感受，就是这样的。只要在副中心，只要在运河的氤氲中，随便到哪里走走，你都能够感受到富含负氧离子的空气是那么湿润清鲜。

有意思的是，在三大文化建筑的南侧下沉广场边，还特地保留了一段运河的古河道遗存，使得人们会在欣赏艺术表演的同时，还能够抚今追昔，感受到大运河水系带给北京的历史感。如果你沿着朝阳北路一路向东，走到通州区域的温榆河和北运河交汇处，远远地，你还能够看到一座古塔的身影，在河汉和副中心那片行政中心建筑群和通州商务中心区建筑群的遥相呼应下，将历史文脉和现代风貌联系了起来。

这是一座燃灯塔，初建于辽代。这座八角十三级密檐式的砖塔，看尽风流云散，世间繁华，而今跨越了历史的雾霭，注视着今天城市副中心的营建，守护着五河交汇处的整体空间景观。如果古塔有灵，我想它会感到很欣慰，因为它将会看到城市副中心的建设会怎样依托大运河，完美地构建出城市的水绿空间格局，形成一条蓝绿交织的生态文明地带。这个一带一轴的交汇之地，它的未来将徐徐展开一幅熔古铸今的美丽画卷。在这幅美丽画卷里，有太多的设计让人赞叹，有太多的细节让人流连，有太多的色彩让人沉醉。

理想之城

“北京要转变城市发展方式，完善城市治理体系，有效治理大城市病。北京城市副中心承担着示范带动非首都功能疏解和推进区域协同发展的历史责任，要坚持用最先进的理念和国际一流的水准规划建设管理。”《北京城市总

城市副中心　中国画　240cmx120cm　张建豹

体规划（2016年—2035年）》对城市副中心的定位是这样描述的。如果你细读过这个《北京城市总体规划(2016年—2035年)》中，你还将知道，这个规划面积约155平方公里、行政办公区占地约6平方公里、建设面积约380万平方米的北京城市副中心将集行政办公、高端商务、文化旅游等几大功能为一身，是万千宠爱在一身，也是万千责任在一身。

这份历史责任之重，不言自明。这份必写的作业，也不容易拿高分。为了把这份作业写好，北京城市副中心规划邀请了全球顶尖的12家规划设计团队参与。城市副中心建筑广泛应用了世界最先进的节能环保技术、标准、材料及工艺，全面推广绿色建筑的理念，大量使用地热、太阳能等可再生能源，以及装配式建筑技术，努力建成绿色城市、森林城市、海绵城市、智慧城市的示范区。这些朝向未来之城的方案，都体现了生态城市的理念，体现了以人民为中心的思想，力求建成没有“城市病”的示范区。

没有“城市病”的城，我就简称为“理想之城”吧。那么，怎么样才能拥有一个“理想之城”呢?

——配套完善。我刚才以自己的实地察看，了解到城市副中心的大剧院、图书馆、博物馆三大文化建筑工程进展顺利，将在2021年结构封顶，预计2022年底前投入使用。环球影城的北交通枢纽、广渠路东延景观提升、东六环加宽入地改造工程等多个重大工程项目紧锣密鼓在进行。而疏解搬到通州的市民最关心的还有教育设施的建设。教育设施也在同步建设，首师大附中通州校区、北京二中通州校区改扩建工程，北京市疾控中心迁建项目、儿研所通州院区等一批重点医疗教育项目，都在加快建设中。

——布局有序。城市副中心的规划设想从一开始就在避免摊大饼，力求实践一种全新的城市发展理念。比如，水岸城市是环保型，海绵城市和智慧城市在生态和信息社会之间架起桥梁。北京城市副中心的边缘地区，特别是周边乡镇，还要规划出诸多特色小城镇，如此一来，就形成了副中心、通州区及廊坊北三县协同发展、空间错落有序的新局面。

——交通顺畅。北京城市副中心的交通建设一直在快马加鞭。未来，纵横发达的交通网将密织在城市副中心，从市民出行的角度，解决交通拥堵问题。在交通规划中，城市副中心与中心城区和新城之间，将构建一张“七横”“三纵”的轨道交通线网、五横两纵的高速公路和快速路网络；“七横”“三纵”的轨道交通线网，指的是什么？七横，指的是平谷线、京唐城际、市郊铁路、M6线、八通线、M7线和R1线这七条横线轨道建设；三纵，指的是M17线、S6线、城际铁路联络线这三条纵向轨道线。除了这“七横”“三纵”，还要在城市副中心内加密路网，形成现代化的小尺度街区，从而实现宜居宜业。公路建设骨架则是以“五横两纵”快速路建设为依托。其中，五条横向通道，指的是潞苑北大街（姚家园路东延）、广渠路东延等快速路，两纵，指的是联系副中心和东部地区的两条纵向通道，也就是六环路和密涿高速公路。这些交通项目将加强城市副中心与中心城区、新城的交通联系，提高通勤能力，同时引导中心城区人口随着城市功能的转移，实现疏解搬迁和职住平衡。还有，城市副中心也正在加紧建设与北京中心城区的交通畅通联络线建设，从北面的姚家园路东延、朝阳北路拓宽东进，到中线的京通快速路的提质改造，广渠路高架和隧道连接线的建成，再到京哈高速五环到六环之间地下双向高速路的拓宽改造，城市副中心正在加紧建设和北京中心城区的畅通工程，以利于城市副中心的疏解功能和便利交通。

可说的头绪太多了。简而言之，“理想之城”就是和谐宜居。按照北京市的计划，到2035年，城市副中心将建成国际一流的和谐宜居的现代化城区。环境优美、功能完善、水绿天蓝、交通顺畅，这些都是衡量和谐宜居的标准。不，也许不止这些标准，未来的城市副中心，标准会比这更多，而所有的标准都会成为标志，标志着先进性、示范性和引领性。

车行在城市副中心的街道上，所看到的时间标牌都已经是2021年了。看着这水岸绿心之城，我身随车动，无限感慨。2021年既是“十四五”规划起步之年，也是庆祝中国共产党成立100周年的光荣之年。在这个时间节点，北

京城市副中心的建设，具有21世纪的眼光和理念。城市副中心的规划设计和建设管理，也都坚持了高标准和高水平。北京东部的大地上，亮丽的城市副中心已然正在勃勃生长。大运河的粼粼波涛中，一座亲水城市、精品城市的身影是那么秀美矫健，生机无限。

中轴线：时间的宫殿

侯　磊

不论在地图上还是在空中看北京，你面前都是一座能够从中间对折的城市。这条折印便是中轴线——一条南北向把建筑串起来的线。从南到北贯穿了：永定门、先农坛、天坛、正阳门城楼及箭楼、毛主席纪念堂、人民英雄纪念碑、天安门广场、天安门、社稷坛、太庙、故宫、景山、万宁桥、鼓楼及钟楼。它包括了几乎所有的重要机构和主要职能：城楼、祭坛、宫苑、朝堂、宫殿、政治机构、报时台，是祭祀天地、政令发布、战事征伐，以及赐爵封号的地方。

如何能快速认知北京？沿着中轴线走一遍最奏效了。

梁思成说："一根长达八公里，全世界最长，也最伟大的南北中轴线穿过全城。北京独有的壮美秩序就由这条中轴的建立而产生……"在这条线上，你能感知到时间的汹涌脉搏和空间的规范美学，能走进时间的宫殿。你要想的不是每一处建筑多么伟大，而是想它们连成的这条线和北京的关系，要思考北京

城的营建与定位，要去想什么是宫殿，什么是时间。

因为中轴线，北京和别处不一样。

一

中轴线上的每一块琉璃瓦都有多重价值。

第一，是它作为“物”本身的价值，即这块瓦的价值；

第二，是这块瓦所展现出的“性状”的价值，比如它有多少年，多大多重，有怎样的纹饰，是哪朝的风格等；

第三，是它上面的文字、图案所展现的文献价值；

第四，是它文字、图案所展现出的书法、美学的价值；

第五，是它所处位置见证历史的价值，太和殿的一块瓦肯定比其他寺庙的瓦更重要。

如果还有，那是我们尚未发现的价值。文物可以有市场价值，但只按钱算，那才是贱卖。保护文物就是保护文化；没有保护就没有研究；没有研究就没有应用。保护文化是维护民族记忆——是它们证明我们曾经怎样地存在过。

每个时代对文物的观念是不一样的，民国时的人不一定把清朝的东西当文物，20世纪50年代的人也不会把民国时的东西当文物。新文化运动以来搞“庙产办学”：菩萨打碎，神像一推，挖坑一埋，墙上的壁画用锅底灰一抹，招三五十个学生立刻开识字班，哪天办不下去再换个庙。至于那塑像是明是清，是哪里的风格？壁画上是三国故事、水月观音还是佛祖成道图？都顾不得了。

北京城一直有重大的拆改。光绪三十二年（1906年），汉白玉的天桥被改成一座低的石板桥。1927年，除了少部分保留外，北京皇城东墙、西墙和大部分北墙都被拆完了。国民革命军北伐成功后，于1928年6月中抵定北平，接收了故宫博物院。作为国民政府委员的经亨颐交了个提案：取消故宫博物院，将故宫作为“逆产”处理，宫中物品可以拍卖或移置，一时舆论哗然。这并非

身为教育家、书画家，并曾担任过多所名校校长的经亨颐不知文物金贵，而是战乱之际，文物为军阀觊觎，政府无力保护，学者无力伸张，不得不出此留下千古骂名的下下策。当然是被拦住了。国家无力保护国宝，则为民之不幸，国之大悲。

1949年1月31日，北平和平解放，傅作义的部队全部出城到指定地点接受改编，这座绝世古城远离了炮火的威胁，几近完整地保存下来。1948年底，在海淀清华园刚刚解放，北平还未解放时，学者张奚若带着几位解放军干部，来到住在清华园的梁思成家，请他绘制北平文物地图，标上不能炮击的地方，以备被迫武力攻城时保护文物之需。梁思成立刻主编了《全国重要建筑文物简目》，从1948年12月到1949年3月编成，首项为“北平城全部”，列为最高等级，传达到解放军部队首长，明确哪些地方可以打，哪些决不能打。毛泽东也曾多次起草电报，要求保护北平工业区及文化古迹。他在1949年1月16日的电报中写道：“此次攻城，必须做出精密计划，力求避免破坏故宫、大学及其他著名而有重大价值的文化古迹。”

新中国成立后，政务院先后颁布了一系列如禁止珍贵文物出口、古文化遗址及古墓葬的调查发掘办法、保护古文物建筑一类的法令条文。郑振铎在1957年第一届全国人民代表大会第四次会议上作了题为《党和政府是怎样保护文物的？》发言，特别提出：中央成立了文化部下属的文物局，各省、市成立了文物委员会、研究所、工作队等；培养了大批的干部和文物工作者；保护了大量古建筑和革命纪念建筑；组织了文物收购、普查等工作。从20世纪50年代开始，在我国还不是很富裕的情况下，文物部门派人到香港重金收购了《伯远帖》《中秋帖》《五牛图》《韩熙载夜宴图》等千古神作。郑振铎、陆定一、王冶秋、梁思成、朱偰等大批学者、干部，都为保护文物做了大量实事，习仲勋还特意指示保护了西安城墙。

1961年，我国公布了《文物保护管理暂行条例》和第一批全国重点文物保护单位名单。文物采用了分级保护的方式：国家级、省级、市级、县级，都

会挂牌明确，没挂牌子但有记载的叫记点，准备以后申报挂牌，并要求做到："有物可看，有事可讲。"即便是"文化大革命"期间，中央还不断下文件，要求加强文物保护和考古工作，以至中山靖王墓的金缕玉衣和长信宫灯、马王堆汉墓里的"老太太"、秦始皇兵马俑，从银雀山帛书，到睡虎地秦简，都得到了保护。

二

文物不可再生，它只能重新形成，每个年代形成的文物都不一样。有价值的文物会升级，国家级再升一级，便是世界文化遗产。文物不仅是一国的，更是全世界的。同样，文护工作也要升级。习近平总书记在对做好考古工作和历史研究工作时提出，要继续"探索未知、揭示本源"，中轴线的地图是一幅藏宝图，它藏着世界上最大的宝藏。

始建于元的中轴线是北京的脊梁，故宫是它的心脏，太和殿便是故宫的心脏。明中轴线据传是刘伯温和姚广孝造的，还有这样的传说：什刹海还有个读法叫"十窖海"。刘伯温造北京时，曾命活财神沈万三捐银子，沈万三不捐，便被叉出去打，打得受不了才捐的。他由官兵架到地安门，在今天地安门外大街的位置，指了指脚下说："挖。"官兵在此挖出了10处窖藏的银子480万两，挖出的10窖积水成湖，便叫十窖海。银子去修了中轴线。这里藏着古代的风水观：背山面水为大吉，没水就挖个湖引水，挖出的土正好堆成山。

在元代、清代，北京是中心；明代北京是边塞，都城离长城不过数十里。北京城西北高东南低，西面北面是山，东面南面是水，它有自己的水性和土性。蒙古大漠的风沙刮来，西伯利亚的冷空气混合着胡地牛羊的腥膻席卷来，好一派塞北的衰草斜阳之美。北京又是一座寻水而建的水乡，从西苑三海（南海、中海、北海）到颐和园圆明园，都有江南杨柳依依的秀色。全世界独有一种属于北京的美感，叫作塞外的、放大版的江南。古人没有中轴线这个词，但

却实现了这组烫样：全世界没有一座古城，最中间有一片宫殿、一座山并环绕着一片湖，宫殿、山、湖几成一线。

元代是三都制：元上都、元大都和后修建的元中都。元大都是模糊的大都，我们始终在猜想它的宏大，但无法清楚它每个细节（部分巷坊的位置至今无考）。元大都没有模拟照搬历史上的任何城市，它设计最特殊的地方，在于它首先如砸钉子一般确立了城市的几何中心——中心阁与中心台，首创了城市中报时的钟鼓楼；又将辽金时的宫廷别苑——西苑三海定为太液池，养满了硕大的鱼供御膳食用，之间有桥可以互通，并根据太液池的位置建造了皇宫：东面是皇宫，西面是隆福宫、兴圣宫、太子宫等。北海公园里的琼华岛是座从辽金时期开始修葺的、半天然半人工的岛，恰恰位于太液池中。皇宫被称“斡耳朵”，也称为“金帐”，有“中间”的意思。并以中心阁和往南的皇宫两点成一线，确定为中轴线。

中心阁建于元至元四年（1267年），元大德元年（1297年）改成大天寿万宁寺，建有万宁殿以祭祀忽必烈的孙子元成宗孛儿只斤·铁穆耳。中心台紧挨着中心阁。《析津志》记载：“中心台在中心阁西十五步。”这两座建筑可算一个整体，在中心阁西边大约几百米是元代的鼓楼，又名齐政楼，鼓楼的正北是钟楼。钟鼓楼是在一条南北向的线上，但与元大都中轴线并不在一条直线上。也可把钟鼓楼算北中轴线，中心阁、皇宫算南中轴线，中轴线从南而来，在中心阁往西拐了几百米的弯儿再向北。中心阁的正北面是不通的。

《礼记·中庸》说：“致中和，天地位焉，万物育焉。”之所以造这中心阁、中心台和琼华岛，是古人在模拟天宫和海上仙山。天上众星拱卫着北极星，地上群臣簇拥着皇帝；天帝住在紫微宫，皇帝住紫禁城。琼华岛是蓬莱，犀山台（中南海里）是方丈，团城是瀛洲，一池三仙山，一切都是奉天承运。皇宫往南建造通天大道，以供外国朝拜，万民敬仰。

1368年，明军攻占元大都，元顺帝带着后妃出健德门逃往应昌路，并死在了那里。如今北京的东土城、西土城、北土城围绕起来的夯土边界，是元大

都北面的城墙，南城墙是在长安街的位置，早已无存了。

三

中轴线几乎是元明清以来北京所有重大历史事件的发生地，如午门是每年十月初一皇帝颁布来年历法（后因避讳乾隆名弘历而改叫“颁朔”），战争凯旋后向皇帝献俘，和明代廷杖大臣的地方。嘉靖一次廷杖上百人，打死若干大臣，以至民间衍生出推出午门斩首的戏词。天安门是皇城的南门也是开国大典的地方，太和殿是中国抗日战争胜利后受降的地方。

前门楼子是皇帝为出征的大臣饯行之处。明末李建泰自散家财组织军队抵抗李自成，崇祯皇帝赐给他兵部尚书一职，并在前门下赐给他三杯御酒，尚方宝剑，披挂红色战袍。李建泰刚出征没多久，自己队伍就溃散了；崇祯又在此饯行洪承畴出征，不久传来洪承畴阵亡的消息，崇祯亲来前门瓮城内的关帝庙祭祀，还在庙对面修一座祠堂，祠堂对联为：“君恩深似海，臣节重如山。”然后得知，洪承畴没死，他投降了。

相传，崇祯吃完饭去鼓楼下遛弯儿。他一身便装出了神武门，沿着中轴线一路向北来到鼓楼下，见一位摆摊的测字先生道骨仙风，便请先生测字。先生请他写下一字，崇祯提笔写：“友。”

先生说：“这是反字出头，有人要造反。”

崇祯说：“字错了，是‘有’。”

先生说：“这是一个‘ナ’，一个‘月’，‘大明’去了一半。”

崇祯说：“字错了，是‘酉’。”

先生说：“这是‘尊’字去头去脚，当今圣上没希望……”

先生和崇祯说完，两个人扭头都走了，都是吓的。

崇祯的命，自始至终在中轴线里圈定了。他在1644年的那个夜晚，没能逃出北京城内城的新几何中心——祖先下令堆成的煤山。他只得“急速速把煤

山上”，在“煤山以上看分明”。（京剧《煤山恨》）

李自成烧了三大殿，清朝维修中轴线。

一直往后，八国联军进城、两宫回銮、日本人侵华进北京、北平和平解放解放军进城……哪一次不是走的中轴线呢？特别是慈禧太后从西安回来后，在马家堡火车站下车，坐轿从永定门沿着中轴线到了前门。老照片中前门楼子炸毁了，箭楼的顶被掀了，只好在城楼上扎了个彩牌楼（这门手艺早失传了）。

中轴线不完整，北京的脸面就没了。

四

北京是农耕文明与游牧文明的分界线，它和罗马一样都不是一天造成的。它有什么，没有什么，既有先天而来，又是伴随着水利工程、移山填海般营造的。用“营造”是为了区别建造。中轴线整体态势，无不是“营”出来的，它见证着建城史和百姓生活史，也让你明了北京城的设计思路。——活在皇权之畔，山水之间；入则朝堂，退则江湖；皇权与市井，不过是一条前三门大街罢了。十年造园，千年养园，古人用山水把北京造成一座千年古园。别处有的东西北京可能没有，但北京有的，别处肯定没有。

当你去过欧洲很多街道狭小的古城，才明白为什么林语堂写北京的书，叫*Imperial Peking：seven centuries of China*（《大城北京：七个世纪的中国》或《辉煌的北京：七个世纪的中国》）。当你站在曾在此上过体育课的天安门广场上，站在新中国成立前一天奠基、你入共青团时曾为它站过岗的人民英雄纪念碑前，面向着毛主席纪念堂，左手一片是当年的宗人府、吏部、户部、礼部，礼部负责审阅会试的试卷，春季各省的举子在此集合，进太和殿殿试后得中进士及第；后面是刑部、兵部、工部、鸿胪寺、太医院、翰林院、理藩院；右手一片是当年的銮仪卫、太常寺、都察院、刑部、大理寺，都是办公和存放档案的地方，秋季刑部会同大理寺在此审核死刑犯的卷宗，并由皇帝终审。如今放

眼东西，是分列太庙、社稷坛对面的中国国家博物馆和人民大会堂。

2021年的正月初一，是永乐皇帝定都北京600年的日子。历史上，明中轴线要从永乐皇帝迁都开始。

朱棣，一位在文艺作品中反复转换正反派身份的皇帝。在《千忠戮》中他杀害了方孝孺等江南士大夫是反派，而在《燕王扫北》中又开疆扩土，是正面人物。他将征战、营造与篡位、杀戮融为一体。大明洪武三十一年（1398年），废除了宰相和三公制度的太祖朱元璋驾崩，建文帝朱允炆即位。第二年，朱棣从就藩的北平起兵“靖难”并成功，又上演了如辽、金、元南下从北打南的战争案例。同时，他又是少有的主动出击马革裹尸还的皇帝，在第五次出征蒙古班师回朝的途中，病逝于锡林郭勒盟多伦县境内的榆木川。朱棣坚信是北方玄武大帝在保佑着他。比起夺权，更重要的是他下令迁都。他先后将北平升为行在，建立了六部，又将北平府改为顺天府，将北平改为北京，将直接隶属于北京地区的京津二市、河北的大部分以及河南山东的小部分划归为北直隶。随后，他要在北京建社稷坛，将祭祀礼仪搬来，便遭到了大臣的反对。此时北京常住人口不过是数万驻军，便移民河北、江南、山西的富户。《明实录》载：“明永乐二年（1404年）九月，迁徙太原、平阳、泽潞、辽、沁万户以充实北京……”接下来永乐三年、四年、五年、十四年、十五年，都有大量移民的记载。京郊不少地方由各处移民的罪犯来垦荒。大略地名叫“某辛（新）庄”“某辛（新）村”“某家铺”的地名，便是整个村庄移民而来。

他想做的，是集大权于一身，重用翰林院的学士组成以自己为中心的内阁，做元大都中轴线的继承者，将中轴线延伸到他能统治的地方。

从1405年至1420年，世界上最大的工程，便是在这15年里修北京。1420年，北京被确立为首都。这期间京城四处走满了数以十万计从南京、浙江等地聘用来的工匠，征用了上百万的民夫，北京及周边各留守司、各卫都选派军士赴北京服役。山东临清负责烧砖，苏州负责烧太和殿里的金砖，到湖广云贵地区深山中采伐天柱般的木材，并存放于崇文门外的神木厂和朝阳门外的大木

厂，修整疏通京杭大运河。陶然亭地区的前身黑窑厂在烧城砖，琉璃厂在造琉璃，房山大石窝的汉白玉源源不断，冬季在地上泼水成冰，沿着冰路运来石料。大臣、太监会担任监工，负责检测建筑材料和监督工期。对苏州造太和殿金砖的要求，是“敲之有声，断之无孔”。

在元大都的基础上，明代北京内城的东西两端没动，北墙往南压缩五里，从北土城挪到北二环路；南墙向南拓展出两里，从长安街挪到前三门大街，夯实起层层的土墙，并在外面包上城砖。最“暴力”的，是朱棣猛拆元代建筑，将元代的皇宫连带中心阁、中心台、钟楼、鼓楼一并拆除。负责拆元宫的是至今生卒年不详的工部侍郎萧洵，他写了本笔记《故宫遗录》，记载了元代故宫魔幻般的辉煌，直至187年后的万历三十六年（1608年），才被人在地摊上发现。

在元代后宫延春阁的基址上，明朝用拆元宫的渣土堆成了煤山，力图镇压退回草原的元朝政权尚存的一息王气。煤山是明朝人心中的镇山，是今天的景山，与西苑三海一起作为皇家的休闲宫苑。站在景山上，正好近观故宫全景，远眺中轴线。

北京修造故宫，造九坛八庙，在中轴线上规划了皇城、宫城，修建了奉天殿、华盖殿、谨身殿（即清太和殿、中和殿、保和殿）和乾清宫、坤宁宫，划分为前朝后寝，左祖右社。前三殿是办公区，后两宫是生活区，与元代大不相同。

元代帝王、后妃和太子都是分开住在太液池两侧的，朱棣把它们捏在一起放入紫禁城内，放在太液池的东边，由此中海、南海、北海才叫西苑。元皇宫外朝和内廷是一体的，朱棣把二者区别开来。元大都的各个官署、宗庙比较分散，太庙建于齐化门（朝阳门）内，社稷坛则建于平则门（阜成门）内，朱棣把它们都集中在中轴线两侧，更在元代原中心阁一线上，建成新的钟鼓楼，用晨钟暮鼓来提醒内城人民新生活开始了。紫禁城修建了筒子河，琼华岛上修整了艮岳石，这便是将宋徽宗宫苑之物回收了。南郊修建天坛和先农坛，种了大

景山南眺紫禁城　油画　120cmx200cm　魏海彬

量松柏，以苍碧礼天，好似北京城的两片肺叶。从前门往南也造好一条笔直的大道跨过天桥，穿过天坛和先农坛之间，直通永定门，人人可从前门看到永定门。京郊尚有大量原始森林，权贵开始在城外修建私家园林。至此，全城有这么一条从永定门到钟楼，穿过紫禁城，纵贯北京城的中轴线，中心明显，左右对称。"凡庙社、宫殿、门阙，规制悉如南京，而高敞壮丽过之。"（《明太宗实录》卷二三二）

因为战争，明代初始政治中心在南京，而军事中心在北京，迁都北京是将政治与军事合二为一。南京有太多的"建文遗老"，远不如北京的根基深厚。迁都是很多人都反对的，南京的金陵水乡多好，来这塞北酷寒之地，那不成充军发配了吗？不足百日，一个雷劈了下来，故宫三大殿奉天、华盖、谨身被一场大火烧为焦土，直至20年后的1441年才复建，朱棣之后的明仁宗、明宣宗、明英宗，都没能在奉天殿里举行登基大典。有位叫萧仪的大臣上疏提出迁回南京并得到群臣附和，朱棣将其下狱并诛杀，开了明代因言获罪杀大臣之先河。朱棣宁可没地方办公也不回去，不仅把自己的坟地，十三陵开端的长陵也在修北京城的期间建在昌平，还把死后葬在南京的皇后挖出来运过来，重新埋在北京。

朱棣的任务，先天是来捋直中轴线的，中间是帝王之家，两端是平民生活，它们时刻穿插在一起。京城百姓和皇帝做了街坊，或远或近地为皇家服务，仿佛自己便是皇上的那三家穷亲戚了。

后世，明英宗、明世宗继续修建北京，世宗嘉靖皇帝建造了外城，将北京建成今天的"凸"字形。直至清王朝倒台，皇宫成了故宫博物院，皇家园林成了公园，百姓们终于踩踏上了帝王的足迹，来到了当年奏折与朱批流动的地方。

五

北京文物保护的故事举不胜举。在1954年夏季的一天，下午3点多钟，周

恩来总理亲自登上北海团城。当时团城是文物局的办公地，局长郑振铎、副局长王冶秋都不在，周总理不让人去找他们，而是自己游览了两个小时，并指示保留团城。即便在20世纪60年代，北京修建地铁1号线，要拆掉建国门的古观象台，并提出了如何保护古代天文仪器。但时任文物局的干部谢辰生、罗哲文等人，还是执意给周总理上书，说仪器保留，古观象台更要保留，那里记录了几百年的观测结果，拆了就再也没有了。周恩来特批地铁绕行，还批了经费。也说明文物知识、文物保护的概念等，一定要普及每个人，“异地保护”是万般无奈的下下策。

20世纪80年代以来，北京市加强了文物保护；21世纪以来，北京城的保护有了很大起色，并很见成效：王府井商业区东方广场的古人类文化遗址、房山的金代帝王陵墓、海淀区地铁4号线圆明园站的正觉寺，乃至北京西面一施工总能挖出的太监坟……都得到了妥善保护，并划分了共33片历史文化保护区，进而为各项“申遗”打下了基础。

大约从2012年开始，中轴线开始全面保护和重建。现如今，中轴线上的文物古迹，太庙、景山、皇史宬已大批量腾退，社稷坛、先农坛、天坛、贤良祠在推进腾退，东、西二城区共腾退近百处文物。北海医院和天意商城拆除降层，永定门城楼、天桥已经复建，永定门瓮城和地安门的复建都一直在讨论，沿线的违建已基本拆除，并定义了中轴线保护的缓冲区，基本上保存了明清以来的格局，令人感受到国家对历史文化的尊重和对中轴线总体规划的用心。2013年，我国正式向联合国教科文组织递交中轴线进入世界文化遗产名录的申请。“申遗”原则上每年每个国家只批准一项，近年来我国几乎每年都有文化遗产申报成功。中轴线整体申遗是一种“一加一大于二”的申遗方式，表明中轴线始终在不断营造、添加、修建，这条线数百年来始终未变，沿线文物会得到更好的保护，修旧如旧，扩大开放。比如，天坛古代的用途是皇家祭坛，用于冬至祭天、孟春祈谷、孟夏求雨，现在作为文物还是祭坛，作为城市功能是公园，八国联军在天坛做过总部，搞过抢劫文物的拍卖，还有侵华日军细菌

部队的旧址。鼓楼曾在1924年叫明耻楼，鼓曾被八国联军拿刀捅漏了，那个漏鼓至今还展在旁边。上述这些历史信息都会永久保存，永世不忘。

六

中轴线是北京这座城的轴心，是国之轴、城之轴也是民之轴。它可以在空间上延长，向北穿过了鸟巢和水立方，达到奥林匹克公园。鸟巢为圆，水立方为方，展现了传统思想中的天圆地方；奥林匹克公园西高东低，仿佛我国的疆域地势。甚至可以说，中轴线能一直向北延长至内蒙古锡林郭勒盟正蓝旗的元上都遗址，当年马可·波罗曾在上都见过大汗忽必烈。元大都、元上都几乎同在一线上；向南至团河行宫与德寿寺，到达大兴国际机场，甚至更远的地方。那里会有一连串的绿地、湿地、森林公园，与北面遥遥呼应。它水深土厚，养活了无数的人。一座大殿是文物，那么活化它最好的方法是改为博物馆，而整座老城是文物，最好的方法是保护古城，安居乐业。

中轴线给北京人头脑里种下“东富西贵”的概念。东、西二城区以中轴线为界，明代北京归顺天府，下辖东大兴、西宛平二县，至今东城人有东城的购物习惯，西城人有西城的上学地点。东、西城不仅口音有区别，在清代唱子弟书的曲调也不一样，东城调（东韵）如高腔（弋阳腔），古朴高亢；西城调（西韵）近似于昆曲，婉转低回（明代四大声腔为余姚、海盐、弋阳、昆山，有两种都流传于北京，如古歌遗响）。连通婚都在自家门口的几条胡同里来回串，跨东、西城的都不多。直至现在，上中学还不能跨区统考。东城的父母给孩子买白球鞋，百货大楼下班了，利生关门了，就明天再说，想不到去西边的“天意”等处看看。学生们在景山顶上的五座亭子畔春游，都在属于自己一方的那两座半里玩，中间的万春亭各占一半，绝不越界。

不越界，皆因为中轴线。

中轴线是北京南北正中的、百姓不能行走的长条，像一条隔离带或一堵高

墙，将东、西二城分开。明代天安门广场是“T”字形，长安街只限于长安左门和长安右门两端之间的“一横”，“一竖”是千步廊，“竖”的尽头是大明门，“横”“竖”都不能通行。故宫与景山之间的景山前街、中南海与北海之间两端各有一座“金鳌”“玉蛛”牌坊的金鳌玉蛛桥，都是皇上走的地方；北海也不能进，只走北面什刹海景色秀丽的沿岸，能看到日落紫禁城时的反光。这里首先是出行的道路，再是游玩之处。古代从东城到西城串门要走一整天：南走前门大街，北绕地安门外和鼓楼前面，所以这两片才形成了大规模的商业街。走前门外更方便，人更多，因此前门外的大栅栏商业街才更发达。

钟鼓楼中间曾是有北京小吃摊的菜市场，地安门外大街从古玩铺、书店到炸鸡店应有尽有。马凯餐厅的京味儿湖南菜，对面望德楼的羊肉泡馍，特别是把角地安门小吃店的炒疙瘩，对面峨眉酒家里的晾肉（就是《报菜名》里“松花小肚、晾肉香肠”的晾肉，其位置再早是一家齁难吃的狗不理包子），都是中轴线给我的最初印象。前门大街的全聚德总店的火燎鸭心，都一处里塞满虾仁儿蟹肉的烧卖，一条龙羊肉馆里的红烧牛尾和闪着红光的油焖大虾，泰丰楼里单为了要手艺的油爆双脆和明晃晃的糟熘三白，还有天桥附近各个不上台面儿的小店里的炸糕和豆面丸子汤……那是多少北京孩子的南北两极，向北最远去过钟鼓楼，向南最远去过永定门。白天在中轴线上连吃带玩，晚上躺床上都盯着墙上的北京地图，琢磨着这世界之大，不过是钟鼓楼与永定门之间。

在中轴线的左右徘徊，你会把北京这座城当作一个人来看待，北京城是美的，活的。它庄重威严，灵巧俏皮，能哭会笑。

从荒园到花园

周晓枫

一

2006年把房子买在天通苑地区纯属偶然，我为此后悔数年，但木已成舟，只好闭起眼睛随波逐流。

除了写作，我对其他极度缺乏耐心，甚至是买房这样的要事。那天是在办公室打牌的时候，同事田爷聊起预订的房子位居一楼。我随口表示，总想住得接地气，可惜无缘一层，对他羡慕到了妒恨的程度。后来田爷资金短缺，准备退订，想把指标转让给我。出于对田爷的信任，我几乎是先答应了，才去看了房产位置。工地乱糟糟的，看不出子丑寅卯。售楼员言之凿凿，保证小区两侧以后都是公园；我觉得开发商都擅长画饼，不能不信，也不能全信。与其说我信开发商的许诺，不如说我信田爷的预测。他眯着狡黠的小眼睛向我描述着未来样貌……他画出的饼，具体得都能看出是葱花饼还是麻酱饼了。

交了首付，离房子交工还有相当长一段时日。等待期间，陆续收到的都是不妙消息。从土壤到水质，从交通到配套，网上大量置业者在表示疑虑、不满

和愤懑。我越听越慌，返回现场又看了两次，心情糟透。因为网传小区建在垃圾填埋场址，我进入工地，专门留意掘开的土坑……果然，看到裸土里掺杂和堆叠的塑料袋。一想到新房建立在废弃的垃圾场上，仿佛预示自己的未来建立在废墟之上，我真是难以形容地沮丧。

当时天通苑虽不至荒凉，但和城区相比多少算是偏僻，可不知什么原因，我从工地返程的途中被堵了很长时间。在嘈杂的小道，汽车一点点地挪蹭，我开得格外紧张，提心吊胆；等到了狭窄的公路，汽车又像淤塞河道的大石头一样，半天不能动窝。我本来就对自己的莽撞渐生悔意，随着方向盘上的微汗，情绪已变成恼恨。那次不顺或许是偶然原因，但我当时还不知道，等真正入住以后，我将经历怎样漫长且日常的交通阻塞。

陪我去看房子的妈妈，关注的重点并非交通。她警惕而焦虑地望向道路两侧，那里遍布树木和杂草。设想树林深处的荒芜，妈妈叹息我的选址错误，并强调自己绝对不会住到这里。她明白，再多的责备也于事无补，所以反复叮嘱我：等搬过来，晚上就不要出门了。这里又乱又黑，她感觉危机四伏。

二

不用妈妈劝说，等我搬进新址，晚上都蛰伏。小区面积很小，但环境优美，移步换景的，还有一湾浅溪。我喜欢散步，每天晚上绕行数圈，但从不越雷池一步……我不敢走出小区大门，即使是白天都不敢去咫尺之外的树丛里一探究竟。那里，荒得和个案发现场似的。

出了小区向南走，南侧有条“清河”——这是一条名不副实的河。极浅，河水流动得分外缓慢；绿暗发黑的水草，就像经过慢动作处理那样随着波流摆动；河水重得像正在变成凝胶，弥散着有重量的臭气。从立水桥上向下望，这是什么清河？河底黏稠，叫“沥青河”还差不多。

出了小区向北，北侧有段铁轨。开始过的是绿皮火车，后来火车缩为一节

车厢那么短，但每天都有几趟，拉响鸣笛，驶过锈色的铁轨。最频繁经过的不是火车，是城市轻轨：地铁5号线。轻轨和铁路并行，各行其道，相距数米。每天来去匆匆的上班族抄近路时，需要先爬坡翻越火车道，下坡，然后前往地铁站台。火车坡道上下，都铺垫了数块不规则的砖石用以垫脚——可雨天湿滑，雪天更不敢落脚。这里，发生过意外。一个年轻人，不知是匆匆赶路还是分心看手机，不幸撞上火车而离世。

小区就像桃花源……连前往道路上的重重障碍也像。交通不好。虽然小区就在立水桥畔，可是北侧是大片的天通苑社区，据说是全亚洲最大的小区。人口密集，来来往往都汇聚在一条道上——压力之下，阳关道也形同独木桥。加之流动的小商小贩，肆意穿梭的电瓶车、小摩托……到处都显得杂乱无章。与亚运村相距只有几公里，但，已让人难以相信：此处是北京。

总之，小区里十全十美，小区外乱七八糟。我是2008年搬到这里的，转眼，10年过去了。

三

改变是如此巨大，却又如此不动声色。

从未想到，10多年之后，我会有这样的幸运。我所居住的小区东侧，是小巧的立水桥公园；关键是小区西侧，是东小口镇森林公园。幸运不止于此。从东小口森林公园继续向西，是东小口城市休闲公园；从东小口森林公园继续向北，是贺新公园；再向北，是太平郊野公园。这些公园，每个的面积都超过1000亩，它们彼此连接，形成地图上一片辽阔到奢侈的浓绿色。盛名之下的奥林匹克公园，离此地步行就可以轻易抵达。

不再是阴气森森的荒园，这里令人赏心悦目。我变得特别喜欢在公园里散步，看早上的晨曦，黄昏的夕照，在花木上留下美妙的光痕。灌木和乔木。疏生或密生。球果、蒴果与翅果。这里颇具魔术感，像个万花筒里的世界……只

要季节轻轻旋转，就花开花谢、时时不同，绽放成一个光影灵动的崭新世界。

公园真大，大到能把人跑累、走累、看累。冬天的正午走呀走，能走到空旷得怀疑自己是某只野生动物。有些树还在冬眠，有些树正在被养护，树干上别着注射针筒那样用于防蛀的液剂，看起来像在输血。秋有银杏冬有雪，这里就有披金戴银的童话树；即使最寒冷的时候，树枝也像洗练的铅笔素描，枯软的草皮同样有着铅笔画那样细密的笔触。大片一人多高的紫薇，疏落枝条上，结着珍珠大小的褐色球粒。它们被墨绿色的无纺布围护，从上到下地裹起，上面系着三根金色的束绳。墨绿配哑金，真好看，紫薇就像穿着裸肩的晚礼服。对休眠的花木来说，不仅起到保暖和遮护的功能，更让它们拥有一种自己的体面。墨绿配哑金，又像高级的礼物包装……里面藏着春天的礼物，生命的礼物，奇迹的礼物。

虽然紫薇又叫痒痒树，格外地敏感，但春天不是从紫薇开始。最早，当然是低温中就爆竹般炸溅的迎春……那小小的零星的黄色火药，起初不起眼，很快就引燃了整个春天。落叶色的大地，重新焕发生机，冒出树芽一样的绿意。是的，地气和春意是从大地里的每个毛孔里渗透出来，上升并显露。然后是玉兰，花开得汹涌澎湃，排山倒海，月色下散发着瓷器般的光芒。然后，柳烟朦胧，桃花迷离。细雨里的湿桃花，风吹如雾的梦桃花，都像显灵的童话那样美。如果说海洋是浪的起伏，春天就是花的波涛。有的花期长，有的花期短，有的盛花期过了还有续花期……春天在这里涌如层澜。

白天，萱草金灿灿的，就像拇指姑娘的锦缎婚床；夜晚，玉簪莹润，幽香四溢，像由某种神秘的矿物质铸造。你可以看到雨果、绿野这样的月季品种，也可以看到胸径1米的高大云杉。我在公园里见过蜂农的木板条箱……像蜜蜂一样，我的内心振翅，有细小而甜蜜的嗡鸣。有时孤独，有时消沉，但安静地走走，慢慢地，我的情感就像一座被雨水复活的花园。

春有柳烟；冬有乱针刺绣的松针。秋天有灿烂到辉煌的金色；夏天，蝉声有多远，绿色就有多远。如果常年生活在花草树木之中，人的内心会不会变得

干净，像风雨中的果实那样擅长自洁？因为所面对的植物，让人没有任何运用计谋的需要——久而久之，也许就会像野生动物般自然、简单与诚实吧。

四

水多了有鱼，花木多了有鸟。

树冠繁茂时，有时看不到那些翅膀，只听得到鸟鸣，像晃动孩子的储钱罐发出声响；有时，清晰看见鸟飞越的航线，最小的鸟也像一枚闪耀光芒的分币，是听得到也看得到的快乐。有时，看到鸟群经过上空，让我欣喜和信赖，仿佛此时自己脸上吹过的风，正是由它们的翅膀所拂动起来的。有时，连不起眼的麻雀落下来的时候，都像从天而降撒下来的大把花籽。

嗓门粗粝却好心肠的大喜鹊，多得报喜也像吵嘴。这些看似穿燕尾服的家伙，翅膀并非全黑，而是钢蓝色的。还有另一种灰喜鹊，翅膀是雾蓝色的，经常像相声观众那样在一起笑得嘎嘎的。

连这里的乌鸦都是上过魔法学校的。它们的身体像刚刚被鞋油打亮抛光，显得神气。有些乌鸦即使高龄哑嗓，还是发出牙牙学语的声音，甚至有些恶作剧地模仿婴儿的哭声——当你担心地去寻找，淘气的它已在草地上蹦蹦跳跳地试探。

斑鸠的脖子戴着复古的珍珠领圈。戴胜的头冠像个非洲酋长。山雀的顶毛黑耸而扁平，就像被凝胶固定过的朋克发型。鹩哥儿擅长学舌，可我以前除了看到它在笼子里学习人类的外语，从未在野外环境见过它。现在鹩哥儿不说话，不说话我也知道它高兴；因为它迈着活泼的碎步，兴高采烈地走了。咚咚咚，敲响树干的是不怕脑震荡的啄木鸟；唰唰唰，掠过草丛是拖着长长尾羽的雉鸡，它披覆一身即使在中国古画都格外浮夸的艳彩，在4月里追逐着它朴素的新娘。

生态环境的改变，让越来越多的鸟在此栖居。据说近年来此过冬的候鸟已

经超300种，数量已经超过了150万只，包括震旦鸦雀这样被誉为“鸟中大熊猫”的珍稀品种。我查看图片，震旦鸦雀长相低调，它的形象并不像它的名字那样——不像震旦角化石那样诡异，并非震撼人心的俏花旦模样。会不会，正因平淡无奇而不易被察查，它已在我身边一掠而过，而我浑然不觉？奇迹已经发生，我尚未做出及时的反应？

我仰望天空，看到飞翔的鸟，以及很多的鸟巢。那些新生的雏鸟嘴角大张，渴望被亲鸟哺喂；不久之后，它们将学会歌唱。树杈的筑巢被风晃动，像催眠的摇篮……天空像摇篮宠爱所有的飞鸟，海洋像摇篮宠爱所有的游鱼，大地像摇篮宠爱所有的走兽。

五

是的，这里还有优美而害羞的小小走兽。

在公园刚刚建好、各种管理还未到位的时候，我喜欢在这里散步，但有点顾忌，因为有群流浪狗。我喜欢动物，并参与公益组织对流浪猫的救助与绝育计划，可数只成帮结伙的犬只集合一起，吠叫和追逐，这让我有些害怕。后来流浪狗消失了，但愿它们得到收养和善待。

我在这里救助过两只刺猬。

刺猬常见，我在夏夜频繁遇到草丛里的刺球。它们迈出细巧的小腿小脚，在叶堆里翻腾，发出超出预想的动静。也许因为没有什么天敌，或者没有什么受挫的经历，或许仅仅是因为搞错了时差，那只小家伙不仅天真而无畏地出现在白天，而且是在上班高峰期，大摇大摆地走到汽车穿梭的马路上。我紧急停车，它站在轮胎前，静止，不知是好奇、出神还是被吓坏了。发现刺猬的身体上沾着蜱虫，我把它带到宠物医院救治——谁想到，它在车上就像中毒似的瘫在那里，喘息艰难。住了一天院，刺猬才恢复了精神头儿；可我把它带回途中，它又不行了。往返两次，我才明白，原来刺猬晕车。

另外一回，是我早晨去超市，看到门口几个上了年纪的清洁工正试图用拖把击打什么东西。我最初以为是只老鼠，它灰扑扑地趴在地上，一动不动。但我很快辨认出是只刺猬。我制止了几个享乐中的老者，用早餐厅提供的塑料袋把它兜起来。它委屈巴巴地缩在下陷的袋子底部，如果它伸直身体，也不足我的手掌那么大。

刺猬就像个针垫……看似无畏，其实是一种防卫过当的动物。我把两只刺猬先后放到森林公园里，这对它们来说，应该是个乐园——余生平安，可爱的小邻居们。

我还会遇到黄鼬，虽然黄鼠狼的俗称不那么好听，但我喜欢把它当成会魔法的小仙。民间传说，它们听得懂人话，情意深重，不畏强敌且好记仇。有些有着熬夜的黑眼袋，有些围绕着鼻翼有圈白毛，像京剧里的小丑脸谱——小巧的头，修长而玲珑的腰，它们灵活穿行的身影分外迷人。

园丁劳作时，会因为碰到公园里的野兔而愉快。花丛映在它们晶亮的眼睛里，雨水落到蓬软的皮毛上……那些可爱的亲爱的让人疼爱的小兽，正和我们一起呼吸。假设没有动物，我们不过就是这个世界的孤儿。

在这个日新月异的智能时代，现代式的理性容易把人异化，甚至异化为近于人类和机器通婚的后代，天生情感受损或缺损的样子。社会文明的发展，当然需要技术的支撑，但更需要植物的养润和动物的陪伴；唯有如此，我们才能对这个世界充满好奇、渴望与尊重，充满热情、柔情与深情。

六

像我一样，附近的居民越来越徜徉于这片欣欣向荣的城市丛林。

跑步者全身装备齐全，他们的体魄强健，肌肉线条清晰，橡胶步道使他们拥有弹簧的脚踝。

孩子忙于在沙堆上建筑，动用随身携带的小铲，或临时找到的树枝作为挖

掘工具。那些小小的城堡并非虚妄，黄昏过后，即使孩子们离开，留下的残迹里，每一粒沙子依然闪烁石英的光芒。

体育器械的彩漆，色彩饱和度很高，老人正在用尚灵活的腿脚努力蹬踏，力争迎接自己依然自信的晚年。

即使健康受损，也并非绝对的悲剧。一位中风行动不便的老奶奶，用四爪拐杖走，以极为缓慢的步速去尝试恢复身体机能。旁边是原本急脾气的老大爷，现在一步一驻足，经常像定格似的，陪着老奶奶：不急不急，慢慢来……就像以前曾经和未来将有的漫长陪伴。

我的锻炼方式还是散步，沿着林间的铺石小路走，它们像河流或者溪水那样保持蜿蜒，延伸到安静的远方，延伸到生长着连翘、锦带、鸢尾、榆叶梅和紫叶李的远方，延伸到枝杈间新鸟试飞、土窠里幼兔拥眠的远方。我一边走，一边听到操场方向隐隐传来有节律的篮球声：砰砰砰……恍惚的瞬间，我觉得这片大地是活的，那是听得见的心跳。

如果愿意，还可以出公园，走很近的路，就可以到达清河。林子外，道路明显变宽。原来的马路特别窄，被小贩儿、自行车、院墙、各种零碎的建筑所围堵和阻隔，我认为已成定局，根本不可能扩充了。我还以为那些窄路会像细绳子一样永远勒着这片区域，忽然就变成城市的腰带或腰封，体面、美观又提气。怎么做的，像个魔术。有过蓝色的施工挡板，有过清理和治理的阶段，但短暂而高效，以致我没怎么察觉道路就变宽了，我甚至很快就遗忘了原来的窄径，好像这样的道路天然地就在这里似的。

清河，就如它的名字那样流淌着……曾经的污水像经过透析般，被过滤掉毒素。立春过后，我就看到香皂盒那么大的水禽——是些“小朋友”，它们不起眼，羽色就像还没发芽的树皮，袖珍的小脚丫刚刚划了几天水的样子。恋爱的绿头鸭，优雅而含蓄的爱情刚刚开始，它们在水面画出同心圆。还有一只中等型号的水禽，我不认识，它脖子一梗一梗向前，很害羞，稍微有人靠近，它就装作忙于捕鱼的样子潜泳到远处去了。

七

2020年，年逾80的妈妈两次因危及生命的病情入院，并经历两次手术。术后恢复期间，她几乎不下楼，即使坐轮椅到了户外，起伏的路面和平庸的市景也乏善可陈。

为了让妈妈心境好转，我问她是否同意，我在自己的小区里租房，她搬过来住一段时间，至少周围有花木和流水，哪怕坐在轮椅上观景，也会赏心悦目。

妈妈不仅愉快答应，而且颇为向往。因为她知道今非昔比，她对我沦入困境的同情，已变成包含祝福的羡慕。曾经的荒郊野岭，变得绿意葱茏，变成因为拥有植物、动物和人群而充满野趣与新意的公园。

当我2008年刚刚搬家的时候，我觉得这里像是孩子的储钱罐，只有零星硬币，略带寒酸甚至辛酸。10年过去了，我是“回天地区行动计划”的受益者，见证了从“回天乏力”到“回天有术”的过程。涉及具体项目和条款，其实除了实施者之外，公众并不了解详情，甚至所知甚微；好在，行动的落实情况，不是政府报告里的抽象数字，而是百姓目力可视的画面与风景。

这是4月，像破茧羽化的大蝴蝶，闪耀鳞彩……沿着春天之路，你将进入现在的或未来的花丛。

一座钢炉和它的城

唐 铮

“北京2022年冬奥会和冬残奥会组织委员会”这行字显然是被刻意做旧了的。

深锈红色的字体上凝结着氧化过的黑斑，仿佛经过了岁月的长久侵袭。大字之下是一片本色的钢板，钢板上的锈迹深深浅浅、浅红微褐，从远处看上去像一幅别具匠心的溪山行旅图。

这种苦心孤诣的视觉设计，无声地彰显着冬奥组委坐落地原先的身份——首钢。

首钢的整体搬迁，至今已经11个年头了。曾经，首钢人非常介意“首钢搬迁”这个说法，会认真地一字一句地强调：首钢只是“涉钢业务主体流程搬迁”——因为将钢铁主流程搬到河北后，首钢在北京还有很多非钢铁业务，而且在京郊还保留了一部分冷轧板业务。

而现在，即使最正根的首钢人也会毫不在乎地说出“搬迁”这个词。10

年光阴里，所有人都发现，首钢和北京之间的血肉联系是无法斩断的，完全不需要靠抠字眼来强调存在感。

首钢人习惯用两个词语来浓缩百年时光里的巨大变迁——“从山到海”“从火到冰”。

从山到海，指的是首钢从诞生之日就背靠着的燕山山脉，搬迁到了渤海之滨的曹妃甸。从火到冰，指的是首钢从热火朝天的炼钢地，变成了冰凝雪融的冬奥会场馆。这两个变化，无论哪个放在一家企业身上都是翻天覆地的，而首钢不但在10年里默不作声地将它们都完成了，还交出了不错的成绩单。

这两次转变，也都与北京这座城市血肉相连。首钢诞生于急缺重工业的年代，一度用巨额利税给北京经济做出了极大贡献。随着北京对产业布局和城市功能的不断调整，首钢在京逐渐告别重工业，转向服务业。举办2008年奥运会时的环保要求，是促使首钢搬离北京的最后“一根稻草”，而使得北京成为世界唯一一个“双奥之城”的2022年冬奥会，又给首钢带来了新的转型契机。

一个企业，以怎样的面貌出现在一座城市的岁月里，绵延百余年的时间。这，是极其郑重的一件事。

Lose the battle，Win the war——首钢百年间的跌宕和曲折，与英国经历了“至暗时刻”后丘吉尔劝勉国人的名言如此契合。根本没有一家企业能够像首钢那样，在北京凝聚了那么多的时光，折射了那么多的寓意，始终用一股热火朝天的钢铁硬气和它所在的城血肉相连。

也许只有经历过池城之失而又行至长远的人，才能更深切地理解这种情感。

既然是首，就要带头

首钢的诞生早于新中国，1919年北洋政府农商部批准建立的龙烟铁矿公司石景山炼铁厂是它的前身。

新中国成立之时，站在天安门城楼向西远眺，除了连绵起伏的燕山山脉，还能看见几根孤零零高耸着的烟囱。工厂早已停工，烟囱矗立在枯草败木之间。

严格说，首钢名为“首都钢铁”，但与首都的地理关系并不紧密。当时北京城区的面积并不大。可资对比的是：20世纪60年代之前，北京城里有人过世了，子侄辈往往会扛着灵柩出城，一路向西跋涉12公里，到一座土山上将亲人下葬。这座土山就是现在八宝山人民公墓的前身。

当时在北京人眼里，八宝山离北京城已经非常遥远，人迹罕至。但是，从八宝山再径直向西走7公里，才能到达首钢厂最东边。当时，首钢老一号高炉所在的半山坡名为“回马坡”，由于太过荒凉，传出不少鬼故事。在首钢建厂之时，厂党委为此专门喊出“回马坡前不怕鬼”的口号来激励职工。

尽管坐落在远郊，但首钢自成立以来，一直堂堂正正地把自己叫作“首都钢铁厂”。

在废弃了30多年的铁厂里，工人们胼手胝足地建起了一座新的钢铁厂。1950年，破旧的老一号高炉被提上改造日程。首钢几十名工友连续33天没回过家，24小时连轴转，使得高炉的两个主要指标全部达到了世界第一：利用系数突破2.5，超过了苏联的钢厂；焦比降到336公斤，低于日本同级别的钢铁公司。

二号高炉改造，三、四、五号高炉，初轧厂，冷拔厂，电焊钢管厂……一个接一个开工上马的工厂，将首钢厂区外一片片荒野和菜地变成了一座座崭新的厂房。

随着首钢厂区逐渐扩大，从厂区到北京市区的沿线也逐渐繁华：军区、商场、居民楼、机关大院……纷纷落在沿线两侧。20世纪60年代，北京修建新中国第一条地铁时，就规划了1号线苹果园到复兴门段，那时整个石景山地区都只是乡村，只是因为首钢坐落于西郊，才会在地铁里加入了需要通向首钢家属区的站点。

不夸张地说，首钢凭借一厂之力，改变了北京这座城市的区域分布。

到了1964年，首钢厂区北面有了炼焦厂、烧结厂、炼铁厂，南面有了炼钢厂、初轧厂，我国第一座30吨氧气顶吹转炉在首钢上马。首钢初步形成了集采矿、烧结、焦化、炼铁、炼钢、轧钢为一体的钢铁联合企业。1966年，一号高炉创造了利用系数为2.55、焦比为362公斤的世界纪录。第一次为新中国夺来了一个工业经济技术指标的世界冠军。

到了20世纪70年代，首钢占地之大、员工之多，已经非其他企业可比。每年都有大批青年人走进钢厂，对于他们来说，首钢给他们带来的不仅仅是一份工作，更是一种荣誉、一派新气象。

虽然整个新加坡没有大型工业，但新加坡前总理李光耀一直认为，一个城市，即使没有工业，也必须有工业精神。

当经济逐渐发达，城市化是必然的一步。而全球范围内的城市化都是先从工业化起步，这并非偶然。那种掩映在层叠管道、巨大高炉之中培养出来的集体感，能为一个个分散的个体赋予整齐的精神面貌，使得积极向上、打破常规、勇敢尝试的心气成为这个集体的主旋律。

当土生土长的农人们懵懵懂懂、带着些许惶恐来到城市，大型工业生产会带给他们整齐的秩序、进取的精神和向上的面貌，而非单打独斗、靠自己去体会城市文明时下意识在警惕中出现的防范、狡诈、冷漠、分化……

去了解和融入一个城市时，是从接触优点还是接触缺点开始，会让个人命运截然不同，而千千万万个这样的个人会聚起来，就注定了这个企业的不同。

1970年6月8日，在接见全国重点钢铁企业代表时，周恩来总理对首钢的代表说："首钢是首都的钢厂，既然是首，就要带头！"

很长时间里，首钢人都是按照这句话，去理解和承担自己在北京肩负的使命。在那段北京以建设现代化工业基地为最大目标的日子里，整个北京的第二产业比重从1954年的44.1%，提高到1980年的71%，而首钢的突飞猛进是其中最大一块"压舱石"。

无料钟炉顶是现代钢铁业一项革命性的发明，它能将炉料分布到料面上任何一点，极大地提高工作效率。然而这项专利归卢森堡所有，转让价格昂贵。首钢人自己造模型、算公式、做实验，硬是建了出来。1980年，无料钟技术发明者、卢森堡工程师莱吉耳专程来首钢参观，看完后，他赞叹地说："全世界都买我的专利，就是你们中国不买。你们自己搞成了，有些细节还超过了我！"

1985年9月，381位首钢工人在比利时拆了一座名叫赛兰的钢厂。钢厂占地42亩，设备总重量62000多吨，2.8亿个大小零件，拆迁编号写满了22个大本子。一年后，14台大型拖车载着总计1300吨的设备构件，中国当时唯一的一台120轮大型运输车载着转炉的炉体，壮观地开进了首钢。原地搬来一座钢厂，这至今仍是国内钢铁业的唯一一次。

类似的事情在首钢不胜枚举。首钢人坚信"只要想干肯努力，没有干不成的事"，这种带着集体感、荣誉感和认同感的强烈信念，贯穿于首钢以及它在此后的几十年里创下的一个个行业奇迹里。

80年代的改革排头兵

1992年邓小平的南方谈话被誉为"春天的故事"，广为人知。但很多人不知道的是，1992年5月22日，邓小平视察改革成果，点名要到首钢看看。在时任首钢掌门人周冠五的陪同下，邓小平在首钢转了一大圈之后，欣慰地说："路啊，历来是明摆在那里的，是走得快，还是走得慢；是走得好，还是走得坏，那就看你走的路第一是对不对，方向对不对；第二是走得好不好。你们这两条都走对了。"

这一年是首钢的高光时刻——钢产量从1978年的179万吨扩大到800多万吨，名列全国第一。首钢一家企业上缴的利税达到全北京市税收的23%。

这一切都要从1979年的改革说起。

1979年，首钢成为国务院宣布的扩大企业自主权试验的8家试点单位之一。时任首钢董事长周冠五提出了“包死基数，确保上缴，超包全留，歉收自负”的承包方案——在每年上缴利税递增7%的前提下留成利润。

改革第一年，周冠五制定了全年实现利润2.65亿元的承包基数，结果留利4000多万元。第二年，首钢实行“递增包干”，承包基数2.7亿元，递增率定为6%，结果利润又增加了1000多万元。

“承包制”给首钢带来的是跨越式的大发展：到1988年，首钢铁矿石产量1975万吨、生铁产量336万吨、钢产量357万吨、成品钢材产量314万吨，分别是1978年的175.9%、137%、199.4%、268.4%。

不仅如此，首钢还开展了跨行业、跨地区、跨所有制、跨国经营等一系列突破性举措。收购秘鲁铁矿，成立中国海外第一矿和海外最大独资企业；创办华夏银行，开了“企业办银行”的先河；进行技术改造，综合实力从钢铁行业第八位上升到前三位，再到坐稳全国钢铁业头把交椅……

由此，全国有了“农业改革看凤阳，工业改革看首钢”之说，首钢的改革思路成为全国国企改革的学习对象，周冠五本人也在1985年登上了《中国企业家》的创刊号封面。

留在企业里的利润，首钢把其中六成拿来扩大再生产，两成用作职工福利，还有两成作为工资奖金。这样一来，激增的不仅是首钢的产量，还有工人们的收入和福利。

首钢“承包制”实行了15年，职工的工资福利按照年均16%的速度，也持续上涨了15年。

1992年，私人可以购买小汽车的政策刚放开没两天，北京市就出现了第一个购买私家车的人。他对着镜头骄傲地公开自己“首钢工人”的身份，没人觉得奇怪，那年头就能买得起车的也就是首钢工人了。

那些年，首钢各项待遇真不是一般的好，企业专门为职工建了面包、饼干、熟肉、麻花、汽水、冰激凌、洗衣机、电风扇、家具等各种生产线，吃喝

穿用一概都发。每年新盖10万平方米宿舍楼，职工结婚两年之内肯定能分到一套单元房。每年一次全员年终会餐，算得上是有迹可查的最早的“企业团建”。首钢还在辽宁建了一座能同时接待5000人的疗养院，职工每年可以带家属轮流去休养。

从首钢工作园区到住宅园区，到处都是整齐划一的气息——弥漫着香肠味儿，那就是首钢又发香肠了；弥漫着腥气，那就是又从渤海边的养殖基地调来了新捞上来的海鲜；弥漫着酒气，不用说，肯定是刚搞完全员大会餐……

但首钢的“承包制”绝不是大包大揽，与之配套的还有各种从严治厂的管理措施。

和“提留包干”一起，周冠五同步推出了“三个百分之百”的“岗位责任制”——规章制度必须百分之百地执行；违章违制必须百分之百地登记上报；违章违制者不论是否造成损失，都要百分之百地取消当月奖金。

迟到一分钟，在车间里摘下安全帽捋了捋头发，一个零件没放到位，浪费了一组棉丝……哪怕再小的过错，最少扣罚一个月的奖金。

当时还有一个故事，引起了一番社会讨论——

一天上午，炼铁厂二高炉更换热风阀时出现了险情，钢丝绳拧成了麻花。张德勤师傅见状赶紧跑上20多米高的热风炉平台，把身子探出栏杆外，火速排除了故障。但是，张师傅在操作过程中没有系上安全带，违反了安全规程，当月奖金被扣得一分不剩。

《工人日报》把这事刊登出来，收到了60多封来自全国各地的信件，大家众口一词为张师傅鸣不平——“做好事还受罚，以后谁还去学雷锋？”

为此，张德勤师傅专门给《工人日报》写了一篇《严是爱，松是害》的文章，认为罚得对。他写道：“假如我为了争分夺秒排除故障，一下子从高空掉下来，摔不死也得落个重残，那时恐怕同志们又该为我惋惜了！”

随着首钢体量的日益壮大，它与所在的北京市，也早已形成了牢不可破的共生关系。20世纪90年代，每到北京当年上缴利税不够完成国家指标时，就

会直接向首钢开口。首钢往往二话不说，直接从当年利润超留部分拨出一笔划过去，就足够北京市向中央“交差”了。还有一年，和平里小区大年三十断了气，连晚饭都没法做，首钢迅速对接了自己的焦炉煤气输送过去，解了燃眉之急，时任北京市市长专门派人在大年初一给首钢送了花篮表示感谢。

时至今日，走在石景山区一栋栋如同孪生的住宅楼里，楼下乘凉闲话的老人们还经常回忆起当时首钢人多力量大的荣光时刻。一个企业一生中，赢面最大的与最虚无的机会，都来自他们对时代下注的时刻。某种意义上来说，首钢在改革之初甘霖初降时的勇气、胆魄、坚定、坚持的精神，造就了他们的辉煌年代。

从压产限产到“从山到海”

2003年，时任唐山市发改委主任、唐山曹妃甸工业区管委会常务副主任薛渤洵从内部渠道得到了一份意为“首钢主动要求搬迁曹妃甸”的报告，报告中主要表示了一个态度：首钢愿意从北京主动搬迁到河北。

另外，报告里还提出了三个请求：一是搬迁经费由首钢自己来筹集，不花国家一分钱；二是搬迁将不占国家一分耕地；三是首钢一直是一个在国际和国内都享有很高声誉的老企业，希望得到国家对企业声望的扶持和保护。

只捍卫名誉，不捍卫利益，主动包揽责任——报告中恳切的言辞，一如几十年来首钢一贯的作风。

在此之前，首钢的发展已经停滞了六七年。这段时间正是全国钢铁业高歌猛进的时候。2002年，中国钢铁业产量比10年前增加了8倍多，首钢却还是维持1994年的800余万吨产量丝毫不动。

随着人们对环境污染越来越重视，首钢不再是北京这个城市的宠儿。

整个北京的地势西北高、东南低，首钢位于北京的正西方，正处在上风口的位置。钢铁业向来是污染大户。20世纪80年代，炼钢炼焦冒出的黄烟，几

小时之内能把周边路人的鼻孔染黑。首钢宿舍里没人敢在阳台晒衣服，含酚的污水对北京原已宝贵的地下水源更是影响巨大。

资源紧张的问题比污染更严重。北京人均占有用水量不足300立方米，可首钢一家企业的年消耗就达到8000万吨水，够当时全北京人用大半年。首钢的原料和钢材运输，也成了北京铁路不可承受之重。一度，在北京旅游、商业等需求激增之下，首钢的货运专线被北京铁路局“无限期叫停”，原料运不进来，产品发不出去。

这一时期，北京也在不断摸索着自己的定位，寻找更符合首都功能的产业布局。从20世纪80年代末起，北京大力发展第三产业，1994年，第三产业比重彻底超过第二产业，此后持续稳步升高，1998年第三产业比重超过60%，2005年超过70%……

从20世纪90年代末起，国家就再也没有给首钢批复发展规划，首钢也再没有在北京地区扩大规模，只处于维持简单再生产状态，且主打产品为螺纹钢、盘条钢，被形象地戏称为“面条+裤腰带”，是市场上的最低端产品。

正值国内建设高峰，各家钢厂都在突飞猛进地发展，坐看老大地位被小兄弟们一个个超越，要强的首钢人心里的滋味可想而知。

首钢并非没有做出环保的努力。从1995年开始，首钢每年环保投入接近2亿元，这个数字甚至超过很多小钢厂的全年利润。脱硫、去酚、过滤……所有环保设备都不惜血本地用了全世界最好的。厂区漫天烟尘的情况减轻了，工人在钢炉前工作一天还能做到脸上不脏，排放的烟气最高能够达到98%以上都是水蒸气，首钢园区里绿草如茵、鲜花盛开，干净的池水引来了一群群天鹅，汇聚了大量摄影发烧友。

然而，钢铁业毕竟是耗能污染大户。

2001年，全国政协副主席钱伟长在给北京市政府的一封《关于解决北京市空气污染和地下水位下降问题的建议》的信中概括说：“现在北京市的上空有个黑盖，黑盖的中心就是石景山，到了晚上就往市里移，往下沉。钢铁厂的

炼焦炉在炼焦过程中由于需要往焦炭上喷水，大量的酚进入水中，废水渗入地下，严重污染了地下水。酚的毒性很大，饮用受酚污染的水后会影响人的寿命。解决这一问题的唯一办法，是把首钢有污染的项目全部搬迁出去。”

2008年奥运会的成功申办，给环保提出了更高的要求。在某种意义上更是把首钢搬迁的决定向前推了一大步。

终于，2005年2月，国务院正式批复，决定首钢逐年减产，同时进行搬迁，离开北京。

几十年间，亲手建立起来了那么多“全国第一”，又要亲手把它拆掉，这是在自己的心窝子上动刀子。即使抛开感情不谈，把800万吨产能的特大钢铁企业东迁250公里，也堪称中国工业化进程中史无前例的计划。

但首钢人就这样再一次从无到有地干起来了。

距京城200多公里之外的曹妃甸小岛，人迹罕至。吹沙填海的工人们在海岸线3公里以外用石头圈起一道堤坝，几十艘吹沙船夜以继日地从海底把细腻洁白的海沙吸起来，填进堤坝里……陆地一寸寸前移。一年后，首钢新址一期工程，11.95平方公里全部吹填完毕。三年后，错落有致的现代化厂房，自动化的生产设备，花园式的厂区，簇新的宿舍楼、餐厅、食堂、健身房、游泳馆、候车大厅等生活设施，双向四车道的便利交通全部建成。

位于曹妃甸的首钢京唐公司，是中国第一个真正意义上的临海钢铁厂。进来的矿石、煤炭、原材料，出去的成品，都可以轻而易举地从海路运输，有显著的成本和效益优势。

2008年9月，第一批8000名首钢员工面临一道重要的选择题：留在首钢老区、到顺义冷轧公司，或是到曹妃甸的首钢京唐公司。

每人领到的表格上都有三个志愿，结果很多人不约而同地填了：京唐、京唐、京唐。

每个周五中午，100多辆大巴从曹妃甸的首钢京唐公司大门口出发，浩浩荡荡地驶回北京。周日下午，再浩浩荡荡地开回京唐公司。300公里的路，4

个小时左右，5000多首钢人从此过上了这样候鸟式的生活。

在海滩上，首钢人实现了二次创业，也完成了产品的升级换代。搬到曹妃甸后，首钢不再生产“面条”“裤腰带”等初级钢材产品，而是开始向汽车、家电等高端制造业供应高端板材。首钢京唐的板材最薄能压到0.12毫米，比纸还薄的板材一连几十平方米，连一个针眼大的砂眼都找不出来。

在曹妃甸，从造船的宽厚板，到汽车用板、家电外壳用板，再到小饮料罐用的镀锡板，从油气管线到电子器件，31个钢种280多个牌号的产品全部属于高精尖品类。“长征五号”“长征七号”运载火箭发动机、国庆阅兵检阅车辆，都用上了首钢的钢。

2007年，时任国务院总理温家宝到首钢视察时说：“搬迁使首钢获得了新的机遇，站在了新的起点，这个新起点的标志就是先进。”

2014年，以习近平同志为核心的党中央站在国家发展全局的高度作出了实施京津冀协同发展战略这一重大决策。在专题听取京津冀协同发展工作汇报时，习近平总书记专门点出，首钢搬迁到曹妃甸就是具体行动。

就在这一年，首钢京唐公司首次扭亏为盈，实现盈利。首钢人交出的成绩是：家电板全行业占比22.98%，行业排名第一；车轮钢占比30.3%，排名第一；高强钢占比26.12%，行业排名第一；集装箱占比20.11%，行业排名第一；汽车板占比7.44%，行业排名第六。

首钢自己除在这些贡献之外，最津津乐道的莫过于这一过程中员工的安置措施。

自首钢搬迁方案确定，首钢专门协调人力物力，对数万名职工的情况进行大摸底，收集了几百万个数据，对每个人的工作岗位、年龄、素质、就业偏好都统计得一清二楚。“他们工作的变化，完全不是个人的缘由，是随着产业结构调整而被时代决定的。”时任首钢总公司党委副书记姜兴宏说，“所以，企业要对这些为首钢奉献了一辈子的人负责，不能破坏他们的切身利益，也不能影响他们的主人翁意识。”

2010年底，首钢在京的最后一座高炉停产。停产当天，最后一炉铁水从提梁上滑过，倒进储藏罐时，钢花四下飞溅、绚丽一如烟火。现场的媒体和工人们不断按下快门，璀璨的花火衬托下，拍出来的照片就像打了背光一样好看。

事实上，当代的钢铁冶炼早已经完全没有钢花四溅的火热场面。如果按照日常生产场景，只会是一大壶钢水从高空滑过，严丝合缝地灌到炉里。一切悄无声息。为了让大家更好地感受到这最后一炉钢的绚烂，首钢的工程师专门在电脑里手动改了几个数据，才造出了美丽的视觉效果供大家纪念。

最终这炉钢水被浇铸成很多三指宽的小钢条，发放给首钢职工，细致入微地给他们留下最后的纪念品。

或许是集体的力量赋予人们以温情和归属，直到2010年底首钢钢铁主流程彻底停产，老首钢人的凝聚力一直都在。

一毕业就进厂的首钢老职工程国庆，在首钢老厂房改造中负责设备的拆除和押运。那段时间里，无论刮风下雨，他都要亲自把废钢护送到车间，晚上更是打起十二分精神，提防废钢被偷。他也遇到过有人想从他这里高价回收废钢，都被他拒绝了。“厂子交给我的每一份工作，我从来不敢有半点懈怠。”

停产后，生产部调度中心的24块监控屏幕一块块地熄灭，看似平静的停产步骤实际暗藏杀机——运行多年的老管道里面沉积了不少易燃易爆的焦油煤气，送氧管道里的高纯度氧气存在爆炸风险。整个停产过程时间紧，又无前例可循，全靠工作人员自己摸索。

一个多月的时间里，首钢生产部修改制定了95项有关停产的生产规程，检查了368个多年不用的阀门，查明其中不可调试的共有16个，并对这16个阀门逐一制订了紧急预案。最终，首钢石景山厂区的10个厂矿始终保证了运行故障为零。

工人们无意间又给首钢创下了一项纪录——大型钢厂安全停产、经济停产、稳定停产无故障。

他们俨然是生命被2倍速乃至N倍速快进的一群人，对这座城市的最后坚守却一直持续到最后一分钟。

“从火到冰”的第二次跨越

停产后的首钢不再火热。

随着北京城市面积的扩大，首钢早已不再偏僻。坐落在长安街西延线上，交通四通八达，生活配套一应俱全。在节节攀升的房价之下，总计8.63平方公里的厂区如果用来开发房地产，绝对是一本万利的好买卖。

但这是被首钢率先否定的方案。关于首钢厂址的再利用有过很多种讨论，但卖地挣钱从来没有被列入选择。

首钢人一直像看护眼珠子一样看护着这片已经停产的厂区。2006年，首钢旗下的首建投公司联合清华大学刘伯英团队，对现存建、构筑物的现状、历史、文化、艺术、技术、经济等各个方面逐一进行综合考察，确定了36项强制保留、42项建议保留，以及124项重要工业资源。

2009年，首钢厂区曾和上海浦东展开激烈竞争，争夺建设迪士尼乐园的许可权。在项目策划书里，首钢给想象中的迪士尼乐园规划了一个钢铁乐园区。在这个区里，料库、运载皮带、高炉、轧机全都可以被用上，游客可以坐在游览车里，在真实的钢厂遗存中体验游戏的乐趣。

最终，迪士尼乐园花落浦东。但如果迪士尼看到现在的冬奥组委办公地，即使不至于为错过而懊悔，起码也会觉得当初首钢这个设想绝对不是一个坏主意。

2015年7月31日，国际奥委会主席托马斯·巴赫宣布2022年冬季奥林匹克运动会主办城市是北京。至此，北京成为第一个举办过夏季奥林匹克运动会和冬季奥林匹克运动会以及亚洲运动会三项国际赛事的城市，也是继1952年挪威奥斯陆后时隔70年举办冬奥会的首都城市。

此时的北京，人均GDP已经达到发达国家水平，第三产业对经济增长的贡献率超过8成。以电子信息、生物医药为主的高新技术产业完全取代化工、冶金等传统重工业，成为第二产业中的主导行业。

从这时起，一项全世界目前为止绝无仅有的，在巨型工业更新计划里办奥运会的改造项目开始了。几年时间里，首钢园区将自己打造成了新时代首都城市复兴的新地标。

现在的冬奥组委和冬残奥组委办公地，是6个改造过的筒仓，过去用于储存和运输高炉炼铁原料。筒仓外观统一保持混凝土工业建筑的本色，干净清新。筒壁上被切割出大小不一、错落有致的圆形、正方形和长方形窗口，筒仓之间用观光电梯相连。主办公楼大落地窗外通向空中的皮带通廊被最大限度地保留了框架，还被重新喷涂上了生产时期的首钢蓝。不远处，小火车静静地躺在轨道上。置身于此，现代建筑风格和工业历史风貌对比鲜明、相映成趣。

沿着冬奥组委首钢办公区向南，原本用作晾水冷却池的秀池波光潋滟，一群群肥大的锦鲤在水里游来游去。秀池原本水深5米，改造后被压缩到了1.2米，深处的空间被改成地下车库和水下艺术展厅，陈列展览着首钢百年的辉煌厂史。

单板大跳台场馆像一条飘带，凌空挥出美丽的曲线，这是北京冬奥会唯一一个位于市区内的雪上项目举办地，也将是世界首例永久性保留和使用的单板大跳台。

群明湖被修葺一新，三号高炉被设计成了文化中心，精煤车间被设计改造成了国家冬训中心、一号高炉被打造成了娱乐体验馆，废旧厂房改建而成的国家队训练基地能够保障短道速滑、花样滑冰、冰壶、冰球等项目45个小项的训练需求……无人驾驶电动车在园区里穿梭，给充满阳刚气息的钢铁遗存带来了几分科幻感。

2018年6月，北京2022年冬奥会和冬残奥会官方城市更新服务合作伙伴签约仪式在首钢园区北京冬奥组委办公区举行。这一天，首钢凭借自己的成

绩让奥运会最高级别赞助商的名单上首次出现了“城市更新服务商”这个新类别。

国际奥委会主席巴赫在签约仪式上脱稿致辞，称赞首钢：“如果您对城市更新感兴趣，如果您想了解奥运会是如何推动城市发展，如果您还想知道奥运会是如何助力实现一个城市、一个区域，乃至一个国家的发展规划，那请您环顾四周，看看这个堪称典范的首钢园区，您将会知悉所有答案。”

首钢人再度找到了和北京相互依存成长的契合点。在首钢工作了22年的刘博强，曾经干过轧钢工、维检工、焊工，现在的工作从轧钢转向了制冰。靠着一股钻研劲，他借来40公斤重的制冰机每天晚上加班苦练了三个月，制出的冰一次过关。1991年来到首钢炼铁厂的一线原料工郭普旭，成为首钢工舍精品酒店客房部的经理，即将迎接冬奥会的全球来客；1997年从技校毕业后来到首钢的姜金玉，成为冬奥会讲解员……他们的个人际遇，与改革开放的历程相融合，与北京乃至整个国家的发展共振。他们的精神面貌，也是这个时代风气的真实写照。

曾经给北京带来荣光和财富的首钢，几经变迁而始终与北京紧密相连。火热的钢铁生产场面或许不可复得，但这座钢炉和它所在的城，以及它们共同经历的时光，那些来自集体和岁月的力量，是时间无法消融的。

从这个意义上讲，它值得被记录，也必须被记录。

安全城市

盛　蕾

写在前面：

安全，对一个城市而言，不同的领域有着不同的标准，不同的人群有着不同的理解：在国防领域，安全在于它防御完善，可以抵御任何攻击；在治安领域，安全在于它能够控制犯罪，使其发生率降低；在卫生领域，安全在于它没有出现大规模传染病疫，一切可防可控；在生态领域，安全在于它没有因地质、气候等因素引发大规模自然灾害……

而对于我们生活在城市中的普通市民来说，安全，是我们头痛脑热有人管，发生危险有人救，陷入困境有人援，生老病死有保障……安全是作为每一个平凡的“我”生活在人类构建的“组织”中的心安，是我为组织奉献一生，组织时刻守卫我一生的信任，是我明知有灾难来袭，依然笃定自信我们会团结一致彼此关照渡过难关，而我们

的组织，也一定会在灾难来袭时，为这里的人民罩上一个类似史蒂芬·金的“穹顶”，以保护我们生命财产安全……

2019年底、2020年初暴发的新冠肺炎疫情，中国共产党领导的各级党组织对“安全城市”这个概念，赋予了新的内涵，在世界范围内做出了最佳回应，上交了令人民满意的答卷！

小时候，爸爸妈妈是担任保家卫国职责的解放军，他们曾在不同的时间、不同的场合说过类似的话：北京，是中国最安全的城市。

这个话题曾让小小的我十分好奇，我追问他们：为什么？

那时的爸爸妈妈用自己的理解告诉我：北京是首都，是全国人民共同守护的地方。解放军哪怕只剩一兵一卒，也要保卫首都——首都在，国就不灭。

一晃几十年过去了，现在的我也生长到了当时爸妈的年纪，也把自己安放在了他们口中这座中国“最安全的城市”——在与北京水乳交融的过程中，我锻炼成长，也曾行程万里，去别的国家的首都旅行过、感受过。但总觉得和平时期，各国首都都是“繁华”元素弥漫，而“安全”元素未显。

直到2020年初暴发的这场席卷全球的新冠肺炎疫情，才使我真正对“安全城市”有了切肤之感，那些插在我心中的坐标，层层堆砌成为我心中的丰碑，让我重新找回了几十年前挂在父母嘴边的骄傲：

北京，是中国最安全的城市！

坐标一：疫初起，首都专家驰援武汉一线

2020年春节，新冠肺炎疫情在武汉暴发。

除夕夜，疫情吹响了集结号，新闻资讯里铺天盖地都是医务工作者整装待发的消息——我身边的医生好友们、我的亲人和同事们、与我一起生活成长在这座城市可敬可爱的医学专家们……他们放弃一年中最重要的与亲人团聚的传

2020·热血出征　油画　80cmx100cm　孙立新

统节日，毅然告别了温馨的家园，奔赴在救援武汉人民、救援武汉这座危机城市的路上……

那是疫情时期最黑暗的时刻——就像“武松打虎”，在听到了老虎的声音、确定了老虎的存在和威胁，却没有“见到”和“了解”老虎的那段时间里，我们内心是最为恐惧的。如同后来北京市援鄂医疗队队长刘立飞形容的那样：“这是一场‘遭遇战’，你不知道有多少‘敌人’，也不知道它们在哪里，怎么去应对？这让全队压力非常大。”

疫情初期，武汉一线除了“疑似”“确诊”“死亡”发回的消息，对这个引发恐慌的罪魁祸首，我们没有任何了解，没有任何确切有效的应对和防护措施，甚至，我们还没有给它起一个准确的名字……

而“一方有难，八方支援”——这个我们党和国家的优良传统，在组织动员打赢这场没有硝烟的战争中发挥了巨大的号召力。疫情发生后，党中央迅速调动全国医疗资源和力量，全力支持湖北省和武汉市医疗救治工作。2020年1月26日，在接到紧急命令后，北京市第一时间组成援鄂医疗队，派出顶尖的医疗专家阵容驰援武汉——

“武汉加油，我们来了！”

1月27日下午4点起，从接到任务到整装出发不到24小时，首都机场响起了此起彼伏的誓言声。151名来自北京市属12家三甲医院的医护工作者在此集结，将个人安危抛诸脑后，毅然选择奔赴疫情的“黑洞”，驰援武汉防控。

在短暂的准备时间里，有人匆匆与家人告别，有人偷偷留下了“遗言”，很多年轻的医护姑娘为了多留哪怕一点点的时间给患者，用最快的速度剪去了留了很久的长发，像战士行军一样行走在队伍中……与医护人员同时到场的，还有大批的口罩、防护服、药品等医疗物资，各家医院为了此次驰援武汉都倾尽所有做了充分的准备。登机前，北京市委书记蔡奇亲手交给北京市援鄂医疗队一面鲜红的党旗，迅速在医疗队55名党员中成立了临时党总支，让党旗在疫情防控斗争第一线高高飘扬。

2月9日，北京医院、北京协和医院、中日友好医院、北大一院、北大三院、北大人民医院六家在京委属委管“国家队”顶级阵容驰援武汉！这支强大的医疗队伍由各家医院的书记、院长亲自挂帅，带领820余名重症、呼吸等专科医护人员，紧急负责在华中科技大学附属同济医院中法新城院区，整建制接管重症病区，按照“一人一案”制定医疗救治方案，提高救治的科学性和精准性。

我常常想：我们首都可敬可爱的医务工作者们，他们从看到疫情暴发的新闻、接到党中央下发援助武汉的通知，响应所属党组织号召第一时间递交了驰援武汉的志愿书，到思考怎样去和亲人们告别，面对亲人的不舍和担忧、与自己内心的恐惧正面交锋……那不足24小时的心路历程是怎样的一种艰辛啊?! 那是一段面对绝境的视死如归之旅，在那无人知晓的内心寂静处，一定有“大我”战胜“小我”的博弈，个人安全与城市安全，乃至整个国家安全的较量——“只有国家安全，首都才能安全”“控制住武汉疫情不再蔓延，也就是保住了家人的生命安全……”很多医疗队员的心底都会生发出这样的声音吧……但这个过程一定是极为复杂和艰辛的：家家都有难处，生命对于我们每个人来说，也只有宝贵的一次……

“妈妈，到武汉多喝水，一定要平平安安回来！”9岁大的儿子正在为即将出征的妈妈送行，这一幕在现场感动了无数人，孩子的母亲是北京中医医院内分泌科、心血管科医生张芳芳，今年36岁。她告诉记者，此次驰援武汉，是自己主动报名的，“既然学的是这个专业，就要冲上去”！与张芳芳医生一样，每一位医护人员的义无反顾，背后都有一个默默支持的家庭。

在奔赴武汉的医疗队伍里，有刚结束漫长的医学专业学习，初踏入医生岗位的年轻人，他们的人生还没有品尝到事业的成功、爱情的甜美；有经验丰富的护理人员，她们正肩负着上有老下有小甜蜜的生活重担；也有已到耄耋之年的学术界重量级专家，他们桃李满天下，是首都倚重的智者，却不顾健康与劳累，从容走向抗疫前线……在绝境面前，我们所有逆行奔赴武汉的首都医疗工

作者们，都经历了一个短暂又煎熬的心理考验，有着最深刻的反思和毅然决然从日常中的“平凡”医生，成长为危机中“伟大”英雄的光荣之旅！

当时网上热传的一张照片，深深打动了我：北京世纪坛医院领队丁新民因为担心本来就不是很熟悉的医护人员穿上防护服之后，更加难以辨认，就在自己的帽子前面写上“有事找我”。没想到，这个举动，让全副武装只剩下眼睛那一点点区域的他收获了患者的信任：“我说我是北京医疗队来的，来了以后，您放心，我们医疗物资很充足，有什么事我们会尽量帮助您。我把病的发生、发展过程是怎么过程讲给他们，病人就对我很信任，好几个人都给我跪下了，看到他们那一幕，我自己都想哭……”

65天的抗疫一线奋战，来自北京的医疗救护队员以战时工作状态，成为救助武汉的中坚力量，向英雄的武汉人民交出了一份满意的答卷：他们以“首善标准”严格要求，医疗队员零感染；他们发扬北京精神和医务人员职业精神，形成战“疫”文化；他们建立医疗质量管理的北京模式，提出了院感防控的北京方案，总结了轻症、重症患者救治的北京经验……重温他们当时写下的请战书，依然让人动容：“作为党的战士，理应在最前面冲锋”“我自愿报名申请加入医院的各项治疗病毒性肺炎活动。不计报酬，无论生死！”

“……他衣服都烧起来了，他还忍住痛把老大娘放到安全的地方，才扑灭自己身上的火。”这是巴金先生《军长的心》文中的话，不知怎的，写到这里，我却想起了它。

——大灾大难来临之际，一座城市的人们，有勇气、有能力去援助另一座城市，迅速为另一座城市建立起安全屏障，为那里的人们心底铺设温暖，为他们送去关爱和“安全感”，这是中国“安全城市”的另一种注脚和担当！

坐标二：疫蔓延，首都打响全民抗疫阻击战

“您好！我的车已经消毒，请您佩戴好口罩，我要对您的信息登记一下。”

抗疫丰碑　油画　120cmx100cm　李卓

春运北京南站保点运营的出租车司机赵凤文师傅对即将踏入车内的乘客提醒道。

作为首都“名片”之一，也是疫情“密切接触”行业之一的出租车司机队伍，赵师傅和他的队友们不但天天给车内外认真消毒，提醒乘客每一个防疫细节，还专门建立了一个“队员日志”，把接送的每一个乘客信息都详细记录下来，以备所接送的乘客中一旦确认感染进行追溯使用。

——新冠肺炎疫情暴发以来，北京疫情防控形势异常严峻复杂。

北京是中国的首都。是中国的政治中心、文化中心、科技创新中心和国际交往中心——人口及资源流动频繁，且一直处于境内境外人员流动枢纽地位。在全国最精锐的医疗力量援鄂后，以湖北省武汉市为主战场的全国本土疫情传播已基本阻断。但在疫情已出现全球大流行的趋势下，北京，这座有着2100多万人口的巨大城市，尽管有中国最权威的医院群落、最知名的专家团队和最优势的医疗资源，城市疫情防控却成为全国最难：在巨大的国内外舆论压力下，既要防止疫情从外地输入，又要防止疫情从境外输入——除了吸纳武汉经验，城市“全面防控”成为重中之重。

为全力做好疫情防控工作，2020年1月24日，北京宣布启动突发公共卫生事件Ⅰ级响应（最高级）。

首都最优势的资源是政治资源。自2020年1月24日农历除夕，北京市人民政府新闻办公室举办第一场北京市新冠肺炎疫情防控工作新闻发布会开始，每一场新闻发布会，都是北京市全体市民关注的焦点，都是驻京各单位、北京市各级党组织行动的重点——“抗疫集结号”吹响后，在这场没有硝烟的战争中，生活在北京市的社会各阶层人民表现出了巨大的政治自觉：北京市以最快速度实现了全城抗疫总动员！

“前期，北京市从区级机关企事业单位选派5.1万名干部下沉社区（村），近日又选派了1.9万名干部，下沉干部总数超过7万名，实现全市7120个社区（村），全覆盖。每个社区（村），都至少有一名区直机关干部、一名街道乡镇

干部、一名社区卫生服务专业人员，全天候派驻。”2020年2月27日，北京市委组织部部务委员徐颖在北京市政府新闻发布会上介绍了全市党员干部参与抗疫的情况。

——抗疫大战是一场人民战争，党员干部是最耀眼的先锋。

“大年初二，接到上级疫情防控的紧急通知，要求选派机关干部立刻下沉社区（村），我们中心党组第一时间在群里发了通知，号召大家勇于担当，积极投身全市整体抗疫中去。当天中心全体干部都报名了，疫情期间，我们单位先后选派三批干部下沉社区（村），占单位总人数的3/4，单位在职党员也全部响应号召回社区报到，协助社区防疫防控。在下沉干部黑白连轴转期间，中心在岗党员干部主动放弃休息时间去社区顶岗，让下沉干部回家休息……”北京市丰台区房屋征收中心党组书记李国龙认真介绍道。而据他的下属说，他是单位第一个率先回社区报到，利用休息时间参与防控执勤的在职党员。

疫情防控重点在哪里，治理力量就下沉到哪里。高效、精准体现在干部下沉工作的各个环节。

在西城区，2593名机关党员干部奔赴街道、社区防控一线，共同抗击疫情；在海淀区，青龙桥街道利用隔离人员智能监控管理系统，对居家隔离人员情况进行监测，做到“事前预警、事中制止、事后回溯”，大大减少了交叉感染风险；在昌平，针对一些“无物业、无保安、开放式”小区，采取下派机关干部、成立综合巡查队、镇街社区村统管等方式，全面落实排查管控工作；大兴区推行建立台账、制发证件、人员登记、暖心服务、自我防护“五步工作法”，探索推广“党建联合体”“技防+人防”等防控模式，实现农村地区“零病例”社区……自此，东城、西城、朝阳、海淀、丰台、石景山、房山、通州、顺义、昌平、大兴11个区未返京人员超过1000户的社区（村）和人口倒挂村是春节期间下沉干部选派倾斜的重点，同时人才力量还兼顾东城、西城首都核心区无物业、无安保、开放式无封闭的“三无小区”。

而除9.9万余名市区级机关企事业单位干部下沉社区，全市43.3万名在职

党员也纷纷回社区报到。春节前，我因与家人去广西旅行，返京后，接到单位通知主动在家接受隔离观察，并向单位和社区详细报告了准确的出行轨迹。社区工作人员一一登记后，立刻给我送来了消毒隔离用品，并热情询问我所需要的日常用品和常吃的粮油蔬菜，之后，我家门口就及时收到社区干部们帮我代买的蔬菜鸡蛋这些生活必需品，袋子上也会贴心写着“已经消毒，抗疫加油”的句子。疫情紧张时，社区还会按照北京市统一安排去采购大家放心的食品，配发给大家……

这是一种无形的力量——当你置身其中，你无法不被感动，无法不受感召：这种“组织”背后“撑腰”，人与人之间真诚的相互关照，在这非常时期，显得格外安心、暖心。我作为机关在职党员，也在春节返京结束14天隔离观察期的当天，征得单位同意后，就投身所在社区的疫情防控中，同全市在职党员一起，协助社区人员和下沉干部排查和登记外来进京人员，服务隔离人员，并在夜晚，拿起手中的笔，去讴歌疫情中身边逆行的英雄，为这座城的抗疫工作鼓劲加油……

面对疫情，我不是旁观者，每个人都不是。病毒不会挑选个体侵袭，每个人都可能被感染，每个家庭都可能面对支离破碎……党中央的引领，身边党员干部和一个又一个平凡人的挺身而出，为这座城中的每一个人夯实了底气和勇气，为疫情阴霾下的北京带来了温情，大家默默团结一致传递关怀和力量，在这座伟大的城市里，心无言凝聚在了一起：

新闻工作者逆行疫情暴发一线，为城市留史、为英雄留痕；海外华侨在疫情初期自发购置口罩、防护镜等紧俏商品寄回北京，无偿支援北京医务工作者；首都企业扛起社会责任，积极协助政府，加班加点研制医药用品、转产紧缺医药护具、在多媒体领域最大限度普及“疫情实时大数据报告”；艺术家们各自发挥专长，为人民加油鼓劲，为城市书写华章……在这场没有硝烟的战争中，不仅有“党员红”“天使白”“橄榄绿”“守护蓝”“志愿黄”……还有成千上万冒着疫情风险驻守在商场小区等门口体温枪不离手的保安，起早贪黑保

持北京市干净整洁的环卫工人，在各条大路、社区风驰电掣送货的物流快递小哥……

抗疫之战是一场波澜壮阔的人民史诗，首都各阶层以不同的姿态在这段历史中展现了风采。2月10日，在新冠肺炎疫情防控的关键时刻，习近平总书记亲自到北京抗疫一线调研指导、直接指挥，给北京市民极大鼓舞和鞭策，坚定了打赢疫情防控阻击战的决心和信心："抗疫必定有我、合力守护北京！"

——这座城市是我们的，是我们每一个人的！

坐标三：疫反复，属地组织精准摸排迅速控制

2020年6月11日，年龄52岁家住西城区月坛街道的"唐某某"（后被网友尊称"西城大爷"）在怀疑自己可能得了新冠肺炎之后，为避免传染其他人，戴着口罩骑着自行车，独自前往医院就诊。这是北京在之前56天无本地新增确诊病例的情况下，宣布疫情等级下调后，本地首例新冠肺炎确诊患者。

这位令人敬佩的"西城大爷"在接受流调的过程中，以冷静的头脑、清晰的思路、有条理的言语回忆出自2020年5月31日至6月11日近半月来所前往的9个地方和曾密切接触过的所有人员，提供出了一份38人的密接名单，无一遗漏。尤其是，这位患者对6月3日去往新发地市场并做了短暂停留一事进行了准确而详细的描述，成功助力相关部门在第一时间迅速锁定了本轮北京疫情的源头——新发地批发市场。

"西城大爷"确诊的第二天，北京市疾控中心集结了本中心及10个区疾控共130余人，迅速进驻新发地，全力进行采样。

这个炎热的夏天，整个北京都在拼尽全力"奔跑"——加强流调溯源、扩大检测范围，努力、再努力地跑在病毒前头，仅用16小时就精准锁定确认了新发地为疫源地。

北京市委迅速派出专家组，市领导亲临一线督导指挥，全面指导新发地所

在属地丰台区疫情防控。果断封闭新发地批发市场及周边社区、玉泉东市场及周边社区、天陶红莲菜市场及周边社区，及时高效精准锁定疫情重点地区、重点场所、重点人群并严格执行防控。组织专业消杀队伍第一时间对封控小区进行重点消杀；积极追踪重点人群关联人员及密切接触者，果断采取集中观察、居家观察等防控隔离措施。在最短时间摸清疫情传播的底数和重要风险点，对35.6万人“应检尽检”，以最快速度精准切断新冠肺炎病毒传播。

6月16日，北京果断调升应急响应级别为二级，拉响了首都战“疫”警报——整个北京城在最短的时间内以最快的速度迅速实现了抗疫再次全城动员、全民总动员！

按照北京疫情防控工作领导小组统一部署，新发地聚集性疫情病例统一收治到地坛医院。从6月11日起，地坛医院连续8天启用8个应急病区；6月16日，为了集中救治力量，组织19家市属医院的105名医务人员前往地坛医院进行支援；6月17日，根据疫情变化，按照床等人的原则，安排地坛医院421名住院患者进行转移，符合出院条件的患者办理离院，不能出院的安排转至另外院区或其他医院，所有住院患者对医院病区调整给予了充分理解，24小时医院全部清空，为新冠肺炎病例救治准备了1070张床位。

若有战，召必回！北京市级下沉干部重返“战位”。

那段日子，北京市下沉干部们永远记得：在各级党组织传达大家可以撤回原单位休整不足一周的时间内，复又接到了“重返战位”的紧急通知——市区两级紧急部署、连夜奋战，在原有基础上继续增派下沉干部。6月13日凌晨3时，170名首批干部下沉即时到位；13时，2300名干部返岗到位；14日，丰台区4500名下沉干部返岗社区防控；市委组织部紧急抽调510名干部驰援丰台，有力充实一线防控力量。

丰台区委迅速启动战时机制，以“一竿子插到底”的作风紧盯关键人关键事。建立“百名干部包社区”日常巡查指导工作机制，区委组织部、农工委、社工委100名机关干部下沉社区，每名干部包片负责3—5个社区（村），开展

"全覆盖式"日常巡查指导，第一时间向全区广大党员干部发出"召集令"，全区5200余个基层党组织、6450名下沉干部、6000余名社区村干部、6800余名医护人员，3万余名志愿者，争分夺秒冲锋一线，筑起了坚固防控墙。

在丰台区党员干部的工作站位里，徐崇伟的工作是最危险的——他是丰台区环卫中心新发地环境恢复工作专项指挥部副指挥、环境恢复现场总负责人。此次疫情，他每天要辗转于新发地市场各个果蔬区、海鲜牛羊肉综合大厅等涉疫环境恢复区域。他带领260名党员组成的"突击队"进入高危红色区域内连续战斗15天。创新性制定出24小时白昼对接、分多班次连续交替作战工作法，有效保障了涉疫区域环境恢复阶段性工作高效完成。

牛羊肉大厅二楼商户黄金秀，6月13日清晨4时许接到医学观察通知，要求去往集中隔离点。黄金秀和商户们走出大厅登上大巴车，行动有序迅速，有些忐忑，但没有牢骚和怨言，甚至没有人说话——相信政府，以大局为重，这成为沉默的共识。凌晨3时，新发地市场对面的天伦锦城小区随着东门彻底封闭，小区正式进入封闭管控状态。期颐百年、风格与林、天骄俊园等11个新发地周边小区同步实行封闭管控。

此后的一个多月，封闭小区紧张有序：成立临时党支部；开通固定电话，公布工作人员手机号码，24小时接受居民问询；下沉干部奔向医院，为居民代开药品；志愿者头顶烈日，派发蔬菜包；保洁员挥汗如雨，逐户回收垃圾……而此时，正值学生中考、高考的关键时刻，丰台区委第一时间在周边封控小区成立管理服务工作专班临时党委，摸排了解到封闭的小区内共有81名中高考学生焦急待考，于是组织协调各方力量为考生加急核酸检测，使封闭小区35名外地高考考生全部顺利赴各地参加高考。

社区防控，是北京疫情防控的基石。守住底线的战斗，在北京3235个社区、3876个行政村同时打响。

近10万基层工作者一户户"地毯式"摸排，密接者全部居家观察；切小切细"防控单元"，按街道、社区，甚至小区、楼宇实现"精准落子"；同一个

小区，分类施策采取“14+14”天、“14+7”天和14天等不同的隔离观察措施。

虽然紧锣密鼓地推出了严格的防疫措施，北京城却并未“停摆”。以街道、乡镇为管控单元，以社区（村）为基本抓手，北京依据“14天内有没有确诊病例”等维度划分出不同级别的风险区，并保持动态调整——一手“严”，锁定重点区域和人群；一手“精”，避免“一刀切”，将“伤害”降至最低。

就在新发地疫情暴发的第八天，中国疾控中心流行病学首席专家吴尊友明确告诉大家：“疫情已经控制住了！”

7月20日，北京中高风险地区全部清零。经过全市7000多个社区行政村齐心协力的奋战，安全了！

而中国自主研发高科技硬件的加持，也在这波疫情的反复中起到了出奇制胜的好效果：据后来李兰娟院士在一次学术会议上回忆，北京新发地农产品批发市场暴发疫情后，通过人工智能模拟仿真疫情态势和筛查高危人群，很快找到了进出新发地的人员以及无意识密接人群的轨迹图并加以重点监控防控，这在过去是不可能的。

从城乡社区到重症病房，从工厂车间到科研院所，从配合检测核酸到戴好口罩，2100多万名北京市民没有一人旁观，用高度社会责任感筑起了抗疫的钢铁长城。值得一提的是，与上一波疫情时的全民“无差别紧张”相比，这次北京人显得淡定从容。这段时间，“您核酸了吗”甚至代替“您吃了吗”，成为流行于北京坊间的问候语，反映出北京市民从容的心态。

8月6日，北京新发地聚集性疫情335名确诊病例中最后一名患者，在北京地坛医院治愈出院。经过56天的努力，患者收治率为100%、治愈率达100%，医务人员实现了零感染——这场突如其来的新发地疫情，是对北京疫情防控能力和水平最直接的检验：北京第一时间实施疫情防控；第一时间发现并拉响防疫警报；第一时间精准锁定高危人群；第一时间迅速找到所有密接者……

“防控响应速度非常快！”新冠肺炎医疗救治上海专家组长张文宏由衷称

赞，“北京对疫情的掌控速度，不是第一阶段武汉疫情可以相比的。”很多疾控专家认为：北京的应对时间几乎不能再缩短了，每个环节非常紧凑，几乎没有任何耽误——2020年新冠肺炎疫情，武汉是起点，而北京，则代表了中国抗疫经验的最高水平！

新发地疫情之后的北京，零星出现的诸如顺义病例、大兴病例……在北京人民的心中，已经不再可怕，首都可防可控，这座城市有足够的能力和信心去迅速处理和解决！

有着超2100万常住人口的中国首都，在没有封城的情况下，实现科学、精准、有效防控，给全球常态化疫情防控中扑灭“反弹”打了样板——也由此，北京疫情防控得到国际舆论一致点赞。根据北京第二外国语学院首都对外文化传播研究院院长曲茹的汇总研究：新发地疫情期间，外媒围绕北京疫情防控报道总体倾向中正面与中立报道达95%，包括《华盛顿邮报》、路透社、美联社、《印度时报》等境外主流媒体都详细介绍了北京疫情防控的举措与成功经验。外媒评述说：北京新发地疫情，从开始到清零，是全球抗击新冠肺炎疫情一个精彩完整的案例！从中可以看到中国机制、中国速度、中国精神！

坐标四：疫降温，政策惠民全城开打疫苗

“她来了！她来了！她带着疫苗走来了……”这是疫情期间，北京顽皮少年们对陈薇院士幽默的期盼。

疫苗，是当今时代终结新冠肺炎最有力的科技武器。

自1796年爱德华·詹纳（Edward Jenner）发明牛痘疫苗以来，人类进入预防传染病空前有效的新阶段：乙肝疫苗、脊髓灰质炎疫苗、麻疹减毒活疫苗、HPV疫苗等的相继诞生，挽救了无数人的生命，新冠肺炎疫情的全球大暴发，让大家把最后终结的希望寄托在新冠疫苗的诞生。

2020年1月26日，陈薇院士受命率军事医学专家组紧急从北京赶赴武汉，

与后方科研基地联合作战，集中力量展开应急科研攻关，争分夺秒开展腺病毒载体重组新冠病毒疫苗的研究。

2020年3月16日，北京市各大报刊纷纷刊登振奋人心的好消息：新冠疫苗研制出来了！陈薇带领科研团队研制的新冠病毒疫苗，成为国内第一个获批正式进入临床试验的疫苗——经历了几个月的等待和阴霾，我们终于研制出了疫苗，终于看到了希望！

2020年4月10日，完成疫苗一期临床试验接种的108位志愿者，全部结束集中医学观察，健康状况良好。

2020年4月12日，该疫苗开展二期临床试验，成为当时全球唯一进入二期临床试验的新冠病毒疫苗。

2020年7月，个别急需接种疫苗的对外企业员工以及新发地疫情密切接触的工作人员部分接种疫苗。

2020年底，北京市开始了大规模为普通市民免费接种疫苗的惠民政策——争分夺秒，让疫苗捍卫生命！

——“咱们北京城，疫苗免费给老百姓接种！咱们中国，疫苗免费给老百姓接种！”站在雍和宫附近胡同里晒太阳的一位大妈自豪地对邻居说，“一到关键时刻，就显出哪个国家好了！”“是啊，听说在外国，这疫苗贵着呢，都打不起……”“好多外国产的还打死人呢……”“咱们国家多仗义，自己有了疫苗，马上援助兄弟国家，这才是大国担当……”这是我办事路过北京雍和宫旁的一条胡同，几家邻居凑在一起闲聊的日常。2月的北京，乍暖还寒，大家还都穿着棉袄、羽绒服，但政府针对疫情关键时刻所采取的惠民政策，和对百姓的关爱，让这条胡同里人们谈论起来如沐春风。

根据测算，在中国，大约70%的人群接种疫苗，才能形成一个比较稳固的群体免疫屏障。

有意思的是，2020年对新冠疫苗热切盼望的人们，待疫苗真的全民开打时很多人却犯了难：“我不想当小白鼠”“听说还没有通过世卫组织认定”“听

说半年后就失效了”……这些坊间流传的说法正困扰着犹豫不定的北京市民。

针对这些群众的顾虑，国家、北京市两级政府部门开通一切宣传路径请专家为大家系统细致地讲解，答疑解惑，很多党员干部自发做起了“疫苗大使”使大家放下顾虑，积极建立疫情防护屏障。

家住石景山八宝山街道瑞达社区的审计署内部审计指导监督司一处处长周洪杰，接到第一批疫苗开打的通知，主动动员家中老人一起打疫苗，他的妻子屈建丽在党建读物出版社工作，参与编审《钟南山：生命的卫士》一书，对抗疫国士的事迹十分崇敬，带头给邻居讲解疫情、做邻居工作，和丈夫一起动员大家打疫苗，在他们小两口的宣传鼓励下，他们所在的楼门邻居全部第一批接种了新冠疫苗。

家住北京市西长安街街道的国家统计局机关党委组织部副部长于方，在得到疫苗接种的通知后，立刻动员家人和邻里街坊去疫苗接种点接种，她将平日了解的有关疫苗的科学知识热情与邻里分享，打消邻里的顾虑，使她所居住的平房院落最早挂上了西城区“应接种尽接种”的标识牌。

而家住牛街街道春风社区的90岁老人孙崇菀和老伴武挥，在了解到60周岁以上老人开始接种新冠疫苗的消息后，也立即报了名。老两口说，接种完第一针新冠疫苗后身体没有不适，心中更多了一份安心。自2021年以来，西城区已累计完成了112万剂疫苗接种。3月31日、4月1日连续两日，单日接种量超过3万剂。在西城区的大街小巷、楼门院落，“该楼栋（院落）居民疫苗接种率达到80%”的绿色标识已越来越多。

为了适应不同人群错峰接种需求，北京市多个区还根据自身情况增设了疫苗接种“夜场”。3月25日晚，与新发地市场相隔一条马路的新发地新冠疫苗接种点开始热闹起来。这个位于北京市丰台区新发地天伦锦城附近的接种点正是为了周边因上班无法在白天进行疫苗接种的村（居）民及商户增设的。“我们白天都忙着做生意，晚上遛个弯的工夫就把疫苗打了，感觉特别方便。”新发地市场的胡萝卜批发商户柳怀明说。

为做好新冠病毒疫苗接种工作，北京市组建了市级疫苗接种工作组，为保障疫苗供应，北京市不断扩大疫苗存储和配送能力，建立了“市级统筹、区级主责、街镇实施、单位和社区组织、行业促进”的工作机制，制定点位设置科学化、接种配置精准化等“五化”标准，建立了以大中型临时接种点为主、固定接种点和上门服务为补充的接种体系。目前，全市日接种能力达到30万剂次以上。

截至2021年4月1日，北京大兴区第一个完成新冠疫苗接种覆盖率达80%，中国疾病预防控制中心研究员、世界卫生组织疫苗研发委员会顾问邵一鸣说：“这意味着北京大兴区初步建立了新冠免疫屏障，这个地方不可能有新冠病毒的流行了。这是我们全民疫苗接种行动中一个亮点！”

——疫情在继续，疫苗接种也在继续。

相信人类团结一致的力量，在不久的将来，我们一定能够看到新冠病毒最终走入历史深处！

尾　声

古往今来，人们都是用脚诚实选择走心中的路——自然灾害来临之际、残酷战争来临之际，极度贫困来临之际、瘟疫来临之际……人们都会本能地选择逃离故土，去往心中的“安全”之地栖居——全球疫情期间，由于中国防控得力，北京防控得力，国外飞北京的机票价格暴涨，英国飞北京机票售价最高时合18万元人民币一张，且开盘瞬间售罄。有媒体报道，美国留学生回国的机票最高时竟然卖到了近30万元人民币一张！

前段时间，邻居在美国读书的女儿从旧金山历尽艰难多次转机返回中国。进京前，被安排飞机先降至青岛机场，在青岛进行医学隔离观察后返京。得知女儿已经安全降落青岛，并住进了隔离酒店时，她的妈妈，也就是我邻居喜极而泣，拉着我和她女儿一起视频聊天……在久别重逢的喜悦里，为了轻松一下

气氛，我问她女儿:“买这么贵的机票，转机了这么多次回国是不是太折腾了?在美国自己加强防护是不是也会很好？”谁想，她女儿以不可辩驳又气壮山河的笃定神态对我说：

“现在，北京是最安全的城市！咱们中国，是全世界最安全的国家！”

后　记

一座城池，不仅是一群建筑的相聚，和一些在其中生存和生活人们的相依，它是人类物质和精神财富的总和，而生命，是这座城市群落极致的代表——所谓“安全城市”，并不是没有发生过灾难，没有受到过侵袭和伤害；也不是从不存在威胁，从始至终的安逸，而是人类所建构的这座物质和精神的世界，人类有能力去守护它，无论它发生怎样的变故和破坏，只要有人在，就可以凝心聚力、智慧应对、修复如初——人类文明不灭、人性光辉不灭！

您好，12345

周 敏

一条市民热线，能悄然改变一座城市同时也改变这座城市的居民吗？我想当然可以，即便是我生活的这座千年古都，即便它的居民有着深厚的文化传统，又即便是他们在既往的生活惯性中坚守着原有的生活状态，但我还是给予肯定的回答——当然可以！事实上，这样的情形正在发生，文化底蕴深厚的北京城，正在一条市民热线电话的帮助下，不疾不徐地实现着自我蜕变，城市和市民的气质也随着蜕变而逐步升华。

提起北京，人们想到的不仅是历史悠久的天安门、故宫和八达岭长城，也不止于朝气蓬勃的水立方、鸟巢和国家大剧院，除了这些北京的新老地标之外，还有三个字，也是人们心目中这座城市的名片——北京人。

早年间的北京人，在今天的语境下，已经变成了“老北京”。他们操着一口标志性的、流利的北京话，干脆中带着柔滑，律动中透出从容，让人听着舒坦。这些“北京原住民”的一言一行、一举一动，都带出这座城市的精气神

儿，在他们的自我评价中，往往包含些极具地方特色的词语：局气、讲究、大气、仗义、懂礼数、有里有面儿、热心肠儿……平心而论，北京人，尤其是老一辈的北京人，身上的确有很多优点，不过，他们也有些“小毛病”，这在一些文学、影视作品中可以窥见它们的痕迹。

《城南旧事》中，小英子一家可算是“北漂儿”当中的前辈了，他们不远千里，漂洋过海，来到这座古城，过着幸福的小日子。年幼的小英子喜欢观察大人们的言谈举止，她发现，家里的佣人宋妈在跟邻居们问好时，总是喜欢说：“吃了吗，您？”对此，她父亲的解释是“北京人一天到晚闲着没有事，不管什么时候见面都要问吃了没有”。

难道仅仅因为一个问好的习惯，小英子的父亲就轻率地得出他的结论？深挖背后的原因，大概跟北京人身上散发出的“优哉游哉”的气场有关。清朝的时候，北京的内城——今天的地铁2号线沿线，长期住着的除了文武百官，大都是“在旗的”八旗子弟，手里攥着“铁杆庄稼”（不用工作，按人口领钱粮），根本用不着为生计奔波，大多时间里，不是提笼架鸟，就是打牌品茶，生活节奏自然是慢悠悠、乐呵呵的，久而久之，就把这种气质传播到了外城，影响了更多的北京人。如此一来，也就怪不得小英子她爸了，初来乍到，他哪儿分得清那些活得四平八稳的北京人，哪一个是没事做，哪一个是有事做的呢？

小英子一家，一直住在北京的胡同里。

提起胡同，大家往往就自然而然地想起四合院，就像电视剧《大宅门》里，白家那座好几进的深宅大院。其实，更多的北京市民，住的是“大杂院”——一个不大的院落，住着好几户人家，彼此依偎而居，这家有人抽不冷子打个响亮的喷嚏，能把其他几家胆儿小的全吓一跳。在这么狭小的空间里，街里街坊地住着，就算是再怎么小心在意，也免不了有“炒勺碰着锅沿儿”的时候。一旦遇到矛盾了，老北京们很少大吵大闹，更甭提拿刀动杖的了，最常见的就是双方看对方多用白眼珠子，可绝不发生公开的直接冲突。正是因为这

样的惯例，胡同里才会那么安静，看上去十分和谐。

迈着四方步，不慌不忙的街坊们，在祥和的胡同氛围当中，整日里脸上带着微笑，嘴里问着您好，难怪会让人以为他们都是“闲着没事做”，而面对矛盾时都懒得去争辩的事实，则更添加了一点儿“懒散”的感觉——连自己的利益都懒得去争，你说北京人“懒不懒”？

这样的作风，有多方面的原因，既有历史层面的，也有文化层面的，其中，老北京的巡警们扮演了相当重要的角色。

《四世同堂》里面，有一个旧时北京人处理邻里纠纷的“名场面”：车夫小崔跟冠家的太太“大赤包”起了冲突，被对方扇了一个大嘴巴，按照老北京的规矩，男人是不能对女人动手的，因此，小崔就吃了个“哑巴亏”。俗话说，“揭人不揭短，打人不打脸”，挨一记耳光，绝对称得上是奇耻大辱了，小崔胸中的怒火自然很难平息。被劝出冠家之后，他把自己的遭遇告诉了同住在一个院子里的街坊们。大家伙一听，自然是义愤填膺，纷纷走出院门，准备去冠家理论一番，替小崔讨回公道。

说来也巧，在去冠家的路上，刚好遇到了负责这一片儿治安的巡警——白巡长，他听完事情的前因后果，并没有当一位“裁判员”，带着街坊们去向“大赤包”兴师问罪，而是劝告大家伙消消气，看在他的面子上，都先回家。好说歹说，总算把帮忙的邻居劝散了，白巡长又单独找小崔谈话，表示理解同情之余，他还警告了这位年轻气盛的车夫几句：人心隔肚皮，这年头儿，千万甭得罪人，尤其是那帮子坏人，谁知道他们都揣着什么坏主意，准备害哪些老实巴交的好人呢？

不难看出，白巡长在街坊们心中的威望不低，所以仅仅凭着自己的三寸不烂之舌，就把事情摆平了。至于他的策略，可以归纳为两个步骤——首先，和稀泥；其次，吓唬人。看似简单的“两步走”，实际上是老北京巡警化解基层矛盾的“制胜法宝”。陈鸿年先生在《北平风物》中，也记录了类似的事例，警察凭借着自己的两片嘴皮子，就能轻而易举地解决市民的日常纠纷。

那时候北京的巡警之所以如此能说会道，盖因他们大都是“旗人的子弟”，从小耳濡目染，见识比一般的民众要广博得多，遇上调解一些邻里小纠纷，自然是挥洒自如、左右逢源。

在我儿时的印象中，“北平巡警”时代过去几十年之后，北京胡同里的“片儿警”们，仍然是能言善辩，遇上矛盾调解，往往是天南海北地一通煽呼，轻轻松松就能把街坊们“侃晕”，直至忘记了为什么会到派出所去。

随着时代的发展，社区里逐渐设立了街道办事处、居委会等机构，一众和颜悦色的大爷大妈们，接过了负责调解邻里纠纷的接力棒。人换了，可策略基本没变，仍旧是先听过程，后和稀泥，再各打五十大板，吓唬几句，送走回家。

从前的巡警、后来的片儿警、如今的大爷大妈们，凭着尽心尽力的好态度，行之有效的老办法，为和谐北京的建设不断添砖加瓦。可与此同时，因为问题往往得不到实质性的解决，市民们“遇事懒散”的状态也日益加重。

拿我父母这辈儿人来说，他们想起去“找个人评评理”的热情，就比我的祖父母要差一些。当然，这并不妨碍他们摸索出其他办法，来达到自己的目的，其中最为常用的一招，就是制造舆论。这个方法很简单——就是把自己的委屈到处说。知道的人多了，自然敌对的一方就会感到压力。不错，这个描述揭示了本质，但也忽略了一些技术层面的窍门儿，比如人员的选择，最好找一些喜欢传播小道儿消息的，由他们进行二次扩散，自然可以提高效率；再比如陈述时的语言组织，最好多打感情牌，把自己的委屈和宽容放大，将对方的无理和蛮横突出，这样就能轻易占领道义的制高点。

采用这个办法最多的，要数我母亲，因为这个，她给我留下的儿时印象是：胆子小，喜欢议论人。我们从平房搬进楼房后，母亲就不怎么再“故技重施”了，这倒并非因为她突然之间提升了觉悟，而是这个办法的有效性大大降低。毫无疑问，跟住在胡同里相比，高楼大厦中的左邻右舍早已不是那些知根知底儿的老街坊，遇到事情，到哪里去找人倾诉呢？即便找到了，跟胡同里

“低头不见抬头见”大不相同，在平日里难得一见的楼房邻居之间，消息的二次传播非常困难，更别说传到另一方当事人的耳朵当中了，人家自然是“耳不听为静”，根本感受不到任何的舆论压力。

“此路不通，另觅他途。”在化解矛盾压力方面，母亲做到了与时俱进，她很快找到了“出气筒”——我父亲。一旦遇上事情或者谁妨碍到她，她必定对着我父亲喊上一阵子。父亲是个老实人，嗓门儿也不如母亲，于是，就把沉默当作自己的防护罩。他私下跟我说过，在沉默中，他还练就了“关上耳朵”的本事，对母亲那些高声呼喝，基本上可以做到充耳不闻。

或许是觉得我父亲毫无反应，母亲就把发泄的目标换成了我。我可没有“关上耳朵”的绝技，只能尴尬地听母亲发牢骚，还好，跟我讲话的时候，她特意调低了调门儿，让我不至于太过难受。

别看母亲在家里“挺冲”，说话毫无顾忌，在外面，她对别人客气得很！遇上个熟人，大老远的，就开始满脸堆笑了，待到走近之后，更是不住地点头哈腰、嘘寒问暖，好像对方是个比我父亲可敬得多、比我可爱得多的人。每逢此时，我就不禁想起《茶馆》中的松二爷，想起他按照老北京的规矩，跟王掌柜鞠躬作揖、请安问好的场面。

这种内外有别的处事作风，不单只是母亲的专利，通过和朋友们的沟通，我了解到，跟母亲年龄相仿的阿姨们，有相当一部分都是这样在外面温柔至极，在家里疾风骤雨呢！我和朋友们总结了一番之后，达成共识，认为她们是典型的“窝儿里横”。

前些日子，母亲又在家里发飙，她攻击的对象，是自家楼下的一家饭馆。那是家不错的川菜馆，遇上工作太忙太累，懒得做饭的时候，我经常带着女儿去那里填饱肚子，女儿对它的评价是：味道好，菜量小，吃得饱，撑不着。

不知道是不是菜量太小的缘故，饭馆的生意一直不温不火，在那里用餐的，多是爱惜自己身材的女生。因为生意不尽如人意，开业一年多，饭馆就被转手，卖给了一位新老板。新老板是位实在人，也是实干派，大刀阔斧搞改

革——请新厨师、增加菜量、提高上菜速度，这样一来，周边写字楼里的年轻人很捧场，来用餐的人越来越多，说是门庭若市并不过分。

顾客多了，老板心里乐开了花，对员工的要求也随之提升，核心就是“快”字当头。生意好了，员工的干劲儿都挺足，配菜的、上菜的、炒菜的都像上足了发条一样，一刻不停地忙活着，就连洗碗的，也争分夺秒地“洗刷刷、洗刷刷”……

本来嘛，这些跟母亲没什么关系，可偏巧她住在一层，饭馆的后门，离母亲家北屋的窗户直线距离不超过10米，而那些洗碗工、洗菜工，为了方便施展身手，就在后门外的一小块空地里工作，用完的脏水直接倒在一个污水井盖上，让它透过上面的两个小孔流入井中。天气凉的时候，还不觉得有何不妥，进入5月以后，母亲家的北窗户只要一开，就有一股子酸臭味儿扑面而来，再后来，苍蝇的嗡嗡声开始不绝于耳，吵得人不得安宁。天气渐热后，母亲不愿意吹空调，可是又开不了窗，这样的两难境地，让她心烦意乱，憋了几天之后，终于把胸中的郁闷朝我和父亲一吐为快。

我给母亲出了个主意，让她去找饭馆的老板讲道理，告诉他不要再让员工朝井盖子上面倒脏水了。

可母亲认为这是个坏主意，直接上门兴师问罪，保不齐就把对方惹急了，饭店里那么多五大三粗的小伙子，给她这个弱不禁风的老太太几下子，她就吃不消，就算他们不动手，来个“非暴力不合作”，也能把她气个半死。再说了，这馊水的味道并没有眼睛，会定向扩散，其他邻居家也能闻得到，可这臭味为什么还在到处飘呢？不外乎两种可能：第一，大家根本没人出头，都跟她一样，关起门来发牢骚；第二，可能已经有人找了，但是并没有什么用，饭馆根本不当回事儿。

听了母亲的一大通分析，我只有苦笑，对比这些北京的阿姨们，不由得想起了多年前，电视台播出的一部上海电视剧——《十六岁的花季》，其中有个女中学生寄宿在舅舅家中，她的舅妈可是厉害得很，遇到有人妨碍到自家利

益，身材瘦小的舅妈可是毫不含糊，必定奋起反击，用高分贝的嗓音占得上风。抛开这种方式是否恰当不谈，但就维护个人合法权益的精神而言，是值得鼓励的，相比之下，北京的阿姨们颇有跟我母亲类似的，遇事首先想到的是往后躲，久而久之就变成“懒得去争，遇事不争”了。

这时，原本在屋里看书的女儿走了出来，对我们说了一句：“你们就这点儿小事，说了快半个钟头了，既想解决问题，又不想露面，方法很简单——打北京市民热线举报不就行了吗？12345，楼下橱窗不是贴着呢吗？一条小热线，撬动城市治理大变革啊！”说完，女儿扭头回屋了。

我看了看母亲，点了点头。可我母亲呢，看着我，却摇了摇头，说：“打电话能管用？你忘了前两回的教训了？还不够费劲的呢！我看啊，最明显的效果就是费钱费时！孩子不懂你也不懂吗？”

母亲的一席话，倒是给我提了个醒，我确实有过两次拨打热线电话投诉的经历。

第一次是10多年前了。我家楼前的学校改建操场，因为那年夏天雨水多，隔三岔五就来一次狂风暴雨，使得施工进度非常缓慢。到了秋天，为了把延误的工期抢回来，施工队加班加点，不到半夜不收工，让靠近工地一侧的住户不堪其扰。当时听说，有几户居民先后找过社区反映，结果被各位大妈用标准的和稀泥搪塞过去了——说让大家伙儿再忍几个礼拜，他们就完工了，那时就彻底清静了，他们加班加点，不就为能早点儿彻底结束这个工程吗？

我没跟着去，想起了那阵子新闻报道说，各个部门都开通了服务热线，欢迎广大市民反映生活中遇到的问题。于是，我拿起电话，先拨打114查号，从城管大队，到市容监察，再到环境卫生部门……凡是能想到的，跟工地扰民相关的单位都查到了。看着纸上记下来的密密麻麻的电话号码，仿佛看到了安静的希望，我心情大好，挨着个儿开始拨打。不拨不要紧，越拨越着急——整整两个小时就没有拨通任何一个电话，听筒里传来的，无一例外都是“嘟嘟嘟……”的忙音。

我不服气，第二天接着打。这次运气终于好了一些，40分钟之后就接通了一个，可对方听完我的描述之后，非常诚恳地表示，这个问题不归他们负责，他也爱莫能助，要想解决，还得继续拨打另外一个部门的电话。

什么？还要拨另一个热线？一听这话，我的气就不打一处来，本想跟对方喊上两句，发发火，可一来他的态度实在是挺好，二来他的嗓子真的好沙哑，想来必定是因为这个热线，说了太多的话吧？唉，大家都不容易，理解万岁，再说了，就算朝他吼上几声，问题也解决不了呀！想到这里，我轻轻说了声“谢谢”，就放下了电话，也没再拨打其他号码。

第二次电话求助，是在12345热线设立之初。那时候，我们小区里的私家车越来越多，而车位严重不足，物业管理又暂时没跟上，大家都乱停乱放。为了有个属于自己的固定车位，有些人就开始私自安装地锁，高的高、低的低，样式五花八门，安装方式千奇百怪，凡是有个空间，够塞进一辆轿车的，一定就有人揳上几根“铁桩子”，好好的小区凉亭前的空场，甚至是养眼的绿地，都没能幸免。

看着原本优美的公共空间遭到破坏，我心里很不是滋味，孩子们玩耍的场地没了，打羽毛球的空间没了……偶然听到收音机里播放12345市民服务热线负责人的专访，抱着试试看的态度，我拿起了电话。和上次的经历相比，这一次的开端就很美好——电话一拨就通，那头是一位声音很好听的姑娘，把我反映的问题进行了详细记录，并把记录的内容跟我核对确认，然后热情地告诉我，她立刻联系有关单位，争取尽快解决。

放下电话，我满意地笑了，看来收音机里的那位负责人没有讲大话，这个热线比以前的那些各个单位的热线要强得多，接线工作人员也相当专业，下一步，大概就是轻而易举地把问题解决了吧？我憧憬着美好的明天，最好一觉醒来，小区里的所有地锁都消失无踪，腾出来的青砖空场上，能再现孩子们嬉戏的身影。

可是，一周之后，地锁们依旧挺立在原地，而我则接到了一位居委会工作

人员打来的电话：小周啊，你好，12345跟我们说，你打了电话，这不，就把这事儿交代给我们了。

我有点儿蒙，机械式地回答：哦，是啊，我打了……那……那麻烦您帮着解决一下？

工作人员听了，就开始诉苦，说她们人手少，咱们小区的住家又多，日常的工作都忙不过来。至于地锁的问题嘛，她们也发愁呢。私自安装是不应该，可既然装上了，现在能怎么办呢？直接拆了吧，得请专业的人来做，需要申请专项经费，得打报告走流程，没三五个月肯定下不来。再者说，要是真拆，保不齐有哪个装地锁的出来拦着，他安装是花了钱的，现在说拆就拆了，让我们赔钱可怎么办呢？总之，这事儿不好办啊……

我听完，就只有苦笑，没话讲。

大概是察觉到我情绪不高，工作人员又开始安慰我，说什么甭着急，她保证继续想办法，一定使劲儿地想！

我在心里叹了口气，这就是居委会的套路啊，先把你整绝望了，然后再给那么一丁点儿希望，让聊天的气氛不至于太尴尬。

可想而知，我反映的问题，并没有如预期那样顺利解决，这当然打击了我对市民热线的信心，在之后相当长的一段时间里，我没再动过打热线电话解决问题的念头。

现在，问题来了，怎么让困扰母亲家的馊水消失呢？看着愁眉不展的母亲，我又动了拨电话的心思——楼下橱窗里的服务热线海报，已经张贴了好一阵子，我也匆匆扫过几眼，上面说北京12345市民服务热线已经进行了全面升级，一个号码，接收市民所有问题，保证持续跟进，直到问题得到解决。

话说得好听，能管用吗？是骡子是马，还得拉出来遛一遛才知道。想到这里，我在手机上按下了五个数字。

“您好，这里是12345市民服务热线，请问有什么可以帮您？”电话那头，传来一个亲切又甜美的声音，似乎让我听到了她的微笑，带动我的心情跟着好

起来。我理了理思路，把馊水问题绘声绘色地讲述了一遍，对方询问了不少细节，比如饭店地址、倾倒时间、倾倒地点与住户距离，等等。核对记录完毕后，对方说请我放心，稍后会有相关人员与我联系。

稍后就会有人和我联系？挂断电话后，我处于将信将疑的状态。

没想到，在接下来的一个小时之内，我就接到了三通与此相关的电话，分别来自街道办事处、工商所、卫生监察部门，他们分别向我核实了有关情况，并表示立即协调人员，组队上门，联合调查。

我并没有看到执法部门去饭馆的场面，不过，仅仅三天之后，饭馆的后门就关上了，那一小片空地上，择菜、洗碗的员工全部消失无踪，不用说，也没人再朝污水井里面倒脏水了，空气又恢复了应有的清新。

母亲家终于可以开窗通风了，为此，她少有地开怀大笑，并表扬了我，说这次电话费花得不多，快速又高效，事情有回音。

我笑着说，这条热线是免费的。

母亲笑得更开心了，说那更好了，以后再有什么事情，就拨这个电话，跟他们说去，这比儿女在身边都管用。就在这时，街道办事处主任打来了电话，跟我确认情况，倒脏水的问题是否已经解决？

我连忙对她表示了谢意，并表扬她们的工作效率太高了，完全超出我的预期。接着，我也提出了困惑——明明是同一条热线，跟几年前相比，解决问题的能力，简直是天壤之别啊！

主任是个实在人，笑了笑，对我道出了其中的关键：首先，是技术提升了，现在的呼叫中心，都是网络化操作，智能系统辅助，接到问题，动几下鼠标，就能找到所属街道以及各个相关的单位；其次，现在对解决问题的成效是要考核的，纳入了单位和个人的年终绩效。您说，我们怎能不拿出十二分的劲头儿，接诉即办，来给咱们市民服务啊？民有所呼，我有所应啊。话说回来，工作做得多，虽说累点儿，但收获的赞誉多了，也是值得的！

“妈，怎么样，还是我的建议好吧？”我和主任通完话后，女儿走出来邀

功，还拿出自己的手机，在我面前比画了几下：“我刚在微博和微信上都关注12345啦，以后看到什么问题，随手一拍，直接私信他们就行了，打电话忒累！”

是啊，社会在发展，时代在进步，年轻人有年轻人的习惯，和电话相比，他们觉得微博、微信等新兴的网络多媒体通信方式更加有效率。接着，女儿推给我一条公众号文章，标题是《有事不用找家人，就找12345》。其中，讲述了不少北京市民热线帮助老百姓的事例，文章的末尾，还附上了背景资料链接，讲述了这条热线的发展历程：

原来，它的前身是1987年开设的“市长热线”，那时，只有一条线路，两三名工作人员；到了2000年，便民电话中心建成，拥有10个人工座席、50条声讯服务；2007年，政府建立了北京市非紧急救助服务中心，座席升至200个；进入新时代，12345市民热线不断改革升级，从2012年增设400个座席，到2019年，扩充至650个座席，并开通企业服务功能。时至今日，北京12345热线已经变成集电话呼叫、网络通信于一体的，具有多种互联网接入手段、多语言服务的市民热线服务中心。自2019年起，这条热线成为北京市“接诉即办”的载体。2020年全年，12345市民热线共受理群众来电1103.94万件，全市440万市民群众咨询过问题、反映过诉求，其中，受理疫情防控和复工复产相关诉求165万件，解决率达93.75%、满意率达94.18%……（此段资料来源：中宣部《时事报告》杂志社2021年2月25日《你知道12345吗？》）

看着这些实实在在的数字，怎能不叫人信心倍增？人民群众的美好生活，是由无数日常化的小事和具体化的需求构成的，这既有赖于国家公共服务体系的精准对接，更有赖于基层社会治理的有效保障。

在这之后，这条以前陌生又遥远的市民热线渐渐和我熟悉又亲近起来，我深深觉得，它是我们北京老百姓身边的一条可以依赖的热线，解决群众的操心事、烦心事、揪心事，为群众造福，让群众满意。

这个“群众”当中，当然包括我的母亲，和她的“老闺蜜”们。有了解决

自家麻烦的经验，在相当长的一段时间里，妈妈做起了市民热线的义务宣传员，用自己的亲身经历告诉街坊四邻，再有问题，有意见，有事情，就拨这个电话，有人给咱们这些老实巴交的市民做主。一时之间，大妈们个个斗志昂扬，仰首阔步，走遍了小区里的每一个犄角旮旯，把诸如“占道停车、乱倒垃圾、挤占消防通道、破坏绿化带……”问题向热线反映，而且很快就得到了解决。问题没了，委屈也跟着也没了，看着自己的生活环境越变越美，这些老人的心气儿也越来越顺，个个红光满面，笑逐颜开。

是啊，大家完全有理由开心！

在这座常住人口超过2000万的国际化大都市里，12345北京市民热线就像一个日夜无休的贴心管家，倾听并解答和处理着老百姓的大事小情。而这条热线的背后，整个接诉即办的过程，是绣花针穿起民生万家线，万家线勾勒出多元主体共建共治共享大格局，形成“百姓吹哨、全社会动员”的局面，体现了我党全心全意为人民服务的宗旨。

就这样，一条市民热线，正悄然改变着北京的城市面貌，也改变着“老北京”们的行为模式，修正着他们身上的一些“小毛病”。从今以后，再遇上事儿，可用不着“白巡长们”，或是那些慈眉善目的大妈出面和稀泥了，当然，也甭指望老百姓再忍气吞声，只能把苦水找家人倾诉，就像我母亲说的那样——现如今啊，真有给咱们撑腰的啦！

据女儿说，她的同学们中，也有不少热心的“小小市民”，随时发现问题，随手一拍，就转发到市民热线的微博，或者是微信小程序了，效果挺不赖。我听完，笑着点点头，虽然我也和女儿的同学们同样热心，但对我而言，要是再遇到有问题需要反映，多半还是会抄起电话拨打的。有了亲身的愉快经历，我还真想再听听那句亲切而温暖的——“您好，这里是12345市民服务热线！”

那时，我一定会回她一句：“您好，12345！”

遇见春天

王 琛

我在那双熠熠发光的眼睛里遇见了春天。

2021年2月25日，全国脱贫攻坚总结表彰大会上，中共中央总书记、国家主席、中央军委主席习近平庄严宣告："经过全党全国各族人民共同努力，在迎来中国共产党成立一百周年的重要时刻，我国脱贫攻坚战取得了全面胜利。"他面带微笑，眼神里跳动着光，就像太阳刚刚爬上山顶，春光无限。柔和的温度，跳跃的呼吸，照亮了整个世界。

"现行标准下9899万农村贫困人口全部脱贫，832个贫困县全部摘帽，12.8万个贫困村全部出列，区域性整体贫困得到解决，完成了消除绝对贫困的艰巨任务。"为了这一天，这一刻，我们命运多舛的祖国，我们的母亲，经历了怎样铭肌镂骨的磨难啊。我看到距今1300年前，杜甫的茅草屋被秋风吹破，悲怆中发出灵魂一问："安得广厦千万间，大庇天下寒士俱欢颜！风雨不动安如山。"岁月不居，朝代更迭。人们奋斗了400年，我看到陆游住的地方依旧是

“灶突无烟甑有尘，颓垣破屋越溪滨”。时局兴衰，历史的变换总是繁盛，背后却全是民间的疾苦。我看到了清代，曹雪芹念叨着敦诚的诗“满径蓬蒿老不华，举家食粥酒常赊”。在那些陈旧的时光里，穷困的影子像风一样无处不在。

5000年的苦苦求索，5000年的奋力拼搏，我们的祖国母亲几经困厄，几度绝处逢生，而今，她的14亿孩子，终于过上了有衣穿，有饭吃，有房住，有学上的幸福生活。

“为中国人民谋幸福，为中华民族谋复兴。”我听到中国共产党的铮铮誓言响彻了历史的天空。为了实现这个理想，她奋斗了整整一百年。

花开的声音

我在一朵花中睡着了，一个多么美好的梦。

我想我是撞进了春天。

我踏着薄曦感受树木的呼吸。鸟儿在协奏，花儿在歌唱。怎么会有这么多这么美的花，在树林里面，一簇簇、一片片地遍地都是。她们一开口，整个世界都安静。

旷古而今，有哪一位伟大的音乐家、诗人、画家、帝王将相，能接得住这样的美景？或许只有贝多芬、巴赫、凡·高、莫奈、杜甫、李清照、李后主、宋徽宗，他们共同出席这场花的盛宴，才能接住这横空出世的繁华。

这是哪儿，怎么会如此沁入骨髓地亲切？我沿着通畅干净的柏油小路，走进了美丽的街巷。次第排列的街墙灰边白芯，一种古朴又清新的气息扑面而来。满墙都挂满了花，让人眼里堆满了幸福。推开农家小院的门，满眼还是花，细细密密的花香撞在我身上，撞碎了我的梦。

这就是我的故乡吗？房山大石窝镇王家磨村。怎觉得她如此陌生？

若是凌乱不堪的土砖房就对了，若是纵横无序的坑洼小路就对了，若是铺天盖地的暴土扬灰就对了，若是灰头土脸的我的父老乡亲就对了。我们祖祖辈

辈都生活在这样的环境里，我吃着王家磨的土长大。

她不该姹紫嫣红开遍吗？你笑着问我。

你的眼睛里都是花。说吧，你的这个名字，马国翠，里面是不是也开着花？

你来当第一书记的那一天，我们村就是那样一片昏黄，像一帧阅历丰富的老照片。太阳的阴影铺天盖地地罩住你的视线，你把眉头皱得像风吹过的河面。

那时候，你为我的家乡愁得吃不下东西。王家磨是一个平原村，没办法靠山吃山；村里少得可怜的耕地，土层薄得盖不住沙石，除了能种点树什么都长不好；想着那就“靠水吃水”吧，你把目光投向了夹村而过的南北拒马河，看到的却是萧索芜漫的荒滩，那些石砾铁骨铮铮，带着源于自卑的硬气，硌得你心疼。

搞农业，没耕地；搞工业，不环保；搞养殖，没资源；搞观光，没风景；搞运输，交通远。唯一可以利用的，还就是拒马河冲过的枯河滩，留下了建筑行业离不开的沙石。但为了保护自然资源，国家限制开采。一个个念头携风而至，又在你的定睛处呼啸而去。你伫立在无情无绪的光阴里，忽然明白了一件事，为什么从20世纪50年代就开始的扶贫，只让这个偏远乡村跌入更深的历史尘埃。

你强打起精神，装出一副信心满怀的样子挨户调研，心里却百感交集。扶贫先识贫，越识心越凉。全村600来人，80%的青壮年外出奔食，低收入人群277人，几乎占了一半，其中还有数十个老幼病残，完全指望不上，称得上壮劳力的，是一些手不能提肩不能扛的妇女。这贫怎么扶？

你愁，天上的白云也愁，我的父老乡亲们更愁。何止是愁。

衣衫褴褛的李春明大叔斜歪在土坑上，看到你笑眯眯地推开那扇吱扭作响的破木门，眼皮都没抬一下。经年的贫困、彻骨的寒冷，让他对世界充满了仇视与冷漠。我不信有谁能解决他的困难，因为这个难，太难。

看看他住的房子吧，几根糟木桩勉力支撑着那被称为顶儿的地方，一刮风他就得往外跑，跑慢了说不定人就埋在里面了。阴天是愁，外面要是下大雨，里面就会下小雨，去寻个干松的地方睡觉是他唯一的念头。晴天也是愁，大毒太阳能从顶上直接照进屋里，让他没处躲没处藏。

就算把拨到村里的扶贫款都给了他，也补不上这个无底的窟窿，何况大家的日子都不好过，等米下锅的人可不止他一人。

你的眼圈红了，这让春明大叔心中一阵恼怒："装什么慈悲，无用的眼泪是能消灾减难，还是遮风挡雨？"要不是个女人，还是个晚辈，我猜他就开骂了。

生活已足够让人无奈，那些无济于事的虚情假意，更让人心生烦厌，还是省省吧。

出乎所有人意料，数月之后，春明大叔竟然坐在了窗明几净、别有韵味的新房子里。他看着他自己，恍若隔世。不仅是我，全村人都跑来看热闹。他那个风雨飘摇的家真的成为历史了？这个干净利索的老人是他吗？他66年的人生苦旅中，孤单一人，尝尽世间冷暖，何曾如今日这般有尊严地活过？

马书记，你真是办了一件大好事。

有谁见过凌晨4点的北京吗？我知道你见过。你在星辰与路灯的陪伴下穿城而过，从位于朝阳的家前往北京西南角的王家磨。你拉着满车的花苗，得一大早赶到村里，抓紧种下。

你又是考察又是调研，费了好大力气才想出这么个主意：既然什么条件都没有，就种花吧！林下可种、庭院可栽，活不累，没太多技术含量，村民不用出远门就能有份工作，何乐而不为呢？你站在村口，一会看看村里的土胡同，一会看看村外的小树林。你在想假如把这个土呛呛的小村，变成一座美丽的大花园，不也是一种别具风格的旅游特色吗？花苗是你找朋友求来的，花植可以自我繁殖，这真是无本生意，简直化腐朽为神奇啊！

你拉着一车的花苗志得意满地出现在村里，却傻了眼。村里没钱，只能让

两个人出工，每人一天80元的工钱。两个人辛辛苦苦干了一天，也没种下多少。这是新鲜的花苗啊，遇不见土就活不了，晚遇见土也活不了。

你的眼泪在心里汪着。这是大家自己的事，难道不给钱就不能花点力气给种上吗？送到嘴边的肉怎么就不能自己煮煮吃呢！你不明白自己这起早贪黑地是为谁呢，这求爷爷告奶奶地是为谁呢！你真想甩手不干了。

这就是我的父老乡亲啊，他们没什么文化，没什么长远的见识。出力要拿工钱，没工钱就不出力，他们对世界的认识仅限于此。

扶贫还得先扶志啊！我看到你咬咬牙，找村书记商量，想让党员发挥先锋模范作用。可是村里的党员一共20来人，都是五六十岁的老年人，身体还不好，这么多年了就没开过组织生活会，没发展过新党员，党组织形同虚设。这办法行不通。

你又找妇女主任合计。两个人拉来几个要好的姐妹，阵前成立妇女突击队。一共五个人，就五个人，你做了一面突击队的队旗，率先在上面签上了自己的名字。

以祖国的名义，以家乡的名义，以母亲的名义，以女儿的名义，以友谊的名义，以爱的名义！你带着妇女突击队把花苗精心地栽种下来，然后像对待自己的孩子一样照护着她们。风里雨里都是你们的爱，满园春色终来到。小小的王家磨砌红堆绿，蝶飞蜂舞，这生命的力量、这人间的芬芳，让王家磨成了京郊一隅令人惊心夺目的世外桃源。

你的宝押对了！我们这个小村要什么没什么，原始、偏远、闭塞，它的缺点不也正是优点吗？它古朴又生动，是原汁原味的旧时乡村，不带一点儿现代化都市的痕迹。那就打造一个原生态的美丽乡村，让城市中忙碌的人们，只要到这个花团锦簇的地方转一转，住住经过修整的老房子，吃点土灶炊烟下的农家饭，就能放松一身的疲惫，感受到质朴幽真的乡村趣味。你乐坏了，你居然真的把王家磨变成了一个网红打卡地，人们蜂拥而至，来了就不想走，走了还想再来。

你称她为“鲜花岛”，你把自己所有的梦都安放在这里。

你整顿党员队伍也是雷厉风行。健全组织机构，改选支部书记和委员，将积极要求进步的年轻人发展为新党员，每月20号定期召开组织生活会。如今，王家磨的支部建设健康有序，组织活动丰富多彩，党员积极参与支部生活，除极特殊情况会提前请假外，全部都会出席会议。大家还对村里的建设建言献策，发挥积极的带头作用。特别是新冠肺炎疫情期间，党员自觉参与抗疫工作，轮流在村里值班，不惧危险，不辞辛苦。群众也受到极大的鼓舞与感动，主动为值班党员送来开水和方便面。党群关系前所未有的融洽，在大家的共同努力下，我的家乡王家磨，在抗击新冠肺炎疫情中取得了巨大的胜利，全村生活井然有序，无一人感染。

为照顾为数众多的老幼病残，你还在“鲜花岛”上建设了老年照料站、图书阅览室、康复训练室、辅助器具室、文体活动室；为解决老百姓饮水问题，安装了水处理设备；为解决百姓出行困难，安装了候车亭。

过去踯躅不前的养殖场，因为疫情被国家限制发展，仅有不到100只鸡，产蛋量极低。现在被你打造成了漂亮的体验观光园，里面放养了鸡鸭鹅等家禽，还有孔雀、鸵鸟、火鸡等野禽，孩子们来了，可以捡捡鸟蛋，与孔雀比比美，与鸵鸟和火鸡合个影……孩子们跑来跑去地忙碌着，快乐的笑声溢出来，把整个王家磨填得满满的。

小小“鲜花岛”，不仅宜居，更宜游，从以前远近闻名的落后村变成了享誉京城的最美乡村。

我们村那个最穷困的孤老头春明大叔，如今成了最美乡村的志愿者和代言人，他会主动打扫街道和村部，还在自己的庭院里接待八方游客，给他们讲述那并不遥远的故事。

谢谢你马国翠，你让这古老的乡村换了人间。

“听，这是花开的声音。”你像是捡拾起了我被撞破的梦，拼成一幅隽美的图画。哦，不，我知道，这不是梦。

遥远有多远

“你知道遥远有多远吗？”大兔子问小兔子。

“遥远就是从这里到月亮上那么远。”小兔子躺在大兔子怀里，仰头望向天边的月亮。月华如水，温柔地洒在人们身上，这是一个静谧又美好的夜晚。

“那你记住，我对你的爱，就是到月亮那么远。”大兔子笑笑，将小兔子放到床上，深深印上一个吻，“晚安，我亲爱的小兔子。”

天还没亮，小兔子还在甜甜的酣睡中，你已背起重重的行囊，踏上了一条艰辛又未知的行旅。

时值2020年3月，当新冠肺炎疫情正在全国范围内肆虐横行，你受北京市民政局党委委派，担任第十批北京市援助新疆和田县工作队的副领队，逆风而行，去了那片广阔的土地。

一切都是陌生的。陌生的环境，陌生的人，陌生的工作……可你顾不上适应，你没有这个时间和条件，必须尽快进入角色开展工作。

“冯斌老弟，我想了解你在和田的工作。”隔着千山万水，我在北京向遥远的新疆发出信号。

整整一天没收到消息。看到微信上你的名字右上方出现个小红点时，已是第二天清晨。一看时间，你发消息时正是夜里两点。

“姐，不好意思刚看到。”

我才知道你有多忙。除了工作队的团队建设，你主要负责招商引资、工业产业、行政服务、机关事务、政务公开，你要联系北京市对口援疆前方指挥部，要布防三个乡镇的疫情防控、要督战七个乡村的摸底调研……一到岗位，你就忙得昏天黑地，晚上11点下班算是早的。你40岁的人生经历中，高考甚至考研，都没这么忙过。我惊讶怎么会有这么多千头万绪理也理不清，干也干不完的工作，你没空回答。

这一天，当你终于将手头的事务处理利落，把第二天的工作做好安排，已

是深夜。星星那么遥远，又是那么明亮，这是你这辈子见到过的最美的星河。可你顾不上欣赏。你头昏脑涨地，匆匆洗漱完赶紧上床躺下。你必须尽快入睡，因为第二天还是一场恶仗。

“丁零零……”一阵急促的电话铃声响起。你迷迷糊糊拿起手机，是一个女人的声音。

“冯斌，我在武汉。”

“哦，好的，好的……”你喃喃地答应着，把混沌的夜拉得很长很长。

当铃声再次响起，已是第二天的早晨，半睡半醒间，你以为是自己不小心挂断了电话，明白过来却发现是闹钟。

你一跃而起，匆匆开始了新一天的行程。这是你第一次进直播间，一点都不紧张。对你来说，这些美味又营养的戈壁骏枣和薄皮核桃，就像你带大的孩子，你希望他们飞出这漫无边际的大沙漠。你头一次知道，自己还有当网红的潜力。你想着和田还有兔、鹅、鸽、鸪、羊等特色畜牧业，有葡萄、枸杞、辣椒、食用菌等特色农业，这么多可开发的产业，都可以通过互联网推广。

和田的夜与内地的夜不同，她是活的。她什么都不说，又通晓一切。你待在这样的夜晚中，时间从未流逝过。这就是你的夜晚，你每天的夜晚。当你再次回到床前，忽然想起了昨晚那个电话。沉默的夜晚提醒了你。

那是谁？说了什么？

武汉，谁在武汉？

夜晚不说话。你很快又进入了梦乡。

华灯初上，夜幕下的武汉带着一种醉人的诱惑。2020年9月，这个刚从大风大浪里挺过来的城市，还没有完全休整好，但她那与生俱来藏不住的风韵，那历尽沧桑而不屈的气息，已在每一棵街树、每一盏路灯、每一家店铺、每一串脚步，甚至那高远的天空，那天空上的星星，那所有能看到、闻到、听到、感受到的地方表露出来。

“任何地方都和人一样，有自己独特的气质，要想真正了解她，就要看她

的每一个小细节。所以要去走、去看、去体会。”在人大读研究生时，还是她男朋友的你就这样承诺，“以后有空了，咱们每个地方都走一走。”

武汉，是你答应陪她去体会的一个重要的诗和远方。近10年过去了，如今她终于踏上了这片土地，可行李沉重，身边没有你。城市不语，陪伴着孑身独行的旅人。世界空空荡荡。

“珊珊，小宝病了……”当电话铃声在静夜里响起，她心头一惊，一下子回到了现实。

电话里，孩子剧烈的咳嗽声不断传来，像催雨的雷，令她心急如焚。

她到武汉出差一周，刚离开家，孩子就出了状况。家中是年迈体弱的公婆，老两口半年前特地从山东来帮着带孩子，一到京就赶上疫情，家门都没出过。这半夜三更的，医院去不了，药房也不认识。生活啊生活，考验人可真会挑时候。

她赶紧在美团上下了单，特别叮嘱快递尽快把药送到家里。

家里一定已是一团糟了。公婆身体本就不好，平时对付这个上蹿下跳的半大小伙子已是力不从心，这又病了，可怎么是好！她感到自己从未有过地无助，像树上的叶子，又像天上的云，被风吹得东倒西歪。深夜的凉意加深了她的孤独。

可怕的焦虑如影随形地折磨了她整整一周，她彻夜难眠。想到那一晚，她拨通了你的电话，叮嘱你要注意身体，别担心家里，却听到了你沉睡的鼾声。她感到欣慰。你躺下就着，一点都不焦虑，这多么好啊。她庆幸自己在最关键的时刻藏起了脆弱。

每一天她都会给家里打电话，希望听到孩子好转的消息，可是没有，直到她完成工作匆匆赶回家，你们的小宝还在撕心裂肺地咳着，老人也因疲惫病得不轻。

她带上老人孩子上医院，排队、挂号、检查、取结果……这边跑完那边跑。紧接着就是吃药、雾化、输液，三天后孩子渐渐好转，却落下个慢性咳的毛病；老人更是好久才缓过劲儿来。

她真想哭，可是她不敢。在强大的现实面前，她不敢露出一点点的怯懦。她眼睛里不能有泪水，脸上一定要挂笑容。因为她不再是你背后的那个小女人，她是孩子的母亲，是老人的依靠，是冲锋陷阵的你最可信赖的大后方。

从前白面书生的你，如今已皮肤粗糙、面孔黝黑。你还在忙碌着，黑夜接着黑夜，并不知道家中发生的事。当你通过对接中航工业集团，把新上市的农产品全部销售了出去；当你洽谈的江苏纺织企业项目落地、四川液晶电子产品生产企业签约；当你协调解决了县扶贫工厂订单减少的问题；当你向原工作单位北京市民政局提出申请，解决了幸福大院项目缺口资金200余万元，提升了当地养老服务水平……你觉得所有那一切付出都值得，那些殚精竭虑的思考，那些昏天黑地的忙碌，都变成了一颗颗闪亮的星星。

夜深人静，你也会想念远在北京的家，想念父母，想念美丽的她和那个淘气的小兔子。可是你知道，那个遥远的地方是你的牵挂，也是你的底气。你们这一家人啊，像是战友，肩并肩背靠背，放心地把最薄弱的地方交给对方；像是环环相扣的链条，任何一个人都不能掉链子。你们之间也有儿女情长，但比不过那更深的家国情怀。

我说，你像岳飞，精忠报国。你的家人像岳母，把精忠报国刺在你背上。和你们一家住在一个小区，我仿佛住在春天里。

“爸爸对你的爱，像月亮那么大，那么远。”终于有一天收工早，你可以在视频中见到那可爱的小兔子。

“爸爸，我对你的爱，比月亮还要大，还要远。远得越过了月亮，远得看不见。”小兔子指着天上的月亮，目光穿透月亮，看向那更加遥远的，遥远的地方。

太阳照在桑干河上

老话说，桑葚红的时候，桑干河就干了。5年前，你背着重重的行囊来到

桑干河畔，徘徊又徘徊。你的心里一片凄凉，如同脚下河滩上那悲怆的沙石，如同遥远天边那寂寥的夕阳。你在微信朋友圈向老天发问：“如果把全天下的桑葚树都砍光了，我面前的这条河会不会就有水了？”

没有人回答。风也不言语。

距河不远处，就是你的新战场。那是个被世界遗忘的小小村落——常家庄。我不知道你是以怎样的决心走向了她。

河北省张家口市阳原县井儿沟乡，你说你无法想象，这贫瘠荒芜的土地曾是令人向往的鱼米之乡，无法想象这里也会有鸟语花香的清晨、水波荡漾的黄昏。地壳的变迁，大自然的物竞天择，那片古老的湖泽不知藏到了哪里，而今只剩下这一片土层薄、岩层厚、地下水资源匮乏至极的不毛之地。常家庄在井儿沟的西北方向上，一片薄土喂不活庄稼更养不了人，年轻人早已拖家带口地离开了，只剩下迟暮的老人，皮肤的沟壑中流淌着岁月的沧桑，头发的枯槁里辉映着晚日的落寞。他们住在几近坍塌的窑洞里，守几亩薄田，过着日复一日重样的日子。村里有两口灌溉井，一口已使用近40年，设备老化，像那些老人一样衰败；一口刚刚打好，没有配套设施，像襁褓中孩童的柔弱；虽然有自来水，却因为管道残漏，三天才能通上一次，老百姓用水缸贮存，勉强维持人畜的饮用。这是真穷啊！靠老天恩赐种一些杂粮，产量低得可怜。

甚至比不上夕阳，夕阳还有余晖。常家庄是被黑暗笼罩的黑暗。我看到你常常站在常家庄残破的窑洞口，仰头望夕阳，双唇紧闭，目光迷茫。我忍不住问你：徐海龙，你要怎样才能赶走这片土地的忧伤?

你说你是河北省体育学院思政部的书记，肩负党的重托；你是体育人，你有永不服输的精神；你们的团队有三个人，“三个臭皮匠，能顶个诸葛亮”。

一定要让老百姓过上安定的生活。你们下定决心，不完成任务绝不罢休。从易入手，首先解决生活用水和灌溉问题。完善新井配套设施，改善旧井老化设备，铺设输水管道，增加水浇地面积；修缮自来水地下管道，新建蓄水池、机井房、机井配电室等，保障百姓饮用水的使用。

你告诉我，时至今日，这里的老百姓已和城里人一样，随时打开自来水，随时有新鲜干净的饮用水了。

你们还要改善百姓的住宅环境。如果说别的地方还可以危房改造，这里则必须推倒重建。在国家政策的支持下，在你和团队的共同努力下，你们为常家庄新建了45户住宅，13户幸福院。

如今的常家庄早已今非昔比。每户三间砖瓦房，120平方米的大院子，电力充足，水道畅通。从建村起就存在的，不知是上百年还是上千年的露天茅厕，终于在人世间消失得无影无踪，取而代之的是上下水畅通的室内卫生间。你告诉我，这里世世代代面朝黄土背朝天的老百姓，已经改变了生活习惯和卫生习惯，过上了现代化的文明生活。

可是你们并没有舒口气。百姓的日子只是改善了，却远没有真正脱贫。真正脱贫靠什么？靠有生命力可延续的产业的支持。在这远离城市的地方，这事怎么搞才是你们真正面临的难题。

你们开始研究当地资源，那精神像这里的大石头块，低调又顽固。常家庄是“两山夹一川”的地理位置，美丽的桑干河曾经迤逦而过，难道留下的仅仅是荒芜的沙粒？你们不信这个邪，取土采样，聘请专家前来勘探，终于发现了母亲河的秘密！这里的土地竟然富含丰富的微量矿元素，而北纬39°的光照与温差，方圆百里无工业化的环境，让这里构成小杂粮天然的黄金产地。山为父水为母，原来这山水父母如此慈悲，一直都在暗中护佑着他们的孩子。

太兴奋了！也太感动了！你们眼含热泪，开始了新的奋斗征程。你们发现一种当地特产小米，色泽金黄、米油浓稠、入口醇香、营养丰富，远在明清时当地百姓就已耕种，距今已有近千年的历史。百姓称它为贡米，可以猜想也曾有过辉煌的历史。

这么好的东西当然娇贵，它的抗药性极差，不管是长效农药还是短效农药，只要接触就会死亡，所以从种植出苗到成熟期这个漫长的过程中，任何一个环节都不能接触农药。从前这种小米因为水资源太差所以产量极低，而今，

常家庄这个无污染、原生态，又改善了灌溉条件的地方，简直就是它的洞天福地。

这就是号称“8311”的黄小米。当它与众多高品质杂粮被种出来时，你兴奋得眼睛都红了。你为它们取了个辨识度极高的名字：弘州原。据传早在辽宋时期，穆桂英大战弘州城就在此地，而这些小杂粮使用传承有序的传统种子，采用原始的耕种方式，施农家肥，在绿色无公害的环境中成长，带给人的是最原始的口味，最纯粹的营养。“弘州原”，你穿越呼啸而过的历史找到了它。

如你所愿，“弘州原”一经亮相，便一炮而红。2020年6月，你们尝试了一次网络直播销售，居然吸引了7万粉丝在线互动，现场杂粮被抢售一空。这一年，全年共销售各种杂粮2万余斤，销售额20余万元。“弘州原”带着常家庄百姓的殷殷期望，挥动着翅膀飞出小小村落，飞到千家万户的餐桌上。

这还不够。你们还通过村级420kW集中式光伏电站收益，设置贫困户公益岗位，实现户均增收3000多元；通过27kW分散式光伏项目并网发电产生效益，全村46户贫困户全覆盖；入股张家口正奥新农业集团有限公司生猪养殖、入股绿晟园农牧科技有限公司肉牛养殖。这些产业项目使常家庄的老百姓在耕种之外，还有了闲钱可拿，算是彻底摆脱了贫困。

2019年，你发现不远处水声滔滔，有大片大片的浪花从上游奔腾而下。经年枯竭的桑干河竟然沸腾了！河边的小草比人更快地知道了消息，早早探出头来；鱼虾顺流而下，水鸟跟来了，春风也跟来了。金色的太阳跃入水中，被欢快的水浪搅成碎片又合拢在一起，像在跳一支神秘的舞蹈。大块大块的卵石找到了脉搏，重又呼吸起来。老百姓脱贫了，桑干河畅通了，这岁月的经纬交织成人间一幅壮美的画面。你再一次行走其间，心里敞亮。撷一片凑热闹的树叶，抚摸那纵横交错的叶脉，你仿佛看到了一路走来的艰辛、复杂与甘苦自知。

距离你来到常家庄已经过去5年多了，前两年你是队员，后三年是队长，你的搭档换过几次，你们一起向组织交上了一份考卷，百姓给了最高分。

可是你依旧眉头紧锁。

你深知扶贫不是一阵子，更不是一辈子。你的任期已满，随时都有可能被召回，可你心里还有一件最重要的事没有办成。目前，常家庄还都是老年人，年龄基本在60岁以上，能干活的只有五六个人，也50多岁了。脱贫的常家庄还远没有自我成长的能力，若不解决这个问题，返贫的概率极大。

你必须想方设法把在外务工的年轻人吸引回来，让他们亲自参与家乡的建设。唯如此，常家庄才有生命力，小小村落才有可能长治久安，你也才能睡个安稳觉。这些天，你比以往更忙了，如从前一样躬行在这片日渐繁茂的土地上。你在规划草莓育苗大棚，规划村合作社养殖基地……这些项目落实了，年轻人在家门口就能挣到钱，谁还会背井离乡地外出打工！

太阳照在桑干河上，波光粼粼的水面倒映出一张张朝气蓬勃的脸，那是你们这几个不老男神的，是村里老树发新枝的百姓的，也是那些匆匆往家赶的年轻人的。

我在歌声里遇见了春天。

我看着春天笑，问：不是有人说，没有人会高过一座山吗？春天也对着我笑，她说：还有人说过，没有比人更高的山。

春天告诉我，中国共产党是一艘在南湖上起航的小红船，100年来晨起扬帆，暮来定航，带领中国人民翻越了一座又一座高山。这艘红船上，有太多太多不知疲倦的水手。

如今，在船长的领航下，在水手们的奋力搏击下，红船已经登顶贫穷这座高峰，让世界为之瞩目。但前方还有更高更远的山，红船还会勇往直前，带着它自始至终的信念，跨过一座又一座山，驶向更遥远的地方。

我知道，我坐在这艘船里，在梦中都会笑出声来。

北京有了“西藏蓝”？

长　江

2021年春节，为了赶一部庆祝建党100周年的书稿，大年三十家人一起吃了一顿年夜饭，我就把老老少少都轰走，一个人像躲疫情一样地“自我隔离”起来，直到正月十二单位恢复了因新冠肺炎疫情终止了一年的例会，我不得不去。此外，就没有让自己外出过一天，就连女儿一家邀请我去京郊两日游的农家乐，我也扫了大家的兴，没有去。

不过女婿到了地方发来了一组照片，说：“妈，馋馋您，我们到延庆了，这里的空气太好啦，天很蓝，这趟您没有来真是可惜，不过我不多说了，您自己看照片吧……”

我知道孩子们“扰”我，是为了怕我一个人在家里写作，打开电脑一坐就是半天，想让我站起来走一走，看看照片，也能休息一会儿。

我就暂时离开了电脑，举着手机在屋里转，边看边转，便转边看——嘿，你还别说，延庆的天，还真是蓝得可以——饱满、坦荡，女婿说都有点像西藏

蓝了，也并不过分。

说起西藏，我更后悔没跟着孩子们一块去享受享受假日，大口大口地呼吸一下难得的甘美空气——29年前，这种“大口大口的甘美”我是随着中国作协的一个少数民族代表团赴西藏采风时享受过。那个团我们是从北京先飞到青海，然后在西宁的一家部队医院里做完了体检，就坐上吉普车，沿青藏公路入藏。当时的青藏铁路还没有修，坐火车进藏还是一个梦。不过，天之蓝我是从来也没有见过的，那种纯净、浓郁，同时又稀有且真实的，如康巴汉子的健康与帅气——让我美美地享受了40天。

回到北京，我是说从拉萨刚刚降落到北京的首都机场，还没下飞机，我的心就被堵得难受。“西藏蓝”被北京的“灰蒙蒙”替换，加上醉氧，头都是大的。到了家就跟先生吵架，没什么大事，就是心里不爽。先生说：“难不成你根本就不想回来？”我立刻顶了一句：“对，要是可能，我立刻买飞机票回拉萨！”

北京怎么能跟西藏比呢？

我知道我自讨没趣。

两个地方，地理条件、气候环境都不同，非要比，那是拿我这张蒙古族女人的脸去撞维吾尔族姑娘的高鼻梁、深眼窝，错不在脸，比的是有点愚蠢。

但时光移到了2021年，北京郊区的延庆，真的是有了些许“西藏蓝”？至少很像西藏？

女婿发来的“实证”，有照片有影像，山是清凌凌的亮灰，天就是蓝到浓烈并纤尘不染。我不由得走近了自家的窗户，弯腰抬头地想看看北京的市区：“唉，你还别说，北京市区的天，今儿，也漂亮啊，天空也是蓝蓝的，给出了少有的清纯，尽管这和延庆比，指定还是淡，但那也不错了，已经是——很够意思了！”

记得2004年，我刚从央视总部外派到香港亚太总部（开始是香港记者站）做首席出镜记者，那时北京的天还让人有种“想逃离”的感觉——若是下雨，

天灰灰的，你就给不出埋怨的理由，但是不下雨了，天气预报报的明明还是“晴天”，可那天，锅底一样，太阳被晕在厚厚的雾霾里，总是想争辩——自己其实并不是那样乌涂。

从什么时候开始？

北京的大气变得越来越不清爽？

别说不能跟西藏比，就是跟香港比，也比不得！

20年前我初到香港的时候，天也是蓝蓝的，无论刮风下雨，春夏秋冬，海风一吹，仿佛每天什么脏东西都能给吹走。尤其是美丽的维多利亚港湾，你抬头看，天空蓝；身旁看，海水蓝，坐着“天星小轮”（一种渡海的摆渡船，依然保留着100多年来的老样子）横渡港岛与九龙，或就在岸边碰巧闲暇走走，那满目的洁净辽阔——也让人很受用。

不过自小咱是北京人，子不嫌母丑，嫌也没用。尽管自己关起门来也经常会吐槽：“这是怎么啦？北京的空气质量为什么会突然就变得这么差？一点都不宜居了？”但听到别人埋汰，还是不愿意听，心里不舒服。

驻港的时间长了，我知道香港除了铜锣湾、海港城、西贡、大屿山、迪士尼，此外还有更多好玩的去处，比如郊野公园、长岛、愉景湾、赤柱，以及包围着香港的200多个离岛……我和先生就经常带着朋友，当然都是一些内地来的朋友，去那些大部分内地人很少知道甚至听都没有听说过的“美妙”之地。

只是所有的“美妙”，都离不开天。

香港的天偏偏“好蓝、好透”，这就一边玩着，朋友们一边总会不住嘴地赞美——原来香港的空气也这么好——嫉妒羡慕恨吧！

不过，曾经的北京，难道就没有蓝天？不。

远的不说，就说一个半世纪前，那时的皇帝出行，黄土垫道、净水泼街，即便是皇帝不离开紫禁城，老百姓的日子也是每天都在蓝天白云之下游走，晒太阳、遛弯儿、逛街、叫卖，赶着骆驼送水，提着鸟笼溜达，大口喘气，优哉

游哉……

事实上，3000多年前，先是周武王灭了商，封帝尧的后代于蓟，所以北京最早的名字是叫“蓟城”；到了辽，辽之都就在今天的内蒙古，北京是其在南部的一个陪都，便称“南京”或“燕京”；而到了金，金朝海陵王完颜亮正式建都于此，称为中都，就是“国家首都”的开始；接下来的历史，现代人就已经很清楚了：元、明、清，不同的朝代对北京有着不同的称谓，北平啊，北京。

那么1421年，明成祖朱棣为什么要选择定都北京？他究竟看中了这块地方的什么风水？有一年，我在采访北京市规划展览馆的时候，听副馆长胡大欣先生讲解：朱棣当年看中的是北京的这几样好东西——“一山、二水、三路、一平原”。

“一山”，好理解，指的是太行山，太行山是昆仑山的支脉，昆仑又被古人认定为龙脉，所以定都，要先找龙脉。

“二水”，分别是指被喻为北京“母亲河”的永定河和潮白河。永定河河水经常泛滥、飞沙走石，冲击造就了北京城；而潮白河的河水则水量充足、四季温和，养育着北京，默默地奉献。

“三路”，是指北京以京城为中心，分别向正北、东北、正东放射出去的三条道路，这三条路今天仍然被我们沿用，一条是出南口，可达内蒙古高原；一条是出古北口，可达东北；另外的第三条是直接往东，可到辽宁……

最后“一平原”是什么意思？就是指北京这块占地6000多平方公里的一片平地，是帝王之域，有博大的胸怀。

胡大欣告诉我：古老的北京城，有着3000多年的建城史，850年的建都史，在世界城市建筑史上都可圈可点。当年马可·波罗都给过“点赞”。它的地理位置、地形地貌，背靠太行、整个城市被大山揽在心窝，好像“椅子座”。南面，特别是西南，也是沿太行山麓一脉发展起来的诸多城市，包括河北的保定、石家庄、邢台、邯郸等，这些城市的工业化生产如果带来空气的污染，那

么要是赶上东南风，混合了PM2.5的空气也会自然不断地飘向北京，遇到身后的大山被阻，坏空气就没有地方飘了，也会滞留下来，所以北京的空气如果恶化，也不是没有基础的条件。

回头再说香港：记得最刺激我的是2010年，我和先生又带朋友去郊野公园——香港的阳明山庄，那是离我们中央电视台的宿舍——港岛“跑马地”开车只需要15分钟就能到达的一处休闲之地。说是公园，“阳明山”并没有大门，不收门票，也少有游乐设施。有的就是自然的山水树木。人们来到这里，一是为了“行山”（发hang音、二声），二是为了烧烤。港府为了市民着想，在很多郊野公园里都配备了野餐用的烧烤炉和长条的石桌、石凳，游人只要带上生炭，事先在家里腌好了食材，或干脆就到附近的大超市里买，交上100块钱的押金，就可以推走一辆车，绕着修得很好的山路，走够了，出透了汗，然后择一处心仪的烧烤场，停下来展开桌布。

我们那天就是定好了地方，大家集体动手，有人往外掏食物、装盘、拿餐巾纸、摆一次性的碗筷，有人就在一旁的炉灶点火、支篦子、穿肉、烧烤，边说边笑，喝着啤酒饮料，大快朵颐。

就这一次，一位朋友吃着喝着，酒意有了七八分，慢慢地就不说话了，脸透过树隙望向天空，眼里还噙了一些泪。我说：“哟，这是怎么了？大家都挺高兴的……”她说：“啊，没什么，我在看天。好久好久都没有见过这样的‘蓝’了。”

众人不解，一个蓝天，竟能让这位北京姑娘如此感慨，还至于“满含热泪”？

不对。

我站起来拉着姑娘走到了离火场十几米远的山坡，悄悄地问。

她说她想离开北京，正犹豫着，说着就突然抱住了我，说：“姐，你和我姐夫就留在香港吧，咱北京现在的生活，可艰难了，路堵、房贵，此外还有环境，头顶几乎没有蓝天，雾霾，也就是PM2.5，很重很重的——过去我说自己

是北京人，还挺自豪的，可现在……”

“啊？PM2.5？”那是我第一次听到有这个东西。

后来认真地一查，懂得了“PM2.5”就是指一种非常非常微小的颗粒，人的肉眼看不到，却可以把这种颗粒带着毒素，呼吸到肺里，影响健康，还致癌。

难不成就是它，遮蔽了北京的蓝天？混沌了北京的空气？让外地人甚至对北京秋高气爽、满山红叶的秋景印象也大打了折扣？

2014年，我没有留在香港，思前想后地还是跟着老公要照顾他健在的父母，以及孩子们也要在北京发展，回到了北京。

我知道我的“回”是必需的，但是不大情愿。只是人活着，总不能只为了自己。

果然，回到北京，每天的清晨，我经常听先生大喊一声：“唉，别开窗，今天的PM2.5又超标了！”要么就“快关上窗户！这样的天，开窗，也没有多大的意义”。

……

我不愿意抬头，不愿意戴口罩，因为抬头也看不到蓝，口罩戴着就憋，哪里还敢拿什么北京的天和香港比、和西藏比？

重回CCTV总部的第二年，我受命为我的娘家栏目《新闻调查》做一期“疏解北京非首都功能”的电视专题，我对领导说：“好，这期节目我愿意做。我得亲眼看一看咱北京的情况，人口、环境、住房、交通、资源，到底都处于啥样的地步。那个人人谈起都很泄气的‘PM2.5’究竟有多厉害，是怎么来的……”

接着，紧张的采访开始了，我们摄制组先后来到了北京市发展改革委、市交通委、市环保局、水务局、交管局、发展研究院、规划设计院、北京大学、清华大学等，所到之处，所见所闻，都让我这个“老北京”大出意外，而且感到汗颜。

为什么会“汗颜”？

我对北京的了解实在是太少了。

北京作为一座古城，它承载着数百年的沧桑，近百年的发展，没有一件事情是没有原因的，一句话：成就斐然，不堪重负。北京人是委屈的，北京这座老城：空气、绿地、河流、地下水，也是“委屈”的……

一堆的问题，如果只说空气污染，我在市环保局的大气处询问了一位美女处长，她说“PM2.5浓度，2016年已经比2013年下降了19%”，我很礼貌地打断：“处长，成就咱就不说了，您看老百姓天天盼着蓝天，但一会儿是黄色预警，一会儿是橙色预警，一会儿又是红色……我们的节目想具体地探讨一下成因，还有政府是如何治理的。”

美女处长表示认同，说好。“2016年年底，北京PM2.5的年均浓度为每立方米73微克，的确是已经超过了国家标准的一倍多；那如果说‘优良天数’，全年占54%，也就是还有一少半的时间是‘欠优良’。”

我很感谢这位处长，她坦诚、务实，尤其采访过后，她还专门带着我们摄制组拍摄了遥感监测技术实验室以及位于他们环保局大楼楼顶的空气监测装置。那个装置，在北京有8处，分别从不同的地方进行采样，然后利用卫星遥感技术，对样品、对北京的大气污染情况，比如颗粒物、沙尘、秸秆焚烧，还有二氧化氮、二氧化硫之类的污染气体进行分析，为的就是识别精细污染源，提供清单，最终为环境监管提供目标和靶子。

那么我的核心问题又来了，北京的大气污染，罪魁祸首是谁？如果是PM2.5，那它究竟是从何而来？

其实为了搞清楚一些学术的问题，我们摄制组主创人员早在做节目之前就曾拜访过清华大学的环境学院，请专家给我们普及常识。贺克斌院长就很权威地解释：“PM2.5，就是指环境空气中‘空气动力学当量’直径小于或等于 2.5 微米的颗粒物，其化学成分主要包括有机碳（OC）、元素碳（EC）、硝酸盐、硫酸盐、铵盐、钠盐（Na^+），等等。如果PM2.5较长时间悬浮于空气中，那

么，它的含量浓度越高，空气的污染也就越严重。而且这种微小的颗粒假使与较粗的大气颗粒相比，它粒径小、面积大、活性强、还很易于附带有毒、有害的物质如重金属、微生物，对人体健康和大气环境质量就损坏更大。”

在环保局大气处，我怎么也没有想到，就当我和美女处长接着往下讨论PM2.5的成因时，她打开了一幅电脑PPT，指着一张在投影屏幕上放大的“饼图”告诉我：“您看吧，您先好好地看一看这张图——”

这张图？

从图上我可以很清楚地看到北京空气中的PM2.5的“贡献率”（这是学术语言，其实就是“来源”），其中“机动车排放”占去了31.1%，是大头；燃煤占了22.4%；工业生产占比18.1%；扬尘占比14.3%；另外还有一项就是“其他”，只占去了14.1%。

也就是说，“机动车的尾气排放”——构成了北京PM2.5的主要成因？

这个概念一入脑，说老实话，我真的不信——怎么会呢？

尽管2004年到2014年，我有10年的时间不在北京，但我的家在这儿、根儿在这儿，我还是知道我们的北京，从2009年就开始机动车限号了，跟着两年，又开始限购，老百姓对此还认为“很不方便”“很不公平”——哦，前面的人随便买、随便开；后面的，就得摇号？

但即使是这样委屈，汽车尾气对PM2.5的“贡献率”还是最大的？

但事实就是事实。

柴油车的排放，车屁股突突突地冒着黑烟，是污染大户，可以理解，但小汽车呢，也有责任？

小汽车的排放颗粒更细，更容易与气体当中的氮氧化物、碳氢、VOC形成硝酸盐和有机物，这些东西一旦排到空气中，更会“复合生成”，与大卡车的“直接排放”也构成着两种殊途同归的不同污染方式。

哦，真是不了解不知道，知道了吓一跳。

北京开始重视，不重视就没有限号和限购。

2014年2月26日，这一天，从老百姓“过日子”的角度上看或许太平常、太短促，只是一闪身、一瞬间；但对北京这座古老的都城，却要动大手术，是里程碑：城市结构、功能转变，尤其是对因人口膨胀、交通拥堵、资源短缺、环境恶化等带来的北京“大城市病”，政府要加大治理，手段非同凡响。

这一天，习近平总书记在北京视察，经过全面细致的调研分析，他作了重要讲话。这个讲话原版我没有看过，但其精神和纲领在随后的采访中，我是不止一次地听说、领会。

习近平总书记说，北京不能再这样继续下去了，“城市的建设不能像踩西瓜皮，滑到哪儿是哪儿”。——这是他的原话。北京已经患上了的“大城市病”，如果得不到有效的治疗，“不但影响了人民群众的生活健康，也直接影响到了祖国的形象”。

是什么造成了“大城市病”？

习近平总书记深刻指出：“实际上我们发展的最主要的问题就是功能过多，过犹不及。”

“功能过多，过犹不及”？

这就是北京的“病根”？

同时也是未来治理的减压方向？

答案是毋庸置疑的。

做完《直面北京大城市病》节目之后，接下来我们的节目还要介绍北京如何开始疏解“非首都功能”。这件事表面上看起来跟雾霾、跟PM2.5没有关系，但实际上关联极大。

根据采访日程，这一天，我们来到了北京交通发展研究院，见到了院长郭继孚。郭院长说到“北京大城市病”，首先也是给我看了一幅PPT，他说这幅PPT就是“证据”，或者说是会说话的“现实证人”。

图上有北京市人口快速增长的记录，也有机动车保有量迅猛增长的记录。

先说北京市的人口增长：2009年全市常住人口已经发展到不堪重负的

1860万人，到了2010年，又增加到了多少？1961.9万人，您看——整整多出了100万人！

再看“机动车的增长”：2009年北京市机动车的保有量已经达到了车路矛盾要激化了的401.9万辆，那到 2010年呢？您再看——480.9万辆，一年之间猛增了80万辆！

人口陡增100万人！

机动车猛增80万辆！

这两个数字，都是一年里的增量？

我立刻想到：人多了不仅仅要住房、要吃饭、要工作、要上学、要看病，还要出行，而越来越多的汽车出现在马路上，PM2.5的污染不就会越发厉害吗？

尽管专家们都说北京的空气污染结论是“多因一果”，但北京要变，要启动大思路、大战略，不管周边城市如何会对你的大气质量带来过影响，但你一年人口激增100万人？机动车激增80万辆？这怎么收拾？

郭院长具体地问我：“您知道80万辆车是个什么概念吗？”

我一时语塞。

他说：“一辆车加保险杠，就算5米长（有的还不止5米呢），乘以80万辆，占地有多长？400公里啊！您想想，这400公里，首尾相连的车队，一年之内开进北京，开不动就怠速地排放，还不要说没地方停，我们北京的城市都变成了停车场，又能经得住每年80万辆地增长几年?!”

那天回到家，我忍不住跟家里人说，这下我可算都明白了，为什么2011年北京要开始房屋限购，车辆限购？之前2009年还已经开始了车辆限行？不限不行了。不限，谁都没法活、没法上街、没法喘气。

而下决心要治理的第二年，再看电脑PPT的分析图：2011年北京市的人口、车辆，图形立刻就出现了“大跳水”，这是“双限”的结果。当然“跳水”之前已经摊大了的“量”如何处理？慢慢地消化吗？不，北京市决心治理的方

案是立体的，旗帜就是“疏解北京非首都功能”，与此相关联的霹雳手段，大刀阔斧，史无前例！

2017年2月5日，市长蔡奇在中央媒体“京津冀协同发展调研行”的专题座谈会上，对疏解北京“非首都功能”提出7个“就是”:（就是）供给侧结构性改革,（就是）调结构、转方式,（就是）“腾笼换鸟”,（就是）提升城市发展质量,（就是）改善人居环境,（就是）缓解人口资源环境的突出矛盾,（就是）更好履行作为国家首都的职责……

我数了数，还真是又7个“就是”，这7个“就是”包含了连北京市政府都要转移，要转到北京京东的通州区（过去是县），也包括：2017年4月1日，新华社和我们央视的新闻，突然都播出了这样的一条“重大消息”——“日前，中共中央、国务院印发通知，决定设立河北雄安新区。这是以习近平同志为核心的党中央做出的一项重大的历史性战略抉择，是继深圳经济特区和上海浦东新区之后又一个具有全国意义的新区——是千年大计，国家大事。”

连北京市政府都要搬离市区了！

连中央相关机构都可以离开北京了！

还有什么样的“动作”，北京不能做出？

2017年：北京市东城区疏解了商品交易市场商户1283户，完成了“百荣世贸商城”向购物中心的转型，协助天坛医院整体搬迁，使簋街被打造成国际知名的餐饮特色街，五一劳动节已向市民全新亮相！

西城区呢？西城区2017年不仅完成“动批”9栋大楼、12个市场的全部市场疏解，涉及商户几十万人，还启动了安徽会馆、浏阳会馆（谭嗣同故居）等12处文物单位的征收腾退，实现了同样规模宏大的“天意”市场的闭市，并在年底之前基本完成了“官园”“万通”等大型小商品市场的疏解……

近三年：北京市已累计退出一般性制造业企业1341家，调整疏解了商品交易市场350家。三年后，人们还将逐渐看到：很多工厂没有了，很多身边的综合市场、农贸市场取消了，很多医院、大学转移了……一切都仿佛在悄悄地

进行。

茶余饭后北京人开始议论“APEC蓝”“奥运蓝”“国际会议蓝”，突然有一天人们觉得：咱北京的蓝天，只要什么时候人想要，它就可以随时重新被“叫回”，这可是神了！

是吗？好像还真是这样！

曾经，北京德云社年轻相声演员岳云鹏把一首中国人普遍都熟悉的《牡丹之歌》改换了歌词，旋律还一样，一时京城老少，人人调侃传唱。

啊——五环
你比四环多一环
啊——五环
你比六环少一环
终于有一天
你会修到七环
修到七环怎么办
你比五环多两环
……

哈哈，最先听到我女儿有一阵子整天不停地大声瞎唱，我听着烦，无聊中又觉得可笑。但静下心来一想，忍不住承认这首歌简直就是把北京人的怨怒和绵绵无尽的无奈给吼了出来！

在北京采访城市规划研究院副院长石晓东的时候，被他告知：每个城市的规模和建设其实都有底线，或者说红线。

我问：那生态也应该有红线了？

石院长说：“当然！从严格意义上讲，一个城市不能都是建筑，它要和自然、和人的生活相匹配、相和谐。我们的城市从高空向下俯视：绿色的部分应

该有山水林田，森林，自然保护区，水源保护地，风景名胜，花草树木，那是市民生存的一个基本的绿色空间。但是如果这样的‘绿色’少了，我们的人均生存环境就会质量下滑，所以这条‘生态的红线’是必须坚守的。”

石院长坚决否定了过去一度出现过的“城市摊大饼”，七环、八环、无限制地发展——“那是碰了我们生态的红线。”

终于，2019年3月9日，肯尼亚，联合国环境署在这里召开了第二届全球环境问题科学、政策和商业论坛，会上一份《北京二十年大气污染治理历程与展望》的评估报告发布，主要内容为：“在2013年至2017年的短短五年间，北京的空气中的细颗粒物（PM2.5）年均浓度下降了约35%，京津冀地区的PM2.5浓度下降了25%。世界上还没有任何一个城市或地区做到了这一点。”联合国环境署代理执行主任乔伊斯·姆苏亚充分肯定了北京改善空气质量的显著成果，而且指出：“当然这不是偶然发生的，这是投入了大量的时间、资源和政治意愿的结果……了解北京的大气污染治理故事对于任何一个想要实现类似成就的国家、地区或城市都会有所帮助。可以说，北京的治理经验在很多情境下都能适用……”

看到这条消息，我立刻下载评估报告，因为真没想到，我们北京在治理大气环境方面所做出的努力，往长里说20年，往短里说5年，这个城市竟为全球，尤其是为发展中国家提供了值得借鉴的“样板”？原以为自己是陷入在水深火热中呢，但转眼之间“北京经验”已经走向了世界？一种久违的自豪，让我想喊，但我没有喊，而是一个人躲到一棵大树的后面幸福地舒了一口气。真的，我真想立刻找曾经在香港阳明山庄抱着我哭诉的那个朋友，告诉她北京这些年来的变化，不仔细观察我们还都不觉得，但仔细一看，雾霾真的少了，抬头见“蓝”的时候也慢慢地多了，我们的生存环境在改善，真的在改善……只可惜，这位朋友已经移民加拿大。我问她：“为什么要选择那么远的北美？”她说：“姐，树多，我跑到这里，就为了人少、树多……”

2020年10月中旬，秋天是北京最好的季节，我来到南方，在长三角地区

最富足的苏浙一带做前期的调研采访。

连续多少天，头顶的天空都是满目铅灰。

一片片水田尽管丰收在即，但翻滚的稻浪因为缺少了蓝天的呼应，也无奈地被剥夺了金黄的成色。

身边有接待的人说："唉，这些年，长三角甚至珠三角，反正很多很多的地方雾霾，其实比你们北京已经厉害得多了。"

"是吗？"我侧过头，头一次听人夸奖我的北京。

口说无凭，事情是不是真的这样？

接下来我看了很多报道，也做了一些采访：首先，2013年，北京是从这一年开始，启动了"大气污染防治"的新时代——这一年，北京市发布了《2013—2017年清洁空气行动计划》，在原有已经"双限"和"限号出行"的基础上，又通过煤改电、煤改气、清煤降氮等一系列措施，用了五年的时间，已经使北京的燃煤总量从2300万吨下降到600万吨。小型燃煤锅炉基本淘汰，污染大户的"黄标车"已经被硬性执法全部禁行，此间还累计淘汰了老旧机动车约170万辆，"国三"柴油货车4.7万辆。过去那种市民常见的各个进京路口，每天都有外埠进京的大货车排着长队，日均流量高达3万至5万辆的情形，已经成为历史。我们开着私家小轿车，跟在大卡车的屁股后面，不断被滚滚黑烟呛得怨声载道的遭遇再也不会遇上……

一切，真的都在慢慢地进行。

当然，客观地讲，人们有理由这样思维：北京是中国的首都，是首善之区，当然国家要下大力气来治理。但是，大气污染是区域性的问题，空气到处飘，至少京津冀，大家是"同一片天空下"，不可能不"同呼吸、共命运"。因此，北京不能单打独斗，这是必然。

事实上为了加强区域合作，2013年9月，京津冀及周边地区大气污染防治协作小组正式成立，自打那儿以后，北京的"蓝天保卫战"就不仅得到了友军的大力支援，京津冀及周边地区的"2+26"个城市，也都因为大气污染治理

而重新开始调整产业结构，改善生产、生活方式，提高城市管理水平，使自己的日子尽快变得清洁、绿色，也使大家的环境优良指数大幅度提升。

还记得2017年我在北京环保局大气处采访的时候美女处长告诉我“2016年，北京的PM2.5浓度为73微克/立方米”吗？那时这个指数还超过了国家标准的1倍多；而两年以后的2018年，北京的年均PM2.5就已经下降到了51微克/立方米；再过两年，2020年又下降到了38微克/立方米，这个成绩不仅超额完成了国家“十三五”规划的目标任务，而且密云、怀柔、延庆、门头沟、平谷、昌平、房山、顺义8个京郊区域的空气质量还率先实现了达标（35微克/立方米以下），这一大片蓝，占全市市域面积的近80%。

多么喜人的结果啊——2020年北京城6区的人口已经在2014年的基础上减掉了15%，这15%以2017年的1276.3万人来做计算，就是大约200万人。

为了拿下北京的“蓝天保卫战”，京津冀三地累计共压减的燃煤消费多达4030万吨。有关部门已经编制完成了京津冀交通、生态、产业、科技、土地、农业、水利、能源、城乡、教育、医疗卫生、商贸物流12个专项规划，三省市共谋发展要实现的是“一张图”、建设“一盘棋”、发展“一体化”。

这就是社会主义的好，社会主义的举国体制，国家一声号令，千军万马齐上阵，当中自然也包括局部要服从全局、个体要服从整体所做出来的种种牺牲。

曾经，说起北京的大气污染原因，业内人士有一句话叫作“核心内因是排放，重要外因是气象”；而谈到治理的成功，也有一种说法叫：“人努力、天帮忙。”但是多少年来北京人曾经戏谑过：“北京的雾霾，靠谁治？靠风！”这句话偶尔还会显示它的严酷，如2021年3月末的沙尘暴，北京人几乎要忘记了它曾经是我们的常客，但不知为何卷土重来？但是尽管如此，这种极端的天气已经越来越少——“人为干预，与天奋斗”，已经是人们建立起来了的理念，不会放弃。而常年的努力人们更理解到：“与天奋斗”，其实更多的情况下是在“与我们自己斗”——与那些我们曾经有的“不节制”“不明智”“不下狠

心”——在斗。

回到2021年春节，女儿、女婿带着老人孩子在延庆享受假日、享受蓝天，他们说延庆是京郊，天气本来就比城区要好，但是孩子们有所不知：2017年之前，延庆的重型大货车其实特别多，每天大约有7800辆，其中6000辆都是运煤的。这些车尽管都绕着北京六环走，最终目的地是天津的港口，但对北京的污染，首先是对自己的污染，哪里会小？

2017年1月9日，京津冀协调小组召开第八次会议，会上决定：“天津港不再接受公路运输煤炭，改成铁路运输”，此一项大气污染的防治措施一公布，当年4月，“天津港公路运输煤炭的历史就告终止”，当年10月，延庆环保局就传来捷报：“每天过境的重型大货车立刻减少了3000多辆，相比原来，那不是少，是整整少了一半以上。”

因此北京打赢了“蓝天保卫战”，是北京和周边众多城市大家一起来减排、减产、错峰生产，尤其是国家投入了巨大的财力、人力为企业、事业单位，为老百姓“煤转电”“煤转气”，持续推进，久久为功换来的。

“每个人都了不起！”这是习近平总书记在2021年新年贺词当中说的那句让14亿中国人都热血沸腾的家常话。不仅PM2.5在北京有监测数据的5年里年平均浓度下降了35.6%；其他的空气污染指标如SO_2、NO_2、PM10也都分别下降了93.3%、37.8%和55.3%，其中SO_2、CO等污染物更已经稳定达到了现行的国家标准……

等着我吧，延庆，来年的春节，我也一定要去欣赏你的“北京蓝”。尽管今年，我推开窗户，市区的天空也已经是“很够意思”，但我们的生活还会更好，环境还会更持续地得到改善——举个例子：近些年，媒体不再报道南方的酸雨了，为什么？2015年，中国已经把酸雨这个“病”基本上给治好了。

那么酸雨能治，雾霾为什么不能？

中国人会让蓝天在北京常驻，也一定会让全国的天空，一片又一片——重现青春的生机，靓丽，纯净，恬淡，自然……

雄安妙手，大兴可期

叶 晓

题记：“卓彼云汉，为章于天。”——《诗经·大雅·棫朴》

评书名家单田芳先生在讲书的时候，经常说到这样一句俗语：“大笔写大字，大人办大事。”这个话通俗易懂。大凡故事中，凤毛麟角之人占比很高，所以这词儿常用得上，不过日常生活中、普罗大众里，就不常见到“大笔写大字”的人物了。我们绝大多数老百姓，皆是肉身凡胎，终日眼光所及之处，无非衣食住行，读书劳动，看病打针。普通人追求的幸福，总跳不开这些。普通人就是我们，我们就是普通人。

身为普通人，总有这样那样的烦恼。每个人的烦恼都不尽相同，同一个地方的人也许有相同的烦恼，不同地方的人也许正处于烦恼的两端——这厢旱了，那厢涝了。解除烦恼，就是奔向幸福的手段，必由之路。

身为一名普通的北京人，也有这样那样的烦恼。有些是咱北京人共有的。

比如，堵车这件事，相信每个人都有切肤之痛。可如果拿这种烦恼跟身处三线城市的乡友们发牢骚，难免有点对“夏虫”“语冰”的无力感。的确，不在其中，难解其痛。

一

上大学时，由于学校位于郊区，所以我们逛街购物就很奔波劳累，先坐“3”字头的公交车进城，再倒城里的公交车或地铁，殊为不便。那时梦想着毕业后如果能住到城里，在城里上班，每天路过一趟天安门广场，那该多幸福啊。后来我真的住到了城里，每天开着车路过天安门去上班，很满足，很幸福！可是，大多数人跟我一样，把幸福感维系在城市化带来的便利和集中上，没去想更远的事——大家都挤在一起了，很可能谁也走不动。这种状况在北京奥运会之前开始出现苗头，很快愈演愈烈，北京的城市交通成了老大难问题。

我每天的通勤时间从一个小时逐渐上升，后来竟然到了令人啼笑皆非的程度——上班八小时，路上就得三个半小时。后来我为了躲过晚高峰，经常主动加班。

堵车成了常态，过去出门半天儿，能办好几件事，后来这一晌也就办一件事。聚餐约会，迟到的人多半会无奈地解释道：“我跟哪儿哪儿堵着呢……”堵的是路，也是心。

有一次去东三环的客户那里开会，约的时间是上午9点。住在天通苑（北五环外）的制片需要开车顺路接上住在北四环亚运村一带的导演，跟我们在客户楼下会合。为了不迟到，我们的制片大哥早上六点半就出发了，七点过一点儿接上导演，然后在早高峰车流中挣扎了一个半小时，赶到目的地时，他们也仅剩下15分钟匆匆往嘴里填几个包子，疲惫不堪地开始开会。

还有一次几个同学自驾去新疆，两辆车，约好在出了八达岭隧道之后的

第一个服务区集合。带队的同学反复叮嘱我一定要早上6点之前就出发，争取在早高峰之前出城。没想到坐我车的一个半大孩子闹肚子，耽搁了十几分钟，我们在六点二十左右开上了五环路。就是这十几分钟的偏差，导致我们迷失在早高峰车流中，好不容易开到官厅服务区，先到的同学已苦等了一个半小时。

城市太大了，也会闹病，叫“大城市病”。交通拥堵，就是“大城市病”的一种。你我都是普通人，享受着信息和资源高度集中带来的便利的同时，不知不觉就被困在了过于集中的网里，大家一起闹了病。这真不是一个一个的普通人能想得到，能避免得了的。

车多，人也多，焦虑蔓延。所以我们习以为常的交通习惯也有些病态。“中国式过马路”总被诟病，可真的仅仅是我们普通人的素质不够高造成的吗？我看不尽然。在新加坡和拉斯维加斯街头，我也见到个别路口有“中国式过马路”的现象。我们还是太拥挤了，当每个人的空间被挤压到极限，时间被消磨殆尽的时候，每个人都会焦虑，都会难堪，都会难过，我们每个普通人的幸福感就会降低。

关于“大城市病”的预警、反思和城市规划的改良思潮，早有萌芽。早在1982年，《北京城市建设总体规划方案》就提出了“首都圈”这个概念，2001年的《北京市经济发展战略研究报告》以“2+7”的模式提出了“首都经济圈”概念，2004年，在吴良镛院士主持下又出台了一个“大北京”规划——不可谓言之不预。但说真心话，在史无前例的经济突飞猛进的局面下，即使专家也无法预料到北京的“大城市病”会来得这么快，爆发得这么典型，遑论你和我这样的普通人了。我们在“城市化”的美好前景下奋不顾身地，继续涌向北京，追寻着各自的幸福，然后购车“摇号”来了，开车“限号”来了，我们一起“发病”了。

2016年，我去日本关西地区游玩。从大阪关西机场落地后到京都预定好的酒店，全程都乘坐公共交通，无缝接驳。那几天走在典雅精致的鸭川河畔和

美丽昌平我的家　中国画　65cm×29 cm×9　张建豹

时尚活泼的心斋桥上，我常常想，关西地区的交通网络怎么能如此便利？大阪、京都、奈良等城市间通过发达的交通网络连接起来，又保留了各自鲜明的特色和功能定位，形成了所谓的“一小时交通圈”。进一步认识到，超大规模城市的确有其承载极限，合理控制城市规模，以“都市圈”的模式发展中等规模城市，似乎很有道理，能有效缓解“城市病”。回国之后，我特意百度了一下“大阪都市圈”，对照大阪模式，反观北京是否具备形成类似都市圈的条件。对照之下，我意外地发现，其实我们北京早已有所行动了。

从20世纪末的望京、回龙观开始，到后来的天通苑、常营、未来城、长阳等卫星城镇的布局和发展，事实上已经走出了一步。更进一步地，环京周边的养老、地产、文化旅游等吸引北京人流的产业早就蓬勃发展了，或是市场自发、资本助力的，或有系统规划、政府引导的，已经呈现出人口分散、产业外迁的趋势。交通规划上，也在大力发展公共交通的指导思想下，建成了密集的地铁交通网。通过这些公共线路，以及持续高速发展的城市道路、快速通道等，织成了一张网，把这些新形成的“卫星城”与主城区连接到了一起。从机场出来，也能够实现不出站换乘，到达数十公里之外的地方。看来，不是每个人都跟我一样蒙昧和迟钝，在我生活的这座城里，总有那么一些人不普通，他们“写大字，办大事”。因为一直生活在这里，反而对身边发生的变化不够敏感，这可能是我们每一个普通人的共性。

感念之余，我才后知后觉地了解到，党中央和国务院早在两年前已明确了今后首都定位和发展的总体框架，这就是“京津冀协同发展”——面向未来打造新的首都经济圈，实现京津冀优势互补……这是一盘大棋，不知不觉中已经谋篇布局、大干快上了。这个战略规划，强调打破自家“一亩三分地”的思维定式，从观念上突破了原先的区域局限。

2016年底，火爆多年的“动批”真的迁走了。“北京城市副中心”建设也如火如荼地进行着，新闻每天都在说。告别了拥挤不堪的“动批”，看着通州工地的新闻画面，我真切地感觉到，这个城市在变。

二

生活在北京的人们，这些年不得不面对的另一个困扰，就是“霾”。表面上看起来，北京的霾是21世纪之后才爆发出来的，但科学告诉我们，这其实是长期积累形成，由量变到质变而爆发的。北方大的气候环境和北京“太师椅”形状的地势特点，本身就不利于污染物的扩散，这是其一。老舍先生在《四世同堂》中描写过北京冬季的风沙天：“天在日落的时候已变成很厚很低很黄，一阵阵深黄色的‘沙云’在上面流动，发出使人颤抖的冷气。”瞧瞧，这由来已久的先天条件，叫咱们上哪儿说理去呢？再加上数十年长期粗放发展、重工业环绕等多重因素层层加码，日积月累，就形成了北京“著名”的霾。

那是个夏天，我从河南开车走大广高速返京，在目力所及的最远端，北方有一团巨大的黑云，呈半球状，笼罩在高速路的尽头——天啊，那就是我的北京？这座巨大的城市，像一个怪物，正在吞噬数千辆车子呢。一个城市，生了病，使人害怕。看着我即将开进去的那团黑云，我的心里惊惧、悔怕，可我并没有掉头离开的念头。为什么呢？因为那里有我的家，我的事业，我的生活。也许正是千千万万个同我一样的人把家安放在这里，他们同我一样，是制造这团黑云的罪魁祸首，也是这团黑云的直接受害者。我们别无选择——我们或许应该有选择。

关于雾霾，有一条段子是这样调侃的：雾霾，我只吸北京的。相比于冀霾的厚重、晋霾的激烈，我更喜欢京霾的醇厚、真实和独一无二的乡土气息！——您看，霾这个怪物的受害者可不仅仅是咱北京，整个京津冀乃至更大的北方区域都受影响呢！

那是个冬天，我接到从南方飞过来的客户老总，一起前往央视，车开到长安街上东单路口时，客户突然发出了一阵感叹：“我的妈呀，这就是你们北京的雾霾天啊！”其时我手扶着方向盘，正伸着脖子想努力看清楚红绿灯呢，只

好报以自嘲的苦笑。——千真万确，当时的我，身为北京人的自豪感荡然无存。自那次以后，逢车限号时我不再抱着侥幸心理把车开出去了，不是为省那可能被罚的一两百块，而是真的过意不去啊。有时去距离较近的地方或者车辆密集的中心地带时，我也首选公交出行了，有时骑车。为了咱北京的空气质量，为了咱北京人的脸面，就算是辛苦点儿，心里却坦然，敞亮！这感觉不错。

北京“治霾”，治理空气污染，不独是北京一家的事，也不可能立竿见影。但是聚沙成塔、集腋成裘，除了咱北京人积极响应绿色出行号召，自觉减少污染源之外，那些我们普通人看不见的大手笔正在起作用。从首钢搬迁开始，工业外移，到周边协同联动，京津冀共同打造联防联控联治的体系，如京津风沙源治理工程、沿海防护林工程、京津保生态过渡带等重点工程，虽然在我们普通人的视线之外，但却逐渐显出成效，惠及每一个普通人。三地共同植树造林、修复海岸线、恢复滨海湿地……资料显示：2014年至2019年，京津冀三地空气质量进一步改善，细颗粒物（PM2.5）年均浓度均呈下降趋势，其中北京市从2014年的85.9微克/立方米降至2019年的42微克/立方米，降幅51%，京津冀区域降幅46%。2020年，京津冀三地平均优良天数达到70%以上！数据是有力的证明，我们的切身感受也是。这两年，坊间闲谈中总听得到这样的话，雾霾天少了！这是每个普通人的真实感受！蓝天多了，空气透亮了，心也畅快了。几年前已出现蓝天白云的好天气，朋友圈里都是奔走相告、竞相刷屏，这两年好天气越来越多，大家似乎习以为常，反倒不怎么晒朋友圈了。平心而论，这就是变化。

有一次跟三河的一家企业高层开会，对方董事长说起他的南美之行，不住嘴地夸赞地球的那半边负氧离子浓度有多高，以至他长途飞行之后毫无困倦，每天精神亢奋，犹如“醉氧”。其实我知道，那不是醉氧的感觉，而是干净的感觉，醉的是心。我有类似的感受。在飞行十几个小时之后，我下了飞机就开车，当天把旧金山一半的打卡景点都逛遍了，也不觉得疲劳，之后连续十几天

自驾畅游，不觉得累，也根本不需要倒时差。当时我以为是旅游的新鲜劲儿导致身体亢奋，感觉不到疲劳，可后来到新疆自驾，同样是精神头儿倍儿大，没有疲劳感，于是我确定那不是心理因素导致的畅快——而是干净、纯净的空气质量，是一口呼吸直达肺腑的通透，是董事长说的，负氧离子，让人心醉。时至今日，我们北京，我们京津冀还远达不到那种使人醉心的空气质量，也就是说，我们的负氧离子指标还有很大的改善空间。但变化已发生，未来可期。

三

2007年，我在燕郊买了一套房，原打算用来给父母养老居住。可老人家经过多轮在北京的短居尝试之后，仍然接受不了这里的空气和水，适应不了这里的干燥和拥挤，我只好放弃了原来的设想。

燕郊是个好地方。燕郊距CBD核心区国贸不到30公里，距天安门不到40公里，从距离上看具有极大的区位优势，住在这里到国贸上班理论上应该非常便利。但事实上，以燕郊为代表的北三县地区到北京城区任何地方至今还没有一条通勤轨道交通设施，交通出行严重依赖公路交通，并且出路少，非常不便。唯一的原因是，燕郊不属于北京，不在北京市政规划和建设的职权范围内。当年我母亲问过我，从燕郊那处房子到我家有没有地铁，除了开车，坐公交车的话挤不挤，要多久？显然我没法给老人以满意的答复。即使燕郊如此近，即使已经有数十万名年轻人选择了在这里安家，他们每天上班的通勤之路依然不如北京城里的其他郊区居民点来得便利，比如北苑，比如亦庄。

最近，新的消息传来：燕郊要通地铁啦！连接城区东大桥至平谷新城的地铁22号线在燕郊规划的三个站点开始动工兴建。这意味着，我可以圆满地回答母亲14年前提出的问题啦。从此以后，北京地铁不再只服务于北京区域了，而跨出了自家“一亩三分地”。

说到养老安置，城里人多半都有个“田园梦”，到郊区去，到村里去，是

很多人的念想。但仅有郊区和农村的低容积率、乡土气息和种菜养鸡可不能满足真正的养老生活，医疗设施和条件才是真正的“痛点”。

听闻全国的医疗资源严重集聚在北上广三城，高达80%以上，那么就自然而然形成了一个怪象——全国人民都来北京看病。大医院都在城里，好医院都在大城市里，这就像喷泉，中心涝周边旱。北京的医院里，不管什么时候都是人潮涌动、摩肩接踵，且其中过半都操着外地口音。不仅如此，城区的郊区的医疗资源都有很大的落差。我操办央视模特大赛的时候，为拍摄模特敬老环节，曾到访过位于北七家的一家条件不错的养老院。那家敬老院场地开阔，设施齐备，老人们吃得好，玩儿的花样也多，听院长介绍说在这里养老的不乏有地位的专家、有名气的学者。当我随口问到老人们看病保健的问题时，得到的回答却出乎意料：老人们看病拿药，必须得坐两个小时的班车，到三环里的安贞医院去才行。只是因为，大医院都在城里呢。

大学同学石头，在出城40公里的地方租了个农家小院，花了好几个月装修改造，弄得风雅精致别有洞天，兴冲冲邀我们去做客。我却问了一句煞风景的话：生病了怎么办？

人难免生病，老人早晚都会生病，生病了，得到医院，这就是我们普通人的眼光所在啊。多年以来，我与父母亲相隔千里，一旦老人生病或出意外，我们远水难救近火——这种可能性一直是心头之患。我一直关注着身边的事，挂念着京郊或者环京地带的政策变化，期待着有朝一日能妥妥当当地安置父母的养老问题，以及若干年后自己的养老问题。养老的焦点之一，就是医疗条件。

以前的燕郊除了交通配套不便之外，医疗和养老照护服务曾经也是难以解决的问题。除了燕郊所在的京东北三县，天津、廊坊、固安、涞水和涿州都是风景宜人的养老胜地——还有张家口、承德——只要配备了便利的医疗和养老照护配套，形成特色产业，解决的恐怕不仅是北京的城市病问题，不仅是环京经济驱动力的问题，甚至能给其他老龄化国家提供样板呢。

我们普通人，看得到切身利益，想得到个人进退，却很难舍弃眼前利益，

做出长远的布局来。举个例子——

大学同学里有一个四人爬山小分队，我是其中一分子。去年11月的一天，我们四人去爬妙峰山。由于走过几次，所以这次没有拿出“六只脚”来核对路线，而是由我根据记忆来带路。我带着他们，沿着河道走，沿着大路走，沿着石板走，走着走着，就来到一处陡坡前，没路了。这陡坡高达30米，坡度接近80度，还满是碎石和松软的沙土，根本不可能爬上去。在踌躇、尝试和争吵了半个多小时之后，我们四个人不得不带着满身的泥土原路返回，借助工具找到了之前错过的小路口。待我们沿正确的路线爬到那处陡坡上方，站到高处时才豁然开朗——那地形和路线就活生生摆在我们眼睛底下呢！可当我们在谷底自以为是地苦苦跋涉时，是真看不到、看不清的。

所谓眼界，必然取决于你所站立的高度。所谓格局，也必然取决于你所秉持的目标。身为北京人，我们又如何能够理所当然地要求把所有的医疗资源都放在自己身边呢？既形成了这种局面，我们又如何妥善地安置我们的亲人和未来的我们自己呢？

最近几年，随着京津冀一体化协同发展的推进，产业规划越来越明晰，医疗资源逐渐向郊区和京外扩散共享，在燕郊，在昌平，在廊坊，在涞水，据说都兴起了不少以养老为主题的设施和服务机构。有越来越多的人选择到环京区域购房养老。我的一个大学同学就选择了燕郊，把老岳父安置在那里。这两年我的心思也有点活泛了，重新考虑把父母接到自己身边近一点的地方……回头再审视交通、空气质量、医疗条件等，跟10年前比比，是不是有了积极的变化呢？

显然，这变化超出了我的预期。交通改善了，城际交通方便了，空气质量改善了，医疗资源分散了，一切都往积极的方向发展着……我们不用挤在一起忍受“大城市病”的折磨——我相信，这一天很快就会到来，我们北京人，我们京津冀的兄弟伙伴们，幸福感不会打折扣！

四

还是大学同学，另一个，名叫琛姐的北京人，跟我一起在郊区培训。晚饭过后我们在室外溜达，不经意抬头看天，竟然发现了久违的星空。闪亮的星星一颗一颗，散布在深邃的穹幕上，偶尔还眨眨眼，似乎彼此发送着信号，于是我们就聊起了星星。

我说，小时候夏夜纳凉，我常躺在我父母学校操场的大草坪上，一边听着大人们闲话，一边数星星。那可真是浩瀚啊！我说，那星星多得数不过来，北斗七星……牛郎星、织女星，它们中间隔着一条白练一样的银河，而银河里，更有无数颗明亮的星星，闪着波光，就像一条发光的大河……

"且慢，"琛姐打断了我，"真的能看到银河吗？"

"当然！"我很疑惑，难道生活在北京的人看不到银河吗？倏然，我明白了，大城市上空集聚的颗粒物、尘埃等形成了一个巨大的罩子，它让我们看不到更多的星星了，很有可能看不到银河。在北京生活这么多年，连我都很少看到连片成形的星空呢，更别提看到美丽的银河了。看不到璀璨夺目的"星图"，自然也就体会不到那种震撼了。

回到房间后，我打开电脑，搜索星空图片，却发现换个视线方向也有收获。从下向上看，可见星空，从上往下看，还有另一种"星空"——从卫星上拍摄的地面灯光分布图。找到中国的灯光分布图，可以看到华北地区最亮的点有两个：一个是北京，一个是天津，相隔不远但未连成片。与京津地带相似亮度的还有长三角地区和珠三角地区，那两处灯光都是成片的。在这三个城市圈（经济圈）之外，星星点点、或明或暗的灯火点线相承、彼此辉映，形成了一幅令人激动的星图。这就是经济发展的星图，是人口密度和能耗的星图。我脑子里突然蹦出一句话："卓彼云汉，为章于天。"此"云汉"却是人造的，多么伟大！

细看这"星图"，恍如棋局。有个好弈的老兄曾对我普及过围棋知识，我

一知半解，不过浅显的道理还是明白一点儿——落子布局要讲究点位，子与子之间要有呼应、连接，而且不能紧挨着密密麻麻地占位，要留“气口”，不然就把自己挤死了。如果要做活一片，飞子就得跳出区域格局，站在全局的高度去审时度势。那么要解北京“大城市病”这一困，该如何落子呢？

我原以为只有新建的大兴机场是一手妙棋。在2019年之前，她还没有被正式命名，坊间一般呼为“新机场”或戏谑为“武大郎（廊）”机场——取机场毗邻的天津武清、北京大兴、河北廊坊各一字组成。不要小看这个戏谑称谓，它是从概念上把“首都”的机场扩展到了“首都圈”即京津冀的机场概念，服务对象和规划辐射理念有了质的改变。这一手已经跳出行政区域格局，站在新的高度上了（当然，还是“大兴”这个名字好，既正式又寓意美好）。新机场落成试运营演练期间，我曾受邀去参观，那里给我的最直观的印象是空间感和设计感爆棚。借助讲解和图示，我发现，原来大兴机场整体造型颇似一只振翅欲飞的凤凰，坐北朝南，气势雄伟，美不胜收！

四年前开始立项动工的雄安可一直不在我的视线之内。2018年有个做房地产的中学同学来京，途经雄安停留参观了一下，到京后对我们赞不绝口，说雄安是“未来之城”。我仍不以为意——远在百公里之外的一座新城，与我的生活如何相关呢？直到三个月前……

2020年12月27日，中午，我从考场走出来，接到了那位好下围棋的老兄的电话和微信。他电话里说，京雄高铁通车了！他乘坐的C2072次复兴号列车，上午10点18分从雄安站出发，只用不足50分钟就到达了北京西站！“不足50分钟”，这句话突然提醒了我，从大阪关西机场乘坐特快电车到达京都站，还要80分钟呢！这就意味着雄安与我之间的距离，比京都与大阪之间的距离更近！看着老兄发给我的视频里，复兴号动车组飞驰的车窗外，良田千顷、天地一色，快速闪过，我发了好半天呆。比之关西，比之东京都，比之纽约、伦敦、芝加哥，比之湾区和洛杉矶都市圈，我们京津冀是不是也有资格喊出“一小时交通圈”这个名号了呢？

建设雄安是个标志性的事件。雄安位于首都“一小时交通圈”这个事实，刷新了我的认知。我赶紧去查，原来早在我的认知之上，北京的交通改善不仅仅着眼于城区疏解，而且着眼于构建京津冀一体化的交通体系，站在整个大北方的区域高度和全国性、世界级的眼界上进行规划和统筹。这就厉害了。

这么来看，雄安这一子，算不算一手“超大飞”？

包括雄安在内，“一小时交通圈”里还有天津、石家庄、保定、唐山。不仅有京雄高铁，还有京张、京滨、京唐等城际列车等，再加上高速路网，“轨道上的京津冀”已然成型。

自七年前（2014年）的2月26日开始，京津冀一体化在产业协同发展、生态环境联合治理、公共服务一体化等各个方面都往前迈进了好大一步。如果不是那位围棋老兄提醒了我，我还真没意识到，近些年交通状况的改善、空气质量的好转，以至环京养老资源的优化，莫不是与这桩国家层面的战略规划息息相关啊！

走在公园里、水岸边，看着水中跃动的鱼儿，浮潜于倒映的白云中。抬头看看，远处城际铁路呼啸而去，银白色的客机像铁鸟一样拔地而起，半空中的风筝笑吟吟地看着你，手抓风筝线的孩子们奔跑着、欢呼着……能不感动？七年，在党的百年征程中看起来微不足道，可就是这七年的点滴积累、披荆斩棘，提升了普通人的幸福指数，在百年画册中留下了浓重的一笔。蓦然回首，有此巨变，展望未来，自然锦绣可期。

有朋友说，天蓝了，水清了，空气透亮了，地铁站多了，得益于我们普通人看不见的京津冀一体化推进。站在全局的高度，优势互补，互利共赢，区位一体，紧紧抓住“疏解北京非首都功能”这个关键理念，京津冀协同发展就到了新的高度，拥有了新的可能。按照高大上的说法，这叫“顶层设计”。

在这个“顶层设计”中，雄安，一定是落子布局的最大妙手。有了这个妙招，这盘棋活了，凤凰展开翅膀，将欲一飞冲天。

这一手，够不够“为章于天”的气度？

新的天地 下

我在北京四十年

梁晓声

屈指算来，我从复旦大学毕业后分配到北京电影制片厂，已经44年了。

我在北京电影制片厂有半年左右的时间没宿舍可住，临时住北影招待所的一个床位。半年后分到了一间单人宿舍，11平方米。那是筒子楼，家家户户在走廊做饭，每日三次，走廊里定时响起锅碗瓢盆交响曲，人们边做饭边聊天，十分热闹，关系也都非常好，从没发生过争吵现象。

我在11平方米的家里有了儿子，做了父亲。

三四年后，厂里分房，我搬了一次家——从走廊这头搬到了走廊那头，家大了，14平方米了。

我顾不上粉刷，将老父亲从哈尔滨请来，帮我接送入托的儿子。

老父亲当天郑重地对我说："儿子，你一参加工作就分到了住房，而且还是木板地，有福啊，你知足吧。"

我确实很知足。

当年，许多刚参加工作的年轻人是分不到住房的，某些单位连集体宿舍也无法提供。而我们北影那筒子楼里，不但住着入职一二十年的老职工全家，还住着几位夫妻两地分居的科长、处长——他们已经与家眷分居多年了，家眷很难调入北京。

我的老父亲不可能与我们夫妻共同住在14平方米的家里，老母亲也不可能与老父亲同时来京，那就更没法住了。我为老父亲买了一张折叠床，他每晚就睡在我的办公室。

老父亲离京返哈，老母亲才接踵而来。

几天后，老母亲问我："儿子，你不是分到北京了吗？"

我说："是啊，咱家不就在北京电影制片厂院内吗？"

老母亲说："可北影大门外哪儿像城市啊？这地方不是叫什么太平庄吗？敢情你是名义上分到了北京，单位实际上是处在一个庄的地面啊！儿子，那你的城市户口还保留着吗？"

老母亲一脸忧虑，怕她的孙子以后成了农村人。

我废了好多口舌才打消了她的忧虑。

当年北影大门外那条路叫什么路我至今也不清楚——16路公交的一站正对北影大门。那条路仅中间部分是柏油铺成的，而且处处龟裂，有的地方还塌陷了。柏油路面的两旁是沙土路。也不仅那条路如此，纵横于那一带的路全那样。估计当年为了省钱，舍不得将路全铺成柏油的。

北影对面是人民教育出版社，它的院门和主楼当年算是气派的，现在看自然寻常得不能再寻常了。它的右边是中国人民解放军总政家属院，再右边是北太平庄商店，那一地带最大的商店，只一层，内外都很老旧，面积五六百平方米。秋末也在店外卖大白菜，小丘般的菜堆常码在人行道上。往往，人们起早贪黑地排长队，唯恐买不到。

北太平庄商店是马路那一侧的终端。人民教育出版社的左边除了几处平房，再就没什么建筑物了。平房更左边，是一小片野草丛生之地，狗尾草居

多。而北京电影制片厂这一侧，右边是一片菜地，属于所谓的“城中村”。左边依次是总参干休所、新闻电影制片厂。新影左边，似乎曾有一处小旅馆，便也到头了。

那时我年轻，单身时偶尔晨跑——从北影向右，跑过菜地转弯，一直往北京航空学院那边跑，再转弯经过北医三院，跑跑走走回到北影。所经虽然都是北京的著名单位，但周边未免荒凉。于是也会像我老母亲那样想——我真的算是北京人吗？也许说是某“庄”之人更恰当吧？

几年后，新影左边的小旅馆拆了，建成了10层的远望楼。它在当年使不少北太平庄地区的居民为之喜悦，都说从此北太平庄像是北京的一部分了。

10年后，北影门前修起了高架桥和过街天桥——那条路成了三环之一段，而国家专利局也在曾经的菜地上开始修建了。

三环的出现似乎是一道界限的划分，那边算市区，这边叫“环外”。“环外”有接近市区的意思，也有终归不属于市区的意思。三环曾使北影、新影的职工及家属一度失落，因为分明被划到了市区以外。

40年弹指一挥间。

如今的北京，五环内外也已经处处高楼林立，新区多见，繁华得很了。居住在三环边上的人家，等于居住在北京寸土寸金的地段了。

1988年底，我从北京电影制片厂调到中国儿童电影制片厂——那时北京电影学院从郊区迁入市内了，国家专利局大楼也盖起来了。

国家专利局、电影学院、中国儿童电影制片厂三个单位，同处于横竖两条主要马路交叉的直角地带。专利局在三环边上，中国儿童电影制片厂在健安西路边上。

健安西路是一条极短的一头“堵死”的小街。也不是完全堵死了，只不过机械车辆是通行不过去的，但步行或骑自行车的人则可穿穿绕绕地到达前边的横街。

这条小街的一侧是一家便民饭店、儿童电影制片厂宿舍楼、北京电影制片

厂宿舍区后门、前进小学校、总参干休所后门，另一侧是元大都土城墙遗址，土城墙顾名思义是土堆成的。

当年那条小街极幽静，“遗址”却只能用肃杀来形容。其上有片老树林，此外野蒿遍布。其间有条臭水沟，名字却起得很好，叫“小月河”。说那是条河，实在是侮辱了河。天黑以后的“遗址”，即使是胆量大的人，也宁可绕远而决不图近便从遗址中穿过。连公安部门都提醒，那是很不安全的。

不知从哪天开始，小街上出现了摊车，不久又出现了地摊。几个单位的居民觉得方便，东西也便宜，以乐见的态度接受之。而起初卖主们肯定是抱着试探的心情而来此地的，既无人反对，又受到欢迎，于是将那条小街当成了摆摊的固定地点。其实呢，方便不方便，不过就是多走或少走一里路的事儿，因为一里地以外有超市，什么都能买到。便宜不便宜，不过就是角儿八分的事儿，天天什么都就近买，一个月也省不下多少钱的。与其说是实际的省钱，莫如说更是心里感觉。

一个月后，不得了啦，从早上6点到9点多，有时到10点，小街几乎水泄不通了。就是两手空空的，也得侧身才能通过。而那个钟点，正是家长们送孩子上学的时间，也是干休所老干部们乘车出行之际。偶尔，鸣笛不止的还是救护车辆。这时，不论买的还是卖的，皆对笛声充耳不闻，似乎是与自己毫无关系的事。有人还很烦，斥曰：“这时候过什么车添什么乱啊！”仿佛车辆之通过，倒是大错特错了。小街上的居民本没那么多，因为周边的居民也来了，所以才会形成人挤人的局面。卖什么的都有，假货自不可免。盗版书和私印的内容污秽的“黄书”被堂而皇之地摆在明面上。还有各类匕首、仿真枪支等违禁品。现场炸油条，煮馄饨，蒸包子，烤肉串，煎锅贴，更使整条小街烟气缭绕，杂味弥漫。那时，窗子临街的人家是不能开窗的，不论天气多么美好。

小街终于安静下来以后，遍地垃圾。环卫工人只能扫个大面。由于当街“开过火”，遗下处处油污，粘扫帚。别说扫帚了，烈日一晒，油污变稀，也粘鞋底儿。雨后，流淌着的水是黑的，浮着油花。

我家邻居曾说："看来，要想使街面清洁，除非遍洒去污灰，喷洗洁精，再用铁刷子刷，最后用高压水龙头冲。如此三遍，才能见效啊！"

口角甚至互相辱骂，甚至大打出手的现象，在小街上时而发生。仅我这个"爱管闲事"的人，从窗口看到了，就三次出了家门调解过，有两次自己还差点受到拳脚攻击。幸有"童影"和"北影"爱护我的同事们及时相助，怒喝对方，否则以我的性子很可能会"动手不动口"了。这可不是我瞎编的，我曾写过一篇杂文《小街啊小街》发表在《光明日报》上，对我那些同事所用皆真名实姓。

那条小街重铺过一次，全面一新的面貌仅保持了一两个月，之后又变成了一条脏街。

难道就没人管、不能管、管不了吗？

当年似乎还真就成了那样，方方面面都怕事。工商部门说应找城管，城管部门说一部分摊主有执照，要求他们每天挨着摊位查一遍执照，他们人手不够，根本做不到。而街道干部说："也得考虑到维稳啊！"

2000年，我在牡丹园北里买了房子，那条叫小关西街的小街起初也很幽静。小区多了，居民多了以后，同样地，逐渐变成了一条脏街。与健安西路相比，脏的情形如同复制。路面也重铺过一次，也很快就恢复其脏了。街道干部出面协同各方着力治理过一次，还成为新闻上了电视，街道干部还在电视中引用了我呼吁整顿的话。

新的邻居好心地嘱咐我："梁先生以后出门可多加小心啊，你影响了摆摊的人们的利益，得提防他们报复你。"

我并没有遭到过报复。

只不过治理行动一过，脏乱差的程度与之前相比，反而有过之而无不及了。

许多居民都唤奈何。

几年前，全市范围的大治理开始了。由于预先宣传得充分，道理讲得明

白，而且不再是单独局部的行动，而是全市统一的行动，可以说所到之处进展顺利。

健安西路那条小街终于又幽静了，干净了。

土城公园更美了，成了北京很有特色的一处街区公园。

小关西街也干净了，还出现了美化街道的公益景观。

并且，非常奇怪，治理过程根本就没发生任何矛盾，没人躺街，更没泼妇骂街，一切顺顺当当地就把该做的事做成了。事实证明，绝大多数居民是支持的，并且因为看到了好的结果而点赞。

放眼北京，在以往的年月中，像曾经的健安西路、小关西街那样的脏街少吗？说少才是说瞎话啊！哪一个区没有几条那样的脏街，没有几处那样的脏地方呢？它们令当地居民怨声载道，令当地干部头疼不已，视为“老大难”。

细想想，怎么就成了“老”问题呢？

乃因当初没禁，没管，睁只眼闭只眼，结果被认为默许。一旦被这么认为，于是违禁现象扩展，遂“大”也。“大”了，就更不好管了，于是管成了难事。

如今，北京治理“脏乱差”现象的工作，成效喜人，有目共睹。正在进行的，是对老旧小区的深度改造，而这也是提高民生水平，深得人心之事。

我的外省朋友们，曾来过北京的，又来后都说：“北京比以前干净了，比以前美了。”他们的表扬指的是北京的“肌理”，极像健安西路和小关西街那样的小街小胡同。

第一次来北京的朋友们则说：“放眼望去，无违章搭建，无一处不洁，不愧是首都。”

一个相关的问题是——若摆摊确系某家某户的生计，后续扶贫工作是否跟进了呢？

据我所知，各级政府的扶贫工作也进行得比较周到。

一日我走在小西街，见一家小菜店将菜筐摆在了门外两旁，而那就占了人

行道了。街道管理员当面批评店主，命其将菜筐搬入店中。店主诺诺连声，表示接受批评，照做了。

“民可使由之，不可使知之”这句话，究竟该怎么断句是有分歧的。在这里，我们姑且断为“不可，使知之”。

那么，城市管理者当明白，民之不可，若使知之，养成良好习惯，渐渐培养起公德意识，绝非一朝一夕之“功”可立竿见影，反复之教育、督导于是必属常态。

尽管，北京是全国人民的北京，但首先是北京人民的北京——故北京人民和各级政府为创建“美好首都”所做的种种努力，定会获得全国人民的点赞！

那么，让我也在此为日渐美好的北京由衷点赞！

九十七颗星，我送你们去太空记

长 江

有一句“白师傅在吗？”就够了！

要说重任，这个人没有任何的一枚总师、总指挥的手中帅印，要说头衔，这个人也没有专家、首席的任何一顶沉甸甸的帽子，但是他的一双手，因常年给卫星加注燃料，已经被“烧”得又粗又硬，他的家，还有一箱子的东西，什么？通行证，拿出来可以铺满一张大床，这种“证”是进入“特区”——中国卫星发射现场有武警把门的“燃料加注间”的身份证明，花花绿绿地数下来竟有97张，每一张都代表着一次“加注任务”，整整攒了26年。

是历史的陪伴？岁月的记录？青春的镌刻？幸运的旁证？

白师傅说：“也没有什么，就是命运选择了我，我也认准了一条道。”

为了卫星的发射，白师傅常年来不敢有丝毫的疏忽与懈怠，每一次知道了第二天要“加注”，头一天就怎么都睡不好觉：无数的细节，几百道口令，一遍遍在他脑子里过……

一辈子加注的《工作笔记》摞在地上，高到“等身”，每一颗卫星的上天，

时间、地点、型号、加注的全过程……他都一一地写在本子上。

这位“白师傅”是谁?

白崑顺，人事档案里写着中国航天科技集团五院502所推进系统部燃料加注高级技师，航天的岗位一干就是48年。

2017年海南，文昌航天发射场，白师傅曾经在这里送走了中国最大的火箭“胖5”三次搭载的实验卫星上天，而第二次加注前，远在千里之外的另一个发射场——中国西昌卫星发射中心，也要发射一颗很重要的卫星，总指挥在现场怎么也找不到白师傅的身影，就问：“大白呢？”得知白师傅此时正在文昌，他立刻和相关领导协调：“赶快，先把白师傅调到这边来！”就这样，文昌——西昌，西昌——文昌，等西昌的这颗星燃料加完了，再回到文昌，白师傅也成了“空中飞人”。

多少年来，很多领导都会在发射现场问一句：“白师傅在吗？”

“在”，有“白师傅在！”大家心里就踏实，就放心，就觉得不会出问题。

“行了，就这一句，就够了。”

20世纪60年代的中国，人们都熟悉一穷二白，那是当时国家经济、国力都依然匮乏的真实写照。可就是在那种情况下，全体中国人都支持共和国的领袖——下决心：为了国防，为了弱小的新国家不会受到核大国的威胁，我们宁肯勒紧裤带，也要搞“两弹一星”！

“两弹”=原子弹+导弹，“一星”就是人造地球卫星。

然而，“两弹一星”说说容易，咋个搞?

当时没有资金，没有原料，没有强大的工业基础，也没有充足的专业队伍，就连研制核弹需要进行“海量计算”的工具——计算器，我们也只是有“手摇的”。

但是中国人为什么永远不可战胜，就是因为我们拥有冲天的勇气，又有不怕吃苦、不信命的奋斗意志。

中国的航天科技起步较晚，但发展迅速，1970年开始发射航天器，第一

颗卫星就是“东方红一号”，当国人熟悉的《东方红》乐曲响彻太空的那一刻，中国也向世界宣告：我们拥有了第一颗人造地球卫星！

随后：从“神舟一号”到“ 神舟十二号”，从“嫦娥一号”到“嫦娥五号”，从空间实验室“天宫一号”“天宫二号”到空间站，同时还有“天问一号”、“北斗”导航系统、中国的通信卫星、中国的气象卫星、地球资源卫星……

无数爱国的知识分子，自海归，自祖国的四面八方，投入马拉松一样的科学探索的战场，用汗水、智慧甚至健康、牺牲换来了寰宇太空的话语权，一朵朵巨大的蘑菇云下走出来了一大批共和国的功勋，但除了这些领头羊，他们的身侧还有无数普通的科研人员、普通工人，以及运输、保卫、后勤……“每一位”都名不见经传，但“每一位”都为党、为祖国付出了自己的火热青春，毕生的辛劳。

他们当中就有“白师傅”，这是航天人的代表，也是优秀共产党员的代表——有他在，人们就踏实，就放心。“一句‘白师傅在吗？’就够了？”两次面对面地采访，我都曾经认真地问，白师傅两次都很满足地说：“是的，够了，这难道不就是最大的荣耀与光环？”

赞美在这样的回答面前已显得没必要开口，但回报呢？“您觉得您一生有没有回报？”

白师傅：“有啊！我有回报。什么时候一想到天上转着的卫星，每一颗都有我和我徒弟们的汗水，我们一颗星都没让它出问题，就觉得心里特别高兴——这‘高兴’不就是千金难换的幸福？”

是啊，白师傅说得太好了——他幸福并千金难换着！

苦孩子，出路只有“能吃苦”！

1972年，白崑顺从北京地坛中学毕业，说是毕业，其实赶上了10年“文

化大革命”，他在初中也并没有学到什么东西。那时候不是学工、学农，就是拉练、下乡，初三都快毕业了，要么“上山下乡”接受贫下中农再教育；要么当兵，被工厂招工，数量不多，令人艳羡——这都是他眼前可能会面对的“未来的命运”。

白师傅回忆，那个时候他和他们班上同学，每天上学，就是一大清早坐到教室里等“命运”。如果到了上午9点多钟了，还没有消息，就说明今天的“着落”没戏了，大家就都可以站起来回家。临了要走向社会了，老师才让同学们赶快学会写一二三四五六七八九的大写和表示公斤的kg，因为有人万一被分配到商业部门，你总不能是个中学生却连个发票都不会开。

终于有一天，他坐着还是在“等”，教室的门开了，有人从外面递进来一张条子，老师照着条子开始喊人，连喊了三个，里面就有“白崑顺”——好了，白崑顺热血沸腾，“真是盼星星、盼月亮，那时候我就盼着能赶快地参加工作”！他迅速离开教室，知道这一“离”，门外就是社会，门里还是学校，出去了便是成人，没出来的，您就暂时还是“待业青年”。

此次招工的单位现在叫中国航天科技集团五院，就是后来白师傅一直工作到退休的部门。当时并不叫502所。但是白师傅不管，不管招工单位叫什么，只要能毕业、有工作，而且单位还是“保密机构”，这岂不是更好?

对于当兵，白崑顺从小就非常羡慕。那时候家里穷，每到寒暑假他都会被送到三姨或四姨家，这样家里的7个孩子至少就少了一张嘴来吃饭。他的四姨父，是抗美援朝的英雄，战场上开着坦克车，呼呼呼地冲向敌阵，多少战友倒在他的身边，多少敌人死在了他的炮火下，自己虽然受伤、挨冻，但这一生能保家卫国，能“雄赳赳、气昂昂地跨过鸭绿江”，也算为国家和自己的小家赢得了骄傲，是莫大的荣光。

因此，“能当兵？”白崑顺已经按捺不住心头的喜悦。

“但是我们的‘兵’，不穿军装，也没有领章帽徽。不过在这里做工人，直接服务的是国家，是为党‘干大事’，这一点我还是知道的。”

没过多久，一辆大卡车在约好了的时间、地点接走了北京市总共31名学生，大家都事先被通知了要带洗脸盆、被褥和换洗的衣服，这就表明工厂很远，不能天天回家。

其实真的到了“工厂”，白崑顺发现也并不远，离着他家所住的北京市东城区地坛的车程也就一小时。但工厂没有厂房、工作没有车间，他们被安排整天要干的活儿，就是拉沙子、搬砖。

这算什么啊？同学们开始小声地议论。

“唉，服从命令吧！”白师傅说。

502所那时候正在搞基建，一帮突然到来的青年学生正好出苦力，同时也能锻炼锻炼，可孩子们个个都莫名其妙。

“反正领导让干啥就干啥！”这是白师傅给自己拿的主意。

于是，男孩子每天从大卡车上爬上爬下，跟着车到京郊房山的窦店去拉沙子、装砖，然后再押车回来卸沙子、卸砖；女孩们就整天码砖、收拾、刷漆、和灰。大热的天，一群十七八岁的男男女女，没人告诉他们将来的前途是什么。反正眼下就是这活儿，你耐得住吃苦，不偷奸耍滑，最后就会被筛出，分到重要的岗位，耐不住的，也会被分配——但自己的“路”自己“选”。谁会想到每天艰苦的工作、单调的搬砖，其实恰是对大家一场“不知情”的考验？尤其是老师傅还会经常吓唬孩子们：“你们好好干，不好好干，赶明儿就把你们给送回去！”

白崑顺可不能让人把自己送回去，他的家生活条件艰苦，好不容易有了工作，能替妈妈解决一点负担，多苦的工作他都得咬牙坚持。

一个天上下火的酷暑，白崑顺拎了一大桶的红油漆，被要求爬上高高的脚手架，去涂刷写在墙上的大标语，他身材矮小，又瘦又弱，看得领队的师傅都心疼，但是师傅还是在心里默默地盼着这孩子：“可别半途而废啊，可别……”

整整三个月，31个人，最后就优选出3位，白崑顺就是其中之一，他们被接到了位于北京东北方向怀柔县的一片大山里，这回，地方可远了。那里，有

一个中国卫星发动机的试验站，白崑顺进了站，必须从ABC地了解航天、人造卫星，卫星里为什么还会有很多的发动机……

卫星之所以需要发动机，是因为它们被火箭送入茫茫太空，火箭的任务完成了卫星就得靠自己定位，转身、腾挪、移动，然后根据地面的指令不断地矫正自己在空中的姿态，这样，卫星也就要像汽车一样需要动力推进，而发动机就是卫星的动力来源，只不过发动机也得吃饭，甚至还要带足了“干粮”，进入太空几十年，它“有去不还”。

发动机的“干粮”是燃料这很容易理解，燃料是要靠人工加注，白崑顺以后要干的大事就是指这个，只不过那是后来命运的选择，此刻在试验站，他得先给卫星发动机做好“热试车”。

这项工作一个是苦，一个是累，开始是一周，后来就两周才能回一次家。

20世纪70年代，中国还没有双休日，北京的交通条件也很差，从家到单位，他得先坐两个小时的长途汽车，然后到了当时的怀柔县城，简单地吃点东西，还要再倒车，一站又一站：台上、台下、上庄、下庄，最后到了一个叫“坟头”的站，就该下车了。当然，下了车，还要走半个小时左右的山路——这还只是路途。

还是那句话：“不要讲条件——有工作就是算幸运！”

白崑顺的家，当时的条件真的是很困难。

7个兄弟姐妹，他排行老三，全家9口人只靠在铁路上工作的父亲一个人挣钱。最开始他们家也并不在北京市内，远在石景山，也就是首都钢铁公司的所在区。爸爸先是在安定门火车站做地勤，然后调到东直门日杂商店卖劳保用品。

“记得那时我爸的工资一个月是62块钱，这个钱数，对一般的工人或普通的店员来说还算高的。”

我坚持问白师傅：“那您从小，听话，吃苦，是受到了谁的影响？比如说父母、老师？”

白师傅说："父亲。我父亲最大的特点就是'能吃苦'，换句话说'他不吃苦也不行'。"

那时候白崑顺的父亲"挣得还可以"，是用"特别能吃苦"换来的——计件工作，多劳多得，所以就"拼命地干"，比如说送货（类似现在的外卖），父亲肯定要抢，不计远近，不挑肥拣瘦，有时骑着自行车从北京城里到郊区，好几十公里，一趟又一趟。

"因此您工作以后不怕吃苦也不喊累，其实也是受到了父亲的言传身教？"采访的时候我盯着问。

白师傅说："是的，应该有这个影响，但更重要的是现实，残酷的现实。"

什么残酷的现实？

"就是我刚刚工作整一年，1973年的5月1日，那一天正赶上国际劳动节，能休息一下，可父亲他不歇，又骑着自行车回石景山住在山上的我姥姥家去帮忙盖房子，结果遇到一个大上坡，他累了，本想停下来喘口气，然后再推着车往上爬。可这会儿遇到了一个村里的熟人，两人就聊了一会儿，还抽了一根烟。之后老乡说他要下山了，父亲说'我也得赶快上山去了'，于是两人分了手，但此后，父亲没有动，应该是突发了心肌梗死？总之是等被同村的其他人发现，爸爸已经歪在一棵小树旁，自行车还支在自己的身边，人，已经没气儿了……"

飞来横祸！简直是一场飞来横祸！

从此，九口之家唯一的经济支柱倒了——"我们的家，也塌了天。"

随后的日子无论全家人怎么省，也都难以为继。

母亲不得不出去工作。但即便是这样，每个月的后半个月，白家也都要到胡同里的邻居家里去借钱。

"借钱也不能只盯着一家借啊，得借好几家，不然，一来那个年月家家户户也都不富裕，二来，你只借一家，人家也借不起啊！"

好在白崑顺父亲活着的时候就是个热心肠，邻里有难，他总会出手帮助，

这样白家突然遇了难，邻居们能帮忙的也都愿意搭上一把手。

白师傅的儿子白洋曾向我提起他爸爸小时候受的苦，也补充：“记得我奶奶后来跟我们孙子辈的孩子们常说，那时候每个月的工资一发，就得先把该还人家的钱给挨家挨户地去还上，剩下的有多少花多少，不够了，到月底还得去再借。”

20世纪70年代，北京人吃粮还是“配给制”，还都要靠粮票。白崑顺的母亲经常会把家里的细粮换成粗粮，细粮票能买大米白面，粗粮票则只能买棒子面，但是细粮比粗粮贵啊，吃不起，买粗粮，为的就是便宜。

白师傅回忆：“所以我们小的时候整天吃的就是窝头、贴饼子，要不就是棒子面粥、棒子面糊糊……”

故事听到这儿，我大概就已经知道了为什么白师傅比一般的同龄孩子都能吃苦，但同时，从小没喂壮，都初中毕业了，他的个子也只有一米六儿，从此就再也没有长高过一厘米。

“苦孩子”的出路就靠能吃苦？我这样总结着。

白师傅使劲地点头：“对对对，除此，你也没有别的办法啊！”

或许是三个月搬砖搬得从不停脚？

或许是类似那个下火的酷暑白崑顺拎了一大桶的油漆，吃力地爬上了高高的脚手架，不喊累也不偷懒，让领队的师傅看了都觉得心疼？

总之是他被看中，被留下，从此与卫星发动机结缘，到2020年，48年，中国谁也没有在卫星加注的这个岗位上比他的工龄更长。“我一辈子从来没换过第二个地方，就是跟卫星、发动机、燃料为伴……”白师傅说。

“那您是‘卫星加注马拉松’的冠军了？”我开起玩笑。

白师傅同意：“那还真是——有人后来就走了，也有人中途改行赚了大钱，但我就从普普通通的一个工人一路干下来，现在已经是高级技师了，也挺自豪的、满足的。”

苦累之外，最大的是危险——

说给卫星发动机加注燃料，很多“小白”也包括我都会很自然地联想：“哦，液体啊，那不就是拿根管子，或像加油站里的汽车加油枪，往卫星的什么油箱、油罐子里咕嘟咕嘟地开始灌？”但看了材料，我真为自己的无知而感到不好意思。

白师傅说：“没什么，我们一开始也是什么都不懂。”

发动机是起动力作用的，这一点已经明确。但是卫星的发动机长什么样？放在哪儿？

白师傅说：“外观就很像一个尺把长的‘小喇叭’。”

“啊？那么小？”我很惊讶。

白师傅给我看照片。果然，一般卫星的发动机就是一个个“小喇叭”。“喇叭口”的地方是喷口，“身子”后面跟着两根管子，一根是加注氧化剂的，另一根是加注燃烧剂的，其中氧化剂就是四氧化二氮；燃烧剂就是甲基肼，但氧路、燃路各走各的道，两种液体只要一相遇，立刻就会自燃。所以每个卫星肚子里都有两个完全被隔开了的贮存罐，分别储存着两种液体。同时，卫星还必须携带一个氦气罐，那个氦气就是用来根据指令专门顶出液体的，什么时候两种液体需要让它们“见面”了，“推手”就是靠“气”——好几吨重的卫星就可以在太空中自己完成推进。当然，不同的卫星，发动机的大小会不同，加注的燃料也不同……

哦，说到这一步，我终于算明白了。

但一个问题立刻冒出：“四氧化二氮和甲基肼会不会易燃、易爆？有毒吗？有害吗？”我立刻问。

“当然易燃、易爆，有毒也有害，而且危险系数还很高。”白师傅答。

曾经，航天五院502推进系统部主任李永有一次面对澎湃新闻的记者说：“现在，我们国家的卫星推进系统主要分为单组元和双组元。无论是单组元还

是双组元，它们用的推进剂都是有毒的，若发生事故，可能会造成‘星毁人亡’的严重后果。”

“星毁人亡”，如此邪乎？

就是当说到危险，我才仔细地看了白师傅的手。

他的手干了几十年加注，已经被四氧化二氮和甲基肼腐蚀得掉了无数层皮，看着像扫帚，摸着更是又粗又硬。

白师傅说：“您看现在的都软多了，2020年我退休后，手已经慢慢地恢复到有了正常的颜色。过去总是结硬皮，我就忍不住一层层往下撕。撕了，露出嫩肉，很疼，然后再变硬，再忍不住往下撕……”

我没有想到，白师傅的手被加注液体腐蚀得常年疼痛不说，而且改变了组织。后来再回北京，他的家按统一规定安装了电子门锁，但白师傅已经没有了指纹，用他的手想开门，不行——电子门锁根本不认！

后来澎湃记者写了一篇名《与魔鬼共舞40余年》的文章，特别举例：以西昌卫星发射中心经常发射的“东方红四号”为例子，这类卫星就是采用“双组元”的推进系统，其中四氧化二氮所需加注的量是1900千克，甲基肼1100千克，两项加起来有3吨。卫星加注前，工作人员首先得花7到10天的时间检查推进系统各个管道的气密性，对推进剂进行化验，然后正式“加注”开始：氧化剂要从早上7点加注到晚上11点，燃烧剂也要从早上7点加注到晚上7点。这就是为什么每一次“加注”下来，白师傅他们都要不间断地工作十几个小时，严格地按口令一个一个地执行……

“口令”？

“口令”是什么？

当然就是工作流程。一点都不能错。

我曾经听到“北斗三号”加注现场的指挥刘振新说：“我们的工作：每一次加注，要涉及大约8个人协同作战，口令有五六百条，管路接点有300多个，还有阀门50多个，阀门操作要数百次，这些都要每位操作人员在连续十五六

个小时的作业时间里头脑清醒，口令清晰，操作精准，数据读取无误……”

原来“加注”技术要求如此之高？

“我师傅干起活儿来像绣花，每次加注，他都要爬上两米高的大罐框架，有时候，加注的管道长达几百米，好几百个接口，得一一地进行检查，他也不烦不躁，一丝不苟地跟着流程，严格执行。”这是白师傅的大徒弟王国超跟记者说的。

有一个字，“肼”，一开始我不知道是指什么，更不理解为什么说“滴肼不漏”对于卫星加注重要到“简直要命”！

后来请教，“肼”又称“联氨”，是火箭和喷气式发动机的燃料，很容易和水相溶。“滴肼不漏”就是指卫星加注时要一滴燃料都不能漏。

漏了就意味着……？

那就意味着污染，意味着伤人！

“可是，一滴都不漏，漏了就会伤人，那你们工作时肯定要穿防护服吧？”我自然地想。

白师傅说：“那肯定，只是最开始的时候，我们的防护服比较差，性能也不好，像雨衣，不透气，好几个小时地穿下来，人很难受，我戴的手套就经常一脱，里面全是水……”

“啊，那不得把人给捂死？”

“是啊，没办法，卫星加注很复杂，也很危险，机器无法替代人工，操作人员就得近距离地去接触。”

就拿西昌卫星发射中心这一个基地的工作量来说：这个发射场自1984年开始首次执行发射任务，不到40年，已经组织了100多次航天发射，成功将100多颗卫星送入了预定轨道，而白崑顺一人加注的卫星就有97颗（主要在西昌，还有其他发射场的一小部分）——一个人啊，“滴肼不漏”，颗颗卫星加注成功，这不仅是在“与魔鬼共舞”，而且是在“刀尖上跳舞”。白师傅被誉为“中国卫星加注数量上的第一人”，真是“牛”之无愧！

“可人再细心负责，总是会有疏忽的时候啊。”我稍稍担心。

白师傅非常坚定：“永远都不能疏忽！一疏忽就出事！出事就是大事！”

因此在每次加注前，卫星发射场都要组织演练，“就是消防车、救护车，急救人员、抢救人员都要到现场，模拟加注失败后如何救人、灭火、控制污染。我这个人个子小，好抬，常年就被当成救助的对象。好在26年，我们的卫星发射了26年，还从没失误过一次，但救火车、救护车至今都还是次次都要在场待命”。

四氧化二氮挥发性很强，到了零摄氏度就会进入“气液共存”的状态，人可以吸入到肺中，对上呼吸道黏膜带来损伤；甲基肼腐蚀性更强，一旦操作不当，会烧衣服、烧肉、烧头发，进入人体后还无法代谢　直接对肝脏带来伤害。

四面八方，很多人，都给我传递卫星燃料加注的危险，而除了危险，长时间的等待、单调，也让人很难熬。

“每次加注，一定要十几个小时地不间断，对吗？”——这又涉及常识、原理，我成了“小白”，但又不能不问。

白师傅还是说“没办法”，卫星发动机的氧罐、燃料罐，里面都有网状的装置和过滤器，因此你的加注就不能快，一快了就起气泡，起了气泡就外泄。平时我们在家里把食用油从大瓶子里倒入小瓶，倒急了，瓶口处还会形成气泡，那油就噗噗噗地会往外流，我想这和卫星加注在道理上也应该是一样的。白师傅说：“对。只不过四氧化二氮和甲基肼一旦外泄，那跟食用油外流可不能同日而语。”“星毁人亡”的说法一点都不夸张，所以卫星燃料加注的时间必须“慢”，跨度长，工作琐碎，每一道程序都要严格遵守，容不得有丝毫的闪失，半点也不能走神儿。

“熬”出来的每一次成功！

比较在卫星发动机试验站，到了卫星发射场，那里的工作强度、责任心，

可不是增加了一点，白师傅有一次对我脱口而出："很多次都把人给熬醉了。"

他用了一个"熬"字，还把人"熬"得——以至于"醉"？

举个例子吧，我建议。

白师傅就说："好。有一次，上一颗星，也就是前面已经发射了的卫星，应该是某环节有些问题，领导和专家们就开会，要归零，找出问题究竟出在了什么地方。这个会从早上一直开到了下午的3点钟，我们负责加注的几个师傅并不知情，还是一大清早就来到了加注现场。可是等了大半天，大家都已经累了，还以为今天这活儿肯定干不了了，但是到了下午3点钟，一个电话打过来，现场总指挥说：'白师傅，你们现在可以加注了，而且还得辛苦一下——马上干！'啊？都什么时候了？大家都已经熬了大半天，从现在？再开始？又接下来十几个小时？"

但领导这样安排，一定有他的道理。白师傅一辈子从来也没有在任何的一次任务前讨价还价，这次也当然要无条件地上！

卫星加注，因为是卫星安装到火箭上之前的最后一道工序，因此每到此时，整个基地都要清场，气氛庄严，不是战场，也似战场。

白师傅所在的部门，全科室总共有五位师傅都姓白，外面有时来电话，说"请帮忙找一下白师傅"，接电话的人总会问："找哪位白师傅啊？是大白？二白？三白？四白？还是五白？"——"大白"说的就是白崑顺，这样称呼并不是因为他个大，而是年龄大，白崑顺排行"老大"，"老二"叫白玉明，小师傅12岁。因此白崑顺说怎么干，大家往往就都跟着怎么干。

加注一干就是十几个小时，不熬夜是不可能的，这是第一个"熬"；另外，随时待命、随时上架子，这种随时随刻的"熬"有时更考验人。所以白师傅跟我说有时真能把人给熬到"醉"，是活生生的表述，非亲身经历者不可能知道那个"醉"是什么滋味，会让人困到什么程度。

近十几二十年，国家富裕了、强大了，卫星的发射也变得频密。卫星加注工作跟着更多、更耗人。

从1994年开始白师傅就经常从北京怀柔被派往西昌，最长的一次出差，一待就是10个月，而5个月、半年的更是家常便饭。他的儿子白洋——小白师傅，后来也加入航天502所负责信息系统的运维，采访时跟我说："我爸单位在北京，但他那哪里是常出差啊？简直就跟长在基地一样，是发射场的一员！"

我问白洋："那你有没有觉得，父亲有时回来了，你倒感觉有点陌生？"

白洋说："您提的这个问题，现在都不用问我了，就接着问我的儿子吧。"

小白师傅的儿子后来看到爷爷回家，每次都这样问爷爷："您这一次，在我家会住上几天？"——天哪，这个家，本来就是爷爷的，但是爷爷因为常年不在家，在孙子眼里，倒成了客人?!

"白洋小时候才10岁，我就开始经常往西昌跑，根本顾不了他。后来我孙子出生了，出生的那天我也在基地，领导知道我又因为工作不能回家，食堂吃饭，还特意要了两瓶红酒来为我祝贺。"

仅仅是给卫星加注，白师傅一埋头就干了26年，这26年他带出了很多的徒弟，只要一有机会，他都会让徒弟们先回家看看——"可不是嘛，很多年轻人也都刚成了家，有了小孩，长期这么在外面，不好，所以能回家了，我就往往把机会都让给他们——我在这里盯着，你们先回，先回。"

"但是您不也是从年轻的时候过来的吗？当年您的孩子也还很小？"我有点打抱不平。

"嗨，那是没办法啊，时间长了，我们家里也都习惯了。"

白师傅所说的"习惯"，不仅仅是指他的小家，还有他的大家。

父亲去世后，家里的7个孩子都很懂事，不用相互招呼，每到周末或节假日，大家一准都会从各自的小家回到母亲那里陪伴妈妈。一大家子人吃饭，经常是几十口，一张桌子得分三拨开饭。

"但是我们家里多少侄男甥女的婚礼，我爸都没有参加过，倒是他在基地，附近村里人的很多红白喜事他都去，去贺喜或帮忙。"这还是白洋"抱

怨”的。

“共产党员嘛，总要先人后己。况且我是师傅，要给徒弟们做榜样。”这是白师傅的托词。

这26年，白崑顺真像“长”在了基地，附近村里的很多人，有时见了都会问：“您还没有复员呢？您都在这当兵干了多少年了？”

当地老百姓不仅把白崑顺当成了发射基地的人，就是发射场自己内部的人也有人常常惊讶：“哦，白师傅，您还在这？这一年四季的，您怎么连个病都没见您生过？病假、事假的，统统没有呀……”

白师傅自嘲：“是啊，那还真是，我还从来没去过医务室、医院，我这个人在加注的岗位，好像身体都明白——我是不敢生病的……”

时刻准备着，时刻都把神经绷得紧紧的。

但是人，常年总是这么“熬”着，总有一天……这一天还真的出现了——白师傅有一次真的病了。

那是在北京，还不是在基地——白师傅连生病都躲开了卫星发射的“档期”。

“那次单位正要开会，他突然捂着肚子说疼得特别厉害。”白玉明师傅跟我讲。“我一看，情况不对呀，就赶快搀着他去了医务室。医务室的人还真的就是都不认识他，但看他的脸色，初步一检查，说：‘不好啊，别耽误了，你们赶快带他去医院吧，他这反应，咱这医务室看不了。’”

就这样，白玉明架着白崑顺好不容易挪上了车，把师傅送到了海淀医院看急诊。结果一查，是犯了急性尿结石，难怪人疼得都受不了。

后来经过治疗，病情缓解了，白师傅还呵呵呵地笑：“这结石发作得真是时候，疼成这样，如果我在加注台，再坚持，也可能会出事。一旦出事，那就不是我的麻烦大了，而是卫星的麻烦——可就大了。”

工人？一个“工”字咱得顶天立地！

和白师傅聊天，因为大家差不多都是同龄人，因此我们有很多的时代语言、共同语言。

比如说“工人”，20世纪50—70年代，工人阶级在中国很伟大，填写档案，如果你是出身“工人”“贫农”，那简直就很棒；如果是“革干”“高干”，当然更骄傲；但是如果你是属于“职员”“小业主”，还不要说“中农”“富农”“地主”“资本家”，大家可就都要躲闪，心里既无奈又窝囊，这样填表时就往往会用手挡着……

中国共产党是中国工人阶级的先锋队，这是一句最硬的口号。

白师傅说他入党的时间并不早，没有在一参加工作就获得这份殊荣。但是，他常年以来，一方面早就用共产党员的标准来要求自己，同时“咱是工人”，什么时候、哪里党和国家有需要，我就得毫不犹豫地往前冲，这感召跟“共产党员跟我上”一样，都很带劲！

在刚刚来到怀柔卫星推进系统试验站的时候，那时候的工作只要不特别忙，白崑顺就会利用单位派他去附近工厂学工的机会认真地拜师学艺，连续几年，车、钳、铣、刨每一个工种，他都学。后来像模像样地“出了徒”，工厂的正常生产，来了图纸也会交给他，白崑顺都给人家一样一样地加工好、交上去——没有工资，没有奖励，他只为了自己能练手。

其实车、钳、铣、刨跟卫星试验有什么关系吗？

应该是没有直接的关系。

但是年轻人内心应该有更大的追求，有幸加入工人老大哥的行列，“我就想多方面地掌握技能，然后有一天，一旦国家需要了，咱就能成为国家的栋梁、国家的依靠”。

人生的选择，往往于迈步的初始，似乎看不出道路的价值所在，但是有心人是有志者的开山之斧，这斧子人人手里都有，就看你会不会用，舍不舍得花

气力来锻炼自己。

后来的事实也证明，如果不是青春时的好学进步，艺不压身，到了20世纪八九十年代，国家要开始大踏步地发展航天事业了，502所要派出优秀的人才去一线的发射场，白崑顺怎么会成为最合适的人选?

当然一颗螺丝钉拧在卫星加注的这部机器上，按那个时代的时尚，白师傅就会干一行爱一行，全心全意，直至退休，退休后还被单位返聘……

17岁，白师傅参加工作，65岁，回到北京，一个“回”字，再好不过地说明了他大半生的状态——很少在京，很少回家，更很少对家庭、爱人孩子尽心尽职。

我问：“您爱人有没有埋怨？”

白师傅说：“应该有吧。”

白崑顺的妻子在幼儿园当老师，天性喜欢出行旅游，可这辈子，丈夫从来也没有带着她出去玩过一次。很多年后她知道原来国家给公职人员每年还有15天的带薪休假，这个年假，她压根儿就不知道！

别说结婚以后没机会带爱人出去玩玩，就是谈恋爱难舍难分的时候他也没有多余的时间，他的生活也是围着试验转，一个礼拜最多回市里一次，同事们都一块儿回来，他的家离着东直门长途汽车站近，白崑顺还要负责周日一清早去给大家先把车票买好，不然周一再回怀柔，很多人就没有座。

慢慢地，白师傅成了一个好说话的“热心肠”，而且“人家白师傅还什么都会”！

于是，单位、同事、朋友、邻居，谁家有需要，比如洗衣机、电视、电冰箱坏了，都会来找他帮忙修理。

白洋说：“我小时候就知道，我爸今天又做‘活雷锋’去了，好不容易捞着一个礼拜日，他一叫就走，一叫就走。先是给人家去查看电器出了什么毛病，然后骑着自行车去买零件，然后再赶回来给人家立刻换上。”

“有这事？”我问。

白师傅有点很亏欠家里的样子："但是，大热的天，你说人家空调坏了，或者是家里有老人突然生了病什么的需要电器，你说能不马上去给人家看看吗？"

"那零件也要由您来买？让他们先准备好了不行？"我质疑。

白师傅说："大部分零件使用者都不会买，我去了他们家一看，知道是什么品种、什么型号，我买回来的才能用。"

"哦，那您这'活雷锋'学了有多少年？多少回？"

"这可就没数了。上百家？上千台？几十年，只要我有空……"

不仅是北京、单位，身边人，就是在西昌，白崑顺的善行义举也惠及了当地。

彝族同胞的婚丧嫁娶一定会请白崑顺就不多说了，他常常帮助村里的乡亲，小到从北京给孩子们带吃的、穿的，大到老彝胞有谁到北京办事，他也是能接待的接待，能帮忙的帮忙，特别是有的人家孩子要上学，家庭困难的，他就出钱资助……

"何必这样呢，您并没有这个义务。"很多人都说。

白师傅总是一句："谁没个难处？谁不需要个朋友?!"

有一次他在麻叶林村偶尔看到村里人养蜂，但收集蜂蜜的设备又旧又不好用，他就暗暗记下了相关的尺寸和形状，趁着自己回北京的时候，逛市场，找合适的替代物，最后买了一个大铁皮桶，自己画图、设计，跟着又找人给加工，再回到西昌的时候，一套崭新的蜂蜜收集设备就送到了村里。

咱是党员，工人，一个"工"字，得做到顶天立地！

这就是白师傅内心的追求。

我从来没听说过一个工人，会把自己的身份诠释得如此胸襟博大又脚踏实地！

但白师傅就是这样想的，"工人老大哥"——这个称呼他不能白当、不能白当……

大国工匠，原来是这样造就……

无论从白师傅的“能吃苦”“熬到醉”，还是他作为一个党员要起模范带头作用，抑或做工人也要让自己顶天立地，我都能从他的身上感受到一种超乎寻常的力量——坚守，坚持！

在他年轻的时候，刚刚做了工人，社会上还没有流行“大国工匠”，但白师傅心里就明白：一件事，要做好，不是一时，也不是一事，要用一辈子、用一生。

熟能生巧，“巧”是什么？就是经验的总结和沉淀，更是你独家的绝活儿本领，这都需要时间，是滴水穿石的毅力和持之以恒。

记得我开始写他从文昌到西昌、又从西昌又回文昌，两个发射场，领导都拿他当个宝，记不清两边基地发射的都是些什么星了，就给白师傅打电话。白师傅说“哦，您等等！”跟着就去翻他的“本”——那些26年来他参与发射的97颗卫星的《工作笔记》。

一会儿白师傅回我的微信了，说：我们国家总共在海南发射过三颗“胖五”的火箭，第一次是在2016年10月3日晚上的8点43分，搭载了一颗“实践17”号实验卫星；第二次是在2017年6月1号，搭载的是“实践18”；第三次是2019年的10月31号，三次火箭发射搭载的三颗星，都是由我加注的……

哦——厉不厉害？

早听过白师傅的《工作笔记》，26年来每一次发射，在什么地方？中国的还是外国的？导航的、气象的、还是通信的？是否顺利？有谁参与？涉及加注的工作又遇到了什么问题，是不是一切都正常……都记得清清楚楚。采访时我也要求看一看，白师傅说：“好，没问题，但是太多了，你看我这个大床的底下，堆得满满都是。”还好那天他家的抽屉就有几本，是友邻单位的同事要看，白师傅先挑出来的。我就拿起本子：那笔记薄厚并不统一，大小差不多也都是16开本的。随手翻翻，字迹工整，密密麻麻，有公式、有程序，有

术语、有口令，门外汉根本看不懂。不过很多本子，我是一眼就看出是20世纪七八十年代的东西，其中有的封皮上还印着“红太阳，放光芒”“最高指示”“毛主席语录”……

我说：“您一开始记这些要干吗呀？后来攒了这么多，都可以进历史博物馆了。”

白师傅说：“就是随手记惯了，不断地总结经验、教训。开始也并没想到要拿它当什么资料查，但我这个人比较重视积累，攒多了，还就不舍得扔了。”

“反反复复地做一件事，难道您不烦？”

我终于要提出这个问题，但话到嘴边，觉得不好，就变成：“那您这么多年搞加注，反反复复地……都在做哪些具体的工作？”

白师傅没在意我真心要问的是他“烦不烦”，相反，既然问起他的工作，他就很认真地给我掰着手指头数：“您看呀，每一个卫星发射场加注的平台都是混用的，所以我们无论到哪个基地，加注的准备都要从北京清点好了再运输，这是第一；第二，到了现场，我们要展开设备，这些设备包括电子秤、压力表、传感器、热电偶，等等；第三，电子秤的标定，因为地理位置不同海拔也不同，海拔高度又会影响到地球的引力，所以秤每次都要调，比如说你到了西昌，海拔高度是2000米，在北京1吨重的砝码，到了西昌就可能给你差出去20斤；第四，搬运燃料，那更得千小心万仔细，易燃易爆、有毒有害嘛；然后第五，连接设备，厘清高压气路，也就是氧路、燃路，以及安放好起稳定作用的气垫……”

“这些事情都做熟了，但每次还……”

我还是觉得一辈子人只干这一件事，怎么会不烦？

可白师傅说：“烦可不行。你得每一次都认真。毛主席不是讲过了吗？这世界上怕就怕‘认真’二字，共产党就最讲认真。”

认真？“共产党最讲认真和您这工作……”我耳目一新。

但接下来想想——可不是嘛：

共产党真是用“认真”建立起了中国的一个伟大政党、一个新的国家！

想当年国民党和共产党的力量对比，差距之大天壤之别，一个小米加步枪，一个拥有美式装备的800万军队，结果——共产党“认真”出了政权、“认真”出了江山。

如今，共产党又在带领着十几亿中国人——“认真”地出经济、出富裕、出国防、出强大……

白崑顺的“认真”，看似平凡与重复，但是他的“认真”，挑战的是“永远都不能出错”——永远啊，就这一点，是多大的困难?!

什么是“大国工匠”的来路与生成基础？干漂亮了自己的绝活儿，永远都是顶梁柱不让人担心。

白师傅说至今，他只有一件事让他感到很遗憾。我问：“什么？”

他说就是希望通过自己的双手，能为我们国家送出去100颗卫星。但是60岁退休，先是按规定返聘了3年，领导舍不得，又续聘了2年，最后到2020年“北斗三号”的“收官之星”前，他工作时限到了，不得不离开。

“但是，最后那颗星，负责加注的不还是您徒弟吗？”我说。

他承认，也高兴——几十年来，他亲手带出来的徒弟，已经接过了他的工作，经验，认真，严谨，而且徒弟们一个个地也都学着师傅的样儿，每个人、每一次任务，都认认真真地把前后工作记录在本子上，白师傅的《工作笔记》也在不断地加高、加厚。

2021年是中国共产党成立100周年，我说您这老党员“内心感到最骄傲的是什么”？

白师傅一秒钟也没耽误，马上说：“100年的政党，还能够赢得民心！而具体到我自己——那还是一句‘老白在吗’？有我在，领导就放心。”

很多时候，他在通往西昌发射场的路上走着，不管是什么人，开着车从他身边路过，都会停下来，摇下玻璃窗，大喊一声：“大白，来，我捎你一段！”

有几次驻军的司令员迎面走过来，见到他总会快走几步上前就给他敬了个军礼，弄得白师傅很不好意思，身后的警卫、司机也更是吃惊得睁大了双眼，心说："这是个什么人啊？模样瘦瘦小小的、普普通通的，可咱司令……"

还是要说有一次推迟的加注，本来安排的是白天加注，但因为计划推迟，加注命令到了同一天下午3点钟才正式下达，需要连夜完成任务。在一线指挥的所领导当即找到白师傅："时间紧，任务重，必须保证夜间操作安全！"白师傅知道这是领导对他的信任，他的回答没有丝毫迟疑："任务再紧也不能让加注有一丝一毫的差池。"

在白师傅等一线人员按照预案的周密安排，加注操作持续了十几个小时，万无一失，滴腓不漏。

一夜过去，任务圆满结束，白师傅站在高高的工位上，已经非常疲惫。在场的领导和同事们都非常感动，快步上前把他扶了下来，感谢他和徒弟们完美地完成加注任务。"也没什么感谢不感谢的"，白崑顺后来说，他内心真正的自豪是"这辈子又多加了一颗卫星"。

一个不珍惜英雄的民族，永远都没有后劲，而和平时代的英雄，是何人？有怎样的表现？

他们往往都默默无闻，最平常，平常到可能是你、我、他。

但平常的人走过了英雄的路——那路便与众不同，便永远会与日月同辉，铺展出光明、闪烁出召唤，养人的眼，暖人的心，让后来者一个又一个地愿意去跟着他——去追随……

我当了十五年北京市政协委员

刘庆邦

出于热爱和政治上进步的需要，在我很年轻的时候，就要求加入中国共产党。但由于这样那样的原因，我的愿望一直未能实现。1967年初中毕业回乡当农民期间，刚过了18岁，我就向大队党支部递交了入党申请书。在那“以阶级斗争为纲”的年代，因我父亲当过国民党冯玉祥部的一名下级军官，我的申请被拒绝。20世纪70年代，我参加工作到河南新密煤矿，并调到矿务局党委宣传部当新闻干事之后，再次向党组织递交了入党申请书。其时10年“文化大革命”尚未结束，极左路线仍占据主导地位，只允许“造反派”入党，像我这样的“保守派”只能被排除在党的大门外。粉碎“四人帮”之后，我被调到煤炭工业部一家杂志社当编辑，第三次申请入党，杂志社党组织很快把我列为入党积极分子，并定为党员发展对象。我想，这一次我入党的愿望应该能够实现了吧？可是，在1981年，因我违犯了当时的计划生育政策，生了第二个孩子，就被取消了党员发展对象的资格，同时还被取消了当年的煤炭工业部机

关先进工作者称号。

转眼到了2001年，我有幸调到北京作家协会当驻会专业作家。作协分党组的领导知道我还不是党员，希望我申请入党。我当然非常高兴，甚至有些感动，马上写了入党申请书，充分表达了由来已久的入党愿望。这次遇到的是新的情况，赶上了北京市政协换届，政协要求北京作协推荐一位作家，作为政协委员人选，这位人选必须是党外民主人士。作协的领导告诉我，让党外人士当政协委员，是共和国民主协商制度的需要，对政协委员本人来说，也是一种很高的政治荣誉。于是，我听从了北京作协的安排，在2003年1月，中国人民政治协商会议北京市第十届委员会换届时，我领到了红皮烫金字的委员证，当上了一名政协委员。从第十届开始，到第十一届、第十二届，我连续当了三届共15年北京市政协委员。

在当政协委员期间，我遵照政协章程的要求，认真履行职责，积极参加政治协商、民主监督和参政议政，几乎每年都向大会提交一份提案。作为一名文化界的政协委员，我提案的内容多与文化工作有关。回忆起来，我曾提交过关于把北京作协单独建制的提案，关于授予刘恒北京市人民艺术家荣誉称号的提案，关于简化北京作家出访政审手续的提案，关于为京漂作家评职称的提案、关于提高专业作家工资待遇的提案，关于恢复老舍文学奖评选的提案，关于建立北京文学院的提案等等。除了文化和文学方面的提案，我还提了一些有关民生、环保和教育方面的提案。不管我提什么提案，政协提案委员会立案后，提案承办单位都会认真对待，派专人跟我沟通，听取我的意见，并把办理情况以书面的形式郑重回复我。

除了在专用的提案格式纸上以文本的方式提交提案，在会议的分组讨论会上和几个相关界别的联组讨论发言时，都有市领导到场当面听取政协委员的意见和建议。让我难以忘怀的是，2016年1月24日下午，在第十二届北京市政协第四次大会期间召开的科、教、文、卫联组会议上，我作了一个发言，着重谈了文化与文学、作家与城市、首都功能与文学的关系，并建议成立北京文学

院。那次是时任北京市委常委、宣传部部长李伟同志和有关部门领导参加了我们的联组会议。我上来就说，我的发言主要是说给李伟部长听的。我发言的大概意思是：北京的一个功能定位是全国文化中心，而要建成文化中心，首先必须是文学中心。因为，文学的原创性、母体性、高端性和深邃性，决定了文学在文化中的核心地位，如果不是全国文学的中心，就谈不上是文化中心。要确立文学中心，必须有作家和作品的支撑。我先举了外国的例子。莫斯科之所以成为当年俄国的文学中心，因为拥有托尔斯泰、契诃夫、普希金、高尔基等作家、诗人及其影响广泛的作品。我又举了我国唐代的例子，说因为有活跃在长安的李白、杜甫、白居易、王维等大诗人，长安才能成为当时的文学中心。目前，我国的首都北京也是一样，与全国各地相比，因北京拥有众多重量级作家，发表了在全中国乃至全世界有深远影响的作品，作为文学中心当之无愧。但这还不够，为了发现和培养更多的年轻作家，使北京的作家队伍和文学创作后继有人，要在体制和机制上加上保证，不仅要在软件建设上下功夫，还要在硬件建设上给予足够的重视。为此我建议，北京要建立文学院。全国不少省市都建立了文学院，北京在建设文学院方面应该迎头赶上。

让我没想到的是，在我发完言之后，李伟部长当场就对我的意见和建议作出了回应，他很谦虚地称我为“庆邦老师”，表示很赞成我的看法和建议，当即表态说，为了加强北京市的文化和文学中心地位建设，市里已经决定，北京不但要建文学院，而且要建两个文学院，一个建在北京市文联，一个建在北京出版集团。建在文联的文学院按事业单位建制，建在出版集团的十月文学院按企业管理模式运行。第二天，《北京日报》就以“北京要建两个文学院”的大字新闻标题，在文化版头条把我的发言和李伟部长的回应作了报道。

当年的10月12日下午，十月文学院在佑圣寺举行了隆重的开院仪式，我受邀参加开院仪式，并代表北京的作家发言，向十月文学院的成立表示衷心祝贺！同年的12月29日，老舍文学院在北京市文联举行揭牌仪式，我被聘为文学院副院长。

在没当政协委员之前，我曾听人说过，政协委员只负责举手，鼓掌，只是一个摆设，不能真正发挥作用。在中国共产党成立100周年之际，我特意回顾我当政协委员的亲身经历，是想证明，我国有我国的民主，我们的民主是具有中国特色的社会主义民主，是以人民为中心的民主，是为人民服务的民主。而中国人民政治协商会议，就是实现民主的独特政治制度。

阔步行进在历史的长河里

朱旻鸢

在我22年平淡无奇、波澜不惊的军旅生涯中，能让我既感到荣幸又感到遗憾的，大概只有两次参与大阅兵的经历。这两次在北京天安门举行的大阅兵，我均于活动之初有幸参与，但都由于种种原因中途离开，未能“革命”到底，令我至今想起仍深感遗憾。尤其是我曾以撰稿人身份参与的纪念中国人民抗日战争暨世界反法西斯战争胜利70周年大阅兵，虽已经过去多年，但震撼人心的场面、振奋人心的气势、激越人心的画面，都清晰如昨，带我一次次走进大阅兵的历史隧道，走向大阅兵的灵魂深处。

胜利之日

2015年9月3日，连续几天阴雨连绵的北京突然放晴，迎来了一个灿烂而崭新的黎明。

这一天，碧空如洗，万里无云，焕然一新的天安门城楼被鲜花、彩旗和数十万张笑脸簇拥着，隆重、喜庆而祥和的氛围充满整个绚丽多彩的天安门广场。

广场国旗区里，以解放军军乐团为骨干，从全军部队抽调的军乐骨干，以及从全军7所军事院校学员抽调2400余人组成的联合军乐团、合唱团整齐列队。

长安街上，三军列阵，铁甲生辉。由三军仪仗队和10个英模部队方队组成的11个徒步方队的万余名官兵，27个装备方队的40多种型号500多台车辆，列队东长安街，绵延两公里多。

华北地区8个机场的跑道上，10个空中梯队的20多种型号近200架飞机正待命起飞。

全世界的亿万台电视机前，无数双眼睛正热切期盼着一个庄严的历史时刻——纪念中国人民抗日战争暨世界反法西斯战争胜利70周年大阅兵！

上午9时20分，合唱团引吭高歌，以一曲《抗日军政大学校歌》唱响了胜利庆典的序曲，骤然打开了时间的闸门，《保卫黄河》《在太行山上》《人民军队忠于党》等一首首反映抗战时期的经典歌曲和富有时代特征的乐曲，逐渐将人们带入那个苦难与抗争的岁月……

1931年9月18日晚10时许，一个叫河本末守的日军关东军中尉，仅率部下区区数人，在沈阳北大营南约800米的柳条湖附近，将南满铁路一段路轨炸毁，然后，将3具身穿中国士兵服的尸体摆在现场，反诬是中国军队破坏铁路。随即，日军独立守备队第二大队向中国东北军驻地北大营发动进攻。次日晨4时许，日军独立守备队第五大队由铁岭到达北大营加入战斗。5时半，东北军第七旅退到沈阳东山嘴子，日军占领北大营。这便是九一八事变，日军自这一天起，正式武力侵华。中国人也是从这一天起，开始抗击侵略，救亡图存。

6年后的1937年7月7日夜10时，一个叫清水节郎的日军中队长，率领驻

丰台日军河边旅团第一联队第三大队第八中队，在卢沟桥以北地区举行以攻取卢沟桥为假想目标的军事演习。11时许，日军诡称演习时一士兵离队失踪，要求进城搜查。在遭到中国驻军第二十九军第三十七师二一九团团长吉星文的严词拒绝后，日军迅即包围宛平县城。翌晨2时，第二十九军副军长兼北平市长秦德纯为防止事态扩大，经与日方商定，双方派员前往调查。但日军趁交涉之际，于8日晨4时50分，向宛平县城猛烈攻击。并强占宛平东北沙岗，打响了攻城第一枪，中国守军忍无可忍，奋起还击，日军在同一天内，连续进攻宛平城三次，均遭中国守军的英勇抵抗。这便是“卢沟桥事变”，日军从这一天起，发动了全面侵华战争；中国人从这一天起，开始了全民族的全面抗战。

又8年后的1945年8月14日，日本政府照会中、美、英、苏四国政府，接受《波茨坦公告》，无条件投降。重庆夏季时间8月15日晨7时（即北平时间晨7时），四国政府在各自首都（重庆、华盛顿、伦敦、莫斯科）同时宣布接受日本政府无条件投降。

又18天后的1945年9月2日上午9时（东京时间），同盟国联合受降典礼在停泊于东京湾的美国军舰“密苏里”号上隆重举行。日本政府全权代表和大本营全权代表分别在投降书上签字，美国、中国、英国、苏联、法国和荷兰、澳大利亚、加拿大、新西兰的全权代表（中国代表为国民政府军事委员会军令部部长徐永昌将军）在日本投降书上签字确认，接受日本投降，投降书即刻宣告生效。至此，中国人民抗日战争胜利结束，宣告日本帝国主义彻底失败，世界反法西斯战争取得了完全胜利。1946年4月，中国国民党中常会决议将庆祝胜利的9月3日，定为抗战胜利纪念日（“国定纪念日”）。中华人民共和国成立后，1949年12月23日，中央人民政府政务院即公布了《全国年节及纪念日放假办法》，规定了“八一五抗战胜利纪念日”。1951年8月13日，中央人民政府政务院发布通告，将抗战胜利纪念日改定为9月3日。1999年9月18日，国务院对《全国年节及纪念日放假办法》进行修订，延续了9月3日为抗战胜利纪念日的规定。

2014年2月27日，十二届全国人大常委会第七次会议经表决通过了全国人大常委会关于确定中国人民抗日战争胜利纪念日的决定，确定每年9月3日为中国人民抗日战争胜利纪念日。

不容置疑，这是一个以胜利命名的日子，因为这场胜利，是中国近代以来抗击外敌入侵的第一次完全胜利。胜利不朽，是因其锻造出的血战到底的意志已经融入了中华民族血脉。经此一战，中华民族尽雪前耻，古老中国凤凰涅槃，浴火重生。赢得胜利的这支军队，不断从胜利走向胜利，前后与20个国家的军队交手，无一败绩！而在这场伟大的胜利70周年之际，于天安门广场举行盛大阅兵，无疑是向这个用苦难与辉煌书写的伟大节日致以崇高敬礼的最好方式。

长河之中

10时整，阅兵式在“标兵就位!”的口令声中拉开了序幕。

阅兵总指挥——北京军区司令员宋普选乘坐陪阅车向中共中央总书记、国家主席、中央军委主席习近平报告。

天安门广场骤然肃静。随后，雄壮的乐曲声响起，检阅车缓缓开动，平稳驶向受阅兵方队。检阅开始。

同志们好——

首长好——

同志们辛苦啦——

为人民服务——

问答声响彻长安街，回荡天际，与那些远去的无比熟悉的声音交汇在一起，盘亘成滔滔江河。

如果历史真是一条河流，那中国人民解放军的阅兵史便可以说是这支铁流滚滚向前、奔腾不息的缩影。

中国共产党缔造和领导的这支人民军队，历来重视阅兵。早在新中国成立前的革命战争年代，就举行过四次颇具影响的阅兵。

第一次是1931年11月7日，为庆祝中华苏维埃共和国临时中央政府成立举行的阅兵式。此次阅兵式在江西瑞金城外6公里的叶坪村举行。当时为躲避敌机轰炸，在茂密树林中辟出了一块能容纳1万多人的广场，樟树参天，四周环抱，便于隐蔽和疏散。而广场的西侧，则用竹木石块垒起了检阅台，悬挂起了彩球彩带。毛泽东、朱德、项英等数十位中国共产党和红军领导人检阅了红军代表队、附近各县的赤卫队等。这支部队，历经南昌起义、秋收起义、三湾改编、古田会议等艰苦斗争的洗礼，已经从一支以农民为主要成分的革命军队，发展成为一支无产阶级性质的、具有严格纪律的、同人民群众保持紧密联系的新型人民军队。这便是我军的第一次阅兵，在一定意义上，也代表了中国有史以来第一支新型人民军队在历史舞台上的首次亮相。

第二次是1934年8月1日，中国工农红军在江西瑞金大埔桥红场举行的"八一"阅兵。这是我军历史上第一次"八一"建军节阅兵。同样是为了防敌机轰炸，阅兵改在了夜间举行。一份当年的《红色中华》报是这样记录这次阅兵的：

> "到处都是火把。一块盆地——我们的炮兵场上，璀灿的照耀着无数的几千烛光那样明亮的火把。从四面，沿着河边，依着田阡，静悄悄来了我们的队伍。虽然在黑夜，依然走得很迅速，很沉着，仿佛坦克车似的无坚不摧的技术，正是我们红色战士夜行军的特长。大约还只是上午4点钟，东方仅仅显鱼肚色的时候，我们的阅兵式便开始了。"在震天撼地的礼炮声中，在悠扬激昂的军乐声中，三位阅兵员策马而行，检阅长达600余米的红军队列，红军指战员以注目礼相迎，欢呼声、口号声响彻云霄。

参加这次阅兵的是红军警卫师和红军学校五期毕业生及新来的六期学生，

约有两万人。红军方队在一面面战旗引领下阔步通过检阅台，指战员们一面高呼着口号、一面向检阅台上行注目礼，走了一个多小时。阅兵式和分列式结束时，天已大亮，万丈红光普照大地。

第三次是1944年11月，八路军359旅奉命南下创建抗日根据地时，在延安机场举行的阅兵。阅兵时，南下支队的干部、战士们都穿着崭新的灰色棉军装，挂着新的子弹袋，背着新被子和新毛毯；歪把子机枪和三八式步枪，在阳光下闪闪发亮；一队队高头大马，排列在队伍后面，更显得威武雄壮。军乐声中，毛泽东、朱德、周恩来、任弼时、彭德怀、贺龙、叶剑英、聂荣臻等中央领导同志，由王震旅长陪同，健步登上主席台，检阅了部队。值得一说的是，此次阅兵，检阅式和分列式并不是集中在一天进行，这也是我军阅兵史上绝无仅有的一次。

第四次是开国前夕，在北京西苑机场举行的隆重阅兵仪式。1949年3月25日，中共中央和人民解放军总部由西柏坡迁到北平。毛泽东、朱德、刘少奇、周恩来、任弼时到达北平，当天下午，为了欢迎中国共产党的领袖们，在西苑机场举行了中共中央进驻北平的欢迎仪式和阅兵式。

这四次阅兵为后来的开国大典大阅兵奠定了基础。1949年9月，根据中国人民政治协商会议的决定，把阅兵列为国庆大典的一项重要内容。几天之后的1949年10月1日，中华人民共和国中央人民政府成立典礼即开国大典，在北京天安门广场隆重举行。毛泽东主席向全世界庄严宣告“中华人民共和国中央人民政府今天成立了！”之后，便举行了盛大的阅兵式：朱德总司令在阅兵总指挥聂荣臻陪同下，乘敞篷汽车检阅部队；中国人民解放军受阅部队列成方阵，迈着威武雄壮的步伐，由东向西分列式通过天安门广场。与此同时，刚刚组建的人民解放军空军战斗机、轰炸机，凌空掠过天安门广场，接受检阅。

尽管开国大典阅兵使用的是“凑”出来的“万国牌”装备，但彰显的都是中国共产党领导的人民军队浴血奋战，打下红色江山的人民军队的万丈豪情。

此次阅兵也开了新中国在北京举行国庆阅兵的历史先河。此后，人民军队

曾12次以阅兵的形式在天安门广场向祖国母亲汇报，而每一次都带给世人不同的记忆：

1950年10月1日，新中国成立1周年的国庆大阅兵，是在战争状态下举行的。阅兵结束后，中国人民志愿军首批部队于10月19日跨过鸭绿江，10月25日，抗美援朝第一次战役打响。阅兵后21天，人民解放军打开了进军西藏的门户昌都，开始向西藏进军。

1951年10月1日的国庆大阅兵，受阅的炮兵方队一部分火炮由汽车牵引，一部分火炮由骡马牵引——并不是因为汽车等牵引力量不够，而是以此象征着人民解放军由骡马化向摩托化、机械化的转变。

1952年的国庆大阅兵，公安部队和少数民族民兵大队亮相阅兵式和分列式。

1953年则是“最可爱的人”归来，英雄的志愿军代表团受到热烈欢迎，在观礼台上特别引人注目。

……

每年一阅，持续10年整。1960年9月，中共中央、国务院本着厉行节约、勤俭建国的方针，决定改革国庆典礼制度，实行“五年一小庆、十年一大庆，逢大庆举行阅兵”。1964年国防部颁布的队列条令中，首次出现阅兵条款。之后由于“文化大革命”的缘故及其他方面的原因，中国连续24年没有举行国庆阅兵。直到1981年，根据邓小平同志的提议，中共中央、中央军委决定恢复阅兵，并于1984年国庆35周年时，举行了恢复阅兵后第一次大型的国庆阅兵。这也是我国进入新的历史时期举行的第一次盛大阅兵。人民解放军陆军、海军、空军、第二炮兵、武警部队和首都民兵10370人组成42个地面方队、4个空中梯队接受了检阅。此次阅兵首次展示了中国自己设计制造的远程、中程和洲际战略导弹。尤其值得一提的是，受阅的28种武器装备，全部为国产。

……

如果历史是一条河流，那解放军阅兵史无疑是最为波澜壮阔、铿锵有力的

那条，而这场新中国成立以来首次以纪念抗日战争暨世界反法西斯战争胜利为主题盛大阅兵，无疑是河流中最别具风采的浪花。

华表之间

我不知道中国或全世界除了天安门前后，还有没有其他地方有华表，但我坚信，只要提到华表，人们首先想到的一定是天安门前那一对汉白玉柱子。

华表又称作“望柱”，柱顶石犼蹲立，下面横插云板，柱身雕刻云龙，相传既有道路标志的作用，又有过路行人留言的作用，在原始社会的尧舜时代就出现了，而1983年版《辞源》解释如下：

古代用于表示王者纳谏或指路的木柱；

古代立于宫殿或陵墓前的石柱；

房屋外部装饰物。

其实天安门地区这样的汉白玉柱子有两对，另一对，在天安门后面，均与天安门同建于明朝永乐年间，迄今已有500多年历史。这四根柱子，每根都由须弥座柱础、柱身和承露盘组成，通高为9.57米，其直径为98厘米，重约20000公斤，通体端庄秀丽、庄严肃穆，是少有的精美艺术品。差异之处在于柱顶上石犼的朝向。天安门前那对，石犼面向宫外；后面那对，石犼面向宫内。所以一直以来，在民间都有一种说法：管宫前的石犼叫“望君归”，意为盼望皇帝外出游玩不要久久不归，应快回宫料理国事；面向宫内的石犼叫“望君出”，劝诫皇帝不要老待在宫内寻欢作乐，应常到宫外去了解百姓的疾苦……

这些说法无论真假，对于当代的中国以及中国人都已经毫无意义。对于1949年10月1日之后的中国，这四根柱子除了观赏，最大的用途便是作为行进间的一种参照物，即“道路标志”——竟又回归到其最原始的功能上来。

只不过这种行进，不是普通意义上的行走，而是以军人最高的礼仪方式通过。这便是分列式，大阅兵中最为浓抹重彩的一环，也是最展现受阅部队风采

的一环。而部队行礼通过的那段区域，则被称作“礼仪区”，它位于东西两个华表之间——东华表为“敬礼线”，西华表为“礼毕线”。

这一段距离为96米。徒步方队通过这一“礼仪区”，须以正步加注目礼的方式。这段96米的距离，每一位队员通过天安门广场要走128步正步。这128步，一步不能差，步速定时，必须每分钟112步。

这是由正步的动作要领决定的。《中国人民解放军队列条令》规定：正步每步约75厘米，腿要绷直，脚尖下压，脚掌与地面平行，离地面约25厘米，行进速度每分钟110—116步。而在阅兵中，为了达到整齐划一、分毫不差的效果，又在《队列条令》的基础上统一规定：队员们踢腿高度固定在30厘米，步幅间的距离固定在75厘米，步速固定在每分钟112步，这样算下来，96米的距离正好是128步。

而这128步，也是我军正规化建设的一个缩影。

新中国成立后，我军开始正规化建设。1950年，根据中央提出的军队要统一指挥、统一制度、统一编制、统一纪律的要求，时任总参军训部部长萧克组织有关人员着手编写纪律、内务、队列三大条令。1951年，《中国人民解放军队列条令（草案）》正式颁发。《条令》对队形、动作，包括单个军人的每个队列动作，都作出了明确规定。从1951年国庆阅兵开始，正步的基本动作开始使用。此后，我军在阅兵式上都采用正步，至此次胜利日阅兵前，已有12次大阅兵、数万官兵以这种步伐通过天安门广场，接受党和人民的检阅。

除去正步通过的徒步方队，从华表间行礼通过的还有数千骑兵和无数装备车辆。这些曾英姿飒爽穿过华表间的队伍，有的兵种已经消失，有的部队已经撤销，永远退出了人民军队序列，但他们传承的精神不变，承载的荣誉不朽。因此，当胜利日大阅兵的老兵方队和荣誉方队出现在世人眼前时，带来的又何止是亲切和感动？

10时40分许，分列式正式开始。随着26架呈“70”字样编队翱翔的直升机和7架教练机组成的空中护旗方队超低空掠过天安门上空，地面上，国宾摩

托车队呈箭头状护卫着一辆辆满载耄耋老人的敞篷车辆缓缓驶来。霎时间，几十万观众激动地翘首相望。

这些白发老者，平均年龄90岁，最年长者102岁。70年前，他们是战争上意气风发的壮士。他们九死一生，功勋卓著，却在胜利之后深藏功与名，甘心默默无闻，不计得失，更从未想过在天安门前亮相。

车辆经过东华表，老兵们不约而同地向右摆头，颤巍巍地举起右手，敬礼。

没有人下口令。

观众席上一片欢呼掌声雷动。老兵们目光炯炯，老泪纵横。

华表之间，一代英雄时隔70年再显英雄本色。

华表之间，一支支耳熟能详的抗战英模部队再次激荡人心——

10时48分，在三军仪仗队的引领下，代表着八路军、新四军、东北抗联和华南游击队等抗战英模部队组建而成的10个徒步方队动地而来。军乐声声，战旗猎猎。身着15式阅兵服，手持95式自动步枪的受阅官兵，在20名将军领队的带领下昂首行进。步伐铿锵，撼人心魄。3590人的徒步方队，以同一个节奏叩击大地，触发起历史的心跳。“狼牙山五壮士”英模部队方队、“平型关大战突击连”英模部队方队、百团大战“白刃格斗英雄连”英模部队方队……受阅部队战功赫赫、英雄遍地，代表了我党在抗日战争中领导的人民军队，是各个战场上抗击日本侵略的优秀代表，他们用鲜血和生命凝聚形成了伟大的抗战精神。可以说，每一支抗战英模部队既是革命战争年代党领导抗战的“尖兵劲旅”，也是将抗战精神融入现役部队血脉的一面鲜红旗帜。他们以威武雄壮的姿态受阅，既是对英雄部队中蕴含的抗战精神的传承发扬，又必将极大地鼓舞和激励当代官兵更好地贯彻落实强军目标，有力捍卫国家主权、安全和发展利益。

华表之间，一支支雄师劲旅继往开来。

华表之间，装备方队似排山倒海，大河奔腾。全部国产化装备，84%为首次亮相……

华表之间，彰显的是大国的自信与担当，宣示的是对和平的追求与承诺。

灯，绽放夜的花朵

冷 冰

一

一盏灯，别在黑暗的胸前，如徽章，如花朵，如指引，一盏就成为黑暗的核心。

3月的一个黄昏，郊游路过京郊密云区太师屯镇的一个小山村。村中水泥铺路，路边的两家门前，香椿树刚刚滋出小小的芽苞。暮色降临，山风微寒，沿街的路灯亮了，金黄的灯光与夕阳的余晖融合，笼罩着依山势散布的院落屋舍，大雁翅膀造型的灯罩迤逦而列，一只鸟的队伍飞翔在小村的上空。有小狗跳跃着追车欢跑，村口的路灯与一株树冠庞大的栗子树相邻，两个老人在灯下聊天，几个人在旁边的场院跳广场舞。那些路灯，花朵一样，在夜色中开放，黑暗变得比纸还薄，比丝绸还柔和。后来，又经过两个村镇，都有路灯照明，行走在大山深处，与这些光在黝黑的山影中相遇又分别，如幻如梦。

大山深处的村庄和城市没有区别，路灯应时而亮——生活真的明亮起来了。

二

夜幕降临，谁不需要一盏灯呢？那是温暖的召唤，亲情相聚的指引，繁华祥和的抚慰与拥抱。简简单单的一盏灯，就能改变了世界的表情，改变人的心情和行动。

北京城亮起第一盏灯的时候，夜黑世乱。1888年，北洋大臣的李鸿章花费重金，从海外购置了发电设备和电灯，作为奉献给慈禧太后寿诞的贺礼，安置在她的寝宫仪鸾殿里。当慈禧第一次看到不用油的灯时，那道光芒晃了她的眼睛。她喜欢这个新玩意儿，命令电灯要一直点着。

这是北京城的第一盏电灯，作为独享物品，它悬挂在皇宫一室，照亮北京城的一隅，这簇小小的光团显得孤独而渺小。大殿之外，黑夜沉沉，外国列强正虎视眈眈要吞噬东方这块土地。而百姓之家，蜡烛、豆油灯的微弱光亮是黑夜唯一的眼睛，照着眼前恍恍惚惚的道路和身边的事物。

电是现代科技的产物。寻找中国的光，成为中国仁人志士的追求。19世纪后半期，经过第二次鸦片战争和《天津条约》《北京条约》等不平等条约的签订，中国领土频遭劫掠，外国侵略者加紧对中国实施政治控制和经济文化侵略。但紧闭国门的清政府，忙于内斗，比较排斥西方新事物的进入。内忧外患，中国的光被压抑着，等待有人挖它、立它、释放它，让它和许多新鲜的、先进的事物一起，将中国唤醒，让中国亮起来，强起来。

其实，洋人们想让中国有电有光，但这电和光要操纵在他们自己手里，作为他们攫取中国财富时照亮的工具。在北京，德国最先开始了电力运作活动。先是在慈禧太后常住的清漪园设置了一套德国产的照明设备，安置在临近东宫门的电灯公所内，专供园内照明，借机取得了进入京师的许可。庚子事变后，德商趁清政府无暇顾及之机，趁乱设立所谓“北京西门子电气灯公司”，安装了发电机组，开始向东交民巷的使馆、洋行等机构供应电力。由此，外国势力在京城电力发展上占了先机，但他们仍不满足，持续增建设备，谋求扩张供电

区域。清光绪二十八年（1903年），德国瑞记洋行向清政府提出在京师城厢经营送电业务30年专营权的要求。同时，英国商行也在京师频频活动，引进设备，欲开展电力业务。

趁火打劫，步步为营，外国势力经济侵占、电力扩张的野心昭然若揭，这些被中国有识之士看破，并开始奋力抗击。1904年，清政府连续两次收到时任清政府记名御史、刑部员外郎史履晋的上书，力陈自办电业之重要，书中进言："前闻有洋商在东交民巷使馆界内创设电灯，诚恐陆续推广，利权外溢。当约同志数人召集股款，拟在京师内外城自行立厂建灯……以保地方自治之权而便民用。"其言辞坦荡、忧愤、诚挚，朝廷为之所动，该奏请被获准，同年，以官督商办的形式，"奏办京师内外城电灯公司（后更名为京师华商电灯公司）"开始组建，公司声明，"不收官银一两，不借外债一文"，自此，北京百年电业民族化之路迈出了第一步。光绪三十二年（1906年），京师华商电灯公司于前门西顺城街建成电厂，向北京城供电，成为中国最早的民族电业开创者。

北京城的光，干净透亮，从一开始，就显出了自己的精气神。

三

谁不认识灯呢？但你真的了解一盏灯的经历吗？支撑它保持亮度的是什么？电，当然对，但不是全部。

北京城有多少盏灯，有一个地方最清楚——北京市路灯管理中心。据路灯中心统计，北京城内现有路灯150万盏，乡村路灯不计其数。

夜色中，灯如星，光如海，灯做了夜的主宰。电流无声，从四面八方沿着导线，从高山来，从平原来，从海边来，围绕着人，让千万盏灯饱满地亮，长久地照亮人的生活。是的，每一盏灯的背后，都连着一张庞大的电网。

北京电网编织得艰难。清末，虽然京师华商电灯公司建起了发电厂，到中

华民国时期，前门西城根电厂经历三次扩建，但仍满足不了京城的用电需要。1921年，石景山电厂开建，1922年从石景山到北京城区，建成了北京第一条33千伏输电供电线路，毗邻石景山电厂的模式口成为北京第一个全村通电村。但北京城依然频繁停电，电价又贵，普通百姓根本就用不起电，夜，仍然是飘荡着煤油味儿的夜。

抗战期间，京师华商电灯公司被日寇强行改称为北平电业公司，日本人忙于掠夺中国的矿产资源，根本不考虑民用电。时任公司总经理，也是华商电灯公司的创始人之一的冯恕，愤而辞职，拒绝与日伪政府合作，闭门不出，以卖字为生。先贤可敬，以智识远见，以挽狂澜之力，让古都北京亮起来，让民族电力工业立起来，直至侵略者的威逼之下，亦保持了应有的气节尊严，给中国电力史注入了抵抗的意志。

电力人坚信，电的开关，终有一天会重回人民手中！

四

1949年，新中国成立，天亮了，灯也该亮了。

但北京解放前夕，北京电力始终处于停滞状态，新中国接手的是一个千疮百孔的破烂电网，而这群接手破烂电网的电力人立刻迎来第一次大考。

这用电的第一个考验就在开国大典上——升国旗。在当时的科技条件和电力供应情况下，要按照“国旗下降，旗不准落地，升旗到顶，但不许冒顶”的要求，实现电动升旗。电动升旗，从来没有过！事关新中国的尊严与形象，既然电动，不停电是基本保障；既然要求已明确，必须确保万无一失。新中国电力工人的第一次考试全球瞩目。万无一失，电力人做到了！他们从地下，将两路电缆通到升降机旁，再由升降机通到天安门城楼的电钮控制器上，当毛泽东主席洪亮、豪迈的声音通过麦克风，传播全世界：“中华人民共和国中央人民政府今天成立了！”之后，他按动升旗按钮，第一面五星红旗在天安门广场冉

再升起。这小小的按钮，对于北京电力人来说，具有非凡的意义，因为从这里开始，确保北京重大政治活动电力保障的任务成为一项使命。

毛主席一个气定神闲的动作，让新中国的旗帜迎风飘扬起来！这是北京电力史上光亮而自豪的一笔。电，给天安门广场增光添彩了。

历史时刻增光添彩，日常过日子用电讲究的是安全稳定，特别是天安门地区的用电，比如那些灯，要保持最美最亮的状态。华灯初上，灯光勾勒出长安街的轮廓线，如梦如幻。1959年10月，新中国成立10周年，十里长安街亮起了周恩来总理亲自参与设计的九孔棉桃灯。专门负责长安街华灯的运维工作的陈春光，是华灯班第五代班长，灯是他心尖上的花，253基华灯253朵花，日夜开在他心里。

灯亮如花树，将中国之夜的灿烂呈现给全世界。国之亮度，一灯所瞩。“不让它有一点瑕疵，把天安门照美”，陈春光望着华灯说这话的时候，那些灯静静地亮着，一如当年。百姓们称呼陈春光和他的同事为“京城掌灯人”，掌管这座城市的光明，这是温暖城市和人心的工作。其实，灯也是守夜人，日复日，夜继夜，当掌灯人和他的灯将星辰交给黎明，他们的使命也臻于圆满。时间在灯光中醒着，生命在灯光中流逝，即使灯盏暂时沉默，因为责任的加持，也更清晰了自己的使命感。

五

灯亮着，人心就安宁。灯盏背后的大电网，保障着灯稳稳地亮。

20世纪90年代初期，改革开放后的中国经济迅猛发展，家用电器进入百姓家，社会用电急剧增加，电力供应远远不能满足工商业和百姓用电，“拉闸限电”成为人们的家常便饭。应运而生的电力“9511”工程，在两年内解决了北京市乃至华北地区严重缺电状况，北京城从此告别“拉闸限电”的历史。灯下的孩子们再也不会点着蜡烛做作业了。

金融街夜色　布面油画　150cmx150cm　魏海彬

北京，迎来了不夜灯、不夜天，成为彻底的不夜城。

灯不仅亮着，而且越亮越有人情味儿，遇到阴天下雨、雾霾等极端天气，它能根据实际天气明亮程度，对路灯的开闭时间进行微调，自动开关。路灯上安装有光敏探头，一旦发现照度不够，立刻向路灯中心报警，路灯中心根据情况调整路灯开启的时间。这样懂事听话的灯，谁不爱呢？

曾经在北京门头沟听到一个故事，一个年轻人攀岩探险，在密林中迷路，失去联络。三天之后，他隐约望见深山谷底似有光亮，遂不顾一切爬向那里。原来光亮之处是一户只有两位老人的家。事后得知，这里本已全村搬迁出去，但两位老人喜欢山居，重又回来，当地电力部门了解之后，为便于他们生活，又联合当地政府，为仅有这一户人家的地方恢复了送电。

从深远偏僻的大山褶皱之中的寥寥几户人家，到生存环境恶劣的雪域高原，一盏灯亮了，生活便真的亮起来了。光，不仅是光，还是温暖，是改变生活的绵绵力量。生活在哪里，光就照到哪里，就是人民电业为人民的生动诠释。

新世纪的北京之夜，大地流光溢彩，这是一座不夜之城，一座繁华之城，一座祥和之城。一张绿色电网，让北京城不仅灯无数，夜长亮，更让它成为一座动力十足的能量之城。

京郊一处特高压工地，一群穿蓝绿工装的人在荆棘、栎树、白蜡条，还有叫不上名字的草木中穿行。他们要让一堆钢铁在山上安家，草本植物将同闪亮的角铁作邻居街坊。当一截截角铁站成一座铁塔，银色的身影，闪耀月亮的光芒，满山的草木都矮了。

铁塔们跟着走上山顶，石头长城与输电线路比肩而立，平地崛起了一个个新高峰。一群建设者，站成夕阳的剪影，比近处的铁塔矮小，比远处的线路高大。这个形象，符合他们的生活，简单、普通、沉默，却拥有绵绵不绝的力量，像那些随时准备点燃的灯盏，饱含缄默的力量。

年复一年，70多个春秋，而今的北京电力已非同昔比。在原前门电厂原

址上，现在的国网北京市电力公司是首都最大的公用事业单位，负责北京地区1.64万平方公里范围内的电网规划建设、运行管理、电力销售和供电服务工作。北京电网作为京津唐电网的一部分，东西南北各个方向都有向北京输送电力的通道。可喜的是，从2020年7月1日起，国家体育场（鸟巢）、国家游泳中心（水立方）等第一批北京冬奥会场馆和配套服务设施将率先用上了绿色电能，将来的比赛场馆将100%实现清洁能源供电。

电网在扩大升级，电能构成在丰富扩展，电力技术在更新迭代，而今的电，已经不仅仅让电灯亮起来，而是点亮生活，成为经济社会发展的动力引擎。

灯，在陪伴，在帮助，延伸着白昼的长度，加倍给予人类更多自由的时间和空间，改变着人类的生活方式，熠熠闪光的生活在亮亮堂堂中流过。

六

你看“电”这个字形，像不像微型电路图？形意相配。一条条线路，在大地上画出新的经纬，能源无声地四处奔涌，隐秘地澎湃。它们有时要曲折地前行，以塔为支点，随势定位，遇山登高，遇水跨越，无可阻挡。

听一位电力调度员讲过，他出差夜航，从空中俯瞰大地，灯火闪烁，如另一片魔幻天空，令他陡生自豪感。人飞在两个“天空”之间，但知道哪里是真正的家，因为大地银河在遥远地呼唤，比星星更近，更亮，更繁华。

中国960万平方公里的土地，470多万平方公里的海域，14亿多人口，家家有灯，夜夜闪亮，这是一项多么宏伟的工程！北京城是其中的组成部分。

以灯为号，持灯的使者们将黑夜与白昼紧密连接，他们走到的地方，就是光明扎根之处。

一个人与一座城

许 震

2006年10月，我从武警总部司令部转业至北京市公安局时，一位相处多年战友拍着我的肩膀说："许震，你被军事管理近20年，转业还要到公安局这种准军事化的单位去?! "我一脸的茫然，甚至有些苦笑。

为什么当警察？当警察做什么？从警15年来，作为一名写作者，我一直记录着自己的生活和思索；作为一名中国共产党党员，我一直叩问着自己的初心、灵魂和使命。

一

2008年3月下旬的一天，我受领任务采访我们刑侦支队的一名警察。他因抓捕犯罪嫌疑人不幸感染重度肺结核。

那是一个"北风那个吹"的下午，漫天的黄沙从天而降，模糊了我的视

线，模糊着我的信念。那是一个仅仅22岁、参加工作不满2年的刑警啊！

车子左转右拐，碾着破破烂烂和不时出现的瓦砾，驶进了刑侦支队的院子。刑侦支队的周围，是已经拆迁殆尽的民房，破布、烂袜子以及丢弃的碎缸破碗到处都是，荒乱得无法想象，唯有刑侦支队的办公楼干净、洁白，如风中飘扬的旗帜。

接待我们的是刑侦支队综合队的一名副队长。他带着我来到打击犯罪区域队。队上的领导都在，原副队长和现警长热情地介绍这名刑警的情况。介绍完这名刑警的事迹后，他们带我到了这名刑警的宿舍。在他的床头柜里，我看到摆着一排排整齐排列的书，遗憾的是他的主人已经躺在病榻上了。书就是他的战友，一直陪伴着他。

在翻书的过程中，我脑海中突然冒出了一句话：什么是英雄，英雄就是血性的信念的坚守。徐洪刚22岁，被砍14刀，成了全国人民敬仰的英雄。这名刑警22岁，在没有硝烟的战场上，不幸被可恶罪犯的病菌击中。徐洪刚为什么敢于面对穷凶极恶歹徒的匕首？他是军人，祖国和人民需要的时候，他必须无条件地献出鲜血和生命。这名刑警为什么面对携带多种病症的嫌疑人，特别是传染性较强的肺结核、艾滋病等罪犯，敢于奋不顾身地冲上去？因为他是警察，是和平年代牺牲奉献最多的人。你为什么当警察？当警察做什么？是信念，是这名刑警打小的追求。正如每次领导去慰问他时，这名刑警都会坚定地说“选择了警察这个职业，就选择了忠诚，选择了忠诚就选择了无悔”一样。

二

我还采访过一名网络警察，他是全国五一劳动奖章获得者。

这名网警的故事要从六年前的一天晚上开始讲起。

年轻漂亮的李美正在与自己的老板用QQ聊天。也就聊了20多分钟，老板提出要出去办事，但带的钱不多，要李美给他打11000元，明天一上班就还她。

老板借钱哪有不借的道理，更何况对老板十分倾慕的李美，她急忙关上电脑，通过ATM机给自己的老板把钱汇了过去！

钱汇过去了，按正常情况下，对小李也有好感的老板，一定会给李美发个短信，说些“钱已收到，谢谢”之类的话。可是半个小时后，一点动静也没有，情急之下，李美给老板打了电话。老板一接电话，蒙了，别说借钱，就连当天用QQ聊天的这回事都没有。李美随即报了案。

案情就是命令。这名网警带领侦查员对李美和她的老板做了调查询问。老板称，大约一个月前，与一个网名叫“紫霞”的人聊天时，曾将自己的照片发送了对方，对方也把自己的照片发给了他。问题可能就出在这里！征得老板的同意后，这名网警当即下令打开了老板的电脑，在他的电脑里搜索出了可疑的病毒文件。

回到单位后，这名网警对提取的病毒文件进行了反汇编技术分析，发现老板收到的照片和正常照片差不多，但是，鼠标一双击，就不一样了。正常照片一双击就会放大，而这个照片双击之后，却会出现一段特定的计算机代码，代码的主要功能是自动监控计算机QQ登录的情况，记录QQ号码及登录密码，并远程传输到指定的网络文件夹中。经再一步研究分析，这名网警发现了一个139开头的QQ号有重大作案嫌疑！

随后，这名网警以购买木马病毒为由，与这个QQ号套近乎，取得这个QQ号主人的信任，这人把自己收款的银行账号和姓名传了过来。在上级领导和有关部门的支持帮助下，很快发现网名“紫霞”的QQ号、银行账号及取款人的地址都在广西南宁宾阳县。

经分局领导批准，这名网警和刑警队的一名同志去了南宁。7月初的南宁，是一年最热的时候。这名网警顾不上路途劳顿和天气的火热，一下飞机就和南宁警方联系，很快将犯罪嫌疑人杨某抓获。但是一审杨某，才知道杨某只是网络犯罪最末端的一个马仔。打个不一定恰当的比方说吧，杨某只是街头违法占道卖菜的小商贩，至于这菜是从哪个市场批发来的，经过了几道手和哪里生产的，都是个未知数。这名网警一下子有种“路漫漫其修远兮”的感觉。

好在杨某是个一突就破的“软蛋”。杨某交代，他这发财的门路是从他表弟罗某那里学来的，罗某住在乡下的一村子里。这个村子是QQ诈骗的重灾区，几乎家家户户都做这一行，民风彪悍，别说外地人轻易不敢进去，就是当地公安提起来都有些怵头。有一次，当地警方即将把一名犯罪嫌疑人带出村子时，在村口却遭到了200多名村民的围攻，警车被砸，犯罪嫌疑人被抢走！

这名网警心急如焚。网络诈骗犯罪犹如在自己面前张牙舞爪的吸血狂魔，不知道有多少人在身受其害，也不知道有多少亲情、友情、和爱情被他们戏弄和玩耍。看起来，这帮家伙诈骗的是钱财，实质上玩弄的是人与人的感情，损害的是整个社会的诚信。

无奈之下，这名网警想出了一个办法：蹲守。他从县城租来一辆当地号牌的出租车，天天守候在村口，一守就是三天。第四天，犯罪嫌疑人开着私家车出现了，这名网警就令出租车尾随其后，一直跟着他到了县城一家饭店的门口。等这人一下车，就将其擒获。据罗某交代，他只是从网上购买木马病毒贩卖的成员之一，算个末端的批发商，并供出了自己的上线：吉林通化辉南县的杜某。

从广西宾阳到吉林的辉南，没有直达的飞机，在请示领导之后，最好的办法就是从北京转机。在首都机场转机的四个半小时，这名网警偷偷地从首都机场打车溜回到家中，看了看仅有6个月的儿子，又打车到姥爷家，瞧了瞧已经癌症晚期的姥爷。他亲了亲熟睡儿子的脸蛋，也跪在姥爷的床前磕了三个响头。这一幕全印在了这名网警的妻子脑海里，她的泪珠一直在眼眶里打转转。

经过长途奔袭，三天后将在吉林通化辉南县郊的杜某抓获。杜某交代，他只是购买病毒生成器并生成病毒的一级批发商，而木马病毒制造者却在广东揭阳市惠来县！于是，网警一行又南下广东揭阳，将正在制造木马病毒的吴某抓获！

整个案件破获历时50天，行程1万多公里，涉案犯罪嫌疑9人全部落网！

习近平总书记指出：“平安是老百姓解决温饱后的第一需求，是极重要的民生，也是最基本的发展环境。”作为人民警察的这名网警，努力践行着习近平总书记的这一谆谆教诲！

三

我还深入采访过一名社区民警。

这名社区民警给我讲了一个令他终生都不会忘记的事情。

几年前的一个春天。白天虽然春意盎然，但是到了下半夜还是寒风凛冽，冷风打在脸上如刀割般疼痛。天上的月亮犹如悬挂着的明晃晃的达摩克利斯之剑，把天地间映照得如同白昼，然而就这样，也没有隐去三位小伙子内心的邪恶。他们三人酒足饭饱之后，突然有了干一票大活的想法。于是，他们商议好，发现目标后，一个人在碧水天桥的东边从东往西走，另外两人在碧水天桥的西边从西往东走，都掂着啤酒瓶，在碧水天桥上实施抢劫。不巧，一从事代驾工作的胡姓师傅往碧水庄园送客人回来，正好进入他们设计的包围圈。好虎难抵群狼，已经40多岁的胡师傅深知这个道理，除了乖乖地认㞞外，还把自己身上的手机、现金、公交卡等一股脑儿交给了这三个歹徒，然后，扭转身子沿原路返回。一下碧水天桥，感觉歹徒不可能掉头追过来的时候，他边跑边大声呼喊："抢劫了，抢劫了！"然后，又到附近的加油站借电话报了警。

酒壮㞞人胆，刚才还耀武扬威提着啤酒信誓旦旦的三个家伙，听到喊声，先是追了几步，来到桥下，见胡师傅已经进了附近的加油站，就立刻变得六神无主了，仓皇逃窜。天空的月亮像舞台上的追灯追赶着他们，他们顿时觉得上天无梯、入地无门，内心的不安、惊慌、恐惧、绝望，甚至悔恨一览无余。他们忘记了酒桌上的誓言，顾不得天气依然寒冷。

那天晚上，正赶上这名社区民警和另一战友值班。接到报警后，这名社区民警就往报警点赶，在报警点见到惊魂未定的胡师傅。胡师傅报告了出事地点、事情的经过以及三个犯罪嫌疑人的大体相貌特征。巡警经验告诉这名社区民警，周围的地形地貌让这三个家伙迅速逃走是一件不容易的事，追赶胡师傅这段路的西侧是京藏高速公路，东侧是碧水庄园别墅区，别墅区内有保安24小时值守，戒备森严。在这夜深人静的时候，别说翻墙进入，就是跳入一只几

斤重的野猫，也会声响大得如惊雷。如果是翻过护栏，跳入京藏高速公路拦车逃跑，也是一件不太可能的事。在这黑灯瞎火的后半夜，以现代人们的戒备心理一般人是不敢停车拉他们的。随后，这名社区民警和战友拉上胡师傅，走访了碧水庄园门口值守的保安，保安告诉他们，他看见三个人翻过护栏，进入了京藏高速公路，至于他们往哪里逃跑，他没有看清楚。听到这话，这名社区民警心里猛然紧了一下。

这名社区民警驾驶警车在京藏高速公路的两侧来回寻觅。当警车行驶到沙河南大桥附近的路面上时，这名社区民警和战友见从北往南的高速路上停着一辆警车，同样一红一蓝的警灯闪烁。坏了！估计是出事了。这名社区民警想。

正像这名社区民警预料的一样，当他们绕到沙河高速路入口，到达出事地点附近的时候，在高速路边先是发现了胡师傅的手机，接着又发现了胡师傅的公交卡。经胡师傅辨认，此人正是从碧水天桥东侧提着啤酒瓶子拦着他退路的那家伙。这小伙子已经瘫软在地上，一动不动。

经进一步了解，此人叫董可欣，刚刚度过自己18岁的生日，被送往999急救中心2小时后就死了！

这是这名社区民警第一次见到刚满18岁的青年瞬间死亡，也是他第一次如此近距离地面对惨烈的车祸现场。“老吾老，以及人之老；幼吾幼，以及人之幼。”这名社区民警18岁的时候，正在军营这座大熔炉里接受锻炼，有着从班长到排长再到连长营长24小时的悉心照顾，有着父母时刻萦绕在耳畔的叮咛和每周都有一封家信的牵挂。而董可欣呢，18岁生日刚过，就躺在冰冷的太平间里了。太可惜了，太年轻了！仅仅是因为一次抢劫，也许这是他人生的第一次抢劫，就丢掉了他宝贵的生命。董可欣的父母、爷爷奶奶、姥姥姥爷会怎么想，在独生子女时代，一个人的失足可能会断了两代人的念想和希望，一个人的死亡可能会令两代人肝肠寸断、痛不欲生。

董可欣的死亡深深地刺痛了这名社区民警。他认为，作为一名社区人民警察，让社区群众在社区内住得踏实、安心、温馨是义不容辞的责任，要完成好

这一任务，就要在社区内形成不想犯罪、不能犯罪、不敢犯罪的局面，提高社区人民群众的安全感和满意度。于是，这名社区民警在自己所管辖的“一亩三分地”里开始了实验。

经过他和相关人员几年的努力，这个在北京有名的治安形势复杂、群众防范意识薄弱的“北四村”之一，治安情况有了明显好转，发案率逐年下降，辖区群众的安全感和满意度不断上升，后来连续三年被北京市评为100个最平安社区之一。

为使辖区内的社会风气进一步好转，这名社区民警还创建了春蕾学雷锋团队。俗话说，群众看公安，关键看破案，而这名社区民警坚持让自己分管的社区变成了诗意的栖居，没有犯罪，没有违法，甚至没有矛盾，没有纠纷，人民群众温馨生活，永远洋溢着温暖、健康、快乐。

四

人是城的灵魂，平安是城的城墙。每一名首都警察，为了北京这座城的平安，为居住在这座城的人的获得感、幸福感、安全感，都有过艰辛的付出和努力。

我从警以来，主要以码字为主。但是，一旦有大的安保任务到来，为了北京的平安，在我们局内警种意识就完全淡化，有的只是警察的职责和使命。

党的十九大安保期间，我被抽调到“3+X”督导组，参与相关区分局安保督导工作。我们不但查社区警务“7×24”落实情况，也查学校、医院、加油站等公共场所反恐防暴情况，还查商店、商场等场所管制刀具、农药、化工原料等销售情况。对这些公安业务，我从没有接触过，但在经验丰富的同志带领下，在时间紧、任务重的情况下，必须一点一点地学、一个细节一个细节地抠，这对我这个50岁的人来说，难度可想而知。检查实施阶段，我每天挤公交车天不亮就出发，晚上披星戴月回来。当时，我家孩子刚做完韧带和半月板缝合手术，术后生活基本不能自理。面对此情况，我没有向组织提任何特殊要求，甚至没有向领导报告，我到超市为孩子买了超大型的便盆，每天早晨上班

前，将便盆和孩子一天用的文具图书放在床头，每天下班后帮孩子倒屎倒尿。近3个月下来，自己没请过一天假，没有过一次节假日，没有发生过迟到早退现象，更没有因为孩子生活不便影响自己的工作。另外，由于自己长期伏案工作等原因，腰椎骶突出、颈椎管狭窄，导致右下肢麻木和大脑时常供血不足，有时出现眩晕现象。9月7日，在顺义分局仁和、李桥派出所督导时，因一个动作时间过久，再次出现了头晕和右下肢麻木现象，后连夜被送往医院治疗。到医院检查没有大事后，我第二天又出现在督导检查的现场，直到今天我单位领导也不知道入院治疗的事。

2019年，在新中国成立70周年的国庆安保中，我参加了两个周末的演练和最后的安保工作，先后2次连续两昼夜没有正常休息，2次勤务步行超过了20公里。在演练当中，被安排到负责制高点督导的勤务，和小自己近20岁的年轻督察一起工作，一次从第一天下午5点至第二天凌晨5点多，爬上爬下一个晚上步行近30公里，有时挤只有一个人才能勉强过的钢板铁梯，有时爬1米多高的矮墙，没有扶手，没有灯光，利用手机照明，在特警局同志的引导下艰难前行。一次，经过一昼夜的折腾，自己的两条腿肿胀把夏季的裤子都撑了起来。执勤期间，由于种种原因，除了一身警服和特殊标志处，几乎没有任何保障，拍照用自己的手机，上勤时都是坐公交车或者步行去，下勤后都是步行或者骑共享单车回，多的时候一次骑行8.7公里、步行17000多步，喝不上水，吃不上饭。没有水喝，就到兄弟执勤点蹭水喝，没有饭吃就自己从家里带点零食吃。对于这些，自己从没有过怨言。

五

“十三五”期间，我国的平安建设体制机制得到逐步完善，人民群众获得感、幸福感、安全感进一步增强。今天的中国，呈现给全世界的不仅有波澜壮阔的改革发展图景，还有社会的平安、祥和与稳定。当今的中国是命案发案率

最低的国家之一，是全球最安全的旅游国家之一，被公认为治安保障最好的国家之一，而在现实中国的所有城市，北京是最平安的城市之一。

对生活在北京的人来说，“平安”代表着安宁的居所、安康的生活、安全的环境、安定的社会，更意味着充满内心的平安与宁静。拿我们具体的警务工作来说，平安的北京就是校园旁的警务亭，就是社区里的警务站，就是夜路上的一盏明灯，就是手机里的防诈提醒，就是斑马线上的礼让行人……平安是百姓安居乐业的基本保障，平安是心手相牵的共同期盼。

平安的背后，蕴含着中国特色的治理智慧和非凡的民生哲学。20世纪60年代，浙江绍兴枫桥镇开创了“发动和依靠群众，坚持矛盾不上交，就地解决，实现捕人少、治安好”的枫桥经验，其广泛深刻的影响延续至今天。我们首都北京的“西城大妈”“朝阳群众”等群防群治力量，更是让人感受到“邻里相望、远亲不如近邻”的温暖，让不法分子无处遁形藏身；互联网时代，面对用户信息安全与信息分享之间的内在张力，监管部门以“审慎包容”的原则迅速确立了顺应数字时代发展的监管原则……广袤中国的生动实践说明，在社会治理中坚持实事求是、因地制宜，坚持为了人民、依靠人民，才能有效应对不断变化的安全风险和挑战。

守护平安，有你有我；平安北京，共建共享。平安，是人民幸福安康的基本要求，是改革行稳致远的重要保证。全面建设社会主义现代化国家，平安建设既是重要内容，也是基本前提，必须把平安中国建设置于中国特色社会主义事业发展全局中来谋划，紧紧围绕“两个一百年”奋斗目标来推进。

“十四五”时期是我国在全面建成小康社会、实现第一个百年奋斗目标之后，乘势而上开启全面建设社会主义现代化国家新征程、向第二个百年奋斗目标进军的第一个五年。光荣使命召唤铁的担当，壮阔征程需要铁的护卫。为了首都的平安，为了北京城的人民群众，作为一名人民警察，作为一名中国共产党党员，我愿拆下自己的肋骨作火把，去照亮大家平安的路。

图书在版编目（CIP）数据

百年跫音：全两册 / 北京市文学艺术界联合会主编 . -- 北京：北京联合出版公司，2023.7（2024.1 重印）

ISBN 978-7-5596-7116-5

Ⅰ . ①百… Ⅱ . ①北… Ⅲ . ①散文集—中国—当代②报告文学—作品集—中国—当代③中国共产党—地方组织—党史—北京 Ⅳ . ① I217.1 ② D235.1

中国国家版本馆 CIP 数据核字（2023）第 119433 号

百年跫音

主　　编：北京市文学艺术界联合会
出 品 人：赵红仕
封面题字：方　放
插　　图：北京美术家协会
责任编辑：夏应鹏
版式设计：豆安国
责任编审：赵　娜

北京联合出版公司出版
（北京市西城区德外大街 83 号楼 9 层 100088）
北京华景时代文化传媒有限公司发行
北京中科印刷有限公司印刷　　新华书店经销
字数 638 千字　　710 毫米 × 1000 毫米　　1/16　　46 印张
2023 年 7 月第 1 版　　2024 年 1 月第 3 次印刷
ISBN 978-7-5596-7116-5
定价：148.00 元（全两册）

北京市文联庆祝建党百年

特约原创文学作品

U0925505

百年墨音

THE GLORIOUS FOOTSTEPS IN A CENTURY

（上卷）

北京市文学艺术界联合会◎主编

北京联合出版公司
Beijing United Publishing Co., Ltd.

《百年跫音》编委会

序言

百年党史的北京记忆

这是一项丰硕的党史学习教育成果。

2021年适逢中国共产党的百岁生日。党的百年历史，波澜壮阔、荡气回肠，吸引着广大文艺工作者。人民艺术家，茅盾文学奖、鲁迅文学奖获得者，一批知名作家，优秀画家、学者集结而来。在共同的党史学习中，大家常常驻足于一个事件、一个场景、一个人物不忍离去，来自其中的触动、激励、敬仰，汇集成了坚实的、感人至深的《百年跫音》，凝结成了文艺工作者学习党史的生动、丰硕的成果。

各位作家以历史文化散文为主要文体，从当下的地点、人物、文物切入，进入历史“现场”，从文艺的视角，用自己的情感和温度，既将历史和现实进行了密切关联，延展出了党史的时代价值，又着力反映了党史内在的精神要义，笔触精准、格调高雅，具备了浓厚的思想性、艺术性和可读性。画家们则致力于走进历史事件，准确捕捉支撑外在形象的内在气质，与党史人物进行灵魂对话，构建起了生动的百年北京党史画卷。文学与美术的和鸣，活化了党史北京画卷的独特、生动的表达。

这是一部凝结着真情与挚爱的文艺精品。

从党的重要孕育地北大红楼，到箭杆胡同9号、陶然亭公园、长辛店等北京多个红色地标，这里有独特视角的深度解读；毛泽东、李大钊、陈独秀、马骏等在百年党史中留下光辉印记的重要人物，在这里被生动还原；从北平和平解放、开国大典到1977年恢复高考、2008年北京奥运会等重大事件，在这里被鲜活呈现；北京地铁的发展律动、龙须沟的数次新变历程、首钢和航天城的建设节奏，在这里带您体悟感受；中轴线的沧桑、金融街的风云、城市副中心和回天地区的亮丽，在这里与您共同品味……可以说，以北京为发生地的建党百年的激荡风云和丰硕成果，在这本书里得到了前所未有的集中艺术展示。

在这里，作家们以巧思妙笔和真挚情感，将党的伟业铭记史册，镌刻丰碑；画家们则以画卷绘盛世,以丹青颂党情。作家们的精湛文字和画家们的精彩翰墨在这里如金镶玉，相得益彰，这两个艺术群体默契合力，用多维度的艺术形式，呈现了一场图文俱佳的精神盛宴，为党的百年献出了富有诚意的心礼。

这是一部生动的党史普及教科书。

此创作项目以北京为地理坐标，对百年北京党史进行了深入书写和深情表达。相关专家评论说：这是百年党史大众普及类领域的一个新颖探索。一批重量级的著名作家和画家以文学与美术有机融合的形式再度讲述百年北京党史的故事，则是针对特定叙事对象的特定风格选择。通过这样一个创作项目，既构建了百年以来北京黄钟大吕、气势磅礴的史诗叙事，也誊写了一份新时代北京的“履历档案”和“成绩单”。其内容与品质，为讲述党史故事、守护城市历史文脉、解读中国共产党百年传奇的精神密码，提供了新的经验和路径。

听到这样的鼓励和认可，我们是喜悦的。文联作为党领导的文艺界群团组织，在建党百年这样一个具有特殊意义的历史节点，能够为文艺家们提供有效的服务，积极助力文艺家更好实践文艺职能，向党的百岁华诞献礼，我们深感欣慰。

这里凝结着各方心血智慧和期待。

喜悦欣慰的同时，也要代表北京市文联，感谢北京市委宣传部对项目的指导和关怀，感谢市委党史研究室给予的指导和帮助，感谢各位作家和画家的倾情付出。还要感谢《人民日报》《光明日报》《文艺报》等媒体的大力支持。由于这些媒体的连续刊发和持续推送，才使得书中相当数量的优秀作品通过更广阔的平台得到了更有力的传播。北京华景时代文化传媒有限公司和北京联合出版公司在这本书的策划、编辑等事宜上也付出了辛苦的劳动，在此一并由衷致谢！

《百年跫音》在品质上凝结了诸多艺术家的才华、智慧、心血和力量，在内容上更是以滴水藏海的魅力映射着百年北京党史的灿烂和辉煌。期待这本书能抵达越来越多的读者手中，能被越来越多的人读到，成为具备普及性的红色文化经典读物，让书中的字里行间、一张一页承载着的党的光辉，辐射到恒久的岁月深处，照耀到更广阔更高远的地方。

北京市文学艺术界联合会党组书记、常务副主席　陈　宁

2021年6月

目录

开天辟地 上

开天辟地 下

改天换地

开天辟地 上

跫　音

李　舫

北京，东城。

横平竖直的北京旧城，有一条东西向的长街——五四大街。这条大街的中心，有一个朴素的门牌，上面刻着“五四大街29号”。在这个门牌的后面，是一个不大的院落，古朴的铁门后面，静静地伫立着一座红砖砌筑、红瓦铺顶的老式建筑。春来暑往，斗转星移，这座“工”字形的建筑已逾一个世纪。

1918年初，李大钊在这里创建了马克思主义研究小组。

1919年5月4日，北京大学的学生们正是从这里出发，一路行进到天安门，点燃了五四运动的熊熊火焰 。

1918年，毛泽东在这里的第二阅览室担任图书馆助理员。

1920年3月，在李大钊的指导下，邓中夏、高君宇等19人在北京大学红楼秘密成立马克思学说研究会，又称“北京大学马克思学说研究会”。

1920年10月，在北京大学红楼一层东南角的李大钊办公室，李大钊、张申府、张国焘三人秘密成立北京共产党小组。

因与北京大学的历史渊源，因与深沉宁静的红色外貌，这座建筑从建成至今，一直被人们称作——

北大红楼。

一

1917年，农历丁巳。

这一年，刚刚回到中国履新北京大学校长的蔡元培刚满50岁。五十而知天命，蔡元培却不知道他要面对的，到底意味着什么。

作为北京大学的第六任校长，等待他的是一个烂摊子。旧思想、旧文化、旧道德将北京大学腐蚀得乌烟瘴气，教员因循守旧，学生无心向学，人心日渐堕落，校园毫无生气。立志改革的蔡元培，更加坚定了自己的改革主张，他要从一所大学开始，用教育和启蒙的温和方式，重新掀起一场意义更加深远的革命。

北京大学的前身为京师大学堂，创办于1898年。1900年八国联军侵略中国，京师大学堂被迫停办。1902年大学堂恢复办学，采用分馆制，设有仕学馆和师范馆，后又陆续增添进士馆、译学馆及医学实业馆。辛亥革命后，京师大学堂改名为北京大学。改名之初，校内封建官僚习气依然如故，学生多是仕宦子弟，他们来此读书，无非是为日后的官运仕途谋取身价和资格。

此时的北京大学，春冰未泮，春寒料峭。

1月9日，蔡元培冒着严寒，发表就任北京大学校长的演说。他试图用教育完成救国宏愿，“吾人切实从教育入手，未尝不可使吾国转危为安”。

蔡元培对学生提出三点要求：一曰抱定宗旨，二曰砥砺德行，三曰敬爱师长。值此之际，他莅任的第一要务便是以“思想自由，兼容并包”的方针改造旧北大，致力于把北大办成以文理科为重点的综合大学。蔡元培从改革文科入手，扩充文理两科，文理两科的负责人便是文科学长、理科学长。这一年，他着手的第一件事，就是正式致函教育部聘请陈独秀任北大文科学长。

此时，蔡元培致力的理想教育是一种人格教育，因此他必须改革北大旧有的教育体系，尤其是文科教育。在他看来，文科学长不但必须是“积学与热心的教员”，还必须具有革新的思想，勇于“整顿”的革命的精神。当其时，陈独秀高举科学与民主大旗，以《新青年》为阵地，把一篇篇笔锋犀利的文章化为投枪，向旧礼教、旧道德、旧文化展开毫不留情的抨击。作为“一员闯将”，陈独秀“是影响最大，也是最能打开局面的人”。

北大文科原先只有四门：中国文学、中国哲学、中国史学、英语。陈独秀出任北大文科学长没多久，就开始进行大刀阔斧的改革，增设了德语、俄语、法语三门，并在哲学、英文、中文中分别设立了研究所。在文科的课程设置上，陈独秀也不拘一格，他曾经力排众议而开设了“元曲”科目，将“鄙俗”之学搬入高雅之堂，这是我国大学讲坛第一次开设“元曲”科目。除此之外，陈独秀还积极邀请各类人才到北大执教，如胡适、李大钊、刘半农等，一时间，提倡新文化运动的知名人士，大都聚集于北大文科。

1915年9月，陈独秀在上海创办《青年杂志》。翌年，该杂志改名为《新青年》，新文化运动由此发端。陈独秀受聘为北大文科学长后，《新青年》编辑部随之移至北京，由一人主编改为同人刊物，并成立编委会，北京大学由此成为当时中国思想界最活跃的阵地。这个时期，胡适、陈独秀前后在《新青年》发表的《文学改良刍议》与《文学革命论》，一同扛起了中国文学语言改革的大旗，此后，钱玄同、刘半农、傅斯年、周作人等人相继唱和，汇结成一股势不可移的新文化运动的潮流。

1918年12月，陈独秀、李大钊创办针砭时政的战斗性刊物《每周评论》，编辑部就设在北大红楼文科学长办公室。《每周评论》与《新青年》相互配合，协同作战。《每周评论》猛烈抨击封建军阀统治，揭露日本在中国东北和山东攫取权益的侵略行径，号召人民奋起抗争，成为新文化运动的又一块宣传阵地。

陈独秀执掌北大文科学长，随情任性，雷厉风行，锋芒毕露。正因为如此，陈独秀也结怨甚众。他的特立独行、唯我独尊，也令他举步维艰。在众人的压力之下，蔡元培不得不主持召开文理两科教授会主任会议，宣布废除学长制，成立由各科教授会主任组成的教务处，由教务长替代学长。实际上，陈独秀是被体面地卸下文科学长一职，体面下课。

犹如夜空中的焰火一般，陈独秀在北大红楼的两年，灿烂绽放，璀璨高升，旋即下落，化为灰烬。他将光明留给了周遭，却伴着余烬黯然离开，踽踽独行。

二

1918年仲秋，一个满口湘音的青年，背着一个简单的包袱走进了北京大学的校门。

他，就是后来影响了整个中国甚至整个世界的毛泽东。

五年多前的春天，毛泽东被湖南省立第一师范学校录取，在那里度过了五年半的光阴。在这所学校里，对他影响至深的有杨昌济、徐特立、袁仲谦、黎锦熙、王季范、方维夏等，其中尤以杨昌济的影响最大。杨昌济对这位勤奋善思的农家子弟很感兴趣，他在日记里这样记述对毛泽东的最初印象："资质俊秀若此，殊为难得。""余因以农家多出异才，引曾涤生、梁任公之例以勉之。"期待毛泽东像曾国藩、梁启超一样出类拔萃、济世救困。而对毛泽东来说，杨昌济是他最敬服的老师之一，其教授的伦理学也是他最喜欢的课程，他甚至把杨昌济翻译的《西洋伦理学史》全部抄录下来。

剧烈动荡的社会呼唤"大造"之才，而毛泽东也正关注着变幻的政治风云。以袁世凯为首的北洋政府与日本签订丧权辱国的"二十一条"，消息传来，湖南省立第一师范学校学生编印《明耻篇》小册子，毛泽东在封面写下："五月七日，民国奇耻；何以报仇？在我学子！”他还在挽学友的诗中写道：“我怀郁如焚，放歌倚列嶂。列嶂青且茜，愿言试长剑。东海有岛夷，北山尽仇怨。荡涤谁氏子，安得辞浮贱！”对民族危难的沉重忧患，以雪国耻、救国亡为己任的情怀抱负，跃然纸上。

尽管那时的毛泽东年轻英俊，已经是新民学会的领导人之一，在湖南小有名气，但在北大这块精英聚集之地，还只是一个来自外地的普通青年，默默无闻。后来他以一种略带自嘲的语气回忆这段经历：“我的职位低微，大家都不理我。我的工作中有一项是登记来图书馆读报的人的姓名，可是对他们大多数人来说，我这个人是不存在的。在那些来阅览的人当中，我认出了一些有名的新文化运动头面人物的名字，如傅斯年、罗家伦等，我对他们极有兴趣。我打算去和他们攀谈政治和文化问题，可是他们都是些大忙人，没有时间听一个图书馆助理员说南方话。”尽管如此，毛泽东并没有灰心，他参加了哲学研究会和新闻学研究会，利用在北大旁听的机会如饥似渴地学习。

这一年8月15日，25岁的毛泽东为新民学会赴法勤工俭学的事，由长沙乘火车到北京，这是他第一次走出湖南的长途之旅。可是，他没有去法国，而是选择留在北京。日后，毛泽东在接受埃德加·斯诺采访时说到其中的原因：“我觉得我对我自己的国家了解得还不够，把我的时间花在中国会更有益处。”此时的毛泽东，思想信仰仍未确定：“是自由主义、民主改良主义、空想社会主义等观念的大杂烩……但是我是明确地反对军阀和反对帝国主义的。”

此时，他在湖南省立第一师范学校的恩师杨昌济已任北京大学哲学系教授，赴法勤工俭学的信息就是杨昌济传递回家乡的。那时正是第一次世界大战后期，法国到中国招募华工，北大校长蔡元培等人借机筹建了华法教育会，组织中国学生开展赴法勤工俭学活动，杨昌济及时把这个消息传回湖南。这时的湖南政局混乱，政权更迭频繁，教育已经摧残殆尽，学生已至无学可求的境地，杨昌济让他的学生们积极准备赴法留学，选择勤工俭学这样一条新路。毛泽东选择留在中国，经杨昌济的介绍，他被安排到北京大学图书馆当助理员。

毛泽东来到北大工作，不是简单地北漂谋生，而是继续探求救国救民、匡扶正义的真理。正是由于杨昌济的介绍和推荐，《新青年》为毛泽东开启了另一扇认识中国与世界的窗口。陈独秀所说的“伦理的觉悟是吾人最后之觉悟”对他的感触极深，循着新文化运动的思路，他在努力地探索，为此阅读了许多哲学和伦埋学方面的著作，而他兴趣最大的是伦理学，他认为，“伦理学是规定人生目的及达到人生目的的方法之科学。”之所以如此认识，是因为他觉得“国人积弊甚深，思想太旧，道德太坏”，而要改变这种状态，就必须“从哲学、伦理学入手，改造哲学，改造伦理学，根本上变换全国之思想”。

由于“蔡（元培）校长帮忙的缘故”，图书馆馆长李大钊安排毛泽东干打扫图书馆、整理图书等轻便工作。有了这份图书馆助理员的工作，“我每月可以领到一大笔钱——八块大洋”，这让他在北京的生活得以稳定下来。在北京大学，毛泽东得以近距离接触蔡元培、李大钊、陈独秀、陶孟和、胡适、邵飘萍、梁漱溟、周作人等，发现了一个他从前所不知道的世界。也是在这里，这个南方青年懂得了中国之大、南北之遥：“在公园里和故宫广场上，我却看到了北方的早春。当北海仍然结着冰的时候，我看到白梅花开。我看到北海的垂柳，枝头悬挂着晶莹的冰柱，因而想起唐朝诗人岑参咏雪后披上冬装的树木的诗句：‘千树万树梨花开。’北京数不尽的树木引起了我的惊叹和赞美。”

1919年3月，毛泽东因母亲病重，辞去北京大学的职务回到家乡。尽管在北大不到半年时光，毛泽东却读了大量的书，接触了许许多多的人和事，特别是结识了李大钊、陈独秀等中国最早接受和宣传马克思主义的革命先驱，这为他未来的选择产生了深远的影响。

从北大走出来的毛泽东，浸润了北大的精气神，已然成为一位胸有利器、心怀世界的有为之士。1945年7月1日，抗战胜利在即，傅斯年作为6名国民参政员之一乘飞机访问延安。毛泽东单独安排时间，与傅斯年彻夜长谈。同当年北大相比，时间和场景都有了转换，可毛泽东依然不失他乡遇故知的情怀和礼贤学人的雅量。谈话中，自然谈到北大学生在五四运动中的作用，谈到傅斯年等五四运动风云人物。听到谈及自己，傅斯年谦逊地说：“我们不过是陈胜、吴广，你们才是项羽、刘邦。”

“自信人生二百年，会当水击三千里。”

就在这个朝气蓬勃、挥斥方遒的年纪，毛泽东写下了这句诗。正是在北京大学工作期间，面对中国近代以来的贫弱局面，毛泽东自信将来掌握中国历史命运的重大使命会由他们这一代有志青年去承担。在《民众大联合》一文中深刻反思：“国家坏到了极处，人类苦到了极处，社会黑暗到了极处。补救的方法，改造的方法，教育，兴业，努力，猛进，破坏，建设，固然是不错，有为这几样根本的一个方法，就是民众的大联合。”他大声宣称：“天下者我们的天下。国家者我们的国家。社会者我们的社会。我们不说，谁说？我们不干，谁干？”

三

清明时节，细雨纷纷。

雍容的红砖红瓦红墙红楼，掩映在道路两旁绿意盎然的行道树里。

1919年，29岁的李大钊意气风发。他快步走在沙滩北街，灰色的长袍在他身后飘起。一夜喜雨，落英缤纷，雨后的空气清新甘甜，他忍不住停下脚步，深深地呼吸。李大钊遥望湛蓝的高天，他的脸上洋溢着憧憬和幸福。

12年前，17岁的李大钊考入天津北洋法政专门学校，学习政治经济。新世纪以降，西风渐近，6年的学习让李大钊茅塞顿开。1913年的冬天，李大钊怀着忧国忧民的情怀，东渡日本，考入东京早稻田大学学习政治。正是因为在早稻田打下了西方经济学的良好基础，使得李大钊成为中国第一位接受马克思主义的高级知识分子。

1915年1月18日，趁第一次世界大战期间欧美各国无暇东顾的时机，日本驻华公使日置益觐见中华民国的大总统袁世凯，递交了“二十一条”要求的文

光辉的起点　中国画　250cmx193cm　王珂

件，并要求政府“绝对保密，尽速答复”。此后日本帝国主义以威胁利诱的手段，历时五个月交涉，迫使袁世凯政府签订，企图把中国的领土、政治、军事及财政等都置于日本的控制之下的21个无理要求。这便是历史上臭名昭著的“二十一条”。李大钊闻之，拍案而起，积极参加留日学生总会的爱国斗争，他起草的《警告全国父老书》的通电迅速传遍全国，他也因此成为举国闻名的爱国志士。

燕赵多慷慨悲歌之士，出生于河北乐亭的李大钊是其中的典型代表。1916年春，尚在日本留学的李大钊寄语祖国：“以青春之我，创建青春之家庭，青春之国家，青春之民族，青春之人类，青春之地球，青春之宇宙，资以乐其无涯之生……春日载阳，东风解冻。远从瀛岛，反顾祖邦。”西风尽，春归来，日本的春天已经来临，祖国的春天又在哪里？再造青春之中华的理想充溢心中，李大钊将无限的心事、无限的遐想、无限的祝福一气呵成写进洋洋万言的《青春》。

这篇文章发表在1916年9月1日出版的《新青年》第二卷第一号上。陈独秀被文章回环绕梁的韵律、荡气回肠的气魄和精辟透彻的说理深深打动，特别将它安排在第二篇。文章“江流不转之精神，毅然独立之气魄”，骤然传遍大江南北，对中国旧文化 、旧思想、旧政治产生了极大的冲击，激起无数热血青年满腔救国豪情。

1916年，李大钊回到中国，积极投身正在兴起的新文化运动，宣传民主、科学精神。俄国十月社会主义革命的胜利极大地鼓舞和启发了李大钊，他先后发表《法俄革命之比较观》《庶民的胜利》《布尔什维主义的胜利》《我的马克思主义观》等文章，既有清新自然的白话诗歌，也有全面系统的述理长文，最早在《新青年》宣传马克思主义这一先进科学思潮，向中国人民介绍了什么是“十月革命”，什么是“布尔什维主义”。

1918年底，在章士钊的介绍下，雄心勃勃的李大钊进入北京大学，受聘担任图书馆主任。这里的博学、审问、慎思、明辨、勤奋、严谨、求实、创新的精神，让李大钊如鱼得水。北京大学图书馆的前身是清末京师大学堂藏书楼，此前这里缺乏远大规划，管理相当混乱。上任伊始，李大钊便着手进行改革，北大图书馆很快从旧式藏书楼转变成现代化大学图书馆，迅速跻身国际先进图书馆行列。

这是1919年的清明时节，一个月后，这里将爆发举世震惊的“五四运动”。李大钊快步走进红楼大门，腋下夹着新刊出的《新青年》。他三步并作两步走上二楼，冲进北京大学校长蔡元培的办公室，红色木质地板在他的脚下“吱呀吱呀”地响着，似乎在回应着他的兴奋。阔大的办公室里，窗纱在风中高高飘荡，灯光有些暗淡，蔡元培的桌上摆放着一盘青菜、一碗米饭加上一碗清汤。蔡元培正埋首书堆间，在文件和书页上认真地批录。这位校长的工作可以用日理万机来形容，他忙碌了一个通宵加上一个早晨，家人只好将他的早餐送到办公室。

兴奋不已的李大钊冲着一脸懵懂的蔡元培，大声宣称：“试看将来的环球，必是赤旗的世界！”

正是在这里，李大钊在北大秘密发起成立马克思学说研究会，把经过五四运动锻炼的优秀青年组织起来，进一步学习、研究和传播马克思主义。

研究会一开始是在秘密状态下成立的，主要活动包括搜集和翻译马克思主义书籍，分组分专题进行研究，举行定期讲演会、讨论会和不定期的辩论会等。校长蔡元培大力支持研究会的活动，从北大借了两间屋子给研究会做活动场所，一间做办公室，一间做图书室。他们给图书室名副其实地取名为“亢慕义斋”——“亢慕义”即英文“Communism”（共产主义）的译音。

马克思学说研究会成立后，马克思主义得以在北京大学及北京各高等学校的青年学生中迅速传播，而这其中的一个重要影响，便是为北京党组织的建立做了思想和组织上的准备。到1922年初，马克思学说研究会会员从最初的19人增至60多人，后来一度发展到200多人。

1920年春，李大钊与陈独秀相约，同时在北京和上海从事建党的筹备工作。同年8月，上海的共产党早期组织在上海法租界老渔阳里2号《新青年》编辑部成立。在北京，红楼李大钊办公室的外间会议室，正是当时筹备北京共产党早期组织的联络处。

1920年10月，下南洋募捐的张国焘风尘仆仆回到北京。李大钊、张申府、张国焘三人，在北京大学红楼东南角的李大钊办公室，秘密成立了北京共产党小组。这是北京历史上第一个中国共产党的党组织。当时，李大钊每月从自己的薪俸中捐出80元，作为小组活动经费。同年11月，北京共产党小组举行会议，决定成立共产党北京支部。李大钊被推选为书记。12月2日，北京大学社会主义研究会成立，这是中国近现代史上第一个明确以社会主义为研究对象的学术社团，李大钊的名字列于八位发起人之首。

从1918年来到北京大学，到1925年8月离开北京大学，李大钊在这里工作了七年多。在此期间，李大钊开设了唯物史观课程，把马克思主义作为课程引进了北大。从此，他在这里播下了革命的种子，生机勃勃地在中国大地上展开了马克思主义思想和革命运动。

四

自1840年鸦片战争以来，一部沉重而悲壮的中国近代史负荷着中国人民在帝国主义、封建主义压榨下的无穷无尽的苦难，也载录着他们一次又一次起自血泊的英勇抗争，腐败的封建王朝和帝国主义相互勾结，签订了一系列丧权辱国的卖国条约。国破家亡，民族垂危，中国向何处去？谁能救中国？一代又一代的志士仁人面对混沌的天宇发出悲怆的呐喊。1918年11月，第一次世界大战以德国战败宣告结束，作为协约国的中国也沉浸在欢庆之中，德国强加在中国身上的耻辱标志克林德碑被推倒了，祈求着公理的亿万中国人民，将美好意愿诉诸强权。可是，公理真的战胜了强权吗？1919年1月18日，协约国首脑聚首巴黎召开和会，不顾中国人民的再三呼号，于4月30日悍然决议将德国通过不平等条约在山东取得的权益转让给日本。四万万中国同胞的忍耐在1919年5月终于走到了尽头。

1919年5月3日下午，北京大学的学生们知晓巴黎和会上中国代表外交失败的消息，当晚他们在法科礼堂召开大会，约请北京13所中等以上学校代表参加。热血在沸腾，地火在燃烧。北京大学，莘莘学子在觉醒。

“青岛完了，山东完了，中国完了！”许德珩悲叹。

“巴黎和会就是列强的分赃会议！”邓中夏愤懑。

“外争国权，内惩国贼！”罗家伦呐喊。

“孙中山的革命仅仅是将大清门的牌匾换作了中华门，不能算是彻底的革命，我们要开始彻底的革命！”热血青年在思考。

5月4日，来自北京大学等13所大学的3000多名学生，从北大红楼出发，在天安门广场集会，抗议帝国主义列强在“巴黎和会”上把山东从德国手上转让给日本的强权统治，高呼“外争国权，内惩国贼”“取消二十一条”，并在示威游行中火烧国贼曹汝霖的住宅，痛打章宗祥。

这一天，鲁迅在日记中用一个字来描述北京的天气——“昙”。“五月四日是个无风的晴天，却总觉得头上是一天的风云。”北京大学学生杨振声后来在回忆文章中写道。“昙”，意为乌云密布。这一天，怀着满心的乌云，学生们从北大红楼出发，一路到天安门、东交民巷、赵家楼，一路怀着愤怒带着激情不停地呐喊，乌云密布的中国，喑哑的天空终于发出了响亮的声音。

初心在萌芽，信念在激荡。中国的四面八方，有志之士不约而同聚集在一起，思考中国究竟往何处去，宣传新文化、新思潮的运动在全国风起云涌：在北京，陈独秀钦佩李大钊的《我的马克思主义观》，希望马上成立马克思研究会，李大钊提出进一步组织发动工人；在天津，周恩来、邓颖超、马骏、郭隆真、刘清扬等一批先进青年由于共同的觉悟、共同的使命组建觉悟社；在河南，第一师范学生组成励新学会；在湖北，董必武创办武汉中学；在湖南，毛泽东等发起“驱张运动”，率代表团赴京请愿；在上海，毛泽东终于找到陈独秀，夜读陈望道的《共产党宣言》中文译稿，憧憬着中国革命的未来，坚信农民将是革命的主力军；在北京，李大钊与毛泽东促膝长谈，悟到经济基础问题的肯綮——马克思主义唯物史观——才是解决中国问题的前提。

源于德国小镇特里尔的种子，在觉醒者的心灵中孕育成长。红色的激流汇入黄色的土地，掀起汹涌壮阔的狂澜，汇聚成光耀中华的绚丽日出。

五四运动的爆发，直接影响了中国共产党的诞生和发展，并由此成为旧民主主义革命和新民主主义革命的分水岭。

五

1920年2月，由于李大钊在危急关头的鼎力相助，陈独秀离开北京，从天津前往上海。不久，陈独秀、李大钊努力联系到共产国际，得到了他们的支持。南陈北李，相约建党。1920年8月，中国第一个共产党早期组织在上海建立。1920年9月，李大钊、张申府、张国焘三人成立了北京共产党早期组织。1920年11月，毛泽东、何叔衡等在长沙建立了共产党早期组织，而后，广东、山东共产党早期组织以及旅日、旅法共产党早期组织相继成立。

上海兴业路一栋普通的小楼，如今已经成为众多党员和人民群众的“朝圣地”。穿越一个世纪的风雨和沧桑，这栋普通的小楼，越发显现出一种纯粹的宁静和美丽。100年前的1921年7月23日，一群年轻人聚集在这里，革命的星火，燃烧出一片崭新的天地。来自长沙、武汉、上海、济南、北京等地的毛泽东、何叔衡、董必武、陈潭秋、李达、李汉俊、王尽美、邓恩铭等代表聚会在上海这座小楼里，召开了中国共产党第一次全国代表大会。

嘉兴西湖一条简陋的游船，今天已经成为浙江的红色地标。中国共产党第一次全国代表大会中途受到密探打扰，改在浙江嘉兴南湖一只游船上继续举行。正是在这条小小的游船上，与会者通过了中国共产党的第一个纲领和决议，中国共产党正式宣布成立。穿越一个世纪的洗礼和磨砺，这条简陋的游船，静静地停泊在南湖岸边，任风吹雨打，坚若磐石。

“我们喊个口号吧！”兴奋的何叔衡提议。

“马克思主义万岁！中国共产党万岁！中华民族万岁！”

铮铮誓言，震撼寰宇。

中国共产党第一次代表大会，是在反动统治的白色恐怖下秘密进行的，当时鲜为人知，好像什么也没有发生过，但它确实是开天辟地的大事件。中国共产党成立的时候，仅是一个由50多名党员组成的很小的党，但它却像春雷，在沉沉黑夜的中国大地上空震响；像火种，在苦难深重的中国人民心头点燃。大浪淘沙，星火燎原，从此，轰轰烈烈的无产阶级革命就从这一叶小舟启航。

作始也简，将毕也钜。

谁也不会想到，风雨如磐的暗夜里，一次秘密的会议如一道闪电照亮民族复兴的征程，共产主义运动迅速席卷大江南北，声势日益浩大。谁也不会想到，烽火连绵的旧时代，一个坚定的信念、一种人民至上的主义，彻底改造了古老的中国，彻底改变了人的命运，彻底改写了人类社会的政治版图。

谁也不会想到，一个朴素的初心，凝聚了非凡的力量，让世界1/4的人口选择了马克思主义。从嘉兴南湖红船上寻找光明的摆渡人，到驾驭世界第二大经济体的领航者，中国共产党激励与召唤着亿万人民生死与共、始终相随，让这个曾经四分五裂、一穷二白的国度，于危难中振作，在绝望中重生，已然可见复兴的曙光。

六

“走，去北大红楼！”

一声声热切的呼唤，将新潮的年轻人拉进了久违的峥嵘岁月。沸腾的热血、激荡的青春、昂扬的斗志、坚定的信念，光影淋漓间，一个又一个场景还原了20世纪20年代初的风云变幻。

皇城根遗址公园西边，五四大街路北，北京大学的旧址——北大红楼在烟雨中傲然伫立。

北京大学红楼始建于1916年，落成于1918年 。恰是在北大红楼落成之际，巴黎和会上的中国外交陷于失败。从1918年11月的“公理战胜强权”庆典，到次年1月的巴黎和会，短短两个月时间，当时的中国充分诠释了“自古弱国无外交”的定律。以北京大学为代表的进步知识分子真实地懂得了所谓的“公理战胜强权”不过是一个美丽的童话。

北大红楼通体红砖砌筑，红瓦铺顶，砖木结构。北大红楼落成之际，便是五四运动爆发之时，这是时代的必然，也是人民的选择。北京大学红楼是中国近代史上蔡元培、陈独秀、胡适、李大钊、毛泽东，这是他们最早传播马克思主义和民主科学进步思想的重要场所。不难理解，面对巴黎和会屈辱的局面，何以五四运动的浪潮从这座看似静谧的红楼开始，随即迅速波及天津、上海、广州、南京、杭州、武汉、济南等大中城市，最后抵达整个中国。

北京大学诞生于中华民族风雨飘摇的时代，直接孕育于甲午战争的烟火和戊戌维新的热血之中。当年光绪帝所下《明定国是诏》中对于设立京师大学堂的目的说得很清楚：就是“以期人才辈出，共济时艰”。在当时的中国，“时艰”就是指外辱内乱，虽然大清皇室把维持自己的统治地位也作为“时艰”的考量范围，但对于当时的仁人志士来说，这个“时艰”主要就是指国家不独立、民族不富强、人民不幸福。

尽管北大在初创的一段时期经历了曲折，没有完全按照“共济时艰”的目的去发展，但在总体上它开始引领着中国教育，尤其是高等教育朝着新的方向发展。辛亥革命后，北大的发展进入了新阶段，爱国、进步、民主、科学的精神日益浓厚 ，尤其是新文化运动的爆发，更是以北大为基地，深刻地凸显了北大人对于中华民族的使命精神。

100年前，先驱们在红楼敲响了钟声，唤醒了一个时代。今天，穿过熙熙攘攘的五四大街回望，红楼无声，红楼如故。然而透过红色的建筑外表，仿佛还能看到五四运动中青年学生流下的鲜血，看到风起云涌的革命年代高高飘扬的红旗，看到井冈山上正在燎燃的星火，看到红军战士帽檐上的五角星……这栋建筑曾经激荡起的历史风云，依旧清晰而鲜活。

遥想当年，这里是走在时代潮流最前沿的莘莘学子和新潮教授的打卡地。当年人们不会想到，走进这个深沉朴素的大门的，是时代浪潮上的弄潮儿——新文化运动的先锋，是新思潮、新时尚、革命主义和前卫主义的代表。他们的名字，将永远被刻在历史的长卷里。

亿万万人家国，一百余年拼搏。

时光荏苒，岁月匆匆，一个世纪往矣，革命者从未改变前行的脚步。

今天，越来越多的人开始醒悟——了解中国，必须了解中国共产党；越来越多的国家开始明白——读懂中国共产党，才能读懂中国。100年过去，时间的闸门从未关闭，而南湖中那条普通的游船，依然坚定地载着这个有着9000多万党员的大党、有着14亿多人口的大国，乘风破浪，驶向远方。

红楼第一人李大钊

徐 剑

将近清明了。北方陡然惊现倒春寒，云压城低，冷雨一夜锁京畿。他要回云南去给老母亲上坟，离京前，却有一事未了。百年一日写红楼，真正红楼楼主，百年第一人，非李大钊莫属。然而，谒过红楼，转过故宫东北角楼，还有两个地方要去，东交民巷29号、30号俄国使馆旧址与西侧兵营，西交民巷京师看守所。前者，为李大钊先生当年的避难和被捕之地，后者则是他的殉难之地。

天若有情，清明前的苍穹，总有几滴天泪落下，为众生，亦为死去的英魂。从沙滩红楼去东交民巷并不远，沿着护城河走过去，东边一河绕宫墙，先入北池子，一路王府至尊，雕栏玉砌，雄睨众生。而到了南池子，护城河之外，便是东华门了。

红楼百年第一人，彼时，他想到了93年前的天气，也像今天一样吗?

彼时，北京城郭天空阴沉沉的，淅淅沥沥地下了一阵春雨，天为君哭啊。

幽燕之地，过了清明节后，会突然变天，变来一场倒春寒，迎春花、白玉兰、西府海棠开得正盛时，蓦地，遭遇一场寒雪，或者一阵冷雨飘过。

李大钊走过来了，着一袭棉长袍，头发被狱卒剃光了，朝着绞刑架走了过来。那照片，看得人心碎、心痛。他是何等儒雅高尚之人，受如此奇耻大辱，蹒跚复蹒跚，铁镣是取下来了，可是那哐啷之声，是环佩之声，还是风铎独鸣，仍在身后回响。他望了望天，眼神有点黯淡，那副常戴的金丝框眼镜不见了，不知丢在何处。是他们将他从东交民巷苏俄大使馆里架上囚车那一刻，还是在西交民巷京师看守所里待的20天？他们将他折磨成这个样子。

不忍凝视，一朝沦为“囚徒”。“北李”在他的心中风采依旧，步履轻捷，气吐芳华，风神华采光耀九州。因此，李大钊的形象，显影在一个少年心中就是黄河泰山。那是何等气魄，浩浩汤汤，不择涓流，故能成其为阔；那是何等巍然，不择土壤，故能成其为高。可是这一个时刻，泰山将崩，大海还会海啸吗?!

李大钊就要走了，步履从容朝着绞刑架走了过去。那是一种刚从欧洲进口的刑具，一根套绳，卷成一个活扣，挂在一根横木架上，从天上往下看，那绳索是一个句号；从地上往天上看，那绳索是一个问号。

天问！守常一直在上下求索，在问天，在问黄土地，天地玄黄，宇宙洪荒，人之初，性本善，泱泱我中华，怎么会衰落、积贫积弱到这样地步？半个多世纪了，国家和民族濒临危亡的边缘。从老家乐亭考到天津北洋法政专门学校，一辆马车在将要秋收的道上，轧上两道深深的车辙，他在思考，在叩问，是谁将一个伟大的民族推向如此不堪的境地？那时已是大清末世，天津是洋务运动的中心，一个个北洋大臣在此长袖广舞，练水师，练新军，教官请的都是洋人。他读的学校便是这场洋务运动的落果。是谓中学为体，西学为用，师洋人之技。可是气吞江海的北洋水师，从大清学童就开始了中国海军的深蓝之梦，龙旗飘飘，30年一梦冰与火，最终折戟沉沙，完成了悲怆的海葬。洋枪洋炮的小站练兵，一支支新军不过是皇权政治角逐的私器，不成国器，却成国妖，最终挽不住帝国的既倒，皇朝大殿天倾一角，灰飞烟灭。后来，民国了，可“民国”又怎么样，依旧民不聊生，依旧兵燹遍地，北京政治舞台上，这拨起家于天津的北洋军阀野心不泯，有枪便是北京王，上演了一场场令人啼笑皆非的“京华烟云”。从袁世凯称帝始，北洋小站系不断地在北京变幻大王旗，直皖战争、直奉战争，一场场军阀混战，生灵涂炭啊。1913年，先生从天津登船，到日本早稻田大学读书，放眼东亚风雨，明治维新让日本找到一条图强之道，他有机会接触到日本社会主义者，读到幸德秋水、堺利彦著的书，开阔了他的视野。1916年他回国了，随后涌来的新文化运动，他投身其中，成了主将之一。但是，真正给他强烈冲击的是1917年的俄国十月革命，这是庶民的胜利，他为此欢呼雀跃。后来，他在天安门演讲中，喊出了普罗大众的心声，俄国十月革命就是“庶民的胜利”。随后，他在1919年1月第五卷第五号《新青年》上发表了《庶民的胜利》《布尔什维主义的胜利》，堪称中国最早的马克思主义文献。1919年9月、11月，他在《新青年》第六卷第五号、第六号上连续发表《我的马克思主义观》一文，从马克思主义经济学圭臬《资本论》入手，从商品的属性说起，直趋剩余价值理念，唯利是图是资本家嗜血之好，最后预言资本主义必然移入社会主义组织，根据这个预见，断定了实现社会主义的手段、方法，就是阶级斗争。而后，阐述了马克思主义的唯物史观。这篇洋洋洒洒的文章的发表，标志着马克思主义在中国进入比较系统的传播阶段。

历史选择了马克思列宁主义，将黑夜沉沉的中国天幕上一个个问号拉直了，让一个个天问最终找到了历史性的答案。百年以降，一代代中国精英的探索都徒劳无功，他们或代表了王朝，或代表皇权，或代表自身的利益集团，从没有一个人站在劳苦大众的立场上。从鸦片战争起始，太平天国、洋务运动、维新变法，志士仁人，血沃中华，可是所有探索都半途而废。辛亥革命是20世纪的一场巨变，结束了千年的帝制，在中国大地上立起了共和的旗帜，但因中国民族资产阶级的软弱性和不成熟，孙中山的三民主义失败了，南京临时政府仅存在了三个月，胜利的果实被北洋军阀据为己有。天降大任于这群用马克思列宁主义理论武装起来的中国政治精英，他们或世家或寒门子弟，却都熟悉这块大地，植根于劳苦大众，探索的是中华民族独立、自由和解放以及图强之道。中华民族的崛起重任，义不容辞地落在年轻的马克思主义信仰者的肩上。在“北李”心中，已经烙印一个不泯的信念：唯有中国共产党，才能带领劳苦大众，建设一个崭新的中国。“试看将来的环球，必是赤旗的世界！”

真的要流血吗？一个句号落下了，难道这个句号就是一个人生的死结吗？从发表《我的马克思主义观》到现在，恰好8年，8年一梦京华烟云。五四运动落幕后，一辆马车碾着冬日的阳光，送走了陈独秀，从此“南陈北李”相望京沪，携手建党。维经斯基来了，马林、尼克尔斯基来了，俄乡来客，只是帮助，只是催生，关键还得靠自己。他在北京大学成立了马克思学说研究会，以北大为阵地，通信会员遍及京、津、鲁等地，随后是1920年10月，北京共产党的早期党组织的成立，虽然一波三折，但是与上海形成呼应。中共一大召开时，他未去，派了他的学生与会。中共一大之后，他负责中共北京区委和北方区委的工作，先后任区委委员、委员会的书记。在中共的第二次代表大会上，李大钊依旧没有出席，在这次会上，当选为中国共产党五位中央委员的是陈独秀、张国焘、蔡和森、高君宇、邓中夏。中共三大、四大，李大钊被推选为中央委员，进入了中央决策层。共产国际提出国共合作时，让共产党员以个人身份加入国民党，他开始也想不通，与马林一场长谈，他仔细倾听了马林的见解，觉得他说得有道理，只有参加进去，才能发展自己。有了执政资源，才能壮大自己。1922年8月，在中央执行委员参加的“西湖会议”上，李大钊虽不是执行委员，但他参加了这次会议，是与会人员中仅次于陈独秀的重要人物，面对大家对以共产党员的个人名义，参加国民党都不太理解，甚至有抵触情绪，他最早出来说，中国国民党“抱民主主义的理想，十余年来，与恶势力奋斗……从今以后我们要扶助他们，再不可取旁观态度”。

此后，李大钊奉命执行中国共产党的统一战线政策，促进了第一次国共合作。1922年8月至1924年年初，李大钊几次往返于北京、上海、广州之间，与孙中山先生会晤，两个人“畅谈不倦，几乎忘食”。后来李大钊在《狱中自述》中写道：

“大约在四五年前，其时孙中山先生因陈炯明之叛变，避居上海。钊曾亲赴上海与孙先生晤面，讨论振兴国民党以振兴中国之问题。曾忆有一次孙先生与我畅论其建国方略，亘数时间，即由先生亲自主盟，介绍我入国民党。是为钊献身于中国国民党之始。”

1924年1月的国民党第一次全国代表大会，是李大钊的高光时刻，他成为大会主席团的五个成员之一，参与到国民党领导的核心，颇得孙中山先生信任。从这个意义上说，他是中共统一战线的开山之人，且做得非常出色。

那次代表大会，面对国民党右翼的质问与进攻，李大钊走上讲台，作了国共合作的专题发言，其道理气沛心清，坦荡真诚，惊为天人。他说：

“我们参入本党（指国民党）是几经研究再三，审慎而始加入的，不是糊里糊涂混进来的，是想为国民革命运动而有所贡献于本党的，不是为个人的私利，与夫团的取巧而有所攘窃于本党的。土尔（耳）其的共产党人加入土尔其国民党，于土尔其国民党不但无损而有益。美国共产党加入美国劳动党，于美之劳动党不但无损而有益。英国共产党人加入英国劳动党，于英之劳动党亦是不但无损而有益。那么我们加入本党，虽不敢说必能有多大贡献，其为无损而有益，亦宜与土美英先例一样……本党总理孙先生亦曾允许我们仍跨第三国际在中国的组织，所以我们来参加本党而兼跨固有的党籍，是光明正大的行为，不是阴谋鬼祟的举动。”

他凝视着李大钊最后的照片，其藏于荷兰国家档案馆。2011年3月，唐山市乐亭县李大钊纪念馆于海英女士，在荷兰档案馆寻找马林资料时，意外地发现了李大钊生前这最后一张遗照，拍于1927年4月被捕时，其清晰度之高，为国内所罕见。这张照片很可能是当时荷兰驻华公使W.J.欧登科带回国，存入了外交部档案里，最终归入荷兰国家档案馆。

照片上，李大钊先生身穿一袭棉袍，双手下垂，大拇指贴于食指第二骨节处，呈空拳状。他双目直视镜头，可能因为睡得不好，下眼泡是肿的，但他神情淡定，目视着前方，嘴唇略张，八字胡修得很整洁。下边的胡子长出来了，脸上没有一丝的怯意，亦无喜来亦无悲，从容不迫，似乎早就预见到了最终的归宿。

1927年的春天姗姗来迟，倒春寒一场又接一场，寒雪覆盖了北京城郭。对政治寒流李大钊先生早就预感到了，为安全起见，他避身于苏俄驻北京大使馆，按说这是很安全之地了。可是从东北闯关入京的安国军总司令张作霖，本起于草莽，一身绿林江湖习气，狡黠而机警，从不按规矩办事，他似乎最早嗅到了蒋介石的杀机，磨刀霍霍，准备清党分流，屠杀共产党员。于是，趁蒋在上海还未下最后决心时，他便先动手了。4月6日，安国军突然开车到了东交民巷，跳下一群荷枪实弹的士兵，包围了苏俄驻华大使馆，不顾苏俄大使的抗议，闯进了兵营，抓走了在此避祸的李大钊。那次全城大搜捕，逮捕了包括李大钊在内的20名共产党员。

4月7日的《晨报》登载："昨日东交民巷内发生极重大事件，为辛丑条约设定保卫界以来，空前未有之事。昨晨十时半东交民巷东西北各路口，停留多数洋车及便服行路者之徘徊观望，过者早知有异。迨十一时有制服警察一大队，约一百五十名，宪兵一队，亦有一百名，均全副武装，自警察厅，分路直趋东交民巷，首先把守各路口，余皆集中包围俄国大使馆旁邻之中东铁路办公处……时在内者突见有许多军警趋入，闻有人向空中放手枪数响，意似报警，令人逃走……当时事出仓猝，欲逃无路，闻有藏身于烟囱者，亦有匿避于厕所者。然无一不被发见，足知搜索何等严厉矣。至被捕者之人数，报告不一，其较可信者，则俄人十四五名，华人四十五六名（中有仆役等）……唯据外人方面消息，则李大钊、路友于二人，似在其内"；"尚搜得各种物件甚多……有共产党党员名册，共产党临时执行委员会名册，共产党北京市党部党员名册，共产党政治委员全名册等。又共产党临时执行委员会方印一颗，及共产党各机关印信数颗"；"一时许，俄国旧兵营（与中东铁路办公处毗连）有人放火，军警急驰往救援，旋消防队亦赶至，至二时始扑灭。又在该处起出重要文件甚多。放火原因，据人云，系为湮没证据之故。”

他已经不止一次来到东交民巷了。那些年，一位鲁院女同学从内蒙古呼和浩特市来，常下榻于公安部宾馆。不时找来一拨朋友雅集，他在应邀其中，推杯换盏，笙歌夜夜。他微醺，出宾馆不远，便看到外国使馆群落。夜阑人静，总有惊魂时分。可是，他已经很难走进这段历史。是时代拒那段历史于转门前，还是那颗巨星本已经飘远？说不清楚啊，冥冥之中，他却推开首都宾馆大堂的转门。中国作协全委会和几次换届，皆下榻于此。每次开会，他都会去东交民巷的使馆群转转，晓色、暮霭，疾步匆匆，安静的巷子里，高墙古堡，残阳夕阳明，一股历史的大风吹了过来，令他猝不及防。

李大钊被捕第三天，《晨报》又登出一条消息：“闻李大钊受讯时，直认真姓名，并不隐讳。态度甚为从容，毫不惊慌。彼闻述其信仰共产主义之由来，未谈党的工作，否认对北方有密谋。李被捕时着灰布棉袍，青布马褂，俨然一共产党领袖之气概。”

同一天的《世界日报》也有一则消息，说：“李着灰长袍，青布马褂，满脸胡须，精神甚为焕发，态度极为镇静，自称为马克思学说崇信者。对于其他一切行动，则谓概不知晓。”

李大钊被捕惊动了京城名流，因他是北京大学著名教授，各方皆展开营救行动。北洋政府前高级官员如章士钊、杨度、梁士诒和北大校长等都出面说情。面对来势汹汹的社会舆论，张作霖也开始犹豫了。他麾下有好几个大军阀，他发急电给孙传芳、张宗昌、阎锡山，问杀不杀李大钊。孙传芳、张宗昌最积极，而阎锡山则没有回电。张宗昌极力主张杀李大钊，说：“李大钊是赤党祸根，巨魁不除，北京终究危险。”当时报刊登载前方来电：谓前敌将士因讨赤死者不知若干，今获赤党首要不置诸国法，何以激励将士？

随后，上海四一二反革命政变发生了，蒋介石在上海大肆屠杀共产党人和国民党左派，这似乎给张作霖一个信号，他已经动手，上海血流成河，流成血海了。前有车，后有辙，蒋中正敢杀，他也不能装怂啊！何况老蒋给他发来密电："主张将所捕党人即行处决，以免后患。"

可他毕竟绿林发迹，心性多疑，总想将风险可控在最小。就是在最后一刻，各国大使给他压力，毕竟这是在东交民巷抓人啊，必须按照国际通行的司法准则来。审就审吧，反正是走过场，所谓军事法庭，李大钊等20个人匆匆走了一个过场而已。1927年4月29日《晨报》记下了审判观察记：

"军法会审于昨日上午11时在警察厅南院总监大客厅正式开庭，审判长何丰林中坐，主席审判官颜文海，法官朱同善、付祖舜、王振南、周启曾（原系卫戍总司令部法官），检察官杨耀曾分布左右坐。依次召预定宣告死刑之二十名共产党人至庭，审问姓名、年龄、籍贯及在党职务毕，一一依据军刑事务条例第二条第七项之规定，宣告死刑。至12时10分始毕。12时30分即由警察用六辆汽车分载各党人赴看守所（指位于北京西交民巷的'京师看守所'），各党人未戴刑具，亦未捆绑。下车以后，即由兵警拥入所内，当时看守所马路断绝交通，警戒极严。军法会派东北宪兵营长高继武为监刑官。在所内摆一公案，各党人一一依判决名次点名，宣布执行。由执行吏及兵警送往绞刑台。闻看守所中只有两架，故同时仅能执行二人，计自2时至5时，二十人始处刑完毕。首登绞刑台者，为李大钊，闻李神色不变，从容就死。"

那个天问落成一个句号，一个生命句号，就要画下了。李大钊走了出来，朝着那个句号走去，环顾左右，身边是他的两个学生范鸿吉、张挹兰，一男一女，形同走向天国之路上的护法使者。青年共产党人，国殇巨子。人生无常，死又何惜。只是他们太年轻了。范鸿吉30岁，湖北鄂城人，1918年考入北大的预科；张挹兰，35岁，湖南醴陵人，1924年考入北大教育系。他们都是最坚定的革命者，站于李大钊左右，一点也没有对死亡的恐惧。他们昂首相随，眼神炯炯，对敌人一副蔑视之情。

东交民巷与西交民巷，世纪百年，离得有多远？若无天安门广场相隔，它原在一条纬线上，两街相连，相距不过二三里耳。初踏这个维度时，是20世纪80年代初，他入京不久，后来此地最多。离他住的军队大院也不远，可是徐步其中，西交民巷辇儿胡同中段京西看守所已经被拆了，只能从老照片上一睹明代锦衣卫狱，清代刑部监狱当年旧貌。门阙横空，两层楼高的青砖壁上，写有楷书“京师看守所”，突兀的青砖扇面上，是一幅花枝浮雕，正上方，三只狴犴，中左右各一，横卧其上，眼神炯炯，欲阻凶神恶煞。正下方是一道两扇门开的铁门，米字横框加固，高墙铁窗，一锁千百年冤仇血恨。他踯躅于旧地上，仍然能捕捉到历史的气场扑面而来，他仿佛看到冷雨潇潇中，李大钊昂首、从容地走向了刑场。

守常先生在生命最后一刻，仍守常态而不惊，波澜不起。他一向儒雅大度，而此刻，他声调激昂，慨然赴死，看着绞刑架，留下了最后的遗言：“不能因为反动派今天绞死了我，就绞死了伟大的共产主义，共产主义在中国必然得到光辉的胜利”。他高呼：“共产党万岁！”

一个活扣拉下了，一个黑色的句号画下了，敌人为了让他痛苦不堪，20分钟的绞刑延时到40分钟。

一个天问落成了人生的死结，句号画下，一代巨星轰然陨落。

叩问京华

咏 慷

从儿时起，我就生活在北京，长大后又在北京工作，了解到不少关于这个城市的故事，还从历史书籍、影视、小说及诗人们的吟咏中，不断看到她的名字。

富丽堂皇的故宫、雄伟蜿蜒的长城、碧波荡漾的北海和中南海、红叶绚丽的香山、内涵深邃的圆明园……哪一处不能振聋发聩、光耀寰宇？

或许是青春年代有个人经历的记忆，总是最让人沉醉，因此我常情不自禁地就心驰神往到北京几处虽不一定人人皆知，但却洒满青年毛泽东怀一腔热血闯天下的纪念地。一个个春秋已匆匆而过，人的记忆却清晰如昨——

寻访中我常思忖：毛泽东为何能从一个既无显赫家世，又无财富后盾的普通农家子，成长为一代叱咤风云的马列主义者和革命领袖，既改变了中国面貌，又影响了世界历史进程？答案是——他青年时期的北京之行，有至关重要的作用。

应当说，青年毛泽东在接受马列主义之前，已具备了一些基本条件——因家里祖辈务农，自己从小做农活，13岁就成为一个整劳力……17年农村生涯使他了解农民疾苦，熟悉农村社会，培养了对农民的深厚感情，并决心站在劳苦大众一边为其谋利益。在湖南第一师范就读期间，他已开始深入群众进行调查，利用假期有过若干次“游学”——步行到浏阳文家市，在铁炉冲陈赞周同学家住了几天，白天和农民一起挑水、种菜，晚上同他们谈心，了解其民生疾苦。针对当地没栽树习惯，他宣传“前人栽树后人乘凉”、种果树造福子孙，还亲自动手栽了几棵板栗树……这为后来他做社会调查打下坚实基础。毛泽东的这些身世、经历，在中国共产党历届主要领导人中绝无仅有。他虽非出身书香门第，但自幼酷爱读书，笃信“饭可以一日不吃，觉可以一日不睡，书不可一日不读。”受过6年国学灌输和7年西学教育，还曾到长沙的省图书馆自学，“贪婪地读，拼命地读”，看了大量的书，“度过了他学习历史上最有价值的半年”。多年寒窗，毛主席熟读四书五经，博览史籍杂书，潜心研读世界名著及各种流行的新思潮，对中国近代思想家、革命家热烈崇拜，对世界英雄豪杰异常敬仰。中国传统的典籍文化、口碑流传的民俗文化、康梁变法的改良文化和西方赫胥黎的进化论等，都被他兼收并蓄。丰富的古今中外历史知识和对社会的深刻了解，为毛主席实现远大志向奠定了深厚学问基础。他自青年时起就立志做大事，发誓要“翻天揭地，改造社会”，为此而在学海中遨游，在书山上攀登，从书本中吮吸知识，也从书本中增长才干……这些都是青年毛泽东成功的关键。

我家曾长期住位于北京市中轴线的地安门，比邻的长辈有不少资历深厚、见识过党史上的重要事件，使我有幸聆听他们叙述建党前后毛主席的传奇故事——

地安门附近的豆腐池是条小胡同，其毗邻的钟鼓楼庄严而沉静，仿佛是一象征用语，用鼓声、钟声定位时间，是节奏的记录者、旁观者、见证人。那么让时光回溯到1918年吧，这里曾迎来大学问家杨昌济，并在历史上写下动人一笔。那年6月，豆腐池胡同被浓密的槐树遮掩着，显得斑驳凉爽，时而有腾起的鸽群划空而过。杨昌济从小就接受了优异的教育，后来东渡日本留学，赴英国、德国深造，堪称学贯中西的大师。他回国后，时任湖南督军的谭延闿闻其学识渊博，想聘为省教育司长。可杨昌济一心致力中国教育，无意仕途，婉拒了谭的邀请，去了湖南高等师范学校任教。也正是在这里，毛泽东成为他的得意弟子。

1936年，毛泽东与斯诺谈话时曾深情回忆：

> 给我印象最深的老师是杨昌济，他是从英国回来的留学生，我后来同他的生活有密切的联系。他……是一个道德高尚的人。他对自己的伦理学有强烈信仰，努力鼓励学生立志做一个公平正直、品德高尚和有益于社会的人……

豆腐池胡同9号是坐北朝南的两进院子，长30余米，宽12米，里院北房住家属；外院北房东边杨先生自住，西边是女儿杨开慧的住房；南倒座两明一暗，西侧两间为会客室，东侧一间用来招待客人。

杨昌济受聘北京大学，觉得蔡元培、吴玉章等组织的留法勤工俭学很好，遂想起并致信远在湖南家乡的得意弟子毛泽东、蔡和森。

新中国成立前，毛泽东曾来过两次北京。一次是1918年6月23日蔡和森先离开长沙赴北京，8月间致信数封给毛泽东，希望他速来北京，并强调这是杨先生的意思。

8月15日毛泽东遂向朋友借了点钱，同罗学瓒、萧子升、张昆弟、罗章龙、李维汉、陈赞周等25人北上。8月19日抵京后，他先与蔡和森暂住杨昌济家靠院门的单间里。

古都幽深的胡同、斑驳的宫墙、秀丽的海子、飞翔的鸽群……都让毛泽东新奇和兴奋。更让他喜悦的是又见到“霞姑”——杨昌济的女儿杨开慧。毛泽东刚进第一师范读书时，她还是14岁的女娃，如今已出落成娴静端庄、聪明好学的姑娘。

因毛泽东常在节假日向家父请教，叙天下大事，探寻救国救民真理，分析振兴中华之路，杨开慧渐渐注意到这名高个儿男生。他俩欢快热烈的谈话，常使她放下手中功课，静静地旁听。

杨昌济希望毛泽东要么赴法国，要么留北大读书，并介绍他到李大钊任馆长的沙滩红楼北大图书馆任助理员。这显然对毛泽东学习、接受马列主义起了重要作用。

当年的前院刚栽下一棵小枣树。杨先生和开慧常为小树培土、施肥。毛泽东也帮着浇水、护理。小枣树一天天长大，毛泽东和杨开慧的关系也越来越密切。他俩一起或漫步紫禁城外幽静的筒子河畔，或游览风景如画的北海、欣赏湖畔的垂柳。一来二去，两人产生了真挚的感情。豆腐池胡同，留下了他俩成双成对的脚印；巍峨的钟鼓楼，见证了年轻人心心相印的海誓山盟。

毛泽东曾给杨开慧写过许多信示爱，还吟下感情真挚浓烈的《虞美人・枕上》：

堆来枕上愁何状，江海翻波浪。
夜长天色总难明，
无奈披衣起坐薄寒中……

不久，因来京的新民学会会员居住分散，不便活动，毛泽东遂与蔡和森离开豆腐池胡同，会同罗章龙等7人到距地安门不远的景山东街三眼井吉安所夹道7号租了3间小房。1919年12月18日至1920年4月 11日，毛泽东还曾住过北长街福佑寺侧边小巷深处隐藏着的一幢红色小楼内。

那段时间，这些胸怀大志的“北漂”青年几乎没睡过一个整觉，常眼熬红了，嘴也起了泡，嗓子哑得说不出话，刮再大的风，下再大的雨，也得一脚水一脚泥地四处奔走。这些艰难困苦经历，让他们对未来更充满渴望。

在宣武门东河沿以南，有一个香炉营西巷23号，曾是湖南会馆。而位于和平门外的北京师范大学附中，是我中学时的母校。老师们以及家乡东莞的乡亲们告诉我，距此不远处的菜市口附近还有一个早在明朝就已形成的烂缦胡同，是广东东莞会馆、湖南湘乡会馆等诸多“会馆”云集之地。我曾多次前去探访，发现胡同里安静而温馨，路西101号有红色大门，镶有湖南湘乡会馆的铭牌及说明。据有关文献记载，毛泽东当时两次来京，曾两度在此过春节，留下了早期革命活动的年轻身影。

湖南湘乡会馆是光绪十三年（1887年）8月由清代重臣曾国藩创建。据《北京湖南会馆》载:“馆共三十六间，内设戏台一座、文昌阁楼一座、东厅署、望衡堂、西厅及中庭均宽敞，为平时集会之所”。它先是湖南学子进京赶学安歇之处，民国后逐渐成为湖南同乡、学子赴京求学或谋生的旅居之所。

1918年3月始任湖南督军的张敬尧，系作恶多端的反动军阀，上台后滥发纸币、盗押矿产、强种鸦片、纵兵抢劫、无恶不作，引发全省人民愤怒。当年9月毛泽东在学生联合会中酝酿驱逐张敬尧，公开发表宣言。这是他独当一面发起的第一次有广泛影响的政治运动。

为扩大影响并取得全国各界支持，毛泽东率“赴京驱张代表团”于1919年12月18日抵达北京。

他经与各方协商，组成“旅京湖南各界联合会”与“旅京湘人驱张各界委员会”。12月28日，毛泽东组织声势浩大的“旅京湖南各界驱张运动大会”在湘乡会馆召开，与会者千余人。他的演讲慷慨激昂，有理有据，赢得阵阵掌声。从那时起，毛泽东就十分重视新闻舆论的力量，成立了平民通信社并任社长，起草了大量驱张宣言、通电、文稿，分送京、津、沪、汉各报发表，将驱张运动汇入全国反帝反封建的爱国民主运动的洪流中。

是什么机缘让毛泽东倾心“宣南”这方土地？还要从黎锦熙说起。黎是湘潭人，1911年从湖南优级师范毕业后任湖南省督秘书，因不满当局腐败，毅然辞去待遇优厚的职位，从事教育工作。1913年他到湖南省第四师范任教，同年毛泽东考入该校就读，次年春又随第四师范与第一师范合并，转入湖南省第一师范。在一师，杨昌济、徐特立、黎锦熙都是毛泽东最敬重的老师。杨昌济、徐特立较年长，而黎锦熙仅比毛泽东大3岁，共同语言更多，也更亲密，渐渐形成一种亦师亦友亦兄弟的关系。

黎锦熙教历史，这是毛泽东最感兴趣的课程，常到黎处请教，古今中外、天文地理、革命规律无所不谈。

教学之余，黎锦熙与杨昌济、徐特立等老师一道组织了“宏文图书编译社”，并附办了《公言》报，以发表公正舆论，抨击教育界的弊政。黎锦熙曾找3位学生帮助抄写稿件，并给予报酬。多年后，他与人谈起此事：

> 在湖南办报时，经常帮我抄写文稿的青年人有三位，一位是不问文稿的内容，什么都抄；一位是见到文稿中的问题总是要提出来，并能代之润色；一位是看到与自己不同观点的文稿干脆就不抄。这三位对抄写文稿态度不同的青年，后来各自的成就也大不一样。第一位，在中国历史上默默无闻；第二位成了中国著名的作家，那就是田汉；第三位，在中国历史上成了伟大人物。

黎锦熙口中的“伟大人物”正是毛泽东。

1915年9月，黎锦熙受聘赴北京任教育部教科书特约编审员，住在香炉营西巷湖南会馆内。毛泽东经常与他通信，称他是“可以商量学问，言天下国家之大计”的良师益友。

1918年至1919年毛泽东两次来京，都去拜访了黎锦熙。黎总是让夫人做好家乡菜款待他。1919年2月1日毛泽东到黎家过春节，黎还将其《国语研究调查之进度计划书》改订本送毛泽东征求意见。

令毛泽东伤感的是这一年恩师杨昌济积劳成疾，先住西山疗养，后转入北京德国医院治疗。他自感将不久于人世，想了却一桩心事，遂强撑病体，给时任广州军政府秘书长、南北议和代表的好友章士钊致信，推荐毛泽东、蔡和森：

> 吾郑重语君：毛蔡二子，海内人才，前程远大。君不言救国则已，救国必先重二子。

信写完后杨昌济如释重负，临终前说："吾意正畅。"

此时毛泽东正因开展"驱张运动"来京，得知恩师病情，屡到医院探望。只惜杨昌济因常年劳累，于1920年1月17日病逝，年仅49岁。毛泽东悲痛万分，与开智、开慧兄妹竭力共同料理后事。杨昌济停灵于有"京城第一古刹"之称、"戊戌六君子"被杀后谭嗣同等曾停灵的法源寺，毛泽东守灵多日，并与蔡元培、章士钊、杨度、黎锦熙等联名在《北京大学日刊》发启事，公布杨昌济病逝消息，介绍其生平业绩及募捐。

1920年1月18日，毛泽东与邓中夏、罗章龙等在陶然亭慈悲庵内聚会，共同商讨驱除湖南军阀张敬尧的斗争。会后在慈悲庵山门外大槐树前合影，留下了珍贵影像。

1920年1月25日，杨昌济追悼大会在法源寺举行。蔡元培的挽联"学不厌，教不倦，本校失此良师"概括了杨昌济勤奋的一生。2月中旬其灵柩在夫人向振熙和开智、开慧兄妹等护送下，从北京启运返归长沙板仓故里。

1920年2月19日为旧历除夕，毛泽东又一次在黎锦熙家过春节，同时讨论新文化运动、社会解放与改造等问题。同年3月10日、3月17日他又多次到黎家畅谈。这个普通的小院，见证了两人不同寻常的师生情谊。

毛泽东对支援过革命事业的老师、朋友、故旧都是难以忘怀的。

1949年他从西柏坡率领党中央机关"进京赶考"。九三学社成员、北京师范大学代理校长汤璪真，以同乡及少年时同窗好友身份给毛泽东写了封信。毛泽东收信后非常高兴，当即打电话给汤。当毛泽东得知黎锦熙在北师大任文学院院长、同乡同学黄国璋也在北师大工作，当年6月17日就高兴地驱车去和平门北师大教工宿舍看望他们。

黎锦熙得到通知赶到院门迎候。上午10时，毛泽东一行到达北师大宿舍区，他一下车直奔黎锦熙而去。一声“黎老师”毛泽东的眼眶湿润了，黎锦熙也流下了激动的泪水，连说“不敢，不敢”。

“应该，应该，一日为师，终身为父嘛！古人尚且不忘培育之恩，今天亦应该提倡嘛。”毛泽东真挚地回答。

久别重逢，毛泽东与黎锦熙、黄国璋、汤璪真、董渭川等师友晤谈甚欢，不知不觉天黑了下来。秘书田家英提醒毛泽东该回去了，毛泽东见大家谈兴正浓，说：“再和大家多讲一会儿话，就在这儿吃饭吧，我请客。”毛泽东掏钱让随员从西单菜馆叫来两桌酒席，分别摆在客厅和旁边的房间。

入席时，毛泽东扶着黎锦熙胳膊说：“这里您年龄最大，又是我的老师，哪有让学生坐上位的道理？”

席间，毛泽东向大家一一敬酒，亲切话旧。他的眼神直视着，光亮而有暖意。

直到晚上9点，毛泽东才起身告别。黎锦熙在日记中写道：

1920年3月17日润之到我家后，至今不见快30年，身体比从前强壮。

此后，毛泽东又多次接黎锦熙、汤璪真到中南海叙谈，有时也把另一湘潭老乡齐白石一同请去，共叙乡情、友情。

一次荷花盛开，毛泽东饶有兴味地和黎锦熙一起泛舟共赏。

1949年10月1日，黎锦熙受中共中央和毛泽东之邀，参加了开国大典。

新中国成立后毛主席日理万机，抽不开身去看望黎锦熙，就派秘书周小舟代看望，常捎一些自己喜爱之物给老师。周小舟与黎锦熙也是老乡，又兼有师生之谊，故乐为代劳，长此以往，形成习惯。

新中国成立之初，毛泽东想请老师在政府任职，黎锦熙以健康状况不佳婉谢。毛泽东了解到他潜心教育和著述，遂不勉为其难。不久，毛泽东指定他和吴玉章、范文澜、成仿吾、马叙伦、郭沫若、沈雁冰共组“中国文字改革协会”，黎锦熙先后被选为理事、常务理事、副主席兼方案委员会副主任和汉字整理委员会主任。此后，黎尽其所长，为汉字改革殚精竭虑，先后参与制订了汉语拼音方案和简化汉字、推广普通话、汉语规范化等大量工作，著有《国语新文字论》《论注音汉字》《字母与注音论丛》《文字改革论丛》等专著，达到其学术生涯的巅峰。

1950年底，毛泽东由罗瑞卿陪到当年有过革命活动的陶然亭故地重游。他看到慈悲庵前的老槐树，抚今追昔，感慨万千，指示：“陶然亭是燕京名胜，这个名字要保留。”1952年，北京市卫生工程局组织了7000名民工，清理扩展了景区环境，仍以“陶然亭”命名了这座新中国成立后北京市开辟的首家公园。

毛泽东曾回忆：“我在李大钊手下担任国立北京大学图书馆助理员的时候，曾经迅速地朝着马克思主义的方向发展”，“他是我真正的老师”。

李大钊是中国社会主义、共产主义的播种人，是中国共产党的奠基人。1915 年12 月12 日袁世凯称帝，他积极投身反袁斗争与正在兴起的新文化运动，与陈独秀、鲁迅、蔡元培、钱玄同等一起宣传民主主义思想和科学真理，向封建顽固势力展开了猛烈斗争，用《青春》一文号召“冲决历史之桎梏，涤荡历史之积秽，新造民族之生命，挽回民族之青春”。1917年十月革命的胜利，极大鼓舞和启发李大钊深刻认识到这场革命的划时代影响，从中看到中华民族争取独立和中国人民求得解放的希望，在《我的马克思主义观》等文中预言：“试看将来的环球，必是赤旗的世界！”

青年毛泽东关注到——李大钊不仅是宣传社会主义的先行者，而且是为之

革命师生　国画　247cmx127cm　黄华三

奋斗的英勇战士。他用生命“实践其所信，励行其所知”，为中国人民谋幸福、为中华民族谋复兴。他身上凝结着中华民族传统美德，体现着中国知识分子的优秀品格。他有鲜明的阶级立场、深厚的人民情怀、高尚的道德品质，强调革命者要关心水深火热中“倒卧着几千百万倒悬待解的农民”，要去导引他们转入光明之路。他始终同学生、工人、农民等普通大众打成一片，布衣素服，深入群众开展工作，一生俭朴清廉，却慷慨帮助别人。在北大任职期间，李大钊经常倾家纾难，接济贫寒的学生和工农群众，支持革命活动，以至学校发薪水时不得不预先扣下一部分直接交予他夫人赵纫兰，以免家庭生活无以为继。他牺牲后遗体下葬，棺椁衣裳都是朋友帮助提供。他温和可亲的形象和伟大的人格精神，深深地刻在广大群众心中。在五四爱国运动中，李大钊带学生上街散发传单，积极奔走联络社会各界营救被捕入狱的陈独秀。

毛主席在《中国共产党第七次全国代表大会的工作方针》中说：

> 陈独秀这个人，我们今天可以讲一讲，他是有过功劳的。他是五四运动时期的总司令，整个运动实际上是他领导的……我们是他们那一代人的学生。五四运动替中国共产党准备了干部。那个时候有《新青年》杂志，是陈独秀主编的。被这个杂志和五四运动警醒起来的人，后头有一部分进了共产党，这些人受陈独秀和他周围一群人的影响很大，可以说是由他们集合起来，这才成立了党。

毛泽东关注到——五四运动爆发后，中国工人阶级第一次作为独立的政治力量登上历史舞台，李大钊欣喜地看到在中国建立以马列主义为理论指导的无产阶级政党有了可能。他将自己负责的《新青年》第六卷第五号编成“马克思主义研究”专号，并协助北京《晨报》副刊开辟“马克思研究”专栏，在北大等5所高校开设“唯物史观”“社会主义与社会运动”等课程，在中国的大学课堂上第一次系统讲授马列主义理论。他到武汉、上海、成都等地讲学，领导建立了马克思学说研究会、社会主义研究会、北京社会主义青年团等多个社会团体，推动开展马列主义的宣传和研究活动。他用马克思主义唯物史观考察中国历史的发展进程，率先揭示出真正要解决中国的救亡与复兴问题，中国必须学十月革命。他对马列主义和十月革命一系列深刻的阐释与最热忱的欢呼，使中国人对自己的命运及未来发展有了科学认识，知道无论面前多么艰难险阻，有马列主义科学真理指导，以十月革命为榜样，中华民族独立、解放、复兴的伟大事业就必将成功。他号召、组织先进青年到工人中去，开始把马克思主义同中国工人运动结合起来。1920年，李大钊组织北京的青年学生到长辛店机车车辆厂作调查，开办了劳动补习学校，宣传马克思主义和十月革命，组织成立工会，开展工人运动，把五一劳动节作为进行大规模宣传活动的时机。1920年5月1日，《新青年》《星期评论》《晨报》等都出版了劳动节纪念专号。李大钊发表《五一运动史》，详细介绍五一国际劳动节的起源，欧美各国工人在自己的节日里为争取八小时工作制，为争取工人阶级解放而进行斗争的情况。这一天，北京、上海、广州、九江、唐山等各工业城市的工人群众举行集会游行，这是马克思主义同中国工人运动相结合的大规模的实践。1921年五一劳动节，长辛店铁路工人1000多人举行大会，宣布成立长辛店工人俱乐部，各地工人运动也不断发展，为中国共产党成立打下了阶级基础。

为了社会主义事业，李大钊奋斗不息，视死如归，如同那个长夜难明中国的普罗米修斯，使马列主义的光辉冲破阴霾照亮神州，社会主义革命的火种在大江南北逐渐燎原。在他的影响下，毛泽东、周恩来、邓中夏、高君宇、许德珩等一批有志青年迅速成长，成为革命的先锋、共产党的骨干、国家的栋梁。

毛泽东认为李大钊的奋斗历程，同马列主义在中国传播的历史紧密相连，同中国共产党创建的历史紧密相连，同中国共产党领导的为中国人民谋幸福的历史紧密相连。他常吟咏的名句“铁肩担道义，妙手著文章”，是他为人民解放事业奋斗终生的真实写照。

毛泽东当时熟读中外历史，并独创性地搞学生运动、自治运动，甚至搞新村式试验。他对各种社会活动经反复比较，得出结论：看来用老式资产阶级革命的办法是不行的，要搞俄国式的革命。他一旦确立对马列主义的信仰，就为之奋斗终生，从没动摇过。毛泽东的这个抉择，不仅改变了他一生的命运，从某种程度上说也是改变了中国的命运。

除了先驱李大钊，毛泽东在北京还结识了一批志存高远的年轻人——陈延年、陈乔年、邓中夏、赵世炎、何孟雄……他们的这些革命活动，都发挥了作用。

1920年初，李大钊就与邓中夏等酝酿成立中国共产党。他送陈独秀去天津及转往上海路上，商讨了有关建党问题。他到天津与列宁领导下的苏俄代表取得联系，交谈了对革命和建立政党的见解。陈独秀到上海、李大钊回北京后，分别在南、北方进行建党的准备。1920年3月，李大钊在北大秘密建立马克思学说研究会；5月陈独秀在上海建立马克思主义研究会。这是准备建党的第一个也是具有重大意义的步骤。史称“南陈北李，相约建党”。陈独秀在上海筹备建党，考虑到名称究竟叫共产党，还是叫社会党？拿不定主意，遂写信向李大钊征求意见，最后由李大钊确定了党的名称——中国共产党。1920年4月，共产国际批准、俄共（布）远东局符拉迪沃斯托克（即海参崴）分局派维经斯基一行来到中国，对中国共产党的建立起了帮助和促进的作用。1920年8月，上海共产党早期组织率先成立，陈独秀任书记。10月在北大图书馆北京共产党早期组织成立，李大钊任书记。在陈独秀、李大钊影响下，1920年秋到1921年春，共产党早期组织在武汉、广州、济南、长沙及旅居日本东京和法国巴黎的中国留学生中相继成立。

就是在五四运动前后这两次来京的过程中，毛泽东通过与陈独秀、李大钊等先驱的交往，通过密切联系实际的学习革命理论，逐步接受了马列主义，牢固确立起共产主义世界观，形成始终不渝的红色初心。

1920年冬天，毛泽东与杨开慧在长沙第一师范附小的教师宿舍举办了简朴的婚礼。从此这对志同道合的伴侣，并肩走上惊心动魄的革命道路。杨开慧1922年初加入中国共产党，成为毛泽东的助手。大革命失败后，毛泽东去领导秋收起义，开展井冈山根据地斗争；杨开慧则独自带着孩子，参与组织和领导了长沙、平江、湘阴等地武装斗争，发展党的组织，坚持革命整整3年。1930年10月，杨开慧被捕，她拒绝退党并坚决反对声明与毛泽东脱离关系，随之被国民党枪杀。1957年毛泽东为纪念她特写《蝶恋花·答李淑一》词，赞其为“骄杨”。杨开慧是中国妇女解放运动的倡导者和实践者。

1983年，在修缮长沙板仓杨开慧住所时，在墙缝中发现了她1929年6月20日的手迹：

> 自从听到他许多事，看了他许多文章、日记，我就爱上了他。……我看见了他的心，他也是完全看见了我的心……不料我也有这样的命运，得到了一个爱人……从此我有一个新意识，我觉得我为父母所生之外，就是为了他。假设有一天母亲不在了，他被人捉住了，我要去跟着他同享一个命运。

恩师杨昌济走了，爱妻开慧也走了。此后毛泽东把对老师、亡妻的怀念和挚爱之情，既付诸自己所献身的宏伟事业，也转嫁到了岳母、师母向振熙老太太身上。新中国成立后，全国的干部和职工均由供给制改为薪金制，毛泽东住在离豆腐池胡同不远的中南海，一直按月给老人寄生活费；即使工作再忙，也亲自过问；有时发现秘书忘了便叮嘱补寄，一直赡养到老人去世……

在对马列主义理论的研究和掌握上，毛泽东悟性高，能很快领会马列主义真谛，并运用得好，一上场就显示了出众的才华和极高的领悟力。毛泽东在青年时就说过，要救中国就要有“奇杰”，有大思想家、大哲学家、大伦理学家。这表露了他的雄心大志。历史证明，毛泽东就是这样的“奇杰”，这样的“大家”。

杨昌济称毛泽东“资质俊秀”“殊为难得”，是农家出的“异材”。黎锦熙在日记中写道：“得润之书，大有见地，非庸碌者。”加上毛泽东“性不好束缚”“好独辟蹊径”，善于独立思考，不迷信、不盲从的独特性格，就决定了他学马列理论的突出特点，是学得刻苦而不死板，读得认真而不教条。他在初次读《共产党宣言》后，知道人类有史以来就有阶级斗争，阶级斗争是社会发展的原动力，说“这些书上，并没有中国的湖南、湖北，也没有中国的蒋介石和陈独秀。我只取了它四个字‘阶级斗争’，老老实实地来开始研究实际的阶级斗争。”就马列主义的阶级斗争理论是分析阶级社会的主要方法而言，他确实抓住了认识中国问题的根本，并能从中悟出“认识问题的方法论”，这说明毛泽东书读得活，领悟力极强。这是他优于和高于党的其他早期领导人的一个突出特点。

青年毛泽东在北京的足迹，为岁月刻下了深深的年轮。1921年6月，共产国际代表马林和尼克尔斯基抵达上海。上海共产党早期组织随即向各地共产党早期组织发出召开“一大”的通知，各地派两名代表出席。7月间毛泽东、董必武等10余位代表和两位共产国际代表齐聚当时上海法租界望志路树德里106号，召开了中国共产党第一次全国代表大会，宣告了中国共产党的诞生。

这是中国历史上开天辟地的大事。中国革命的面貌从此焕然一新。

铁肩道义，辣手文章

解玺璋

清末民初，民办报刊乘势而起，如雨后春笋，蓬勃生长，大有江河泛滥之势。怀抱济世救国崇高理想的士子们，依托报刊，针砭时弊，自由议政，开启民智，造就新人，推动政治变革和社会进步，显示出强大的影响力和感召力。这些刚刚脱去旧式“长衫”的“同学少年”，转身成为中国最初的职业报人，他们带着对这个新兴职业的想象与期许，以笔为旗，激扬文字，活跃在报纸这个舞台之上。而邵飘萍，就是其中的杰出代表。

金华“童子秀”

1886年10月11日（清光绪十二年九月十四日），邵飘萍出生在浙江东阳大联乡紫溪村一个穷儒之家。[①]此地素有“勤耕苦读”之风，邵家几代都是以耕读终其一生的普通人。到了邵飘萍这一代，得天下风云际会而乘之，所谓笔参造化，学究天人，竟成就了一个生而名满天下，死亦彪炳史册的报业巨子。

他是家中第五个孩子，幼名新成，又名振青、镜清，字飘萍，阿平是他发表文章时常用的笔名。父亲邵桂林在他出生后不久，将全家迁往金华。事后证明，这个决定在他的成长经历中发挥了至关重要的作用。在金华，邵桂林仍操旧业，办起一家私塾。邵飘萍就在父亲的指导下读书。

邵桂林办学，颇有严苛之名，对学生教之不苟；自己的儿子，自然更不肯放任自流。他是把整个家族的希望都寄托在这个儿子身上了，盼着他能金榜题名，登科致仕，出人头地，光宗耀祖。邵飘萍很小就显示出聪慧的特征，更兼有父亲的精心培育，学业则日新月异，不到10岁，已能作文答对，不仅“四书五经”烂熟于心,《左传》《史记》中的许多名篇亦能背诵。像许多神童一样，他也有过吟诗作对的“奇迹”，在当地被人视为“奇才”。

1899年（光绪二十五年），邵飘萍14岁，参加金华乡试，考中秀才。据说他的名次排在金华府属八县之首，但主考官担心其年少气傲，故意将他降为第10名。尽管如此，邵飘萍的“童子秀”还是轰动了东阳，成为当地的美谈。秀才虽然名分不高，却也是“功名”在身了，接下来还会有会试、殿试，举人登科，进士及第，如果一帆风顺的话，至此才算实现了一个读书人的最高理想。如诗所言：春风得意马蹄疾，一日看尽长安花。科举的全部荣耀莫过于此！

---

① 另据邵飘萍夫人汤修慧在《一代报人——邵飘萍》中透露，邵飘萍的生辰为1884年11月1日（光绪十年九月十四日）。见北京市政协文史资料委员会选编:《文苑撷英》，北京出版社2000年版，第363页。据旭文依据邵飘萍故里邵氏宗谱的记载考证，邵飘萍当生于1886年10月11日戌时，学术界目前多采用这种说法。

人生转轨

邵飘萍人生轨迹的转变，与一个叫张恭的人有关。事后证明，这个人的出现意义重大，关乎他的人生选择。张恭生于1877年（光绪三年），比邵飘萍年长近10岁，是个思想非常激进的民主斗士，主张用武力推翻清政府，为此先后创立了“积谷会”“千人会”“龙华会”等反清组织，不久又加入光复会，成为革命党的一员，曾参与秋瑾领导的皖浙起义，失败后逃亡日本。他创办的剧社“张恭大班”，常在金华、义乌一带巡演，剧目都是根据《猛回头》《警世钟》等流行小册子改编的文明戏。

年仅十六七岁的邵飘萍也是个热血青年。他追随在张恭身旁，憧憬着自己也能投身于火热的斗争中去，为拯救这个国家和民族尽一份力。这期间，张恭与几个朋友合办了一份名为《萃新报》的报纸，尽管只是一份文摘半月刊，但在金华却是首创。设在金华中学堂右首吕成今祠内的萃新报报社，离邵飘萍的家很近。现在还没有证据表明邵飘萍参与了《萃新报》的编辑业务，但是，就他与张恭的关系而言，他必是《萃新报》的常客。他对报刊功能的最初认识，显然是在这里形成的。他日后选择报业作为终生志业，《萃新报》亦有启蒙之功。

1906年（光绪三十二年），邵飘萍考入浙江省立高等学堂（即今浙江大学前身）。该校曾是巡抚廖寿丰创办的求是书院。关于邵飘萍在高等学堂读书的具体情形，我们所能看到的，也只有方汉奇先生访问其夫人祝文秀时记录下来的片言只语，说他“每试第一，成绩为侪辈之冠”，甚至引起一些同学的妒忌，栽赃他偷了别人的书。①

无论如何，高等学堂这三年，让邵飘萍进一步明确了自己未来将要努力实

---

① 方汉奇：《发现与探索——记祝文秀和她所提供的有关邵飘萍的一些材料》。见政协浙江省东阳县委员会文史资料编委会编：《东阳文史资料选辑》第二辑《邵飘萍史料专辑》，第176页，1985年10月内部发行。

现的理想目标。这固然得益于学堂自治自觉的学风，给了他更多的时间阅读课外的报刊。这段时间恰逢《民报》与《新民丛报》就革命与改良的一系列问题展开论战，先不论政见、立场如何，论战双方在报刊上慷慨激昂、酣畅淋漓的尽情挥洒，竟使得记者、主笔这种职业赢得了社会上更多人的好感，人们不再以搬弄是非而轻薄之，而邵飘萍这样的青年，也不能不为之心动，从而更加坚定了他献身报业的决心。

初试《汉民日报》

1909年夏天，邵飘萍从高等学堂毕业，并没有马上进报馆，而是被金华中学堂聘为教员，做了孩子王。学校生活，日复一日，年复一年，是很乏味的，他还是向往着有一天能作为民众的耳目喉舌在报纸上展现自己的才华。经过一番努力，他被《申报》特聘为通讯员，负责采写有关杭州与金华的地方通讯，投寄到在上海的报社。直到1911年10月10日（农历辛亥年八月十九）武昌首义，浙江亦于11月4日响应，宣布光复。邵飘萍及时抓住了这个历史机遇，跑到杭州寻找机会。他在《愚与我国新闻界之关系》中写道：“自浙江高校毕业而后，曾为中学高小等国文历史教员之生活者三年，即兼地方报纸通讯之职务，因此关系，辛亥革命之岁，遂与杭辛斋君经营浙江之《汉民日报》。”①

这是邵飘萍与报业正式结缘之始。这一年，邵飘萍25岁。我们现在能够看到的邵飘萍最早的文章，即发表于该报11月25日。此时据《汉民日报》创刊只有一周。他在其中写道：“革命非行乐事，乃万不得已而为此剧烈之举动也。故革命所以救同胞，非以造饭碗。存争饭碗之心，则政治黑暗且甚于昔

① 邵飘萍：《愚与我国新闻界之关系》。转引自林溪声、张耐冬：《邵飘萍与〈京报〉》，中华书局2008年版，第19页。

日，何必多此一举哉！”[①]这种认识贯穿于邵飘萍的一生，在他的主持下，《汉民日报》表现出鲜明的以时政报道和评论为主的特色。如果说，长久以来憋了一肚子话想说，如今可谓恰逢其时；而他又是个极敏感的人，现实的刺激总给他一种拍案而起，奋笔疾书的冲动。方汉奇先生主编的《邵飘萍选集》，收集到他在《汉民日报》发表的文章，就有72篇之多，从中不难领略一个初出茅庐的报人卓尔不群的眼界和胆识，以及尖锐明快、辛辣幽默的文风。

书生意气，“愤青”本色

从武昌首义到民初建政，恰逢中国的国体、政体新旧交替的关键时期，此时此刻，历史风云变幻，世事跌宕起伏，真真假假，虚虚实实，明枪暗箭，你争我夺，真个是乱哄哄你方唱罢我登场，各派政治势力纷纷加入角逐，看得人眼花缭乱，目不暇接。然而，对于搞新闻的人来说，却是大显身手的极好机会，邵飘萍更是得其所哉，放言无忌。统揽这个时期邵飘萍的言论，革命激情有之，正义感有之，也表现出一定的政治洞察力和思想的深刻性，但仍不脱“愤青”本色，所论带有十分浓厚的书生意气，纸上谈兵，不足深论。然而，他有些话确实说得很精彩，也有先见之明，例如，他说：“孙总统有辞去总统之权，无以总统让与他人之权。袁世凯可要求孙总统辞职，不能要求以总统与己。”[②]他看到了此事的荒唐，并且说得明明白白，但人微言轻，并不能影响到历史的进程。他又说：“帝王思想误尽袁贼一生。”[③]他这话是在1912年1月23日说的，此时溥仪尚未宣布退位，没想到四年后他的这句话竟成了一句“谶语”，真就应验了。

---

① 邵飘萍：《时评一》。见方汉奇主编：《邵飘萍选集》下册，中国人民大学出版社1988年版，第245页。
② 邵飘萍：《时评》。见方汉奇主编：《邵飘萍选集》下册，中国人民大学出版社1988年版，第270页。
③ 邵飘萍：《时评》。见方汉奇主编：《邵飘萍选集》下册，中国人民大学出版社1988年版，第268页。

杭州官场的腐化及大小贪官污吏他也不肯放过，1913年5月9日，他在《汉民日报》发表《呜呼，共和国人民之生命财产》一文，列举了金华、东阳、德清等地官吏戕害人民的种种事实，最后他说：“人但知强盗可怕，不知无法无天的官吏更可怕。”[①]因此，他与地方权贵结怨，几次遭遇性命之忧。一次是有人潜入报社纵火，想烧死他，幸亏报馆内印刷工人众多，发觉早，及时将火扑灭了。还有一次，有两个杀手等在他去报馆的路上，被他识破，机智地逃过一劫。这一年的8月10日，浙江都督朱瑞借袁世凯封杀国民党系统报刊的机会，终于以“扰害治安”和“二次革命嫌疑犯”的罪名，将他逮捕，并查封了报馆。

第一次亡命日本

邵飘萍在狱中关押了半年之久。第二年春天，被各方营救出狱的邵飘萍，为避风头而东渡日本，入法政学校肄业。这时的日本，似乎已经成为国内革命青年避祸的首选之地。而这所学校亦是专为中国人办的。可惜，世界之大总是不能给中国青年安放一张平静的书桌，即使在日本，自称来读书的他，待在教室的时间也是非常有限的。不是他不想读书，而是形势所迫，他只能走出书斋，奔波于留日学生群中，商讨救国之道。此时已是1914年8月，欧战爆发，日本乘欧洲列强无暇顾及亚洲之机，欲将德国所占中国山东权益收归己有。8月15日，日本对德发出最后通牒，要求9月15日前割让青岛给日本。8月21日，日本《朝日新闻》刊登《中日新议定书》六条，其中提到领土保全上有危险之时，日本帝国政府可采取临机必要之处置，不得妨碍日本帝国政府的上述行动，而给予便利，日本帝国为达前述目的，得临时收用在军事上必要之地

---

① 郭佐唐编写：《邵飘萍烈士年谱》。见政协浙江省东阳县委员会文史资料编委会编：《东阳文史资料选辑》第二辑《邵飘萍史料专辑》，第227-228页，1985年10月内部发行。

点，非经两国政府承认，不得与第三国签订违背本协约之条约……其内容类似于日韩合并前日本与韩国签订的议定书的翻版。①23日，日本即对德宣战。9月2日，日军在龙口登陆，直接威胁青岛。

正在法政学校读书的邵飘萍密切注视着日本的一举一动。他急于想把在日本听到、看到的情况告诉国人，于是找到潘公弼等三位同学，办了一个“东京通讯社”，为国内报刊提供稿件。他后来曾经忆及此事：“设东京通讯社，为京津沪汉著名报纸司东京通讯。适当日本提出二十一条之际，以议论激越，惹日本警察官吏注意。”②其实，注意到东京通讯社的，又何止“日本警察官吏”，国内舆论界对这家通讯社亦表现出浓厚兴趣。这时，有两件大事牵动着国人敏感的神经。外部即日本向袁世凯政府递交“二十一条”；内部则为袁世凯“帝制”运动正在紧锣密鼓地进行中。这期间，邵飘萍围绕这两件大事向国内发回大量报道，详细介绍外国报纸对此的报道和评论，以及日本各地中国留学生举行集会、请愿等活动的情况。当时便有一种舆论，现在也还有人相信，认为袁世凯最终接受“二十一条”，是与日本做交易，换取日本对“帝制”的支持。其实，日本不仅自己反对袁世凯称帝，还联合英、美、法、俄劝阻袁世凯放弃称帝的想法。其中，只有美国拒绝加入劝阻帝制的行动。关于日本的这种态度，以及背后的动机和各界的反应，邵飘萍多次加以详尽的报道，陆续写了《日人所谓国体变更之里面》《日人观察帝政问题之表里》《日本对我帝制问题之三说》《日人论其政府之对我警告》《英俄法日之同时一箭》《今后外交之形势如何》《东邻外交界要闻》等一系列综述日本朝野各方的主张和见解，以及中国拒绝劝告后日本所施对策的文章。通过这些文章，他也明确表示反对袁世凯“称帝”，反对将共和政体篡改为君主政体，并提醒国内警惕日本及欧洲列强可能借口保护侨民而采取军事行动。

---

① 引文来自360常识网：《二十一条在什么情况下签订？二十一条是谁签订的》。

② 邵飘萍：《愚与我国新闻界之关系》。转引自汤修慧：《一代报人——邵飘萍》，北京市政协文史资料委员会选编：《文苑撷英》，北京出版社2000年版，第367页。

北京十年

1916年春，上海新闻界特邀邵飘萍归国，要借他这支擒龙伏虎之笔，为讨袁助一臂之力。这时，他亦归乡心切，接到电报，马上启程回沪。最初，他供职于《时报》，不久又被《申报》社长史量才看中，特下聘书，请他担任《申报》驻京特派记者。据说，这是中国记者拥有“特派”身份之始，也是邵飘萍京华十年新闻事业之始。

北京是个是非之地，更是政治旋涡的中心，始终处在风口浪尖上。而社会政治的多姿多彩，正是新闻记者大显身手的时候。初到北京的邵飘萍便发现，这里“迭见政界活剧之演出，其供给新闻记者之材料，可谓勤矣”。①然而，他所处的工作环境却很糟糕。最突出的问题是报纸多为政客手中的工具，“绝少背后无政治关系者”，缺少必要的独立性。因而，报纸和新闻记者在社会上名声很差，记得有人说过：“中国一切现象之最腐败最无聊者，莫北京之报纸，若中国人之最混沌最无感觉者，莫北京之新闻记者。”②而重要的、有价值的政闻，几乎都被外国报纸、通讯社所垄断。面对这种状况，邵飘萍采取的对策是自创一家新闻编译社。这在当时属于创举，据戈公振的《中国报学史》记载：“我国人自办之通信社，起源于北京，即民国五年七月（1916年8月），邵振青所创之新闻编译社是也。”③

邵飘萍依托编译社开展工作。最初规模不大，人手也不多，但其业务却相当广泛，既编国内新闻，也译重要外电，每晚七时左右，编译社成员便骑车将编发好的油印稿件送往京城各报馆，并用快件把消息邮寄到外埠。而当年的驻京记者想要访到一些像样的政闻是颇不容易的。政府对外封锁消息，国务院虽

① 邵飘萍：《北京特别通信（一七）——政界之谣言蜂起/徐州会议之影响/唐少川辞职与政局/当局应注意之点安在》。见方汉奇主编：《邵飘萍选集》上册，中国人民大学出版社1988年版，第147页。

② 林溪声、张耐冬著：《邵飘萍与〈京报〉》，中华书局2008年版，第61页。

③ 戈公振：《中国报学史》，中国新闻出版社1985年版，第205页。

设有记者招待厅，但只是从政府文件中摘录一些无关紧要的话，分送记者而已，有价值的新闻很少。真正关乎国家民族命运的大事，几乎无法及时公正地得到反映。而京城的大小官员又都很世故圆滑，与记者周旋，常常不是守口如瓶，就是环顾左右而言他，想要得其真相，特别是政治事件的内幕，可谓难上加难。

尽管困难重重，邵飘萍仍多方设法，广交朋友，拓展新闻来源。他加入南社，热心南社各项活动，也是为了能与南社的名士学人广泛交往，了解更多的新闻线索。他还在内阁、参众两院发展“线人”，争取得到阁议的信息。因而，他很快就在北京打开了局面。我们看邵飘萍这个时期的报道，以在《申报》发表“北京特别通信”“中央特别通信”“我国与世界战局”为主要方式，集中报道政治、军事、经济、外交等关乎国家命运、国计民生，并为国民所关注的国内外大事要闻，内容是翔实而丰富的。他每天和这些官员、议员，以及政界、军界、商界的各色人等打交道，以他的性格，疾恶如仇，眼里不容沙子，官场的很多习气都是他所不能容忍的。来北京之前，他在上海参加过北上议员欢送会，议员们个个表现得慷慨激昂、沉痛恳挚，他曾为之感动不已。到北京后，他所看到的完全不是他所希望的样子，于是愤而写道：“观于议场之状况，缺席既多，逃席又众。如前数日者，竟以罚金限制之。反观之，则诸君之不得已而不缺席、逃席者，为金而已，间日来坐数小时，而年受数千金之岁费。试问诸君将何以对国家，何以对国民也！”①

议员们的尸位素餐固不为他所接受，而更“令人丧气”的是议员们的“别有所忙”。忙什么呢？“为己运动官吏，与为人运动官吏是矣”。据说，当时来北京谋事谋官的人，“竟达十五万人之多”，不能不令人感到“可骇之甚”。国会乃民国宪政之基石，无国会既无民国。所以，当张勋等北洋枭雄通电指责国

① 邵飘萍：《北京特别通信（九）——呜呼议员之怪状/呜呼民国之前途如何》。见方汉奇主编：《邵飘萍选集》上册，中国人民大学出版社1988年版，第127页。

会，叫嚣解散国会的时候，正义人士是不赞成的。而议员们的做法岂非自毁国会欤？为此，邵飘萍指出："果诸君而克践前言，为国家定大计，建大业，则评判功罪者，自有多数之国民在，虽有十百张勋等，安足损国会神圣之毫末。"①议员们的不作为或有其不得已之原因，而内阁、国会各派系之间无休止的内斗，却大伤了国家的元气，是不可恕的。他们造谣生事，钩心斗角，忽而改组内阁，忽而解散国会，很少是为了政见分歧，更多的是为了争夺官位，看得人眼花缭乱，痛心疾首，邵飘萍亦只能长叹一声："呜呼！此诚可为痛恨太息。"②

创办《京报》，自立门户

在担任《申报》驻京特派记者的两年中，他写了250余篇，计有120余万字的通讯作品，在全国造成了广泛影响。著名报人徐铸成回忆其成长经历时就曾说："我在中学时代，就喜欢看《申报》的飘萍'北京特约通信。"③既做了报人，就信仰言论自由，渴望着自己的言论自己做主，这就需要有一份自办的报纸，来表达自己对时局和公共问题的看法。邵飘萍自然也不例外。据说，他与《申报》对内政外交的诸多问题看法并不一致，有时便会发生争执，这也促使他为自己寻一新的出路。于是，他等不到《申报》的聘任期满，便主动辞去特派记者一职，又请了曾在日本与他共同创办东京通讯社的老朋友潘公弼，来京创办了《京报》。

此时的邵飘萍，在京城已如鱼得水，要自立门户，固已水到渠成。最初经

① 邵飘萍：《北京特别通信（九）——呜呼议员之怪状/呜呼民国之前途如何》。见方汉奇主编：《邵飘萍选集》上册，中国人民大学出版社1988年版，第128页。

② 邵飘萍《北京特别通信（五七）——改组内阁之鼓吹/解散国会之谣传》。见方汉奇主编:《邵飘萍选集》上册，中国人民大学出版社1988年版，第203页。

③ 徐铸成：《邵飘萍夫妇》。见政协浙江省东阳县委员会文史资料编委会编：《东阳文史资料选辑》第二辑《邵飘萍史料专辑》，第152页，1985年10月内部发行。

费有限，报馆就设在邵飘萍位于前门三眼井的家中。条件是非常简陋的，但他在家中大书“铁肩辣手”四字，既是自勉，也希望成为每个工作人员的座右铭。《京报》创刊于民国七年（1918年）10月5日。此时南北分裂，南方护法军政府与北方的北洋政府，谈谈打打，争执不休；北方亦有旧交通系、研究系与安福系的内争内斗。《京报》既以此时崭露头角，等于一头撞入南北政争的旋涡之中，而邵飘萍又非纯客观态度，在情感和理念上，他明显倾向于南方政府，在停战、和谈、撤军等重大问题上，他对南方政府不置一词，而对北京政府则持激烈的批评态度。

邵飘萍凭借高超的采访技巧和顽强的意志力，曝光了很多京城的政治黑幕以及内政外交之真相。譬如在其笔下，曹锟不仅竞选总统时用钱收买议员，竞选副总统时已提前预演过一回了。因连续三次国会副总统选举人团流会，段祺瑞“不得不与曹锟日事疏通议员，求其一致。而各方议员殊多不以为然，如研究会，如交通系，其尤著者。曹既派其参谋总长潘矩楹氏来京活动，某派亦为搜集金钱，预备每名议员致送大洋二三千元。尽两日威胁利诱之能事，或当见一致投票之结果。果然，研究、讨论、交通之一部分议员皆以不出席，为消极之反对”。[①]另有一篇，讲到退兵裁兵问题，各地督军口头上都说为了和平，私底下与政府交易没有不强调财政困难，亏欠军饷的。对此他一针见血地指出：“实则此辈胸中安知所谓国家，又安知所谓外交内交，其唯一抱定之宗旨，曰钱耳。”[②]此类报道不一而足，很快为《京报》打开了销路，吸引了众多读者，尤其是在文人学者、青年学生中赢得了声誉。据潘公弼后来回忆：“《京报》出版，历一个月，销数自三百份陡增至四千。”[③]

---

① 邵飘萍:《北京特别通信（二一〇）——内阁问题/副座问题》。见方汉奇主编:《邵飘萍选集》上册，中国人民大学出版社1988年版，第464页。

② 邵飘萍:《北京特别通信（二一〇）——内阁问题/副座问题》。见方汉奇主编:《邵飘萍选集》上册，中国人民大学出版社1988年版，第467页。

③ 潘公弼:《纪念飘萍先生》。见肖东发、邓绍根编:《邵飘萍新闻学论集》，北京大学出版社2008年版，第247页。

京城名流，隐伏祸端

一时间，北京的名流都聚拢到邵飘萍周围。他在《京报》开办十种副刊，都请文化名流担任主持。他还参与创办了我国第一个新闻研究与新闻教育机构——北京大学新闻学研究会，并担任采访课教员，亲自编写教材，指导学生深入社会采访，为培养新闻人才可谓不遗余力。他的学生中有许多响当当的人物，如毛泽东、罗章龙、高君宇、陈公博、谭平山、杨晦等。毛泽东在延安接受美国记者埃德加·斯诺采访时忆及在北大的情形还提道："我参加了哲学会和新闻学会，为的是能够在北大旁听。在新闻学会里，我遇到了别的学生，例如陈公博，他现在在南京当大官了；谭平山，他后来参加了共产党，之后又变成所谓'第三党'的党员；还有邵飘萍。特别是邵飘萍，对我帮助很大。他是新闻学会的讲师，是一个自由主义者，一个具有热烈理想和优良品质的人。一九二六年他被张作霖杀害了。"①

与北京"新文化"群体的频繁往来，极大地改变了邵飘萍的思想。据罗章龙回忆："他的言论和行动后来渐渐与中共北方区党的政策发生共鸣，对党与革命做出了卓越的贡献。"又说："他以报社经济力量，支持北方革命事业，做了许多对革命有益的事情。"②当巴黎和会中国外交失败的消息传到北京后，邵飘萍参加了5月3日晚在北大召开的爱国学生集会，并第一个发表演说，鼓动学生挺身而出，救亡图存。会后回到报社，他连夜撰文，调整版面，着重报道学生行动。在随后的日子里，《京报》始终聚焦迅速发展的学生运动，集中进行大规模的专题专版报道。他亦每日发表评论，在舆论上给学生以支持。5月4日，3000多学生在天安门前集会，火烧赵家楼，殴打章宗祥，军警逮捕学生代表32人。邵飘萍当晚即撰写评论，为学生辩护。他写道："凡社会上大骚

① 〔美〕埃德加·斯诺：《西行漫记》，生活·读书·新知三联书店1979年版，第127页。

② 罗章龙：《忆北京大学新闻学研究会与邵振青》。见政协浙江省东阳县委员会文史资料编委会编：《东阳文史资料选辑》第二辑《邵飘萍史料专辑》，第104、106页，1985年10月内部发行。

动之原因，在群众心理上言之，殆有一种不可思议之狂热，此种狂热发动之点，每出于天良，而行为所届，殆非法律范围所可限制。故群众之肇祸与个人之故意犯罪大异其趣。此当局所宜注意。”他在分析群众何以陷于如此狂热之状态时进一步指出：“宁非政府所当引咎自责者乎？”换句话说，如果不是外交自困于绝地，“何至使群众激成如此之狂热乎”。[①]他还呼吁尽快释放被捕学生，并且“希望工商实业各界奋起对外，以和平、切实而且持久的办法，尽国民外交之责任”。[②]

为社会主义鼓与呼

邵飘萍在五四运动期间的表现，深为北洋政府所不满，于是下令查封《京报》，并派军警包围报社，扬言要抓捕社长。有人给邵飘萍通了消息，使得他仓促间得以逃脱，再次亡命日本。经张季鸾推荐，他得到一个《朝日新闻》社工作的机会，月薪300日元，勉强维持与夫人祝文秀在日本的生活。这期间，邵飘萍读了很多书。他原本就爱读书，潘公弼说他“不终卷不释手”。[③]方汉奇先生通过访问祝文秀，亦了解到邵飘萍在日本读书的情况，能够确定的书名便有16种，其中包括《资本论大纲》《世界大革命史》《社会主义论》《新社会》《露（俄）国大革命史》《社会主义研究》《社会问题研究》《劳动组合运动史》《社会问题十二讲》《社会改造之原理》《社会主义社会学》《最近社会思想之研究》《过激主义之心理》《恋爱与结婚》《妇人问题与教育》《卖笑妇之研究》

① 邵飘萍：《外交失败第一幕》。见方汉奇主编：《邵飘萍选集》下册，中国人民大学出版社1988年版，第331页。
② 邵飘萍：《再告工商实业界》。见方汉奇主编：《邵飘萍选集》下册，中国人民大学出版社1988年版，第335页。
③ 潘公弼：《纪念飘萍先生》。见肖东发、邓绍根编：《邵飘萍新闻学论集》，北京大学出版社2008年版，第247页。

等。[1]透过这个书单，我们可以想象邵飘萍思想所受到的冲击和震荡，并且发生了一种质的变化。他的两部专著《综合研究各国社会思潮》和《新俄国之研究》就是在此读书取得的成果。马克思主义最初在中国的传播，邵飘萍是作出过积极贡献的。

民国九年（1920）七月，直皖战争爆发，不久，皖系战败，安福系瓦解，直奉联军进驻北京，曹锟、吴佩孚成了北京政府的新主人，段祺瑞躲到天津吃斋念佛去了。邵飘萍在日本获悉这个消息，立即辞去《朝日新闻》社的工作，偕夫人打道回国。一到北京，他便开始筹划《京报》的复刊。复刊当天，他特意在第一版最显著的上中部位，刊登了他的两部专著的广告。当然，这不是简单的书刊广告，它相当于一种政治宣言，公开表明了《京报》的办刊方针和立场。由此直到民国十五年（1926年）4月26日，这是《京报》复刊后的6年，也是邵飘萍的最后6年。这期间，整个中国加速驶入革命单行道，邵飘萍自然不甘落后，用邵夫人汤修慧的话说："飘萍以为北洋军阀所以能如此残民祸国，主要原因为有帝国主义的支持，其中尤以日本帝国主义最可恨。所以《京报》要继续以往奋斗的传统，要和帝国主义作斗争，特别是同日本帝国主义作斗争。再者，报纸要表达民意，必须与革命力量配合，为革命做宣传。《京报》最后两年，特别强调这一点，使南方的革命呼声，北方也能听到。"[2]

汤修慧所说绝非虚言，是有邵飘萍的言行作为依据的。举凡这几年邵飘萍所言所行，无不契合他为自己确立的政治抱负和社会理想。其一，他以《京报》为阵地，积极宣传马克思主义，编发《列宁特刊》，《纪念马克思诞辰专号》，介绍他们的生平事迹、著作和学说。其二，他对苏联充满好感，积极支持中国与苏联建交，不仅在《京报》上刊载李大钊、瞿秋白等人介绍苏联建设

---

① 方汉奇：《发现与探索——记祝文秀和她所提供的有关邵飘萍的一些材料》。见政协浙江省东阳县委员会文史资料编委会编：《东阳文史资料选辑》第二辑《邵飘萍史料专辑》，第178页，1985年10月内部发行。

② 汤修慧：《一代报人——邵飘萍》。见北京市政协文史资料委员会选编：《文苑撷英》，北京出版社2000年版，第379页。

成就的文章，热情宣扬俄国十月革命的成果，而且以《京报》名义，在中山公园来今雨轩举办庆祝中俄邦交成立之大宴会，并向苏联使馆赠送题有“精神可师”字样的锦帐。其三，他全力支持刚成立的中国共产党，为他们提供精神的和物质的帮助。罗章龙就曾提到,“二七”大罢工期间，中共北方区委编印《京汉工人流血记》遇到困难，人力物力均感不足，邵飘萍立刻出手相助，使数以万计的发行量得以顺利完成。此外,《京报》还以刊登要目广告的方式，为中共中央机关报《向导》和中共北方区委机关报《政治生活》等党报党刊做宣传。其四，他把孙中山和南方国民政府看作是国内的进步势力，抱有希望，而对北洋军阀，无论皖、直、奉，都视为反动派，“国民公敌”，进行公开的斥责和无情的揭露。而对冯玉祥的国民军则表示好感，据说冯、邵二人，一见如故，无话不谈，邵曾建议冯赴苏学习，并希望冯将军与南方革命力量携手共事。

固有一死，得其所哉

因此，邵飘萍不能见容于北洋各系，绝非戏言。先是奉军郭松龄部于民国十四年（1925年）11月22日倒戈，郭败亡后，余部于民国十五年（1926年）1月投冯玉祥国民军。继而，直鲁联军第24师师长方振武亦于山东肥城倒戈，加入国民军。奉、直、直鲁联军遂联合起来攻打国民军。冯玉祥被迫通电下野，并于5月赴苏联考察。4月，直、奉军分据北京。此前，邵飘萍已有预感，知道自己和国民军关系太深，必不为奉军轻易放过，并于当夜避入东交民巷六国饭店居住，多日不敢出门。后为人所诱，轻信外间传闻，谓当局或对其既往之行为，不再追究，拟回报馆料理事务，“遂于24日下午7时许由六国饭店乘汽车回魏染胡同京报馆（其住宅在报馆后进）。将事办妥后，本想仍回六国饭店居住，驱车甫开至魏染胡同北口，即被侦缉队数人拦阻，旋有荷枪者二人跳上汽车，嘱车夫将车开到警察厅面话。邵氏到厅后，即拘入司法处傍特别室内”。[①]

据说，邵飘萍在返回报馆之际，曾将事先写好的“飘萍启事”交给夫人汤修慧，嘱咐她在《京报》刊出。这是他临死前的绝笔：

鄙人至现在止，尚无党籍（将来不敢预定），既非国民党，更非共产党。各方师友，知之甚悉，无得声明。时至今日，凡有怨仇，动辄以赤化布党诬陷，认为报复之唯一时机，甚至有捏造团体名义，邮寄传单，对鄙人横加攻击者，究竟此类机关何在？主持何人？会员几许？恐彼等自思亦将哑然失笑也。但鄙人自省，实有罪焉，今亦不妨布之于社会。鄙人之罪，一不该反对段祺瑞及其党羽之恋栈无耻；二不该主张法律，追究段、贾等之惨杀多数民众（被屠杀者大多数为无辜学生，段命令已自承认）；三不该希望取消不平等条约；四不该人云亦云承认国民第一军纪律之不错（鄙人从未参与任何一派之机密，所以赞成国民军者，只在纪律一点，即枪毙亦不否认，故该军退去以后尚发表一篇欢送之文）；五不该说章士钊自己嫖赌，不配言整顿学风（鄙人若为教育总长亦不配言整顿学风）。有此数罪，私仇公敌，早伺在旁，今即机会到来，则被诬为赤化布党，岂不宜哉！横逆之来源，亦可以了然而不待查考矣。承各界友人以传单见告，特此答陈，藉博一粲，以后无论如何攻击，不欲再有所言。[②]

邵飘萍的“临终之言”说得不够坦然，或有难言之隐也未可知。京城报界同人得知邵飘萍被捕的消息后，曾于25日下午推定记者13人访张学良，请求设法营救。张学良答道：“逮捕邵飘萍一事，老帅（张作霖）与子玉（吴佩孚）及各将领早已有此种决定，并定一经捕到，即时就地枪决。余与飘萍私交不恶，惟此次要办飘萍并非因其记者关系，实以其宣传赤化，流毒社会，贻误青年，

① 湖南《大公报》1926年5月4日报道《邵飘萍被奉联军枪毙之详情》。见肖东发、邓绍根编：《邵飘萍新闻学论集》，北京大学出版社2008年版，第239页。

② 邵飘萍：《飘萍启事》。转引自北京市政协文史资料委员会选编《文苑撷英》，北京出版社2000年版，第386-387页。

罪在不赦，碍难作主。”[①]于是，第二天凌晨4时许，邵飘萍被枪杀于北京天桥刑场，终年40岁。《申报》翌日报道：“题为《京报邵振青被枪毙》：京报邵振青昨日下午被枪毙，现同业正在觅尸。昨报界营救邵振青，见张学良，学良谓前敌将领有便宜行事权，已无及，并谓郭松龄倒戈案，邵亦与谋云云。昨夜王怀庆（京畿卫戍总司令）在会议席上，亦请可否保全其生命，佥谓已无及，今日警察通知邵宅，谓尊主已不测，特撤去监视。邵振青枪毙时不屈，犹向监刑官一笑。遗骸停永定门外义地，其妻汤氏昏厥。其本家邵某与友人某氏赴永定门外收殓。”[②]

这篇报道提到一个十分重要的情况，即邵飘萍与郭松龄倒戈的关系。冯玉祥得知邵飘萍遇害，失声痛哭，亦大呼“振青是为我而死”。这些都是实情，亦是张作霖必杀邵飘萍的直接原因。至于宣传赤化云云，固然不错，但亦是冠冕堂皇的理由。而邵飘萍共产党员的身份，是到了20世纪80年代才被证实的，当年的奉系军阀亦无从得知，更不会以此为理由将其杀害。

① 湖南《大公报》1926年5月4日报道《邵飘萍被奉联军枪毙之详情》。见肖东发、邓绍根编：《邵飘萍新闻学论集》，北京大学出版社2008年版，第239页。

② 见《申报》1926年4月27日第三版。

爱情的灌注

张 莉

《象牙戒指》这本书，是2002年湖北人民出版社出版的“红豆丛书”一种，薄薄的，收录了高君宇和石评梅的书信。严格来说并不是书信集。因为这里只有高君宇写给石评梅的信而没有石评梅写给高君宇的。此书中所辑录的石评梅的文字，主要是她的散文、随笔，以及她对高君宇的回忆文字。相对而言，高君宇的信坦诚、直接、直率而没有修饰，这多半因为他写信时的状态，只是写给倾慕之人的信，写的时候也未曾想过要公开。而石评梅的信则是作为文学作品发表，经过了润色与加工。或者说，石评梅的文字里有许多含混、遮掩、伤感。

多年前读这本书，会被评梅的眼泪和伤感所浸润，而多年后重读，则会被高君宇的信吸引。高君宇的信有一种魅力，文字里透着他坚定、热忱，但偶尔也沮丧、悲哀，是属于恋爱中人独有的情感，从那些文字中可以直接地感受到这位年轻人对于革命、对于革命事业、对于爱情、对于历史和未来的理解。虽然只有11封信，虽然已经过去了90多年，这些信件依然宝贵。这些书信里，记下了一个年轻人对革命事业的坚定，对爱情的一往情深，对生和死的彻悟理解；这些信里，可以看到一个志向高远的坚定的马克思主义者，一个一往情深的爱人形象。当然，正如我们今天所知晓的，高君宇不仅是我们党早期的革命干部，同时他和石评梅的爱情故事也已变成传奇，不断被人谈起，不断被人忆起。

“我决心来担我应负改造世界的责任了”

据庐隐的回忆，高君宇和石评梅第一次在同乡会上相见，是在1923年。也许他们早就应该相遇，因为高君宇是石评梅父亲的学生，见面之前他们彼此都已知道对方的存在。但是，阴差阳错，他们才在这一年相见。这一年，石评梅从女高师毕业，在师大附中任体育教师，而高君宇也从北京大学卒业，在北大担任助教。

要从1919年说起。1919年，24岁的高君宇北大预科毕业，升入北京大学地质系学习，次年加入地质研究会，“务求以科学之精神，求地质之真理”。五四运动爆发时，高君宇是五四运动的积极参与者。1919年秋天，17岁的石评梅到北京女子高等师范学校体育系就读。四年间，他们各自按自己的命运轨迹生活，各自有过情感际遇，各自在事业上努力精进，成了各自事业的佼佼者。

迄今我们所见到的他们交往的第一封信，是高君宇于1923年4月16日发出的。在这封信里，他称她为“评梅先生”，很显然，这是他们交往的开始，并不是很熟悉。在这封信里，他向她坦诚了自己要改造世界的决心：

评梅先生：

十五号的信接着了，送上的小册子也接了吗？

来书嘱以后行踪随告，俾相研究，当如命；惟先生谦以“自弃”自居，视我能责如救济，恐我没有这大力量罢？我们常通信就是了！

“说不出的悲哀”，我恐是很普遍的重压在烦闷之青年的笔下一句话罢！我曾告你我是没有过烦闷的，也常拿这话来告一切朋友，然而实际何尝是这样？只是我想着：世界而使人有悲哀，这世界是要换过了；所以我就决心来担我应负改造世界的责任了。这诚然是很大而繁难的工作，然而不这样，悲哀是何时终了的呢？我决心走我的路了，所以，对于过去的悲哀，只当这是他人的历史，没有什么迫切的感受了，有时忆起些烦闷的经过，随即努力将他们勉强忘去了。我很信换一个制度，青年们在现代社会享受的悲哀是会免去的——虽然不能完全，所以我要我的意念和努力完全贯注在我要做的“改造”上去了。

那一年的高君宇27岁，信里的他对世界和未来充满信心，有着坚定的改造世界的勇气。事实上，高君宇是坚定的革命者。认识石评梅之前，他已经是中共党员。高君宇年谱中记载，1920年，在李大钊指导下，高君宇和邓中夏等19名学生秘密组织了马克思学说研究会，这是我国最早研究和宣传马克思主义的团体。1922年1月，高君宇作为中共代表之一参加了共产国际在莫斯科举行的远东各国共产党及民族革命团体第一次代表大会。5月，他到广州出席了中国社会主义青年团第一次全国代表大会，被选为团中央委员。7月，他出席了党的第二次全国代表大会，当选为中央委员。9月，党中央机关刊物《向导》正式出版，高君宇担任编辑兼记者。1923年2月，京汉铁路工人大罢工爆发，高君宇等受党的委派，领导长辛店工人同反动军阀进行了不屈不挠的斗争。

高君宇的这封信，便写于他领导长辛店工人斗争之后。也是在那封信里，君宇向评梅表达了祝愿，他希望她自信：“愿你自信：你是很有力的，一切的不满意将由你自己的力量破碎了！过渡的我们，很容易彷徨了，像失业者踯躅在道旁的无所归依了。但我们只是往前抢着走罢，我们抢上前去迎未来的文化罢！”在信的末尾，他的祝福语也是：“好了，祝你抢前去迎未来的文化罢！”

有坚定的信念，有对未来社会充满期待的畅想，是高君宇信中给人的印象。但他在信中很少提到自己革命工作所遇到的危险。石评梅在散文里曾经提到，高君宇有一天晚上乔装来看她。“半天他才告诉我杏坛已捕去了数人，他的住处现尚有游击队在等候着他。今夜是他冒了大险特别化装来告别我，今晚十一时他即乘火车逃逸。我病中骤然听见这消息，自然觉得突兀，而且这样狂风暴雨之夜，又来了这样奇异的来客。当时我心里很战栗恐怖，我的脸变成了苍白！他见我这样，竟强作出镇静的微笑，劝我不要怕，没要紧，他就是被捕去坐牢狱他也是不怕的，假如他怕就不做这项事业。”

这一场景似乎发生在1924年5月，高君宇年谱中提到，军警搜查高君宇在北京的住所，高君宇销毁党内文件后，乔装撤走。石评梅在回忆中还写到那晚两个人的分别：“到了九点半，他站起身要走，我留他多坐坐。他由日记本中写了一个Bovia递给我，他说我们以后通信因检查关系，我们彼此都另呼个名字；这个名字我最爱，所以赠给你，愿你永远保存着它。这时我强咽着泪，送他出了屋门，他几次阻拦我，病后的身躯要禁风雨，不准我出去，我只送他到了外间。我们都说了一句前途珍重努力的话，我一直望着他的颀影在黑暗的狂风暴雨中消失。……后来他来信，说到石家庄便病了，因为那夜他被淋了狂风暴雨。”事实上，高君宇了解自己事业的风险，也抱定了为革命献身的志向。在信中，他多次坦言对自己所从事的事业矢志不移，其中一次写道：“相信我，我是可移一切心与力专注于我所企望之事业的。”这些文字的着重点，是当时高君宇所加，可见其意志的坚定。

石评梅悲观、彷徨、躲闪，他对她说：“命运是我们手中的泥，我们将它团成什么样子，它就得成什么样子；别人不会给我们命运，更不要相信空牌位子前竹签洞中瞎碰出来的黄纸条儿。”1924年下半年，高君宇奉中央指示，去广州担任孙中山先生的秘书。在船上，他接到了石评梅的信，她依然回避，这位年轻人内心显然有些受伤："此信你说可以做我唯一知己的朋友。前于此的一信又说我们可以作以事业度过这一生的同志。你只会答覆人家不需要的答覆，你只会与人家订不需要的约束。"

能想象的是，可能石评梅对他所做的事业有些担忧，他便明确地表达："我是有两个世界的：一个世界一切都是属于你的，我是连灵魂都永禁的俘虏；在另一个世界里，我是不属于你，更不属于我自己，我只是历史使命的走卒。"其实，即使是爱情，他也做好了被拒绝的准备。

我何尝不知道：我是南北漂零，生活日在风波之中，我何忍使你同入此不安之状态；所以我决定：你的所愿，我将赴汤蹈火以求之，你的所不愿，我将赴汤蹈火以阻之。不能这样，我怎能说是爱你！从此我决心为我的事业奋斗，就这样漂零孤独度此一生，人生数十寒暑，死期忽忽即至，奚必坚执情感以为是。你不要以为对不起我，更不要为我伤心。

这些你都不要奇怪，我们是希望海上没有浪的，它应当平静如镜；可是我们又怎能使海上无浪？从此我已是傀儡生命了，为了你死，亦可以为了你生，你不能为了这样可傲慢一切的情形而愉快吗？我希望你从此愉快，但凡你能愉快，这世上是没有什么可使我悲哀了！

写到这里，我望望海水，海水是那样平静。好吧，我们互相遵守这些，去建筑一个富丽辉煌的生命，不管他生也好，死也好。

并不能肯定这封信是写于高君宇去广州做孙中山先生秘书时，还是1924年11月，随中山先生北上时所写。但是，我们所知道的是，写完这封信的11月，高君宇积劳成疾，在北京入院治疗。1925年3月6日，他因病去世，年仅29岁。

“我只诚恳地告诉你‘爱’不是礼赠”

高君宇留下的11封信中，多半是从1923年到1924年下半年写的，记载了两位年轻人从生疏到不断亲近的过程。1923年9月27日这封信里，高君宇提起了情感问题，但语焉不详。信的最后还说：“这信请阅毕付火。”他主要说的是，他和评梅是不是朋友的问题。是否为男女朋友，评梅很介意，所以他来解释：“我有好些事未尝亲口告人，但这些常有人代我公布了，我从未因这些生了不快；我所以微不释念的，只是他们故甚其辞，使真相与传言不免起了分别；就如我们的交情，说是不认识，固然不是事实，然若说成很熟识的朋友，则亦未免是勉强之言；若有人因知我们书信频繁，便当我们是有深了解的朋友，这种被揣度必然是女士不愿意的，那岂不是很不妥当的事；我不释念的就在此点。”

为什么要这样解释呢？主要原因在于，评梅显然介怀了。“如你果是‘一点也不染这些尘埃’，那我自然释念，我自己是不怕什么的。至于他们的追问，我都是笑的回答了的；原亦不过些演绎的揣度，我已将实情告诉，只说我们不过泛泛的朋友，仅通信罢了。这样答法是否适当？至于他们问了些什么，很琐碎的，无须乎告你了。”在解释完之后，他又写道：“我当时的感兴，或者是暂时的，原亦无告你的必要，不过我觉青年应是爽直的，忠实的话出之口头，要比粉饰的意思装在心里强得多。你坚壁深堑的声明，这是很需要的，——尤其是在一个女性的本身；然而从此看出你太回避了一个心，误认它的声音是请求的，是希冀一种回应的了！如因这样一句话而使你起了慌恐的不安，那倒是一罪过，希望你告我，我当依你的意思，避开了一切。”

文字里的高君宇敏感、小心翼翼，但又炽热，怀抱无限深情。10月3日，高君宇没有等到石评梅的回信，他再次写信给她：

> 想来如焚的怅惘，我觉得你确对我生了意见了。假使是实在的，

恐是可发笑的一事，因为我们都承认，我们仅不过是通信的朋友罢了！泛泛的交谊上，本是不值得令我们的心为了什么动气的，也是根本不能动气的。然而我总觉得生命应是平坦幸福而前进的，无论在哪一方面，要求到最大的效能与最小的阻力；所以我觉不论我们是如何程度的了解，一些不安的芥蒂都应当努力扫除，不使任何一个幸福被了轻视，不使任何一个心的部分感了不安。我现诚恳的请你指明，容我扫除已经存在的不安。又，我觉我当附尾提说一句，我所以要扫除“不安”，是解释的，不是要求什么。

10月15日，他再次解释了自己目前的情感状态。这次解释，他打开了自己的心扉，坦诚地表达了他们之间情感的由来。

你所以至今不答我问，理由是在“忙”以外的，我自信很可这样断定。我们可不避讳的说，我是很了解我自己，也相当的了解你，我们中间是有一种愿望。它的开始，是很平庸而不惹注意的，是起自很小的一个关纽，但它像怪魔的一般徘徊着已有三年了。这或者已是离开你记忆之领域的一事，就是同乡会后吧，你给我的一信，那信具着的仅不过是通常的询问，但我感觉到的却是从来不曾发现的安怡。自是之后，我极不由己的便发生了一种要了解你的心。……我所以仅通信而不来看你，也是畏惧这种愿望之显露。……我何以有这样弥久的愿望，像我们这样互知的浅鲜，连我自己亦百思不得其解。若说为了曾得过安慰，则那又是何等自私自利的动念？

……

我所以如是赤裸的大胆的写此信，同时也在为了一种被现在观念鄙视的辩护，愿你不生一些惊讶，不当它是故示一种希求，只当它是历史的一个真心之自承。不论它含蓄的是何种性质，我们要求宇宙承认它之存在与公表是应当的，是不当讪笑的，虽然它同时对于一个特别的心甚至于可鄙弃的程度。

祝你好罢，评梅！

君宇　十月十五日

频繁写信，得到的回信却极少，这与评梅自己的情感际遇有关。曾经爱过，情感受到过重创，因此，她对情感多有顾虑，因此，她畏惧。所以，有一天终于得到评梅的回信，高君宇接信两小时就回信，再次向她解释自己的真心。“我们那时平凡又疏淡的通信，实具了一种天真而忠实的可爱。我很痛心，此种情境现被了隔膜了！我们还可以回复到那种时代么？——我愿！”还有一次深夜两点，他写信给她，“我觉从前之平凡的情境，似较现在之隔膜为有生气的；我也觉人心的隔膜是应当打破的。但当了人世安于隔膜的时候，又何一定要回复那种平凡而有生气的情境？诅咒一切付于了解的努力好了！”

年轻人恋爱之间的误会、隔膜，不断地解释，不断地“自证”，都在他们之间出现了。高君宇如此坦诚、坦荡、热切，他直言爱情不是礼赠，“我们高兴怎样，就怎样罢，我只诚恳的告诉你‘爱’不是礼赠，假如爱是一样东西，那么赠之者受损失，而受之者亦不见得心安。”

读这些信，会强烈感受到这个年轻人对生死有一种通达。这本集子里，有一些信没有单独列出来，而是在石评梅散文里引述的。其中有一段他说：

我虽无力使海上无浪，但是经你正式决定了我们命运之后，我很相信这波涛山立狂风统治了的心海，总有一天风平浪静，不管这是在千百年后，或者就是这握笔的即刻；我们只有候平静来临，死寂来临，假如这是我们所希望的。容易丢去了的，便是兢兢然恋守着的；愿我们的友谊也和双手一样，可以紧紧握着的，也可以轻轻放开。宇宙作如斯观，我们便毫无痛苦且可与宇宙同在。

坠入爱河的年轻人苦恋着一个躲闪的女性。他不断地召唤她，说服她，不断地承诺给她以安全感。读这些信笺，会想到《世说新语》里“情有独钟，尽在吾辈”那句话，也会感叹命运的残忍，他自始至终都像一团火一样燃烧情感，而她却总是躲躲闪闪、不愿直面，但是，又怪不得他们中的任何一方，爱情里哪有什么道理可讲？都是性格所致，都是世事所致。

永远存在的爱情

高君宇与石评梅的爱情故事里，有两个信件时常被提起。不只是讲故事的人们乐于谈起，即使是在他们的现实交往以及情书中，那两个信物也一直出现。一件是香山红叶。君宇在香山休养时看到红叶，寄给石评梅，他在红叶上饱含深情地写下：“满山秋色关不住，一片红叶寄相思。”石评梅收到情意绵绵的红叶，在另一面写下：“枯萎的花篮不敢承受这鲜红的叶儿。”两面都有字的红叶一直被君宇带在身边，直到他去世后，石评梅在他的遗物里再次看到。红叶依然，墨迹尤在，但斯人已逝。以致石评梅追悔不已：“当他抖颤的用手捡起它寄给我时的心情，愿永远留在这鲜红的叶里”。

另一件则是象牙戒指。1924年10月，帝国主义者唆使“商团军”在广州发动叛乱，高君宇协助中山先生投入平叛指挥工作，中弹负伤，坚持战斗至胜利。之后他写信给她：“×节商团袭击，我手曾受微伤。不知是幸呢还是不幸，流弹洞穿了汽车的玻璃，而我能坐在车里不死！这里我还留着几块碎玻璃，见你时赠你做个纪念。昨天我忽然很早起来跑到店里购了两个象牙戒指，一个大点的我自己戴在手上，一个小的我寄给你，愿你承受了它。或许你不忍吧！再令它如红叶一样的命运。愿我们用‘白’来纪念这枯骨般死静的生命。……”这著名的象牙戒指，一直被君宇戴着，一直戴进墓里，石评梅后来也一直戴着，直到去世时，也带进了坟墓。

即使他一直主动追求，即使他万分渴望获得她的爱情，但高君宇自始至终也有一种骄傲。离世前，当石评梅向他表达愧悔时，他的回答令人尊敬：

> 一颗心的颁赐，不是病和死可以换来的，我也不肯用病和死，换你那颗本来不愿给的心。我现在并不希望得你的怜恤同情，我只让你知道世界上有我是最敬爱你的，我自己呢，也曾爱过一个值得我敬爱的你。珠！我就是死后，我也是敬爱你的，你放心！

石评梅在一篇回忆性散文里说："他说话时很勇气，像对着千万人演说时的气概。"努力追求信仰，努力追求爱情，这位革命者矢志要做命运主宰，甚至死后的墓地，也是他生前选择。陶然亭是他常和石评梅漫步之地，也是清净之地，他生前就曾经说想葬于此地，最终评梅帮他实现了遗愿。

石评梅一直是被动的，躲闪的，她强烈感受到他的爱，但是，一直不愿意接受。甚至可以说，多次拒绝。那个时代的知识女性，内心有着今天我们无法理解的曲折、委屈和左右为难。石评梅的期期艾艾和躲躲闪闪让人遗憾，但是高君宇去世后，她身上所迸发出来的爱之能量，却也让人动容。回忆散文里，她写下看到高君宇遗体时的模样，写到他的苍白的脸和他的没有闭上的左眼，写到她的多次昏厥和后悔。

谁能忘记他写下的那些话呢，每一句她都记得。在墓碑上，她刻下他的话："我是宝剑，我是火花，我愿生如闪电之耀亮，我愿死如彗星之迅忽。"并写下自己的话：

> 这是君宇生前自题相片的几句话，死后我替他刊在碑上。君宇，我无力挽住你迅忽如彗星之生命，我只有把剩下的泪眼流到你坟头，直到我不能来看你的时候。
>
> 评梅

怀抱深情无以诉说的女性，多次记下高君宇去世之后她的怀念：“假如我的眼泪真凝成一粒粒珍珠，到如今我已替你缀织成绕你玉颈的围巾。假如我的相思真化作一颗颗的红豆，到如今我已替你堆集永久勿忘的爱心。”思念、追悔、流泪，石评梅的情感越发深沉：“深刻的情感是受过长久的理智的熏陶的，是由深谷底潜流中一滴滴渗透出来的。我是投自己于悲剧中而体验人生的。所以我便牺牲人间一切的虚荣和幸福，在这冷墟上，你的坟墓上，培植我用血泪浇洒的这束野花来装饰点缀我们自己创造下的生命。”

与先前的感伤相比，越到生命尽头的石评梅，文字和人都气象不同。她的文字中多次出现“我爱”“战士”这样的词语，这令人想到高君宇信中的语气。

> 我如今是更冷静，更沉默的挟着过去的遗什去走向未来的。我四周有狂风，然而我是掀不起波澜的深潭；我前边有巨浪，然而我是激不出声响的顽石。
>
> 颠沛搏斗中我是生命的战士，是极勇敢，极郑重，极严肃的向未来的城垒进攻的战士。我是不断的有新境遇，不断的有新生命的；我是为了真实而奋斗，不是追逐幻象而疲奔的。

真正的爱情给人以滋养。高君宇去世后的石评梅变得勇敢、坚强。尽管她在文字中依然哭泣，但她对人生、未来都有了更为明晰的认识，这得益于那爱情的灌注：

> 有时我是低泣，有时我是痛哭；低泣你给与我的死寂；痛哭你给予我的深爱。我是睥视世人微微含笑，我们的圣洁的高傲的孤清的生命是巍然峙立于皑皑的云端。
>
> 我如今认识了一个完成的圆满生命是不能消灭，不能丢弃，换句话说，就是永远存在。多少人都希望我毁灭，丢弃，忘记，把我已完

成的圆满生命抛去。我终于不能。才知道我们生命并未死，仍然活着，向前走着，在无限的高处创造建设着。

如果不是命运弄人，作为作家的石评梅一定会写出更好的作品。不仅仅是后来的读者，即使在当时她的朋友庐隐看来，石评梅的文字风格也在发生变化。不幸的是，她患上了脑膜炎昏迷不起。高君宇去世的三年后，石评梅也最终离去。“生前未能相依共处，愿死后得共葬荒丘。”朋友们依照评梅的遗愿，将她和高君宇葬在陶然亭。这一次，他们成为了永远相爱的彼此，永远共眠于地下。想必那是评梅喜爱的归宿吧？她多次回忆他们去陶然亭，也记述过他们在大雪纷飞的天气里在陶然亭写下名字的场景，时而欢快、时而内心悲戚地看着名字一点点在雪中消失。

高君宇和石评梅离世已经有80多年了。但是，他们爱情中深沉，炽烈，执着，和披肝沥胆，依然会感染到今天的读者，那些情书里的话，依然鲜活炽热，令人难忘。高君宇和石评梅让人相信，这个世界上真的有爱情——真正的爱让人无畏、真正的爱让人成长、真正的爱永远让人心生崇敬。

今天，人们为高君宇和石评梅塑了雕像，他们在生前喜欢的陶然亭公园并肩而立，永远是风华正茂的模样。即使生前未能如愿，但有情人终会成眷属；即使爱的肉身已经消失，但作为爱的灵魂却永远相伴。——再一次想到高君宇写给石评梅的信中所说，“让我们抢上前去迎未来的文化罢”。塑像是“未来的文化”对革命者爱情的祝福，是“未来的文化”对革命者爱情的纪念。

英雄的足迹

张慧娟

一

小时候，我住在一座大山脚下，爬过大山，再走十几分钟，就能掬到饶河的水，这条像丝绦一样垂在长江腰上的河流，并不温驯，多次咆哮着试图吞噬小镇，其中有几次，它差点就得逞了，每到这时，我奶奶就说，怕什么，咱屋地势高。

我不相信。骗谁呢?

我仰望屋后的芝山，那里才高呢，山顶有座白色的英雄纪念碑，像石柱撑着天，那是这个有着2200多年历史小镇的最高点。

我时常在那座纪念碑前的长长台阶上蹦跳玩耍，直到夕阳西下，奶奶拄着杖，一步步叩响台阶：娟呢，回来吃饭——

我扶奶奶下山，手里握枝刚摘的映山红。路过一段泥巴路，松松软软的，走过后，扭头去看，一大一小两串脚印，旁边还有一溜拐杖杵出的洞眼。

那段泥泞的路环绕着圆圆一池水，水幽深碧绿，好似凝固了一般，池中立着一座失了颜色的亭台。

上学后，我才知道，那亭名叫止水亭，南宋名相江万里率家中17口人在此投水殉国，池中一度积尸如叠。诀别前，77岁的江万里心若止水，他道：“大势不可支，余虽不在位，当与国共存亡。”

江万里离世三年后，他的学生文天祥兵败被俘，狱中三年，他时常念起恩师：“公家番阳，城陷，义不辱，自沉而死。”

清明时节的小镇最是繁忙，人们从四面八方涌来，在山间的墓地间穿梭。奶奶照例会嘱我们在爷爷墓前倒上一杯酒，点上一支烟，她自己却是从来不去的。我们出发时，她站在门口送，回时，她立在门口等，好似这中间几个小时，她一直未曾离开。

奶奶很少说往事，我只知道爷爷是军医，奶奶是护士。他们一直随军征战，行遍半个中国，七个儿女都在行军途中降生。在我印象中，没人比爷爷长得更帅，家中影集里有他年轻时的照片，一身军装，剑眉星目。

至于战争年代，爷爷救了多少人，纪念碑里居住的英雄，是不是就有爷爷的战友，以至于奶奶如此放心地把我放养在大山里。这些，是我自己猜想出来的。我永远没有办法得到答案，因为当我愿意停下脚步去回溯往事时，我的身边，已经没有了奶奶，她的脚印，永不会与我的脚印相随出现了。

我18岁离开家乡，独自乘火车北上，从西客站出来，拎着坏了一只轱辘的黑皮箱，在天安门广场上的英雄纪念碑前，留下我与北京的第一张合影。“咔嚓——”那声快门声似乎是枚图钉，从此把我钉在了北京的地图上。

2006年，奶奶念着我的名字离开了人世，家乡的朱红大门旁再没了奶奶候我回家的身影，我如同一只失去线轴的风筝，跌跌撞撞。

在无尽的漂泊中，我望见了奶奶曾经走过的路，那是一段并不久远的历史。唯有时间与离别，会让我们潜入水中，去寻那隐在泥沙之下的过往。攥一把沙，任其一粒粒从手心滑落，每粒沙石都在讲述。

我们寻找的，终将镌刻在我们的身体里，如石灰岩包裹三叶虫的肢节，隔了几亿年，大海变成高山，它遍布全球的化石，依然会让后来者准确生动地捕捉它的每一个传奇。

我回到18岁时拍下第一张照片的人民英雄纪念碑前，是一个午后，一朵白云，斜斜地倚在纪念碑身畔。

“对，你跳起来，就像要触到纪念碑的顶一样——”有人在指挥拍照的人摆姿势，被拍的人也在全力配合。

我退到远处，静静仰视纪念碑，当你看着高处时，周边的人流便消失了，四下一片安静。巨大的纪念碑像一把闪闪发光的钥匙，拧开，进入的是这座城市的另一个界面。

这是一个关于英雄的世界。

我绕着纪念碑走，170多个人物浮雕，每一个都没有名字，可是每一个都似曾相识。那就是我们的祖辈，拉开抽屉，翻开老相册，发黄的照片上，他们一直都在。

我不甘心只寻觅爷爷奶奶的故事。我忆起家乡那座古朴的亭子，芝山脚下本没有这样一池水，是江万里居于此处时凿池引来的水。止水一名取之于庄子所言：人莫鉴于流水，而鉴于止水，唯止能止众止。

英雄凝固的生命历程中，隐藏着一个国家、一座城市、一个家族的精神密码。

2020年，我开始在北京寻访英雄的足迹……

二

7月，我从大运河最北端的李卓吾墓出发，去聆听一位英雄。在我身后，矗立着1500多年的燃灯佛舍利塔，2248只悬铃在风中吟唱。

我听到塔底沉睡千年的两只蛟龙在长啸，传说中，塔为拴龙而建，古塔凌云，千年不倒，这是塔的使命。世人多欣赏塔的身姿，却不知，为何周遭风云变化，它却一直屹立。

一座立了千年的塔，指引过迷航的船只，拥抱过流浪的白鸽，亲吻风吹来的种子。这座城市有无数建筑比他高大，可大运河独爱倒映它的身姿。

那日午后，南四环花乡，我面前，便坐着这样一位，跟塔一样肩负使命的汉子。

他说话时，扭头看我，墨镜后似乎有双明亮的眼，我有些许恍惚，差点忘了他是盲人。

他说起烈士纪念日，一度言语激动，送到嘴边的茶杯因手指颤动而倾洒，茶水落在裤子上，他挥手掸了掸。熟悉他的人都知道，他一向沉静，若非动情，不会如此。

战斗英雄史光柱的名字，曾经嵌入一代人的记忆，可如今，鲜有人知道他的现状。

他从来没有从那场战争中走出来。

炮火染红南疆的天空，木棉花泣血，他破碎的眼球高悬枝头，透过血雾与硝烟，捕捉到战友冲锋时被地雷炸飞的背影、战壕里被炮弹洞穿的躯体，双手依然牢牢握着武器，眼睛直视前方……

史光柱无论做什么，都会想起他的战友。这是战场上，英雄用生命签下的一份契约，谁活下去，都不是自己，而是大家。

行走在黑暗中的史光柱，总担心自己的时间不够用。每天清晨，他掌心总有一大把需要服下的药丸，这些把喉咙咯得生疼的药丸在提醒他，活着便是跟病魔争夺时日。

甲状腺结节、肺大泡肺气肿、十二指肠溃疡……照料他的人，说起他的病情，会暗自垂泪，他却只是淡然一笑。他向来不拿自己的身体当一回事。前些年，他更狠，比如头疼，他就扇自己几个嘴巴子，让脸上的疼盖住头疼。对自己，他是能够横下心来收拾的，他不允许自己软弱。

在推进烈士纪念日进程的队伍里，史光柱始终站在前排。他希望举国上下都记得那些在祖国危难之际挺身而出的好儿女，他们是中华民族最闪亮的坐标。

2014年9月30日，我国迎来第一个烈士纪念日。此时，距2004年，来自江西的原政协委员王伴青首次提出建立烈士纪念日，已是10年。

十年磨一剑，实属不易。

这背后，有研究认证，有民意调查，还有民俗专家研讨，终于，选定了人民英雄纪念碑奠基日：9月30日，以法之名，在国家层面纪念先烈。

2019年2月，王伴青逝世。那个为烈士请命的瞬间，如一柄烛，照亮了他，也映出了无数英雄捍卫者眼中的星光。

英雄捍卫英雄，更有一种生死与共的悲悯。2019年，史光柱一直在为烈士遗像的事奔波，在云南，他前前后后跑了十几个陵园，协调各方关系，给很多墓碑贴上了瓷像。“这些烈士不能光留一个名，还得让后人看到他们的样子。”

那个夏日午后，与我一同聆听史光柱的还有儿童文学作家周敏，她说自己是唱着《小草》长大的，采访前一日，她提醒我给英雄买束花，正是疫情期间，我辗转几个市场，都是铁门紧闭，后来，在一处墙角找到一个花店的宣传单，联系后，商家问我要求，我说，要香气扑鼻的！等了十几分钟，女老板抱束花出来，高高举着从铁门的上方递给我，隔着口罩，我也闻到了生命盛放的气息。

谈话间隙，史光柱抽烟，他从口袋里掏出打火机点烟，用右手丈量自己到烟灰缸之间的距离，再触摸烟灰缸的四壁，如此定位之后，他弹烟灰时出手准确而快速。他拿烟的姿势与众不同，烟头朝着掌心，他说，怕烟头烫到别人，特别是小孩子，烫到自己倒没什么关系。

这个下午，我开始读懂另一种人生。这是活在纪念碑里的英雄们所秉持的人生信条。

爱的决绝与不留后路。

我时常想，2000多年前的五月初五，汨罗江畔，屈原为何不听渔夫的劝：别人醉，你也跟别人一起醉嘛！活下去才是最重要的。水清有水清的好处，你可以洗帽带嘛；水浊亦有水浊的用处，你可以洗脚呀。

屈原当然知道渔夫的话是有大智慧的，但那终究不是他的路。武死战，文死谏。他是个文人，赤胆忠心，恐怕只有死谏才能表达。

屈原投江后，第一批赶来救他的是渔民，他们驾驶小舟，在茫茫江面上搜寻无果后，把竹筒里的米倒出来撒在江里，好声好气地跟鱼虾商量，这些粮食给你们吃，请千万不要啃食他的身体……其实对于葬身鱼腹，屈原是不惧的，他说，我宁愿跳进江心，埋到鱼肚子里去，也不能拿自己干净的身子跳到污泥里，去染得一身脏。

这些朴实的渔民一定想不到，他们的善心之举，给后世恭献了端午节的两项活动：赛龙舟和包粽子。

鱼虾吃不吃粽子，我不清楚，可是，在我们周边，却有个别人，一边吃粽子一边去啃食英雄的尸骨，对此，史光柱显然有过深思，他说，厌恶战争是人类文明的共识，但不能因为厌恶战争便去伤害捍卫和平安宁的英烈。

2018年五一劳动节，英烈保护法实施，史光柱忍不住喝了几杯，他举杯垂泪。这部法，他盼了7年。之前那些抹黑英雄的报道，跟针一样扎在他的心上。“污蔑邱少云烈士、狼牙山五壮士……这些造谣的人，没有上过战场，根本不懂牺牲。在战场上，军人眼里没有自我，只有无私。”

“没有自我？”隔了2000多年，渔夫停泊在我身边，我像他当年一样发出惊叹。

“我是军人。军人更多的是牺牲自我，成就他人，从而完成大我的价值。”

“人生真的可以没有自我？”

“我的战友，他们都死了，我有什么资格谈自我！”

沉默过后，这个没有“自我”的男人，开始用他那略微嘶哑的声音，给我讲述他那些可爱的战友，时光在他的言语中弯曲折叠，我盯着他的墨镜，那两片黑漆漆的方形玻璃，悄然洞开，我进入1984年4月28日的老山前线，硝烟和炮火中，那些年轻而热烈的生命正在绽放出最后的华彩。

在一丛烧焦的树枝旁，我看到了20岁的史光柱，他军装破烂，可他的眼眸，明亮湿润，我知道，他很快就要失去它们了，被战火炸碎的眼角膜里，定格的最后一幅画面是南疆的血色天空。

几年之后，他把这双眼写进了他的诗歌：我真想/睁开眼睛看看现状/看看我落在/地球上的眼珠/究竟变成草尖的露珠/还是两粒孤独的石子。

至于史光柱失去双眼的过程，那天，他并没有讲述，事后，我在他的一本文集中找到这段话：我感觉两只眼睛像被刀猛戳了一下，嘴里全是血肉和泥巴，闷得透不过气来。我感觉左脸颊上面吊着个东西，一晃一晃的以为是炸起的树叶沾在上面，伸手往下一摘，感觉到痛了才明白，是左眼球被炸出来了，右眼也被弹片击中，血肉模糊，我扒了扒，右眼疼痛没有左眼剧烈，以为受伤并不重。关键时刻，不能耽误时间，我迅速将左眼球塞进眼眶，边爬边指挥战斗，直到摔进堑壕昏死过去。

“把挂在脸颊上的眼球塞回去，用一块布条简单地绑一下，然后接着冲向敌人。”史光柱的这个形象，后来被画成一幅油画，画中的史光柱一身破烂的军装，背着弹药，蒙着双眼，行走在硝烟中。

身边几个90后的小伙子都喜欢这幅油画，“太震撼了，这是中国最有血性的男人！”他们把这幅画设成屏保，当成头像。至于画中人的事迹，他们并不知晓，但是我想，他们慢慢会知道的，他们的子孙也会知道的。

一如隔了2000多年，我们在端午节忆起抱石投江的屈原，在清明节念起抱树而亡的介子推。岁月从来急不得，山河自有记忆，英雄的传说，被无数人记录书写，终将融入民族的血脉，千百年后的英雄纪念碑前，依然会有虔诚的后来者，花圈上的飘带，会一直在风中飞扬。

与我见面的第二天，史光柱上了手术台，医生在他的肚子上钻了三个洞，摘除了他的胆囊。我发微信问候，他回：不必为我难过，活着已是幸运，我已多活36年。

记起那日告别时，他轻轻托起一片花瓣，放在鼻子前闻，靠得太近，百合花上的露珠沾湿了他的鼻尖。

他扬起嘴角，微笑。

他记起，18岁，母亲送他离家时的情景。自那以后，他再没见过，家乡春天里的花海。

三

东经116度23分29.88秒，北纬39度54分11.40秒。

这是北京的心脏，亦是人民英雄纪念碑的位置。

72年前的9月30日，伟人们弯腰，持一把铁锹开启了纪念死者、鼓舞生者的伟大篇章。

这是一次特殊的会议，暮色中，他们是站着宣告这件事的，400多位代表也是站着听的。

就在这里，建立一座人民英雄纪念碑。

之后9年，这座纪念碑融入了多少人的心血啊！

青岛浮山的3000多名石匠，一锤一锤从山上凿下了300多吨的碑心石；日理万机的周总理，每天早上起来一笔一画练字，150字的碑文，先是练单字，之后是一遍遍书写全文，一共写了40多幅；卧于病榻之上的梁思成看到草案中的纪念碑模型，心急如焚，写下长信提出反对意见，这封有理有据的信更像是一篇精湛的设计论文，配了好几幅草图，最终确定了纪念碑的大体建造方案。

1958年，当碑高37.94米的纪念碑终于矗立在天安门广场时，无数人为之泪洒当场。而设计浮雕花圈的林徽因却已不能亲见，这位传奇女子把人生最后的设计才华献给了人民英雄纪念碑。

林徽因当年的助手回忆说，他当时画了一些花的图案，线条很柔软，林徽因看后就说这是乾隆的风格，不能代表人民英雄。

是花，却从不柔弱。

2021年春天，我凝视着纪念碑上的花圈浮雕，牡丹花、荷花、菊花，每一朵芬芳的花都生出了钢铁的骨架。

在花圈的下方，是一位送儿上战场的母亲。

“你知道此去一别，便永无相见之日吗？”我问。

她不言声，只是微笑。

3月，在距天安门100多公里的密云云蒙山，我为一朵开在悬崖峭壁上的花而落泪，她张开臂弯，朝侵我中华者，拉开一张血肉的弓，射出的是自己的骨血。

邓玉芬的重孙子任宏伟时常爬上猪头岭——这座早已荒芜的小山地势险峻，有几处要手脚并用才能攀上。80年前，邓玉芬就是在这里把丈夫和5个儿子都送上了战场。

任宏伟没有见过太奶奶，可是他总觉得太奶奶就活在他身边，他出入村子，都能看到太奶奶的雕像，她伫立在山岩上，左手握布鞋，右臂挎针线筐，眺望着远方。

邓玉芬是个奇女子，她的同龄人都是一双小脚，唯独她是大脚，走起路来风风火火，听闻丈夫和儿子牺牲的噩耗时，郑玉芬正带着六儿和七儿在亲戚家筹集种子，亲戚劝她，别急着回去，危险。她摇摇头，拉紧两个儿子的手，说，走，回家去，咱姓任的杀不绝，咱和鬼子拼了！

我时常想，是什么激发了这位山间妇人的斗志，小小的猪头岭，因为她的坚守，有了炊烟，有了庄稼，有了果实。其实她完全可以趋利避害，保护自己的孩子周全，这对于一个母亲而言，是多么正常的事啊！可她非得豪气冲天，拉扯着孩子一起拼命，她当然知道会流血，会死人，可她还是义无反顾。

或许，儿时，她的母亲曾在她耳边唱过那首关于戚继光的歌谣：“天皇皇，地皇皇，莫惊我家小儿郎，倭寇来，不要慌，我有戚爷会抵挡。”又或许，她听说过戚继光的传说，那个曾在密云石匣驻守的民族英雄，因为儿子抗敌不力，而以军令斩之。

丈夫和儿子，在她眼里，非她所独有，为了大义，她和盘托出。这种气概，与在岳飞背上刺出“精忠报国”的岳母，何其相似。

距邓玉芬家乡百里之外的潮河雄关古北口，有一座千年的杨无敌祠，后殿供奉的是佘太君和一众女将，这座辽代建造的祠堂，历史上多次损毁，却总能重新修建。我不知道邓玉芬是否来过这座庙宇。她与佘太君，隔了岁月与时空，却做出了相同的抉择。

回忆太奶奶，任宏伟会提及他父亲的趣事，儿时总爱赖在猪头岭上的奶奶家不肯走，为什么？因为奶奶晚年时，有许多人来看她，家里总有各种点心。

想起父亲馋嘴的童年，任宏伟露出浅浅的微笑，与儿孙相处，或许是太奶奶晚年生活中唯一的甜。在此之前，邓玉芬虽然生育了7个孩子，却从未享过欢聚，生死离别占据了她最好的年华，其中最让她心痛的是小七的死。

那是1944年的春天，小草刚从地里钻了出来，黄色的蒲公英刚展开花瓣就被一阵凌乱的脚步碾成了泥。日伪军扫荡，邓玉芬带着七儿躲进了山上的石洞。

石洞里阴冷潮湿，邓玉芬紧紧抱着小七儿，叮嘱他别出声。邓玉芬不怕被抓，可她担心连累附近山洞里的乡亲们。小七发起烧来，扭着身子要回家吃饭。邓玉芬轻声安抚，可小七儿浑身难受，脸烧得通红，哭得更大声了。

敌人的脚步声越来越近，邓玉芬咬了咬牙，为了保护乡亲们，为了不让孩子的哭声引来敌人，她从破棉袄里扯出一团棉絮，塞进了小七儿的嘴里。她的手有些颤抖，眼泪忽地涌了上来，小七儿睁大了眼，不解地看着母亲，他想挣扎着起身，可是邓玉芬紧紧搂着他，不让他发出一点动静。小七儿盯着妈妈，眼里溢出泪来。

敌人脚步远去后，邓玉芬才从小七儿的嘴里抠出棉絮，她摇晃着脸色青紫的孩子，呼唤着“小七儿，小七儿”，过了好一会儿，小七儿才缓过气来。

“妈，饿，饿。”这是小七儿留给这世界的最后声音。当晚，小七儿走了，邓玉芬抱着小七儿慢慢变凉的身体，呆坐了许久，她一动不动，似乎也跟小七儿一起死了。

小七儿永远地睡着了，几捧黄土盖住了他小小的身体，他的肚子扁扁的，他的嘴唇干巴巴的，邓玉芬似乎听见，他在一遍一遍地说，“妈，饿，饿……”

“老天啊，你怎么这么无情，我邓玉芬生了7个儿子，你为什么一个个都要收走？”那天，一个母亲撕心裂肺的哭吼，似乎要撕裂云蒙山巅那片聚集的乌云。可是，当她回到乡亲们身边时，脸上泪痕已干，她说：“只要大伙儿平平安安的，小七死了也值！”

一年后，日军投降，郑玉芬爬上山坡，面朝着西方，仰天大笑：“他爹、大儿、二儿、四儿、五儿、七儿，咱们胜利了！”

笑着笑着，她的眼泪滚了出来，变成了号啕大哭：“你们回来吧！回来吧！”

她一会儿哭，一会儿笑，这个云蒙山的女儿，在此后的20多年岁月里，一直在思念着她的丈夫和儿子，特别是她的小七，这个连名字还没来得及取的孩子。

1970年，邓玉芬在举家团圆的除夕夜离世，留下遗言，要葬在村口，所有人都说，她是盼着能与家人重逢。

我想，她们一家早已团聚，夜深人静时，她会牵着小七，迈开双腿，在长城上、白河畔奔跑，小七要笑，她就陪他笑，小七要哭，她就陪他哭，她永远不会再捂住他的嘴。她会从所有的点心里，挑一块最甜的，喂给小七儿吃。

任宏伟领我去邓玉芬的墓地，这位英雄母亲安睡在一处山坡上，没有立墓碑，若无人指引，是绝对寻不到的。她的身前，是一片庄稼地。墓上生了许多树木，正中间是一棵高大的桑树。

“中妇扫蚕蚁，挈篮桑树间。”或许，这个15岁就嫁入任家的女人，一直想要的，就只是平凡的男耕女织、生儿育女的生活。

我轻抚树干，已是三月，枝头依旧冷寂，是因为这片土地太过厚重，春天的步子也走得庄严而缓慢吗？

春还是一点点来了，回程的路上，我看到把猪头岭揽入怀中的白河正在一点点解冻。与我们同行的密云党史办主任郭生河说，他每回上猪头岭都会把邓玉芬的资料装在文件袋里，挂在树枝上，方便慕名而来的游客摘取阅读。

任宏伟给我看他手机里的照片，猪头岭上石头垒起的故居轮廓依在，只是被山林覆盖，他说，当年大雪封山时，太奶奶要走许久的路才能打到水，不过，也只有这样的险峻地势，才能把八路军藏起来养伤。

任宏伟不爱多说话，却喜欢用镜头表达对太奶奶的敬爱，他拍下了一年四季的邓玉芬雕像，冬天的雪，春天的花。拍照时，他两岁的儿子就在雕像旁边奔跑玩耍……

岁月阻隔了生死，思念与血脉却将历史连接，立在村口的邓玉芬像，会看着她的后代们茁壮成长，一代又一代。

欢快的孩子不知道，就在他脚下的这片土地上，不到百年的光阴里，他的多位先辈，淌干了泪，流光了血，永远融入了山水。

如今，佘太君在庙宇之内已坐了千年，邓玉芬像站在村口已有10年，她们还将长久地伫立在这片土地上，成为历史时空中不灭的记忆。

忆起我奶奶，她很少说起战争，只有一次，她轻描淡写，说大伯死在她的怀里，大姑被人流冲散，她能怎么办？咬咬牙，还得接着抢治伤员。

她们是花，却从不柔弱。

四

人民英雄纪念碑东侧的国家博物馆，我去过多次，“复兴之路”的展览也是一看再看。可是每回走过那架折磨李大钊先生长达40分钟的绞刑架，却总没有勇气驻足。

那台锁在玻璃柜里的冰冷铁器已显破旧，岁月掩去了它的血渍，我却仍能听到先生脚上的铁链碰撞地面的沉抑声响，他满是褶皱的灰色棉袍上方，是一颗微微抬起的头，还有一双沉静的眼。

1927年4月28日的西交民巷外，落满枝头的乌鸦，目睹了先生在绞刑架上的40分钟。他死后，医生为他拭去血迹，仍是面目生动，只是脖子上三道深深的血痕再也抹不去。先生就义后，留下夫人赵纫兰和四个未成年的孩子，一家人生活窘迫，靠友人捐助度日。先生停棺6年，下葬后的第二个月，赵纫兰离世，这个名字源于屈原词句的小脚女人，忌日也与屈原同日。她唯一的遗嘱是要葬在李大钊墓旁。

赵纫兰心里曾流淌着巨大的悲伤，在小女儿因误诊离世后，她收到丈夫的信："我这次出国说不定什么时候回来。钟华的死确使我很伤心，但从此以后，我再也没有闲心想念她了。我已经为她写了一首长诗，作为对她最后的哀悼吧……"

这就是英雄，他们心里要装的是世界，家人被放到深处。一个家族若是出了一个英雄，意味这个家也是被奉献的一部分，没有人能够独自无私，一份无私的背后是更多人的无私在支撑。

每个英雄的背后都站着他的家人，正是透过他们的家人，我才解读出一个完整的英雄。

李大钊的女儿也曾被父亲牵连入狱，这一点与文天祥何其相似，文天祥在狱中曾收到女儿柳娘的来信，得知妻子和两个女儿都在宫中为奴，过着囚徒的生活，他明白，若他投降，家人就能团聚，可他在写给妹妹的信中说，收柳女信，痛割肠胃，人谁无妻儿骨肉之情，但今日事到这里，于义当死，乃是命也。奈何？奈何！可令柳女、环女做好人，爹爹管不得，泪下哽咽哽咽。

两声奈何，两声哽咽，道出英雄背后的无尽辛酸。

难道李大钊当真是没有闲心想念女儿吗？实乃擎天者，不可弯腰。

文天祥就义后，他家人从其衣襟内掏出遗书：孔曰成仁，孟曰取义，惟其义尽，所以仁至。读圣贤书，所学何事？而今而后，庶几无愧！

英雄的仁至义尽，是以我血荐轩辕的忠肝义胆，与邓玉芬同饮过白河水的传奇英雄白乙化，离家时妻子怀有身孕，直至他牺牲，也未见过女儿一眼，而冥冥中似乎心有所感，他的女儿，在他牺牲前后，多次在梦中惊醒，哭喊着，爸爸，您在那里，快回来救救我吧！几个月后，眼睛里长出许多小白点，一夜头疼后，黎明时双目失明。

5年之后，他的女儿才知道父亲牺牲的消息，在此之前，她与母亲相依为命，食不果腹，四处流浪，苦盼父亲返乡。

这个命运孤寂的人，有一个淡雅的名字：白素清。她的一双眼睛似乎是为见父亲才生的，父亲离开，她的眼也失明了。

多年后，她来到密云白乙化雕像前，一身黑衣的她，倚在父亲肩头，放声痛哭。她的背后，白河水奔腾翻滚，那是他父亲誓死守卫河山，保护了密云的乡亲，呵护了流浪的孤儿，唯独，没有给她半点温暖。从小到大，她被人骂是没爹的野孩子，被狗追着到处跑，而父亲，只存在于梦中。

她爬上父亲牺牲的降蓬山，有人要给她照相，她坐下来，有风拂来，她一动不动，她在想，1941年2月4日，父亲高大的身体是如何从山头跌倒的，战士们又是如何把他抬到缓坡上的，父亲临死前有没有记起，在家乡，他有一个孩子？

她听别人说过父亲下葬的过程，从乡亲家里找了一些木板，在一棵栗子树下挖了一个坑，怕敌人知道，连碑也没有立。她还听说，密云人都说父亲是白河的小白龙，护这一方平安。

她的父亲自始至终是别人的。她能抱住的，也只有冰凉的汉白玉雕像。

她一生坎坷，几次想轻生，可是想到父亲，又咬着牙撑下来。她这一生，父亲是心头最灿烂的太阳，她来到密云，踩在父亲曾踏过的土地上，立在父亲死去的山头，隔着时空与父亲相遇，她在心中默念，爸爸，我来了。

这个眼盲心苦的女子，最后，也追随着父亲去了。

我或许猜到了她的选择，她写的《回忆父亲》一文，开篇就是：我老家在辽宁省辽阳县石场峪村。我家是满族，办丧事时穿灰鞋白边口，孝衣白大褂，供家谱是红纸写字，上边有黄布遮盖。

白素清与父亲分葬两地，她的后人，承接了她的血脉，也延续着她对父亲的思念，清明时节，风尘仆仆赶来，在白河畔跪地祭拜。

想起黄花岗烈士林觉民的《致妻书》，在白乙化心中，恐怕也是有这样一封家书的，只不过还没来得及写，或是他写了，而我们没有见到。英雄从来不属于家庭，他的名字绽放在纪念碑上，高高的直指云天。

生死的问题，对于英雄，似乎从来都不是一道选择题，这一点，可以在方志敏的狱中书中找到答案："死是无疑的，我们为革命而生，更愿为革命而死。"在生命最后的7个月，他给后人留下了十几万字的手稿。

正如文天祥所作《正气歌》：天地有正气，杂然赋流形。下则为河岳，上则为日星。

正气源于英雄，擎天者，非旁人，英雄也。

更多的人，只是汨罗江上，将那舟划了2000余年的渔夫。

有个数据，我国近代约有2000万名烈士，可收入烈士英名录的仅193万余人。那些没有留下姓名就离开的先烈，如繁星，在无人看见的天际，独自闪烁。

一日午后，我步行穿过通州国防教育广场，来到李卓吾墓前，西海子公园的冰面消融，一池锦鲤显露身姿，先生墓前鲜花芬芳，这位12岁挥笔写下《老农老圃论》的旷世奇才，死时也是轰轰烈烈的，他喝出一句："壮士不忘在沟壑，烈士不忘丧其元。"以剃发为名，夺下理发师的剃刀割断喉咙而亡，时年76岁。

站在先生墓前举目望去，1500多年的燃灯佛舍利塔耸入云霄，距其千米之外，大运河水浩浩荡荡，100年前，在运河嘉兴段，一艘小小的红船于南湖启航，一串串脚印从船中踏出，那是擎天者最初的足迹。

一个英雄的底色

赵晏彪

春节的底色是温暖的，最宜读书。

大年初一的晨光迟迟没有来拜年，屋里静静的，小区里留守枝间的雀儿也还没有起床。已然习惯了没有爆竹的春节，晨读怡然自得。

打开书柜，面对经妻之手打理得整整齐齐的书籍，我浏览着，想找一本来读。忽然，霍达先生的小说《穆斯林的葬礼》跳入眼帘，其实这本书在刚刚出版时就读过，看来今天宜读此书。那一行行的书写体与时光结伴而行，恰似流水般在血液里畅游着，不知不觉中，一缕清丽的阳光悄无声息地溜进了书房，若聚光灯般射在书中的那行文字上："……学生们烧了赵家楼，事情闹大了，军阀政府派兵镇压，抓起来三十多人。于是，全北京城的学生总罢课，并通电全国表示抗议，接着，上海、广州、天津的学生也上街游行了，听说天津的学生领袖……叫马骏。"

"马骏？"名字如此眼熟，我忽然有些兴奋，立即在大脑里搜索着，再次读了读第三章“玉殇中”的那段文字，心里不断重复着那个名字。

此时一缕阳光正逢其时地透过窗外的灯笼映照在墙壁上，映现一块红红的半透明的底色。这底色在渐渐地散开、扩大，弥漫了我整个双眼，就在这短短的一瞬，大脑里忆出了少年时在日坛公园举办向烈士墓敬献花圈的活动时，那碑文上“回族英雄马骏同志之墓”的字样清晰如昨。

人的记忆往往如电影胶片，一旦开始播放，便会将储存在大脑里的信息一一调出来。

年的味道并未把我薰醉，但时光过得飞快，唯独这两日书似乎读不进去，脑子里总是萦绕着“回族英雄马骏”这几个字，于不知不觉中听到了远方传来北京站那熟悉的钟声，这“当当当”的声音似乎在提醒着我：整整12下，已是子时了，抬头看了看日历，2021年的2月14日（大年初三），再过一分钟就是新的一天2021年2月15日了。下了整整一天的皑皑雪花像它来时那般悄无声息地去了，望着灯影下树梢上的残雪，薄薄的，记忆终于跳出了脑海，少年时在日坛公园老师讲述马骏故事的情景浮现眼前。

“……同学们，要记住40年前的今天，1928年2月15日那个早晨，那个狂风大作，大雪纷飞，天气极冷的早晨。从功德林监狱里前呼后拥地走出一位飘着一尺多长胡子的青年人，他上衣被剥得精光，双手反绑着，两只脚上趟着重重的枷镣，气宇轩昂地坐上一辆黄包车。在车的四周是荷枪实弹的警察和手持大刀的宪兵，一股杀气腾腾的场面，令围观的百姓感到十分瘆人。黄包车上的青年，在凛冽的寒风中依然挺胸端坐，长长的黑须迎风飘动，两眼怒目而视，一派英雄气概。狂风如号，可青年人一路高唱着《国际歌》，那歌声在空中回荡，他又大声高呼着：各民族同胞联合起来，反对卖国，打倒军阀，只有共产党才能救中国！

“年轻人英勇不屈、视死如归气概，感染着沿途围观的群众，就连警戒的军警，有的也不禁落泪。年轻人大声地喊着：刽子手们，你们拿枪的手别发抖，杀了一个马骏，还有千万个张骏、李骏正前赴后继，共产主义一定会实现!”

老师哽咽地嘱咐着我们：“同学们，请你们记住，这位烈士，就是躺在这里的英雄马骏。”

几十年的时光过去了，此情此景如今忆起仍然泪花闪闪。明天，不，现在已是2021年2月15日凌晨，屈指算来马骏烈士牺牲整整93年了，一个想法在心里悄然萌动。

大年初四的早晨，备了一束鲜花和水果，前往日坛公园。汽车在繁华的建国门外东北方向停下了，这便是古代祭祀太阳的场所——日坛公园，我已有20余年没有光顾了。进入公园，右转有个指示牌，上面写着“马骏烈士墓”。顺着古树参天的甬道前行，在苍松翠柏中，立着北京市爱国主义基地的碑。再往前就是马骏烈士的陵园了。我的心跳有些快，于心里默默念叨着“马骏先辈，我来看您来了”。这样边念叨边行，眼前竟被绿色的围墙拦住了去路。我顺着围墙寻找着，一个临时搭建的门，半掩着。推开门，一位工作人员客气地说道：“墓地正在修缮。”

我说明了来意，工作人员热情地引我来到马骏烈士雕像前。雕像坐落在平台之上，四周有花岗岩矮墙围绕。我将鲜花果品轻轻地放在马骏烈士的半身塑像下，向后退了两步，深深地鞠了三个躬。望着马骏烈士像，双手合十默默地说着：93年前，您牺牲在军阀的手里，今天军阀已不在了，您曾高喊着“只有共产党才能救中国”的口号，如今在中国共产党的领导下新中国成立已经70年了，您一生信仰的共产主义，用生命追随的中国共产党今年已成立整整百年了……我喃喃着，就像跟老朋友、师长一样与他诉说着。他会听见吗？他会感觉到吗？会的。因为我可以感觉到他的存在，那他必然也会感觉到我的存在。

“您再看看马骏烈士墓吧。”工作人员的话，让我从这神奇的感觉中回过神来。这墓体为卧式长方形，汉白玉结构。汉白玉墓碑正面大字是：“回族烈士马骏之墓”。工作人员说道：“这是邓颖超同志题写的。”

我慢慢地绕到墓碑的背面，弯下腰读着上面的碑文："马骏，又名马天安，回族，生于1895年9月12日，吉林省宁安县人（现属黑龙江省）。'五四'运动时，是天津爱国运动领导人之一，和周恩来等同志发起组织觉悟社。1920年加入中国社会主义青年团，1921年加入中国共产党。1922年在东北从事党的秘密工作，曾组织了救国唤醒团及支援上海'五卅'运动的沪案后援会。1925年秋，被派往苏联学习。1927年大革命失败后，奉调回国。任中共北京市委负责人兼组织部长，同年12月被捕。1928年2月15日在北京被奉系军阀杀害，英勇牺牲，年仅33岁。"

"我想看看马骏烈士纪念室方便吗？"

"只是许多文物都盖上了，您看看吧。"

我们向马骏纪念室走去，我问道："马骏墓这是第几次修缮了？"

"1928年马骏烈士牺牲后就葬于日坛公园内，当年是一些热心人士和马骏的夫人一起将马骏埋藏的。新中国成立后，在马骏家人提议下，于1951年北京市政府隆重举行了公祭并重修了墓地，墓碑是当时的副总理郭沫若同志题书的。1987年墓地第二次重修，墓碑则由邓颖超同志题写。1995年，北京市和朝阳区先后投资200多万元再次重修了墓地，在朝阳区范围内募捐的钱塑造了马骏半身铜像，并且建造了现在的仿古式建筑马骏烈士纪念室。今年是建党百年，北京市政府决定出资300万元第四次修缮马骏烈士墓，将马骏纪念室扩建成纪念馆。"

"纪念室升级改造，说明我们的党和国家对牺牲的烈士们高度重视，希望英烈精神被更多的人传扬。"

"是的。这也是我们按照中央的指示精神，遵照北京市委市政府的要求去做的，主要是希望从内心强化保护英烈的文化认同，教育后代真心崇尚英烈、学习英烈、捍卫英烈。"工作人员向我介绍说："马骏烈士曾几次从天津到北京支援北京学生游行，后来从莫斯科中山大学奉调回京，任中共北京市委负责人兼组织部长，战斗在北京，牺牲在北京，墓地又建在北京，作为北京人，我们应该大力宣扬马骏烈士爱国、救国、殉国的革命精神，让年轻人在心里都种下英雄的种子。”

“说得太好了。”我们边走边聊，陵园北侧就是马骏烈士纪念室，室内共分为5个部分：品学兼优的回族青年；五四运动的先锋；战斗在白山黑水；为革命英勇就义。

“这次将纪念室扩建成纪念馆，将有重要的文物档案展示给大家。”

“什么重要档案？”我忽然睁大了眼睛。

“马骏的孙女马丽颖前年去莫斯科中山大学，将马骏烈士就读中山大学时的档案取了回来。这档案非常珍贵，其中有一个重大的发现，马骏烈士填表中的入党时间是1920年，在上海入的党。”

“1920年入党？墓碑上写的是1921年入党。”

“是的，所以说是重大发现，不但有共产国际为马骏烈士写的评语，档案里记载1926年9月初，中山大学公社改选时，马骏同志当选为公社的书记，与邓小平、伍修权、乌兰夫等人都是同学。当马骏殉难的消息传到莫斯科中山大学时，立即召集全校学生教职员大会，举行追悼，并决议将中山大学俱乐部命名为‘马骏俱乐部’。”

匆匆地祭拜，却于无意中获取了如此重大的信息，让我心绪难平。回家的路上，脑海里一直萦绕着马骏英勇而光荣的一生，特别是他英勇就义时的情景。“打倒军阀，反对卖国，只有共产党才能救中国！”这是他最后的呼喊，定格了他伟大的名节。当罪恶的子弹从枪管里喷出，飞快地旋转着，穿过漫天飞舞的雪花，带着刺骨的寒冷，裹挟着凝结在空气中的那股刺鼻的火药味，射进了一个青年滚烫的胸口，让他闭上了曾经见过中国五四运动的热血场面、十月革命胜利后繁荣的苏联、对革命胜利充满信心的那双坚定的眼睛。然而，头顶的青天，身上的白雪，背后的那堵被鲜血染红的墙，还有那些反动派的走狗和麻木不仁的或是热血沸腾的围观者们，一切的一切都见证了这位英雄就义时的悲怆而伟大的一刻。

死谏大总统

面对革命先驱马骏，如同面对一部浩瀚的大书，满心敬惜，却不知从哪一页读起。当我慢慢读过去，能看到中国革命初期中国共产党人“舍生忘死”的气概，为实现共产主义而“抛家舍业”的奉献，为迎接新中国的诞生而“宁死不屈”的风骨，也就能体悟出为什么“共和国的底色是红色的”。

回眸1919年的五四爱国运动，有一个响亮的名字，在北京、天津等城市青年学生中广泛流传着，乃至霍达小说《穆斯林的葬礼》一书都写到此人，他就是大闹天安门的京津地区学生领袖，天津爱国运动的领导人之一，人称“马天安”的马骏。

1915年8月，马骏考入天津南开学校。在校的短短三年的时间里，马骏伴随着中国的屈辱长大，从一个无政府主义少年，成长为一个具有一腔爱国热血的青年。

巴黎和会在帝国主义列强操纵下，不但拒绝了中国的要求，而且在对德合约上，明文规定把德国在山东的特权全部转让给日本。北洋政府竟准备在“对德和约”上签字，此卖国行为激起了中国人民的强烈反对。1919年5月4日，在天安门广场爆发了“外争国权，内惩国贼”的爱国学生运动。

北洋政府不顾学生们的正义要求，悍然令军警逮捕了集会游行学生。消息很快传到了天津，天津的学生率先走上街头声援北京爱国学生。

马骏积极参与到这场伟大的斗争，受到了天津学生和各界的尊敬。5月12日，马骏被推选为直隶各界分民联合会总干事。5月14日，在他的主持下，天津学生联合会于直隶水产学校正式成立，天津直隶公立工业专门学校代表谌志笃被选为会长，南开学校的代表马骏选为副会长，积极声援北京学生的爱国运动。23日，天津学生联合会号召中等以上学校进行总罢课。6月5日，天津学生联合会在南开学校广场召开了数千人爱国运动大会，马骏在会上带领大家高声宣读《宣誓书》：“（一）誓保国土；（二）誓挽国权；（三）誓雪国耻；（四）誓除国贼；（五）誓共安危；（六）誓同始终。”会后，示威请愿，要求北京政府释放被捕学生，取消卖国的“二十一条”密约。

1919年的中华大地是风雨飘摇的。阴霾笼罩下的中国被愤慨的爱国学生唤醒。“不做亡国奴！”这句话喊出了所有爱国志士的心声。

1919年6月17日，山东各界得知北京政府准备在巴黎和会上签署不平等条约后，便在第二天山东省议会、律师公会、济南总商会、山东教育会、山东农会、山东报界联合会、山东学生联合会等召开联合会议，一致议决：立即派出“山东各界请愿团”到北京请愿。6月20日上午，请愿团到达北京，他们手持白旗，为首者，大旗两面，上书“山东各界请愿团”字样；又有要求条件三项，亦书旗上：一、拒绝签字；二、废除高徐(高密至徐州)、济顺(济南至顺德)铁路草约；三、惩办卖国贼。一路沉默肃静，徒步行进至设于中南海的总统府门(新华门)前。而总统徐世昌拒不接见，最后守卫竟把朱红大门关了起来。许多代表见此便高呼口号，向着大门手捶脚踢。由于天气炎热，数人中暑晕倒。代表们悲愤难抑，便效法申包胥哭秦庭的故事，跪在门外，放声号哭。“时适下大雨，一小时后，各代表尽陷于水污泥淖之中，痛哭失声，闻者悱恻。”（1919年6月23日《时事新报》）

对山东请愿代表的“秦庭之哭”，李大钊同志这样评说：“这样的炎热酷日，大家又跪到新华门前，一滴血一滴泪地哭。唉！可怜！这斑斑的血泪，只是空湿了新华门前的一片尘土！”

迫于压力，北京政府大总统徐世昌于21日上午接见了山东请愿团的代表，并接过了请愿书，仅此而已，并没有做出肯定的批复。于是请愿团又在22日早上请求面见总理龚心湛。22日下午龚心湛在居仁堂接见了请愿团，6月25日，龚心湛对山东代表的请愿书做出批复大意是：已电令巴黎和会我国专使，不保留山东问题，对和约绝不签字。这个批复，玩弄笔墨，模棱两可，代表们决定将其退回。

眼看距巴黎和会签字的日期越来越近，天津各界联合会推选马骏为总代表，率郭隆真、刘清扬等100多人前往北京。1919年6月27日早晨5时，他们联合北京学生代表20多人一起来到新华门前向北洋军阀政府请愿。大总统徐世昌听了汇报后拒不接见，马骏气愤地向代表们说："如果徐大总统一天不接见，我们的队伍就一天不解散。10天不接见，我们就在这儿等10天，不达到目的，决不罢休！"

抗议口号此起彼伏，一浪高过一浪。从清晨等到黄昏，又从黑夜等到天明，学生们的爱国热情，感动新华门的绿瓦红墙。直到28日晚，徐世昌见学生运动不但没有被压制住，反而越演越烈，人也越聚越多，迫于形势他勉强同意接见部分京津代表。

于是徐世昌迫于压力决定会见马骏、刘清扬等10位学生代表。

"大总统，我是马骏，今天大家推举我作为主辩，请大总统不要在和约上签字。"

北洋政府大总统徐世昌没有想到，一个小小的学生竟然无丝毫半点惧怕之意，而且话中带刺。他淡淡地说道，你们都还很年轻，最好把精力放在学业上，把学问做好，将来学以致用，为国出力才是正道。当今世界，列强混战，辛亥之变革，虽结束了2000多年的封建之帝制，可中国尚无实力对抗世界列强。巴黎和会，一把火烧了曹公馆并不能从根本上解决问题。

"您贵为中国大总统，竟看着他小小日本国干涉我国内政？"马骏看着徐世昌。

"你是南开的学子，应该知道八国联军和庚子赔款，我国实乃国力弱小，撑不起与日本一战。现在，日本的军舰已经进入天津的大沽口了。"

"大总统，你以为日本人占了我山东，就会带来和平吗？我可以肯定地回答你，不能！巴黎和会之不平等条约绝对不能签，我们的口号是外争国权，内罚国贼，不达到目的绝不罢休！"马骏斩钉截铁地说。

“学生最好莫问国事，康有为是国家的秀才，确有雄才大略，可最终亡命海外，一事无成。谭嗣同，为国请命却身首异处，望你能识时务。”徐世昌说完咬咬牙，想用康谭二人吓倒马骏。

“国之不存，安有家乎？马骏虽身为一介学生，为国事担当，何惜此头？”马骏伸长了脖子说。

“难道你就不怕我枪毙你。”

马骏向前走了两步：“大总统，我们绝不允许肮脏的巴黎和约将我国山东的主权转让给日本。尤其是‘二十一条’必须否定。我希望你做名垂千古的好总统，不当遗臭万年的坏总统！”

大厅里的气氛一时沉默了，徐世昌换了一种口气，缓缓说道：“政府当然要接受民意，国家当然要保持完整，本总统亦不当遗臭万年的坏总统。”

“你等年纪轻轻，回去好好安心读书，国家需要你这样的栋梁之材，不要再闹学潮了。”

说完挥挥手，将马骏等人带走。

第二天清晨，这场以马骏的死谏与不凡的斗争气概为代表的全国性的舆论压力，最终迫使徐世昌挺直腰板下令通电出席“巴黎和会”的中国代表：拒绝在“二十一条”和约上签字。

“胜利了！”学生们欢呼着，经过这次斗争，马骏的政治觉悟进一步提高。

誉为“马天安”

1919年7月22日，山东督军张树元发布戒严令，任命济南镇守使马良为戒严司令，镇压群众爱国运动。马良派兵捣毁了济南回教救国后援会，逮捕了会长马云亭和朱春焘、朱春祥三人。8月3日，济南各校学生代表300余人赴督军署请愿，要求取消戒严。当局变本加厉，派军队镇压。8月5日晨，马良以“煽惑军警，危害治安”罪名，悍然下令将爱国回民人士马云亭、朱春焘、朱春祥押至城南圩子门外刑场枪杀，制造了这起令人震惊的“济南血案”。

山东马良的暴行轰动全国，“马良祸鲁”激起了全国人民的公愤，尤其是京津学生声援山东，要求惩办回奸马良和山东督军张树元。北京学生游行又起，8月8日那天，马骏率游行队伍在清真大寺演讲，怒砸了马良书写的匾额，组织天津联合会代表召开会议，决定配合北京和山东学生代表，向北洋政府请愿，坚决惩办马良和张树元。马骏提出带队前往北京，但因血溅商会后身体尚未完全康复呕吐不止，最后，刘清扬和郭隆真请战作为第一梯队进京，代表天津各界联合会会同北京、山东的代表一起向总统请愿。

8月23日，刘清扬、郭隆真、张若茗等十余人赴京请愿。没有想到的是，警方将刘清扬和郭隆真与北京代表瞿秋白并山东的学生代表计25人逮捕。

消息传到天津，马骏不顾身体尚未恢复担任总领队，立即组织由31位学生组成的进京请愿代表团。全国各地学生代表商议如何营救学生代表时，北京代表说：“人无头不走，鸟无头不飞，咱们请天津总领队马骏兄当我们这次学生运动的临时主席吧！”

1919年8月28日，在马骏的带领下，游行队伍化作一条长龙，一路高喊口号“惩办马良，释放被捕学生”浩浩荡荡来到新华门。新华门是中南海的正门，也是最高行政权力的象征。作为此次学生运动的总指挥，马骏率领天津、北京、山东等地请愿代表3000多人，直逼总统府。马骏和学生们表示：要团结一致，众志成城，准备牺牲一切，不达目的，决不罢休。太阳已经升到了中天，炙烤着紫金城的每一个角落。此时的新华门前布满了荷枪实弹的军警，和门前的那两尊张着大嘴的石狮子一样，面露狰狞。马骏站在代表们面前，鼓舞大家士气，也是给一旁的军警们听：“我辈男女各界人士原为挽回外交，促政府以觉悟，俾将未亡之国家不致断送于少数卖国贼之手。夫我辈各界人士孰无身家？孰无性命？而所以有此不顾生死之大牺牲者，是否为我四万万同胞将为奴隶牛马日处于水深火热中耶？今既遭此蹂躏，惟有再接再厉，冀达最初之目的！”

马骏的演讲让学生们愤怒高呼："惩办马良，面见总统，释放被捕学生！"

面对高温天气，马骏对众代表们说："我们要相互帮助，大家席地而坐吧，保持体力。"

黄昏时分，北洋军阀政府派军警把示威学生强制赶到天安门前。马骏将同学分成若干讲演队，在天安门一带分头进行宣传，讲演声、口号声此起彼伏，接连不断，一连进行了三天三夜。

反动当局有些害怕了，他们知道了此次学生运动领导者是个叫马骏的。于是，悍然决定逮捕马骏。但在同学们的掩护下，反动当局一直找不到目标。恼羞成怒的特务抡起皮鞭、枪托开始殴打学生。不忍看着同学们无辜挨打，马骏挺身而出，高声喝道："不许打人！我就是马骏！要逮就逮我好了！"军警们将马骏拉到天安门门洞，用枪口对着他的胸膛，要他下令解散学生队伍，并威胁学生们说，不解散就立即枪毙马骏。

马骏坚定地对同学们说道："我们此次来请愿就是抱定牺牲决心的。我虽被捕，不必恐惧，坚持斗争，一定会胜利。逮捕一个，便会激起十个、百个、千个爱国者。爱国者是逮捕不完的！爱国无罪！坚持奋斗一定会得到胜利！"

马骏被捕的消息传开，引发北京、天津、济南以及上海等地舆论的强烈抗议。

夏琴西和卞月庭代表天津的爱国绅商来看马骏，马骏对大家说："如果我能够生还，那我们的责任就更大了。民族要有希望必须依靠大家的力量，要团结一心，跟他们斗争，直到胜利。"这句话让夏琴西他们感到无比震撼。表明了马骏将自己与国家的命运联系在一起的决心，表明了他与帝国主义和封建主义势力斗争到底的意志。

8月29日，马骏被捕还未被释放的消息传出后，天津学生上街游行，星夜包围了警察厅以示抗议。北京、天津、济南、烟台等地各界联合会的抗议电报雪片般飞向北京，要求释放马骏及被捕的学生和代表们。

翌日，北京政府在全国舆论的压力下，被迫将马骏等学生、代表释放。

出狱后，马骏向迎接他的师生们郑重声明："入狱前的马骏是家人的马骏，出狱后的马骏就是国人的马骏！"

在这场史称"京津学生大闹天安门"的斗争中，马骏身穿蓝色长衫、激昂讲演，冒死面见徐世昌的形象，特别是他发自肺腑的感悟"人有两次出生，一次是肉体的出生，一次是灵魂的觉醒"深深镌刻在大家心中。面对马骏表现出的那种不屈不挠的精神，北京大学有代表提议，天安门自古有"受命于天，安邦治国"之意，马骏君带领我们救国爱国之举取得请愿胜利，恰与此意切合，我们就叫他"马天安"吧。

此建议迅速得到京津、山东、上海等代表的认可，于是"马天安"代替了马骏之名，乃至马骏牺牲30年后，周恩来在中南海邀请马骏夫人杨秀蓉及家人时，仍称马骏是他的"天安兄。"

马骏，由一个顽皮的孩子，一个疾恶如仇的富家子弟，一个无政府主义的学子，被突如其来的五四运动激活了他心底的另一种底色，去做了一种被称之为英雄的人物，使他成为闻名京津地区的学生运动领袖。

天桥留英名

回望中国共产党艰难的百年历史，一个从无到有，一个由弱小到强大的政党建立，让我深深震撼。因为，从来没有想到，原来一个政党的建立是需要那么多牺牲、那么多斗争，充满了血腥，充满了你死我活，充满了流血与背叛。

我沉浸于远阔悲壮的历史长河中，华夏子孙不惧山崩地裂的打击，残暴杀戮的敌寇，顽强且坚毅地跋涉着，每天太阳升落，民族的脊梁从未弯曲过，牺牲已成为一抹深沉的底色，弄潮儿用生命的呐喊，激励着历史长河中匍匐前行的后辈，每当想起那铮铮誓言，都会热血沸腾。

回望马骏短短33年的一生，是中国早期革命史的泣血写照。

100年前的1920年的春天，经李大钊同志的介绍，马骏加入了社会主义青年团，同年秋天举荐马骏到上海见陈独秀，随后加入中国共产党，成为最早一批入党的革命战士。1925年9月，李大钊同志代表党组织选派马骏去莫斯科中山大学学习，与邓小平、王稼祥、张闻天、杨尚昆、左权、伍修权等人成为莫斯科中山大学的第一期学员。

1927年夏日的一天，马骏突然接到组织通知，让他迅速回国。

在武汉，中共中央临时政治局主席瞿秋白接待了马骏，传达了组织的三点意见：一是李大钊同志推荐马骏接替他在北京的工作，经党中央批准任北京市委负责人兼组织部长，首要任务是找到没有被杀害的地下党员，尽快恢复北京党组织的建设；其二，积极联络进步师生知识分子及工农，壮大党组织；其三，北京的白色恐怖严重，“马天安”在北京是赫赫有名，敌人早已经布下天罗地网，要保护好自己。

马骏得到命令，立即化装，把长长的胡须剃掉，短衫换成长袍，戴顶礼帽，一派富商打扮，悄然从天津取道进了北京。

马骏到任后，在极其危险和艰苦的条件下，与敌人周旋。很快就恢复了北京市党组织。然而因马骏在北京的多次斗争中名声远扬，早已被敌人注意，许多同志为他的安全担心。他却说：“党之委托，在所不辞，怕危险就不干革命了。”军阀张作霖得知新任中共北京市委负责人，就是当年大闹天安门的马骏，便下令不惜一切代价一定要抓住这个大共产党。于是在大街小巷布满暗探，乱抓了许多留胡子的男人。此时的马骏已无胡须，时而化装成商人，时而又巧妙地穿上工人的服装，深入贫民区从事革命活动。

本来，马骏也可以不来北京，选择其他城市闹革命，也可在险中求生，但终因叛徒的出卖，改变了他的命运。马骏不幸被逮捕了，在生死关头，马骏以百折不挠的意志和忠贞不贰的操守，忍受了一切痛苦和折磨，至死都没有泄露党的半点机密。

马骏被捕后，张作霖曾派教育总长莫德惠前去劝降，莫德惠对马骏说：“只要你不宣传马列主义，不搞革命，大帅叫你当教育次长，不然，写一纸声明脱离共产党也行！”

马骏将枷锁抖得山响，回击道：“我不会像你等那样可以卖国求荣，没有骨头。只要我马骏还有一口气，叫我不宣传马列主义，不搞革命，这比太阳从西边出来还难！”

马骏从容拿起笔，一气呵成写就一篇如檄文般的《告东北同胞书》，“东北同胞们，吾马骏以身殉国以身殉信仰不足惜，唯渴望东北同胞团结一心，打倒军阀，抵制帝国主义掠夺，此乃骏之心声，望父老乡亲团结起来，为家国，为子孙万代，虽身死，但志不灭！吾将高呼：中国共产党万岁，人民万岁，笑赴刑场，活乃共产党员，死亦共产党员，共产主义信念是吾马骏心中不灭之灯塔！

“新中国必将诞生，此时，骏将九泉含笑矣。

“民国十七年正月二十二日”

马骏写罢，又换了一张纸，为自己郑重写下“故共产党员马骏之墓”，而后掷笔于地，说道：“我活着是共产党员，死了还是共产党员。”

《告东北同胞书》写就后，犹如利刃般直刺军阀张作霖的心脏，马骏已然料到最后的结局了。屹立在刑场上的他，从容不迫地瞭望前方，将悲壮的血泪留给后人缅怀。

在中国浩浩荡荡5000年的历史长河中，上演了多少悲壮山河的英雄史诗。没有先烈们抛头颅洒热血，就不会有今天繁荣昌盛的中国；没有先烈们那钢铁般的脊梁和早已化为泥土的血肉，就不会有今天的康庄大道；没有先烈们那不忘初心的坚定意志，就不会有我们现在那一张张幸福的笑脸……

在纪念中国共产党建党100周年的日子里，马骏与那些为中国革命献身的先烈们，他们的精神如同大漠胡杨，在中国共产党的党史里，在中国人的心中，千年不倒，万年不朽。

此时，社会上出现了一些恶毒攻击英雄的言语，实在令人不齿。“一个没有英雄的民族是可悲的民族，一个有了英雄却不懂得敬重和爱戴的民族是不可救药的民族。”鲁迅先生的话至今仍然是一剂猛药，仍然是一根沾了水的皮鞭。

这天，我来到天安门广场，望着矗立在天安门广场的人民英雄纪念碑，基座四面嵌有8块巨大的汉白玉浮雕和两块装饰性浮雕，概括地表现了从鸦片战争到新中国成立这百余年间，中国革命的艰苦历程。其中一组反映“五四运动”的浮雕中，有一位振臂高呼，指引方向的青年，他就是以当年领导学生运动领袖马骏为原型塑造的形象。如今他已经静静地躺在日坛公园的一隅。他对我们没有过奢的要求，而我们亦不应忘记他的初心，他的使命和他的牺牲。

马骏，他是一位与中国革命史有着不解之缘的风云人物。他从吉林省一个偏僻的小地方宁安市迈出他不寻常的第一步，从那里辗转至天津、北京、上海、哈尔滨、莫斯科等地，走过他一生短促而光辉的遐路。马骏，不是一个尽人皆知的名字，因他牺牲得太早了，没来得及参加中国革命史上后来的几个阶段的波澜壮阔的斗争；马骏，一个在五四运动中响当当的名字，以他无畏的生命力奏响了最初的革命乐章；马骏，一个爱党爱家爱祖国山山水水的革命先驱，用短暂而永恒的33年青春铸就了他爱国、救国、殉国的墓志铭；马骏，在他牺牲至今的93年中，每一句誓言的背后都有讲不完的英勇故事，每一段壮怀激烈的事迹之中都有傲然挺直的脊梁；马骏，无愧于养育他的故乡宁安奇山秀水，无愧于他生活战斗过的北京父老的殷殷之情。

我向人民英雄纪念碑行着注目礼，就在仰望的那一瞬间，在纪念碑的上空豁然出现了两行字：“崇尚英雄才会产生英雄，争做英雄才能英雄辈出。”——习近平

呜呼，这是一个英雄辈出的时代，也是不能忘记英雄的时代，一曲《沁园春·马骏》由心底流出——

生逢乱世，英雄底色，长髯飘飘。

南开求真理，马列入怀，五四先锋，气概如滔。

血溅商会，傲骨留丹，共讨国贼群情高。

觉悟社，传播信仰火，神州妖娆。

诛马良保国土，巴黎和会岂可折腰。

孤胆留美名，死谏总统，国士无双，天安独骚。

受命挽危局，步尘大钊，向死而生，傲视军阀成死雕。

拯社稷，舍尽儿女情，笑迎新朝！

吟着，走着，向着太阳的方向前行，天空的底色是红彤彤的。

和平女神

王宗仁

1989年8月，解放军出版社出版了我的长篇报告文学《历史，在北平拐弯》。这部长篇纪实了和平解放北平的全貌和细节，展现了这场战役的背景、进程和结局。从历史背景中再现各种人物的命运和归宿。傅作义和他的女儿傅冬菊是我重笔描写的人物。

大约在20世纪90年代中期的某天中午，我接到市内一个电话，女人的声音:“你是王宗仁吗？”我应承后她自报家门:“我是傅冬菊！”我马上回答:“你是傅作义将军的女儿！”她笑声爽朗，“没见过面的老朋友！”

我告诉她，创作《历史，在北平拐弯》那些年，我多方打听她，就是联系不上，太遗憾了！

她说：留些遗憾是好事，修改书稿时有余地！

接着，她给我讲了一些我没有写进作品和写得不清楚的关于她和她父亲的事。电话里不可能细说，我边听边速记了些内容。

北平在1949年1月31日和平解放。傅作义当时的头衔是“华北剿匪总司令”，和平解放北平协议书上当然是他签的字。一年前当蒋介石交给他这个重任时，他没有一个明确表示接受的态度，当时也就没有预料到，等待自己的将是由于本人力所不及而招致的难以收拾的局面。不可排除的是，不管当时他是多么复杂的心情，在重任压在肩头时他左右摇摆怀有万幸的希望还是会有的。

一年后，北平和平解放，避免了战争对千年古都的摧残。当然傅作义是有功之臣，后人称他“和平将军”。和平起义这是他当时必须选择的光明之路。但是，不可忽视这样一个前提：他最后下决心在和谈协议上签下傅作义三个字的那一刻，面对的是国民党摇摇欲坠的倾斜江山。又有众多的外力助阵他才果敢地做出这样的抉择。隐蔽在他身边的中共地下党员、她的女儿傅冬菊，就使傅作义起义多了一种可能。

傅冬菊用女儿千回百转的亲情和愁国忧民的赤胆感化父亲，逐渐把将军的钢盔铁甲换成了贴心的“小棉袄”，人们赞誉她为“和平女神”。

傅冬菊是傅作义的大女儿，上中学时就加入了党的外围组织“民主青年联盟”。1944年入党，当时的公开身份是天津《大公报》记者。1948年9月，她来北平组稿，任务完成后，她已经坐上了火车，要回天津。就在火车即将启动时，北平地下党员李炳泉上车找到她，把将她从火车上拉下来，说：“天津那边来电话了，叫你留下来，以照顾你父亲生活的名义，多向党组织提供一些你父亲的思想动向方面的情况。”李炳泉还说：“天津方面还让我转告你，北平的党委书记佘涤清近日会找你接头，详细情况他给你谈！”

傅冬菊就这样调到北平工作。随后，也是地下共产党员的爱人周毅文，也来北平工作了。落脚北平的次日中午，佘涤清如约在北海公园一棵松树和她见面。短短几分钟，他把傅冬菊和父亲应该如何相处，她与几个接头人在几个点怎样接头的事项，交代得精微却很隐蓄，冬菊仿佛置身于朦胧的月光深处，又好像走在太阳的边沿。佘涤清举的虽是一盏油灯，但让冬菊觉得黑夜里有了生命。

她去山那边一朵花里结果何惧征途崎岖！

佘涤清最后说了一番儿女情长的家常话："你就和你父亲一起住在中南海。你就是尽孝的他的女儿。在这个前提下，你要密切地观察将军的言行，根据他的言行分析他在想什么，他要准备干什么。记住，是察言观色，不是打听，更不能辩论，不能激动！"

傅冬菊想说什么，佘涤清一个手势阻止了："就这些，记住你是将军的女儿，其他什么头衔都不是就行了！只有先做女儿，然后你才可以完成一名共产党人的任务！"

她心领神会，告别佘涤清。

走进中南海大铆钉牢牢箍着的红漆大门那一刻，她总有一种好像去迎接暴风雨的感觉。她在心里一直叮嘱自己："我是女儿来看望父亲的！"这般想着，她得到些许安慰，即使面对暴风雨，那也是太阳雨，于她和父亲都是如我所愿的暖心！

此后，傅冬菊差不多隔日都要到东黄城根胡同共产党员李中同志家里，和佘涤清见面。有时佘有事来不了，就由崔月犁秘书长替他来接头。她把能观察到的父亲的情绪表现，哪怕扔在地上忘了踩灭的烟头，都会如实地报告给党组织。

他们要用心中的光亮，去唤醒一个半睡半醒的人。

这中间有个插曲：傅冬菊第二次入党。

她本来是到北平来出差的，党的组织关系自然还在天津。佘涤清不知道，以为她是"民青"盟员，还没有加入党组织，于是一次交谈完工作，对她说：

"冬菊，你写个自传，党组织准备发展你入党。"

傅冬菊听了，先是一愣，想解释一下。转而又一想，不妥。佘是出于不了解情况还是别的考虑，她自己解释都不妥。于是她便答应马上写个自传。这是她第二次入党。这样的事只能发生在那个特殊的年代。

傅冬菊不高不低的适中个头，显得干练、轻盈、透明，一眼仿佛就能看到她体内装着一片白云、蓝天。她的少年时代是在太原开始的，初中没上几天，日军就从北平到了河北与山西交界的娘子关一带。战争的炮火很快就波及了太原。于是，她和弟弟、妹妹跟着母亲辗转逃到西安。西安并不安宁，日军的飞机三天两头就来轰炸。他们又逃到重庆，进入南开中学读高中。当时，每逢星期天、节假日，她经常和同学到《新华日报》去玩，这样就有机会见到周恩来。他总愿意和孩子们聊天，问他们读了些什么书，学生们都有些什么活动，对抗战有什么想法，家长们有些什么情况，等等。他经常教育孩子们要多读书，不光读书本的书，还要读好“社会”这本大书。所以，从那时起，傅冬菊就特别热爱周叔叔，觉得他和蔼可亲。冬菊第一次叫他“周伯伯”时，他立即纠正说：“不能这样叫，就叫周叔叔，你父亲比我大三岁！”周叔叔说过，冬菊，你可以做做你父亲的工作嘛！就是周叔叔的这句话起了作用，以后，她父亲来重庆办事，她总会拿上几本精心挑选的解放区出版的几本书放到父亲的桌子上。当然，有时也是随手抓几本花花草草之类的书。这些挑选来的书对父亲来说是很新鲜的事了。看不看这些书和材料，傅作义从来没有在女儿面前透漏过，只是有一次，当他一进屋又瞅见桌子上有几本书时，笑着对冬菊说：“我知道又是你放的！”

现在傅冬菊进了北平，这个老习惯仍然不改。像过去一样放的书刊都是父亲喜欢看的，或者是需要他逐渐喜欢看的。这就多了一些有共产党消息的书刊，当然内容特别敏感的她不放，时机不到。

这天，傅作义进屋来，落座。他看到桌子上照样有几份书刊，另外餐桌上的饭菜也摆好了。他既没翻阅书刊，也没动筷子吃饭。好像有什么心事压在心里。

冬菊说：“爸爸，你回来的正是时候，该吃饭了！都是你最喜欢吃的，家乡荣河的小吃，刀削面！”

傅作义仍然没搭女儿的话茬儿，却问她：

“冬菊，你是共产党员吗？”

傅冬菊几乎不假思索地回答："不是，我觉得我不够资格！"

父亲不再问了，女儿也不说话了。

陡的，父女之间好像垒起了一堵墙。

屋里的气氛变得有些严肃了。一边是共产党员傅冬菊，一边是国民党上将傅作义。

是高墙吗？是对垒吗？是，又不是。起码最终不会是。

看得出，傅作义要用女儿的清纯填充自己空虚的时机到了！

就是这一次，即父亲问了她是不是共产党以后，她觉得有些话该跟他说了。于是，她郑重其事地给他传达了佘涤清代表党组织对父亲提出的希望，用起义的方式解决北平的战事。当然，她尽量把话说得委婉些，不要一下子使父亲难以接受。

父亲听了，没有明显的接受或不接受的表情，只是慢腾腾地夹了一筷子菜放到嘴里，未嚼几下就咽下。然后问道：

"你说的是真共产党还是'军统'？现在挂羊头卖狗肉的有的是，你可别上当！要是遇上假共产党，那就麻烦大了！"

冬菊有些急了："爸，看你说得多玄乎，我又不是三岁小孩，就那么容易上当？"毕竟是女儿对父亲，还是有撒娇的时候。

气氛似乎有所缓解，不过，女儿接下来的话很严肃："爸爸，他们都是我的同学，是真共产党，不是'军统'！"

父亲又问："是毛主席派来的还是聂荣臻派来的？"

父亲逼望着女儿。

冬菊是个诚实的姑娘，从来不撒谎，尤其在父亲面前，又是这样一个严肃的问题，她如实地对父亲说："这事他们没有说，我也没问，明天我弄清楚了再告诉你。"

第二天，傅冬菊和佘涤清约定在中山公园一棵古槐树前见面。她对佘涤清说：

“我爸爸问我，要和他和谈的共产党是谁派来的，毛泽东还是聂荣臻？”

佘涤清笑了，问：“你是怎么回答的？”

“我对他说，我不知道。”

“那你就告诉他，是毛泽东派来的！”

傅冬菊回到中南海，把佘涤清的话如实地转告给了父亲。他听罢，稍思考了一下，手拍到桌子上，说：

“那好吧，我有一件十分机密的事，能不能请他帮忙办一下！”

“能！当然能！”冬菊回答得很干脆。

于是，傅作义说：“请他以我的名义给毛泽东发个电报！”

冬菊说：“好！”说着她就去拿笔、纸。

父亲伸手拦住了冬菊：“一个字也不能用笔写，只得记在脑子里。对你的同志也只能口授，口口相传，绝不能字传。一点痕迹也不能留下！你听着，我口述，你心记！”

电报的原文（大意）是这样的：

毛泽东先生：

我不愿再打内战了。为了保卫北平的古迹，为了人民生命财产免遭损坏，我愿意接受毛主席的领导，接受和谈。请求派南汉宸先生来谈判。我手下现在还有几十万军队，200架飞机。过去我幻想以蒋介石为中心，来挽救国家于危亡，拯救人民于水火之中。现在我已经认识到这种想法、做法是彻底错误的了。今后我决心要以毛主席和共产党为中心来达到救国救民的目的……

傅冬菊听着父亲口述这封信的语气，分明是长期压抑后的心情松绑和释放。完毕，他让女儿复述了两遍确定无误时，才说：“好！就这样！你马上把它发出去，一定要办成！”

“爸，你放心！我一定办成！”

转身，傅冬菊就把电报口述给了地下党的另一个负责人王汉斌。王也是她经常联系的领导。她感到一阵轻松。那刻，她脑中除电报，别无所思，别无所想，她信步走上长安街路旁草坪边，总觉得每滴露珠都很干净。

同时，她的心头也袭上一股焦虑，甚至可以说是很沉重的焦虑。父亲企盼得到心满意足的结果，现在这个结果正走在路上呢！路上会遇到什么意外吗？汹涌的浪头还是荒蛮的沙海？

她得到了一只大船，又盼望能有一个救生圈。

傅作义焦虑的心情肯定比女儿有过之而无不及！翘首而盼。

欢乐与焦虑，有时候其实没有本质的区别。

一天过去了！

三天过去了！

一个星期过去了！

没有任何回应。

傅作义纳闷。冬菊也纳闷。她去问王汉斌，王汉斌也纳闷。

远方的远方，仿佛都是哑谜。

中南海傅家住的屋外，有一棵正在开花的芙蓉树。记得父亲说是醉芙蓉，“三醉芙蓉”，随着太阳东升西落变化颜色，清晨开白花，中午花能转成淡红色，傍晚又变成深红色。

傅冬菊望着芙蓉树想：我是不是也遇到了醉芙蓉？她忽然觉得自己企望得到的那么远，不想看见的怎么那么近！

傅作义迁怒于女儿，但他也明白这绝不是女儿的问题。他不得不把女儿叫来，说：

“你把地下党的负责人叫来，我派代表和他们面谈！”

傅冬菊觉得此刻全世界似乎都没有她的去处了。怎么办？她只能把爸爸的意见报告给了党组织。很快就约定双方代表见面的时间、地点。

傅作义的代表如约前往。

可是，对方的代表没有影儿。

所有的墙壁似乎都没门!

季节已经进入冬季，人心难道也冷了?

傅作义的心思乱极了。本来他的心就够乱了。他把怒气全发到女儿身上:

“让你办事，你没办成。你认识的是假共产党!”

冬菊说:“不，是真共产党!”

连她自己也知道这样的辩解非常苍白。最后，她只能求父亲:

“爸，你可不能抓人!”

“我哪能抓人?我什么时候抓过人?”

其间，发生了一件似乎意料不到又仿佛在意料中的事，让傅作义魂飞魄散，基本上炸毁了他那顶“剿匪总司令”的头衔:一天夜里凌晨三时，锡拉胡同11号前北平市长何思源家的屋顶，两颗定时炸弹轰然爆炸，何思源和夫人受伤。何思源是一位爱国市长，近一个时期，他为了催促傅作义走和谈的道路，四处奔忙。定时炸弹粗野、鲁莽地撞进市长家里，是蒋介石在指派特务暗中阻挠傅作义与中共和谈的罪证。

何思源给傅作义传话:生命只有一次，要万分珍惜!

谁能断言定时炸弹不会撞进傅作义的住所!

……

这天，傅冬菊从外面一回来就发现屋里的气氛有点异样:父亲坐在屋里大发脾气，好像在和谁吵架。可是，屋里明明就他一个人呀!她看到父亲坐的椅子下，扔了许多咬断了的火柴棍。咬火柴棍，发泄!

这时，父亲站起来，心急火燎地在屋里踱了几圈，又叨叨起了电报为什么换不来回讯的事。当然少不了对女儿一通埋怨。

他坐下又咬着火柴棍。

谁能理解他?

傅冬菊有些手足无措，她的心猛地收缩起来。父亲的这些异常情绪和动作，也许会酿成一场大祸，造成难以挽回的后果。

她立即把看到的这一切报告给了党组织。

这时，傅冬菊才得到消息，负责和她接头的佘涤清已经暴露了身份，被国民党“军统”逮捕。现在和她接头的是崔月犁，难怪父亲给毛主席的电报无回音。

傅冬菊很快和崔月犁联系上，把父亲近来的异常情绪报告给了崔月犁。她说：不好了，我父亲不想活了！

崔月犁听了大惊，他明白眼下安慰傅作义的唯一办法，是尽快把他给毛主席的电报发出去。他随手拿起一张窄窄的纸条，让冬菊重述了电报内容。

崔月犁转手就把电报稿交给了他的妻子徐书麟。徐书麟在师范大学中学训练部工作，是崔月犁的义务地下交通员，她立即把电报稿送到了北大红楼后面的一条胡同里，那里住着译电员何剑。何剑即刻把电报稿翻成密码，又送到东单洋溢胡同交给发报员艾珊。

艾珊迅速办理，通过地下电台，把消息发到解放区河北沧州泊镇，直接交给了平津前线总部林彪、罗荣桓、聂荣臻。

春暖心安……

1949年1月14日，傅作义的谈判代表邓宝珊、周北峰按照和解放军约定的时间，出城赴解放军平津前线总部北平通县宋庄，傅作义亲自送他们启程。林彪、罗荣桓、聂荣臻在离宋庄不远的五里桥迎候。这是双方第三次和谈。

邓宝珊是傅作义在和谈中派出的最高级代表，也是毛泽东先前所示的那种“有地位，能负责”的代表。邓是甘肃天水人，辛亥革命时期参加了著名的新疆伊犁起义，还在陕西参加过讨伐袁世凯的斗争。1924年，他参加冯玉祥领导的国民军，拥护孙中山的联俄、联共、扶助农工的三大政策。西安“双十二”事变中，他拥护中共和平解决西安事变的主张。他很早就任过国民党甘肃和绥远省主席。抗战期间，他率部驻军榆林，和陕甘宁边区建立了良好关

北平和平解放时解放军入城景象　国画　247cmx124cm　贺国林

系，曾三次途径延安，每次都受到毛泽东、朱德、周恩来、林伯渠、贺龙等领导的热情接待。毛泽东数次与邓长谈，彼此知情知心。眼下，邓宝珊的头衔是华北“剿匪”副总司令，兼任陕绥边区总司令。

邓宝珊抵达解放军平津前线后，毛泽东即发电表示欢迎。1月14日的会谈使北平和平解放的趋势不可逆转。“通县和谈”作为平津大战中国共双方军队高级将领在战场上的最后一次正式接触被载入史册。

1949年1月22日，傅作义发表公告，对外正式公布了北平和平解放的实施条文。

北平大街小巷，拥满人群，大家争看公告，都在探询解放军入城的消息，等着看揭开北平崭新历史一页的壮观场面。

发表公告的当天，傅作义在怀仁堂召集在北平的“军统”各单位头子开了个短会。将军脱掉军装，身着便衣，显得平静、严肃，讲话很短，说：“今天上午，和平解放北平的协议我已经签字，希望你们的行动立即停止。关于你们今后的生命财产，可以负责保证安全。你们如果愿意回南京，我们负责用飞机送走……”

讲完，傅将军就离开了会场。

这时，原军统北平站站长王蒲臣把早已拟定的特务人员名单，交给了傅作义的秘书。

一连三天，入城的解放军队伍络绎不绝。

我在创作《历史，在北平拐弯》的近三年中，总想尽量地多找一些当年的当事人，特别是和傅冬菊接触或了解她的人，提供一些她的故事。就这样，我见到了崔月犁，他已经从国家卫生部部长的岗位上退下来了。我特地请他带我看了看那一年，他和傅冬菊交换给毛主席电报稿的东黄城根胡同李中的家。我们去了，却找不到那个地方，当年弯弯的胡同变直了，那个泥土砌的门楼换成了砖瓦屋檐。唯有门前的那棵银杏树似乎还在，却也老态龙钟了。人在回忆往事包括看曾经熟悉的地方时，当时的关注点同回望时的关注点迥然不同。崔月犁感叹说：“那个时候我们这一刻还能见面，兴许另一天的这一刻我们会毫无准备地离开北平，甚至离开这个世界！那时我们都像傅冬菊一样，总是小心翼翼地声东击西。不想进去的出不来，想出来的进不去！早晨心里还揣着黎明，指不定傍晚就可能戴上了敌人的手铐。”

那次，傅冬菊给我打电话，我特地求证崔月犁这番话，她听了不吭声，久久地，久久地才说了一句话：我总觉得那次带着给毛主席的电报，走到黄城根好像跋涉了半生的光阴……

开天辟地 下

北大红楼与中国共产党之初

董保存

引来“天火”照红楼

我也像很多人一样，对北大红楼，对发生在红楼的故事知之不多。仅仅知道这里是新文化运动的策源地，是五四运动的发源地……而不知道她与中国共产党创建的密切关系，她为党奠定自己的理论基础所作出的卓越贡献。

十月革命一声炮响的时候，古都北京的紫禁城红墙东北几百米的沙滩，一座红色的建筑拔地而起——北大的新校舍刚刚落成（还有部分扫尾工程没有完工）。这座崭新的建筑，为什么选择了红色作为主基调？它象征着什么？意味着什么？已经无从考证，但它和中国红色革命却有了一种历史的契合。

也正是这一年的年初和岁尾，被称为“北大红楼两巨人”的陈独秀和李大钊先后走进了红楼。1月，蔡元培聘请陈独秀为北大文科学长，带来了他在上海创办的《新青年》杂志。12月，章士钊推荐李大钊到北大图书馆任馆长。他们的到来，使得正在兴起的新文化运动更具青春的活力。

当时人们没有想到也不会想到的是，28岁的李大钊步入红楼，会引来“天火”（也有人称之为圣火），照亮红楼。他本人在这里建立起对共产主义的信仰，也使得中国的青年一代和马克思主义真正发生了内在的联系。开始尝试着把马克思主义作为改造中国的理论武器，“冲决历史之桎梏，涤荡历史之积秽，新造民族之生命，挽回民族之青春”。

有着“再造青春之中国”理想的李大钊，无论在日本求学，还是回国参加新文化运动，他的目光，时刻关注着动荡的世界上大事要事，以及光怪陆离的各种思潮，寻找着能够改造旧中国的道路。

“十月革命一声炮响，给我们送来了马克思列宁主义”。正如毛泽东所说，十月革命也帮助了中国的先进分子，用无产阶级的宇宙观作为观察国家命运的工具，重新考虑自己的问题。

经过对俄国十月革命的研读、比较，李大钊们看到，俄国十月革命发生前的情况和中国的现状非常相近。十月革命高举马克思主义的旗帜，发出了反对帝国主义的呼喊，这是马克思主义的一次生动实践。是和资产阶级民主革命性质不同的无产阶级革命。表明资本主义这条路如果走不通，可以走另外一条路，也就是社会主义的路。要想改变中国积贫积弱，任人宰割的现状，十月革命的道路不失为一种可行的选择。

1918年7月，李大钊发表了《法俄革命之比较观》，文章将俄国十月社会主义革命与法国资产阶级革命作了本质上的区分，俄国革命不是“布尔什维克的阴谋”，而是一场真正的政治和社会革命，阐明了十月革命的重大政治意义和历史意义。

1918年11月11日，第一次世界大战结束。北京政府国务院决定搞三天庆祝活动。据此北京大学在中央公园（今中山公园）举行演说大会。李大钊于11月29日发表了《庶民的胜利》的演说。紧接着又在《新青年》发表了《布尔什维主义的胜利》一文，呼唤“试看将来的环球，必是赤旗的世界”！第一次到北京的青年毛泽东从北大红楼跑到中央公园，亲耳聆听了李大钊那沉稳而富有激情的演讲。从而开始接受马克思列宁主义……

在1918年那个寒冷的冬天里，李大钊和北大教授高一涵等人，在北大红楼里策划组织了一个研究马克思主义的秘密团体——“马尔格时学说研究会”。据当事者回忆，北京当局正在惊恐地“防止过激主义传播”，到北大来进行查禁时，他们回答说，这是研究马尔萨斯的人口论的一个小组。那时，马克思这三个字曾经被翻译为“马尔格时”“马尔萨斯”“马尔格斯”等。这位“马尔萨斯”先生怎么也想不到他能够为中国马克思主义者打了一次掩护，致使这个组织只被查禁，并未深究。

1919年5月4日，影响中国历史进程的五四运动爆发。“北大红楼两巨人”既是运动领导者，更是运动的积极参与者。五四青年学生中曾经有这样的诗句流传：“北大红楼两巨人，纷传北李与南陈；独秀孤松（李大钊笔名）如椽笔，日月双悬照古今。”“北李南陈，两大星辰；漫漫黑夜，吾辈仰承。”

如果说五四运动之前，马克思主义在中国的传播是引火阶段，那么波澜壮阔的五四运动就是一次圣火燃爆。1919年9月出版的《新青年》杂志，由李大钊轮执主编。他策划了一期马克思主义专号，亲笔写下了《我的马克思主义观》。这篇是中国最早系统地介绍马克思主义三个组成部分的文章。他认为，马克思是社会主义经济学的鼻祖“现在正是社会主义经济学改造世界的新纪元。”马克思、恩格斯合著的《共产党宣言》让“大家才知道社会主义的实现。离开人民本身。是万万做不到的。这是马克思主义一个绝大的贡献。”

五四运动前后，李大钊积极动员谋划先进的知识分子与工人运动相结合。组织邓中夏等北京大学的青年知识分子，走出红楼，到北京的长辛店举办工人夜校，在教工人识字的同时，讲授革命的道理，传播马克思主义。大大地促进了马克思主义和工人运动的结合，使中国工人阶级真正登上了历史舞台。

此后，在北京、在上海、在天津、在武汉、在长沙、在广州，马克思主义的火种传播开来……

南陈北李，如何相约

1919年6月，北京五四运动大规模的抗议示威已经过去，但运动还在全国各地蔓延。处于运动中心的陈独秀和李大钊还在进行着勇敢的斗争。陈独秀起草油印了《北京市民宣言》，进行散发。6月11日，陈独秀和邓初、高一涵到北京城南游艺园，一个叫“新世界”的游艺场去散发传单。当他们登上了新世界的顶层花园，向下面正在看电影的观众散发传单时，北洋政府警察当局派出的暗探终于有机会抓住了陈独秀，要他“走一趟”，实际上就是关进了监狱。

社会各界，特别是北京大学想方设法进行营救，在多方的共同努力下，陈独秀于9月16号被保释。李大钊当即写下一首诗《欢迎独秀出狱》：

你今出狱了，我们很欢喜！他们的强权和威力，终竟战不胜真理。什么监狱什么死，都不能屈服了你；因为你拥护真理，所以真理拥护你。

……

你今出狱了，我们很欢喜！有许多的好青年，已经实行了你那句言语：“出了研究室便入监狱，出了监狱便入研究室。”他们都入了监狱，监狱便成了研究室；你便久住在监狱里，也不须愁着孤寂没有伴侣。

虽然是保释了，但是陈独秀的行动还是受到限制，用后来的话说，应该说叫作被监视居住。

1920年初，陈独秀接到了汪精卫和章士钊从上海发来的邀请，称西南军政府要筹办一个西南大学，请陈到上海面谈。陈独秀就离开北京，到了上海。从上海返回北京的时候，途经武汉，时任武汉教育厅厅长的李汉俊等人邀请他到武汉去做一场讲演。

陈独秀在武汉做的讲演的题目叫《社会改造的方法与信仰》，还讲了一个题目叫《新教育的精神》。

他在讲演中，公开宣传“打破阶级的制度，实行平民的社会主义，打破继承的制度，实行共同劳动共同工作，使我们的社会不使无产业的受苦，有产业的安享。”

而且他还提出“要打破遗产制度，不使田归私人传留享有，应当归为社会的公产，不种地的人不应该享有田地的权利。”

讲演引起了很大的轰动，武汉舆论哗然，当地有一份报纸，不仅详细报道了陈独秀在武汉的演讲，而且甚至说湖北的官吏对于陈氏（独秀）的主张为之惊骇，令其休止讲演，速离武汉。

消息在新闻媒体上披露以后，北京的警察当局才知道，陈独秀到武汉去了。

2月7日，在得到陈独秀要回北京的消息，两拨人都准备“接”他，一拨就是北京警局的人，准备接到他就把他关起来；另一拨是李大钊的学生等，想接到陈后就赶快将他转移。谁知阴错阳差，陈独秀下了火车以后，既没有见到接他的同事同学。也没有碰到抓他的人，便直接回家了。

刚进家门，警局负责监视他的那个警员就登门了，见陈独秀在家里，就说，陈先生，你怎么也不告诉一声就离开北京了？陈独秀回答说，家里有点急事，要回去处理一下，就那么几天嘛，没顾上通知你们。

军警急匆匆地走后，陈独秀就感觉到气氛不对了，匆忙出门，先是到了胡适教授家里，从胡适家里又到了石驸马后宅35号李大钊家（今北京文华胡同24号），李大钊正为没有接到陈独秀而着急，陈独秀便找上门来了，当然又惊又喜。但是，李大钊家也很不安全，也是警方特别关注的地方。所以他们没敢久留，马上到了李大钊的同乡、北大化学系的王星拱教授的家里。

几个人商量，为躲避当局的抓捕，陈独秀要赶快离开北京。离开北京到哪里去呢？他们考虑应该到上海去，上海和北京的环境、气氛有很大的不同。但

南陈北李相约建党 国画 300cmx180cm 高毅

怎么样离开北京呢？第一不能坐火车，第二不能坐汽车，那都有警方的布控，很可能二次被抓。怎么办？李大钊提出，先到天津，再转到上海。大家觉得这个思路可行，但有一个问题，北京到天津怎么走？最后还是李大钊提出，由他本人租用一辆马车或者是骡车，把陈独秀安全送到天津。这在当时也是没有办法的办法了。

在王星拱教授的家里，他们进行了紧张的出发准备。那天是腊月二十三，正在过小年。那时的年关，正是生意人要去收账的时候。李大钊化装成一个账房先生的模样，穿长袍，戴眼镜，像个教书先生。陈独秀则扮成老板样子，脱掉身上的西服，换上一件马褂，头戴一个毡帽。看看外面的天太冷，又加上了一件背心（据说是王星拱家佣人的）。

既然是收账的，就得像个收账的样子，找来一把算盘，弄来了几个账本，还不忘带上一堆名片，一个印泥盒什么的……

匆忙收拾停当，一大早就赶着车出门上路了。寒冬的清晨，朔风凛冽，他们一路向东，出了朝阳门向东南方走。沿途也曾遇到盘查，都由“账房先生”出面应付。因为陈独秀是南方人，说话有口音，怕暴露身份，只能由李大钊出面应付……

关于李大钊送陈独秀出京，有人说是直接到了天津，也有人说是先到了李大钊的老家河北省乐亭县。在那里稍事停留，然后才到天津的。当然也有人提出质疑，天津和乐亭方向不同，先到乐亭再到天津，有300多华里的路程，在那么紧张的时间里不太可能。

不管这个路线是怎么走的，李大钊送陈独秀到天津辗转到上海，确是历史事实。在路上几天的时间，他们定会有深入的交流。在当时的情境下，他们一定会探讨如何应对反动政府对爱国学生运动的打压以及对这场运动的策划者指挥者的“围剿”。保护革命的“火种”，一定要组织起来……他们肯定会探讨关于中国的出路问题，走布尔什维克的道路，在中国的可能性、可行性……

在路上的交流，没有留下也不可能留下什么详细记录，但他们有这样一个难得相处的机会，探讨如上所说的一些问题，应该是再合理不过的了。

这段故事就被人们称为“南陈北李，相约建党”或者“北李南陈，相约建党”的一个标志性事件。

1920年的春风

20世纪20年代初的北大红楼，可以说是迎着八面来风，西方各种各样的思潮，都在这里传播。

1920年3月，一股春风吹进了北大红楼，这就是后来在《北大日刊》上刊出的“发起马克思学说研究会启事”。

中国第一个正式命名为马克思学说研究会的组织就在北大红楼成立。

五四运动中涌现出来的一批初步有了共产主义思想的学生运动骨干，成为了马克思学说研究会的主要成员。在这个启事上签名的有邓中夏、高君宇、黄日葵、何孟雄、朱务善、罗章龙、刘仁静等19人。

马克思学说研究会成员朱务善回忆说，成立研究会，“这是马克思主义者的结合，企图建立共产党”。研究会19个发起人中，后来有15人加入中国共产党。李大钊、邓中夏、罗章龙、吴汝铭（吴雨铭）、李梅羹、刘仁静、范鸿劼、高君宇、何孟雄、朱务善等10人，他们是北京共产党早期组织成员，名列中国共产党早期组织成员50多人名录中。他们都参与了北方地区的建党工作。

这个启事中，第一条就开宗明义：“本会叫做马克斯学说研究会，以研究关于马克斯派的著述为目的。”

这个研究会就是为了使广大的优秀青年知识分子懂得什么是真正的马克思主义，并且把马克思主义和中国的实际情况，特别是和中国当时的工人运动结合起来，为我们中国培养了第一批的共产主义知识分子。

成立研究会，一定要经过校方的同意，他们找到当时的北大校长蔡元培先生。蔡元培先生提出，把他们这个学会放在离红楼很近的景山东街马神庙，

（那时是北京大学的二院）。并为他们拨了两间房子，一间作为办公室，一间就作为图书室。这个图书室当时起了一个名字——亢慕义斋。亢慕义就是共产主义的音译，亢慕义斋就是研究共产主义的一个书斋，是北京大学马克思学说研究会学习和研究翻译这些社会主义著作的组织。书斋墙壁的正中挂着马克思的像，像的两边贴着宋天放手写的一副对联，上联“出研究室入监狱”，下联是“南方兼有北方强”。上联是陈独秀在《每周评论》发表的随感录《研究室和监狱》中所说“世界文明的发源地有两个地方，一个是科学实验室，一个是监狱。我们青年就要立志出了研究室就入监狱，出了监狱就入研究室，这才是人生最高尚优美的生活。”下联是李大钊从《礼记·中庸》中节选的：“子路问强。子曰：南方之强与？北方之强与？抑而强与？”李大钊引用《礼记·中庸》中的话的用意是，研究会里既有南方人，也有北方人，南方之强加上北方之强，南北同志要团结互助，同心同德。

除了对联，墙上还有句口号，“不破不立，不立不破”。

亢慕义斋的图书，有一部分是李大钊当时主管的北大图书馆购买以后转赠给学会的，还有一部分是当时共产国际友人或者寄来的，或是托人捎来的。他们分为英文组、德文组、法文组来翻译马克思主义的著作。德文组翻译《共产党宣言》时，反复诵读原著，甚至要把一段一段的文字都背下来，不懂的地方大家集体研究。在翻译《共产党宣言》开篇语的时候，“一个幽灵，共产主义的幽灵在欧洲徘徊”时，大家都说这幽灵和徘徊不好翻译，就加了一段说明文字，说：有一股思潮在欧洲大陆泛滥，反动派视这股思潮为洪水猛兽，这就是共产主义。这本中文版的《共产党宣言》油印出来以后，供当时研究会内部学习使用。

马克思主义在中国的传播之路，是一条坎坷之路。每前进一步，都要经过一番斗争，在斗争中，马克思主义理论与其他的社会主义和非社会主义理论的界限一步步清晰起来。

那时，西方世界的各种各样的思潮在中国广为传播，那些积极探索改造中国道路的青年人要在这些思潮中加以选择。在各种各样的学说当中进行碰撞。经过尖锐的思想斗争，最终选择了不同的思想道路。他们中的一些人有的成了既有政治秩序的维护者，另一些人则成为坚定的马克思主义者。

马克思主义在中国的传播中遇到的论争，首先是和无政府主义者的斗争。当时，无政府主义是作为一种社会主义思潮，很受一些青年人的追捧。在斗争中信奉马克思主义的青年知识分子和信奉无政府主义的人逐渐分道扬镳。

另一场挑战就是“问题与主义”的论争。论争的双方是曾在新文化运动中并肩战斗过的以胡适为代表的实用主义者（改良派）和以李大钊为代表的马克思主义者。经过论争，马克思主义的学说为更多的青年人所接受。

最典型的论争也是发生在北大红楼。1920年的严冬，凛冽的西北风卷着雪花，拍打着北大红楼的窗，在一间大教室里，师生正进行着一场大辩论。辩论的题目是《社会主义是否适宜于中国？》

年轻的朋友们可能要问，这也太超前了吧，100年前就在辩论这个问题吗？是的，100年前，他们在红楼进行着“什么是社会主义？ 中国能不能走社会主义的道路？”的大辩论。

第一天，双方唇枪舌剑，没有结果，却吸引了大量教职员工和学生在教室外面探听。第二天，正反双方，更激烈的争辩，很有点儿像现在大学里的辩手大赛。

这次大辩论的评判员就是李大钊。辩论结束的时候，李大钊作了认真的评判。

李大钊先生依然像往常一样，十分沉稳地从讲台上站了起来，他手里拿了张纸，也就是他的点评大纲，他用唯物史观的观点来解释这个问题。同时着重指出，此地所说的社会主义之必然到来，这绝不意味着工人阶级可以不要斗争，而垂手以待社会主义之到来。给了参与辩论的师生们一个令人信服的评判。

当时在场的朱务善曾经有过如下回忆：

李大钊同志说话声音不大，表现出一种高度自信心与坚定性，最能吸引听众注意，使人悦服，会后，教室里还拥挤着很多人在那里相互争论，喋喋不休。我还记得有一位反对社会主义的北大学生（好像是费觉天），最后对我说，李先生以唯物史观的观点论社会主义之必然到来，真是一针见血之论，使我们再也没话可说了。李大钊同志的发言，引起了大多数听众研究马克思主义的兴趣，此后不久，马克思学说研究会的成员增加到数十人之多，同时其他各专校也成立了这样的研究会。……

红楼里毛泽东的身影

10年前，我曾参观新文化运动的展览。站在北大红楼一层的毛泽东在北大红楼工作处——“新闻纸阅览室”，第一感觉是，这里整洁而简约。桌子、报架、椅子破旧到有些寒酸。百年前的堂堂国立北京大学的图书馆，就是这个样子？

这里的资深研究员告诉我，毛泽东在红楼办公地点，并非这一处。红楼一层东头的图书馆主任室的外间，也是毛泽东曾经工作过的地方。毛泽东在此帮助李大钊整理材料虽然时间短暂，由于近距离的接触，李大钊对毛泽东的影响是非常特殊的。

此外，毛泽东在红楼的数个教室听过讲座，开过研讨会……可以说在红楼多处可以寻觅到毛泽东的足迹。我们仿佛可以看到青年毛泽东在这里孜孜不倦阅读的身影。

1918年8月，酷热的湖南长沙。从湖南省立第一师范学校毕业的毛泽东带着他们湖南新民学会的十来名青年踏上了开往北京的火车。同行的这些学子，大部分是准备赴法国勤工俭学的。

说来也很有意思，毛泽东虽然组织了去法国的勤工俭学，但是他自己却没有去。为什么他没有去呢？人们有过不少的猜测或者推测，有的说是因为语言问题；有的说因为百元大洋赴法船票问题；还有的说是因为他的母亲在生病等。各种各样的说法都有。但是在毛泽东的回忆当中，我们看到，他主要是从自己的实际出发，来作出这一决定的。他说，我陪同一些湖南学生去北京，虽然我协助组织了这个运动，而且新民学会支持这个运动，但我并不想去欧洲，我觉得我对我自己的国家了解的还不够，把我的时间花在中国会更有益处。

后来，他和已经去法国勤工俭学的新民学会会员的通信中，也说到了为什么不出去留学的问题。

他说，如果要想在现今的世界稍微尽一点力，当然脱不开中国的地盘，关于地盘内的情形，似不可以不加以实地的调查及研究，这层功夫如果留在出洋回来的时候做，因人事及生活关系恐怕有些困难，不如现在做了。

这是毛泽东自己的回答。现在分析看，当时的毛泽东，无论是对于这个国家、对于这个民族，还是对于他本人，都是留在国内更有利。

写到这里，闪过我脑海里的，是毛泽东作《中国社会各阶级的分析》《湖南农民运动考察报告》时的身影；是他在灯下撰写的《论持久战》《中国革命战争的战略问题》的鸿篇巨著。哪一篇不是从中国的实际出发，深刻认识分析中国的国情民情？

北大红楼在毛泽东的记忆中一定是十分深刻的。他曾经回忆说：

> 在北平的生活是十分困苦的，我住在一个叫三眼井的地方，和另外七个人合住一个小房间，我们全体挤在炕上，几乎透不过气来，每逢我要翻身，往往得先同两旁的人打招呼。

在他同学的回忆中，最可笑的是他们外地来的一帮年轻人中，能穿的真正像样的外套只有一件，所以谁出门的时候谁就穿。好几个人轮流穿过……

毛泽东也曾经说过，北京的生活费用对我来说太高了，我是借了朋友的钱来到北京的，到了以后非马上找工作不行。这时，原在湖南省立第一师范学校的伦理课的教师杨昌济，已经受聘于国立北京大学，出任伦理学教授。毛泽东是他的得意门生，他把毛泽东推荐介绍给了当时的北京大学图书馆主任李大钊。

站在北大红楼面前，听讲解员讲述。李大钊聘毛泽东担任了图书馆的助理员，一个月能拿到的薪水是8块大洋，这在年轻的毛泽东看来，是一笔不小的钱，对于他解决眼前的吃住问题是很大的帮助。

1918年10月的一天，毛泽东走进了刚刚建成不久的崭新的国立北京大学的红楼，分明是怯生生地走进北大图书馆主任李大钊的办公室。

面对彬彬有礼，且又不失教授风范的李大钊，从湖南韶山走出的农民子弟毛泽东，难免有几分的局促。他们究竟是怎么开始谈话的，并没有留下文字的记载。但是，这次见面对他们来说都是一次非同寻常的邂逅。

毛泽东后来说，他在北大红楼，见到了"真正的老师李大钊"。李大钊也曾经说，毛泽东是"湖南青年学生领袖"（这个说法应该是在五四运动之后毛泽东再次来京时所说）。

在这段时间里，李大钊指导毛泽东接触到了不少关于图书馆业务，使他有了能够看到各种最新的书刊的机会。在他管理的日报阅览室，有15种中外文的报纸，这在当时来说的确是很难得的了。这些报纸使得毛泽东眼界大开，接触到了很多在湖南没有接触过的东西。

更为可贵的是，他在帮助李大钊整理有关图书馆的资料时，有机会讨论各种各样的社会问题。

在北大红楼，毛泽东旁听了北京大学一些课程，参加了好几个社团，如哲学研究会，如新闻学会，接触到了各种各样的学术思潮，接触到了各色人等。如陈独秀、胡适等新文化运动的领军人物。

后来，在陕北的窑洞里，他对斯诺说，由于我当时的职位底下，人们都不愿同我来往，我的职责中有一项是登记来图书馆读报的人的姓名，而他们大多数都不把我当成人看待。在那些来看报的人当中，认出了一些新文化运动的著名的领导者，如傅斯年、罗家伦等等，我对他们应该说抱着强烈的兴趣，我曾经试图同他们交谈政治和文化问题，可是他们都是些大忙人，没有时间听一个图书馆助理员讲南方土话。

有一次胡适教授在北大红楼讲演，讲演结束的时候，毛泽东想提一个问题，当时围在胡适身边有很多的人，所以毛泽东提的问题也没有得到胡适的回答。

毛泽东回忆说："但是我并不灰心，我参加了哲学会和新闻学会，为的是能够在北大旁听，在新闻学会那里我认识了一些同学，比如陈公博，比如谭平山，后来他们这些人虽然变成了各种各样的人物……"

毛泽东说："特别是邵飘萍，对我帮助很大，他是新闻学会的讲师，是一个自由主义者，一个具有强烈的理想和优良品质的人，可是1926年他被张作霖给杀害了。"这就不能不让我们想起，在毛泽东留下的手稿当中，有上百篇的他用毛笔甚至铅笔为新华社、《解放日报》等报刊写下的新闻稿。他的这些新闻稿，在战争年代所起的作用非常重要。解放战争中毛泽东用三篇新闻稿粉碎了国民党军企图进攻石家庄的阴谋，"三篇雄文退敌兵"。这其中的新闻功底可见一斑。

在这段时期里，因为要组织湖南的青年到法国去勤工俭学，毛泽东还有机会到设在北京长辛店（也就是现在长辛店二七机车车辆厂）的留法预备班。还到过河北省保定的蠡县等地进行过考察，安排湖南籍的准备勤工俭学的同学在那里补习法文等，因此他也有机会接触到了一些原来在湖南在长沙很难接触到的一些人和事。

在北大红楼，在青年毛泽东人生当中还有一件很重大的事情，就是他在这里认识并且爱上了恩师的女儿杨开慧。

这里我们要多说一句，杨昌济先生对于毛泽东来说可以称之为恩师。我们常说"知遇之恩""一日为师，终生为父"。在湖南省立第一师范学校就读的时候，杨昌济先生就非常欣赏这位学生。毛泽东在一师毕业之后，给杨先生写信，希望先生能在北京找找出路。在毛泽东没来北京之前，杨昌济先生几次让先期到京的，也是新民学会的创始人之一蔡和森给毛泽东写信，催促毛泽东尽快来京，一是关于商讨有关赴法勤工俭学的问题，二是杨先生还希望毛泽东能够进北大读书。虽然后来因为学历问题没能够进入北大，杨先生又通过章士钊、蔡元培等人，把毛泽东推荐给了北大图书馆主任李大钊。直至后来为了解决这一批湖南留法学生的路费问题，杨昌济先生抱病给章士钊写了一封信。信中说："吾郑重语君，毛蔡二子海内人才，前程远大。君不言救国则已，救国必先重二子。"

毛泽东等拿着这封信，找到章士钊为这批赴海外的学子筹得了2000大洋的旅费。这也就引出了新中国成立之后，毛主席每年用稿费向章士钊"还款"2000元人民币，直到章先生逝世的佳话。

关于这次进北京，毛泽东回忆说，当时我的思想还是混乱的，用我们的话来说，我正在寻找出路，我读了一些关于无政府主义的小册子很受影响，我常常和一个经常来看我的名叫朱谦之的学生讨论无政府主义和它在中国的前景，当时我赞同无政府主义的很多主张。

毛泽东进入北大红楼后不久，李大钊就介绍他加入了少年中国学会，李大钊创办的这个学会就是要把思想启蒙和文化事业作为重点，宗旨是：要联合同辈杀出一条道路，把这个古老腐朽、呻吟垂绝的被压迫、被剥削的国家改变成为一个青春年少、独立富强的国家。他们要振作少年精神，研究真实学术，发展社会事业，转移末世风俗。要求所有的会员具备以下信条：第一奋斗，第二实践，第三坚韧，第四艰苦。

毛泽东加入这个学会以后，积极参加活动。1918年11月，李大钊在寒风当中，站在北京中央公园发表《庶民的胜利》这篇演说时，热情洋溢地告诉人们，俄国十月革命的胜利是民主主义的胜利，是社会主义的胜利。当月，李大钊在《新青年》第五卷第五号上发表了这篇演说和《布尔什维主义的胜利》一文，他在文中预言了“试看将来的环球，必是赤旗的世界”。

在李大钊讲演的听众当中，就有从北大红楼赶来的25岁的毛泽东。

由于在李大钊的引领，毛泽东开始接触马克思主义、社会主义的学说。毛泽东相继阅读了许多关于俄国情况的书，了解了马克思主义的学说和十月革命的情况。毛泽东在和斯诺谈到这段经历的时候，颇带感情地说，“我在李大钊手下担任国立北京大学图书馆助理员的时候，曾经迅速地朝着马克思主义的方向发展。”

五四运动爆发之后，1919年的严冬，毛泽东再次乘坐火车来到北京，这次和他一路同行的，顶风冒雪来北京的，是湖南驱逐军阀张敬尧运动的公民代表团的成员。

百年前的“驱张运动”起因是，1918年3月军阀张敬尧到湖南主政后，实施暴政，搞得三湘四水民怨沸腾，湖南的老百姓忍无可忍，各界自发组成了驱张运动联合代表团。他们赴京请愿，递交湖南人民的请愿书。

到达北京之后，他们住进了黄城根一个神秘寺院——福佑寺。这个地方神秘而传奇。100年后的今天，还是一个既不纳香客，不接受信众，更不是人们旅游参观的景点。从古至今，此处未遭过任何毁损，也算一个奇迹！

毛泽东进驻慈佑寺的时候，是否知道这是当年康熙大帝躲避天花的地方（甚至和康熙能否顺利登上皇位都有着某种关系）已经无从考证了。我们现在知道的，是他一进福佑寺就展开了紧张的工作。

他们迅速成立了一个北京通讯社，毛泽东自任社长。他带领编辑撰写揭露湖南军阀张敬尧罪恶的文章和驱张的消息，向全国各大报社发稿。福佑寺的灯光经常亮到黎明。在后配殿，烧香的案子就是他们的桌子，搭起的木板床，就是他们休息的地方。毛泽东起草了《湘人对张敬尧私运鸦片之公愤》，《湘人力争矿厂抵押》等犀利的文字，经过北京的《晨报》等报刊发表或者转载后，造成了在全国的影响，也让更多的人聚集在了驱张运动的旗帜下。

1920年1月28日，湖南驱张运动的各界代表，在毛泽东的组织和带领下，顶着寒风，冒着漫天飞舞的雪花奔向了新华门，向当时的北洋政府国务院递交请愿信，请愿书的题目是《湘人控张敬尧十大罪》，痛陈了他“督祸湘人，罪大恶极；湘民痛苦，水深火热”的事实。喊出了“张毒不除，湖南无望”，强烈要求张敬尧下台。

在这里，毛泽东和湖南的学生社团——北京的辅仁学社建立了联系，发动他们参加这次驱张运动，并且成为一支重要的力量。北京大学的邓中夏等也是积极参加驱张斗争的积极分子。

1920年1月18日，毛泽东和邓中夏，以及辅仁学社在京的成员，赶到南城陶然亭的慈悲庵内，共同商讨怎样驱除湖南军阀张敬尧。会后他们在山门外那棵大槐树下照了一张相，这也成了毛泽东在20世纪20年代留在北京非常珍贵的影像。

毛泽东和驱张运动的代表在北京先后进行了7次请愿活动，掀起了波澜壮阔的驱张运动强大的舆论场。在当时的全国政治军事集团各种力量角力的大背景下，一场实力悬殊的青年知识分子和一个强大军阀的对垒，居然实现了成功的逆袭，获得了空前的成功，张敬尧最终被赶出了湖南。

驱张运动的成功，使得青年毛泽东跳出了湖南的视野，站在了全国乃至全世界广阔的历史舞台上来思考问题。

从此开始，毛泽东的政治生涯发生了很大的变化，也使他坚定了共产主义的信仰，而且用马克思主义的思想、学说和中国的实践相结合走出了第一步。也奠定了他能够领导中国人民进行社会主义革命的领导人的信仰基础。

远方来客与红楼

1920年4月初，阴历的早春二月，一个高鼻梁大眼睛的俄国人走进了北大红楼。在朋友的带领下，他们到了北京大学图书馆主任李大钊的办公室。

这位远方来客就是当时只有27岁的维经斯基，是俄共布尔什维克派来要同中国的革命组织建立联系的。辗转到达北京之后，以俄文报纸《生活报》的记者身份在北京开展活动。

当年和他有过广泛接触的罗章龙回忆说，维经斯基确实读了很多关于中国问题的书，交流当中说到中国的义和团，也说到过1911年的同盟会，以及辛亥革命那些领导人的活动等，详细地询问他们五四运动以来北京大学学生的情况。他对《新青年》杂志，对新文化运动中的期刊也很有了解。

李大钊在他的办公室接待了这位远方的来客。李大钊把他的到来视为一股东风。其间进行了非常深入的谈话。这次见面，双方都留下了很好的印象。李大钊安排刚刚成立的马克思学说研究会成员和参加过五四运动、“新文化运动”的积极分子、青年学生和维经斯基进行了好几次座谈和讨论。

在会面中，维经斯基详细介绍了苏俄十月革命的情况，以及苏俄新政权建立以后他们的一些政策法令。参加会议的人对于十月革命，对于苏维埃制度，对世界革命有了更直观的一些了解。维经斯基启发说，你们也要组建一个像俄共（布）那样的组织。

李大钊对这些青年人说，马克思学说研究会的组织要扩大，要吸收很多人，事业要求我们这样做。

谈到建立组织的事，李大钊建议维经斯基前往上海和陈独秀进一步商讨。李大钊拿起毛笔，书写了一封信给陈独秀。

1920年4月下旬，维经斯基到达了上海。陈独秀在上海的法租界的环龙路老渔阳里2号邀请陈望道、戴季陶、沈玄庐、李汉俊、张东逊、邵力子、沈雁冰等人和维经斯基见面。维经斯基详细介绍了十月革命前后的情况，让上海的这一批知识分子感到耳目一新。

维经斯基对陈独秀等人说，中国现在新思想的潮流虽然澎湃，但是它太复杂，这其中有无政府主义，有共产主义，有社会民主主义，有基尔特社会主义，五花八门，没有一个主流，思想界也比较混乱。如果你们没有一个组织，无论是做文章还是说话，也起不了太多的作用，所以这样推动不了中国革命。

希望能够尽快地组织起中国共产党来。

参加这些活动的施存统曾经回忆说，1920年6月的时候，陈独秀、李汉俊等在筹备准备成立共产党……维经斯基到了上海以后就访问了《新青年》《星期评论》《共同社》等杂志，这些社团的负责人，如陈独秀、李汉俊、沈玄庐等，当时他们都是很进步的人士。他们举行了一次座谈……最初参加座谈的人很多，当时的无政府主义者，包括像沈仲九、刘大白都参加了这个活动。在讨论的时候，维经斯基非常明确主张说要成立共产党。……由于多次的交谈，最初的中国马列主义者也就更加清楚和明了了当时苏俄的情况。大家得出一个结论，就是我们中国要想往前走，应该走俄国人的路。

维经斯基在上海通过"外国语学社"帮助建立起了中国共产主义早期组织的外围组织——社会主义青年团。这个外国语学社是和维经斯基一起来华的杨明斋具体组织的。俄语教员是维经斯基的夫人库兹涅佐娃和杨明斋，日文教员李达，法文教员李汉俊，英文教员袁振英……这个学社从成立到结束也就10个月的时间，但是为我们党培养了一些干部，也造就了一些人才，外国语学社还选派了数十名学生分别赴俄国留学。

红楼定名，名正言顺

继北大红楼成立的马克思主义学说研究会之后，1920年5月，陈独秀在上海也成立了"马克思主义研究会"，6月，陈独秀在苏联共产党代表维经斯基的帮助下，在上海酝酿成立共产主义组织。8月上旬，在马克思研究会的基础上，上海共产党早期组织正式成立了。陈独秀任书记，成员包括俞秀松、李汉俊、陈公培、陈望道、沈玄庐、杨明斋、施存统、李达等10余人。

那一段时间里，上海党组织的称谓变了几次。陈独秀认为，党内成员社会成分复杂，有信仰共产主义的，也有无政府主义者，而欧美国家的社会主义政党名称又多为社会党或工党。因此，他考虑中国的党组织应命名为"社会党"。

几乎是在同一时段，1920年7月，新民学会留法会员在蒙达尼公学召开大会，就“改造中国与世界”的问题进行热烈讨论。蔡和森明确提出“主张组织共产党”，“其主旨和方法多倾向于现在之俄”。这是蔡和森第一次在新民学会会员中公开宣传他的建党主张，而主持会议的萧子升则主张以教育为工具的温和的革命。蒙达尼会议后，蔡和森、萧子升受会议委托，分别将两种意见写信给国内的毛泽东，征求他的意见。

1920年9月16日，蔡和森写给毛泽东的长达6000余字的信中，详细地阐述了成立共产党及其国际组织之必要，主张“明目张胆正式成立一个中国共产党”。他明确地提出只有组织了中国共产党，“革命运动，劳动运动，才有神经中枢”。他还指出：这个党必须是高度集中的组织，“党的纪律为铁的纪律”“党的最高机关为中央委员会”“党的方略为多方面的，无论报纸、议院、团体，以及各种运动，绝对受中央委员会的指导和监督，绝不能单独自由行动。”1920年12月和1921年1月，毛泽东给蔡和森的回信中，对蔡和森的主张，表示：“我没有一个字不赞成”。

……

陈独秀因为党组织正式命名的事，给在北京的张申府写了一封信，他在信中说，关于党的名称叫什么？是叫社会党还是叫共产党？我陈独秀自己不能决定，这件事情在北大只有你和守常（也就是李大钊）可以谈……

张申府接到信后，直接到北大红楼图书馆主任室找到李大钊。李大钊认为，应该叫共产党。俄国社会民主工党已经改称共产党了，其他一些国家原来叫社会党的也正在改称共产党。这也是第三国际的思想。

于是，李大钊拍板回信，名称就叫中国共产党！

因此我们可以说，“中国共产党”这个名称是在北京、在北大红楼最后确定的。是李大钊同志最后拍板的。也就有了“红楼定名，名正言顺”之说。

1920年金秋十月，在北大红楼李大钊办公室，成立了北京中国共产党早期组织，李大钊是这个组织的负责人。其成员之一张国焘回忆说：“中国共产党北京小组召开第一次会议，就在李大钊先生的办公室里举行。到会的共九人，除李大钊和我外，有罗章龙、刘仁静、黄凌霜、陈德荣、张伯根等。我们宣布这一小组的正式成立。因为无政府主义者不愿有任何组织形式，这次会议没有主席，也没有记录……至于经费问题，李大钊当众宣布，他每月捐出个人薪俸八十元为各项工作之用。”

然而，工作还没有开展，小组内部共产主义者和无政府主义者之间的分歧就无法调和了。连一向很温和的李大钊也为之头痛。经过一番讨论，最终无法获得一致。结果，包括黄凌霜、陈德荣、华林等在内的6位无政府主义者“和和气气”集体退出了小组。事实证明，“道不同，不相为谋”，共产主义者和无政府主义者是无法在一起合作的。在后来北京共产党早期组织提交给党的一大的工作报告里，也谈到了这次分裂：“在去年十月产生时，有几个假共产主义者混进了组织，这些人实际上是无政府主义分子，给我们增添了不少麻烦，可是由于过分激烈的言论，他们使自己和整个组织脱离了。他们退出以后，事情进行得比较顺利了。”

无政府主义者退出后，北京共产党小组又只剩下李大钊、张国焘、罗章龙、刘仁静4个人，于是决定将正在筹备中的北京社会主义青年团的骨干分子吸收进来。这样，邓中夏、高君宇、范鸿劼、何孟雄、缪伯英等很快补充进来，使小组的力量顿时加强了。

1920年11月，北京共产党小组正式改为中国共产党北京支部，李大钊担任书记，张国焘负责组织，罗章龙负责宣传。至此，以李大钊为核心的、由马克思主义者组成的北京共产党早期组织真正建立了起来。北京党组织的工作从此逐渐走上正轨，各项工作生气勃勃地开展起来了。

上海、北京小组相继成立后，全国建党活动很快展开，长沙、武汉、济南、广州、日本东京、法国巴黎的共产党早期组织和社会主义青年团组织开始筹备建立。不仅如此，他们还把《新青年》杂志改造为党的公开理论刊物，同时创办《共产党》月刊作为党的秘密宣传刊物，发往全国各地进行广泛宣传，为我们建党奠定了重要的思想、理论基础。

从1920年的秋天到1921年的春天，武汉、长沙、济南、广州等几个受五四运动影响较大，工人比较集中，同时具有一批初步共产主义思想的革命知识分子的城市先后建立起了共产党早期组织。张申府、赵世炎、周恩来等在赴法勤工俭学中成立了旅法共产党早期组织。上海的共产党早期组织当时的成员周佛海、施存统到日本去建立了旅日共产党早期组织。就这样，全国范围内共产党的早期组织一步一步建立起来了。

1921年7月，各地共产党早期组织选派代表，在上海举行中国共产党第一次全国代表大会，正式宣告中国共产党成立。从此中国共产党的红船扬帆起航！

箭杆胡同9号

丁晓平

说句实在话，五四运动已经过去了100多年，中国共产党迎来百年华诞，竟然还有很多文化人完全不知道箭杆胡同9号（今箭杆胡同20号）的历史，实在是不应该。为什么这么说呢？因为它在五四新文化运动中的位置以及思想、文化上的意义，正如《新青年》在中国现当代文学史上的位置；而它在五四运动中的位置及其思想、政治上的意义，正如爱国、进步、民主、科学的五四精神在中国近现代史上的位置，可以称得上是一个时代的精神高地。

箭杆胡同9号深藏于故宫东侧的一片老城区里，既不是我们想象中的深宅大院，更没有亭台楼阁，只是一座寻常百姓家的小四合院，自然又孤独地守着喧嚣闹市中一片难得的宁静。北京胡同的名字千奇百怪，有的高大上，有的则土得掉渣，但它们均有典故。箭杆胡同为何名曰箭杆？当初笔者误以为是为满清宫廷制作骑兵弓箭之地，实则不然。从史料记载来看，箭杆胡同始于清光绪年间，此箭杆亦非骑兵的弓箭，而是指旧时扎纸活的骨架和吊顶棚的龙骨，乃是经过加工的高粱秸。望文生义，可见想象与现实的差距有时候真是天上地下，不可思议。由此推测，箭杆胡同当年应该是扎纸活行业加工高粱秸箭杆的作坊或店铺集聚地。100年过去了，如今提起箭杆胡同9号，或许只有知道五四运动历史的人，才会偶尔想起它；或许只有听说过它的故事的人，才会来这里寻踪访古。100多年前，箭杆胡同9号并不孤单，它与人们所熟知的新文化运动纪念馆——北大红楼有精神上天然的默契和历史上的血缘关系。在这个小小的隐蔽的院落里，究竟发生了什么？有哪些值得我们回望的历史呢？我也曾带着这样的好奇，一步一步走近它，走进历史的深处。

如果时光可以倒流，100多年前，箭杆胡同9号那才真正是群贤毕至，高朋满座，中国近现代史上许多文豪、大师、泰斗都曾来过这里。真可谓是“谈笑有鸿儒，往来无白丁”。不妨列举一些人们耳熟能详的文化人，他们都曾是这里的座上宾，与这个狭窄的胡同有着非同寻常的关系：蔡元培、鲁迅、李大钊、胡适、钱玄同、刘半农、高一涵、沈尹默、陶孟和、刘文典、王星拱、章士钊、马叙伦、邵飘萍、周作人、陈大齐、蓝公武、徐宝璜……年轻一辈的有许德珩、邓中夏、高君宇、罗章龙、瞿秋白、黄日葵、王光祈、傅斯年、罗家伦、孙伏园、俞平伯、顾颉刚、康白情、张国焘、段锡朋、易克嶷……可谓群英荟萃，胜友如云。他们因何而来？一说起箭杆胡同9号，不得不说它文化生命的赋予者陈独秀。这位“五四运动的总司令”、中国共产党的主要创始人之一，有着极富传奇的一生却是历史活剧中那个最勇敢又最受苦且备受争议的悲剧角色。当然，100多年前，对箭杆胡同9号来说，陈独秀也是一个匆匆的过客。这里是一个孙姓的“在宫中做事的人”的房产，陈独秀只是一个租客而已。那时，这个院落占地面积460平方米，共有房屋18间半，建筑面积为264平方米，分为东西两个小院。

让我们回到1916年。这年12月26日，蔡元培执掌北大，秉持“囊括大典，网络众家，思想自由，兼容并包”的“十六字箴言”。经北京医学专门学校校长汤尔和推荐，蔡元培拟聘请《新青年》主编陈独秀出任文科学长。恰在这时，陈独秀从上海抵京募集资金，和亚东图书馆老板汪孟邹同下榻于西河沿中西旅馆。蔡元培清晨来访，陈独秀还在呼呼大睡。蔡校长礼贤下士，一边招呼茶房不要叫醒陈先生，一边拿个小凳子坐在陈主编的房门口等候。穿越百年，故事已成历史美谈。陈独秀深感其诚，但并非爽快承应，原因是他需要回沪继续办《新青年》。蔡校长没有丝毫犹豫，希望他带着《新青年》一道进京。就这样，1917年1月13日，北京政府教育总长范源濂签发了第三号命令，根本没有大学毕业文凭的陈独秀出任北大文科学长。那时候，北大作为当时中国的最高学府，共分为文科、理科、法科和工科。文科又包括中文、哲学、英文、法文、历史等系。现在有学者误把北大文科学长比称今日大学文学院院长，实在是不懂历史令人贻笑。陈独秀进京后，经朋友介绍，就把孙家箭杆胡同院落的东院承租下来，门牌为箭杆胡同9号。三个月后，妻子高君曼带着女儿子美、儿子鹤年也来到这里。从此，箭杆胡同9号，不仅是陈独秀的家，也是《新青年》的编辑部。

箭杆胡同9号的大门朝北，位于院子的东北角，是典型的北京四合院的如意门结构，门簪上刻有“吉祥”二字。门前有一对石狮门墩，依然还是老物件，历经风吹雨打，虽风蚀破损，依然倔强地显露峥嵘，仿佛在诉说着岁月的沧桑。我对箭杆胡同9号的兴趣始于2008年，那时应中国青年出版社之约，为了写作《五四运动画传：历史的现场和真相》。我带着10岁的儿子骑着自行车，前往五四大街的红楼，然后沿着北河沿大街向南，再沿着智德北巷向西，行至骑河楼南巷，再一直向南，至北池子头条，寻访箭杆胡同9号，是瞻仰，也是朝圣，是钩沉，也有发现。在随后的数年中，我按捺不住对箭杆胡同9号的神往和激情，时常沿着这条路线，前往拜谒，并陆续著述《硬骨头：陈独秀五次被捕纪事》《陈独秀自述》《陈独秀印象》《世范人师：蔡元培传》等作品。那些年，我始终有一个感觉，这段长度如今只剩下150米的狭窄胡同，与它相邻不远的故宫、广场甚至与它主人的办公地红楼相比，无人问津的它显得如此的寂寞和落寞，仿佛是熙熙攘攘摩肩接踵的世界中的一个禁地。

是的，不得不承认，箭杆胡同9号目前仍然是不为公众所知的一个秘密所在，现在依然很少有人知道这里曾经发生了什么。在陈独秀诞辰140周年前夕，为感谢和鼓励我在陈独秀研究上的努力，陈独秀孙女、曾任三届全国政协委员的陈红女士赠给我一帧陈独秀的瓷板画。后来，她又邀请我参加箭杆胡同9号所在的东华门街道和新文化运动纪念馆组织的陈独秀旧居展陈设计研讨会。陈红告诉我，2006年，当她第一次冒着严寒走进爷爷奶奶的旧居时，那感觉仿佛回到了30年前唐山大地震后的北京——“院子里搭满了又破又矮的房子，房屋之间只有一人可走的路，两间东房只剩了前门脸儿，已经被列为四类危房”。老房东的长孙孙志成向陈红介绍了当年陈独秀租住东院时的情形，还精心给她绘制了旧居的图纸。早在2001年，箭杆胡同9号就被列为北京市文物保护单位。2008年，陈红以全国政协委员的身份给时任北京市市长郭金龙写了一封信，表达了“迁出住户，修缮旧居”的要求。2015年9月15日，在《新青年》创刊100周年之际，箭杆胡同9号修葺一新，被街道建成社区居民读书休闲的公共空间。不过，陈红还有一个小小的愿望——建议箭杆胡同9号列入国家文物保护单位。这份或许有些奢侈的愿望，与箭杆胡同9号曾经发生的惊天动地的历史事件和他曾经的主人及其朋友们来说，不算过分，合乎情理，符合历史，也是许多历史学者所企盼的。

从箭杆胡同9号到沙滩红楼，一路向北，步行一刻钟足矣。这段上班路程不算太远，对陈独秀来说，是合适的，比我们现今的上班族挤公交和地铁幸福得多。在箭杆胡同9号，“日夜梦想革新大业”的陈独秀“甘冒全国学究之敌”，开始高张“文学革命军”的大旗，发出了向封建文学总攻的号令，誓言“吾愿拖四十二生的大炮，为之前驱”。他在《文学革命论》中提出了“三大主义”，即推倒雕琢的、阿谀的贵族文学，建设平易的、抒情的国民文学；推倒陈腐的、铺张的古典文学，建设新鲜的、立诚的写实文学；推倒迂晦的、艰涩的山林文学，建设明了的、通俗的社会文学。为了提倡白话文，陈独秀致信坚持“文学改良”的胡适：“独之改良中国文学，当以白话文为文学正宗之说，其是非甚明，必不容反对者有讨论之余地，必以吾辈之主张者为绝对之是，而不容他人之匡正也。其故何哉，盖以吾国文化，倘已至文言一致地步，则以国语为文，达意状物，岂非天经地义，尚有何种疑义必待讨论乎。”这年9月10日，还没有拿到博士学位的胡适，经陈独秀举荐，也来到红楼上班，就任北大文科教授，月薪高达200元。要知道，那时在红楼图书馆当助理员的毛泽东月薪才8元。

鲁迅先生和弟弟周作人也是箭杆胡同9号的常客。在北京大学教授、著名训诂学家钱玄同和国文教授刘半农的“怂恿”之下，鲁迅加入了陈独秀的《新青年》阵营。1918年5月15日，《新青年》第四卷第五号发表了鲁迅的短篇小说《狂人日记》，成为新文学为五四新文化运动讨伐封建礼教的第一篇战斗檄文。鲁迅借狂人之口，愤怒控诉绵延数千年的旧礼教是“吃人的礼教”。在陈独秀的鼓舞和启示之下，鲁迅发出了新时代的“呐喊”。从1918年7月到1920年4月，鲁迅在《新青年》上发表了50多篇作品，成为新文化运动的主将。那时候，鲁迅在西城买下了八道湾11号院，和弟弟周作人住在一起。只要《新青年》有什么活动，他们兄弟俩就会受到邀请，坐着黄包车一路向东，经西黄城根，过北海与中南海之间的金鳌玉洞桥，穿过三座门来到沙滩，再直奔箭杆胡同。在这里，他们高谈阔论，海阔天空，青梅煮酒，觥筹交错，享受着曲水流觞般的惬意和畅快。1933年，鲁迅在《我怎么做起小说来》一文中念念不忘《新青年》的编辑，“一回一回地来催，催几回，我就做一篇，这里我必得纪念陈独秀先生，他是催我做小说最着力的一个”。鲁迅说，他那时做的小说是“遵命文学”，“不过我所尊奉的，是那时革命的前驱者的命令，也是我自己愿意尊奉的命令，绝不是皇上的圣旨，也不是金元和真的指挥刀”。鲁迅说这些话的时候，陈独秀已被开除出党。陈独秀对鲁迅也是敬重和推崇的，称其“做的小说，我实在五体投地的佩服”，并通过他与群益书社的关系重印了鲁迅的《域外小说集》，还建议鲁迅把发表在《新青年》和《新潮》上的小说，“剪下自加订正，寄来付印”。

的确，那是一个觉醒的年代。在箭杆胡同9号，陈独秀找到了志同道合的同仁。“革中国人思想的命”，无疑是五四新文化运动对5000年封建中国的一次历史挑战，更是一次前所未有的创造和贡献。2000年来，在中国历史上敢于直言反孔的人极其少，只有思想界王充和李贽有过先例，但均受到政府压制。近代以来，严复曾在一个时期对中国传统思想提出过怀疑，但遭到正统理论的驳斥后便不再发言。梁启超说过“吾爱孔子，但吾更爱真理”，却也没有多少作为。在箭杆胡同9号，陈独秀以袁世凯复辟帝制为契机，高举民主和科学的大旗，勇敢地站起来，破天荒地“打倒孔家店”的无上权威，在当时可谓振聋发聩，石破天惊。他毫不隐讳、大张旗鼓地掀起“反孔”斗争，对2000年来不容置疑地占据着中国伦理和思想统治地位的儒家伦理道德发难，为争取个性自由解放而斗争，易白沙、李大钊、杨昌济、吴虞和鲁迅等人迅速以不同的方式加盟战斗。针对“孔家店”统治着的半封建半殖民地的国家现实，《新青年》提出了两大影响中国历史进程的口号——民主和科学，即“德先生”（Democracy）和“赛先生”（Science）。陈独秀斩钉截铁地说：“要拥护那德先生，便不得不反对孔教、礼法、贞节、旧伦理、旧政治；要拥护那赛先生，便不得不反对旧艺术，旧宗教；要拥护德先生又要拥护赛先生，便不得不反对国粹和旧文学。”他通过《本志罪恶之答辩书》宣告：“我们现在认定只有这两位先生，可以救治中国政治上、道德上、学术上、思想上一切黑暗。”在那个历史的现场，箭杆胡同9号的主人陈独秀告诉我们：必须把原始的孔子学说与被统治者利用的所谓“孔教”相区分；打倒“孔家店”，不是打倒思想家孔子；孔子是一个人，而不是神。

箭杆胡同9号，是陈独秀人生的一个坐标，也是五四运动、新文化运动的一个地标。从红楼漫步到箭杆胡同，再沿着北池子大街来到天安门广场，如果当年的北大青年学子沿着这条路线，回望历史，就可看到新文化运动解放了一代知识青年的思想，使他们冲出了封建主义的牢笼，获得了独立的人格。只有这样的新青年才能勇敢地走向街头、广场，举行游行示威，火烧卖国贼的住宅，点燃起五四运动的革命烈火。如果没有新文化运动，那些满脑子三纲五常、三从四德的男女知识青年，不过是摇头晃脑地哼哼几句古文，写些佶屈聱牙的之乎者也罢了。新文化运动直接为五四爱国运动奠定了思想基础，准备了一批反帝爱国运动的中坚分子，伦理的觉悟转化为进行政治斗争的动力，白话文成为爱国运动广泛开展的宣传工具。也正因此，1945年4月21日，毛泽东在《中国共产党第七次全国代表的工作方针》中称赞陈独秀："他是五四运动时期的总司令，整个运动实际上是他领导的，他与周围的一群人，如李大钊同志等，是起了大作用的。我们那个时候学习作白话文，听他说什么文章要加标点符号，这是一大发明，又听他说世界上有马克思主义。我们是他们那一代人的学生。五四运动替中国共产党准备了干部。那个时候有《新青年》杂志，是陈独秀主编的。被这个杂志和五四运动警醒起来的人，后头有一部分进了共产党，这些人受陈独秀和他周围一群人的影响很大，可以说是由他们集合起来，这才成立了党。"由此可见，作为《新青年》的编辑部，箭杆胡同9号可谓名副其实的"五四运动司令部"。

清楚地记得，第一次走进箭杆胡同9号的那一年，我39岁。冥冥之中，人生总会有一些巧合。1918年11月，陈独秀在箭杆胡同9号知道了列宁领导俄国革命成功的消息，知道了马克思主义的共产主义。那一年，陈独秀也是39岁。用毛泽东的话说："十月革命一声炮响，比飞机飞得还快……这消息只要一天，即是说，11月7日俄国发生革命，11月8日中国就知道了。"那个时候，中国的政治气氛高涨，新文化运动推波助澜。在支持学生社团和学生刊物的同时，陈独秀深感作为月刊的《新青年》，因为"不谈政治"很难对现实的政治斗争发挥作用，必须创办一份"更迅速、刊期短、与现实更直接"的刊物。11月27日，他召集李大钊等志同道合者在北大红楼的办公室里开始讨论创办《每周评论》。他说："西洋人因为拥护德、赛两先生，闹了多少事，流了多少血，德、赛两先生才渐渐从黑暗中把他们救出，引到光明世界。我们现在认定只有这两位先生，可以救治中国政治上道德上学术上思想上一切的黑暗。若因为拥护这两位先生，一切政府的压迫，社会的攻击笑骂，就是断头流血，都不推辞。”对陈独秀的为人处世，光明磊落，从不搞阴谋诡计，鲁迅最为欣赏。他说：“假如将韬略比做一间仓库罢，独秀先生的是外面竖一面大旗，大书道：‘内皆武器，来者小心！’但那门却开着的，里面有几支枪，几把刀，一目了然，用不着提防。”

1919年5月4日，五四爱国运动爆发后，陈独秀经常走出箭杆胡同9号，沿着北池子大街向南，来到长安街。或看望被捕学生，或追踪事件进展，陈独秀天天都忙碌着采访、写作，一个月内在《每周评论》共发表7篇文章和33篇“随感录”。煽革命之风，点革命之火。陈独秀、李大钊主编的《每周评论》成为新青年们“欢喜无量”的“明灯”，仅在北京一地就发行5万多份，其“议论之精辟，叙事之简洁为全国新闻之冠”。当学生被捕、蔡元培被迫辞职秘密离京之后，上海的好友觉得陈独秀处境危险，就函电“促其南下”。陈独秀气愤地回答说：“我脑筋惨痛已极，极盼政府早日捉我下监处死，不欲生存于此恶浊之社会也。”6月3日，当北京政府出动军警对学生实行大逮捕之后，陈独秀更是义愤填膺。6月8日，他在《每周评论》第二十五号发表了著名的《研究室与监狱》：“世界文明发源地有二：一是科学研究室，一是监狱。我们青年要立志出了研究室就入监狱，出了监狱就入研究室，这才是人生最高尚优美的生活。从这两处发生的文明，才是真文明，才是有生命有价值的文明。”陈独秀高昂的战斗激情和乐观主义精神，感染了五四时代的新青年。“研究室和监狱”一时间成为青年学生的爱国诺言和报国实践。蔡元培说：“近代学者，人格之美莫如陈独秀。”

1919年6月11日，对于北京城的老百姓来说，只不过是柴米油盐酱醋茶的日子罢了，然而对陈独秀来说，这一天却改变了他的人生旅程。这天傍晚，他邀约高一涵、王星拱、邓初、程演生等在北大工作的安徽同乡一起，到香厂附近一个名叫浣花春的四川饭馆吃饭。这天晚上的饭局，不同以往，陈独秀是有备而来。在餐桌上，身着白帽西服的陈独秀得意扬扬地拿出一包刚刚印好的传单，名曰《北京市民宣言》，上半部为中文，下半部为英文。这是他6月9日晚上起草后请胡适翻译的，当天夜里又亲自雇了一辆马车到嵩祝寺旁一个专门为北大印刷讲义的小印刷厂印刷，印刷费当然也是他自掏腰包。说着，陈独秀给每人分发了十几张，约好饭后到附近的新世界游艺园散发。他决心要以自己的“直接行动，以图根本改造”，号召“平民征服政府”。其实，他和高一涵昨天就在中央公园的茶座悄悄散发过一些。

吃完饭，陈独秀和高一涵、邓初，有说有笑地走进新世界游艺园。进了门，只见游艺园人声鼎沸，唱戏的、说书的，打台球的，热闹得很，电灯照耀，如同白昼。陈独秀见此情景，不好散发，自己便独自爬到新世界的屋顶花园。因为那里没有人，也没有电灯，且能看到下一层露台正在放映露天电影。悄悄爬上顶层，东张西望了一番，陈独秀瞅准机会把传单撒了下去。哪知道，传单刚刚撒下，从屋顶花园的阴暗角落里走来一个人，向陈独秀要传单看。陈独秀实在是天真极了，当即就从口袋里摸出一张递给了这个陌生人。只见陌生人草草扫描一番，立刻大喊起来：“就是这个。”瞬间，埋伏在屋顶花园的暗探们一起冲了上来，一下子就把陈独秀抓了个现行。

陈独秀就这样被捕了，践行了他“出了研究室就入监狱”的名言。是夜12时，军警百余人荷枪实弹包围了箭杆胡同9号，破门而入，妻子高君曼和孩子在睡梦中惊起，当即被搜检去信札多件。陈独秀的被捕，一时间引起轩然大波，中国政治、教育、文化界闹得沸沸扬扬，包括孙中山在内的社会名流和坊间大佬，甚至他的学术对手，纷纷发声，发起了营救行动。身在长沙的毛泽东在7月14日出版的《湘江评论》上撰文声援：“我祝陈君万岁！我祝陈君至坚至高的精神万岁！”9月16日，陈独秀获保释出狱，回到箭杆胡同9号。李大钊赋诗赞曰：“你今天出狱了/我们很欢喜/它们的强权和威力/终究战不胜真理/什么监狱什么死/都不能屈服了你/因为你拥护真理/所以真理拥护你”只要一息尚存，就要战斗不已。很少有人知道，陈独秀短短63年的人生，曾经五次被捕，一生中每12天就有一天是在监狱度过的。

陈独秀被监禁了96天。李大钊也因此出京到河北昌黎五峰山躲避了一个月。1919年9月，在箭杆胡同9号，出狱后的陈独秀支持李大钊推出《新青年》第一个“马克思主义研究专号”，积极传播马克思主义。这一期《新青年》发表了李大钊的《我的马克思主义观》，对马克思主义的唯物史观、剩余价值和阶级斗争学说第一次作了全面、系统的介绍。在那个创造历史的现场，马克思主义在中国的传播其实并不是一件简单的事，要说起来那就话长了。但是，从此以后，陈独秀与坚持走俄国人的道路、坚持以俄为师的李大钊始终站在一起，携手同行，并肩战斗，开始“以青春之我，创建青春之家庭，青春之国家，青春之民族”的人生信仰和理想的实践。在经历了与胡适的“问题与主义”之争后，以陈独秀和李大钊为代表，分别在南方的上海和北方的北京形成了两个宣传马克思主义的中心。党史学界“南陈北李，相约建党”的历史渊源，也可以在箭杆胡同9号找到你所想要寻找的答案。

拿破仑曾经预言中国是一头睡狮，堪称是一个伟人的远见。毫无疑问，在近代中国的思想历程中，五四新文化运动是觉醒年代的一次最为壮丽的精神日出。以前的一切，似乎都汇集于此，彼此激荡奔腾；以后的一切，似乎都由此生发，造成了种种历史的巨变。如果你熟悉五四运动的历史，当你置身箭杆胡同9号，你就会不自觉地陷入无边的沉思。作为五四新文化运动的司令部或者大本营，箭杆胡同9号不应该被人遗忘，它与北大红楼血脉相连，息息相通，且充满着庄严又陌生的神秘。出狱后的陈独秀，思想没有止步。他发表《告北京劳动界》，清晰地把“劳动界”界定为“绝对没有财产全靠劳力吃饭的人”，他们“合成一个无产的劳动阶级”，他要求“取消帝制，改建共和”。1920年2月2日，他应邀前往武汉讲演，深受青年学生的欢迎，被美誉为“卓识谠论”，但“湖北官吏对于陈氏之主张之主义，大为惊骇，令其休止演讲，速去武汉”。他“愤恨湖北当局压迫言论之自由”，遂于7日乘车北上，10日晨抵京。北洋政府看到武汉方面的新闻，才知道保释出狱的陈独秀私自离京，警察厅立即在箭杆胡同9号门前设立了全日岗哨，派一名警察站岗，企图等陈独秀回家时立即逮捕。

尘世间，从不缺少有智慧的人，但缺少有骨气的人。不爱钱、不惜死的陈独秀，赢得了他的同事和学生们的尊敬和爱戴。为了避免陈独秀“二进宫”，安徽同乡王星拱、高一涵、刘文典、程演生、胡适及北京大学同事李大钊、马叙伦、沈士远等均参与了这次秘密的保护行动。陈独秀回到北京，当即就被朋友们接到了怀宁同乡王星拱的家中暂避，随后又转移到刘文典家里暂住。在箭杆胡同陈宅附近蹲守的警局暗探白白等了半天，最后扑了一个空。但北洋政府的警察厅并不罢休，四处打听，终于探明陈独秀住在刘文典的家中。所幸的是，此事迅速被马叙伦获悉，立即“借电话机语沈士远，士远时寓什坊院，距叔雅（刘文典）家较近，然无以措辞，仓促语以告前文科学长速离叔雅所，盖不得露其姓名也。……故士远往告独秀，即时逸避。翌晨由李守常乔装乡佬，独秀为病者，乘骡车出德胜门离平”。随后，陈独秀被朋友们安全转移到李大钊家躲了一天。陈独秀再也没有机会回到箭杆胡同9号了。

1920年2月14日，北京下起了大雪。陈独秀和李大钊乔装改扮，秘密赶往天津。高一涵回忆说：“时当阴历年底，正是北京一带生意人往各地收账的时候。于是他两个人雇了一辆骡车，从朝阳门出走南下。陈独秀也装扮起来，头戴毡帽，穿王星拱家里厨师的一件背心，油渍满衣，光着发亮。陈独秀坐在骡车里面，李大钊跨在车把上，携带几本账簿，印成店家红纸片子。沿途住店一切交涉都由李大钊出面办理，不要陈独秀张口，恐怕漏出南方人的口音。因此，一路顺利地到了天津，即购买外国船票，让陈独秀前往上海。”

有人说，人生最大的幸运，莫过于在他的人生中途，即在他年富力强时发现自己的人生使命。2月19日，陈独秀抵达上海。这一天，是农历大年三十。“爆竹声中一岁除，春风送暖入屠苏。千门万户曈曈日，总把新桃换旧符。”除夕之夜，陈独秀的心中是否也怀抱着王安石的这般诗意呢？是否也像历史上的改革者一样憧憬着即将实施变法的新气象呢？是否也渴望着用“新桃换旧符”扛起人生使命呢？

开弓没有回头箭。走出箭杆胡同9号这个五四运动的司令部，陈独秀和他的同志以及学生们一道，在古老的中华大地上开始了开天辟地的伟大事业——创建中国共产党。1920年5月，陈独秀在上海老渔阳里2号（今南昌路100弄2号）《新青年》编辑部正式组织成立了马克思主义研究会；8月，陈独秀又在那里成立了中国共产党的最早组织，经与李大钊商量，定名为“共产党”，陈独秀担任书记。毛泽东说：“中国产生了共产党，这是开天辟地的大事变。”我们有理由相信，这个为了逃避追捕的“思想界的大明星”，开始了他人生的另一种长途跋涉——到不朽的事业中寻求庇护，并且把他的名字镌刻在我们仰望的星空。

现在是2021年的春节，新冠肺炎疫情依然在世界肆虐，大家响应政府号召就地过年。我安静地坐在距离箭杆胡同9号不到5公里的家中，写作这篇不成体统的纪念文字，迎接中国共产党成立100周年的庆典。幸福不是从天上掉下来的，是一代代革命先辈用鲜血、生命和牺牲换来的。历史的天空，群星灿烂。每每阅读他们，情不自禁，热泪盈湿了眼眶。这不是假话，也不是我矫情。恰逢百年未有之大变局，饮水思源，不忘初心，这是我们的幸运。写到这里，我才发现今天是2月14日，正好是101年前“南陈”和“北李”乘坐一辆破旧的骡车离开北京“相约建党”的日子。那一天，北京下大雪了。此时此刻，我的窗外，下着不成样子的小雨雪，似乎也暗合着我的某种心境。我把自己著述的四五本有关陈独秀的生平传记一一摆在书桌上，即使我的手指不再翻动它们，似乎也能够清晰地感受到独秀先生的思想脉动。沉思良久，忽然有一种莫名的慰藉在心间流过，同时也有一种真实的历史的力量如洪波涌起。我知道，那是穿越百年时空的亘古不变的战斗精神。

箭杆胡同9号，对于陈独秀来说，只是人生的一个驿站。然而，作为《新青年》的编辑部，它却是一个时代的坐标。从1917年1月到1920年2月，陈独秀在这里生活工作了仅仅3年，时间不算很长，既有光荣梦想，也有苦难辉煌。这不禁让我想起1904年，25岁的他背着一个包袱，带着一把雨伞，从老家安庆赶到芜湖科学图书社创办《安徽俗话报》，应邀为书社题写了一幅气势如虹的楹联——“推倒一时豪杰，扩拓万古心胸”。诚哉斯言，在那个混乱、黑暗、腐败、分裂、落后、愚昧、受辱的旧中国，“五四运动总司令”陈独秀和李大钊等最先进的革命者一起，“在静水中投下知识革命之石”，高举民主和科学的大旗，“为国家种下了读书、爱国、革命的种子”，教育了一代人，影响了一个时代，改变了一个国家，乃至世界。

在本文的结尾，我心中忽然起了一个念头，就是想告诉看到这篇文章的朋友们：在北京，有一个又短又小又窄的箭杆胡同，是一个十分僻静的所在，那里有一个小小的四合院。无论如何，你们应该去看看，同时带上你的朋友、家人和孩子，一起去。

真的，箭杆胡同9号，你们应该去看看。

春游陶然亭

乔　叶

一

春光和煦日，去游陶然亭。

忆起来，大约是20世纪90年代末，我也才20多岁的年纪。这些年总有些缘故，每年都会往北京跑几次。那年代还没有动车，更没有高铁。从豫北老家到北京，我常坐的火车，除了K字头的算是快车，其他的就都是晃晃悠悠逢站必停的绿皮慢车了。绿皮慢车总会停靠在永定门附近的北京南站。从南站坐上公交，七拐八拐的，就会路过陶然亭公园。透过车窗，看着公园里隐隐露出的亭台楼阁，绿树繁花，就会涌出一个念头，什么时候能进去看看才好呢。

不曾想到，这个心愿得以满足，是在20多年后的今天。不过，此时看也有此时看的好处，人虽然已不年轻，对于看风景却多了些心得。年轻时候到底还是单纯浅薄，看风景就是看风景，有时候甚或连风景也顾不上看，就只顾玩自己的。更谈不上去体悟风景背后的风雨沧桑。如今年长，懂了些事，但凡要去人文掌故积淀之地，都会做点儿功课。否则只在风景的表层匆匆浏览，于内并无所得，就觉得空虚且愧怍。“江畔何人初见月？江月何年初照人？”这是张若虚在《春江花月夜》的千古感叹，窃以为也可以借用过来作为我等中年人看风景的延伸：这个地方，曾经驻留过什么人的身影，他们的精神，他们的爱恋，他们的热望，我都想去有所贴近和体会。换句话说，风景自是由人去看，可从根子里讲，看风景也是在看人——那些肉身不在却精神长存的人。你想想，去成都草堂是不是为了看杜甫？去滁州醉翁亭是不是为了看欧阳修？去杭州西湖，自然是为了看苏轼看白居易看林和靖看岳飞啊。

这次去陶然亭公园，怀的就是这样的心情。

陶然亭公园，顾名思义，自然是先有亭后有园的。但比这亭更有历史的其实是慈悲庵。慈悲庵创建于元代，距今已有700多年的历史。庵内有观音殿、准提殿、文昌阁等。据史料记载，康熙二年（1663年）曾重修慈悲庵，康熙三十四年（1695年），当时任窑厂监督的工部郎中江藻奉命监理黑窑厂时，大约是因为离这里不远，便常到此游玩。来得多了，赏景入心，就在慈悲庵西侧建了亭。亭建成后，取名“陶然”，是采撷唐代诗人白居易名句“更待菊黄家酝熟，共君一醉一陶然”之意。“共君”的本质是邀友，江藻常邀友人以及友人之友人到陶然亭内欢聚。主雅客勤来，久而久之，这里便嘉宾盈门，诗文不断，佳句时新，传扬开来，陶然亭乘着诗香文韵，声名很快便大过了慈悲庵。而到了现在，陶然亭和慈悲庵已然被岁月凝结在了一起，难以分开。

今天来陶然亭，当然不是为了江藻。我想探访的那些人，在100年前，他们也曾一次次相聚在这里，为了他们赤诚炽烈的梦想。而他们的梦想，其实离我们当下的生活很近，近得似乎从未离开。

二

票是在网上预购的，通过“畅游公园”微信公众号，两块钱一张，惠民得很。在来实地之前，我也已经在陶然亭公园的网站上进行了一次虚拟游，所以

陶然亭　国画　220cmx200cm　彭华竞

这次虽是初来，却颇有些故地重游之感。

进的是南大门，迎门便看见有很多不知名的鸟在树枝间穿梭欢鸣。已经出了正月，“龙抬头”的二月二也已经过去了好几天，时节回暖，正值初春。迎春花或在路边，或在坡上，或聚拢，或单株，绽放出一簇簇金黄。柳树的枝条丝丝垂垂，轻飘于微风之中。“绿柳才黄半未匀”？其实已经黄中偏绿，且匀得很了。枝条上面还有红灯笼高挂着，年气混搭着春光，娇艳悦目。

游人很多。看来游春踏青，此地就是北京的上上之选。有穿羽绒服戴棉帽子的，有围着轻薄丝巾的，更多的人穿着运动装和休闲服。有步履缓慢的老人，也有年轻夫妇带着孩子，有姐妹般的少女娇俏欢笑，也有各个年龄段的情侣携手而行。当然也有我这样单个儿的，不过我也不寂寞。这么多人不都是伴儿吗？认不认识又有什么关系呢？

公园里有四片湖，东湖，西湖，南湖，最西侧的那片叫荷花湖，想来是有荷花的。迎面这片碧波既然离南门这么近，应该就是南湖了。据说早在辽金时代，这一带还是城外郊野之地，水源充沛，溪流密织，到处可见河池湖泊。这一泓清水是不是就是往昔水乡的印证？还据说当时此地就有苇塘，苇塘中就有岛屿，岛上有土丘高耸。隔着南湖眺望，正前方的岛就该是当时的岛了吧？苍松翠柏掩映的高处，隐隐可见有灰墙飞檐的建筑，那应该就是慈悲庵和陶然亭的所在地了。

便直奔而去。到了地方才看见幕布围挡，围挡上贴有告游客书，说正在修缮，过些时日才能开放。我不甘心，仔细察看，居然发现有一处围挡错开了一条缝，能容人进出，应该是用来输送建筑材料的。静悄悄的，也没人拦着。那我就不客气了，便见缝插人，进到墙内。不过里面并没有什么沙土砖石，很是干净利落，应该是修缮即将完成。这是否天赐良机，允我先睹为快？

拾级而上，便看到了那棵大槐树。槐树下的照片已经摆放到位，正是我在资料上看到的那张。一旁的介绍文字相当简短：1920年1月18日毛泽东与辅仁学社在京部分成员在慈悲庵大槐树下合影，左四为毛泽东。

不用点明“左四”，我也能一眼认出他。这个器宇轩昂的俊朗青年，长棉袍，黑短褂，短发，还微微袖着手。也是严冬了。槐树上光秃秃的，没有一片叶子。一共10个人，每个人都穿得很厚。

介绍简短，照片简薄，但这至简的文图背后，是何其跌宕的时代风云。据史料记载，晚清时的慈悲庵和陶然亭已是逐渐荒芜，尘音寥落，这种情状却恰好易于避人耳目，利于谋事。清末康有为、梁启超、谭嗣同等，都曾在此计议过变法维新。1920年前后，李大钊、毛泽东、周恩来等曾先后在此留下了活跃的足迹，辅仁学社是1913年由湖南长沙第一联合中学部分学生组建的社团，社团成员思想活跃，积极参与时政。后随着诸多学社社员进京求学，社团活动的重心也逐渐迁到了北京。1920年1月18日，毛泽东与在京的辅仁学社成员罗章龙、邓中夏等在慈悲庵内共同商讨驱除湖南军阀张敬尧的斗争，会后留下了这张珍贵影像。

对这个地方，毛泽东应该是记忆深刻的。1950年底，他由罗瑞卿陪同，来陶然亭故地重游。那时此地仍是一幅残败景象。据说他在慈悲庵前的老槐树下追忆往昔，感慨万千。1952年，北京市卫生工程局组织了民工对周边环境进行了清理和扩展，陶然亭连同周围水域被辟为公园，成为新中国成立后北京兴建最早的一座园林。公园的名字也是因了毛泽东的指示，他说：“陶然亭是燕京名胜，这个名字要保留。”

我端详着这张照片。以现在的标准看，它的像素岂止是不高，简直可以说是太低了。人面都有些模糊，只能看清楚基本的轮廓。毕竟从1920到现在，这照片已经拍下100多年。不过，也还是幸亏有它。有它就有了“立此存照”。更何况主要的印记还在。有些东西，不但不会被时间磨损，还会有一种神奇的力量，越来越明亮和清晰。

三

对于李大钊先生，这里也应该是一处特别之地。据史料记载，1920年夏，周恩来与觉悟社成员和李大钊领导的少年中国学会、人道社等进步团体20余位代表也在此集会，讨论五四运动以后革命斗争的方向及各团体联合斗争等问题。李大钊提议各团体有标明主义之必要："盖主义不明，对内既不足以齐一团体之心志，对外尤不足与人联合之行动。"这一主张有效促进了社团在思想信仰方面的团结统一和对马克思主义的传播。1921年夏，李大钊通过少年中国学会会员陈愚生，以其夫人新葬于陶然亭畔要为夫人守墓为名，租赁了慈悲庵南房两间，作为进行革命活动的据点。邓中夏、恽代英、高君宇等常来此参加会议。李大钊先生身故后，友人曾提议将他葬在陶然亭，因陶然亭是他最喜爱的游憩之地，但最终此提议没能实现，成为憾事。李大钊被葬在了香山万安公墓。

合影里的左五应该是邓中夏吧，如果我没猜错的话。他的简介在网上搜就可以搜到，读起来可谓惊心动魄：1917年，邓中夏随父进京，考入北京大学国文门（文学系）。那时李大钊先生在北大任教，在其影响下，邓中夏开始研究马列主义，成为学校中的积极分子。1919年3月，邓中夏等发起组织旨在"增进平民知识，唤起平民之自觉心"的北京大学平民教育讲演团，并带领讲演团到街头演讲，增强民识，启发民智。5月4日，邓中夏和北大同学一起，参加了具有历史意义的五四运动。5月6日，北京中等以上学校学生联合会成立，邓中夏被推为北京联合会总务干事。1920年3月，他参加了李大钊主导的马克思学说研究会。同年10月，他参加了北京共产党早期组织，是最早的成员之一。1921年8月，作为中国共产党公开领导工人运动总机构的中国劳动组合书记部在上海成立，他担任北方分部主任，负责领导北方工人运动。1923年2月，他参与发动和领导京汉铁路工人二七大罢工，并在全国发动了劳动立法运动。1933年5月，邓中夏在上海被捕，1933年9月21日黎明，邓中夏在雨花台就义，年仅39岁。

左六是罗章龙，他也是早期中共领导人之一，也曾参加五四运动，1920年也参加了马克思主义学说研究会，并和李大钊发起组织北京共产党早期组织。在担任中共北方区委和中国劳动组合书记部负责人期间，先后组织领导了陇海铁路、长辛店铁路工人大罢工、开滦五矿工人大罢工及京汉铁路工人总罢工，是中共早期著名的工人运动领袖……他于1995年去世，临终前的心愿是也想葬到万安公墓，和李大钊先生在一起，后来得偿所愿。

我的眼睛在他们的脸上一一聚集，停顿，行注目礼。虽然不能将他们的面貌和姓名一一对应确认，但有一点毋庸置疑：他们中的每一个人都是一本厚重大书，值得一读再读。

进到作为展室的厢房里，正对面也是这张照片，与槐树下的照片不大一样的是，这一张做成了颇有韵味的水墨画风格，我便上前翻拍。

一个年轻的工人正在刷地面，他埋头苦干着，专心致志。

“这工程快结束了吧？”我问。

“是啊，快结束了。”他抬起头，擦了一下汗。

“您这是在做什么呢？”

“给地砖刷保护油。”许是觉得我有些懵懂，他又解释，“像给木地板打蜡一样。”

“哦，这么认真啊。”

“这么重要的地方，当然得认真啦。”

……

看我从各个角度翻拍这张照片，他又告诉我，这棵槐树不是100年前的那棵啦，是新槐树，补栽的。

我夸他很内行，并谢他告知。他羞赧地笑了笑。其实这个我知道。资料里说，现今的槐树已非原树，是1979年选近似株形补栽的。不过，在我的意识里，是不是原来的槐树并不那么要紧。新树自有其意义。此槐树彼槐树，从根系上来说，就是一株槐树。当它们在这里生长，在这里目睹这一切的时候，就已经有充分的资格代代相传，生生不息。不是吗？

就像这正在修缮的房子，它雕梁画栋，彩绘明丽，看起来就像完全是新盖的一样。就物质意义上来讲，它早就不是原来的了，不过这又有什么要紧呢？只要那些人的足迹曾来过这里，那些人的心脏曾在这里鲜活地跳动过，那些人的声音曾在这里生动地激荡过，那么，他们就赋予了这房子历久弥新的坚实意义。

四

慢慢行来，慢慢欣赏。到处都是曲径通幽，却也会让我不时迷路。迷路也没关系，再拐回去就是了。

高君宇墓就在这里。那就去看看他吧，还有他的石评梅。高君宇和石评梅的墓地，简称高石墓。在他们的石像周边，有几树梨花正开得洁白似雪。他们的名字活在这段如火如荼的历史中，居然也已经百年了。早就听闻过他们的故事，可这次细读资料才约略明白100年前他们经历了怎样的“革命与恋爱”：高君宇尚未挣脱旧式封建婚姻的捆绑，有意却无自由；石评梅正在经历新式恋爱造成的伤痛，心动却也情怯。也就是说，互相爱慕的他们竟然没有敞敞亮亮、痛痛快快地谈这场恋爱。这两个星星一样璀璨美好的青春灵魂，他们的烈焰竟然是在生命之火将熄之时才置之死地而后生，才开始燃烧，才长明至今，且被岁月和历史锻造成了悲欣交集的双子星座。1965年，周恩来在审批北京城市规划总图时，特别强调要保存“高石之墓”，他说：“革命与恋爱没有矛盾，留着它对青年人也有教育。”

在“华夏名亭园”这个园中园我也流连了许久。园名是启功先生题字。1989年此园荣获全国设计金奖。园内集中仿建了六省九地的名亭，有“醉翁亭”“兰亭”“鹅池碑亭”“少陵草堂碑亭”“沧浪亭”……这些亭里，一多半我都到过实地，这次能够集中地再赏一次，仿佛穿越了一般，也是有趣。

还邂逅了名为“江山亭聚”的中国亭文化展，看了看时间，已经晚了，看不得展了。展板上的一小段介绍倒是很有意思，摘录如下：张宣题倪瓒画《溪亭山色图》诗云：“石滑岩前雨，泉香树杪风；江山无限景，都聚一亭中”。

好一个“江山无限景，都聚一亭中”。

云绘楼和清音阁也是我想要看的。据史料记载，云绘楼本是皇家园林建筑，建于清朝乾隆年间，原在中南海内东岸，双层楼廊，玲珑秀丽，是当时皇帝登楼观太液池时吟诗作对水墨丹青之处。1954年因施工需要拆除，著名的建筑学家梁思成认为这组建筑结构和风格独具特色，建议保留，周恩来表示赞同，并和梁思成一起到陶然亭亲自选址，把这组建筑完整地迁建到公园的西湖南岸。这么算起来，它们“搬家”至此居然也有60多年了。

一路向东，看到一块巨石上镌刻着四个大字：潭影流金。面前是一片湖水，可以算作是潭，那么流金流的是什么金呢？再往远处看，有一片树林，像是银杏，便走上前细看。一位大叔正用背撞击树干，听我询问，便用浓浓的南方口音应答：就是银杏。

是银杏，这就对了。想来到了秋天，树冠上的枝叶相互交错，叶叶烁金，可不就是流金的金？有几棵还长得还挺粗大。银杏树是慢树，能长得这么粗大，至少该有100年了吧。

还有什么植物呢？对了，还有海棠。一大片的西府海棠，已经打了嫩苞，有了绿意，再过些天肯定美不胜收。还有金银忍冬，也是一大片。还有很多松柏，还有很多榆叶梅，还有很多大槐树……

踱至一个小山坡下，有几个孩子在跑上跑下地冲锋打仗玩耍。桃花红杏花白，衬着松柏，深色深，浅色浅，明媚的阳光中，深浅叠加，分明如画。玉虹桥边长长的健身步道上，有几个人正在疾奔，居然都是短袖。也难怪，“二八月，乱穿衣”嘛。有几块空地上画着一些白线方格，是用来打羽毛球的，果然也有很多人在打。场地现成，球具自带。有带网的，把网一扎，俨然很正规的样子。也有没带网的，只带着拍子和球来，也能打得不亦乐乎。不期然间，我还听到了祖孙两个的对话，是奶奶在跟小孙女讲羽毛球和乒乓球的规则区别。奶奶说，羽毛球不许落地，乒乓球必须落地。孙女分辩说，乒乓球不是落地，是落台子上。奶奶宠溺地说对对对，你说得对……

“拂面微风柳万丝，春光犹似去年时。幅中折角无人识，醉依江亭唱竹枝。”不知道这是谁的诗，刻在路边的石台上。我在手机上查了又查，居然查不到。索性放弃了。是谁写的也并不那么要紧吧，在我的想象中，他就是一个春游陶然亭的人，和我一样。

快出门的时候，听到有刚进来的人问另外的游人：“请问陶然亭在哪儿？”

被问的是一群人，都笑了：“这就是陶然亭嘛。”

“我的意思是说，那个陶然亭中的陶然亭……”

所有的人都遥遥地指向那高处。

长辛店星火

郝中实

京西宛平城外，永定河畔，距离卢沟桥两公里，有一座历史悠久的古镇——享有“千年京西第一驿”美誉的长辛店。早在19世纪末20世纪初，这里就演出了一幕幕波澜壮阔的历史活剧。翻看长辛店光荣的史册，她被誉为“北方的红星”光彩夺目绝非偶然，因为历史清晰地记录着，中国工人运动与马克思主义的结合从这里起步；革命先驱伟大的革命活动实践在这里进行，工人阶级与先进知识分子的结合在这里奠基；中国共产党领导第一次工人运动的高潮，在这里酝酿和发起；曾经对中国革命和发展发挥重要作用、集聚众多旷世人才的留法勤工俭学运动，这里，也是一个重要的培训基地。百年历史，沧海桑田，翻天覆地。在庆祝中国共产党100周年华诞来临之际，走进长辛店，走进光荣历史的深处，踏寻那一处处红色的印记——留法勤工俭学预备班旧址、劳动补习学校旧址、工人俱乐部旧址等红色旧址，会给我们带来新的思考和视觉冲击，深刻感悟长辛店星火如何熊熊燃起、照亮天际……

北方吹来十月的风

黑云压城，长夜难明。晚清末年，饱受帝国主义列强欺凌压榨的中国早已千疮百孔、气息奄奄。1898年，戊戌变法运动悲壮地失败以后，中华民族危机继续加深。而此时，著名买办盛宣怀为督办，卢保铁路已经铺至长辛店，依托千年古镇建立制造厂的方案获得通过，长辛店机厂应运而生，设计能力为年产20吨、30吨货车400辆，客车30辆，修理大小机车40辆，同时具备制造铁路修理配件的能力。由此，这里成为近代中国工业文明的发源地。到1920年时，京汉铁路长辛店机厂工人已经达到2500多人。那么，这里为什么又成为一批有志青年赴法勤工俭学的培训基地呢？

原来，第一次世界大战兵戎相见，战云笼罩的法兰西严重缺乏劳动力和兵员，便和中国北洋军阀政府签订“以工代兵”的招工合同，一举从中国招募了10万多名华工。但这些华工绝大多数都是目不识丁的农民。当时法国政府和教育界的如意算盘是——这些廉价的华工不仅可以帮助法国进行战争，而且战后还可以用来充当恢复生产建设的劳力。但前提是需要给这些劳力“快速充电”，于是，他们主张联合旅法华人中的知名人士，成立专门机构负责对华工进行必要的教育和训练。后成为著名教育家的李石曾与蔡元培、吴玉章等人也非常看好这件事，并希望借此提高华工文化知识，掌握法国先进工艺技术，以便将来回国后发展中国的救国实业。1915年6月他们在巴黎发起成立“勤工俭学会”，旨为“勤于工作，俭以求学，以进劳动者之智识。”这便是“勤工俭学”的由来。中法社会名流经过一段时间的酝酿协商，1916年6月22日正式成立“华法教育会”，蔡元培和法国人欧乐为会长，李石曾和法国人裴纳为书记。从会纲看，华法教育会实际成为中法两国在文化教育方面交往的总机关。随着留法勤工俭学运动的兴起和风靡全国，上海、四川、广东等多地建起20余所留法预备学校。湖南的新民学会会员毛泽东、何叔衡、萧三、蔡和森等人闻听北京正在倡导青年留法勤工俭学的消息，喜出望外。赴法勤工俭学，为刚毕业的毛泽东及新民学会会员提供了一个极好的向外发展契机。1918年8月，为筹备留法勤工俭学，毛泽东第一次走出三湘来到京城。在恩师杨昌济协助下，毛泽东几经与蔡元培、李石曾联系，为暂时滞留在京城的四五十名湖南青年举办预备班，并在长辛店铁路工厂为大家谋得半工半读机会，每月可以挣出3元伙食费，解了大家在经济上捉襟见肘的燃眉之急。毛泽东还执笔起草一个留法勤工俭学计划，主要内容包括：勤工俭学的意义，在国内完成一切准备工作，如初步学会法文，以减少在法的语言障碍等。由此，长辛店与勤工俭学结下不解之缘。

位于长辛店一中长铁校区（原长辛店铁路中学）内的留法勤工俭学预备班旧址，是一座欧洲建筑风格二层砖楼，红砖与灰砖相间，造型古朴中带着典雅。这里，原本是火车房总管的住宅，后改为留法勤工俭学预备班的教室。留法勤工俭学预备班全称叫“留法高等法文专修馆工业科长辛店班”，百余名留法勤工俭学预备班学子，曾经在这里怀揣理想，明志苦读。其中，包括何长工等后来成为新中国栋梁之材的学员。青年毛泽东曾两次亲临长辛店，与留法勤工俭学预备班学子促膝交谈，共话革命理想，激励矢志奋斗。晚上就住在预备班由车马店改造的简陋宿舍土炕上。现在还留有一张他与学员们的珍贵合影，那时的他，年轻、帅气，目光炯炯有神。因此，长辛店也成为毛泽东同志初期革命活动的“一亩试验田”。

当时，正值1917年俄国十月社会主义革命取得胜利，开辟人类历史新纪元之际。“北方吹来十月的风”，给全世界无产阶级和被压迫民族指出了谋求解放的道路，非常鼓舞人心。留法勤工俭学预备班的学生，也深受十月革命的影响，抱有强烈的救国于水火的热望。何长工后来在回忆中曾写道：“我们和别的出国留学学士不同，留洋的目的，不是为了什么个人找出路，‘镀金’、升官发财，并且也不只是为了一般的求学读书；而是为了寻求救国之道，为了追求真理，为了运用国际革命运动的经验教训，以便结合中国的具体情况来解决中国的革命问题。我们中的大多数都已经基本上树立了走苏联革命道路的信念，但由于去苏联困难，便想到法国后，通过勤工俭学，以学习法国工人运动的经验，同时，欧洲也比国内有较多条件去了解苏联革命的经验。”而这批学子，确实在后来成为中国革命的火种。

何长工还曾深情回忆了青年毛泽东两次到长辛店的情景。1918年冬，11月上旬，从京城秘密来了一位看似很平凡、丝毫没惹人注意的贵客。“他身穿着灰布大棉袄，头发长的长长的，蓬起来，好像西方的一位热情奔放的诗人，在当时祖国很少有的重工业企业中开始了他的活动。他先到工厂里去，在职工群众中寻东问西地，从生产细节到工厂范围、方针，从整个工厂的收益到职工们的个人生活水平，做了详尽的调查。同时，对长辛店留法预备班也进行了详细的调查和指示。他那一次是住在我们班里。在工厂转完了，回到班里和我们一谈，我们就觉得，虽然时间这么短，他掌握长辛店工厂的情况，特别是当时职工的情况却非常详细。”这是青年毛泽东给何长工最初的印象。这一次，毛泽东是带着使命来的，当时各省各地的学生都希望参加留法勤工俭学，急切要求来京进行留法预备学习，作为勤工俭学的主要负责人之一，面对当时北洋军阀政府对青年学生放心不下，不准在京城扩大招收新生的种种限制，毛泽东为贫苦的青年学生着想，亲赴长辛店考察，想尽可能多地安排，以答复各省热心于留法勤工俭学运动的学子们。他的心是和学子们的心紧紧地连在一起的。

短短几个月后，1919年春，3月，毛泽东第二次来到长辛店。当时，永定河里的冰刚刚消融，西山顶的白雪还依稀可见。毛泽东像一个普通劳动者一样出现于人群中。“他又是先到铁路工人中间去活动过一番，然后回到我们班上来。我至今还记得他那天晚上坐在我的炕上纵谈天下大势和应该怎样唤起工人，说这是救中国的路，那谈笑自若，表现出无限的生命力与高度的修养。”何长工对毛泽东钦佩不已，他由衷感到：“虽然我们当时都在不断成长中，毛泽东同志当时也很年轻，可是他就是有高人一等的见解和气魄，我们都很佩服他，觉得他的每一句话都是那么透彻，打动人心。”

青年毛泽东在留法勤工俭学预备班学生中播下的红色火种，深深扎根，并迅速转化为强大的精神力量。五四运动前夕，留法预备班的学生与北京大学学生早已经常保持联系，常派人去沙滩马神庙附近北大斋社去写标语。5月4日当天，北京学生游行示威，勤工俭学预备班学生们也争相赶到天安门前集会。面对军阀政府镇压，更激怒了已经愤怒的人群，长辛店的同学们参加了去包围东交民巷日本领事馆的示威。……参加轰轰烈烈的五四爱国运动，这是留法勤工俭学预备班同学们的极大光荣。五四运动高潮过后，长辛店的同学们还积极参加在工农群众中的救国宣传，激发群众的爱国情感。

虽然留法勤工俭学预备班的同学们在长辛店生活工作只有短短一年左右的时间，但在青年毛泽东的启发下，他们的报国志向更加坚定，爱国情感更加炽热，为劳苦大众谋幸福的初心打下深深烙印。毛泽东初期革命活动这“一亩试验田”生长出丰硕的果实，一批青年学子接受了马克思主义的启蒙教育，开始改变旧有的世界观和人生观，为日后成为共和国栋梁之材打下坚实的思想基础。这是长辛店特有的一页光荣。而留法勤工俭学预备班的小楼记录过留法学子临别前饯行欢送会的场景，记录过他们与工人师傅们告别时难舍难分的情形，百十个青年学子的心里，更是久久激荡着难以用语言述说的人间真情……

咱们工人有力量

《咱们工人有力量》是一首家喻户晓、耳熟能详的歌曲，也是百年长辛店二七机车车辆厂职工最喜爱的歌曲之一。因为这首歌唱出了中国工人阶级的心声。中国共产党主要创始人李大钊，是北方党组织的奠基人，他很早就把开展工人运动、唤醒劳工阶级作为党的工作重点。1920年10月，共产党北京支部成立，李大钊任书记，他派邓中夏、张太雷、张国焘等人到长辛店，在长辛店大街祠堂口创办了劳动补习学校。1921年1月开学，同年5月成立长辛店铁路工会，会址就设在补习学校。同年10月，改工会为俱乐部，迁到长辛店大街174号刘铁铺开展活动。长辛店工人运动由此揭开新的篇章。

当时，长辛店铁路工厂的工人们生活异常困苦，待遇微薄，工人每天工作10个小时，一个月只有两天休息，一天累死累活只能挣到两三毛钱。工人长期在帝国主义和中国封建势力——总管工头的双重压迫下，过着牛马不如的生活。直到十月革命一声炮响，中国工人才在茫茫黑夜看见"东方的亮光"。中国的工人阶级生活在社会底层，但李大钊等革命先驱最早看到了蕴含在工人阶级之中的强大力量，他写文章号召"劳工阶级、无产阶级联合起来，为核心组织，以反抗富权阶级、资本阶级"。在经历一番挫折和曲折之后，李大钊和北大进步学生把开展工人运动重点转向北方最大的铁路工人集聚地——长辛店。

长辛店的工人早就想改变艰苦劳作却生活无望的窘境，具有很高的革命热情。1918年底和1919年春，在毛泽东指示下，留法勤工俭学预备班的同学们，积极帮助工人在长辛店大街的娘娘庙里办夜校，预备班学生轮流去讲课，每周两三次。他们除了教工人识字、算数，也讲爱国救国的道理。毛泽东第二次到长辛店时，还特意向预备班学员和工人们讲述他在长沙创办工人夜校的经过，嘱咐学员无论如何要帮助工人建起夜校，提高工人阶级觉悟，组织起来就有力量，结成坚固的劳工团体，敢于与官僚资本家展开斗争。预备班同学按照这一要求，一边学习，一边开展进步活动，传播进步思想，帮助长辛店铁路工人学习革命道理，增长文化知识，为长辛店早期工人运动的开展添柴加温。1919年五四运动时，长辛店铁路工人爱国活动热火朝天，就与此密切相关。1919年7月毛泽东在长沙创办《湘江评论》，在他撰写的《民众的大联合》文章中热烈歌颂广大劳动人民的伟大力量，并把刊物直接寄给长辛店留法预备班的学员，让他们传达给长辛店铁路工人们，对长辛店铁路工人的信任和期望，溢于言表，而这些对长辛店铁路工人的影响也非常深远。

有了这样的铺垫，1920年邓中夏带领北大学生平民教育讲演团来到长辛店，用通俗的语言向工人宣传革命道理，水到渠成，广为工人喜闻乐见。劳动补习学校是在原来工人夜校基础上筹办的，北大师生捐了100多元钱作为开办费，李大钊也从自己收入中捐出80元资助开办。因为不收学费，职工子弟报名踊跃，人数超过预定名额很多，不得不采取考试等办法暂时限制入学人数。1921年1月11日正式在祠堂口1号院开学。这所学校教务实行二部制，白天教工人子弟，学普通小学课程；晚上教工人，学高小课程。教员分为专职常驻教员和每周来一两次的兼职教员。李大钊等也先后来这里讲课。给工人讲课时大家印象最深的是他从讲“雷”和“闪电”的自然现象，引申到现实生活：“咱们工人深受帝国主义、军阀、资本家的重重压迫，如同牛马，饱受煎熬。心里憋足了仇恨，好似闪电，只要有一股阳电引来，就会发出震撼中国的巨响，这个阳电就是马克思的思想，一马当先的马，克服万难的克，思前想后的思，马克思。”这种生动的讲解使听课的工人一下子就开窍了。特别是他在讲工人二字时，说：“‘工’和‘人’，两个字放到一起就是‘天’，工人力量大到能顶天立地。”

曾经在劳动补习学校学习过的老工人杭宝华回忆，在补习学校上课时，大家问教员：“我们工人伟大，为什么还受穷？”有的工人说：“命苦呗。”但教员说：“不是命苦，是因为有阶级、有剥削，工人盖了楼房别人住，织了绸缎别人穿，资产阶级的钱，都是从我们劳动人民身上刮去的，他们为什么能剥削呢？主要是他们有政权，要想不受压迫、不受剥削，就得团结起来、组织起来进行革命。”还有的教员用手指戳纸张的办法来说明团结的力量——“我们工人五人团结赛老虎，十人团结如条龙，百人团结像泰山，谁也搬不走，枪炮也没办法。”循循善诱的讲解，鲜活生动的比喻，工人们一下子懂得了许多革命道理。来这里参加学习的工人越来越多，工人的势力发展越来越大，劳动补习学校越办越红火。在此基础上，成功组织了第一次五一大游行、成立工会组织、发展第一批工人党员等。劳动补习学校为工人运动培训了第一批骨干，为轰轰烈烈的京汉铁路工人运动做好了思想上、组织上的准备，成为中国工人运动的摇篮。

1921年5月1日，长辛店铁路工人第一次正式公开地纪念五一国际劳动节。此时，正值中国共产党成立前夕，李大钊领导的共产党北京支部，加紧对工人运动的组织与发动工作，凝聚铁路工人的力量，为中国共产党的创建创造条件。在北京共产党早期组织指导下，邓中夏等人召集劳动补习学校教员和工人骨干决定，在五一劳动节这天，在长辛店开一个大规模的庆祝大会，为此，组织印刷了大量《五月一日》《工人的胜利》等宣传五一劳动节的小册子，为在产业工人中开展纪念活动进而开展工人运动做好充分准备。史文彬等工人骨干纷纷到厂里向工友们宣传五一劳动节的来历和意义，动员广大工友参加纪念大会，获得广泛反响。在劳动补习学校学习的工友在教员帮助下，反复练习演唱自编的《五一纪念歌》:“美哉自由，世界明星，拼吾热血，为他牺牲，要把强权制度，一切扫除尽，记取五一良辰。红旗飞舞，走上光明路，各尽所能，各取所需，不分贫贱，责任唯互助，愿大家努力齐进取。”大家都感到，这首歌唱出了铁路工人兄弟的心声。为了使纪念大会现场气氛更浓烈，大伙又制作了几百面宣传五一劳动节和成立工会口号的小旗子，史文彬组织十几个工友在娘娘宫搭起了一个大席棚，大会主席台也装饰得有模有样。

五一劳动节一大早，娘娘宫聚集上千名工人群众，共产党北京支部和北京大学学生代表赶来了，从天津、保定和市内工厂来的工人代表也早早到场，劳动补习学校的学员们精神抖擞地以《五一纪念歌》拉开庆祝活动序幕，紧接着，史文彬等工人代表及劳动补习学校代表20多人走上台热情发言，他们用朴实的语言，共同为庆祝劳苦工人的节日和工会成立喝彩叫好，现场洋溢着前所未有的热烈氛围。当大会通过成立工会、邀请工友参加工会和举行示威游行三项决议，上千工友和群众爆发出热烈掌声和欢呼声。这一切，使每一位在场的工人第一次感到做主人的喜悦。

随后，在劳动补习学校学生的带领下，工友和群众浩浩荡荡排队涌向长辛店大街，一路上他们高呼着“五一节万岁”“8小时工作”等口号，向沿途观看的各界群众散发准备好的《五月一日》《工人的胜利》等宣传五一劳动节的小册子。游行队伍从长辛店大街绕到后街再回到长辛店大街，回到娘娘宫前，游行圆满结束。工友们连呼三声“劳工万岁！”才慢慢散去，此情此景，连到现场采访的《晨报》记者都感到非常震撼，在报纸上写下这样的记录文字:“一时叫号声，歌声杂出，几乎把火车汽笛的声音都压住了……”

声势浩大的五一节游行大大增强了铁路工人的斗争精神和必胜信心，长辛店大街短短数里路，却是中国工人阶级登上历史舞台的第一次全新亮相。在中国共产党第一次全国代表大会上，北京代表在发言时专门总结了长辛店工人运动的基本经验，上海共产党组织创办的《共产党》月刊发文称赞长辛店铁路工会“不愧乎北方劳动界的一颗明星”。

“咱们工人有力量”，长辛店工人在斗争实践中有了切切实实的体会。

为有牺牲多壮志

“为有牺牲多壮志，敢教日月换新天。”要奋斗就会有牺牲，在中国共产党的领导下，工人阶级特别是其中的先进分子，以大无畏的精神投身于拯救民族危亡、追求人民解放的伟大斗争中，不畏艰险、不怕牺牲，谱写了一曲曲气壮山河的英雄之歌。

斗争的道路崎岖坎坷。最初筹建工会时，为了获得支持，曾经吸收了几个有力工头的参加，以减少阻力，尽快使工会在厂里站稳脚跟。但随着工会的壮大，与这些工头们的矛盾却越来越尖锐，如同水火不容，这样，没有别的妥协可以将就，必须将工会中的这些反动分子一个不剩清除出去。于是，1921年10月20日，工人代表召开联席会议，把“长辛店铁路工人会”改名为“京汉铁路长辛店工人俱乐部”，将原来在工会中骄横跋扈的工头、司事、巡警等一一清洗出去。俱乐部的办公地点也一并迁入长辛店大街174号的刘铁铺。会后重新选举了俱乐部委员，深受大家信赖的史文彬当选为委员长。邓中夏曾高度评价说：“北方铁路工人知道长辛店有个俱乐部，大家不觉油然而生羡慕之心，在当时工人们仿佛觉得长辛店是工人的‘天国’，于是各处纷纷派代表前来长辛店参观……各地代表归去后也模仿长辛店组织起俱乐部了。北方各铁路开始有了工会的萌芽。”长辛店工人俱乐部也确实不负众望，成了真正领导工人团结战斗的核心。不到三个月，加入的工人就有1800多名。1922年4月9日，长辛店工人俱乐部正式成立。之后，在长辛店带动下，京汉路16个大站都成立了工人俱乐部。

此时，各地的工人俱乐部迫切需要成立统一的领导机构，让分散的工人俱乐部步调一致，形成合力。京汉铁路总工会筹备会决定于1923年2月1日在郑州召开成立大会。但这次大会遭到反动军警的阻挠和破坏，工人代表们冒着危险英勇冲进会场，坚持召开成立大会，通过总工会章程。2月1日晚，总工会召开秘密会议，决定2月4日发动京汉铁路总罢工，长辛店工人代表史文彬被选为总罢工委员会副委员长。3日晚，史文彬等代表们返回到长辛店，连夜召开工会委员会和科干事会，决定坚决执行总工会的决定。6日晚，反动军阀曹锟派军警在工贼带领下，逮捕了史文彬、吴祯等工会干部12人。7日上午，由纠察队长葛树贵和科干事杨诗田率队去警察局要人，2000多名愤怒的工人和家属，一同冲向警察局所在地——火神庙，与军警展开殊死搏斗，遭到荷枪实弹的军警残酷枪杀和马队践踏，造成葛树贵和杨诗田等5名工友当场死亡（另有3人被捕后在监狱里遭受严刑拷打，直至死在狱中或家中）、伤30余人，先后有14人被捕入狱。这就是震惊中外的长辛店“二七惨案”。

让我们记住这些为劳苦大众解放贡献一腔热血的工人代表：

葛树贵，出生于山东省德平县一个贫苦家庭，1904年入长辛店机厂当工人，后当铆工匠。1921年5月1日，长辛店铁路工人在共产党北京支部的组织下，举行纪念五一国际劳动节大会和游行，成立长辛店工人会，他是工人积极分子，是最早参加工人会的会员之一，后又担任工人纠察队副队长。2月7日上午，他带领3000名工人去火神庙警察局要人，冲在最前面，不幸头部中弹，成为“二七”斗争中第一个倒下的烈士，时年仅36岁。

吴祯，1880年出生于河北涿县（今涿州市），回族。1898年进卢保铁路卢沟桥机厂当镟匠。1921年5月参加工会，1922年工会组织调查团任团长，热心工会工作。1923年2月6日夜被反动军阀逮捕，在狱中被严刑拷打，折磨成疾，又得不到医治，于1923年秋死于狱中，时年42岁。

杨诗田，1884年出生于北京市昌平县（今昌平区）界山村。1919年进长辛店铁路机厂当白铁匠。1921年加入长辛店工会，担任干事。1923年2月7日上午与葛树贵一起带领工人到警察局营救被捕的工友，他手举“还我工友”的大旗，走在队伍前列，表现十分英勇，反动军警开枪镇压，打中他的腹部，当场壮烈牺牲，时年39岁。他被列为昌平第一烈士，也是最早牺牲的工人党员。

另外几名烈士辛可红、刘宝善、赵长润、高顺田、李玉，最大的不过47岁，最小的只有21岁，均献出了自己宝贵的生命。“出师未捷身先死，长使英雄泪满襟。”“二七烈士”倒在为劳苦大众求解放的奋斗路上，但他们是在用鲜血和生命唤醒中国人民，只有同仇敌忾，与帝国主义和封建军阀斗争到底才能获得最后的胜利。

长辛店星火依然在闪烁

斗转星移，岁月更替。当历史的时针指向2021年，中国共产党迎来百年华诞，而曾经在中国革命史上留下辉煌印记的留法勤工俭学运动，也整整过去100个年头。1956年3月6日，毛主席在听取铁道部部长滕代远汇报工作时说：“中国工人运动还是从长辛店铁路工厂开始的。”作为李大钊、邓中夏指导中国工人运动的发祥地，毛泽东同志初期革命活动的“一亩试验田”，留法勤工俭学运动的培训基地，轰轰烈烈第一次工人运动高潮的北方大舞台，长辛店承载了太多的光荣历史，被赋予了太多时代意义。长辛店留下的每一处红色遗迹，都成为我们今天回望历史、检验初心、激励奋斗、砥砺前行的生动教材。当年，她被誉为“北方的红星”“北方劳动界的一颗明星”，今天，在奋进新时代的征程上，长辛店工人阶级坚持的“时刻听从党召唤，越是艰险越向前”的大无畏气概，“担大任不畏艰难，求发展奋斗不息”的二七精神，都弥足珍贵。

从这个意义上说，长辛店星火依然在闪烁……

到留法勤工俭学预备班旧址看一看吧，这里2013年已经被列为全国重点文物保护单位，标明这是长辛店“二七”大罢工旧址的一部分。东面的院墙上，醒目地制作了一幅中国留法勤工俭学运动的“时间轴”。这是蔡元培先生的孙女、北京大学教授蔡磊砢带着团队研究设计的。一图千言，时间轴上清楚地阐述，1918年秋，北京大学附设高等法文专修馆长辛店工业科成立，是留法勤工俭学运动重要组成部分……时间轴从1900开始，直至1927年止，记述了整个留法勤工俭学运动的历史脉络、重要事件、重要人物等，一目了然。而预备班旧址楼内，正在筹办的留法勤工俭学运动专题展，则用丰富的照片和实物展示了留法勤工俭学运动的开展，是如何为中国共产党的创建培养了一批革命骨干，他们追求革命真理，探索革命道路，把青春、汗水与热血注入浩浩荡荡的革命洪流和民族复兴的伟大实践中。驻足在这里，思考100年前一代革命青年的远大抱负和倾情实践，会带给你以异乎寻常的强烈感受。

到长辛店公园内的二七烈士墓前瞻仰一番吧，这里长眠着二七烈士不朽的英灵。1966年7月，在长辛店公园修建了二七烈士墓，2016年7月，二七烈士墓前广场和纪念墙落成。在这里缅怀二七烈士，总能够让人思绪万千。在那个腥风血雨的年代，中国工人阶级的优秀代表，从一踏上中国革命的历史舞台开始，就将个人的一切都置之度外，为了伟大的革命理想，不畏艰险、不怕牺牲、身先士卒，永远冲锋在最前列。他们的英雄业绩，也成为中国工人阶级先进分子鲜明特征的最真实写照……

长辛店，是红色党史的富矿。既是“二七”人的精神家园，也是无数后来者汲取丰富思想营养的圣地。从1919年五四运动到1949年新中国成立，30年斗争岁月，革命火种从来没有在长辛店熄灭，对党的忠诚，对信仰的坚定，对革命先烈抛头颅洒热血的敬仰，让长辛店革命火种薪火相传。新中国成立后，环境变了、条件好了，长辛店人以更高的热情、更足的干劲，投身到热火朝天的社会主义建设事业当中。李大钊长子李葆华的夫人田映萱曾担任二七机车车辆厂党委副书记兼宣传部部长，她亲身经历了新中国成立初期那如火如荼的奋斗场面。曾经亲临北京二七机车车辆厂视察的朱德委员长，感慨长辛店工人阶级创造的建设奇迹，亲笔题写“继承革命光荣传统，为建设伟大的社会主义祖国而奋斗！”是啊，“二七人”从在旧中国只能修修补补、拆拆卸卸，到新中国不断创新、创造奇迹，实现历史性的跨越。20世纪50年代初，试制完成45吨轨道吊车；1958年6月，成功制造出“建设型”5321号蒸汽机车；1958年8月，研制出我国第一台600马力内燃机车；1970年9月，研制出当时中国功率最大的6000马力北京型液力传动货运内燃机车；1971年，北京型3000马力液力传动客运内燃机车3001号试验成功，作为客运主型机车，长期担负进京列车牵引任务；1995年至1999年，工厂生产出150台东风7D型内走廊内燃机车；2012年4月，公司引进技术生产的BR711快速多功能作业车被誉为高铁的守护神……北京二七厂名称改了几次，在创新发展上从未止步。现在，中车北京二七机车有限公司产业调整，转型升级，进入新的发展阶段。红色基因影响着这块红色的土地，一座科创城正在拔地而起，新的业态、新的产业使这里酝酿着新的腾飞。长辛店星火依然在闪烁、在闪烁，在新时代绽放新的光彩！

硝烟花季

林 遥

一

2020年的7月7日，抗战全面爆发83周年，中央电视台电影频道首播电影《烽火长城》，讲述抗日战争时期，延庆大庄科一名农村青年，成长为一名八路军战士，帮助十团团长白乙化击毙日军狙击手的故事。影片中，青年的领路者，是昌延联合县的县长。

历史人物原型有两位，昌延联合县县委书记徐智甫和县长胡瑛。

《烽火长城》是我的编剧作品。我第一次知晓徐智甫、胡瑛、白乙化的名字，是在中学时代，步行前往平北抗战纪念馆参观祭扫。高大的纪念碑，在少年面前，峥嵘严肃。此前，1989年10月21日，“平北抗日战争烈士纪念碑”建成，碑文中记载“优秀指挥员、十团团长白乙化，光荣殉国。中共昌延县委书记徐智甫、丰滦密县长沈爽，身陷重围，壮烈牺牲”等字句。翌日，《北京日报》在报道中称：“白乙化、徐智甫、沈爽等为万千先烈中的几位杰出代表。”

1928年东北易帜，北京改名北平，直至1949年新中国成立。有了北平，遂有平西、平北、平绥路、平承路之称。

“平北”是指当时的北平以北，平承（通州到承德）铁路以西，平绥（北京到绥远）铁路以东，长城内外的一片地域。包括伪满洲国所辖热河省的丰宁、滦平；伪华北自治政府所辖河北省的昌平、怀柔、密云、顺义；伪蒙疆联合自治政府所辖宣化省的崇礼、宣化、怀来、龙关、赤城、延庆，察哈尔盟的康保、宝源、张北等县。

抗日战争进入相持阶段后，中国共产党审时度势，作出开辟平北抗日根据地的重要战略。其间一波三折，最终使这里成为巩固的抗日阵地，并作为联结平西、冀东抗日根据地的桥梁和进入东北的前哨，对坚持晋察冀敌后抗战和夺取全国胜利作出了重大贡献。

1945年，平北抗日根据地依靠自己的力量独立作战，于8月23日收复了战区内最大的城市张家口。这也是中国共产党在抗日战争中独立夺取、收复的第一座城市，形成了以张家口为中心的晋、察、冀、热、绥、辽纵横千里的战略基地，成为我们党向东北发展的阵地。

中国共产党自1921年建立，首次接管大中型城市。张家口市的接管，为我们党对城市的管理、建设，积累了经验，也对后来在解放战争中接管城市起到了重要的学习作用。

若将北平与张家口、承德用直线相连，平北中心区恰在三角区域内，处于三个伪政权的接合部，特别是今天隶属北京市的延庆区，同时被三个伪政权瓜分，形成“一区跨‘三国’”的格局。

大庄科位于延庆与昌平交界，山清水秀，其地长城残存，与八达岭同属“内长城”。站在残损的长城上眺望，古老的墙体斑驳，气势连绵不绝，飞舞盘旋，砥砺坚定。

时光倒回1940年春天，距离大庄科150余公里的平西百花山，正是山花盛开时，崎岖起伏的高山上，险峻陡立的岩石间，一簇簇姿态优美、颜色各异的小花锦绣成团，拥聚在碧草丛中，艳丽灿烂。

32岁的徐智甫沐浴在生机勃勃的春光中，他告别学习、工作近两年的平西根据地，踏上前往平北的征途。

这一年，他的儿子徐振田两岁，两年前，他离开冀东来到平西时，儿子刚刚出生。

2011年春天，我和73岁的徐振田老人视频连线，徐振田谈起父亲，有些哽咽：“我见父亲的第一面，也是最后一面，那时我只是个襁褓中的婴儿。”

徐振田对父亲的了解，更多是通过母亲和其他人的讲述。他告诉我，徐智甫原名徐睿，智甫是他的字，1908年5月26日，生于河北省蓟县周官屯村（今属天津市），祖辈农民，家境尚算殷实。徐智甫少年时读书优异，在通县师范读书时，开始接触马克思主义思想。

1931年，“九一八”事变爆发后，徐智甫参加了中国共产党的外围组织——“反帝大同盟”，参加抗日救亡活动。少年徐智甫热血而激情，10月21日，他受学生救国会委托，起草“致张学良将军电”，五六小时后，收到张学良复电，内称“尔等爱国热情，实堪钦佩”。学生们的热情，在冰冷局势前，冻结于凛冽的秋风。

伴随抗日烽火的逐渐蔓延，通县、香河和蓟县在内的冀东地区沦为日军控制的所谓“非武装区”。少年终于蜕变，1932年，徐智甫加入中国共产党，从此守护信仰，直至生命最后一刻。

1938年4月3日，徐智甫参与“冀东抗日大暴动”武装斗争，彼时他已患有严重肺结核，但在暴动的日子里，他冒雨工作，不肯休息。

视频里的徐振田挥了下手，说：“我们家既有国仇，还有家恨，1938年8月31日，我爷爷徐长荣被伪满洲军骑兵打伤，9月4日去世。父亲工作繁忙，参加不了爷爷的丧礼，对我奶奶说：‘父亲出殡不要等我了，眼下正是暴动紧张的时候，不打跑日本鬼子，乡亲们就永远没有好日子过。有国才有家，没有了国哪还有家？’”

冀东抗日大暴动，史称“冀东抗日大起义”，是以冀东抗联为主发动的、以八路军第四纵队为中坚力量的武装斗争，摧毁了冀东汉奸政权，有力配合了全国抗战，但因连续遭到日伪军阻击而失利，决定撤到平西整训。

徐智甫时任抗联十六总队的副政治主任，西撤中多次遭袭，他不顾身患肠炎和肺结核的痛苦，成功带领部队抵达平西。

1939年11月，根据中共北方分局和晋察冀军区的指示，萧克在冀热察区党委和挺进军军政委员会联席会议上正式提出“以巩固平西抗日根据地，坚持冀东游击战争，开展平北新的游击根据地”的战略方针，即后来著名的“巩固平西，坚持冀东，开辟平北”三位一体任务。

1940年1月5日，昌延联合县政府成立，徐智甫就任中共平北工委委员兼昌延联合县县委书记，对外称抗联主任，他整理行装，来到平北“后七村”。

二

平北地区多属山区，环境艰苦，局势险恶，自古即为战略要地，日伪在此部署大量军队固守据点，三个汉奸政权连为一体，在这儿建立抗日根据地，如同在日寇咽喉上插进一把钢刀！

“后七村”是大庄科地区中铁炉、沙塘沟、景而沟、霹破石、里长沟、董家沟、慈母川七个相邻的村庄，因位于明十三陵之后，遂称“后七村”，在《昌平州志》诸资料书中皆有记载，可见其得名之久。

徐智甫进入大庄科，见到了先他一步抵达的县长胡瑛。

胡瑛比徐智甫小三岁，1911年生，老红军出身，1934年加入中国共产党，参加过中央苏区第四次、第五次反围剿，经历过长征，曾任红军排长、连长、营长，七七事变后，从部队转地方工作。

有关胡瑛的资料缺乏，有些信息并不确实，比如说他是湖北人，但在见过胡瑛的《挺进报》记者金肇野的耳中，胡瑛与他几位湖南同事的口音相近。平北抗战纪念馆原馆长高德强是大庄科人，当年曾访问过一些大庄科的老人家，有说是江西人。再比如说，胡瑛曾入陕北公学学习，但是查考学员名单，并没有发现他的名字。

可以确定的是，1940年1月5日夜，胡瑛率领干部到达“后七村”，宣告昌延联合县抗日民主政府成立，担任县长。

此前的1938年至1939年，晋察冀军区和冀热察挺进军曾两次派小部队和地方干部来至平北地区开辟抗日根据地，但因多种原因没能坚持下去，史称“两次开辟”。

两次“开辟”虽未成功，却留下了抗日火种。1938年12月12日，在大庄科沙塘沟村的一处小院，诞生了平北历史上第一个农村党组织——沙塘沟党小组。沙塘沟村民张福、张朴成为中国共产党党员，第一粒火种就此播撒在平北热土上!

1939年春，在张福、张朴二人介绍下，沙塘沟村的张瑞、张银、张殿、胡殿鳌以及董家沟村的董学达等人相继加入中国共产党，不仅让张福、张朴有了战友，也让党组织进一步壮大。

正因这点“星星之火”，1940年第三次开辟平北时，平北第一个抗日民主政权昌延联合县选在了“后七村”的霹破石。

这是中国共产党在平北地区建立的第一个县级政权，从此，古老的延庆和昌平，终于有了人民的政权。

中共昌延县委、县政府的建立，解决的是政权问题，而政权问题是抗日根据地的根本问题。有了政权，群众组织就有了归属，长久的抗日战争，就有了赖以支持的坚实基础。

大庄科长期处在日伪统治下，日伪军经常扫荡，村中房屋被烧毁，妇女儿童都躲进深山。胡瑛和八路军到达后，深入各村了解两年来八路军二进二出“后七村”后，日伪军对这一地区造成的伤亡和损失，进行安抚、慰问和救济，打消了群众认为“八路军好是好，就是站不住脚”的顾虑，确信“现在八路军真的要在这里扎根了”，决心同八路军一起抗击日本侵略者。

徐智甫和胡瑛都是老党员，二人见面后，发动县委及地方工作人员，以

“后七村”为基地，建立区、村政权。干部分四个小组，发动群众，很快建立起中心区（“后七村”一带）、台自沟区、马场区、泰陵区和隐蔽区（延庆南山根据地及附近地区）五个行政区，直到后来下辖13个区。

日军在“后七村”周围建有20余个据点，加上各山头的几十股土匪，根据地的粮食几乎被抢光了，为打开工作局面，必须首先进行武装斗争。

胡瑛在霹破石召开县政府干部会时说：“敌人天天扫荡搜山，我们要抗击敌人的进攻，开辟抗日根据地，必须有自己的武装，没有武装斗争，是站不住脚的。”

昌延游击队成立后，不到一个月，发展到五六十人的规模，胡瑛兼任大队长，配合主力部队，先消灭了中心区的汉奸土匪，为当地百姓除了大害。接着拔掉盘踞中心区周围的一些重要日伪据点，为抗日政权在昌延地区站住脚奠定了基础。

在开展武装斗争的同时，县委、县政府积极进行政权建设，三四个月时间内，徐智甫和胡瑛几乎走遍了昌延县的各个村庄，到1940年5月，发展党员两百余名，培养了一批当地干部，50余个村建立了村政权及抗日群众组织，昌延县很快成为平北地区第一块巩固的根据地。

我们今天申请加入中国共产党的积极分子，在经过学习后，常被问到一个问题：“中国革命胜利的三个主要法宝是什么？”

这个题出自1939年10月，毛泽东在撰写《〈共产党人〉发刊词》、论述新民主主义理论时，提到的：“统一战线，武装斗争，党的建设，是我们党在中国革命中的三个基本问题。正确地理解了这三个问题及其相互关系，就等于正确地领导了全部中国革命。”

“统一战线，武装斗争，党的建设，”这三个法宝，在昌延地区有着完整的体现。

正是这三个法宝，巩固了昌延地区。随着斗争形势的发展，冀热察区党委和挺进军司令部决定逐步向平北地区增派兵力。

1940年5月27日，白乙化率十团主力从平西出发，昼夜兼程挺进平北，突破敌人一道道封锁线，第二天抵达昌延联合县中心区的沙塘沟。5月29日早晨，伪满洲军三十五团3000余敌人从四面包围沙塘沟。战斗在沙塘沟的东梁上打响，甫一接火，就打得非常激烈……

三

白乙化是平北的传奇，虽然他在平北战斗的时间尚不足9个月，但关于他的故事，广为流传，我幼时还常听老辈人讲述“小白龙”的故事。

白乙化，字野鹤，1911年6月11日出生在辽宁省辽阳县石场峪村，自幼聪慧，闻名乡里。1930年秋，19岁的白乙化考入北平的中国大学，加入中国共产党。九一八事变后，白乙化投笔从戎，回到家乡辽宁，在新婚妻子怀孕不久，即离家出走，组织“抗日义勇救国军”抗日杀敌，队伍很快由十几人迅速发展到3000多人。

白乙化身材高大，足有一米九以上，由于素喜爱穿白衣，人称“小白龙”。

1933年春，国民党三十二军以援助为名，把“救国军”骗到河北冷口，强行缴械遣散，以免干扰“攘外必先安内”的大局。白乙化只好重返中国大学，继续学业。在这里，他作为中国大学的学生领袖之一，参与一二·九运动，始终走在游行前列。

一二·九运动后，中共地下组织将白乙化等70余名学运骨干，秘密转移到绥西垦区。白乙化组织了由北平大中学生和东北流亡学生参加的“抗日先锋队”，并担任中共垦区工委书记，后受训于王震的三五九旅，配合三五九旅，粉碎了日寇对雁北地区的进攻。

1939年初，王震给冀热察挺进军司令员萧克写下一封信，特别说：“我这里有二百多名平津流亡青年学生……有不少是共产党员。他们年轻，有文化，会做群众工作，为首的叫白乙化……”萧克读后立即回复:“欢迎白乙化率‘抗

京郊抗日根据地　国画　240cmx170cm　王宓

日先锋队’来平西！”

1939年3月，抗日先锋队来到平西，与冀东人民抗日联军共同组成华北人民抗日联军，后改编为八路军冀热察挺进军第十团。原北平学联主席、一二·九运动领导人之一王仲华（董毓华）任团长，白乙化任副团长。不久王仲华病逝，白乙化接任团长。

十团是一支以大中学生和党员为骨干的部队，有72名大学生干部，被称为“知识分子团”，这在当时中国共产党领导的部队中相当少见。

1940年4月20日开始，十团分两梯次进入平北，十团参谋长才山、政治处主任吴涛率三营及团直一部先期进入密云北部一带。5月27日，白乙化率十团主力由平西百花岭出发，经南口与沙河中间地带，越过平绥路，突破层层封锁线，来到沙塘沟。

平北地委书记苏梅赶来和白乙化相会，他说：“沙塘沟是我们的中心区，最近敌人扫荡时，老乡们都躲到大山里，敌人围攻搜山，杀害了四五十人，多数是妇女儿童，只有两个男人；小姑娘遭残杀的更多。我们一个干部的老婆，是北平人，被奸污后又被杀害。另一名妇女被轮奸后不能行动了，被杀害的都用刺刀挑的，非常野蛮残酷。那儿的住房几乎都被烧了。”

“这儿是游击区，又是敌占区，斗争非常尖锐，在延庆川，敌特汉奸活动非常猖狂，在交通要道设卡子，扣截从川里来的老百姓，不准他们给中心区送粮食。我们在川里活动都是秘密的。敌人昼夜查户口，我们只能在群众掩护下工作。”

这番话被金肇野记在日记中，时隔80年，字里行间，仍然能够感受到开辟工作的艰难。

沙塘沟战斗中，当金肇野来到一户老乡院内，看到聚集着五六十名青壮年，有人腰扎麻绳，手拿腕粗的柳木杆，也有人扛着门板，正聚精会神地听一个人讲话。

身旁的苏梅告诉金肇野，讲话的就是昌延县长胡瑛。

在金肇野的眼中，胡瑛的嘴唇上留有一撮黑胡须，嗓门很高，生怕担架队员听不见，嘱咐大家火线上抢救伤员，要注意安全，不要乱跑，抬下伤员就立即送到急救站，急救站就设在院子里的东厢房。

金肇野的日记里，也记录了“张福和张瑞、张银抬着沉重担架从山头的碧绿丛林里钻了出来”的细节，他们就是平北开辟初期，“后七村”第一批发展的中国共产党党员。

昌延根据地开辟初期，仅有二十几户人家、不足百口人的沙塘沟村就有13人参加了游击队或八路军，年龄最小的张成海只有14岁，其中有9人献出了生命。为确保党组织和八路军生活所需，沙塘沟村民宁可自己忍饥挨饿，也要把粮食送给八路军。1940年10月，日伪军对沙塘沟进行“扫荡”时，村里300多间房子全部被烧光，村民钻进山沟里搭窝棚居住，但抗日热情毫不动摇。

沙塘沟战斗，日伪军轮番发动冲锋7次，十团战士凭借有利地形，英勇作战，直到太阳落山，打退了敌人的多次进攻。这次战斗，歼敌200余人，是十团主力进入平北的第一仗。首战告捷，鼓舞了部队，也鼓舞了民心。

战斗结束，32岁的徐智甫、同是29岁的胡瑛和白乙化，党、政、军三位年轻的“老同志”，在这个时空相会了。

大家在沙塘沟召开会议，分析形势，决定白乙化率十团，甩开日伪军纠缠，按原定计划，连夜东进开辟丰滦密抗日根据地，而平北游击大队跳过延庆川到达延庆北面海陀山一带，开辟龙赤根据地。

胡瑛听完具体安排，看了看徐智甫，问：“白团长，我们县政府怎么办？”

白乙化稍加思索，说：“你们和赵立业同志一起活动吧。”

赵立业是十团九连连长，就这样，十团九连留在了昌延地区，掩护地方干部开展工作。

四

沙塘沟战斗的胜利，引起了日伪军的极大恐慌和不安，再不认为是“小股八路外线游击作战”，而是要在其后方建立根据地。日伪军集中5000兵力，从5月底开始，历时3个多月，对昌延中心区进行“拉网式”大规模扫荡，妄图摧毁这个刚建立起来的根据地。他们寻不到八路军主力部队作战，兽性大发，遇房放火，见人开枪，乡亲们流离失所，在深山野岭里辗转逃难。十团主力已转移到密云，昌延地区只剩赵立业率九连少数部队与敌周旋。县区干部白天随部队活动，晚上还要出山筹粮筹款，常因弄不到粮食，不得不以野菜充饥。

长城以外，节气要比北京城里晚20多天，这个时节，青黄不接，粮食奇缺，有时树叶子都吃不上，医药、蔬菜更缺。昌延联合县中心区的牲口都被杀了充饥。鸡、狗、鸭、鹅，凡是会出气的动物都杀光了，连驮机枪的大骡子也被胡瑛杀了，分给伤病员吃。

徐智甫患了疟疾，开始一周发作一次，后来越来越重，以致一天发作数次，但他仍想尽法子去筹粮。

据后来昌延联合县委宣传部部长王毅回忆，当时他和徐智甫翻过延庆南山山梁去筹粮，快走不需要两小时的路，他们走了4个多小时。

这次筹粮，从马池口和马圈子一共筹到200斤小米，大家见这里环境好，房东可靠，建议徐智甫留下，养好身体再回去，他执意不肯。

第二天，交通员找到他们，交给徐智甫一封信，一支大枪，20元伪钞，一包金鸡纳霜药丸，说：“钱是县长给的，药是李区长给你的，每次饭后吃两丸。”

李区长是泰陵村的李茂堂，是昌延一带有名的老中医，会针灸，颇具正义感。在胡瑛的动员下，参加抗日工作，被发展为中国共产党党员，担任一区区长。在昌延联合县残酷的斗争中，李茂堂始终积极开展抗日工作，还为群众看病和护理病员，直到1941年3月被捕，壮烈牺牲。

十团这时在密云的开辟阻力也很大，那里毗邻热河、丰宁，是伪满洲军重点布防区。胡瑛接连收到白乙化三封信，让九连与主力会合作战。前两封信，都被胡瑛压下了，当收到第三封信，胡瑛只得把信交给赵立业，说：“赵连长，前两封信都让我给压了起来，这第三封我不能再压了。”

赵立业说：“昌延地区环境越来越残酷，敌人天天扫荡，我们一走，昌延县政府怎么站住脚，不如胡县长你跟部队一起走吧？”

胡瑛说：“我是一县之长，县长不离县，离开不就失职了吗？我不能走。”

赵立业问：“我们走了，你们打算怎么办？”

“我们有十几个人，都有枪，能够坚持斗争。”胡瑛又说：“请你见到白团长，向他汇报一下这里的情况，再派部队来支援我们，我们一定坚持到你们回来。”

这一时期，国内外狼烟滚滚。1940年3月30日，汪精卫的伪国民政府在南京成立。5月1日，日军发起“枣宜会战”，中国军队伤亡近6万，毙伤日军万余人，名将张自忠壮烈殉国。日军因占领宜昌得以轰炸四川大后方，从5月下旬开始，大批量飞机对重庆进行地毯式轰炸。据日本防卫厅《中国事变陆军作战》记载，在历时112天的大轰炸期间，日军共出动飞机4555架次，投弹27107枚。

这样的失利与欧洲战场相比，实是小巫见大巫。4月，德国入侵丹麦和挪威。5月，比利时、卢森堡被德国占领，接着，荷兰总司令宣布投降。6月，德军占领巴黎。从1936年7月德、意法西斯武装干涉西班牙，到1940年6月，法国战败出局，4年时间里，美国隔岸观火，英、法不断牺牲小国利益，刺激希特勒的新冒险。西方大国企图通过绥靖政策祸水东引，借助法西斯势力消灭社会主义苏联，结果养虎遗患，搬起石头砸了自己的脚。

重庆遭受反复轰炸之时，日本人开始了与重庆方面进行秘密谈判，代号为“桐工作”。

没有历史证据表明蒋介石想对日投降，但对于中国历史来讲，这是一个危险时刻。在这一刻，历史进程哪怕有一丝闪失，中国都将陷入万劫不复之地！

这就是1940年的世界和全国局势，只有了解了这些，才能明白，当正面战场接连溃败，国土大量沦陷，国际社会都在怀疑中国抗战还能坚持多久的时候，中国共产党领导的抗日武装，却在日伪的“模范治安区”建立起属于人民的政权，而昌延县根据地竟会到了怎样困难的境地。

1940年8月27日傍晚，胡瑛和通讯员程永忠到黄土梁王金喜家。王金喜的老伴给他们搅玉米疙瘩、拌黄瓜。饭后，天黑下来，胡瑛写了封信，叫王金喜送到徐智甫的驻地小金房子村，请徐智甫来商量工作。

徐智甫很快来到黄土梁，两人围绕组织抗日武装、集中兵力反扫荡、关心群众生活等问题谈得热烈。

早饭后，徐智甫、胡瑛、程永忠三人在屋里睡觉。王金喜在房前牵着拉碌碡的毛驴轧场。不大会儿，来了伪三十五团三营的日伪军，前往西二道河一带“扫荡”。

胡瑛这时出门去厕所，看敌人围上来，抬手打了两枪，转身往西北山垭方向跑去，跑至半山腰，腿被打断。日伪军冲上来，胡瑛举枪击毙了两个伪军。敌人见无法靠近，乱枪齐发，胡瑛霎时倒在血泊中，英勇牺牲。

胡瑛的枪声暗示屋里的徐智甫和程永忠快跑，二人当即往西南方的河道跑去。徐智甫让程永忠去掩护胡瑛突围，结果程永忠也被敌人乱枪射中，倒在胡瑛牺牲地不远处。

徐智甫利用河道的大石头作掩护，向东南方向边打边撤，终因寡不敌众，不幸中弹。当敌人逼近时，徐智甫把最后一颗子弹留给自己，决然举枪自殉，壮烈牺牲。

敌人从胡瑛口袋里搜出昌延联合县政府的印章和文件，认定是县长，顿时大喜过望，为了请功，残忍地将胡瑛和徐智甫的头颅割下，送回伪三十五团营部，挂在城门上示众，并将消息上报。

伪“满洲国”获知消息，大肆宣传，并在9月20日的伪《盛京时报》第二版上进行报道，题目即为《国军剿灭胡瑛共产匪，治安部赏与千金》，文中说："共产匪首胡瑛……仍不时出没于国境线，满军××部队探知此项消息后，乃于八月二十八日讨伐之，由三方面攻击予以溃灭大打击，胡瑛及其他匪当场击毙。治安部大臣对此赫赫之战果大为嘉赏，乃受予赏金一千元，以资鼓励云。"

这则敌方的报道，淹没在历史中，直到1983年11月19日，延庆党史工作者张进军前往辽宁图书馆，翻阅旧报纸，才寻到这则消息。

历史资料中，还有一种说法，当时昌延二区的五中队，奉命往南山活动，在延永公路上截了一部汽车，车内有伪满洲军三十五团团长阎冲的儿子，准备去北平读书。指导员根据政策，把阎冲的儿子交到地委。地委将孩子送还，并以八路军的名义写信给阎冲，说明事情经过和八路军的政策。然而，此事处理发生在第二天，阎冲头天还没有接到八路军的信，出于报复心理，命令一个营，突然进攻。

此事若属实，那么徐智甫和胡瑛的牺牲，竟来自一场突发事件。

五

徐智甫、胡瑛牺牲6个月后，白乙化壮烈殉国！

十团离开延庆东进，活动在平北抗日根据地东部的丰滦密地区。日军特意从东北调来曾围剿杨靖宇抗日部队的关东军，企图以其丰富的山地作战经验和武器优势，把十团剿灭在燕山腹地。

为消灭十团，日伪调集4000余人开始"大扫荡"。十团只有千余人，白乙化带领主力部队，突出包围，分散敌人注意力，经过大小37次战斗，连续取得胜利，粉碎了敌人78天的"扫荡"，在丰滦密一带站稳了脚跟。

白乙化乘胜追击，1940年12月15日，十团在密云冯家峪村南湾子设伏，消灭了自称"常胜部队"的日本铃木大队哲田中队，创造了一次战斗歼敌一个中队的战绩。

反“扫荡”的重大胜利，巩固了根据地，更使白乙化成为家喻户晓的传奇人物。

1941年初，白乙化被任命为平北军分区副司令。赴任之前，他召集十团指挥员，研究新一年的计划。2月4日，正是旧历正月初八，十团收到消息，日伪军警务科长关直雄指挥“道田讨伐队”170多人，妄图袭击丰滦密游击大队。白乙化马上进行作战部署，三营抢占鹿皮关西南的高山，居高临下堵住敌人，自己带领一营直扑东山梁，指挥攻夺已被敌人占领的西南山梁，而后将敌迫于白河两岸至鹿皮关一线，聚而歼之。

战斗打得顺利，日伪军没想到钻了“口袋”，乱成一团，最后有50多名敌人钻进一处长城烽燧里负隅顽抗。

王亢时任十团一营营长，他回忆说：“下午三四点钟时，白乙化试图尽早结束战斗，跃上山顶的一块大青石上，下达命令：‘王亢，冲啊！’”

白乙化喊声未落，一颗从远处烽燧射出的子弹，击中了他的头部。

“小白龙”高大的身躯倒下了，鲜血染红了脚下的土地。

2017年1月19日，冬尽春来的时节，因拍摄纪录电影《北平以北》，我爬上山顶，驻足在这块大青石上。我默算时间，再过15天，就是白乙化牺牲整整76年！

青石突兀，山风凛冽，远远可以看到对面山腰处的长城烽燧。

据资料记载，敌人有狙击手隐藏在烽燧内，当白乙化站起时，开枪击中了他的太阳穴。然而，当天摄制组数次想要航拍取景，终因山顶风势过大，没能成功。我眺望远处，烽燧大小如拳，人在其中，不过是个黑点而已。我忍不住思忖，同样的季节，一颗子弹克服风力和距离的因素，准确击中一个人的头部，何其之难？这其中有多少让人心痛的巧合？冥冥之中，对这位英雄何其残忍。

这抑或是种宿命，1931年，他在中国大学提出申请退学抗日时，曾说：“先去杀敌，再来求学。如能战死在抗战杀敌的战场上，余愿得偿矣！”

我想起他这句冷言的回答，不禁打了个寒战。熔岩仿佛在刹那间凛冽起来，下一刻，一种暴动就要发生。

“小白龙”殉国震动了平西、平北的大地，这位传奇英雄，匆匆长眠在燕山脚下，白河之畔！萧克得知白乙化牺牲后，失声痛哭，指示挺进军政治部发出《告全军同志书》，赞扬白乙化是“优秀的指挥员、民族英雄、无产阶级的先锋，他的牺牲不但是八路军挺进军的损失，而且是中国共产党和中华民族的一个很大损失”。

1944年5月，丰滦密联合县政府在白乙化牺牲处，竖起“民族英雄”纪念碑，并将密云县改名为乙化县，直至新中国成立前夕。1950年，白乙化遗骨迁至石家庄华北烈士陵园重新安葬。1984年10月1日，密云县委、县政府在白乙化牺牲地，建立烈士陵园和纪念碑。

白乙化牺牲时，还不到30岁，直到他牺牲，他也不知道，在他走后，妻子生下一个女儿，他更不知道，后来妻子改嫁，女儿因患白内障，在他牺牲的那年夏天，哭瞎了眼睛。

新中国成立后，密云县整理党史，到白乙化老家搜集烈士材料，母女俩这才知晓，永远失踪的亲人，竟是位大英雄！1988年12月，年近花甲的女儿白素清第一次来到父亲的牺牲地，她早已看不到父亲的容颜，只能用双手摩挲着白乙化的雕像，重重地将头撞击在石座上，喑哑无言。

距离白乙化纪念碑不远，是十团第二任团长王亢的安息处。王亢是辽宁营口人，善打游击战和伏击战，1960年被授予少将军衔。1992年，王亢病逝前，嘱咐要将他骨灰埋进白乙化烈士陵园。有人向他解释，那不是公墓，是白乙化烈士的个人陵园，别人埋在那里，没法立碑刻名。王亢说：“我不要碑，不要名，我只要跟白乙化在一起。”在密云县委的安排下，将王亢骨灰葬在了白乙化纪念碑东面的小山坡上，他又回到昔日的老团长、老战友白乙化的麾下，长眠在他的身边。

今日谈到理想，几乎是个奢华的词，而在他们那代人身上，理想的魅力，足可以贯穿一生。

六

牺牲，没有吓倒平北军民！

徐智甫、胡瑛牺牲后，为恢复昌延根据地的工作，中共平北地委立即决定史克宁代理县委书记，1940年9月16日，郝霖调任昌延县长，9月下旬，组成新县委班子，史克宁任县委书记，徐亮任组织部部长，王毅任宣传部部长。县委为徐智甫和胡瑛开了追悼会，并宣誓："坚决继承烈士遗志，把日军赶出中国去！"

史克宁根据县委、县政府人员分工，带领县干部靳子川、田梦熊等7人，到马场川、井庄、沈家营、大柏老一带开辟工作，连续召开四期党员训练班，巩固党员队伍。

抗战胜利后，延庆首位县委书记姜国亭就参加过这次训练班，他在回忆文章中写道："一九四〇年八月，经区委书记田梦熊和刘敬礼同志介绍，我加入了中国共产党，同年十月参加了县里党员训练班，一周后我就是半脱离生产的小区执行委员了……分片到各村开展工作，发展党员。"

在敌后建立根据地的过程中，党的干部进村工作，要先把自己伪装起来，或扮成货郎挑卖杂货，或扮成收购山货等买卖人，在夜幕降临时进村，寻贫户人家住下，夜里和主人闲谈生活琐事，聊得投机，便成为朋友，在全面了解对方情况前，绝不暴露自己的身份。在接近的群众中，发现积极分子，就有针对性地找这些人谈话、了解情况，说些穷人为什么穷、抗战胜利后我们建设什么样的国家等话题。在对敌斗争中，表现顽强、工作突出的人才能入党。入党时反复强调一定要保守秘密，在对敌斗争中，不妥协、不动摇，叛变可耻，为党为国牺牲光荣。

在县、区、村各级党组织的领导下，昌延联合县各村武委会、农救会、青救会、妇救会、儿童团等群众抗日组织很快建立起来，这道防线，不仅构成阻挠敌人进攻根据地的阵线，更成为打击敌人的前沿地带。

按照县委要求，各村凡达到三名以上党员的，都要建立党支部或党小组。到1941年10月底，昌延根据地共建立党支部59个，全县党员队伍扩大到800多人。

敌强我弱、敌众我寡，这些干部有时几天吃不到粮食，只能以野果、草叶充饥。他们不敢在老乡家炕头上睡觉，山林洞穴，是经常住宿的地方，即使睡在老乡家里，也夜不脱衣，时时警醒，有时一夜之间要转移好几个地方，身上衣服由于长年得不到洗换，虱虮成堆，大家风趣地把它们叫作“革命虫”。

姜国亭是延庆北张庄人，本地成长起来的干部，当时19岁，已经担任六区区委书记，他曾回忆：“为了防止敌人半夜包围我们，天亮前进村搜捕，就在靠山边的山沟里睡。有时在石洞里睡觉。到了平川就在地埂旁掏洞睡觉。夏秋季大部分时间是在高粱玉米地里睡，衣服总是湿漉漉的。”

这些年轻人，每行动一步都冒着生命危险，一旦泄露行踪，就会遭逢不测。在根据地开辟的日子里，很多干部献出了年轻的生命。

1940年秋，昌延联合县一区区委书记李熔旭，去十三陵开辟工作，被敌包围，中弹牺牲。

1941年春，昌延十四区区长徐达天、工作人员甄山水，在半壁店遭敌袭击，战至弹尽，突围时壮烈牺牲。

1941年秋后，昌延联合县三区区委书记常嗣先，在泰陵园村被泰陵伪警备队包围袭击，他英勇抵抗，身负重伤，烧掉文件后壮烈牺牲。

1941年10月，昌延联合县八区党委组织委员阎志光，在簸箕营被伪军逮捕，严刑拷打，英勇不屈，被敌杀害后，还被割下头悬挂在延庆南城门上，威吓抗日军民。

1941年冬，昌延联合县县委宣传部部长王毅，因叛徒告密，在怀柔县黄坎村被伪满洲军抓捕。

1941年，昌延联合县九区区委书记兼区长吴永顺，在开辟潭峪沟一带工作时，因告密被捕，旋即被害。侦察员傅福清在西台子二道河被敌人杀害，头被铡刀铡下来，送到怀柔琉璃庙伪警察所用以请功。

十团作为最早进入平北的部队，被群众亲切地称为“我们的老十团”。十团满编为1380人，在抗战中先后牺牲了1200人。除王亢、吴涛等人看到了新中国成立，其他200多名大中学生干部，都把鲜血洒在了京津冀的大地。

新中国成立后，十团成为中国人民解放军第一支火箭炮部队二〇一团。在1964年大练兵中，全团受到陈毅元帅的接见。该团训练严格，成绩优异，直到今天，一直是我军列装最先进火箭炮的首选团队。

2008年下半年，二〇一团被确定为国庆受阅部队，团政治处主任在赴京参加会议间隙，专程来到白乙化烈士塑像前，向老团长报告。2009年10月4日，受阅官兵们在接受祖国和人民的检阅后，风尘仆仆地来到密云。官兵们抬着亲手扎制的花篮，在老团长的塑像前肃立默哀，高唱《炮兵二〇一团团歌》。嘹亮的军歌仿佛又把人们带回了平北抗日根据地，带回了烽火连天的抗日战场。

……

形势纵然残酷，根据地的发展却没有停止，中国共产党领导的抗日政权在平北扎下了根！到1941年，平北军民进行了大小战斗共414次，攻克大小敌伪据点13处，毙、伤、俘日伪军2500多人。

徐智甫、白乙化，还有十团的教导员王波、政治部主任朱其文、副主任吴涛、参谋长才山、一营营长王亢，他们大部分家境优越，吴涛上大学时，家里每年提供800块大洋作为生活费，而在民族危难之际，这些青年义无反顾，在抗日战场上献出了自己宝贵的青春与热血！

吴白雪是吴涛的女儿，她曾经问父亲，为什么要选择留在扫荡最激烈的冀热察根据地，“父亲告诉我，他是党员，是年轻人，就要在最前线狠狠打鬼子！”

2008年，我因撰写延庆博物馆近现代史大纲，在前辈张进军先生指导下，系统梳理延庆革命史，曾看过一份不完整的昌延根据地开辟初期的牺牲名单，在这份不足30人的名单中，平均年龄不到23岁，中学以上学历占到了七成以上！

而今，张先生已仙逝多年，可我每次面对散落的文件和口述资料，依旧像是生命初始里那份舍不得忘却的记忆。我以为自己可以用纯净的文字，呼唤真诚、青春、热血，可是面对他们的无悔坚持，面对他们拼尽全力渴望爱过的时代，我依然感到惭愧，笔下显得苦涩而艰难。

我能感觉到，他们和我们今天的青年一样，对危险充满畏惧，躲过牺牲，大呼庆幸。姜国亭就曾说："我当区委书记时，过几个月就要到县里开会，每次都会少一些旧面孔，添一些新面孔。同志们见了面，最高兴最亲切的就是互相一拍肩膀说'唉，你这个家伙还没死呢！'"

这些青年，选择了把苦难的祖国背在自己的身上，去面对侵略者的刺刀枪炮，选择了牺牲之路。

这才是担当啊！

在2021年的春天，我和徐振田聊了大概90分钟，老人耳背，声音很大，我怕他太过辛苦，数次想结束谈话，但他执着要把父亲的故事讲完。

徐振田说："父亲死得悲壮，死得大义凛然！"

徐振田清楚，父亲的大义凛然，来自知识分子的家国情怀，来自不变的革命信仰。

知识分子在彼时的中国何等珍贵，他们若是选择个人家业和事业，肯定前途无量，但选择了民族解放，每分钟都可能血洒疆场，用生命诠释托尔斯泰所言："英雄主义是在于为信仰和真理而牺牲自己。"

我曾无数次反问自己，为何执着于平北抗战的历史书写？我不想奢谈大义，我只知道我受惠于他们带来的和平，我们今日点点滴滴的拥有，都是从曾经的鲜血中生长起来的。

十几年里，我走过了平北抗日根据地大大小小的遗址，搜集了大量口述实录和图片资料，主编了46万字的平北抗战史话《烽火海陀》《妫川儿女英雄谱——延庆红色故事》；写作了40万字的故事《平北烽烟图》，并录制为评书；撰写了24万字的长篇纪实文学《海岳》……不知多少个夜里，我彻夜难安，我想把这些青年的理想和牺牲，告诉更多的人，我想说，人最宝贵的是生命，但比生命更宝贵的，是尊严。一个民族的尊严，一个国家的尊严，不容践踏！

在国内外抗战形势危殆之时，中国共产党是最不妥协且拥有最顽强意志的政党。有这样一批年轻的共产党人，饿着肚子，在平北的沃土上，用最坚定的行动，让世人知道了什么是中国的人心不死！

我还想告诉世人，今日京津冀协同发展的国家战略，其地区的连接纽带，就是昔日的平北！举世瞩目的2022年冬奥会举办地海陀山和崇礼，就是昔日平北抗日根据地的中心区！

徐振田说："父亲最后一次离家时，对母亲和家人们说，不用争置房产，将来的中国会是个强国，点灯不用油，种地不用牲口，楼上楼下，电灯电话……"在最艰难的岁月里，徐智甫的信念依然坚定如磐。

继承遗志，也是徐振田一生努力的事，他大二时就加入中国共产党，一生夙夜在公。徐振田也把信念传给下一代人，他15岁的孙女徐卓娅说，她已经入了团，以后还要入党，继承太爷爷的遗志，她写了首诗："硝烟虽去，日月犹记；我辈后人，永世之忆……"在8月28日太爷爷牺牲的日子，朗诵这首诗给他听。

我的眼睛有些模糊，这一刻，我依稀看到，在平北，无数青年在他们的青春岁月，冒着硝烟，义无反顾地走到抗战的最前沿，只留给后人斑驳的背影。人的生命只有一次，还有什么比生死抉择更大的考验？为什么共产党人能够视死如归？归根结底在于对理想的执着，对信仰不变的坚定。

背影重叠，与子偕行，正如平北大地上屹立千万年的燕山山脉，巍峨且壮烈。

党的旗帜，集合起十万大山的巍峨

马淑琴

亿万年前的水退去了，却把身后耸起的山，塑成了浪的形象。京西门头沟是纯山区，山区面积占了总面积的98.5%。太行山脉连绵起伏，山的大潮如海，一朵浪花与另一朵浪花，无法阻隔，也无法区分……

门头沟区是革命老区，从清水河畔，大山皱褶里的星星之火，到建立平西山区第一党支部，到中国共产党在此建立平西抗日根据地，直至新中国的诞生，一面鲜红的党旗，镰刀斧头叠加的神圣，集合起十万大山的巍峨。英雄的老区人民，在中国共产党的领导下，用血和命，撑起艰苦卓绝的岁月与时空，谱写了大山儿女的不朽与光荣。

清水高小的星星之火

一条河的源头远于岁月，一座山的根脉超越史书。

灵山和百花山是京西门头沟境内的最高山峰，两座山都被水打开并牵引，创造着人类的家园与历史。

从两座山流出两股水，于塔河口汇成清水河，河边的村子就叫清水，建于辽代。村内的双林寺原是百花山瑞云寺的下院，寺内有立于辽统和十年（992年）的经幢，明嘉靖年间，村子根据地势分为上清水和下清水。1924年，下清水建立了高级小学。

1927年大革命失败后，平西山村的革命力量如烧不尽的山草，呈现顽强的生命力。1928年3月，《中共顺直省委第二期工作计划》中提出："北京西郊农运，以西郊作中心，速即发展扩大组织领导斗争。"1931年春，中共河北省委保署特委派共产党员贾汇川以教员身份到下清水高小开展活动，将革命的火种播到平西深山。虽说是小学，但山区学校的学生年龄偏大，接受能力较强，贾先生向学生介绍《狂人日记》《阿Q正传》《超人》《转变后的鲁迅》等进步书籍，宣传革命思想，使学生们懂得了阶级压迫和阶级斗争。随着学生对革命思想的接受，1931年8月，校园里以"桃园三结义"的方式，成立了共产党的外围组织——反帝大同盟。学生韩晓升、吕光明、杜春金、宋恩庆、崔兆春、董凤毛、张殿忠、王成宽、周万章等首批会员聚到一起，在共产党员贾汇川先生带领下庄严宣誓。星星之火，点燃了苍凉沉寂的山村。

九一八事变的消息传到学校，师生们在反帝大同盟成员的带领下，积极开展揭露国民党当局，宣传抗日的救国活动，贾汇川因此受到敌人监视，上级党组织指示"同盟"设法将贾汇川转移。"同盟"成员崔兆春是在青白口学校任教的共产党员崔显芳的儿子，他与父亲联系，崔显芳立即将贾汇川聘请到宛平七区青白口高小任教。

崔显芳1888年生于田庄村一户农民家庭，1922—1924年在上海读书期间加入中国共产党，是平西地区最早的共产党员。1924年，他带着《共产党宣言》等红色书籍回乡，在平西山区以办学行医为掩护，宣传马列主义，开展革命活动，成为一枚坚韧的火种。贾汇川安全转移到青白口高小，崔显芳与上级党组织派来的贾汇川接上了关系。

1932年，上级党组织又派人到下清水高小继续党的地下工作。反帝大同盟成员陆续毕业离校，成为革命的火种，四处蔓延。1934年，共产党员王坤载以教员身份来下清水高小。1936年，他同弟弟王崇实第二次到学校，先后发展了杜春永、史广通、史孟月等20多人加入反帝大同盟。抗战爆发后，这些人相继加入了中国共产党，成为民族解放战争的中坚力量。

1932年7月，中共中央宣传部《关于北方各省委代表联席会议的大纲（节录）》指出："北方会议认为，在中央的正确领导下，北方各省的党的组织与党员群众，在极端艰难的环境之中进行了百折不挠的斗争，并获得一些成绩……组织与领导了北平的反帝示威与建立群众的反帝同盟组织……"

这时的青白口高小，贾汇川和崔显芳主持党的革命活动成为永定河冰层下的暗流，隐秘并强劲。1932年发展了有进步思想的学生赵曼卿、张又新、师永林等加入了中国共产党。同时，中国共产主义青年团北平市委派陈非到青白口、田庄一带发展团员，建立团组织。魏国元、魏国臣、刘天才、魏元章、师守琪、高永俊、高连波、崔景元等优秀的热血青年相继入团。1933年8月，这些共青团员大部分转为中共党员，党的队伍不断壮大。为避免国民党反动派的围捕，贾汇川、崔显芳等研究决定，将党组织的堡垒——青白口高小迁至宛平七区的偏僻山村，崔显芳的家乡——田庄。

崔显芳与第一党支部，平西山村党建的崭新开端

109国道芹峪口往北9公里处，有一个四面环山的村子叫田庄。纯净的蓝天白云之下，村口路边一排高大的房子上方，镶嵌着醒目的红色大字：京西山区第一党支部纪念馆，这是曾经在这里战斗过的北京市老市长焦若愚亲题，一枚硕大的党徽矗立门前，旁边是崔显芳烈士纪念馆。进村不远处，是崔显芳烈士故居和当年的田庄高小遗址。来这里开展抗日活动、参观学习的人络绎不

绝，这里，已经成为北京地区重要的中共党史教育和爱国主义教育基地。

1933年夏秋之交，青白口高小迁到田庄，根据党的指示，贾汇川回城，中共北平市委派马建民、刘云志、李育民先后到田庄高小任教。马建民1927年加入共青团，1930年转为中共党员，1931年在北平华北大学读书时受党委派，开展反帝同盟工作，1932—1937年，先后在河北涿县、宛平县七区田家庄（田庄）等地从事党的地下工作。新中国成立后，历任政务院文教委员会办公厅副主任、北京师范大学副校长、党委副书记、代理书记，中国社会科学院历史研究所党委书记。田庄高小当年设立在村中崔显芳家族的一处四合院。屋顶上的瓦垄排成深沉整齐的韵律，垄间摇曳一层茸茸的茅草，方格老窗留着木的本色。屋内一方火炕，上摆一张炕桌，地上几排长条木凳，这就是高小教室。身为校长的崔显芳身着长衫，戴着眼镜，温文儒雅。白天，这里是文化课堂，晚上，就成了党的活动中心，在炕桌上那盏油灯的照耀下，党的活动如火如荼。

崔显芳、马建民等以田庄高小为中心，又在田庄村及周边陆续发展党员，随着党员数量不断增加，认为建立党组织的时机已经成熟。1932年9月的一天，随着田里庄稼的成熟，在田庄高小那间教室里，宛平西部农村第一个党支部——田庄高小党支部宣告成立。一面鲜红的党旗挂在土炕对面的墙壁上，参会的党员面对旗帜举起右手，轻声宣誓。看着党旗上的镰刀铁锤，看着这面血红的旗帜上，载着镰刀和铁锤紧紧相握的炽热，心情久久不能平静。崔显芳默默思索着，历史的长河岸，祖先拉纤的背，弯成了那张镰，艰难举起的铁锤，也早已锈迹斑斑。但是，锤与镰的碰撞，响成一声惊雷，板结了2000年的土壤，长出真理的春笋，古老的中国，感受石破天惊的震撼！平西山村第一党支部的成立，使他和党员们激动万分，经过选举和分工，张又新任党支部书记、高奉明任副书记、高连勇任组织委员、李育民任宣传委员。这是宛平西部山村党的历史上，一个非同凡响的重大事件，是平西山村党建历史上一个崭新的开端。

1932年秋的一天，崔显芳通知赵曼卿、张又新、李茂田、崔荣春到田庄高小开会，会上，传达中共北平市委西郊区委关于成立中共宛平临时县委的意见，举荐赵曼卿任临时县委书记，到会人员一致通过。崔显芳又提出临时县委的工作任务，并且明确了与北平市委西郊区委的隶属关系。宛平临时县委的成立，如一柄火把，引领了党组织的发展壮大和群众运动的开展。很快，又成立了青白口和田庄村两个农村党支部，并在黄土贵村成立了党小组。1933年春，正式成立中共宛平县委，党的影响日益深入人心，就连宛平七区最北的小山村沿河城也成立了党支部。

在中共宛平县委的领导下，党的活动除了贴标语、撒传单、用各种方式宣传共产党的主张，还策划组织了一次别开生面的“提灯会”。1933年的9月18日，山里的夜很黑，黑暗中的大山给人以膨胀的感觉。突然，山路上的一盏灯亮了；接着，一串灯亮了；霎时间，一片灯亮了。正当村民们欢呼着涌向灯阵的时候，一串串松明火把从院落涌出，融入了灯阵。多么震撼的场面啊！灯火之光照亮了大山，照亮了天地，点亮了峡谷。灯火的队伍浩浩荡荡，先在田庄村大街小巷游行。村民和60多名学生高擎灯火，一路撒传单，贴标语。“反对内战！”“一致抗日！”“反对屠杀！”“反贪官污吏！”“反苛捐杂税！”“国家兴亡，匹夫有责！”响亮的口号在山谷中回荡。队伍又大张旗鼓地走出村子，奔向西北的淤白村，返回后又到苇子水、下马岭村，直至雁翅。口号响彻一路，众人呼喊，群山回应。革命激情燃起的熊熊烈火燃烧着沉寂的大山，并向四周扩散和蔓延。

但是，提灯会的活动当时是受了党内“左”倾冒险主义的影响，结果使田庄的党组织遭到破坏，党的工作受到损失。1932年11月《门头沟特支工作情形报告》中提道：“在工作上执行群众的公开路线，公开宣传，公开组织群众，打破了宣传上的秘密方式……”

革命活动日益高涨，特别是提灯会，触痛了反动政府的神经，又抓不到证据，于1933年派流氓打手破坏了学校。为积蓄革命力量，马建民、刘云志、李育民返回北平，其他党员化整为零，变明为暗，以各种职业为掩护，继续党的活动。

中共宛平县委领导机关由田庄迁到了青白口村，崔显芳、魏国元、高连勇在青白口村开了“一元春”药铺，以看病行医为名开展党的秘密活动。

1934年夏，国民党宛平县政府调动警备团，对共产党组织进行围剿，中共宛平县委遭到破坏，崔显芳、赵曼卿、魏国元等先后被捕入狱。面对敌人的严刑拷打，他们坚贞不屈，严守党的机密。

1935年2月，宛平西部山区党组织的创建人和领导者崔显芳，经过组织和社会多方营救，被保外就医。被抬回家的崔显芳已被折磨得奄奄一息，出狱12天就牺牲了。当时，已不能说话的崔显芳，用手指在儿子的手上轻轻画出“跟党走”，然后闭上了眼睛。1991年，北京市人民政府批准崔显芳为革命烈士。在崔显芳革命思想的影响下，侄子崔一春、崔锦春和孙女崔克勤都参加了革命，并先后献出了宝贵的生命。

魏国元与党组织的发展和巩固，为抗日根据地奠定坚实基础

清水河流过斋堂川，在青白口村前融入了从官厅山峡刚转过弯的永定河。

青白口村，距京城70公里，不仅是永定河中游一个三面环水，一面靠山的美丽村庄，而且有着超千年的悠久历史和绚烂文化。青白口曾称青龙口，又叫石港口。因村子建于清水河和浑河（永定河）的交汇处，清浊两水在此汇合，又处军事隘口之地，驻军曾叫“青白军”，故更名为青白口。清水双林寺辽统和十年（992年）经幢上记有“青白口”的村名，证明当时已经成村。青白口地理位置重要，历朝历代都有驻军把守，元代之后更是护卫京城之关口，现青白口村西仍有当年巡检司遗址。

“青白口”还是一个非同寻常的地质概念。中国地质学把始于距今约10亿年，止于距今8.5亿年的这段时间，称为青白口纪。将在青白口纪所形成的地

层称为青白口系。这是我国新元古界的第一个系，在地质学上具有重要意义。这个京西山村的名字，凭着一段经典的地层和一个地质学的概念而声名远播，闻名于世。将这个古老山村载入史册的另一个重要因素，是杰出人才和红色历史。

魏国元，字光汉，1906年出生在青白口村一个富裕的农民家庭，在宛平县立师范毕业后，与田庄村中共党员崔显芳于1927年共同创办青白口完全小学。在任教同时，他追求革命，后担任国民党宛平七区党部常委、县党部助理，利用农会等身份开展斗争。

1930年春，魏国元被举荐参加区长训练班，结业后，派至宛平六区任区长，因受贪官排挤调七区，又因劣绅反对而解任，后参加了反帝大同盟。1932年，他与崔显芳再次创办高小，与任教的共产党人一起宣传革命，并加入了共青团，担任宛平团县委副书记，1933年8月，转为中共正式党员，任中共宛平县委委员。

从青白口村南街口往里走，有一座青砖灰瓦的砖腿房，屋檐下的匾额上写着“一元春”。表面上这是一家中药铺，卖药兼诊病，实际上是中共宛平县委的活动和办公场所，掌柜的就是魏国元。

一身长袍，一副墨镜，一匹骏马。魏国元常以“一元春”药铺掌柜的身份外出采购为名，往返城乡之间。他又与北平城内的乡人合组北平新亚通讯社，利用编辑职业作掩护，沟通与上级党组织的联系。为组建武装，还与崔显芳等在沿河城秘密建起了枪支修械所。1934年春，魏国元担任中共宛平县委副书记。

1936年7月，被国民党反动派以“危害民国罪”判刑二年半的魏国元，经多方营救，提前出狱。获释后，他找到新亚通讯社的杨文波，住在北平城内的国民党大兴县党部，以此为掩护，寻找地下党组织。不久地下党员王恒、刘杰、胡敬一与魏国元取得了联系。10月，上级党组织明确指示，宛平七区一带的地下党组织移归魏国元领导，让他寻机回乡，建立武装，准备开展游击战。

此时，正值二十九军在南苑准备开办军事训练团，登报招生。魏国元认为这是培养武装力量的好机会，他通过党在二十九军的秘密关系，安排赵曼卿、魏国臣、贾兰波等10名青年报考，并全部录取。1936年12月初，魏国元亲自将10名青年送到南苑二十九军十三营房报到，开始了紧张艰苦的军事学习。日军侵华战争全面爆发后，这10名青年陆续回到宛平七区和八区，投身抗战。

1937年春，魏国元遵照党的指示，回到青白口村，并以各种形式，积极恢复和发展党组织。

七七事变前一天，两辆洋车分别拉着一男一女在西直门接受盘查。女人的一副知识分子打扮，怀里紧紧地抱着一个婴儿。盘查过后，洋车一前一后出了西直门，一口气跑到西八里庄，进了一家箱子铺。同时，几个神秘的人影也先后闪进箱子铺。不大工夫，一辆马车从箱子铺出来，向西疾驰。车上坐着那对男女，还有另外几个人。马不停蹄，直奔平西。男人是魏国元，女人是他的太太庞勉，他们受党组织委派，回平西组织武装，开展游击战。回到青白口，他们先从婴儿被卧卷儿里掏出了两支手枪。

七七事变将平西置入血与火的境地。髽鬏山战役之后，魏国元用曾经的区长身份召开村主任会议，号召村民捡拾武器，参加抗战。安家庄的村主任、老朋友李文斌利用髽鬏山战役后捡拾的武器，组建了保家救国团。魏国元将从二十九军军事训练团结业的弟弟魏国臣等三名共产党员派往李文斌的队伍任职，与李文斌等地方武装结成抗日同盟，为八路军进入平西奠定了坚实的基础。

10月初的一天，青白口南街的一处宅院张灯结彩，高朋满座。胸前佩戴大红花的新郎官正是魏国元。其实，魏国元与太太庞勉早已经结婚，这次是利用“补办”婚礼作掩护，接通组织关系。此时，他已经被任命为中共地下宛平县委书记。

这时，活动在昌平境内的国民抗日军（红蓝箍）向宛平西山转移，准备在此建立根据地。在国民抗日军中当秘书的焦土（焦若愚）三进宛平，与魏国元取得联系，就住在青白口。在魏国元的精心安排下，国民抗日军顺利进入平西，后在河北阜平接受了八路军的改编。

魏国元在宛平七区、八区的活动卓有成效，形成了很好的抗日氛围。平津沦陷后，大批党员干部和抗日青年向根据地转移，通过魏国元等党内干部的积极配合，青白口一带成了党的红色交通线。

1937年秋夜，几个身影拐进南街胡同。魏国元引来人进院，径直到了东屋。来人是中共北方局派来的苏梅同志，四方面军的副师长陈群和老红军陈仲三同志，四双大手握在一起。苏梅向魏国元传达了刘少奇和彭真两位首长的指示：在平西开辟抗日根据地，争取地方武装，为主力到来奠定基础。七七事变后，几路共产党人先后来到青白口，经魏国元的协调，成立了中共平西地方工作委员会，刘杰任书记，黎光汉、胡敬一、吴伟、魏国元任委员。七区、八区党的组织发展工作很有成效，除了发展党员，还发展了一批民先队员，后不少人转为中共党员，成为地区抗日骨干和领导。新中国成立后，曾任北京大学党委书记的史梦兰，曾任国家建材部常务副部长的杜春永等都是此时参加革命的优秀青年。宛平中心县委利用魏国元的优势，将广大群众发动起来，成立抗日救亡基层组织，并在青白口村成立了吴伟为队长，胡敬一为党代表，赖富为参谋长，魏国元兼后勤科长的平西游击支队。

1937年11月7日，中共中央成立晋察冀军区，聂荣臻任司令员。1938年元旦，天气格外寒冷，斋堂地区大雪封山，魏国元、苏梅根据聂荣臻司令员的来信，将从北平城撤出，到青白口集中的30多名党员干部，包括吴伟、胡敬一、赖富等先期来平西的平西游击支队一行70多人护送到河北阜平。送去的还有一批物资，包括美国朋友斯诺送给平西抗日武装的电台。到了阜平，魏国元和苏梅向聂荣臻汇报工作，聂荣臻司令员问："现在要把主力开到平西去，能不能站住脚？"苏梅看了一眼魏国元，两人迅速交换了眼色，然后斩钉截铁地回答："能！"

魏国元随部队回乡后，曾担任中共宛平抗日民主政府的首任县长，并且成功协助完成了李文斌等地方抗日武装的收编工作。

经过魏国元和派到李文斌保家救国团的魏国臣等共产党员的工作，八路军代表陈群带着一套八路军军服亲自上门，李文斌带队接受改编，改编为八路军平西游击第一总队，属八路军六支队领导，李文斌被任命为平西游击第一总队总队长，陈群为副总队长，李向之任政委。下设三个中队：一中队长魏国臣，二中队长贾兰波，三中队长陈仲三。至此，这支自发的民众抗日队伍成了共产党领导的一支抗日武装。

魏国元的小弟魏国臣在支援冀东战斗中壮烈牺牲。部队回平西后，在青白口村召开隆重的追悼大会。全场上千人齐声唱着学校教师专为魏国臣写的挽歌："秋风吹来真凄凉，国臣同志武装上战场，抛妻子离家乡一心打东洋，舍身为国捐躯，英名永流传……"追悼会后，延安和晋察冀军区的报纸都刊登了消息。

新中国成立后，魏国元曾任水利部办公厅副主任、农田水利局局长、研究室主任、水利电力出版社社长、北京水利水电学院院长等职，1960年病逝，年仅54岁。在他的影响下，从1932年至1948年，仅青白口村就有55人加入中国共产党，58人参军，28人为抗战和解放献出生命。老市长焦若愚题词："青白口村宛平县，绿水青山位艰险，抗战八年根据地，革命精神代代传。"

建立平西抗日根据地，夺取革命胜利

每一座山峰，都是高举的铁拳；每一寸土地，都弥漫抗战的硝烟；每一块岩石，都是复仇的枪弹；每一个村庄，都是攻不破的防线……

斋堂，为平西古镇，史称灵桂川。城北的白铁山上有唐代贞观年间建成的灵岳寺，后在清水河畔的山川逐渐形成吃斋讲经之场所——斋堂。抗战时期，共产党把斋堂川建设成为平西抗战的中心和根据地。红色的山川，经受了血与火的考验，站出了一派民族的尊严。曾任《诗刊》主编的全国著名诗人张志民1926年出生在斋堂川，12岁参加八路军，开始用子弹壳做的笔学习写诗，写过许多记述斋堂川的红色诗篇。他在《边区的山》中这样描绘："边区的山呵——英雄的山/千峰万领插云端/座座山头——顶天柱/处处岩洞火力点/敌人的坟墓/人民的家园/边区的大山钢铁铸呵/千难万苦腰不弯"。

1938年 2月9日，标有"西斋堂里"的苍凉古城洞迎来一支打着绑腿，穿灰色军装的队伍。晋察冀军区独立师邓华政委率独立师三团从涞源方向开进平西，司令部住进西斋堂的聂家大院。魏国元向邓华政委介绍了平西地方武装的情况，邓华政委听说李文斌的保家救国团打了胜仗，高兴地说："平西有这么好的抗日武装，难得呀。这是我们在平西站住脚的基础。我们要尽力支持和保护他们！"于是，邓华政委亲自安排，魏国元找来贾兰波的弟弟贾立志，赶着几头毛驴，驮上一些物资，专门送到安家庄李文斌的团部和驻扎在青白口的抗日队伍宫长海的队部。

平西的战略地位直接威胁伪华北自治区首府北平和伪蒙疆首府张家口，以及两大交通命脉——平绥、平汉铁路。连绵的群山，广阔的山场既是抗日的游击战场，又是后方基地。邓华率主力进入平西后，为巩固和发展平西抗日根据地，一方面积极团结进步的抗日力量，争取中间势力，打击反动的顽固派；另一方面抓紧抗日民主政权的建设。

3月下旬，在东斋堂的万源裕商号，魏国元首任县长的中共宛平县抗日民主政府成立，5月，焦若愚接任县长。这时，八路军一二〇师宋时轮率领雁北支队从河北蔚县的桃花堡进入平西，在杜家庄与邓华支队会师。司令部设在一座1921年建造的，人称"总统府"的两进精致四合院里，会师的邓宋首长走在院中的青石小径上，心中升腾着战斗岁月的豪迈与激情。

1938年6月，为支援开滦工人的罢工斗争，配合冀东农村武装暴动，建立冀东抗日根据地，邓华支队和一二〇师的宋时轮支队合编为第四纵队，宋时轮任司令员，邓华任政委，李钟奇任参谋长。整编后的部队通过平绥铁路，沿着延庆、昌平、蓟县、遵化的线路，挺进冀东。

为建立平西抗日根据地，1939年1月，萧克与程世才等率部向平西进发。渡过拒马河，看到前面巍峨灵秀的百花山，萧克将军想到在冀热察地区开展游击战争的前景，对抗战胜利充满了信心，当即赋诗一首："北渡拒马河，百花山在望。建立挺进军，深入敌心脏。放眼冀热察，前程不可量。军民同协力，胜过诸葛亮。抗战虽持久，笑我力正壮。"

1939年2月7日，冀热察挺进军在平西的三坡正式成立，萧克任司令员、政治委员兼军政委员会书记。10月，挺进军进驻现门头沟区斋堂镇的马栏村。司令部设在村里一座青砖灰瓦的四合院内，上房是萧克司令员的办公室。屋里除了一盘土炕，还有一张老式的八仙桌和两把太师椅。紫红色的八仙桌上摆放着一盏煤油灯和一盏提梁马灯。当年，将军就是在这张普通的八仙桌前作出了许多抗日战场叱咤风云的决断。桌上还经常摆放着书籍，在极为艰苦的战争间隙，萧克将军勤奋读书，除读一些军事方面的书籍，撰写了《挺进军"三位一体"的任务》等军事论文，还读古今中外的文学名著。办公室旁边有一眼防空洞，是为躲避日本飞机轰炸而修建的。洞里有放置灯盏的壁洞，还有水缸等生活用品。司令员常常抓紧躲避轰炸的时间，就着洞里昏暗的灯光读书写作。有一次，敌机投下的一颗炸弹在洞外爆炸，震裂了房角，而司令员却在洞里读书。就在这间办公室和防空洞的灯光下，萧克将军利用指挥作战的空余时间奇迹般地完成了20万字军事题材的小说《罗霄军》的初稿。小说和作者一起历尽磨难，后改成了40万字的《浴血罗霄》，在50年后出版，并荣获第三届茅盾文学奖荣誉奖。

1940年4月，冀热察挺进军司令部由马栏迁至今门头沟清水镇的塔河村。驻地的墙壁上，至今还留存着当年挺进军的宣传画和抗战歌词："冀察热是一座铁长城，哪怕他敌人大举进攻，冀察热边区是一座铁长城，呐呼咿哎，五月里春呦鲜花开满山，华北的游击战越打越有劲，呐呼咿哎……"

冀热察挺进军司令部在马栏和塔河村度过了抗日战争最艰苦的阶段，萧克司令员提出了“巩固平西抗日根据地，坚持冀东游击战争，发展平北新的游击根据地”的方针，并把巩固平西作为首要任务，统一了区域内的武装领导和指挥，扩大了主力，成立了平西各县游击大队，在群众中掀起了参加子弟兵的热潮。仅司令部所在地的马栏村一次参军人数就达一个排，编入挺进军七团，号称“马栏排”；安家庄李文斌的平西游击队两次为八路军输送了近千兵源；还有“黄岭西排”；柏峪村“刘大鼻子”刘玉昆领导的游击队使敌人闻风丧胆；并且涌现出在敌人的屠刀下英勇不屈、壮烈牺牲的安玉阁、刘恭、张兰华等诸多革命烈士。为报复抗日军民，日本侵略者曾在斋堂川制造了灭绝人寰的王家山惨案。1942年12月12日清晨，日伪军50多人包围了王家山，将王家山守在村内的42名老幼妇孺赶到两间茅屋里烧死。但敌人的兽行不仅没能使英雄的人民屈服，反而使抗战烈火越烧越旺。《晋察冀日报》三次报道惨案事实和平西人民为死难者报仇的决心。中共昌宛县委就王家山惨案发出《告全县人民书》，号召全县人民团结起来，为死难同胞报仇雪恨。之后，又有许多青年报名参军。

革命老区真心实意拥护共产党，拥护革命的群众，成为战争的伟力之最深厚的根源。以萧克为首的挺进军司令部指挥平西、平北和冀东的抗日军民粉碎了日寇的多次围剿。根据形势和斗争需要，平西地区的党政组织机构不断变化，1942年春，昌宛县各级党组织开展整风运动，中共宛平县委1942年1月有党支部106个，党员1075名。1944年初，根据地迎来大反攻，日本鬼子节节败退。1945年8月15日，日本投降的消息传来，中共宛平县委、县政府在上清水召开庆祝大会，军民庆祝活动持续了四天。为纪念抗战牺牲的革命烈士，1946年7月7日，在斋堂建立了宛平抗战烈士纪念碑，共记载了98村、472位革命烈士，实际牺牲的烈士有829位。

解放战争中，平西党的组织进一步得到锤锻和发展，到1947年 12月，宛平县解放区中共党组织公开，到1948年，宛平县有中共党支部135个，党员4134名。在中国共产党的领导下，平西人民经过艰苦卓绝的斗争，终于迎来了新中国的诞生。

今天，在中国共产党建党百年之际，门头沟区37000多名共产党员在党的领导下，带领全区人民努力继承和发扬老区的光荣传统，把绿水青山变成金山银山，在生态山水中提炼前所未有的幸福日子。在党的旗帜下，所有的贫穷衰败都从这里逃遁，使更多的富足和美好都在这里安营。巍巍太行，正以更加伟岸挺拔的英姿，向着一个崭新的时代诗意地抒情！

堂上飞歌

凸 凹

引子：红色圣地

北京市房山区霞云岭的堂上村地处京西的最南端，坐落在与河北的涞水、山西的涞源临界之处，不过是个普通得不能再普通的小山村。如今却爆得大名，成为全国人民的“朝圣”之地，一年四季，游人络绎不绝，特别是到了“七一”党的生日，各地的党组织，都要到这里缅怀先烈、追寻初心、重温入党誓词，搞党日活动。因为它是红色经典《没有共产党就没有新中国》的诞生地，不仅保留着历史旧址，还建有展陈丰富的纪念馆和党旗广场，一面巨大的党旗在山体上壁立，摄人心魄、撩人眼眸，与日月同辉，成世界之最！

在党员和群众的心里，堂上与井冈山构成了历史的呼应，有着命运一般的内在逻辑，让他们心潮起伏，豪情满满，并肃然起敬，在万千感慨中，知党史、铭党恩，陡增一心一意跟党走，为人民谋福祉、为民族谋复兴的信念与情怀。

前奏：抗战文艺的孕育

一个名不见经传的小山村，怎么就能诞生了一阕红色经典？有人说，这不过是一个偶然事件。但是，在岁月深处追溯，把历史的经络细细梳理，遂发现，它是时势的产物，存在着不容置疑的历史必然。

抗日战争爆发后，以毛泽东为代表的中国共产党人，准确地分析了这场战争的性质、特征和发展趋势，提出了持久战的战略思想。由于毛泽东的《论持久战》深得人心，成为全民抗战的思想指南，因而确立了中国共产党的领导地位，成了民族战争的中流砥柱。持久战的性质就决定了要打一场旷日持久的人民战争，“地不分东南西北，人不分男女老幼”都要投身其中。这就要进行宣传动员，需要文艺的深度参与。毛泽东因此提出了“抗战文艺”工作方针，他指出，人民战争的文艺，不仅要面对战士，鼓舞其士气，愉悦其身心，使其获得必胜的信心和勇往直前的精神力量以打败顽敌；还要面对根据地和战火波及地域的人民群众，履行启发大众、动员大众、宣传党的方针政策的使命，让人民群众觉悟起来，参与战争和革命政权的建设。毛泽东适时地组织召开了延安文艺座谈会，并发表了重要讲话。在讲话中，他用“枪杆子”和“笔杆子”形象地比喻人民战争中不可或缺的军事战线和文化战线，形象地称之为“文武两个战线”。他认为，光靠“枪杆子”的单打独斗，是不能实现革命目标的，反之亦然。只有“枪杆子”和“笔杆子”相互配合、密切合作才能实现人民战争的革命目标。

毛泽东在延安所作的《临江仙·给丁玲同志》，便是最生动的阐述——

“壁上红旗飘落照，西风漫卷孤城。保安人物一时新。洞中开宴会，招待出牢人。纤笔一枝谁与似？三千毛瑟精兵。阵图开向陇山东。昨天文小姐，今日武将军。”

丁玲当时十分激动，请毛泽东亲笔抄录了这首词，写在两张16开大小的浅黄色毛边纸上。这个手迹她一直珍藏，内化为投身于抗战文艺的精神动力。

与丁玲一样，延安文艺座谈会之后，聚集在革命圣地的文艺工作者，响应党的号召，纷纷走上抗日前线，以极大的热情开展抗日的宣传工作。各根据地也根据党中央的部署加大了文艺抗战的工作力度，纷纷成立各种宣传队和群众剧社，呈现出如火如荼的局面。其中晋察冀根据地就成立有战线剧社、胜利剧社、冲锋剧社和铁血剧社等，活动范围之广、宣传形式之丰富、宣传效果之显著，堪称典范。因此也涌现出了一大批著名的抗战文艺家，如邓拓、远千里、田间、赵树理、孙犁、梁斌和曹火星等。

毛泽东在《延安文艺座谈会上的讲话》中指出，投身抗战的文艺家，有着双重的责任，既承担着党的方针政策和抗战事迹、斗争精神的宣传责任，也承担着接受党的主张、向人民学习、经受斗争洗礼，不断增强理想信念，自我革命、自觉作为的使命。那么，抗战文艺的“根本方向”，就是解决“为什么人”和“如何为”的问题。所以，文艺家除了要使自己成为“革命人”之外，还要使文艺实践面向工农兵大众，写工农兵心中的情感，说工农兵能懂的语言，采用工农兵熟悉的形式，认同工农兵欣赏的趣味。因此，文艺家在进行抗战文艺实践中，多运用民间形式，比如民歌、小调、快板、鼓词、乡戏、话本和通俗小说等。

《没有共产党就没有新中国》的词曲作者曹火星就是在抗战文艺的大潮中参加革命的，并以适应人民群众的文艺形式开展宣传活动的——

他上学的时候，读了不少宣传救亡图存的文艺作品，对投身革命就有强烈的向往。毕业之后，正好他的家乡——河北省平山县建立了革命政权，并成立了平山县青救会铁血剧社，他便兴冲冲地去报名。剧社领导看到他长得白脸长身、眉清目秀，透着逼人的聪慧，便毫不犹豫地接受了他。他们是觉得，搞抗战宣传要东奔西走、常常还要深入敌后，而他作为很有貌相的男同志，既可以适应艰苦和危险的工作环境，又可以扮演女角。

据他本人回忆——

这个剧社，除几位领导干部外，都是十三四岁的孩子，一共十几个人。在剧社里我饱尝了革命的甘甜和愉快。天天唱歌、跳舞、演戏，下乡做减租减息，募款募粮宣传抗日救亡。最初，对于音乐我也只是爱好，谈不上懂；至于写歌更没有想过，也不理解什么是创作。后来由于从事文艺工作锻炼，宣传工作的需要，学习旁人的经验，用民歌小调添上新词进行演唱或教给群众唱，收到效果，激发了自己的创作兴趣。

到了1941年，华北联大文艺部音乐系举办培训，我被派去参加学习，才真正开始作曲。那个时期到处是革命歌声，儿童团、青抗先、青救会、民兵连、妇救会都是唱着歌曲开展工作。这激动人心的场面，促进了我写歌的愿望，也鼓舞了我写歌的劲头。我创作的《向敌人进攻》、《统一累进税真正好》、《春天里暖洋洋》等一些歌曲收到了很好的效果，给了我巨大的动力。当时西北战地服务团、抗敌剧社、华北联大、联大文工团等兄弟单位的教师、音乐前辈和同志们，也给了我诚恳的帮助和热情的支持，更坚定了我搞歌曲创作的信心……

激荡的音符：共产党为民族敢于斗争、不畏牺牲

延安文艺座谈会刚一结束，曹火星一行四人,就作为群众剧社抗战宣传小分队来到了斗争形势最为艰苦的平西抗日根据地。

当时的平西抗日根据地以房山县、良乡为核心地带。这里由于与北平的宛平县接壤，是平西抗日根据地的最前沿，斗争尤为残酷和激烈。从战略防御、战略相持到战略反攻，经历了抗日战争的全过程。

当国民党二十九军从宛平卢沟桥撤出，便经过良乡、房山，向南节节败退。撤退途中遇雨，道路一片泥泞，仓皇之中，不惜踩踏百姓成片成片的庄稼，辎重车搁浅，居然把伤亡士兵扔到车轮之下。沿线群众目睹之后，寒生背

脊，不禁悲叹：这样的军队，哪里会救国护民？他们给予老百姓的，只能是亡国奴的命运。

日本军队迅速攻占了房山和良乡，烧杀抢掠，制造了一桩桩骇人听闻的惨案，最著名的有坨里惨案、二站惨案、柳河营惨案和泽畔惨案等。其中的二站惨案，令人发指、震惊世界。日军把二站的天主教堂团团围住，把里边的和平教民和避难的群众100余名分三批拉出来屠杀，最后焚烧教堂，把里边的20余名教民活活烧死。有教士拍下了废墟的照片，一片焦尸横斜，惨不忍睹。日军还派飞机轰炸了坐落在房山南尚乐的、世界闻名的佛教圣地云居寺，千年古刹被夷成一片瓦砾。日军不仅杀我族类，还灭我文化，暴行累累，制造出遮天蔽日的一派恐怖。

就是在这种极其艰难的背景下，共产党的宋（时轮）邓（华）支队却逆行而上，悄悄地开进平西，在这里开辟根据地。延安八路军总部也派来工作团，并指示工作团成员包森专门进行当地土匪武装和地方民团的收编工作，为建立抗日民主政权创造条件。包森只身进匪窝，面对一把把寒光粼粼的刺刀，面不改色心不跳地宣传我党的抗日主张，并动之以情晓之以家国存亡匹夫有责的民族大义。他苦口婆心地宣讲了三天三夜，这些地方武装的首领终于被他舍生取义、坚忍不拔的气概所震撼，纷纷接受改编，投入抗日行列。1938年5月，中国共产党在房山的第一个县级抗日民主政权——房（山）良（乡）联合县政府在一个叫长操的小山村悄然成立。这之后，我党乘势而上，在短短的一年里，在平西地域上，先后成立了房（山）涞（水）涿（州）联合县政府、宣（化）涿（鹿）怀（来）联合县政府和昌（平）宛（平）房（山）联合县政府等多个县级民主政权。

在日军防守最坚固、统治最严密的“模范”领地，一下出现了这么多共产党的抗日民主政权，不啻是在敌占区的腹地插上了一把把锋利的尖刀！日军在震惊之余，把平西共产党、游击队和县政府视为眼中钉、肉中刺，疯狂进行扫荡和清剿。根据地军民在极其艰苦的条件下，不屈不挠地进行着“反扫荡”“反清剿”的斗争，经受了血与火的重重考验，以顽强的意志和巨大的牺牲坚持、巩固并壮大、发展了自己的抗日力量，不容置疑地成了平西抗日的中坚力量。

曹火星随群众剧社小分队来到房山县霞云岭地区，不仅亲自参与了根据地的生产自救、减租减息运动和基层政权建立等各项活动，而且也耳闻目睹了根据地所发生的一桩桩、一件件惨烈的斗争故事和英烈传奇，心灵不断受到震撼：

——房良联合县政府的第一任县长杜伯华是吉林榆树人，参加革命前以行医为业。担任县长后，他不仅亲撰《告全县同胞书》，还冒着风险亲自到各地散发。对县政府的事务，他都亲力亲为，呕心沥血、夙夜在公。感于根据地百姓因缺医少药，致残致死率很高，他便情系于民，攀山越岭采集药草，制成方剂送给贫病人家。几次遇雪遇雨，山路湿滑，都险些跌下山去，弄得遍体鳞伤。群众看见，纷纷落泪，唏嘘感叹：这哪里是堂堂的一县之长，纯粹是老百姓一个长工！后来他还办起了制药厂，亲尝百草，开发方剂。终因尝草中毒溘然长逝。聂荣臻司令员扼腕不止，亲自参加追悼会，并把他生前创办的药厂命名为“杜伯华制药厂”，还指示把他的遗体葬于河北唐县神仙山北麓，与伟大的国际主义战士白求恩之墓相毗邻。

——房良联合县政府北窖村支部书记王英武率领民兵做内应，配合以萧克为司令的挺进军攻打日军北窖运煤高线，炸毁供给动力的锅炉房，致使高线运输陷入瘫痪。日军疯狂报复，沿路烧杀到了北窖。由于奸细告密，供出了王英武。由于王英武和几位民兵已提前转移，日军恼羞成怒，把全村的百姓集合在村口的大槐树下，架起机枪扬言，如果不把王英武交出来，就屠村。在生的渴望之下，几个年老的乡亲商议了一下，派人去寻找王英武。在等待期间，日本人抬上了一口大锅，锅里放满了桐油。锅下干柴噼啪，锅里桐油滚沸，一切都是死亡的暗示。长夜终于过去，东山头的太阳慢吞吞地爬上来。但乡亲们并没有感到暖，他们开始放声大哭。但哭声戛然而止，因为他们看见，他们时刻瞩望的远方，果然有一个人迎着太阳走来。走近了的王英武，面带微笑，衣衫整齐，脚蹬一双青色布鞋。令人不解的是，他走了一夜山路，鞋面上却纤尘不染。

“既然我如期赴约，你们就放人吧。”王英武大义凛然地说。

放人之后，日军队长有些被触动，说，“王桑，你地人格地大大地，我地敬佩地干活，如果你地能与皇军合作，日本清酒地伺候。”

“那我会生不如死。”王英武撇了撇嘴，“甭废话，你们动手吧。”

“如果拒绝合作，你地归宿就在那里。”日军队长指了指那口滚沸的大铁锅。

王英武笑了笑，从容地走过去，转身就融化在桐油里，变成一股青烟，袅袅地飘向青天。

——曹火星在平山县时，就听闻了狼牙山五壮士的悲壮传奇故事，到了平西霞云岭，他又亲历、亲见了气薄云天的“老帽山六壮士”——1943年春，房涞涿县委、县政府机关、冀中十分区的新兵连和银行、印刷所、兵工厂、医院等机关，都驻扎在房山十渡附近。日伪军300多人，从霞云岭越过百草坨前来偷袭。县政府接到情报，立即发动群众坚壁清野，组织机关工作人员西撤。冀中部队派出一个排，预伏在老帽山北侧山腰和与东北面隘口处，准备凭天险据守河谷通道，阻击日伪军进攻，掩护部队、党政机关和群众转移。

第二天拂晓，日伪军耀武扬威地沿着山谷向十渡袭来。激烈的战斗持续了两个多小时，当八路军战士完成预定的阻击任务准备撤离阵地时，发现一名汉奸带领一个日军小队，趁机爬上了我方阵地背后的制高点，使我军处在极为不利的危险境地。排长一面指挥战士抗击冲下来的日伪军，一面组织撤退，我军在日伪军的夹击下且战且退。经过一番激战，部分战士撤离阵地，掩护撤退的6名战士被阵地上面的日伪军一步步挤压下来。前有伪军，后是悬崖，6名战士毫不退缩，他们一步步退到山崖边，先后摔碎手中的步枪，毅然决然跳下了悬崖，壮烈牺牲。谱写了平西抗战的六壮士之歌。

这种生命的教化浸润了人心，当地群众自觉地心向共产党。一个姓贾的年轻妇女一看到八路军的队伍开到村里休整，就主动让战士们住进自己的家里。她不停地焖大锅饭、烧大锅水、补百件衣，让战士们感到温暖，觉得自己流血牺牲是值得的。一次反扫荡战斗结束，伤了许多战士，其中一个伤了脖颈的战士，被她争来照顾。这个战士躺在她烧热的土炕上，一直昏迷不醒，她心急如焚，就去村庙里去烧香祈祷。回来后，那个战士真的有了动静，他在昏沉中嘟囔道："我就要死了，真想吃上一碗炖猪肉啊。"她听了，立刻就泪流满面。说服了公公，把家里唯一一头留着过年的猪宰了，炖了一大锅肉。但战士已咽不下东西了，她就端了一大碗肉，把他的头抱在怀里，"同志，就让咱喂你吧。"战士静静地偎在她的怀里，拼命地吞咽下去。"好吃得很哩。"他说。同时他深切感受到女性的美好，子弹好像从没有伤害过他，战士居然不再感到疼痛，把一碗肉都吞了下去。后来，他竟奇迹般活了下来，不仅认她为姐姐，还到处说她的美好，惹得战友们都羡慕，竟说："能被她喂肉吃，咱也不怕受伤了。"

曹火星被她的事迹所吸引，便跟着部队首长去看她。首长劈头说道："贾婶，入党吧。"她一怔，"不入，因为共产党不是凡人，咱配不上哩。"那个首长很瘦，在地上走了走，也笑着说："贾婶，你看我瘦瘦的，连媳妇都说不上，比凡人还凡人，可我就是共产党。"她脸一红，说："即便是入党，可咱凭什么呢？"首长便说："就凭你那份仁义，战士们常说，娶媳妇就取贾婶这样的。"

她把头低低地垂下去，很惭愧的样子。"那好，既然你们不嫌弃，我还能说什么，我入。"入党那年，她才21岁。山里的斗争形势正一天比一天严峻起来。

——由于日本人的封锁，根据地粮食奇缺，部队行军打仗时常断粮，为了突破日寇的封锁，房涞涿联合县政府就派八路军战士、共产党员史明楼潜回他的家乡——房山佛子庄乡的石板房村，筹措军粮，建立粮仓，开辟粮道。粮仓就建在村里的山洞里，储粮最多时达到20万公斤。那时，山里多是饥馑难挨的日子。山地产量低，又要筹集军粮，乡亲们大都是吃糠咽菜靠野果充饥。至于史明楼，他白天看粮仓，夜里披星戴月地种点儿石边地，为家里打点儿口粮。一天，他在锄地时突然腹痛难忍，艰难地挪回了家门，一躺上土炕，便卧床不起。请来的郎中诊断，是因吃下的橡子面、玉米轴、柿子干和野菜粗糠太多，造成了肠梗阻。要想救命，就要喝点小米粥、面片汤，吃点细软的食物。此时正是青黄不接的季节，哪里去找细软的食物？妻子说："山上不是有粮仓吗。"史明楼摇摇头，"那是军粮，不能动。"妻子说："你不是身子有病吗？不能眼瞧着被饿死。"他猛地挺起了身子，一板一眼地说道："身子是自己的，可以病，粮食是公家的，绝不能动，要是动了公粮，我对不起党组织的信任！"不久，他就在难以忍受的剧痛中溘然离世。巨大的悲痛，让他的妻子哭不出声，只是不停地嘟囔道："狗日的粮食，狗日的粮食，这狗日的粮食！"

平西根据地的种种见闻，让曹火星悲壮在悲壮之上、感动在感动之上，他内心激荡，热血沸腾，产生了强烈的创作冲动，他对自己说，歌谣小调已不能全面地反映京西抗日根据地人民波澜壮阔的斗争生活，更不能有力地呈现共产党、八路军在血与火中的高风亮节和巨大牺牲，我要写一首大歌，要有历史的深度，现实的力度和精神的高度，也要有人民的立场、真理的内涵和心灵的旋律。

历史的主题：没有共产党就没有中国

时间进入了1943年，眼见抗战胜利的曙光已冉冉显现，蒋介石急急忙忙抛出了《中国之命运》一书，荒谬地提出"没有中国国民党，那就没有了中国"。毛泽东敏锐地察觉出了其中的内战信号，很快就给予了回应，1943年7月12日他亲自为《解放日报》撰写了社论《质问国民党》。毛泽东深刻地揭露了国民党破坏抗战的行径，呼吁全国各界，其中包括真正爱国的国民党人士行动起来，制止内战危机，共同挽救民族危亡。之后，围绕中国命运之争，《解放日报》《晋察冀日报》相继发表了范文澜、吕振羽、艾思奇撰写的专题文章和社论。在此基础上，毛泽东委托陈伯达撰写了《评〈中国之命运〉》的长文，《解放日报》还发表了针锋相对社论《没有共产党就没有中国》。

1943年7月21日，毛泽东致电中共中央南方局副书记兼宣传部部长董必武，指示他将《评〈中国之命运〉》设法秘密印成中英文小册子，在中外代表人士中散发。《解放日报》《晋察冀日报》等根据地的报刊纷纷连载，大众出版社、晋察冀出版社等纷纷出版单行本，发给我抗日军民。与此同时，党中央发出号令，要求根据地军民和广大文艺工作者要认真学习《评〈中国之命运〉》一书和《没有共产党就没有中国》等专题文章和社论，认清国民党蒋介石假抗日真反共的真实面目，同时要提高认识，擦亮眼睛，坚定信念，把思想统一到党的主张上来。

那天吃过晚饭，曹火星正在堂上的中堂庙前低头沉思，他要写一首新歌。突然听到有人叫他，他抬头一看，见战友张学明迎着他从山下跑上来。张学明刚从晋察冀军区学习回来，手里挥动着一摞书报，“你快召集咱们小分队同志坐下来学习，军区党委有布置，根据地的各路宣传小分队和全体文艺工作者，必须认真学习中央指定的读物，用以武装头脑，明确我们今后的宣传重心。”

曹火星随手抄起一本小册子，竟是蒋介石抛出的《中国之命运》。他一愣，草草地翻了一下，看到了“没有国民党就没有中国”的说法，便猛地掷在地上，大声叫道：“真是他娘的胡扯淡！”曹火星解释说：“平西根据地的斗争生活，早已给我留下了深刻的烙印，所以，我本能地觉得蒋介石和国民党的说法既无耻又荒谬，根本就无法接受。”

曹火星又拿过来另一本小册子，系晋察冀出版社印发的我党的《评“中国之命运”》。他一旦翻开，就不能停止，居然站在原地一气读完。这本小册子，以事实为依据，用雄辩的历史逻辑，对中国社会的发展走向、革命进程和民族抗战的斗争趋势进行了层层递进的叙述和论证，写得回肠荡气、掷地有声，紧紧地抓住了他的心。

回溯自鸦片战争以来中国革命的历史进程，得出的答案只有一个：没有共产党就没有中国！

“这个结论说得太好了，它是真理的声音！”曹火星兴奋地把张学明抱了起来，不停地旋转。“学明，有了！”他猛地把张学明蹾在地上，“我一直就想写一首大歌，但始终不知道从何下笔，现在我终于知道要写一个什么作品了，这首歌曲的题目就叫作《没有共产党就没有中国》！”

张学明在曹火星的肩上捶了一下，“火星，那你还等什么，现在就写！”

中堂庙有个小东屋，小东屋里有爿土炕，土炕上有张篾席，篾席上有个小方桌，小方桌上有盏煤油灯。曹火星盘腿坐在小方桌前，握着铅笔，冥思苦想。从夕阳西下，想到晨曦东起，小油灯的灯光从暗到明，再从明到暗，创作者的剪影始终凝固在窗纸之上。他现在不是不知道写什么，而是如何写好、写得大气磅礴、铿锵有力。他让根据地血与火的经历在脑子里不停地回放，他要回到生活的现场，让情绪渐渐饱满，让激情自己爆发。一声鸡啼，撕开了灵光，曹火星立刻伏案疾书，一气呵成，无一涂抹——

没有共产党就没有中国，
没有共产党就没有中国，
共产党，辛劳为民族，
共产党他一心救中国，
他指给了人民解放的道路，
他领导中国走向光明，
他坚持了抗战六年多，
他改善了人民生活，

他建设了敌后根据地，
他实行了民主好处多。
没有共产党就没有中国，
没有共产党就没有中国。

没有共产党就没有中国，
没有共产党就没有中国。
共产党，辛劳为民族，
共产党他一心救中国，
他指给了人民解放的道路，
他领导中国走向光明，
他坚持了抗战六年多，
他改善了人民生活，
他建设了敌后根据地，
他实行了民主好处多。
没有共产党就没有中国，
没有共产党就没有中国

写完之后，曹火星破门而出，去敲张学明的房门，“学明，我写出来了！”张学明一跃而起，披衣下床，“快拿给我看！”

他急切地看完，连声说：“写得好，写得好，一首歌曲，一个真理。”张学明又激动地在曹火星的肩头捶了一下，“火星，你怎么这么有才，真让我佩服！”

曹火星脸红了，他说道：“不是我有什么才华，看上去是我在创作，实际上，是事实自己站出来说话，是历史的逻辑和现实逻辑自己走到纸面上理直气壮地进行排比，我不过是一个执笔的人而已。”

谱什么曲子呢？两个人都开动脑筋，捕捉音符，试着哼唱。不知不觉间，迎来了到中堂庙小广场操练的儿童团员。儿童们每天都跳一种叫“霸王鞭”的京西民间舞蹈，今天也不例外。所谓霸王鞭，又称花棍舞，是因为他们每人手里都拿着一个由三节白蜡杆连成的道具，每节中串以铜钱，分上下两面，表演时，上下左右舞动，并敲击身体四肢、肩、背各部，发出清脆悦耳的响声。他们边舞边唱，其歌曲为京西民谣，其旋律简单、明快而有力，便于掌握却又能诱发激情，为京西人所喜爱。

曹火星一拍大腿，“对，就用霸王鞭的旋律。”他又补充道，“毛主席不是说了嘛，抗战文艺是人民的文艺，就是要用人民喜闻乐见的形式。”

他们把孩子们邀拢在一起，“孩子们，咱们唱首新歌好不好？”

“好！”孩子们说。

他把歌词念给孩子们听。孩子们说：“这歌好。”

“好在哪儿？”

“歌词明白上口，好记。”

孩子们果然很快记住，便开始用霸王鞭的曲调排练。

最后一合练，效果出人意料地好，把曹火星和张学明感动得热泪盈眶。

好像这首歌本身就有灵性，能调动演唱者的潜能——孩子们舞得齐整，唱得流畅，而且一遍又一遍地唱个不停。童声悠扬，声波致远，飞跃山巅，居然让整个村子的人都听到了。

永恒的旋律：人民群众的心声

1943年10月，曹火星写出了《没有共产党就没有中国》这首歌曲，当年冬天，根据地各县的主要领导和农、青、妇等群众团体的干部都集中在冀察专区，参加一年一度的冬训学习班。在学习班上，曹火星亲自演唱了这首歌曲。大家听后，都觉得好，便急切地要求学唱。于是，曹火星的教唱立刻就被列入学习班的课程。在这期间，《晋察冀日报》也正式发表了这首歌曲。冬训结束，干部们回到各县各地之后，又把这首歌教给了当地群众，就这样，歌曲便很快在平西的广大群众中流传开了。

后来，这首歌就像长了翅膀，从平西传到晋察冀，从解放区传到敌占区，从地方传到作战部队，又随着作战部队解放的脚步从华北传到东北，大军南下又传遍全中国。20世纪50年代抗美援朝，中国人民志愿军又把这支歌唱到朝鲜，当时的苏联外交部部长莫洛托夫在一次讲话中还提到了中国人民志愿军在朝鲜高唱这支歌的情景。苏联的《星火》杂志上还刊登过这首歌。以后抗美援越时，这首歌又唱到越南。不少华人团体和爱国华侨也在所在国传唱，就这样，歌曲遂传播到世界各地去了。

关于唱这首歌还曾有过许多故事。其中，解放战争中，人民解放军进攻河北正定县城，部队包围了县城之后，战士们便高唱起《没有共产党就没有中国》，城内国民党守军的军官却将歌曲的头一句唱词改为“没有国民党就没有中国”，他们要士兵们与解放军对着唱，还用枪逼着老百姓跟他们一起唱。可是老百姓一唱就唱成“没有共产党就没有中国”，国民党军队一见民心如此，便惶恐不安，无心恋战，城池便很快就被攻了下来。

《没有共产党就没有新中国》一歌在长达半个世纪的岁月中，被亿万中国人民广为传唱，可以说唱了一代又一代，经久不衰，妇孺皆知。或许它是世界上唱的人数最多的一首歌。这首歌使曹火星成了名人。但他说，这首歌之所所以能够被人民接受，是因为它顺应了历史的潮流，说出了人民群众当时的心里话。人民对共产党有感情，才会喜欢它。

这首歌曲最初的歌名是《没有共产党就没有中国》，后来才修订为“新中国”（歌词中的“六年多”，也随着时间的推移，自然改成“八年多”）。这个“新”字是怎么加进去的呢？有几种说法——

说法一：当时，曹火星和群众剧社的同志都觉得，这道歌曲创作时是针对蒋介石在抗战后期提出的“没有国民党就没有中国”的，有当时的时代背景，而在1949年全国解放在即再这么唱就显然不妥了。于是，曹火星和群众剧社的同志就主动进行修改，加上了“新”字。

说法二：逄先知在《毛泽东和他的秘书田家英》一书中说，1950年的一天，毛泽东听到自己女儿唱这首歌时，立即纠正说，没有共产党的时候，中国早就有了，应当改为“没有共产党就没有新中国”。在此之后，毛泽东还把这个问题提到中央的会议上来。从此，这首流行全国、人人会唱的著名歌曲的歌词中这句话就改了过来。

说法三：1949年初，著名“七君子”之一、爱国民主人士章乃器，在一次参观途中，同行的人们唱起了《没有共产党就没有中国》，章乃器先生当即提议在歌词中增加一个“新”字。他认为，这样表述才能确切地反映出中国共产党的历史功绩。不久，章乃器先生见到了毛泽东。交谈中，毛泽东亲切地对他说：“你提的意见很好，我们已经让作者把歌词改过来了。”

不管具体情况如何，可以确信的是，全国能够在那样短的时间内统一加了个“新”字，是与毛泽东和中国共产党人实事求是、尊重历史的情怀分不开的；也是与这首歌曲准确地表达了民心民意分不开的。

回响：永远地传唱

作为平西抗日根据地的核心和《没有共产党就没有新中国》歌曲的诞生地，房山人民经历了艰苦卓绝的斗争洗礼，为民族解放、新中国的建立付出了巨大的牺牲，以生命的体验感受到了共产党的光荣与伟大，所以这块土地上的人民，知党史，铭党恩，有一心一意跟党走的坚定信念，有着强烈的红色情结和牢固的红色基因。很多老党员都把毛泽东同志在抗日时期为平西建立的第一个基层党组织——马鞍村党支部所写的题词“发扬革命传统，争取更大光荣”挂在墙上，既砥砺自己，不忘初心、牢记使命，再立新功；又化为自觉的红色传承，教育和引领下一代青少年，树立共产主义信念，像他们的父辈一样，一心一意跟党走，奋发有为，争当先进。因此，房山区在革命和建设的各个历史时期，都涌现出一大批革命英烈和先进人物。特别是在农业战线，几乎是每个历史节点上，都有代表北京市的全国劳动模范。计有吴春山、徐庆文、卢翠英、仉振亮、田雄、张进来、张进刚、马小兰等数十名，劳模总数居北京第一。

在这种传承基因的作用下，2006年，在中国共产党成立85周年之际，房山区委、区政府在霞云岭堂上村修建了“没有共产党就没有新中国诞生地纪念馆”，堂上村全体老党员联名给时任中共中央总书记胡锦涛写信，表达了永远跟党走的强烈感情，并恳请胡锦涛总书记给纪念馆题词。当胡锦涛总书记“没有共产党就没有新中国”的题词传来，房山沸腾了，堂上沸腾了，整个区域锣鼓齐鸣，烟花齐放，像过大年一样。是年6月26日，时任中共北京市委书记刘淇出席了纪念馆的开馆仪式并剪彩。当刘淇同志等乘车到堂上的村口时，看到村子两侧的山上，密密麻麻地站满了群众，他们此起彼伏地高喊“共产党万岁”，并齐唱《没有共产党就没有新中国》。山音浩荡，响遏行云，令人心旌摇荡。刘淇同志深受震撼，赶紧走下车，徒步前行。离纪念馆虽然还有数里的坡路，但他坚持步行，一边走一边向群众挥手致意。一路上，他泪流满面，对身边人说，这就是民心，对民心，我们要百般敬重。

到了现场，他看到一个老人带着上百个儿童在跳“霸王鞭”，并随着舞蹈的节奏合唱《没有共产党就没有新中国》。刘淇同志立刻就被吸引，问区委书记，那个老同志是谁？回答说，他就是曹火星写出歌曲之后教唱的那批儿童团员之一，叫李福会，是老党员。表演刚一停下，刘淇同志立刻走上前去，紧紧地握着李福会的手，“这么大年纪了，还亲自当传承人，谢谢了。”

李福会激动地攥着刘淇同志的手，“您见外了，我是历史的见证人，又是共产党员，这是我的责任。请您放心，只要我一天还能动，就一天也不停止到这里传唱。”

起　来

许谋清

起来!

要对亿万人说，尤其是对处于麻木状态的亿万人说，对一个沉睡的民族说，太难了。

我记起鲁迅先生在《呐喊》序篇里说的话：

> 假如一间铁屋子，是绝无窗户而万难破毁的，里面有许多熟睡的人们，不久都要闷死了，然而是从昏睡入死灭，并不感到就死的悲哀。现在你大嚷起来，惊起了较为清醒的几个人，使这不幸的少数者来受无可挽救的临终的苦楚，你倒以为对得起他们么？
>
> 然而几个人既然起来，你不能说绝没有毁坏这铁屋的希望。

古希腊数学家、物理学家阿基米德说：给我一个支点，我就能撬起整个地球。

起来，就是这样一个支点。

起来，当几亿中国人发出这个声音，他们改变了中国，也惊动了世界。

要写出说出这两个字，需用如椽大笔，需借雷霆万钧。

这片古老大地，亿万人等待着它。

起来！

一开始，它却是那般弱小。

那歌词只是写在烟盒纸上的几行字，那纸还让茶水给濡湿了。它是怎么写出来的？多少年后，居然在作者的记忆中模糊了。但是，它的潜在威力已经让大地震颤，风暴将要从地平线上掀起。

有人害怕了，歌词作者田汉锒铛入狱。

但那片纸，那几行字却逃逸了，它夹在剧本里，剧本翻开，像接力棒，出现在夏衍的眼前，到了聂耳的手里。

它还是弱小，那旋律只是从一个年轻人的嘴里轻轻地哼出来，什么时候落在纸上？人们甚至没能弄清楚，它产生的具体日子。

起来！

它刚刚响起，它的作曲聂耳却倒下了。难道这也是起来的代价？

起来，千万人从这片古老的土地上站起来，从燃烧的土地上站起来，从流血的土地上站起来……为了站起来，我们倒下了多少人？

1949年10月1日，毛泽东在天安门城楼宣布：中华人民共和国中央人民政府成立了。

田汉作词、聂耳作曲的《义勇军进行曲》由《风云儿女》的电影插曲成为流行极广的抗战歌曲……影响到美国、东西欧、印度及南洋各国，歌名大多翻译为《起来》(Chee Lai)。1940年，美国黑人歌唱家保罗·罗伯逊在纽约演唱了这支中国歌曲……

于是，这歌在决定世界命运的重大历史时期，代表了中国：1945年，联合国成立时，该曲作为代表中国的歌曲进行演奏；第二次世界大战即将结束之际，《义勇军进行曲》被选入反法西斯盟军凯旋的曲目；世界反法西斯战争取得胜利，同盟国集会时，《义勇军进行曲》被选为代表中国的歌曲；美国将该曲与美国的《美丽的美利坚》、法国的《马赛曲》等歌曲定为同盟国胜利之日的音乐节目广播歌曲。

1949年10月1日，在开国大典上，该曲作为国歌第一次在天安门广场响起……

它也许只是一朵蓝色的火花，但它适得其时，点燃了冲天大火，牵引了连天滚雷！

影响那么巨大，词曲是怎么创作出来的却存在着一个一个的谜团，构成后人的猜想和找寻。1995年，我得到田汉秘书的帮忙，两个人骑车，一家家找，叩开一个个老前辈的家门，拜访了聂耳、田汉的同代人，找到聂耳的好友。我力图通过他们，看清两位当年年轻的作者，37岁的田汉和23岁的聂耳。

国歌，是我们民族的灵魂。为了它，20世纪90年代，我回首历史，开始这一次义无反顾的寻找。即使周老周巍峙珍藏的那册《中国歌声集》已经残破污损发黄，断然不可借走；即使吕骤那怪老头的门，久叩重叩不开，那矮小的老头那时迈步每步不足三寸；即使孙慎为我们哼唱，嘴唇已在微微发抖……但我绝不后悔，我感觉到那支灵魂之歌的巨大感召力。

吕骤《聂耳换歌》：

风在呼，海在啸，浪在相招，当夜在深宵，月在长空照，少年的朋友，他，投入了海洋的怀抱，被吞没在水的狂涛，浪的高潮。如何想得到？从今，永别了！从今，夺去了我们有志的英豪。从今，缺了你在我们的前哨。从今，漂流何处？故国遥遥！从今，怀人万里，只有梦迢迢！壮志空抛，心力不徒劳；听万千人唱着你谱写的雄歌，你应在九原含笑。对着惊心的噩耗，望着无际的波涛，你可知故国的友人，今朝带着破碎的心，在向你凭吊?!

郭沫若写的聂耳的墓志铭：

> 聂耳同志，中国革命之号角，人民解放之声鼙鼓也。其所谱《义勇军进行曲》，已被选为代用国歌，闻其声者，莫不油然而兴爱国之思，庄严而宏志士之气，毅然而同趣于共同之鹄的。聂耳呼，巍巍然，其与国族并寿，而永垂不朽呼！聂耳同志，中国共产党党员也，一九一二年二月十四日生于风光明媚之昆明，一九三五年七月十七日溺死于日本鹄沼之海滨，享年仅二十有四。不幸而死于敌国，为憾无极。其何以致溺之由，至今犹未能明焉！

聂耳不仅是一个个人，田汉不仅是一个个人。《义勇军进行曲》代表了一个时代。

只有巨擘才能写出时代的战歌。抗日歌曲的创作速度令人惊奇。假如，让一个人抄写《黄河大合唱》的全部曲谱，也许就需要一个星期，可冼星海创作《黄河大合唱》也仅仅花了一个星期的时间。而《救国军歌》只是一次演出前的急就章，据说只用六七分钟。《我们都是神枪手》，是一支部队要上前线，临行前夜，贺绿汀一个夜晚创作完成，第二天，部队就唱着这支歌出发了。那不是作曲家在作曲，那是一个时代一个民族在呐喊。一切仿佛天然而成，作者一如得到神示，作品一挥而就，旋即牵动千千万万人的心。不是作曲者的歌，而是大众的歌，大众才是歌的真正主人。麦新的《大刀进行曲》，作曲者是“大刀向——鬼子们的头上砍去。”大众却唱“大刀——向鬼子们的头上砍去。”显得更有气势更有激情。于是，作者只能以大众的唱法而作修改，仿佛身不由己。

我听到徐悲鸿之说田汉：垂死之病夫，偏有强烈之呼吸；消沉之民族里，方有田汉之呼声，其音猛烈雄壮，闻其声调，当知此人之必不死，此民族之必不亡！而田汉称自己那时候的作品为“粗沙大石”，为“呐喊艺术”。

聂耳，一个热血青年，生命只有24岁，太短太短。从事音乐创作只三四年时间，也太少太少。但他创作的一系列作品，每一支都产生了巨大反响，如《开路先锋》《大路歌》《码头工人》《毕业歌》《铁蹄下歌女》《卖报歌》，还有这紧扣民族心弦的《义勇军进行曲》。彗星般迅忽，彗星般闪亮。一个民族的歌声因他而面目一新，因他而有战斗的歌，因他歌唱也成了战斗。

聂耳两只耳朵可以一前一后地动，这是聂耳名字的由来。他的耳朵很厉害，只要一段旋律进了他的耳朵，他就能从嘴里哼出来。

20世纪30年代中期，日本虎视眈眈，国内的上层仍沉溺于纸醉金迷、淫歌艳曲。田汉找到聂耳，说“唱靡靡之音，长此下去，人们会成为亡国奴”。于是共同萌生要创作一支歌，以振奋全中国的民众。

吕骥老迈却又记忆清晰，记得那一年春节后他搬家，搬家前住在上海杨溆普附近的一个亭子间。而在那时，聂耳到他家，他就听聂耳唱这支歌，聂耳征求他的意见。他说很流畅很有气势……时间应该是春节前后，甚至更早。此后，吕骥就拿这支歌去教学生，那唱法和后来的定稿没有什么变化。老人固执地回忆着，有一回，路上见到聂耳和《风云儿女》的导演许幸之，聂耳亲口对他说，今天已经灌了录音。我目不转睛地盯着这位86岁的老人，他尽力在回忆，在轻轻地哼唱。

1949年9月25日，毛泽东、周恩来在中南海丰泽园主持召开国旗、国徽、国歌、纪年、国都协商座谈会。徐悲鸿提出，由《义勇军进行曲》当代国歌，周恩来、梁思成赞同。郭沫若、田汉又提出，歌词必须修改，“中华民族到了最危险的时候”是历史词句，不合适。却又有张奚若、黄元培认为不能改。最后是毛泽东和周恩来拍板，“安不忘危”，不作修改。

“文革”时，国歌只有曲子，没有歌词。

1978年3月5日，第五届全国人民代表大会第一次会议以举手表决的方式通过了由集体填写的新歌词。但一直有不同意见。1979年，文艺界代表陈登科在1979年6月召开的五届全国人大二次会议上，要求大会讨论是否恢复国歌《义勇军进行曲》的歌词。最终在五届全国人大五次会议上得到通过。

2004年3月14日，第十届全国人民代表大会第二次会议通过宪法修正案，正式规定中华人民共和国国歌为《义勇军进行曲》。

人是会死的，聂耳没了，田汉没了，但国歌不朽，“起来”永恒。

历史留给我们的经典是不能修改的，不忘初心，或初心不变。同时，回望历史，我们也认识了毛泽东的睿智和远见。

抗日，是起来。

解放，是起来。

改革开放，是起来。

建设新时期中国特色的社会主义，是起来。

起来！起来！起来！

大军“赶考”

董保存

题记：不是故弄玄虚，也不是编造故事，这篇文稿的素材，来自1981年初春的采访笔记。

20岁出头的我，刚刚从野战部队调入位于北京五棵松的军委装甲兵总部。装甲兵文化部副部长金江，创作组组长易莎给我交代了一项任务，帮助装甲兵首长整理解放北平前后的回忆录。于是就开始了大约半年的采访——

“资格”考试

30多年以后，笔者在采访当年41军的师团干部时，他们说起入城前的准备，几乎异口同声地说，那真是一场特殊的大考！

原41 军121师的政委，后来的中国人民解放军工程兵副政委李丙令将军对我说，我们就把这次入城，看作一场特殊的考试，毛主席不是说进京赶考吗？进京赶考之前，还有好几道考试，过一道一道的关，我们这次进北平，第一场考试就非常严格。题目是我们自己出的，甚至可以说是我们的战士出的——创造了“政策纪律点名法”。

他拿出一张有点发黄的历史照片。画面上是行进的队伍中，每个战士的背包后面，居然贴了一张纸，纸上清楚地写着“约法八章”，“进城纪律”——我问他，这是在什么地方拍的？他说这是进北平的路上，具体哪个路段想不起来了。他说，在行进的路上，战士们边走边在背诵着那些铁的纪律。

另一张照片，是一个战士贴在枪托上的政策纪律小纸片，他说，武器上面是不能随便贴东西的，这个战士的行为是经过特别允许的，否则就是违反纪律……

李丙令任政委的121师，率先开始了“政策点名法”。

凡是当过兵的人都知道什么叫“晚点名”。每天晚上熄灯前，连队要进行晚点名。据说是早期形成的点到一个名字、点一条政策纪律，要求被点名的战士回答。如果回答不上来，被视同为点名没到场，直到政策规定倒背如流，方可过关。

“士兵看党员，党员看干部”，这是战争中养成的传统，形成的习惯。122师的入城教育，紧紧地抓住了党员干部这个牛鼻子。采用“干部政策鉴定”法。所有的党员干部，必须人人过关。

那时党的组织非常有战斗力，对党员要求极其严格，每一名党员干部认真对照下发的政策纪律的规定，看有没有违反政策的纪律的行为。你带的队伍有没有这些行为？一个人一个人的过，一件事一件事的摆，最后由党小组、党支部给你作出政策鉴定，鉴定合格者可以入城，不合格者绝不能进城执行任务。

123师的“评入城资格”法，很快在全军普及开来。

他们制定出入城的6项条件：一是爱护城市，不准破坏；二是看守警卫，原封不动；三是空手进去、空手出来；四是立场坚定，不腐化、不被坏分子利用；五是不违反警备规则；六是有责任心，别人犯错误积极制止。

从师长、政委到炊事员、驭手，一个一个进行自评，然后进行背对背的互评，最后再进行面对面的讲评。充分发扬民主，"过了筛子再过箩"，谁不够条件，就甭想入城执行任务。

369团有一个副指导员，大个子，在解放张家口的战斗中缴了一支钢笔，顺手揣在衣袋里……结果在连部评议会上，旧事重提，通讯员、司号员、卫生员都认为副指导员不够入城资格。稚气未脱的司号员指着他说："在张家口你能拿钢笔，到北平谁敢保证你不拿？"

副指导员检查了两次，战士们还是不同意他入城。

没办法，他流着泪找团长、找政委、找政治处主任，深刻检讨自己违反三大纪律八项注意的行为，请政治处主任出席他们的党小组会，给他做"保"，保证进北平后绝不违反群众纪律了。

副指导员痛心疾首地深刻检讨后，战士们才"高抬贵手"，勉强同意他"过关"。

评到最后，还是有极少数"罗可兵"没通过，失去了入城资格，部队进城时，他们只得留在城外"进行学习"……

那个时候部队里有很多"解放战士"——这个名词现在的年轻人听来可能有些新鲜，解放军里不都是解放战士吗？其实，所谓"解放战士"，说得通俗一点，就是国民党军队中被俘虏后加入人民解放军队伍的战士。这在战争年代是一种普遍现象，特别是每一次大战下来，补入队伍的新兵当中有相当一部分是"解放战士"。旧军队有个说法，"大炮一响，黄金万两"。说的是攻下大城市，可以发洋财。"官长吃肉，士兵喝汤"。而在人民军队，纪律要求每一个士兵，"不拿群众一针一线"。现在要进北平，要评入城资格。有些解放战士，满是疑惑，——他们担心按照解放军的纪律，他们在旧军队中的那些事儿要被说出来，一定没有入城资格。

41军政治部明确，过去在国民党部队犯的错误行为，向组织上说清楚了，不再追究。这次评选，主要看你成为解放军战士之后的行为。这下，不少的同志放下了包袱，他们表示，当了解放军，一定要执行解放军的纪律，认真过好政策纪律这一关。

进城的日子一天天逼近。总部发来电报，大意是：傅作义的部队撤出北平城（接受整编）时，军纪比较严明，约束部队不搞破坏活动。给北平市民留下了较好的印象。

接到电报后，吴克华军长、莫文骅政委和参谋长李福泽碰了个头。莫政委说："好啊，这是给我们敲警钟啊！"

吴军长说："立即通报各师团，要求部队以更加严明的政策、纪律，让北平市民认识我们解放军。"

参谋长李福泽说："好，马上转发到各团。看样子是要和我们叫板啊，那就让北平市民看一看，到底哪个部队纪律更加严明！"

1949年1月31日，中国人民解放军第41军政委莫文骅率领第121师整齐的队伍，从西直门进入了北平城。中午12时半，和傅作义的部队交接防务。北平的城门楼上，臂带"平警"臂章的解放军战士开始站岗值勤。

在北京市档案馆，保存着1949年西直门城门的钥匙。那几枚钥匙很不起眼，甚至让我们觉得有些太过简陋。但是，它极有象征意义，这就是41军121师的作战参谋，从傅作义部队军官的手里接过的钥匙。它与摄影记者拍下的那张41军部队和傅作义守城部队交接防务的照片，象征着北平回到了人民的手中，都成了历史的真实记录。

北平第一夜

兵马未动，粮草先行。如今的年轻人可能不知道，先行的队伍中有一项重要的任务就是"号房子"。

无论是行军打仗，还是拉练驻训，只要部队行动，就要有人去打前站，在部队到达之前准备好宿营地。——到沿途老百姓家去“号房子”。战争年代不要说了，20世纪70年代末，笔者在野战军当兵时，每一次大的行动都要住老百姓的家里。还有幸参加过“号房子”的行动。

进入北平城的41军部队是怎么“号房子”的呢?

老同志告诉我，北平刚刚和平解放，我们的各级组织和政权都还没有建立起来，先期入城工作组，只是接受了警备地点，也查看了预想的部队驻地。根本不可能像在老解放区时到老百姓家去“号房子”。再说了，一般的城市居民住房也相当紧张，不可能腾出大量房子来给部队住。因此，入城时，有一条明确的规定：不得擅自进入民房，绝对不能扰民。

有一部分部队，住进了傅作义警备部队腾出的营房，还有相当数量的部队，要住在临时腾出的无人居住的一些地方。比如，空闲的仓库，破旧的公房、闲置的校舍等。

入城第一天的晚上，还有个别的连队，没能住进房屋之内，只能在临街的门洞里，屋檐下，度过严寒的冬夜。

1949年2月1日，是阴历正月初四。寒风呼啸、滴水成冰，正是“三九四九冰上走”的时节。和平解放后的北平城内，寒风中飘荡着过年的气息。

凌晨，北平警备司令部的首长顶着凛冽的寒风，分头到各个执勤点和各连、排驻地，看望部队，检查执勤情况。

莫文骅政委先到了鼓楼。鼓楼这个地方是一个制高点，从军事学的角度它也是一个要点。此时的古楼，已经破败不堪，窗户没有玻璃不说，窗户纸都没有糊。时值三九隆冬，北风一吹，楼上楼下，比冰窖还冷。下了岗的战士，顶着一条薄薄的棉被当“团长”。

莫文骅摸一摸被子，对连长说，这屋里太冷，顶得住吗?

连长说，鼓楼是文物，不能生火，冷是冷点，我们还能坚持……

莫政委说，你们做得好，文物古迹要防火。执勤的战士也不能挨饿受冻。我们后勤正在调济被装，一定确保一线执勤部队吃饱穿暖。

莫文骅离开鼓楼向北，来到德胜门。在德胜门内执勤的战士，把政委带到了他们的驻地，这是一条南北走向的大门洞过道，北面用木板挡住，里面有十几位战士，都冻得嘴唇发紫。莫政委说，北风一吹，跟东北也差不多。一个小战士嘿嘿一笑，说："不冷，不冷。我们有火龙衣。"

莫政委摸一摸这个小战士的脸蛋，冰凉冰凉，就问他，你的火龙衣在哪里？其余的战士都笑了，排长说，听他瞎说，哪有什么火龙衣，夜里冻得睡不着，就原地来回走动、跳跃，转圈子，动起来就不冷了。

他还指着一同露宿的团机关的干事说："他不冷，他比我们多铺了一层。"

那个机关干部挥一挥手中的报纸，说："就是这一层！"

他们的乐观情绪把莫政委都逗笑了。

请战士们到家里，他们说，"长岭连"一个排，住进三间两面透风闲置的工房。附近过春节的市民，发现这里住了"兵"，几位热心的大妈，请他们进屋去喝口水，暖和暖和，他们谢绝了。

到了半夜，北风越刮越大，窗户纸都刮破了，这几位大妈"合屋并床"腾出几间房子，请战士们去住。

连长感激地对大妈们说："谢谢你们的好意。我们年轻人火力壮，大家挤在一起一点都不冷。"

大妈们回去搬兵，叫来了几位老大爷。一群大爷、大娘、大婶来请战士们进屋去住。连长只好实话实说："我们上级规定，不得进民房，不打扰市民。你们的心意我们领了，但房是不能进的。"

……

41军副政委、政治部主任欧阳文从西四牌楼向东，很快到了文津街，碰到两位在北平图书馆门口佩戴"平警"臂章的战士，问："你们哪个单位的？"

"二连八班。"战士立正回答。

"这里是你们的警戒岗位？"

其中一个上了年纪的战士告诉欧阳文，他们昨天上岗时，在文津街一带担任流动警戒任务，走到这里天快黑了，门开着没有人，一个老乡告诉他们，这是北平图书馆。他们立即向连里报告，问这里需不需要警戒？连首长答复报告上级，你们先在那里守护。于是这两位战士就在寒风中守了整整一夜。

欧阳文握着两位战士的手说："你们自觉自愿，做得好，我们尽快联系地方有关部门。"

欧阳文沿着府右街向南，走宣武门，到牛街一带回族群众聚居区去检查部队执勤情况。沿途看到的一些景象，让这位老红军首长颇感欣慰和感动。

——在宣武门外，122师一个炮兵连队，驭手遛马归来，马鼻子上喷着热气。欧阳文看到每一匹战马的屁股后面，都挂了一个兜，知道这是怕牲口拉粪影响市容卫生，特意做的马粪兜。到了住地，战士们准备喂马。他又看到了战士们为解决喂马的马槽想出的新办法，用自己的雨布做成临时的马槽。再看拴马的树干——上面也包了一层雨布或席子。这样，就不会发生马啃树皮的事情了。

——在牛街北口，正赶上一个连队开早饭。战士们吃着在城外准备好的干粮——高粱面、玉米面混合以后烙成的饼，就着干豆荚、腌茄子、腌萝卜……这也引来了住在附近的老百姓，人们要看看这些当兵的吃的是什么。有一位老大娘，端来了一盆冒着热气的粥，说："孩子们，天太冷了，喝口热的吧。"

连指导员忙上前给老大娘鞠了一个躬，说："大娘。谢谢了，谢谢了，我们的炊事班熬了辣椒汤，马上就送过来……"

老人执意不肯，一定要让他们喝粥。指导员说，大娘，我们有纪律，不能动群众的一点东西，这不，我们首长来了，不信你问问他……

欧阳文对老太太说：真得好好谢谢你，我们的确是有纪律的，绝对不能给你添麻烦……

……

送走了老太太，指导员告诉欧阳文，昨天晚上11点钟，他们刚刚入住这里的时候，这位老人和旁边药店的掌柜等三四个人，来到驻地，说这大三九天的，这个破房子太冷，他们腾出了一间大房子，要我们搬进去。我们说这里不冷，年轻人火力壮，比东北好多了！我们谢绝了热情的市民。凌晨三四点钟，他们再次过来请，说："你们到这里来，不就是为了我们这些平民百姓吗？现在外面下霜了，把你们冻坏了还怎么站岗？"刚才，这是第三次来……

欧阳文对指导员说，这里的老百姓觉悟高，是真心实意对咱们的战士好，这就要求我们更加严守入城规则，绝不能给老百姓添麻烦，更不能扰民。咱们住房、执勤的条件一定会有所改善。我代表军首长，表扬你们，感激你们，这才是我们人民军队的样子！

进入北平的第一个夜晚，官兵坚决不扰民的事迹被迅速传颂着，不少市民见到"平警"战士，就竖起大拇指，赞叹："天下真有这么好的队伍。这真是毛主席领导的队伍，真是人民的队伍。"

"人民"的范畴有多大?

从这一天开始，古老的北平城内出现了身着军装臂戴"平警"臂章的解放军战士执勤、巡逻的身影，在北平人民的大家庭中，他们成了举足轻重的一员。

白天，他们在博物馆、报馆、图书馆、仓库、文物古迹和要害部位站岗值勤；夜晚，他们身背钢枪，在路灯下巡逻，保护古都的安全稳定。哪里的人民生命财产受到威胁，他们就出现在哪里。

警备任务全面展开以后，农村来的这些战士，的确大开眼界，他们遇到了许多见所未见，闻所未闻的故事。

在中国人民解放军总政治部的办公大楼里，时任干部部顾问的周之同老人用带有胶东味儿的普通话，侃侃而谈：

这次进京，对我们的考验是多方面的。如果只是维护社会秩序，还好说了，完成任务是不成问题的。不可否认，我们的干部战士多数来自农村，又长期在农村作战，一来到北京这样的大都市，眼睛都不够使了，啥都是新鲜的。当然啦，笑话也闹出了不少。

——在六国饭店执勤的分队，有个战士要上洗手间，那里的人说就在一楼。战士进去转了一圈儿，又跑出来了。排长问：上厕所也像打冲锋，这么快？他说：“不是。这城里人的厕所没法上。蹲都没法蹲……”排长不相信，跑到厕所去看，回来对他说：“你真是个土老帽，那是叫你坐在上面的，不是叫你用脚蹬在上面的！”小战士这才明白，说，“我琢磨了半天，怎么看怎么像个洗脸盆儿，人家门口不是写的盥洗室吗？”

——住在旃坛寺的部队，有一战士半夜起来，拉电灯。开关响了一下，灯却没有亮。倒是屋里刮起了冷风。情急之下，他又拉了旁边的一个开关，灯倒是亮了，但见头顶上一东西在飞快地转动。这是咋回事儿？排长跳了起来，“这是个什么鬼？三九天头顶上刮冷风！”拿棍子来，把它顶住！棍子是拿来了，但电风扇依旧顶不住。这个排长生气了，拿着棍子一顿乱打，把电风扇打坏了，也没能让它停止转动……

周老说：闹点笑话不要紧，城市生活知识也不难掌握，但是由于形势发展转变来得太快，干部战士各种各样的思想问题，就不那么简单了——

北平城素有“东富西贵，南贫北贱”的说法。我们军部和所属各师的警备区域，就在非富即贵的东、西城区。这里有着多座王府，深宅大院，还有众多的名胜古迹。看着那些衣冠楚楚的男人和花枝招展的女人，战士的种种不适应，随即显现出来——

有的营、连干部问：那些住在深宅大院的官僚、军阀和流亡地主，哪个不是我们要革命的对象？我们凭什么要给他们站岗放哨？

一个班长说：“有钱人坐在黄包车上，驼背的工人拉黄包车，这还不是人欺压人吗？”

一个战士说：“我们去打饭，不少人围着我们，看我们吃啥，见我们吃高粱米、老咸菜，贵妇太太们直撇嘴，我怕他们瞧不起，就把饭盒盖上。”

周之同说：这就要我们这些做政治工作的人，做大量的思想工作了。什么叫转变呢。从农村转到城市。这个变化多大呀！过去我们在农村打土豪，分田地，让贫苦农民翻身！现在在大城市里，我们却要帮助比地主大得多的资本家恢复生产！必须要给战士讲清楚，工厂恢复了生产，对我们的国家是不是有利？对我们新解放的城市是不是有利？对我们的广大人民群众是不是有利？这算不算为人民服务？

进而，他再问战士一句，你们说，这样的资本家买卖人是不是可以划进人民的范畴？

不同阶层的人，只要他的所作所为对广大人民群众有利，对我们即将成立的国家有利，我们就应该和他们一道共同奋斗。

当然，也有些从胶东打到东北，从东北打到关内的官兵，看着北平人过的生活，想想自己老家的苦日子，不免心中有些不平，甚至滋长了和平享乐的思想。

“北平都打下来了，咱也该歇歇脚了！”还有人说，这大城市咱也过不惯，回家娶个媳妇，“三十亩地一头牛，老婆孩子热炕头”，不也挺好的……

这些很现实的问题，是一道关，也是一道坎儿，就看我们能不能过得去。

在新生的古都，41军进行了新的政治整训，122师365团有个“肖永华连”（以战斗英雄肖永华命名的连队）他们有意识地把全连干部战士撒出去，让他们接触社会，接触群众，开阔眼界。帮助驻地众打扫卫生，参加工厂、商店的劳动，到学校给学生上课等。晚上，大家坐到一块儿，说见闻，聊体会，提问题，谈转变。

官兵们的眼界宽了，看世界的观念变了，提出了很多的问题，我们打仗为什么？全国解放靠什么？进了北平就是“到站”了吗？下一步该怎么办？他们结合“挖苦根”活动，进行自我教育，自我提升……

经过讨论、争论，理越辩越明，路越看越清，执行警备任务的自觉性也越来越强。队伍也变得越来越有文化。有的战士说，咱们也是进过北平，见过大世面的人了……

在整训中，政治机关，领导干部也带了好头。主动和驻地的高级知识分子或其他知名人士接触，学习了解了很多闻所未闻的知识，从而增进了和不同阶层人士的了解。军首长得知，司令部通讯科所住西城报子胡同18号（今西四北三条39号）是京剧“四大名旦”之一程砚秋先生家的前院。莫政委说，我们一定要去看看这位有民族气节的京剧艺术大家。抗战期间决不为日本人唱戏，并且拳打汉奸特务，得罪了日伪当局，隐居青龙桥……

军长吴克华、政委莫文骅和副政委欧阳文等首长，特意来到报子胡同看望程先生，对他腾出房间来让部队居住，表示谢意。程砚秋也很感动：“贵军为民赴汤蹈火，理应盛情款待，只是家人甚多，寒舍狭小，实在抱歉。”吴军长说：“这已经给您增添了不少的麻烦，请程先生海涵。”……

军政治部战斗报社住进了曾任西南联大总务长、北京大学郑天挺教授家。郑先生是大学问家。平时也很少说话。报社的工作人员，刚开始不太敢和他接近。时间久了，从点头打招呼，到后来听教授讲历史。

郑教授家的四姑娘，20来岁，特别喜欢听报社的编辑记者讲战斗经历，传奇故事。一来二去就和报社的同志熟悉了。

当报社要搬到别的地方时，四姑娘很有点不舍，深情地说：“现在刚熟悉了，你们就要走，我们还真舍不得呢！”

她把报社的人送到大门外，对他们说：“你们是有文化的军队，和国民党大兵根本不同，是文明的军队。”

打铁必须自身硬

入城后，接管工作开始，上级传达了北平军管会主任叶剑英的一次讲话内容，他说：我们中国人民灾难深重，日本侵略，八年抗战，受苦受难。抗日胜利后又打了三年解放战争，人力物力财力受到了很大损失。这种长期战争所造成的创伤急待我们去医治。现在北平和平解放了，这是傅作义将军一个很大的功绩。古城没有受到什么损失，大家应当珍惜，把一草一木交接好，然后共同努力来医治战争创伤把国家治理好……我们的干部多数是农民出身，打仗行，文化不高，对许多事不大懂。……目前我们的任务是把北平接管好，交的要交好，接的要接好。为了我们灾难深重的祖国和受尽苦难的人民，为了迅速医治战争创伤，建立一个新中国，为了子孙后代，……做好这项接管事业。

北平警备司令部司令员兼政治委员程子华开会回来，给41军的首长讲了先于他们进天津市的黄克诚的一则逸事：

1月15日下午4点，天津市军管会主任黄克诚率领第一批接管干部坐着卡车来到天津公议大楼（今和平区承德道22号），一到军管会办公室，就对大家宣布了他的“章法”：

“我黄克诚进天津时穿着这身衣服，有朝一日出天津时还是穿着这身衣服，保证原封不动！”

41军的同志当然明白，黄克诚同志这是立了一个标杆，进入北平以后，只能比这个标杆高，不能低于这个标杆。……

他们都明白，打铁还需自身硬。只有以身作则，严格要求自己，才能带好队伍，说话硬气！特别是在财物面前，只要领导不伸手，部队就会干净，就有战斗力。

各级领导干部很快感到了“权力”这两个字的分量。警备司令员程子华与警备司令部的所有领导约定，从我做起，从司令部做起，谁也不准随便批条子，不准通过私人关系动用国家财产。

进城后不久，莫文骅到军管会向叶剑英汇报工作。

莫文骅说："叶主任。担负巡逻任务的部队很艰苦，干部战士很自觉，库房里有上千辆自行车，没有一个人去动它，干部不搞特殊化。"

叶剑英说："这样好。我们就是要这样。我虽是军管会主任、北平市长，但任何东西都不能私自处理。我体谅同志们的辛苦，但不能随便动用自行车。"

当时，警备部队受领的任务当中，有一项是就接管、看守108座仓库。

这些仓库地点分布可谓是星罗棋布。海运仓，北新仓、天坛、太庙……每个区都有。仓库的种类繁多，五花八门包罗万象。既有枪炮弹药库，也有军需服装库。军靴，大米面粉、罐头美酒，也有绫罗绸缎，还有的是汽车、小轿车、自行车等。

364团驻区内有一座面粉仓库，里面堆放的全是"洋面"。

一天，来了两个人说是军管会的，要拉面粉。站岗的同志见他们的证明没有盖上公章，就严加盘问，并告诉他们，没有公章，一斤也拉不走。来人马上换了一副笑脸，一边掏"哈德门"香烟，一边说："小兄弟，洋面是公家的，分到你头上能有几两？你通融一下，别人又不知道，咱亏待不了你。"

我们的战士严词拒绝，并向他们发出了警告。

365团5连负责看管一个军械仓库。接管后的第二天，来了一个衣冠楚楚的国民党军官。他找到5连连长说："你我都是军人，懂得武器的重要，请兄弟帮忙，将我这支左轮换换。"

5连连长目光严峻，用两个字回答他："不行！"

这个团五连还看管被服仓库，一个胖胖的职员拎着一个鼓囊囊的提包来找站岗的战士。他先掏出馒头还有花生、大枣等，对站岗的战士说："库里的衣服没有登记，多一件少一件根本没人知道。你给换两件吧！"

战士明白过来，马上把这个人送到连部进行批评教育。

接管军械仓库时，傅作义部队的一个军械科唐科长，又是给解放军腾房子，又要准备茶饭，态度非常友好。交接完成后，特意来向营长表示敬佩之意，把自己的手枪送给他留作纪念，营长说，这可不行，我们不准收礼品。

唐科长小声说："你们怕犯纪律，我偷偷地送来好了。"

营长认真地告诉他说："我们遵守纪律是自觉的，人前人后都一样。"

中国有句俗话"近水楼台先得月"。北平警备司令部要求所有部队做到"近水楼台不得月"。有些政策规定，简直到了十分刻板的地步。

警卫营一连二排执勤的范围内有两座电影院。电影开场了，他们在外面巡逻，电影结束了，他们目送看电影的人离去。

寒风中，电影院的员工请他们进去暖和暖和，看看电影，战士们解释说："我们是来担任警戒的，不是来看电影的，谢谢你的好意。"几次邀请，几次推辞。观众都朝他们竖起了大拇指。

驻防铁狮子胡同的364团2营，发生了这样一件事。

副营长见4连几个战士的鞋破了，就让文书尹登岐到看守的仓库拿9双皮鞋给战士穿。没承想尹登岐却顶了回来："副营长，那恐怕不行吧，纪律规定，看管仓库要原封不动。"

副营长说："你哪来那么多废话？这大冬天的，我们战士的脚冻坏了，谁负责？叫你去拿你就去拿，出了事情我负责！"

尹登岐拿了三双鞋到连部。对连长说，这是副营长让从仓库里拿来的。连长征求战士们的意见，战士们七嘴八舌地说："鞋坏了可以再修修，实在不能穿了，向上级申请。""直接从仓库里拿，违反了纪律。这鞋，我们不能要。"

尹登岐又把鞋原封不动地退回去了。

为这事儿，营部党小组专门开会，党员战士指名道姓地批评这位副营长，要求他在全营作深刻检查。

……

这件事情反映到警备司令部，立即引起了政治机关的高度重视。在警备工作会议上，副政委兼政治部主任欧阳文点名批评极个别违反纪律的同志，并把这种“政策点将台”形成了制度，几乎每周都要讲评一次。

同时他们启动了“舆论监督”。不仅在自办的《战斗报》开办了政策纪律点将台的专栏，还以军政治部的名义，在《新民报》上刊发启事，请社会各界监督军纪。启事如下：

本军奉命进驻北平以来，遵守城市政策与纪律，得到广大群众的拥护和赞扬。但是，仍有个别违犯纪律的现象存在。为了更好地保护人民利益，维持治安，进一步密切军民关系，希各区政府工作同志及平市各界人民，对本军维护人民利益及遵守政策纪律的优缺点，多多提出意见，本军表示热烈欢迎，并诚恳接受各方批评。

政治部还派人到各师的警备区域内，进行明察暗访，广泛征求北平市民的意见。白塔寺附近一位80多岁的老太太对征求意见的人说：“我什么队伍都见过，从未见过你们这样的队伍。”

“国宝”和“钉子眼”

作为世界文化名城，今天的北京吸引着成千上万的游客。当游人走在世界最大的广场——天安门广场的时候，漫步在中国最大的皇家园林颐和园的时候，在北海荡起双桨的时候，在八达岭长城攀登的时候，年轻的导游一定顾不上告诉你，在1949年的初春，为了保护这些世界著名的文物古迹，那一代人所作出的种种努力。

这首先要说到1948年12月17日，大军已经包围了北平城，毛泽东亲笔起草致林彪、罗荣桓的电报。电文中称：

沙河、清河、海淀、西山等重要文化古迹区，对一切原来管理人员亦是原封不动，我军只派兵保护，派人联系。尤其注意与清华、燕京等大学教职员、学生联系，和他们共同商量，如何在作战时减少损失。

强攻天津的炮声停息之后的1949年1月16日，毛泽东再次以中央军委的名义，给平津前线司令部发出《关于保护北平文化古城问题的指示电》，要求如攻击北平城：

必须做出精密计划，力求避免破坏故宫、大学及其他著名而有重要价值的文化古迹。你们务必使各纵队首长明了，并确守这一点。让敌人去占领这些文化机关，但是我们不要攻击它，我们将其他广大城区占领后，对于占领这些文化机关的敌人，再用谈判及瓦解的办法，使其缴械。即使占领北平延长许多时间，也要耐心地这样做。为此，你们对于城区各部分要有精密的调查，要使每一部队的首长完全明了，哪些地方可以攻击，哪些地方不能攻击，绘图立说，人手一份，当做一项纪律去执行。为此你们必须召集各攻城部队的首长开会。给予精确的指示。

为此，北平市委书记彭真指示海淀军管会的荣高棠，要他马上派人到清华大学，去找古建专家梁思成，请他标出应当保护的文物古迹。并火速送到平津前线司令部。

当天晚上，清华大学政治系主任张奚若带着两位军代表，来到清华大学建筑系主任梁思成家，开门见山，请他在地图上标出需要加以保护的珍贵建筑和文物，画出禁止炮击的地方。

这让梁思成、林徽因夫妇很是兴奋。平津战役开始以后，这两位建筑学家一直担心战火可能毁灭北平的古建筑。现在围城的部队要保护这些名胜古迹，正合他们的心意。于是，立即挑灯夜战，两天后，他们把画好标明的地图，交给了军管会的来人。

有材料显示，梁先生标出的这张图，很快就出现在了西柏坡的军委作战室。毛泽东还在图上圈圈点点……

后来，梁先生回忆起那个时刻，依然难以忘怀："童年读孟子，'箪食壶浆，以迎王师'这两句话，那天在我的脑子里具体化了。过去我对共产党完全没有认识，从那时候起我就'一见倾心'了。"

此时，平津的战况正以紧张的节奏进行着。在大军围城的情况下，身在北平的傅作义将军已经和平津前线司令部开始和平谈判。

作为北平警备部队的首长之一的莫文骅将军，却接待了一个北平各界代表团。在他的回忆录中，记载了这生动的一幕（需要说明的是，这篇回忆录是当时所写，无疑带着那个时候的各种痕迹）。各界代表为了北平的和平解放，为了保护这座著名的文化古都，殷切之情溢于言表。

两天以后，1949年1月21日，《关于北平和平解决问题的协议书》正式签字生效，规定自1月22日上午10时起双方休战。22日，国民党华北"剿总"政工处副处长阎又文在中山公园水榭举行中外记者招待会，代表傅作义将军宣读"协议书"及文告。

北平和平解放了，保护文化名城文物古迹的任务落在了"平警"战士的身上。那里都曾经留下过平警战士的身影和脚印。

在颐和园执勤的是367团1连。连队的战士进入颐和园的时候，连长跟他们说，老家有句俗话，"逛逛万寿山，死了也不冤"！ 现在咱们就住进万寿山来了。

他们那时候并不知道这里是中国现存最大的皇家园林，中国四大名园之首（另外三个名园是，承德避暑山庄、苏州的拙政园、留园），更预想不到的是万寿山和昆明湖在1998年11月会被列入《世界遗产名录》。战士们怎么会知道，中共中央和毛泽东主席进北平的第一站会是在这里落脚？

走进颐和园的战士们，在面积达293公顷，有着成百上千各式宫殿园林建筑的园林执行任务，会是怎样的一种心情。

他们把保护文物的决心书贴在墙上、大门上，请老百姓监督。看到解放军战士认真巡逻，爱护园子里的一草一木，就连掉在地上的枯树枝都不乱动，一位颐和园的老工人夸奖说：“你们是天底下顶好的军队，真像爱护眼珠儿一样爱护颐和园。”

41军参谋长李福泽将军，到这里来参加了他们的交接班，目睹了一个交接程序：要数驻地房间钉子眼儿。如果多了一个钉子眼儿，就要查清是谁钉的。

李福泽说，好哇，我们这里又创造了一个规定。换防时数钉子眼儿！

363团负责守卫故宫、景山、北海、团城、太庙和六国饭店等重要目标。

警备司令部向363团团长乐军、政委周之同、政治处主任蔡红江，交代任务时非常明确。

——你们所负责的地点，几乎都是国宝。党和人民把这些国宝交给了你们，如果出现一点闪失，就拿你们是问！

军长吴克华的话能让他们记一辈子：

“平津作战，我们打了大胜仗，攻下了天津，和平解放了北平，是军政完胜。要告诉战士们，我们不是军阀，我们是人民解放军，解放了北平，但北平不是我们哪个人哪支部队的战利品。北平是全中国人民的。这里一草一木，我们只有守护的责任，没有动用的权利。”

不要说这些在战场上摸爬滚打历经枪林弹雨的战士，就是警备司令部的军级干部，也只是在书本上见过象征皇权的紫禁城三大殿。知道这里称为紫禁城，是“皇帝老儿”住的地方。是中国古代宫廷建筑的精华，也是世界上现存规模最大、保存最为完整的木质结构的古建筑之一，被誉为世界五大宫之首（北京故宫、法国凡尔赛宫、英国白金汉宫、美国白宫和俄罗斯克里姆林宫）。当然他们不可能知道，眼前的故宫会被列为中华人民共和国第一批全国重点文物保护单位，1987年会被列为世界文化遗产。

故宫当然是警备的重中之重。363团在这里实行重点警戒，既有固定岗哨，也有巡逻部队。团首长每天检查一次。

莫文骅政委来到故宫检查警备情况。在固定哨位，他看到了哨兵的活动区域——在固定的白线内履行职责，绝不往故宫内部多走一步。团长汇报说：这是我们和故宫的有关人员确定的。

莫政委问："战士们反应如何？"

团长说，"战士们遵守值勤规定，履职尽责，绝不越线一步。"

"有什么问题没有？"

团长实话实说："我们都是第一次进北平城，北平解放了，我们在这里站岗执勤。战士们没别的要求，将来能不能让我们这些'土包子'看看皇帝老儿住过的金銮宝殿？将来回家，也有个吹牛的资本。"

莫文骅说："战士们有想法可以理解。但是，入城纪律是军管会和警备司令部定的，如果我们警备部队带头参观故宫，开了这个口子，北平周边的几十万部队也要求参观怎么办？还怎么保护故宫？战士们的想法可以带到军党委会上，党委会讨论以后再向上级报告。"

……

早春二月，平津前线司令部，北平军事管制委员会，专门组织第四野战军和华北解放军的部分官兵，参观了一次故宫博物院。直到这时，负责警备故宫的部队，才有机会进入了紫禁城。

他们走内金水桥、太和门，参观太和殿、中和殿、保和殿，然后到乾清宫、坤宁宫入御花园，再参观东西各宫，最后出神武门。故宫博物院的工作人员详细介绍了这里的重要文物。

这时，负责守卫故宫的官兵们，才进一步知道了自己工作的意义，正像莫文骅政委所说："我们守卫好这些珍贵的历史文物，将来让我们的子孙后代都能看到这一切。这也是我们对历史作出的贡献。"

进京赶考　油画　180cmx300cm　何宁

1981年的深秋，为了采访警备部队保护故宫的情况，笔者数次骑车到故宫博物院，拜访了当时故宫博物院的单士元先生等人。

单先生文质彬彬，慢言细语，从冯玉祥把溥仪赶出故宫，他们参与清点故宫文物说起，谈保护文物的曲折过程，也给笔者普及了不少关于这座紫禁城的知识。

说起人民解放军保护故宫的情况，老人家说，从进城那天起，他们就派了岗哨来帮助守护故宫，他们非常守纪律，只管站岗执勤，他们的活动范围很小，不该去的地方绝不往前迈一步……

尾　声

昆明湖边杨柳冒出了鹅黄的嫩芽，映照在已经解冻的湖面上，向世人展示1949年的春天来了。

在这春风杨柳的日子里，“平警”的部队，迎来了一个重要的时刻，党中央毛主席进驻北平。他们光荣地接受了毛主席等中央领导人的检阅，至此，出色地完成了北平的警备任务。

于是有了下面的一幕：

1949年4月14日凌晨，北海西侧的旃坛寺军营，全副武装的队伍在操场上集合列队。戴红袖章的值班员，在整齐的队伍前面，下达了一个口令：

“点验开始！”

战士们按照口令，放下武器、背包。连队值班员，开始对每一位干部、战士携带的武器装备及个人用品进行清点。

这里还要科普一下，“点验”是军语中的一个词，按照《中国人民解放军内务条令》之规定，“点验”是对部队编制、实力、战备和安全状况的全面检查。点验包括如下内容：1.执行编制的情况。2.装备和物资的数量、质量、保管、维修、保养情况。3.人员的健康和卫生状况。4.装备、物资“三分四定”

落实情况和携行能力。5.个人物品。点验中发现的问题，应当查明情况，妥善处理。对个人私存的公物、弹药和淫秽物品等必须予以收缴，并视情给以批评教育或者处分。

半个小时之后，值班员向团参谋长报告："点验完毕，一切正常！"

值班团长立即向师长报告，本团全体干部战士没有带走一件物品，真正做到了"空手进空手出！"

这，不正是第一支进京的队伍交出的最好的答卷吗?

1949年解放军接收故宫经过

祝　勇

一

自1933年开始，故宫博物院13427箱又64包文物（加上古物陈列所、中央研究院、颐和园、国子监等单位文物共19816箱72包15件13扎）踏上了南迁之路，到1947年12月东归南京，已经过去了将近15年。15年中，故宫人带着这近两万箱文物，为躲避战火而四处辗转，历尽了千辛万苦，付出了惨重的代价，但文物的安全，依旧没有保证。这些原本收藏在故宫博物院的珍贵文物，凝聚着中华优秀传统文化，是5000多年中华文明的瑰宝，是国之命脉。但在贫弱的、备受欺凌的中国，却几乎找不到它们的安身之地。直到中国共产党领导中国人民取得了抗日战争和解放战争完全胜利，建立了新中国，这批文物才重归北京，回到了故宫博物院，得到完好的保存。国家兴，则文物存。故宫南迁文物的命运，体现着国家的命运。只有在一个独立、民主、富强的国度，我们的文化命脉，才能得到完好的保存，中华优秀传统文化，才能得到弘扬。本文特别回顾了平津战役胜利后，共产党接收故宫博物院，故宫获得新生的过程，以此纪念中国共产党成立100周年。

1948年9月12日，辽沈战役打响，11月2日结束，历时52天，东北野战军以伤亡6.9万人的代价，歼灭国军47.2万余人，俘虏国军少将以上高级军官186名，东北全境获得解放。

这一战后，国民党军总兵力下降到290万人，解放军总兵力上升至300万人，国共双方的军事实力发生了逆转，解放军由劣势转变为优势。11月6日，华东野战军按计划发起淮海战役，至1949年1月10日结束，历时66天。此役敌我损失比为4.06:1。解放军在兵力、装备都不占优势，战场情况复杂多变的条件下，取得辉煌胜利。20世纪80年代，美国西点军校专门派出考察团来到淮海战场旧址进行实地考察，以“不可思议”来评价这场战役的结局。

此时，故宫博物院院长马衡的工作一如往常，院内的各种事项依旧有条不紊地进行。马衡，浙江鄞县人，1881年出生，金石学家，考古学家，书法篆刻家，1922年被聘为北京大学研究所国学门考古研究室主任兼导师，主持过燕下都遗址的发掘，对中国考古学由金石考证向田野发掘过渡有促进之功，被誉为中国近代考古学的前驱。1924年11月受聘于“清室善后委员会”，参加点查清宫物品工作。1925年10月故宫博物院成立后，曾兼任临时理事会理事、古物馆副馆长，1926年12月任故宫博物院维持会常务委员。1928年6月南京政府接管故宫博物院时，曾受接管代表易培基的委派，参与接管故宫博物院的工作。1929年后，任故宫博物院理事会理事兼古物馆副馆长，1933年7月任故宫博物院代理院长，1934年4月任故宫博物院院长。抗战期间，他主持故宫博物院文物南迁。抗战胜利后，主持北平故宫博物院复员，以及将在战时南迁至乐山、峨眉、巴县等地的故宫文物东运到南京的工作。

1948年11月9日，马衡主持召开了故宫复员后的第五次院务会，讨论决定了一系列重大事项，如清除院内历年存积秽土，修正出组与开放规则，把长春宫等处保留原状，辟为陈列室，增辟瓷器、玉器陈列室及敕谕专室，修复文渊阁（图），继续交涉收回大高玄殿、皇史宬等。

11月29日，在辽沈战役取得全胜的解放军东北野战军大军南下，向张家口外围国民党军发起攻击，打响了“三大战役”中的最后一个战役——平津战役。1949年1月14日，解放军上千门火炮同时向天津城开火，各部队迅速在东西南三面9个地段突破城防，只用一天多，就全歼天津守军，活捉天津警备总司令部中将总司令陈长捷，解放天津。

平津战役打响后，国民政府多次来电催促马衡“应变南迁”，马衡一概婉拒了。12月16日，孙科签署行政院电令，要求马衡执行故宫理事会将文物运往台湾的决议，17日，当年协助将故宫博物院南京保存库里的文物运出南京、时任国民政府教育部政务次长、故宫博物院理事会秘书杭立武发来专电，催促马衡南下，马衡委托即将南下的清华大学校长梅贻琦代转“不能南飞之意”。

1949年1月14日，马衡先生在致杭立武信中写道：

立武先生大鉴：

弟于十一月间患心脏动脉紧缩症，卧床两周。得尊电促弟南飞，实难从命。因电复当遵照理事会决议办理，许邀鉴谅。嗣贱恙渐痊而北平战起。承中央派机来接，而医生诫勿乘机。只得谨遵医嘱，暂不离平。……

运台文物已有三批菁华大致移运，闻第一批书画受雨者已达二十一箱，不急晒晾即将毁灭。现在正由基隆运新竹，又由新竹运台中。既未获定所，晒晾当然未即举行，时间已逾二星期，几能不有损失。若再有移运箱件则晾晒更将延期。窃恐爱护文物之初心转增损失之程度。前得分院来电谓三批即末批，闻之稍慰。今闻又将有四批不知是否确实。弟所希望者三批即末批，以后不再续运。①

① 马衡著、马思猛整理：《马衡日记（1948—1955）》，生活·读书·新知三联书店2018年版，第29页。

为了阻止这批文物赴台，马衡采取了一个战术，那就是拖，一直拖到解放军入城，拖到新中国成立。

朱家溍先生在回忆那段往事时说：1949年前，故宫博物院分为三馆一处，即古物馆、文献馆、图书馆和总务处。各馆处下设科室。我初到故宫工作时，各馆处的领导人员是古物馆馆长徐森玉、文献馆馆长沈兼士、图书馆馆长袁同礼、总务处处长张廷济。北平解放前夕，有一次马先生召集院务会议。正值徐馆长在上海，由我代表古物馆出席。沈馆长逝世不久，南京新派的姚从吾尚未到任，由单士魁、张德泽代表文献馆出席。此外，就是应该出席的袁同礼、张廷济和秘书赵席慈。在那次会议上，马先生宣布："行政院有指令，要故宫把珍品选择空运南京，当然空运重量、体积都有限得很，所以要精选。"……马先生说："图书馆很简单，文献馆的档案怎么样？"单士魁说："档案无所谓真品，应该说选择重要的，可是重要的太多了。如果在重要中再选更重要的，势必弄得成案谕折离群，有时附片比折本更重要。档案装箱很容易，可是选择太难了，实在无法下手。"马先生想了一想说："好像行政院意在古物，所以文献馆我看不装了吧！"单、张二位都笑了，说："好极了，那我们省事了！"马先生接着说："看起来，古物馆是要费事的。先把精品选出来，造清册，交总务处报院，这个工作要求快，至于包装，一定要细致谨慎，……"这个会散了以后，我和当时古物馆管理延禧宫库的杨宗荣、汤有恩，还有古物馆编纂李鸿庆共同商量了一下。我把会上马先生的原话告诉了他们。我分析马先生的原话，不像真心要空运古物，因为我想起了前几天，文献馆信赖的吴相湘，曾向马先生请求调南京分院工作，马先生没有答应，后来他就不辞而别乘飞机走了。马先生知道以后，曾说："这种人，真没出息。"我想马先生如果真心想要空运古物，那就说明他自己也打着走的主意，那么就必然会同情吴相湘的走。既然骂他走是没出息，那么他自己一定是不打算走。所以他说选精品，造清册，报出去要快，可是包装古物不要快，又重复一句，记住！这不是很明白了嘛。他们三人也同意了这个看法。杨宗荣说："过几天看他催不催，这也是检验他真装假装的尺度。"于是我们一面选，一面造册。……这项造册工作很快就完成交出。日子一天一天过去了，马先生没有催，国内大形势一天一天地变化。有一天，院长室的尚增祺告诉我："今天袁馆长（指袁同礼）来电话，问古物装箱的事，我听院长回他说星期五装不完，你要星期五走就先走吧，总之要派人押运的。"我听了尚增祺的话，立刻到延禧宫告诉杨宗荣、李鸿庆。我们是这样分析的：马先生自从把清册寄南下来京以后，对于古物装箱的事，不但没催，连问也没问过，他怎么能知道星期五装不完呢？从这句话就可以判断，他真心是不打算空运古物，才这样敷衍袁同礼的。过了星期五，我们知道袁同礼已经飞走了，马先生还是不问不催。又过了两天，王府井南口戒严，断绝交通，听说要使用东西长安街做机场跑道，准备在城内起飞和降落。这件事吵嚷了几天，没见实行，航线便停了。后来北平和平解放了，我问马先生，是不是一开始就不打算装运古物。马先生连吸几口雪茄烟，闭着嘴从鼻孔冒烟，不说话，这是他经常有的神情。等烟冒完了，才慢慢说："我们彼此算是'会心不远'吧！"①

二

1949年1月1日，中国人民解放军北平市军事管制委员会在北平郊区良乡成立，主任叶剑英。这一天，北平军管会发布第一号布告，内容是：

> 案奉中国人民解放军总部电令："北平四郊国民党匪军业已就歼，北平城内国民党匪军亦就歼在即，北平将告解放。为着保障全体人民

① 马衡著、马思猛整理：《马衡日记（1948—1955）》，生活·读书·新知三联书店2018年版，第75-76页。

的生命财产，维护社会安宁，确立革命秩序，着令在北平城郊，东至通州，西至门头沟，南至黄村，西南至长辛店，北至沙河的辖区内，实行军事管制，成立在中国人民解放军平津前线司令部指挥下之北平军事管制委员会，为该区军事管制时期的权力机关，统一全区的军事的民政管理事宜。一俟北平解放，即加入北平全市为其管制区域，并任命叶剑英为北平市军事管制委员会主任。”本会遵即于一月一日成立，本主任亦于一月一日到职视事，遵照中国人民解放军平津前线司令部约法八章实施军事管制。

军事管制委员会之下，设有文化接管委员会，简称“文管会”。文管会设有文物部，部长为尹达，副部长为王冶秋，联络员为李枫、于坚、罗歌。

尹达（1906—1983），中国近现代考古学家、历史学家，曾是“中博”“考古十兄弟”之一。1931年参加殷墟发掘，最初在安阳小屯北地见习，随即赴安阳后冈参加梁思永主持的发掘。1932年，尹达到中央研究院历史语言研究所考古组工作。1938年赴延安参加革命，在陕北公学任教。1945年，傅斯年一行6人在王若飞陪同下飞抵延安，毛泽东、朱德、周恩来到机场迎接。尹达与傅斯年面晤，以《中国原始社会》一书相赠。1949年1月，北平解放初，尹达兼北平军事管制委员会文化接管委员会文物部部长，负责接管古都众多的文物单位。

王冶秋（1909—1987），1932年参加左联，是鲁迅晚年青年挚友。1941年加入中国共产党。后在冯玉祥处任教员兼秘书。1947年后任北方大学、华北大学研究员。新中国成立后，历任文化部文物局副局长、局长，国家文物局局长、顾问。

1月22日，马衡院长应华北“剿总”之约至中南海春藕斋开会，聆听了傅作义宣布《关于和平解放北平问题的协议》公告。31日，马衡在日记里写道：

“解放军一部分入城”[1]，平津战役以和平的方式而告结束。2月3日，马衡先生在日记里描述解放军入城的盛大场面：“是日上午十时解放军自永定门入，军政首长在前门城阙检阅步骑炮兵，一军入前门经东交民巷、东单、东四而达西城，行列延长数里，整齐严肃，蔚为壮观。”[2]

2月10日，北平军管会接收故宫博物院。当年接收故宫的联络员罗歌先生这样回忆当时的情形：“我到故宫，先去拜见马衡院长，当我向他作了自我介绍后，他非常礼貌地站了起来，表示欢迎联络员到故宫开始工作。我很不安，再三说明，自己是北大的学生，而他曾经是北大的教授。但是，马老说：‘这是故宫，不是北大。这是办公室，不是课堂。你不是学生，你是共产党的代表，应该这样。’此后，对于我传达军管会的指示，他都用毛笔亲自在信笺上简要地记下来。由于他的热情、认真、严肃的态度，使联络工作非常顺利，他亲自召集科长以上的办公会议，让大家要服从军管会的领导，要尊重、支持联络员的工作。”[3]

2月8日，尹达、刘新权、舒赛来到故宫博物院，接洽解放军指战员参观故宫事宜。

平津前线司令部决定，东北解放军及华北解放军20余万人将于日内分批参观故宫。时任院长的马衡先生表示热烈欢迎，全力搞好接待工作。罗歌回忆：“平津前线司令部派来某师政委舒赛同志及李营长。舒赛是个女同志，她到故宫博物院，就召集接管故宫的罗歌同志和李营长开会，分了工。舒赛全权指挥部队，李营长负责联络，罗歌负责总导引及供水等事宜。全院600多人，除老弱病残者外，都在做导引、警卫工作，少部分人负责烧开水，用皇宫内原

---

① 马衡著、马思猛整理：《马衡日记（1948—1955）》，生活·读书·新知三联书店2018年版，第41页。
② 马衡著、马思猛整理：《马衡日记（1948—1955）》，生活·读书·新知三联书店2018年版，第44页。
③ 马衡著、马思猛整理：《马衡日记（1948—1955）》，生活·读书·新知三联书店2018年版，第59页。

来的大铁锅烧水，用宫内堆积如山的废木料做燃料，从贞顺门一带，十几口大锅一字儿排开，烈火熊熊，烧开一锅锅开水。故宫的同志们将开水一碗碗送给解放军解渴。军民鱼水情谊浓，那热烈而动人的场景，是故宫博物院建院24年来所未见过的新气象。解放军一批又一批乘军用卡车来到午门前广场。他们下车后，排成二路纵队，进入午门，经内金水桥、太和门，参观太和殿、中和殿、保和殿，然后到乾清宫、坤宁宫入御花园，再参观东西各宫，最后从神武门出，乘车返回驻地。军管会命令故宫，每天必须书面报告参观情况，军管会叶剑英主任每天晚上听取有关部门的专题汇报。每天约万余人参观，从2月12日至3月4日，所有部队参观完毕。”

马衡在2月12日的日记里写：“解放军来参观。各界在天安门前开庆祝大会，并游行，与会者十万人以上。……晚晴，月色甚佳，盖今日为元宵也。”①

罗歌回忆：“3月5日，舒赛同志带领李营长向马衡院长告别，对博物院全体职工的热情支持和接待表示感谢。军管会为了慰劳博物院的同志，当天晚上请他们到长安大戏院看了梅兰芳演出的《贵妃醉酒》。”②

三

3月6日，接管大会在太和殿召开，除值班站岗的警卫队员外，全体参加。马衡在这一天的日记里写：“九时尹达、王冶秋来，与员工警讲话，以风大，改在太和殿内举行，至十时三刻甫毕。”③当时在接收现场的罗歌回忆：“马老也站在职工队伍中，这更增加了会场的严肃气氛。当我宣布请军代表尹达同志

① 马衡著、马思猛整理：《马衡日记（1948—1955）》，生活·读书·新知三联书店2018年版，第48页。
② 马衡著、马思猛整理：《马衡日记（1948—1955）》，生活·读书·新知三联书店2018年版，第48页。
③ 马衡著、马思猛整理：《马衡日记（1948—1955）》，生活·读书·新知三联书店2018年版，第59页。

讲话后，整个太和殿寂静无声，掉一根针到地上也能听到响声。尹达同志快步登上皇帝宝座，他用力地大声讲话，我至今还能记得其中的一段：‘几百年来，只有皇帝才能登上这个宝座。现在，我作为北平市军事管制委员会接管故宫博物院的军代表，也登上这个宝座。有人说，老百姓登上宝座，会头晕，会掉下来的。今天，我的头并不晕，也掉不下来。这是为什么呢？因为人民当家做主了，人民成为主人了。现在，我宣布：正式接管故宫，马衡院长还是院长，全体工作人员原职原薪。从今天起，故宫新生了……’尹达同志讲完后，离开皇帝宝座，走到听众中，用力地握着马老的手，此时，我看见马衡院长的嘴唇也微微颤动，泪花在他的双眼中闪烁。我也激动了，赶忙请他和尹达同志离开会场。此时，全体职工警卫队伍中突然爆发出雷鸣般的掌声，欢送着他们两人走出太和殿。可惜，那天没有照相。那时，太和殿还没有装灯，故宫的老式照相机也无法把这个珍贵的镜头拍摄下来。然而，这场景却常常映现在我的眼前。我相信，那天参加大会的五百多位职员、工人、警卫也永远不会忘记的，是不会忘记故宫的历史开始了新的一页的。”①

开国大典的前一天傍晚，马衡院长乘车驶出故宫，由北长街往南，打算经过天安门，一睹新广场的布置，但刚到南长街街口，就遇到军车组成的车阵驶过，他等了半小时不能通过，只好折回，经景山回家。后来才知道，在天安门广场上将建立人民英雄纪念碑，以纪念在人民解放战争和人民革命中牺牲的人民英雄，当时，毛泽东主席与出席中国人民政治协商会议的全体代表正在举行奠基仪式。

10月1日，中华人民共和国中央人民政府成立，故宫博物院和太庙皆根据华北高等教育委员会的命令暂停开放一天，并在午门、神武门，以及神武门外的北上门（今已拆除）张灯结彩，以示庆祝。故宫博物院部分员工在工会组织

---

① 马衡著、马思猛整理：《马衡日记（1948—1955）》，生活·读书·新知三联书店2018年版，第59-60页。

下，从库房提出灯笼，前往天安门参加开国大典，并在大典后参加群众游行。

中国进入了一个全新的时代，故宫博物院也因此获得了新生。故宫博物院和共和国一起，走过了72年的光辉历程，发展为中国最大的古代文化艺术博物馆、第一批全国爱国主义教育示范基地、世界文化遗产、文明交流互鉴的中华文化会客厅，成为全体中国人热爱的历史文化圣地。

改天换地

开国盛典

林玉华

中央成立开国典礼筹委会

1949年，形势的发展出乎人们意料地迅猛。人民解放军以摧枯拉朽之势，横扫国民党百万大军。解放军占领了蒋介石的总统府后，青天白日旗从总统府的旗杆上被砍落了下来。

一个旧时代结束了。

新政协筹备会在已解放了的北平顺利进行。筹备会常务委员会推选毛泽东为主任，周恩来、李济深、沈钧儒、郭沫若、陈叔通为副主任。下设6个工作小组，分别负责拟定参加新政协会议的单位及代表名额，起草新政协组织条例、共同纲领、中央人民政府组织法和大会宣言，拟订国旗、国徽及国歌方案等工作。

6月末，中共中央派刘少奇秘密访问苏联，向斯大林通报中国革命的形势、新政协筹备会的情况和新中国"一边倒"的外交政策等问题。斯大林对中国同志指出，你们已经具备了掌握政权的一切条件，打算何时成立新政府？要掌握时机，防止帝国主义可能利用所谓“无政府状态”进行干涉。刘少奇立即打电话向中央和毛泽东做了汇报。毛泽东很重视斯大林的谈话，中央决定把原定1950年元旦庆祝开国的日期提前进行，随即加快了成立联合政府的步伐。

关于国名，在新政协筹备会开幕时，毛泽东曾使用“中华人民民主共和国”这一称谓。与会代表、清华大学教授张奚若先生提出质疑，认为“人民”与“民主”含意重复，焉有人民而不民主哉？是“人民”而非“专制”，是“民主”而非“君主”。最后，大会经过民主讨论协商，确定国名为“中华人民共和国”。

此前几个月，在中共七届二中全会上，毛泽东明确指出：新中国中央人民政府的主要人员配备，还需要同民主人士商量，但“周恩来是一定要参加的，其性质是内阁总理”。为了抓紧落实开国大典的组织工作，中央于7月下旬成立了以周恩来为主任的中央人民政府成立典礼筹备委员会，彭真（中共北平市委第一书记）、聂荣臻(副总参谋长兼华北军区司令员和平津卫戍区司令员）、林伯渠（新政协筹备会代理秘书长）、李维汉（中央统战部部长）为副主任。筹委会拟定开国大典包括三大项目：

（一）中华人民共和国中央人民政府成立典礼；

（二）中国人民解放军阅兵式；

（三）各界群众游行活动。

毛泽东说：开国第一次阅兵一定要搞好

在周恩来的直接组织下，开国典礼筹委会成立了阅兵游行总指挥部，由聂荣臻担任总指挥，杨成武（第20兵团司令员）、唐延杰（华北军区司令部参谋长)、唐永健(华北军区司令部作战训练处处长）、刘仁（中共北平市委第二书记）、肖明（北平市总工会主席）和肖松（新民主主义青年团北平市委书记）为副总指挥。总指挥部下设阅兵指挥所，杨成武兼任指挥所主任，唐延杰兼任副主任，统一负责受阅部队的调度指挥。

聂荣臻作为总指挥，向阅兵指挥所的同志反复强调：我们这支军队走过雪山草地，从金沙江到黑龙江，从长白山到南海边，英勇作战，用鲜血和生命换来了今天的胜利。在这次阅兵中，一定要展示出人民军队步调一致、军容严整、英勇无畏的精神来。

杨成武是一员猛将。两个月前，杨成武接到中央军委的紧急电令，由大同前线赶赴北平。在中南海，周恩来向他传达了军委部署，分析了蒋介石企图利用海、空部队的优势，袭击天津、秦皇岛一线，进而直逼北平的形势。谈了即将筹备新政治协商会议和建都北平的有关设想，指示第20兵团既要担负起保卫新中国首都的任务，又要组织好开国大典的阅兵仪式。杨成武深感肩负的担子重大而又光荣。

距离开国阅兵只有两个多月的时间。杨成武、唐延杰先后走访了正在北平出席作战会议的第二野战军司令员兼南京市市长刘伯承、第三野战军司令员兼上海市市长陈毅，还走访了国民党政府东北军的几位老将。当时在北平的苏联军事专家组，也为阅兵的组织工作提供了指导性意见。

杨成武、唐延杰受命后的第一项工作，就是在筹委会的直接领导下，主持起草《阅兵典礼方案》，包括受阅部队的选调、编组、阅兵程序、阅兵礼乐，以及受阅前的训练等内容。阅兵仪式分为两个部分，即“检阅式”和“分列式”。检阅式是指受阅部队在静止状态下，接受阅兵司令员的检阅；分列式则是指受阅部队在行进状态下，接受党和国家领导人及各界人民代表的检阅。

参加受阅的部队是：

一、海军代表部队由安东（今丹东）海军学校和华东军区海军各一个排编成。

二、陆军代表部队由步兵第199师、炮兵第4师、战车第3师、骑兵第3师和独立团及步兵第207师第619团编成。其中战车师辖摩托化步兵团、装甲车团、坦克车团，骑兵师军马1979匹。

欢歌乐舞庆大典——1949　油画　180cmx230cm　李藻华

三、空军代表部队由华北军区航空处负责落实，报中央军委批准后实施。

鉴于北平刚刚解放，社会上的散兵游勇和敌特活动十分猖獗。因此，围绕着阅兵的地点问题，阅兵指挥所提出了两套方案：

一、在市区中心的天安门广场举行。天安门城楼做主席台，可以容纳全体政协会议代表。便于组织，交通比较方便。不足之处是：东、西三座门宽度受限，不能按正规展开宽正面分列式；安全保卫任务比较繁重。

二、在西郊的西苑机场举行。半年前欢迎党中央进入北平，有过一次阅兵的经验；机场跑道宽阔，分列式可按正规展开，安全较好保证。问题是：距离市区太远，往返交通困难。

8月中旬，两个方案综合利弊，同时上报中央。

在半个多月时间里，周恩来反复权衡，终于下定决心。9月2日，他用毛笔在《阅兵典礼方案》上签署了意见：

毛主席总司令刘少奇阅：

日期在政协闭幕后政府成立之日。阅兵地点以天安门前为好。时间到时再定。检阅指挥员由聂（荣臻）担任。阅兵司令员请朱德同志担任。

中南海西岸，有一座绿瓦飞檐、中西合璧式的建筑，始建于清朝末年，原名叫仪銮殿。八国联军侵入北京后，豪华的殿堂被烧成瓦砾，后来又在原址上建起了“佛照楼”，中华民国初年改名为怀仁堂。一天，毛泽东、朱德、刘少奇、周恩来在怀仁堂召见阅兵指挥部主要人员，听取了聂荣臻关于阅兵仪式的基本设想，接着由杨成武汇报了阅兵典礼的实施方案。毛泽东眉宇舒展，心境宏敞，深深地吸了一口烟说：

“我们历来主张慎重初战。这次阅兵也是初战，开国第一次嘛，告诉同志们，一定要搞好！”

走出中南海，杨成武、唐延杰又一次来到了天安门前，抓紧“阅兵方案”的落实工作。他们的耳边久久回荡着毛泽东的嘱托……

大典前夕的天安门广场

1949年8月，北平市第一届各界代表会议作出了修整天安门广场的“决议”。北平市委书记彭真、市长聂荣臻对此非常重视，责成市政府建设局提出“修整计划”，并承担这项紧迫的任务。

昔日的天安门广场曾是皇苑禁地，纵横呈“T”字形。长年来由于军阀混战，日寇占领，兵荒马乱，无人治理，偌大的广场上杂草丛生，蓬蒿满地；天安门两侧的平地上垃圾成山，尘土飞扬；城楼北面通往午门的地方堆满了砖头瓦砾；金水河淤泥堵塞，水腐发臭；千步廊御道上坑洼不平，肮脏混乱，两旁摆摊吆喝的、打拳卖艺的、卜命算卦的，挤撞不堪。夕阳西下时，一队远行的骆驼，拖着沉重的脚步，在叮当的驼铃声中风尘仆仆地走过……

遵照北平市委、市政府领导下达的指示，建设局局长曹言行、副局长赵鹏飞披挂出征，进行动员，明确修整天安门广场的任务是压倒一切的中心工作。随后，集中主要技术骨干，抽调519名职工，调集优势的工程机械，热火朝天地干起来了。青年团北平市委组织了6000多名青年团员和学生，自愿到广场参加义务劳动，运砂搬石，平路填坑。全市工、农、兵、学、商各界人士都积极予以配合。

天安门城楼顶上的茅草荆棘清除掉了，露出了金黄色的琉璃瓦。

城楼上的圆柱油漆一新，广场四周的宫墙进行了补砌和粉刷，斑驳的墙体重又裹上了红色的衣裳。

聂荣臻发布命令，成立清运委员会，规定凡是出城的车辆必须捎运一车垃圾。

东、西三座门之间和往南延伸的中华路（千步廊）全段，多年遗留、堆积的渣土、垃圾和障碍物被清除掉了，破损的青石路面修补好了，铺装沥青石渣路面1626平方米，平垫碾压出54000平方米、能容纳16万人的大广场。

园林工人沿长安街栽种了树木和花草……

公安总队和中央警卫团为了迎接党中央进驻中南海和全国政协会议的召开，组织了两个团的数百名官兵清理垃圾、挖湖掘淤，甚至从湖中还挖出了一些子弹、手榴弹和枪支。经过一个多月的日夜奋战，仅中南海的垃圾和湖里的污泥，就清运出3000多车次。“太液秋风”重现昔日燕京八景的皇苑风光……

几乎是在一夜之间，受尽屈辱的天安门和脏乱的北平城，经过“整容”变了模样，重新焕发出生机与活力。

中央人民政府委员在勤政殿宣布就职

9月30日，中国人民政治协商会议第一届全体会议胜利闭幕。当晚在怀仁堂举行盛大宴会，代表们纷纷向毛泽东敬酒，周恩来生怕毛泽东喝醉，影响明天的开国典礼，便主动上前替主席答酒。宴会结束后，毛泽东回到丰泽园，当夜，菊香书屋内灯火未熄。毛泽东笔走龙蛇，斟酌修订即将向全世界发布的中央人民政府公告，直到天将破晓。

周恩来从天安门广场巡视回来后，又一次把电话打到毛泽东的卫士值班室：“主席睡觉了没有？”

“还没有啊！”值班卫士李银桥回答。

周恩来在电话中急切地说：“你们要想办法催促他休息嘛，下午两点还要开会，3点钟还要上天安门。”

李银桥走进烟味很浓的毛泽东办公室，轻声地把周恩来的电话内容报告给他，并劝道：“主席，早点休息吧！”

毛泽东把文件处理完毕，然后活动一下筋骨，才上床休息。

时针指向午后1时，值班卫士准时轻轻地叫醒毛主席起床。毛泽东折起身子，揉揉惺忪的眼睛，还随口哼了两声京戏，顿时精神起来。

这时，卫士李银桥拿来从王府井一家制装店（雷蒙服装店的前身）定做的黄呢子礼服。料子是叶子龙秘书送去的美国将校呢，专门请著名服装裁剪大师王子清师傅为毛主席特地量身定制的，当时毛泽东把它视为“军衣”。毛泽东穿在身上，抻平理顺，看上去更显得伟岸挺拔，大气凛然。

午后2时整，毛泽东坐车到达通往瀛台的白玉石拱桥，步行走进勤政殿。

朱德、刘少奇、周恩来、宋庆龄、李济深、张澜、高岗等国家领导人已在这里集合。毛泽东主持了中央人民政府委员会第一次会议，主席、副主席和委员宣布就职，宣告中华人民共和国中央人民政府成立，并通过了中央人民政府第1号《公告》。

《公告》在讲到选出的中央人民政府委员会委员时，原稿简略为“陈毅等56人为委员”。张治中委员当场提出：这是中央政府的正式公告，应该把所有委员的名字都一一列上，因为这样更能体现中央人民政府是真正实行新民主主义的联合政府，对国际国内都具有重大的影响。如果把这些人“等”掉了，就没有这个气势了。毛泽东听了后，晃了晃手中的《公告》稿，连说：“这个意见好！”马上吩咐中央办公厅工作人员把其他55位委员的名单补齐，临时别一张纸条加在《公告》上。

毛泽东之所以欣然接受张治中的建议，其中是有道理的。因为中共中央早已决定并再三宣布：中国革命分两步走，第一步是新民主主义，建立联合政府；第二步才是社会主义。新当选的人民政府委员会的56名委员，代表了联合政府中不同的阶级成分和经济成分，他们都是在社会上有着广泛影响的代表人物。当时在中国政治舞台上为争取民主自由而奋斗的知名人士，以及反对国民党专制统治的各方面实力人物，都尽在其中。在中华人民共和国开国之际，及时向全国、全世界公布和宣传这些代表人物的名单，标志着新成立的中央人民政府是真正实行新民主主义的联合政府。

毛泽东选在勤政殿主持中央人民政府就职仪式也是别有深意的，他提醒政府的每一个委员和工作人员：人民的政府要“勤政为民”。

2时50分，出席会议的主席、副主席、委员步出勤政殿。毛泽东见到年长的先贤、民主革命元老，都一一上前握手。

这时，周恩来走过来问：“主席今天睡好了吗？”毛泽东摇摇头，风趣地说：“我们打了这么多年的疲劳战，打出了一个中华人民共和国。今天是建国第一天，又是一个疲劳战。”毛泽东稍停了一下，招呼大家登车，接着又说：“咱们的一生就是打疲劳战吧!”

周恩来接过话头：“这是高效率的疲劳战，三年解放战争，消灭了敌人八百万，建立了盼望已久的新中国，这个效率还不高啊！”

周围的领导人都笑了，毛泽东自己也欣慰地笑起来。

随后，毛泽东等领导人乘车出中南海东门，从故宫西华门南拐至阙右门，再往南直达天安门，登上了城楼的100级台阶……

自动升国旗电钮的秘密

一个月前，天安门广场的布置工作紧锣密鼓地展开了。

当时的华北军区和平津卫戍区司令部设在位于德胜门内、什刹海西岸的庆王府。华北军区政治部宣传部部长张致祥接到开国大典筹委会的命令，从庆王府驻地急如星火地赶到天安门城楼后面的西朝房。他被指定负责天安门广场的布置任务。

张致祥首先召集了一个“诸葛亮会”，邀来了北平市建设局、电业局和军委电信总局的专家、工程师，请大家出主意、提方案。当谈到升国旗的事项时，像一滴水飞进油锅里，炸开了热烈的讨论。

“升旗的旗杆要竖立在广场的中央。”

“在旗杆下设两名升旗手。”这是最初的方案。

据说，近代清朝政府的“黄龙旗”、辛亥革命时期的“五色旗”和南京国民党政权的“青天白日满地红旗”，都是由人工升降的。就连苏联莫斯科红场的国旗，及至联合国大楼外面的旗帜，也都是由升旗手拉动旗绳操作的。

“国旗是新中国的标志，要由毛主席亲手来升！”有人提出别出心裁的想法。

“城楼离旗杆那么远，毛主席怎么可能从城楼上走下来升旗呢？”

“有办法。”一位30岁出头的年轻军人打着手势说，“可以设计一个自动升降器，把控制开关放在天安门城楼上。到时候毛主席一按电钮，马达就可以带动红旗上升了！”

“好主意呀！”张致祥眼睛唰的一下亮了，“回去赶快搞设计。先拿出方案来！”

这位提出电动升旗的年轻军人是军委电信总局接管旧联勤总部电信机械修理厂的军代表，名字叫李岩。来开会前，王诤局长找他打了招呼：“新中国要成立了，交给你们一项光荣任务。你们要多动脑筋，多想办法，创造性地完成好！”

军代表回到工厂，立即召集苏冶、杨明、刘迪、杜文元等技术人员研究设计，翻找电器元件、水银开关，加工材料，并进行模拟试验。初战的成功给他们带来了喜悦。

新政协筹备会副秘书长齐燕铭和北平市人民政府秘书长薛子正，对电动升旗的方案都表示同意。“方案”上报周恩来，很快就被批准了。

市建设局接受了国旗旗杆和电器设备安装施工任务。经过市建工人们的日夜奋战，新中国第一座国旗旗杆在广场中心的青石御道上竖立起来了。旗杆的顶端呈球状，里面有正反方向自动开关，用1马力的马达作动力，采用电机变速传动、电磁限位器控制方法，红旗升到顶端或降到一定位置，电路自动断开。经安装调试，升旗电动控制良好，所需时间符合要求。嗣后，从旗杆底座引出一对电线，沿着青石御道的石缝敷设，过金水桥，顺着天安门城墙角，伸向城楼主席台。

10月1日下午3时，毛泽东、朱德、刘少奇、周恩来和宋庆龄、李济深等登上了天安门城楼。中央人民政府秘书长林伯渠宣布：“请毛主席升国旗！”

在毛泽东面前，竖有一个半人高的金属三脚架，顶端有一颗红色的按钮，一条导线通往广场上的旗杆。

此时毛泽东神情庄重，两眼闪射出深邃的光芒。他用力摁动了升旗的电钮……

瞬间，汩汩的电流启动了广场旗杆下的马达，伴随着《义勇军进行曲》庄严雄壮的旋律，一面巨大的五星红旗，像一轮早晨的太阳，冉冉升上了天空。

毛泽东望着缓缓上升的五星红旗，禁不住脱口喊了一声：“升得好！”

当五星红旗第一次在天安门广场升起，开国大典的礼炮声响了。隆隆的28响，响彻云天。

向全世界宣告

隆隆的礼炮像报春的惊雷，在天宇间激荡回响，把开国大典隆重、庄严的气氛推向了高潮。

毛泽东主席神情肃穆。他迈着稳健的步子走到麦克风前，环视了一下广场上沸腾的人群，平缓了一下呼吸，用他那浓重而激昂的湘音，庄严宣布：

> 中华人民共和国中央人民政府，今天成立了！

顿时，广场上欢声雷动，红旗、花束、彩扎卷起了波涛。“中华人民共和国万岁！”“中央人民政府万岁！”“毛主席万岁！”的欢呼声此起彼伏……

站在天安门城楼上的委员、代表们，看到广场上30万群众恢宏热烈的场面，许多人都情不自禁地流下了眼泪。

紧接着，毛泽东主席向全中国和全世界宣读了《中华人民共和国中央人民政府公告》：

现在人民解放战争业已取得基本的胜利，全国大多数人民业已获得解放。在此基础上，由全国各民主党派、各人民团体、人民解放军、各地区、各民族、国外华侨及其他爱国民主分子的代表们所组成的中国人民政治协商会议第一届全体会议业已集会，代表全国人民的意志，制定了中华人民共和国中央人民政府组织法，选举了毛泽东为中央人民政府主席，朱德、刘少奇、宋庆龄、李济深、张澜、高岗为副主席……中华人民共和国中央人民政府委员会于本日在首都就职，一致决议：宣告中华人民共和国中央人民政府的成立，接受中国人民政治协商会议共同纲领为本政府施政方针……同时决议：向各国政府宣布，本政府为代表中华人民共和国全国人民的唯一合法政府。凡愿遵守平等、互利及互相尊重领土主权等项原则的任何外国政府，本政府均愿与之建立外交关系。特此公告。

这声音，从天安门城楼上“九头鸟”广播喇叭里传出来，激起广场上30万军民雷鸣般的掌声和海啸般的欢呼声……

防敌突袭的指挥联络

阅兵前夕，聂荣臻总指挥下达了一道严格的命令：万一遭遇到敌机空袭时，要服从命令听指挥，不到炸弹临头，部队都一律要保持阵容，保持队形，避免广场出现混乱。

刚刚建立革命政权的北京，社会治安情况还相当复杂。闲居的皇室、下野的军阀、流亡的政客、蛰伏的汉奸，以及封建把头、地痞流氓均混迹于市。尤其是国民党残余的反动势力僵而未死，蠢蠢欲动；秘密潜伏下来的敌特分子还在暗中进行活动。几个月前，敌特分子纵火破坏北平电车厂，烧毁电车、厂房。已经逃亡到广州的国民党政府还不甘心他们的失败，先后派出多批B–24重型轰炸机窜入北平、上海及沿海城市实施空中袭击或骚扰。

近半年来，在北平市委和军管会领导下，市公安局重拳出击，连续破获了入城以来第一宗妄图进行武装暴动的“张荫梧集团”案，打掉了血债累累、滥杀无辜、奸淫抢掠、伺机暴乱的王凤岗匪徒团伙，收缴枪支4798支、子弹42万余发，及地雷、炸药230余箱，为开国大典清除了隐患。在政协会议期间，凡是中央首长、民主人士经过的路上，公安、警卫部队都设立了便衣岗哨，有的还化装成三轮车夫、修鞋匠、水果摊贩等，担负联络和警卫任务。一旦有敌人破坏，他们将不惜用生命捍卫大会和委员、代表们的安全。

开国大典的时间定在下午3时举行，就是为了预防国民党飞机的轰炸破坏。因为，如果国民党空军的飞机下午来偷袭，由于作战半径太长，晚上就有可能因能见度差而无法返回了。当时全国还没有完全解放，人民解放军还没有掌握制空权。因此，为了保障开国大典的顺利进行，根据周恩来的指示，总参谋部和阅兵指挥所作了一系列精心准备和严密部署。

军委电信总局派出一支执行特殊任务的特遣无线电队，由无线电总台艾平为队长，携带SCR284电台和V101报话机，专门配属阅兵指挥所使用。总局无线电处副处长傅英豪在对艾平交代任务时说：“特遣无线电队的任务就是保障开国大典阅兵游行的应急通信。如果遇到敌机轰炸、敌特破坏，致使有线电通信中断之时，即由你们接替通信指挥。”傅英豪随即带领艾平到几个定点的位置现场察看，确定在天安门城楼下东侧的红耳房和金水桥华表下设立中心台，在东单、三座门、前门、西单各设一个分台。沿着受阅部队排列的长安大街，每隔一二百米设一名步话机联络员。

10月1日早晨，周恩来又在林伯渠、罗瑞卿等人陪同下来到天安门阅兵总指挥部。在简单听取了聂荣臻、杨成武汇报后，周副主席关切地问：“一旦敌机进行空袭，如何保障有效的指挥？部队通信灵不灵？”

军委电信总局王诤局长回答：“参阅部队建立了专用通信体系，经多次预演，检验情况良好。”

“天安门和广场的通信线路、广播线路、升旗线路有没有迂回备用？”

“有。”王诤局长答道，“全是多设备、多线路、多迂回，并配备了抢修分队。”

“供电中断了呢？”

“主要设备配置两台备用发电机。”

“有线电全断了呢？”

“紧急组建了特遣无线电队可以立即接替。”

“电台已经展开了吗？”

“各台已经就位，试机情况良好。队长兼中心台台长艾平就坚守在这里。”

周恩来严肃地点了点头，又转向聂荣臻、杨成武说：“一旦发生意外情况，要确保指挥畅通，不间断！”

与此同时，在北京饭店楼顶上设置了航空指挥电台，并与南苑机场建立了专向联络。为了防止敌人的空袭骚扰，在东大桥、良乡、通县等处设立了防空指挥电台。看不见的电波交织成警惕的天网，护卫着首都的上空。

朱德总司令驱车检阅

“阅兵典礼开始！”天安门广场的喇叭里传来大会秘书长的声音。

阅兵司令员朱德特地穿了一身新做的黄呢料军装，头戴一项镶有“八一”红五角星帽徽的军帽，胸前佩戴着“中国人民解放军”胸章，驱车从天安门中间的门洞出来。战争年代，这位叱咤风云的总司令习惯着一身士兵的灰布军衣，腰间束一条旧的黑皮带，双膝下打着一对绑腿，两脚蹬一双草鞋，恰似一个农夫老汉，眉宇间露出质朴的笑容……

朱德乘坐的检阅车缓缓驶过金水桥。这里是“天街御路”，从前只有皇帝坐十八抬大轿通行。而今，这位佃农出身的人民军队统帅，乘坐当时被认为是最高级的美式敞篷轿车，威风凛凛。

阅兵总指挥聂荣臻乘车从东三座门进入，迎候在金水桥南的东华表下，向朱德郑重敬礼并报告：

受检阅的陆海空代表部队均已准备完毕，请总司令检阅！

当时由于阅兵车上没有无线电话筒，军委电信总局事先派人在金水桥畔石狮子前设置了固定的有线电话筒。聂荣臻向朱德报告的声音，通过“九头鸟”扩音器放大出去，在广场上回荡。

在《三大纪律八项注意》《军队和老百姓》《保卫胜利果实》等军乐的鸣奏中，朱德由聂荣臻陪同，同乘一辆敞篷车，出东三座门，沿着东长安街、缓缓驶过受阅的八十几个方队。一排排锃亮的绿色钢盔下面，闪动着一双双敬仰、忠诚、亲切的目光。

朱德把右臂伸向前方，向全体指战员问好：“祝同志们健康！”

指战员们齐声响亮地回答：“祝总司令健康！”

总司令振臂高呼：“中华人民共和国万岁！”

三军将士山呼海应：“万岁！万岁！万万岁！”

在统帅和士兵此呼彼应的背景下，还有一段不为人们知晓的插曲：

朱德驱车向东长安街一路阅兵的音响，由于当时技术条件的限制，无法传送到设在天安门城楼下的机房，再转播出去。工程师黄云想出了一个妙招儿，经报请阅兵总指挥部批准，同意了他们的方案：预先在检阅车的挡风玻璃上安装一只话筒，在车的尾部安装一个小喇叭，另在记者和技术员的采访车上装备一部钢丝录音机。9月底，朱德在西苑机场专门进行了一次阅兵演习。当时，杨兆麟和黄云乘采访车尾随在朱德的检阅车之后，负责录下音来，并精确计算了时间。朱德和受阅官兵此起彼伏的呼应声，清晰地录制在钢丝录音机上。在正式检阅的时间里，播送这一段“同期”录音，以模拟现场转播的实况，取得了良好的同步效果。

阅兵式完毕，朱德在聂荣臻陪同下，重新登上天安门城楼主席台，以浑厚庄重的川东口音，宣读了《中国人民解放军总部命令》：

> 我命令中国人民解放军全体指战员、工作员，坚决执行中央人民政府和伟大的人民领袖毛主席的一切命令，迅速肃清国民党反动军队的残余，解放一切尚未解放的国土，同时肃清土匪和其他一切反革命匪徒，镇压他们的一切反抗和捣乱行为……
>
> 中国人民大团结万岁！……

朱德宣读的“命令”，向武装部队发出了继续向全国进军的召唤。

这一刻，刘伯承、贺龙、陈毅、罗荣桓、聂荣臻等将帅们，都站在天安门城楼上朱德一侧，标示着人民解放军坚决听从中央人民政府和中央军委的命令，为消灭一切顽敌、解放一切尚未解放的国土，奋勇前进……

这一刻，西进兰州指挥钳马（家军）打胡（宗南）、解放大西北战役的彭德怀，坐镇武汉摆兵布阵对弈国民党“小诸葛”白崇禧的林彪，正在华南赣州运筹帷幄解放广东的叶剑英，还有因长期艰苦奋战而积劳成疾、暂栖青岛的徐向前，都打开了收音机，收听了北京开国大典的实况……

正在执行战略追击和剿匪任务的人民解放军指战员，在战壕里，在城堡上，在追击途中，都聆听到了朱总司令发布的命令。

遵照中央军委的战略部署和人民解放军总部的命令，500余万人民解放军正以秋风扫落叶之势，在华东、中南、西北、西南各条战线上追歼残敌。

战机飞过天安门

4时35分，无线电里传来了“空中受阅开始”的命令。在总领队的统一号令下，空中分列式开始，各分队保持规定的高度差、速度和时间间隔，分别在3000米、2500米、2000米和1500米的高度，飞向天安门上空。

从机场起飞受阅的17架飞机共编为6个分队。然而，欢腾的群众和敏感的记者突然发现，飞机通过天安门时，摇身一下子变成了9个分队、26架。

10月1日，从早上5时开始，南苑飞行队全体空地勤人员在机场集合，17架待命受阅的机群，像即将出征的士兵严阵以待。

下午4时，无线电里传出了地面总指挥油江发出的“起飞”命令。空中受阅总领队邢海帆率一架架银鹰在通县双桥上空编队集合，盘旋待命。而后，由东向西依次进入航线。

飞在最前面的9架P-51战斗机分为3个分队，各分队成“品”字队形。第一分队长机由总领队邢海帆兼任，左右僚机飞行员分别是东北老航校第一期毕业的飞行员孟进、林虎；第二分队长机是杨培光，左右僚机是阎磊、王延洲；第三分队长机是赵大海，左右僚机是谭汉洲、毛履武。P-51“野马”式战斗机是在第二次世界大战中由北美航空公司研制的，具有速度快、航程远和火力强等优点，是当时最优秀的活塞式战斗机。

第四分队以两架“蚊式”轰炸机编成“一”字横队，长机是邓仲卿，僚机是王玉珂。“蚊”式战斗轰炸机也是第二次世界大战中设计最成功的战机之一，它集轰炸、作战、侦察、教练、联络、反潜于一身，且善于夜间飞行，是英国久负盛名的海・哈维兰制造公司的宠儿。在辽沈战役中，东北野战军缴获了首架“蚊”式轰炸机，至南苑飞行队成立时，中国仅有两架这种战机。

第五分队以三架C-46运输机编成“品”字队形，长机是刘善本（副驾驶杨宝庆），左右僚机是谢派芬（副驾驶王洪智）、徐骏英（副驾驶姚俊）。C-46运输机是人民解放军通过起义人员和战场缴获得到并驾驭使用的双发活塞式运输机，是闻名中外的“驼峰航线”的主力机型，其2300立方尺的机舱一次可以装货4吨，而且可以爬升到8000多米的高空。在1942—1945年抗日战争最艰难的时期，中美飞行员驾驶C-46运输机，上万次往返于被称为“死亡航线”的国际空中通道（印度萨地江、汀江－中国昆明、重庆、宜宾、泸州），穿越气流强劲、云锁雾障的崇山峻岭和急流峡谷，冒着日军战机的骚扰攻击，以折机80%（1500余架）的沉重代价，运输了数万吨战略物资，写下了世界空运战史上最为壮烈的一幕。

第六分队以一架L-5通信联络机为长机，两架PT-19教练机为左右僚机，也编成“品”字队形。长机是方槐（副驾驶杜道时），左右僚机飞行员是安志敏、任永荣。L-5联络机是美国研制的民用轻型飞机，主要用于战地联络和通信，承担侦察、校射、救护等任务，被美国大兵称为“空中吉普”。搭乘这架飞机的有政协会议新闻处执行空中摄影和文字报道任务的记者林杨、柏生、家炽等，他们亲身体验了空中受阅的精彩：

飞机冲破云层，到了指定的集合点。下午4时20分，指挥部发出前进的命令，机上每一个人的神经都紧张起来，摄影的同志对准镜头，等待着伟大的场面。4点30分，北京出现在眼前：琉璃瓦的宫殿，红色的天安门城楼，整齐的街道，这庄严的人民首都，今天被红色的旗帜所掩盖，愈加显得庄严美丽了。摄影机响了，天安门出现在机翼下面，数不清的红旗和黑压压的人群连成一片，地面的装甲部队正缓缓行进在司令台前，发动机的震响充满了人民首都的上空……“毛主席和朱总司令一定看到我们了！”

站在城楼上的开国元勋和出席政协会议的委员们，最先发现了天上的机群。毛泽东仰脸东方，略眯双眼，一只手不停地用力朝天上挥动着。广场上的群众万头攒动，欢腾跳跃，把头上的帽子、手中的报纸、毛巾都抛向天空。

当9架P-51战斗机刚刚通过天安门上空时，飞行员从耳机中接收到空阅指挥员的命令：按预定计划，P-51机群再绕飞一次。机群在复兴门上空做右后180度方向大转弯，沿西直门、德胜门、安定门、东直门、朝阳门再转向建国门，当到达东单上空时，正好与第六分队相衔接。9架P-51战斗机第二次飞临天安门广场上空。

50年后，当年的飞行员、空军副司令员林虎将军回忆起当年的情景时说："这是按照周总理的指示部署的。"那是开国大典前夕，周总理在审批空军飞行队受阅计划后，特意来到南苑机场视察，当他了解到能够参加受阅的飞机数量太少时，便当机立断地说："你们的战斗机飞得快，通过天安门后再转回来，接到教练机后面再飞一次，这样看起来不就壮观多了吗！"

外国记者纷纷报道披露：中共空军以野马式P-51战斗机为主力。庆祝大典一共出动了26架飞机。他们惊呼：中共空军一夜之间竟有了如此的实力！

毛泽东高呼：人民万岁

当晚霞的金辉映照到天安门前的蟠龙华表时，长安街上华灯齐放，城楼上的八盏大红宫灯也渐渐放出了红光。整个广场和城楼上下一片通明。

阅兵游行指挥部向各分指挥站发出了指令，群众提灯游行开始了。刹那间，满天金花迸射，遍地火龙翻滚，广场变成了灯火的海洋。

游行队伍以工人老大哥为先导，农民兄弟跟进，随后是机关干部、青年学生……一路接一路，人人手提灯笼，高低错落，远远望去宛如一条条五彩缤纷蜿蜒蠕动的火龙，欢呼着通过天安门前，然后分东西两个方向，按着预定的路线向外行进。

一支近百人组成的大学生军乐队吹奏着《民主青年进行曲》，在红灯闪烁的"清""华""大""学"字灯的簇拥下，引导着4万名学生汇成的大军向广场中心涌来。

毛泽东指着青年学生的队伍，对旁边的林伯渠说："你看，青年大学生们过来了！"

学生们抬着一丈二尺高的红纱扎的大五角星和八根火炬造型的红灯，30人横成一排，大纵队行进走过主席台前，年轻的声音清脆地高呼着：

> 中国共产党万岁！
>
> 中华人民共和国万岁！
>
> 毛主席万岁！

毛泽东一手扶在城楼女儿墙的琉璃瓦上，另一只手举在空中不停地挥动着。突然，他面对着扩音器吩咐工作人员："把水银灯全打亮！"

瞬间，城楼上下雪亮的水银灯一起打开，把天安门照耀得像白昼一样。

青年们听见领袖的声音，顿时高兴地跳跃起来。广场上的群众互相拥挤着走过天安门前，一遍又一遍地高呼着口号，一双双眼睛凝视着天安门城楼上。

为了能够仔仔细细地多看上两眼，人们在天安门前挤成了一团，有的人鞋子都被踩掉了。这时，城楼上的指挥人员再三催促："同志们不要停留，继续前进！"

一支支游行队伍已经离开天安门很远，长安街上的左右三座门都过了，人们还不时地回过头来张望，希望能再看毛主席和其他领导人一眼。这时，广场周围五颜六色的礼花飞向夜空，直到晚上9时20分，整个庆祝典礼的活动就要结束了。毛泽东在主席台上向停留在广场中的群众和值勤的工作人员说："同志们辛苦了！"

孰料这时广场上却出现了更热烈更感人的高潮。

广场后部的群众举着红旗、鲜花、灯笼，潮水般向前面涌去，走在游行队伍后面的华北大学和华北革命大学的14000多名学生，一齐欢呼着涌过5座白玉石桥。无数面大红旗挥舞招展，无数支火把熊熊闪耀，无数盏红灯、花灯汇成了一片灯海。"毛主席万岁！万万岁！"的欢呼声一浪高过一浪……

面对这沸腾的场面，毛泽东的脸上焕发出庄严慈祥的光辉。毛泽东和朱德、周恩来、刘少奇等人在天安门城楼上从中间走到东头，又从东头走到西头。毛泽东把身子探出栏杆外，一只手举向空中，时而招呼着群众，时而有力地鼓掌，时而挥动着向群众致意。当“万岁”声的高潮再次涌起时，毛泽东终于遏制不住自己的激情——

人民万岁！

蓦然，广播喇叭里传出了毛泽东那洪亮激昂的声音。随即这声音又从天安门广场四周的宫墙弹射回来，发出阵阵响亮的回声：

人民万岁！
人民万岁!!
人民万岁!!!
……

正在退场的群众听见从广播喇叭里发出的领袖的声音，立即改变了向东向西分走的路线，波涛一般涌向天安门。数万名青年大学生与游行群众交互环绕，拥在5座白玉石桥上欢呼跳跃，不忍离去。青年们用力挥舞着手中的红旗，将千百只灯笼举过头顶，把无数顶帽子抛向空中。青年们放声歌唱：“在毛泽东的旗帜下前进！”

在毛泽东的眼里，青年是早晨的太阳，新中国灿烂的美景属于他们。他俯下身子，把帽子拿在手里，挥动着向白玉石桥上的青年和群众致意。毛泽东又一次激动地脱口高呼：

人民万岁！
同志们万岁！
青年同志们万岁！

开国之夜的礼花

开国典礼的最后一个程序：施放礼花。

晚8时许，阅兵总指挥聂荣臻通过临时开通的总机电话，下达了施放礼花的命令。

“万朵彩色的礼花从四面八方腾向天安门广场的夜空，首都沉浸在狂欢里了……”1949年10月2日的《人民日报》这样描写新中国的第一个夜晚。

实际上那不是礼花，而是信号弹，是240多名信号兵为新中国编织的五彩绚丽的花环。

施放礼花使用的信号枪、信号弹，是从东北、平津解放后缴获国民党军队的美式装备获取的。预先，阅兵指挥所发了一封电报——《为检阅要照明弹信号弹》，并安排“放射信号弹3万发，另有探照灯配合照射”。

与此同时，苏联军事顾问通过苏军支援了半火车皮的信号弹，有红、黄、绿、白、紫等颜色，用俄文印在木箱上。当时，军区司令部没有专门的俄文翻译，只有军务处郭修业科长懂俄文，他曾经在莫斯科东方大学学习过，干脆就由他负责按颜色分类，搭配分发给信号兵。

9月28日、29日的夜晚，金秋的爽风传送着阵阵醉人的花香。施放分队分别在北海、景山两个发射点进行试放。五颜六色的“礼花”在宝石蓝的天幕上竞相绽开，为临近大典的京都增添了浓重的节日气氛。

10月1日开国大典阅兵式一结束，群众游行开始了。

作战训练处作战科长张桂文的位置在东华表内侧的指挥台上。“丁零零——”张桂文拿起电话，耳机里传来天安门上指挥部首长的命令：

“张桂文吗？现在开始施放礼花！”张桂文听出是聂荣臻总指挥带川味的口音。

“是！”张桂文说时迟，那时快，抓起桌子上的麦克风，扯开了嗓门喊：

“各点注意，各点注意，现在施放礼花！”

"各点注意，各点注意！……"

一连广播了三遍。

不料，意外的情况出现了，广场上的扩音喇叭一点声音也没有。张桂文心里不由得"咯噔"一下，周身的血液像凝固了一样。指挥部的工作人员也替他捏了一把汗。

瞬间，张桂文想到，可能是通往扩音器的线路出了问题，人踩马踏，只要有一处中断也不成。他很快镇定下来。事不宜迟，来不及向周围的人打招呼，按着预定的应急措施，他从腰间抽出信号枪，举向空中。"砰"的一声，一颗碧绿的信号弹带着长长的耀眼的光芒，腾空而起，划破了夜空。

这突如其来的枪声，使周围的人不禁惊讶地向后一仰。人们还没弄清楚是怎么回事，刹那间，广场周围的六个发射点几乎同时轰然爆响。一簇簇五彩缤纷的信号弹骤然腾空，有的如喷射的彩泉，有的似怒放的花雨，有的像璀璨的明珠，叠织出奇光异色的绚丽图案。把大典之夜点缀得壮丽辉煌。随着礼花的每一次升落，欢呼声犹如海潮汹涌，一阵阵漫卷过新生的古城。

中苏历史性的合作拍摄

1949年8月底，刘少奇代表中共中央秘密访问苏联后回到北京。大约9月中旬，刘少奇召集中央宣传部、军委作战部、新政协筹备会和北平电影制片厂的同志到中南海怀仁堂开会。刘少奇讲：新中国要成立了，为了庆祝中国人民的胜利，斯大林决定派一个电影团到中国来，帮助我们拍摄彩色纪录影片。这是一次合作的机会，也是向苏联"老大哥"学习的机会。刘少奇要求，对苏联派来的客人要热情接待，抽调精兵强将，密切配合，圆满完成好摄制任务。

政协会议开幕以后，直到开国大典前几天，苏联派出的电影团即摄制组才抵达北京。这个摄制组阵容强大，由苏联高尔基电影制片厂著名导演格拉西莫夫和莫斯科新闻纪录电影制片厂编导瓦尔拉莫夫领衔，成员包括摄影、制片、录音、照明共计30多人。经双方商定，决定拍摄两部大型彩色纪录片。一部是《中国人民的胜利》，侧重从解放战争取得决定性胜利的角度来反映；另一部是《解放了的中国》，侧重从政治、经济、文化建设的角度来反映。中苏双方合作，两部片子，两套人马，分别由军委作战部和中央宣传部统一组织协调。

《解放了的中国》一片，由苏联导演格拉西莫夫担纲。中方总领队兼助理导演为徐肖冰，文学顾问兼撰稿人是著名作家周立波，音乐顾问是《新四军军歌》的作者何士德。摄影师由中苏双方人员组成，中方有徐肖冰等。全片均为有组织地现场拍摄。

影片为了体现中共中央的集体领导，根据苏联导演的意图，经由中央办公厅主任杨尚昆安排，在中南海拍摄了毛泽东、朱德、刘少奇、周恩来等最高层领导在一起开会的镜头。摄制组还派出摄影师分头到全国各地拍摄，从中央到地方都积极给予配合、支持。解放了的中国，到处是一派热气腾腾的景象。

《中国人民的胜利》一片，由苏联参加过第二次世界大战的瓦尔拉莫夫编导，K·西蒙诺夫撰写解说词，鲁金斯基导演。中方由黄镇为总顾问，吴本立为总领队，文学顾问兼撰稿人是军队著名作家刘白羽，吴本立、周峰为助理导演，音乐顾问也由何士德担任。除苏联摄影专家外，中方出任摄影师的有郝玉生、李秉忠、李华、徐来、叶惠等。这部片子由于涉及许多规模宏大的战争场面，特聘了四名野战军代表，他们是陈播、朱丹、苏里、王地之。其实参加组织工作的远不止这些人。

刘少奇对影片的摄制工作自始至终都十分关怀，摄制组的重大问题都直接向他请示报告。

开国大典是两部影片的高潮。10月1日这天，天安门东华表前专门为摄影师搭设了高脚台，天安门城楼上面特准苏联摄影师自由拍摄。大会开始前，吴本立就陪同苏联导演和3名摄影师在天安门城楼主席台前选好了位置，固定好了机器。大会的每一个程序都拍到了。摄影机离毛泽东站的位置很近，毛泽东、周恩来的小声交谈，他们都听得很清楚，中央领导人的每一个细微的动作，都在他们的视野之中。与此同时，徐肖冰也陪同苏联导演和摄影师在城楼上选择角度进行拍摄。徐肖冰和吴本立两人还分别提了一个手提式黑白摄影机，随时拍上一段。当时使用的电影胶片都是由苏方提供的彩色胶片，采用同期声录音。几位苏联朋友都很卖力，干劲十足，累得浑身是汗，满头直冒热气。直到群众游行结束，那绚烂的灯火消逝在狂欢的队伍中，摄影师们才收拾机器，带上拍摄的几十本沉甸甸的胶片，驱车返回位于东华门大街的翠明庄驻地。

为了拍好《中国人民的胜利》，中央责成军委作战部李涛部长专门向摄制组作了几次报告，介绍解放战场三大战役的重要战役战斗，哪些需要浓墨重彩，哪些需要画龙点睛，哪些需要一笔带过，都讲得很清楚，使中苏双方摄制人员心里有了底。

当时，由于三大战役已经结束，南京国民党政府已经逃亡，许多重大的历史场面只好组织补拍。好在战争环境还没有远去，人民还处在革命胜利的亢奋之中，所以组织补拍起来还比较逼真，上下也都很重视。

按照拍摄计划，这部影片先由辽沈战役东北解放拍起。大兵团作战，需要步兵、炮兵、装甲兵几个师的部队配合。刘少奇专请毛泽东给在武汉的林彪写了亲笔信，由吴本立和苏联专家携信前往。林彪本来考虑由四野刘亚楼参谋长挂帅协助拍摄，但因中央正要刘亚楼筹建空军，抽不出身来，就具体交给四野后勤部政委陈沂和参谋处长苏静负全责。在东北拍完了攻克锦州、塔山阻击、解放沈阳，然后就是攻打天津，和平解放北平。

为了补拍辽沈战役、平津战役指挥员的镜头，苏静一个电报把司令员林彪从汉口请来北京。林彪、罗荣桓、聂荣臻和一些高级将领刘亚楼、罗瑞卿、杨得志等，都相继参加了电影镜头的补拍工作。林彪、罗荣桓部署辽沈战役的哈尔滨会议，实际上是在北京饭店拍摄的。

在华北军区和北京市委共同组织下，补拍了盛大的部队入城式和朝阳门换岗行动：成千上万的北平市民欢迎解放军开进北平；傅作义军队把岗位和平地让给人民解放军，战士们以标准的姿态亮开刺刀站在哨位上……

在扬子江面，在金陵城头，由第三野战军部队配合，补拍了千帆竞发、突破长江天险和占领南京国民党总统府的壮观场面……

在上海外围和市区街头，在华东军区部队组织下，补拍了人民解放军攻占上海和英雄部队露宿街头的历史性场景……

由彭德怀率领的第一野战军和由刘伯承、邓小平率领的第二野战军，正在向西北、西南进军，采取大迂回、大包围和穷追猛打的方针，追歼敌人。影片收入了大量真实的历史镜头……

中方总顾问、野战军代表和文学脚本撰写人，同苏联导演、编导、制片主任经常在六国饭店碰头，研究每一步拍摄计划。无论是补拍还是现场实拍，双方都强调要逼真，历史不能造假。因为这不是演义，而是人民革命斗争的真实记录和再现。

以上拍摄的大量历史镜头，都成了中国人民革命历史上的经典资料，载入了辉煌的史册。

苏联摄制组住在翠明庄期间，发生了一件意外的事情。这栋房子是日式建筑，里面铺装的是“榻榻米”。有一次苏联客人因吸烟迸出了火星，把“榻榻米”的地毯烧着了一块。大家赶紧七手八脚地把摄制器材和电影胶片搬了出来。火势没等燃起来就平息了。所有的器材、胶片没有受到一点儿损坏。自此以后，摄制组就搬到位于东交民巷的六国饭店去住了。

笔者在采访影片《中国人民的胜利》中方领队兼助理导演吴本立先生时，吴老特意提到与上述有关的一件事。他说：后来有人传闻苏联专家拍摄的新中国开国大典彩色电影胶片全毁于大火中了，而且说得有鼻子有眼儿。这一切纯属谣传，以讹传讹。现在，这两部片子的拷贝都完好无损地保存在中央新闻纪录电影制片厂的资料库里，成为中华人民共和国的开国经典。

《中国人民的胜利》和《解放了的中国》是苏联与中方首次合作拍摄的彩

色影片。两部片子后期制作完成后，中央电影局请毛泽东、朱德、刘少奇、周恩来等领导人审看样片，地点在西四羊市大街电影局放映室。电影放完后，全场灯亮，毛泽东十分高兴，他站起来大声说："很好！通过！"其他中央领导同志也都表示很满意，并对苏联同志的辛勤工作和中苏双方的密切合作予以赞扬。顷刻，全体起立热烈鼓掌。

《中国人民的胜利》和《解放了的中国》两部大型彩色纪录影片，1950年双双获得了斯大林文艺奖金一等奖。苏联首任驻华大使鲁申代表苏联政府，为参与摄制、创作以上两片的中方人员，颁发了奖金、证书和一枚雕有斯大林头像的金质奖章。徐肖冰、吴本立都获得了10000万元（币制改革后相当10000元）奖金，后来他们全部捐献给了抗美援朝运动。

我们的朋友遍天下

时近子夜，秘书叶子龙把苏联政府发来的电报送给毛主席看。电报写道：

"……苏维埃社会主义共和国联盟热烈祝贺中华人民共和国的成立，并正式承认中华人民共和国中央人民政府……"

发报时间是在毛泽东宣布中央人民政府正式成立后仅仅两个多小时。

毛泽东迅速地扫了一眼，不由得笑了，然后向叶子龙伸出手来。叶子龙一怔，问道："主席，干什么？"

毛泽东风趣地说："握握手嘛！苏联第一个承认我们，高兴啊！"

早在两个月前，刘少奇在莫斯科访问时，同斯大林谈到中苏关系，斯大林当时便表示："只要新中国一成立，苏联立即给予承认。"

10月1日当天，中华人民共和国政务院总理兼外交部部长周恩来，将毛泽东主席代表中央人民政府发布的《公告》并随附公函送达各国政府。周恩来的公函如下：

中华人民共和国中央人民政府毛泽东主席已在本日发表了公告。我现在将这个公告随函送达阁下，希为转交贵国政府。我认为中华人民共和国与世界各国建立正常的外交关系是需要的。

中华人民共和国中央人民政府
外交部部长　周恩来
一九四九年十月一日　于北京

《公告》及随函送达各国在北京的旧领事馆领事；凡在北京无领事馆，而在南京有大使馆或公使馆者，则送达南京各旧大使馆或公使馆。周恩来说，这是我们新中国的第一个外交文件，也是通过使领馆向外国政府发出的第一个照会。与此同时，新华广播电台的强大电波，载着中央人民政府《公告》飞向十月革命的故乡，太平洋遥远的彼岸……

中苏两国迅速建交，产生了广泛的国际影响。保加利亚、罗马尼亚、匈牙利、民主朝鲜、捷克斯洛伐克、波兰、蒙古、阿尔巴尼亚、德意志民主共和国及越南民主共和国等一批人民民主国家，在短短两个月的时间内，相继同新中国建立了外交关系。到1950年初，我国同邻近的缅甸、印度、巴基斯坦、锡兰、阿富汗先后达成建交协议。随后又先后与英国、挪威、丹麦、芬兰、瑞典、瑞士和荷兰等国进行了建交谈判。其中，英国基于利益权衡，在西方国家中最早承认新中国。这在实际上打破了西方敌对势力寄希望于孤立新中国的企图。一个占人类1/4人口的新生的人民共和国，很快在国际上站稳了脚跟。

世界各国共产党和进步组织，纷纷致电祝贺中国人民革命的胜利，称赞中华人民共和国的成立，标志着近1/4的人类由封建主义与殖民主义的锁链下解放出来，对全世界工人阶级和一切民主分子争取和平与自由的斗争是一个巨大鼓励；中国人民革命斗争取得的胜利，乃是20世纪继划时代的十月社会主义革命和消灭希特勒法西斯主义之后的最伟大的事件之一……

泱泱中华，朗朗乾坤，旌旗飞舞，普天同庆。千疮百孔的旧中国嬗变为新中国，历尽劫难的中华民族获得了涅槃和新生。正如毛泽东主席在中国人民政治协商会议第一届全体会议的开幕词中所指出的：

> 我们的民族将再也不是一个被人侮辱的民族了，我们已经站起来了，我们的革命已经获得全世界广大人民的同情和欢呼，我们的朋友遍于全世界。

初 心

许谋清

20世纪50年代至60年代的一些毛泽东画至今仍历历在目。

每一个人的记忆力不一样，有人可能对声音敏感，我则是对色彩有着超强的记忆力。印刷品如果有一点儿走色，我都看得出来。在这方面我很较真儿。

油画《开国大典》，有过多次修改，最后恢复1953年原貌。

纸本水墨设色中国画《主席走遍全国》，作者共画了三幅，但三幅并不一样。大量印刷发行的是1960年的原作。

我先是北京大学历史系学生，经常到中国历史博物馆参观；后来，我是人民美术出版社编辑，我曾一次次到中国美术馆看画展；再后来，我调入中国作协《中国作家》编辑部，在沙滩，和中国美术馆毗邻，有什么重要画展，我都是第一时间得知。我看了很多毛泽东画的原作，而且是多次看，每次都是长时间看，几乎可以说，我能够记住构图画面人物色调色块线条笔触，记到在脑海中再也擦不掉为止。其中最重要的是我在20世纪90年代对于毛泽东画的作者的寻访。那时，油画《开国大典》的作者董希文和国画《转战陕北》的作者石鲁已经千古，这是无法弥补的损失，但是，油画《开国大典》背后仍留有很多故事。我找到1972年在病中的董希文指导下复制这幅画的靳尚谊，他也是油画《毛主席在十二月会议》的作者，还找到了粉碎“四人帮”后，在靳尚谊、赵域复制画上恢复油画《开国大典》原貌的阎振铎。同时找到了画《毛主席在井冈山》《毛主席在延安做整风报告》的罗工柳，画《刘少奇与安源矿工》《毛主席与安源矿工》的侯一民，以及画《主席走遍全国》的李琦，和画《延河边上》的钟涵。可惜，不知为什么，我那时没有去找画《决战前夕》的高虹。这是我非常个人化的历程，就是觉得我应该做这么一件事情。不要问我为什么。

《开国大典》是一幅在人们的期望中诞生的油画。

1951年，中国革命博物馆感觉缺少一幅反映新中国诞生的作品。这个重任便落在了中央美院青年画家董希文的肩上。

画幅宽405cm，高230cm。

董希文的画室很小，画幅顶天立地，他有时爬到高处画，有时躺在地上画，用两个多月时间，完成了这幅旷世杰作。

我们站在巨幅油画《开国大典》的前边，它不是我们在开国大典照片上、纪录片上看到的样子，也不是我们想象的那个样子，但我们很快就被这幅画征服了。我们接受了它。

1953年4月，中南海怀仁堂里布置了一场特殊的展览，毛主席等中央领导人，观看了油画《开国大典》。

毛主席称赞：“是大国，是中国。”又说油画《开国大典》，“有独特的民族形式”。

后来，董希文回忆，他和毛主席握了手。

在董希文的印象中，毛主席是每事问，什么是油画？油画是怎么画出来的？

当时，董希文就觉得把刘主席画得不太理想。

刘主席很随和，说，“我随时跟你配合”。

摄影家侯波就帮着拍照，左一张右一张的。

董希文说，我给刘主席当了导演了。

当时，气氛很好，领袖们也开起了玩笑，画面上董必武只有小半边脸，他们开玩笑说：“董老，画家只要一笔，就可以把您勾掉啦。”

董希文曾征求很多人的意见。

梁思成说，（《开国大典》）画面右方有一个柱子没有画上去，这在建筑学上是一个大错误，但在绘画艺术上却是一个大成功。

艾中信说，从构图到设色，从人物到场面，它的气派很足以反映泱泱大国的风度。董希文把主要人物处理在不到一半幅面的左侧，不仅是手法的大胆，重要的是他懂得构图的大局。《开国大典》的大块色彩，通俗易懂，看起来似乎简单，但这大红、碧蓝和金黄（瓔珞和菊花）是有意安排的。它把一个风和日丽的日子里一个庄严热烈的场面成功地描绘出来。

徐悲鸿说，董希文圆满地完成了任务，应得100分。但他又对后半句评价道，也应扣掉5分，因为缺少一点油画特色。

艾中信说，《开国大典》在油画艺术上的主要成就是创造了人民大众喜闻乐见的中国油画新风貌。这是一个新型的油画，成功地继承了盛唐时期装饰壁画的风采，体现了民族绘画特色，使油画朝着民族化的方向发展……这就很好地回答了徐悲鸿提出的问题。自此，董希文倡导的“油画中国风”便成为一种思潮，影响至今……

董一沙也说了一些对这幅画的探索和思考：父亲画天安门城楼上的地毯时，为了增强地毯的质感，他在颜料中掺入锯木的木屑和沙子，这就增强了地毯的质感。张澜长袍上的褶皱看上去是特意熨平折好，专等到庆典才穿上去的，还有汉白玉的栏杆故意没有画得很白，而是偏黄，是为了体现中国是有几千年历史的古国。

《开国大典》被誉为“共和国成立的艺术见证”。

我还没有很好地回答一开始提出的问题，董希文为什么要这样设计画面？

董希文选择把画面定格在毛主席在天安门宣布“中华人民共和国中央人民政府成立”，定格在“中国人民从此站起来了”这个时刻，这当然是《开国大典》的最佳选择。最好的表达必须让领袖和群众出现在同一个画面上，这样，中国人民站起来了，才会有足够的气势和力量，也才能显示这个盛大节日的庄严而又热烈的氛围。但是，他拿到的开国大典的照片，领袖和群众都是分开的。董希文的选择是艺术的真实，毛主席站在中间，领袖都站在左边一侧，占了画面的1/3，群众在右边一侧，占2/3。领袖和群众，一实一虚，一近一远，一少一多，互相呼应。这里有构图的大忌，却也成就了巨大的突破。为了让群众场面更加开阔，董希文甚至省去了挡在右侧画面的一根柱子，这更是一种胆识。这一做法，增加了群众场面的空间感和延伸感。

关于开国大典，我想说两件算是题外的小事，一件关于朱副主席，一件关于毛主席。

记者陈正青拍摄的一张照片是董希文创作的重要依据，但是，检阅三军的朱总司令却并没有在镜头画面上。这个历史时刻，天安门城楼上，毛主席所站的位置前方非常狭小，陈正青后背已经贴着汉白玉栏杆，身子还在往后仰。这太危险了，总司令看到了，一个箭步跨过去，抱住他的双腿。一个关键的历史镜头拍下来了，而一个重要的历史人物却跑到了镜头的外边。

我们都记得毛主席在开国大典上身穿的那件黄呢子礼服，无疑，它已经是一件文物了。但是，现在这套衣服并没有保存在国家博物馆里。为什么？事后，毛主席把这套衣服送给了他的警卫员，警卫员的身材比毛主席小，就把那衣服改成小一号的。后来，这套小一号的衣服保存在天津博物馆。这仿佛成为一种缺憾，可细想，却别有一种深意在。

对于董希文来说，一个立意，一个主题，刻骨铭心，领袖和人民在一起。董希文以他的杰作《开国大典》开了毛主席和人民在一起的主题先河。

油画《开国大典》有一段曲折的不同寻常的故事，这里简单说几句。画面世后，其实有过4次改动，第一次是删去高岗，第二次删去刘少奇，在刘少奇的位置画上董必武，这两次是董希文遵命完成的。第三次，又指示要删去林伯渠，董希文病中，请靳尚谊帮忙，靳尚谊换一种方法，和赵域复制了一幅，原作上边林伯渠得以保留。第四次，粉碎“四人帮”后，要恢复原貌，在靳尚谊的复制品上，由阎振铎、叶武林把刘少奇、高岗重新画上去。现在，董希文的原作保存在中国革命历史博物馆（即现在的国家博物馆）。悬挂在国家博物馆大厅的《开国大典》则是靳尚谊、赵域、阎振铎、叶武林复制的。我套用一句关于纪念碑的名言：他们等于给自己的师长建了一座纪念碑，但无意中，也把自己的名字写在纪念碑上边。

据说，最初提出画毛主席和人民在一起这个想法的是徐悲鸿，我见过他画的毛主席的素描头像，可惜他英年早逝。

《开国大典》之后，反映毛主席和人民在一起的绘画，出现很多好作品。

中央美院附中教师集体创作的年画《当代英雄》，画面非常开阔，全国各族的劳动模范一字摆开，毛主席站在他们中间，走进人民大会堂。画面是人民大会堂从里往外看，两根大柱像顶天柱。毛主席和劳模迎面走来，背后，天宇广阔，远处横在蓝天底下的是历史博物馆，以它淡淡的黄色衬托前面的人群，整个画面充满一股豪情。

孙滋溪的《天安门前》，我记得也叫《在毛主席身边》，构想新颖别致。农村几代人上北京，在天安门前照相，有老农，有干部，有青年男女，有转业军人，有少先队员，在他们背后，刚好是天安门城楼上的毛主席画像。每个人物都栩栩如生，各具形态。人人共此时易，此时又人人难。这幅画确实达到了这样的境界。

刘文西的素描作品《毛主席和陕北农民》中，农民很朴实，毛主席很亲切。

在这些画里，影响最大的是李琦的《主席走遍全国》。

当时，尤其是农村，没有电视，家里只能看到毛主席的标准像。《主席走遍全国》中，毛主席很慈祥很亲切，这幅作品后来又被印成老百姓喜闻乐见的年画。徐悲鸿夫人廖静文说，《主席走遍全国》，这幅画也走遍全国。

我找到了李琦。

李琦9岁跟父亲到了延安，不久，就看到了毛主席。他们是在路上遇到毛主席的，毛主席参加一个会回来，警卫员提着灯给他照路。记得是毛主席驻足和他父亲说的话。后来，李琦参加延安的儿童剧团，毛主席和其他中央首长经常来看他们的演出。有时，他还没有卸妆就跑到台下，坐在毛主席怀里一起看演出。有一回，李琦的"小胡子"掉了，毛主席还帮他找，用手在地上摸。

1958年，李琦到十三陵水库工地体验生活，毛主席也来参加劳动，工地上人山人海，李琦刚好被人挤到毛主席身边。警卫员把他当作了记者，就让他一直陪着毛主席。毛主席的鞋跟被人踩掉了，警卫员要帮他提，他摆摆手，自己蹲下身子，把鞋提好。李琦心里油然产生一种儿时在延安时的那种亲切感。他见毛主席汗流浃背，就一边用自己的草帽给主席扇风，一边细心地观察他的音容笑貌。也许，《主席走遍全国》的创作灵感就萌生在这一刻。

但是，李琦从十三陵工地回来后，创作的却是《在十三陵水库工地上》。这幅画获得了1959年世界青年联欢节奖。

李琦，1960年才创作了《主席走遍全国》，也就是说，这幅画在他心里整整酝酿了两年。在一份他的简介里，有这样一段文字：

> 1958年，他随文艺工作者到十三陵水库参加劳动，正逢毛泽东、刘少奇、周恩来、朱德等国家领导人也来参加劳动，李琦身临其境，异常激动，构思创作了《在十三陵水库工地上》。1960年以该画为蓝本，将众多人物浓缩为主席一人，创作了《主席走遍全国》。作品用传统笔墨融以西画造型之长，把领袖塑造成一个普通人。无背景画面，留给观者想象的空间。

《主席走遍全国》中毛主席的形象，风尘仆仆，风把主席额头上几缕头发吹起。主席很自信，眺望前方，穿着朴素的白衬衣，领口的一个扣子还松开着，一手叉腰，一手抓着一顶草帽自然地垂下，却又把草帽扣在自己灰色的长裤上。整个画面有紧有松，头发飘飞，领口松开，却又腰带紧束。草帽贴身，却又帽带飘起……

《主席走遍全国》最成功的是毛主席的脸部刻画。大部分的毛泽东画，毛主席的形象都有相似的照片。《主席走遍全国》中的主席形象是一个例外，他不是根据某张照片画出来的毛主席。我想，李琦闭上眼睛，就能看见一个活生生的毛主席。毛主席的眼、嘴、脸部肌肉，还有那一丝笑意。这不是来自画家的笔，而是来自画家的心。

《主席走遍全国》原作高2.5米。描绘毛主席身上衣服的线条潇洒流畅准确，既简练又丰富，加一笔嫌多，减一笔不足。

这幅画画面上只有毛主席一个人，却让人感觉到画面上洋溢着一种深厚的情感氛围，因为，它让人民感觉到毛主席和我们在一起。

说到毛主席和人民在一起，我印象深刻的还有两幅画，一是石鲁的《转战陕北》，一是钟涵的《延河边上》。一个以景为主，毛主席远远地站在黄土高原突兀的断崖上，一个画的是毛主席和老农谈心，画的是毛主席背影。

我们站在《转战陕北》前边。

吴冠中说，《转战陕北》中从毛主席的身影到前山后山，大大小小的形体都基于方，形象中“大”与“方”的单纯处理拍合了“大大方方”的概念，产生了磅礴之势。方的锐角大都被磨掉了，寓圆于方。画面于是并存着方与圆的两种基本形，它们控制了整个画面，它们交错着向心浓缩成身影的方块与脑袋及草帽的圆点，奠定了方与圆的司令部……

刘骁纯说，它以突兀而立，深厚雄沉的黄土冲激断崖的有力造型为基本语汇，塑造了一个大气磅礴的空间，在美术史上第一次揭示了被人视为光秃秃、难以入画的黄土高原特有的神韵，以此展开了毛泽东博大的心理时空，从而使作品获得了鲜明的抒情色彩和象征色彩……石鲁的勇气令人震惊，在当时出现的一批有影响的革命历史画卷之中，没有一个像他这样以景为主来表现历史事件的。

石鲁已故，我找到了罗工柳。

1959年，罗工柳在中国历史博物馆负责历史画的筹备工作，从全国调集画家，创作革命历史画。当时，石鲁是西安画派主将，又参加过陕北转战，于是特邀他创作《转战陕北》。小样出来后，由罗工柳、蔡若虹过目，两人非常满意，通知石鲁马上放大。

作品挂在历史博物馆，周总理、周扬、陆定一来审查。有一个人拉一下陆定一的胳膊说：陆部长，您看这画是不是有点问题？

嗯？陆定一没有回过味来。

那人说，怎么看不到战士、群众？

陆定一不假思索，说，群众都在山沟里。

就这样，一锤定音。

《转战陕北》轰动画坛，而石鲁，一夜之间名满神州。

我的寻访是在1995年，《延河边上》那时找不着了，我找到了钟涵。

《延河边上》是钟涵的毕业创作，指导老师是罗工柳。为了创作这幅画，钟涵去了两趟延安。据说草稿的近景：延河边上，劳动回来，有的战士在饮马，有的战士在洗衣服。远景：毛主席和陕北老农边走边谈心。画主席的背影，在钟涵之前没人画过，很新鲜。罗工柳出了主意，远近景做了调换。

罗工柳去了一趟广州，回来时发现画面变了。毛主席和老农迎面走过来，据说是董希文看过草稿，说，可不敢这么画。钟涵就把画背影的想法放弃了。罗工柳不干，他说好就好在画背影。他说，这幅画一出来，中国就多了一位画家钟涵。

我记得北京人艺戏台上也出现毛主席（于是之饰）的背影，台下响起热烈的掌声。

我们在“文革”中毁掉很多画，所幸是，过后，很多画又都找到修补或者重新复制出来，《刘少奇和安源矿工》是侯一民自己重画的。《前仆后继》是罗工柳自己修补的。但《延河边上》成了一个例外，30年过去，却没有被重画。

钟涵表示，愿意和我这个寻找者配合，还要亲自写一段文字，后来他出国了，我又到南方挂职，这件事就这么搁置了。

但后来，我终于在中国美术馆看到钟涵重画的《延河边上》，而就在那个时候，丢失的《延河边上》也找回来了。可喜可贺。

《转战陕北》和《延河边上》都画了黄土高原：《转战陕北》那片蓄意让它像岩石一样矗立着，让毛主席站立的暗红色的黄土高原；《延河边上》那片毛主席和老农比较浓重的身影，面对的亮黄色的黄土高原。两片黄土高原不但有力地衬托了人物，而且都有自己独立的形象。

我特别去找画《刘少奇与安源矿工》和《毛主席与安源矿工》的侯一民，就一点，我必须向画家侯一民表示敬意，因为他同时非常个性化地刻画，也就是尊重画面上领袖之外的每一个人。

永不落幕《龙须沟》

崔岱远

一

出天坛公园北门，沿着厚重的深灰色大墙往西走上不远，抬头就能瞧见马路对过有一大片尖顶洋楼，粉墙黛瓦，亮丽齐整，看着就让人觉着心里舒坦。您要是能走进这片社区可就更开眼了，但见宽敞的小广场周围绿柳如茵，藤掩凉亭，中央的花石圆坛上镶着曲水流觞的图案，圆坛周围环绕一池碧水，几尾金鱼正在池中悠然地穿过绿苇的倒影，池对岸的大青石前正伫立着一个手捧琉璃鱼缸的小妞子，头上梳一对羊角辫，站在那儿凝望着远方，纹丝不动，像是被这漂亮的景致惊着了，又像是在期盼着什么。

您若是以为这里是什么高档富人区那可就错了。这地界儿曾经是北京有名的贫民窟“龙须沟”，小妞子的原型就是在70多年前的一场暴雨里永远消逝在那条万恶的臭沟下面的。如今您看到的是周围的老街坊们为她塑的铜像。当初，她期盼着过上的好日子——街上没有臭沟，下雨的时候屋里不漏水，鱼缸里有两条小金鱼陪着她玩儿，要是能住进四白落地的大瓦房那就太美了。至于不出屋门就能用上自来水、就能上茅房的小洋楼，她是绝对想不到的。现如今，这一切就在她眼前，而她，竟然穿越了70多年的时光化作雕像和当初的玩伴们一起眼见着这里天翻地覆，眼见着这里换了人间，眼见着这里成为北京的模范社区——金鱼池社区，她怎么能不惊叹这里变成了一个崭新的世界！

二

照理说金鱼池这地界儿可不能算是偏僻，现在就甭说了，这里是寸土寸金的城芯儿里，即便是在几百年前，这也算是外七门以里。更何况，往西北走上十多分钟就到了繁华的前门大街了。至于那条听起来很美的龙须沟，早先或许也真的很美。明代永乐皇帝迁都北京，按照《周礼》的规制在南城兴建天坛、山川坛，坛根儿后面就挖出了这么一条排水沟，那时候叫作“郊坛后河”。这条小河源自虎坊桥一带辽金莲花池水系的故道，跨越京城中轴线的时候小河上特意建起了一座三梁四栏的汉白玉石拱桥，那就是赫赫有名的天桥，它可是天子祭天时的必由之路。之后，河水向东流经一片窑坑积水形成的池塘水泊，再跟由北面来的三里河交汇，川流过红桥之后掉头奔南，注入城外的护城河，最终一直汇入了北京经济文化的命脉京杭大运河。

那时的郊坛后河应当是一条清澈的活水河。那时的池塘水泊想也是杨柳依依，金鱼戏水，要不怎么叫作金鱼池呢？到了清代，郊坛后河索性改名成了龙须沟，似乎这响亮的名号更配得起真龙天子祭天所经之水的特殊身份。依照当地老百姓的说法，横跨在中轴线之上的那座精巧汉白玉天桥就是高贵的龙鼻子，桥翅两侧早先还有两座石碑，还有亭子，那是龙犄角，桥的东西两边，原本还有两座荷花池，那是龙眼睛，池塘周围种着垂杨柳，那是龙眼睛的毛昧，从天桥桥洞底下往东西分出来的两条水流，活脱就是两根灵动的龙须子……剧史料记载，直到光绪年间早期龙须沟里的水还是清亮的，只不过拆掉了老旧的石拱桥改成了一座低矮的石板桥。到了宣统年间，也就是在古老的京杭大运河停运断航那会儿，金鱼池以北三里河的水彻底干枯，龙须沟河道淤积，渐渐由清变浊，由污变臭，龙须沟就这么着成了一条死水臭沟。

之后的几十年，这条没人管的臭沟让周围的住家户受够了罪。沟沿儿附近几家硝皮作坊和染坊排出的废水掺和着焦渣堆、煤渣堆滑下来的废渣一起排到水沟里，加上多少年没人清理的粪便、垃圾，让整条沟都充斥着恶臭的稠泥汤子，死狗、死猫、死耗子和破布、烂菜帮子搅和在一起腐烂发霉，长出红毛绿毛，偶尔还有死孩子漂着，离多老远就熏得人恶心作呕，脑瓜仁儿疼。两旁臭沟沿儿上密密匝匝生活着的全是卖力气的、耍手艺的和做小买卖的穷苦百姓，大伙儿住的是用碎砖、炕席和着烂泥对付着砌起来的小破房子，而且都是你家墙挨着我家墙，然后接出个顶棚的“勾连搭”，憋屈不说，一旦着火可就是“火烧连营”了。打成团的蚊子和黑压压一片的苍蝇屋里屋外随处乱飞，没有茅房，没有自来水，更谈不上厨房。要是赶上下大雨，不但街道变成了烂泥塘，臭沟里的脏水也漫出槽来，带着粪沫和大尾巴蛆涌进沟沿儿上比街道还低的院子，淹进屋里，浸泡了一切家具摆设。有时候臭水里还带着死猫、死狗、死孩子，漫到土炕上，满屋里都是蠕动着的蛆。而那些拉车的、卖力气的、耍手艺的、收破烂的穷苦人就仿佛是其中一个个凄惨蠕动着的可怜虫，挣扎在这样肮脏腥臭的环境之中，终日，终年，终生，随时都有被吞没的危险。小妞子正是生在那个沟臭、水臭、地臭、人臭的黑暗年代，淹死在黎明前雷电交加、狂风暴雨下的臭沟里。

三

天亮了，解放了，共产党进了北平城。可对于京城里大多数老百姓而言，并不太清楚共产党究竟是干什么的。

开国大典的礼炮声余音未落，新中国的首都百废待兴。谁也没料到，人民政府市政建设的头一件事不是去修王府井、西单那样的繁华商业街，而是一杆红旗插在龙须沟西头，首先整治北京南城贫民窟里这条有名的臭水沟，改善最底层劳苦大众的居住环境和生活条件。这真是一桩大快人心的事！

1950年4月，龙须沟清淤工程启动。工程队的工人、派出所的警察、来支援的解放军战士一起动手，没白天没黑夜地刨起了臭沟，用铁锹挖，用土盆端，用小车推，个顶个是一腿脏泥、一身臭汗，但大伙精神抖擞、干劲十足。热火朝天的劳动场面感染了臭沟沿儿上住着的街坊邻居，他们亲眼瞧见共产党是怎么样实实在在地为他们这些穷苦百姓谋幸福的。婶子、大妈们赶紧从家里端来了大碗儿茶、捧来了热毛巾，老爷们儿索性甩开膀子抄起铁锹加入了劳动大军，撂地卖艺的艺人也没闲着，他们由衷地唱起了数来宝：“人民政府了不起！了不起，修臭沟，上手先给咱们穷人修。好政府！爱穷人，叫咱们干干净净大翻身。修了沟，又修路，好叫咱们挺着腰板儿迈大步……”

被这天翻地覆的热烈气氛激发出行动来的，还有刚刚从海外归来不久的老舍先生。当他得知龙须沟改造这一利民工程之后，出于一名作家特有的敏锐，立刻意识到这是一个绝佳的创作素材。于是，他查阅了有关资料，并且亲临工地现场去体验观察，去了解臭沟沿儿上住着的那些勤苦安分的老百姓，去和他们聊天拉家常。他听到多少年来反动政府视人民如草芥，不管沟多臭，多脏，多有害，向来没人过问。不单如此，贪官们还把老百姓捐献的修沟款吞吃过不止一次。他看到经济并不宽裕的人民政府在建设新北京的诸多事项里优先是为人民整治臭沟，除秽去害，而不是只管修整通衢大路，粉饰太平。这是人民的政府，是真给人民服务的，是特别值得歌颂的。很快，老舍先生就写出了三幕话剧《龙须沟》的初稿。

几经周折，剧本到了当时的北京师范大学文学院院长焦菊隐先生手里，他曾经创办了中华戏曲专科学校，同时也是第一位把莎士比亚名著《哈姆雷特》搬上中国舞台的著名导演，只有他才能够和老舍先生的文学地位相匹配。仔细阅读过剧本之后，焦先生发出了这样的感叹：“《龙须沟》仿佛是一座嶙峋的粗线条的山，粗枝大叶地去看，没有生活经验地去看，外表上是一无所有的。

龙须沟改造　水彩　55cmx105cm　孙涤

然而，这里边可全是金矿。”于是，他一面一字一句推敲剧本，和老舍先生商量之后进行了大幅度的改编，调动场次先后，丰富了台词，增强了效果，使其更适合舞台演出；另一面，他特别强调演员要有真实的内心感受。他亲自率领演职人员到龙须沟工地上去体验生活，琢磨人物，让演出更能表现出土生土长的南城韵味儿。他批改演员笔记，反复给角色说戏，排练的过程中他不放过每一个细节，要求哪怕是打铁的背景音也要打出形象来。作为这出戏的点睛之笔，焦先生还特意安排戏里的角色小妞子穿上了一件小红袄——她是那黑暗时代里的一朵灿烂的小花，她在场上蹦来蹦去，她叫人们喜欢。可是这朵小花终究被黑暗吞没，淹死在黎明前暴雨中的那条臭沟里……她叫人难以忘怀，那红红的颜色，那欢快的影子，让人伤心，催人泪下。

1950年11月底，龙须沟改造工程告竣，开辟了首都城市建设的新篇章。几乎是同步，转过年来的1951年2月，由老舍编剧、焦菊隐导演，于是之、叶子、黎频、郑榕等主演的话剧《龙须沟》登上了首都舞台。戏里那亲切的京腔京韵，那悦耳的吆喝声让人们如临其境。台下的观众不由得与角色同悲同喜，痛斥把好人、老实人逼疯的旧社会，讴歌为人民大众谋幸福的新政府。用戏里赵大爷的话说，当时的改造工程给周围的居民们带来了五福：“门前修了暗沟，院后填平了明沟，一福。前前后后都修了大马路，二福。有了自来水，三福。这里成了手工业区，大家有活儿干，有饭吃，四福。金鱼池再改为公园，做完了活儿还有个散逛散逛的地方，五福。”一个地方和一出戏就这么着紧密交织在一起，让土生土长的穷苦百姓获得了实实在在的幸福感，无论是在戏里还是在生活里。

《龙须沟》的公演取得了巨大成功。1951年3月，剧组进了中南海，向党和国家领导人汇报演出，得到了毛泽东主席和周恩来总理的充分肯定。一年多后的1952年，在周恩来总理的亲自关怀下，中国第一个专业话剧团体北京人民艺术剧院宣告成立，而《龙须沟》正是北京人艺的奠基之作。也是在这一年，北京电影制片厂拍摄的由大部分话剧原班人马主演的电影《龙须沟》在全国上映，立刻引起轰动。

一出原本只是为了配合时事宣传而创作的应景小戏，经过老舍、焦菊隐两位大师珠联璧合的深入挖掘和精心打磨，不仅成了歌颂中国共产党的不朽颂歌，而且开创了话剧中国化的先河。正如焦菊隐先生所说：“这一次我们懂得挖掘了，所以才发现了宝藏。”龙须沟也是得益于这出戏而名扬天下。只不过真实的龙须沟再也看不见了，它被填平铺上了柏油路，而这三个字也从一条臭水沟的雅号演变成了一条街道的名称——“龙须沟路”。

四

龙须沟东边那片叫金鱼池的水坑洼地倒是被保留了下来，填坑修湖，建成了一个元宝形的人工湖，岸边安上了水泥栏杆，装上了路灯，栽了垂杨柳，搭建了凉亭，俨然一座小公园。起初，那湖水是清澈的，周围居民休息的时候可以在岸边垂钓，可以在湖里划船，抬眼就能看见不远处祈年殿的三层蓝琉璃瓦宝顶。只不过周围的房子还是早先的棚铺房，低矮的旧房屋比新修的柏油路高不了多少，三伏天的时候，有的居民站在马路边上一迈腿就上了自家房顶上乘凉去了。住了几辈子的老房子尽管不断修修补补可仍然是越来越不结实，墙体酥碱开裂的，一下雨满屋子漏水的不在少数。又这么将就着住了十几年，龙须沟一带的住家户迎来了第二次改造的机会。

由于缺乏水源，元宝形的金鱼池其实是一潭死水，日久天长，自然变得不再清澈，再加上排水不够畅快，赶上下大雨，池里的水能涨得和栏杆一般高，甚至往大街上漫，流进住家户的屋子里。金鱼池的改造迫在眉睫。1965年，北京修建地铁一号线，政府就用挖地铁的土填平了金鱼池，用高压设备把土石砸得结结实实，在上面盖起了50多栋简易楼。多少年来蜗居在低矮破旧的小平房里的老住户全都迁进了新居。破屋变高楼，地摊改商场，这是继整治龙须沟之后又一桩天大的美事。

屋子里四白落地，房间是一大一小，南北通透，还带着一个小厨房，出屋门就有自来水使，一转身就能上厕所，再也不用担心下雨漏水了……这不就是小妞子曾经做过的梦吗？在当时的北京，能够住上这样的简易楼那是一种幸福。龙须沟，不，确切说应该是金鱼池地区的居民们再一次切身感受到共产党的温暖，他们打心眼儿里高兴。他们把简易楼之间刚刚形成的三条街道命名为翻身街、向荣街、更生街。小妞子的同龄人那一年应该是二十四五岁吧？这简易楼正好作为他们成家立业的新房。他们在这里男婚女嫁，生儿育女，安居乐业，在600岁的天坛旁感受着新时代的脉搏，过着平凡而幸福的小日子。

五

转眼又是30多年，各家各户添人进口，青年人健康，老年人长寿，两代人变成了四代人。当时的简易楼住起来就显得窄憋了。厨房改成了卧室，煤气罐挪进了楼道，家家户户门口再放上两辆自行车。楼道黑了、窄了，上下水管子锈了，堵了。楼与楼之间的街道也越来越窄，地震那年盖起来的抗震棚都被砌砖抹灰，加固变成了住人的小平房；有的人家还开起了小商店，做起了小买卖。简易楼的墙体经过30多年的风吹雨淋已经开始酥裂，墙皮不时脱落，墙面上还缠着各种电线、管子，安全隐患随处可见。简易楼成了危楼，居民们的抱怨也越来越多：说好住20年的简易楼怎么一住30多年没人管了？

共产党是不会忘记几千户龙须沟父老的。人民日益增长的美好生活需要和不平衡不充分的发展之间的矛盾必须得到解决。而所谓“美好生活”就是要让人民满意。2001年，龙须沟、金鱼池地区第三次大规模危改工程拉开了序幕。

为了让居民们早日住进新楼，街道的工作人员做了大量深入细致的调研和安置工作，得说是没少下了功夫，号称是“一把尺子量到底”，不能让人挑出毛病来。施工的工人们夜以继日连轴转，打小儿就在这里长大的大爷、大妈们得空就到建筑工地外面瞧瞧自己未来的新家园。他们看到了深厚的地基，看到了结实的钢筋，看到了一层层四合院式的新楼拔地而起。他们不敢想象，自己这辈子还能住进这样的神仙府地。

仅仅用了10个月，梦想成真。

2002年4月18日，首批160户回迁居民拿到了新房的钥匙，敲锣打鼓重新回到了金鱼池社区。刚一进小区的门，大家伙儿被迎面而来的景色惊住了，豁亮的小广场中央，绿柳掩映之下是一池碧绿的春水，消失几十年的金鱼池又重现眼前了，而且比从前更精致、更漂亮。广场周围是一栋挨着一栋6层楼高的低密度花园式洋房，房顶上还带尖顶小阁楼。再往前走，正对着金鱼池的一个宽敞的过道边上有一条花岗岩砌的不宽的水沟。一抬头，水沟两侧两根粗大的四方廊柱正上方高悬着一块标牌，上面印着五个醒目的大字“龙须沟旧址”，底图是一张黑白老照片，甭问，那必是从前的龙须沟——就那条奇臭无比的龙须沟，那条淹死过小妞子的龙须沟。尽管它已被彻底填平，但人们不能忘记它，也不应该忘记它。它代表着一个旧世界的灭亡，更代表着一个新时代的开端。

六

和北京大多数新建的现代化社区不同，金鱼池社区有个特点，就是这儿的住户都是打小一块儿长大，几十年低头不见抬头见的老街坊，彼此有种亲密的热乎劲儿。迁进新居那年，小妞子当年的玩伴儿们已是60来岁的人了，他们大半辈子都没离开过这片地界儿。他们一起亲历了新中国的发展，一起住进了做梦都想不到的高级洋房。关起屋门来家家户户是敞亮的两居室，有厨房，有厕所，做饭、取暖都用上了干净的天然气，再也不用烧煤炉子，至于漏雨，那好像是很久以前的事了。走下楼来，大伙儿还都是从前相熟的街坊邻居。这片社区的建筑布局也充分体现了这种风格，特意依照北京传统街巷建成了类似四合院式的楼宇院落，形成了开放式的“街坊”居住模式，走进小区，优雅的环境里就透出一股亲切的人气儿。这“人气儿”正是小区的活力所在，也是这座千年古都得以延续至今的精神力量。

2004年4月18日，就是在第三次危房改造首批回迁纪念日那天，社区的老街坊们聚拢在秀美的金鱼池畔举行了“小妞子”铜像揭幕仪式。他们要让这位小时候的玩伴儿同自己一道感受今天的幸福时光，他们要让现在跟当年小妞子一般大小的孩子们明白，今天的美好生活来之不易。铜雕的小妞子手捧琉璃鱼缸伫立在那里凝望着远方，像是被这漂亮的景致惊着了，又像是在期盼着什么。如果她真能穿越到今天，恐怕也会“当惊世界殊”吧？打那天起，金鱼池畔的这个广场被命名为“小妞子广场”，每年的4月18日被定为“金鱼池社区节”，对于这里的居民来讲，这一天是值得永远纪念的日子。

2012年，为了加强精神文明建设，社区里一群退了休的老街坊打算排出戏在社区节上演，至于剧目，甭问，当然首选就是话剧《龙须沟》了。不能不说，龙须沟、金鱼池一带的三次大规模改造和这出戏有着密不可分的关系。作为打小儿在这一片儿长大，跟戏里的小妞子几乎同龄的一代人，他们见证了龙须沟如何从一条万人嫌的臭水沟变成了别墅似的花园社区的全部历史；他们亲身经历了当初人民政府在经费并不宽裕的情况下是怎样下决心为老百姓除秽去害的；后来又在长达半个多世纪的岁月里怎样对他们不离不弃，一次又一次为他们营造新居，一回又一回改善他们的生活环境。老街坊们忘不了早就看不见踪迹的龙须沟，更忘不了喊出他们心声的话剧《龙须沟》。他们决定在有生之年亲自登上舞台演这出戏，讴歌给他们带来好日子的人民政府，他们觉得这正是自己这一代龙须沟人应尽的责任，有这样的好政府而吝于歌颂，就是放弃了他们的责任。

别看这是一群业余演员，但导演可是大名鼎鼎，她就是参加过1951年第一版《龙须沟》演出的李滨老师。当年的李滨还是一个20来岁的大姑娘，本色出演戏里的同龄人二春，现在的李滨已经是80岁高龄的著名表演艺术家。她带领着十几位比她小不了十几岁，从来没上过话剧舞台的退休老同志排戏，谈何容易？但是，李滨老师编导得认真，众位演员排练得投入，大伙一起精心打磨、逐步完善，仅仅反复训练了三个月工夫，一出全部由当地居民原生态出演的《龙须沟》就在小妞子广场向各位街坊邻居汇报演出了。别看老几位都是首次登台，但著名导演、真情投入、原汁原味这三大法宝让这部龙须沟人演的《龙须沟》独具魅力。从剧本到台词，从眼神到动作，从服装到道具，都毫不含糊。特别值得一提的是，这版《龙须沟》里小妞子没有直接出场，因为若真找个六七岁的小女孩儿和爷爷奶奶们一起排练几个月并不现实，若是找个大人化装又会显得太不真实。怎么办呢？李滨老师计上心来，她对剧本进行了大胆的调整，让小妞子这个角色通过其他人物的对话表现出来，而不是真实的出现在戏剧舞台上。其实，小妞子从来也不曾离开过他们，她就站在金鱼池畔，眼见着她的同龄人过上了好日子，倾听着戏剧一样美妙的生活。

龙须沟人版的《龙须沟》10年间大小演出不下30场，在社区演，在老舍纪念馆演，在民族宫礼堂大舞台演，在南锣鼓巷国际戏剧节演……当地居民的原貌出演赋予了这出戏更加深刻的人文内涵，台上的演员用真情诉说着自己70年前儿时的故事，台下的观众无不被其独特的艺术魅力深深打动。还有比这更接近生活的戏吗？还有比用这种方式说出“这是人民政府，所以真给人民服务”更有说服力的演出吗？要知道，他们为了喊这句发自心底的话，酝酿了整整70年。当然，正如生活永不停息，现如今老街坊们又有了新的希望。他们毕竟都是七八十岁的人了，腿脚一天天不如从前利落，他们盼着能等来第四次改造，能给小区的楼房都装上电梯，让他们出个门、看个病也不用太麻烦别人。

作为一个地名，“龙须沟”已经很难找到了。现在这附近的街道全都改名叫作金鱼池街、金鱼池中区等。为了办理户口遗留问题而保存下的最后一块“龙须沟北里2号”的路牌也已经踪迹难寻。可如果说生活就是一出戏，那么《龙须沟》70年间一直在天坛之北的这片土地上活生生地上演着，从来也不曾落幕。

碧水谣

陈奉生

燕山莽莽，潮白蜿蜒；大坝巍峨，碧水苍茫。这是一座人工的奇迹，这是一座生命的“圣湖”。

六十一甲子，情牵几代人。2020年是密云水库建成60周年，我出生的那年恰好水库建成。出生在水库边、长在水库边的我，与水库相濡以沫地度过了一个甲子。我每次伫立在白河、潮河大坝上，凝视满眼的水色，满眼水的风姿，感觉那是生命的律动。面对这浩渺的水世界，心里总是这样想，怎样才能留住密云水库那些渐行渐远的往事。

一

有人说，一座展馆，是一段凝固的历史，一段历史，跃动着鲜活的故事。的确，回顾密云水库60年的历程，最好的呈现方式就是建一座展览馆。2018

年我参与了密云水库纪念馆的筹备工作，与区相关单位及文化公司一道，开始了难忘的追寻之旅。先后到湖北十堰市实地考察，参观潘家口、丹江口水库纪念馆，采访水库的建设者和库区移民，到密云区档案局、石家庄市档案馆查阅相关资料。

淅淅沥沥的秋雨，敲打着石家庄市档案馆外的梧桐树，金黄的梧桐叶不时随风飘落。阅览室内却寂静无声，我们5个人埋头翻阅资料，从早晨忙到下午，终于查找到了由周恩来总理签字的，1958年6月23日北京市委、河北省委和水利电力部联合撰写的《关于修建密云水库的请示》报告。请示报告的几页纸已经泛黄，铅印的字迹清晰，内容简明扼要，主要目的有两个，一是解决京、津两市工业建设用水困难，二是彻底根除潮白河水患。

北京，位于永定河、潮白河之间，3000多年前西边的永定河孕育了北京城，被誉为北京的母亲河；而东部的潮白河，为北京提供生命之水，同样也可以这样称之。然而历史上的潮白河，由于上游山势陡峭，落差较大，水流湍急，汹涌澎湃，“水性猛，时作如潮”，故而得名。潮、白两河在密云十里堡河槽村汇成潮白河后，河道变得平浅，又无堤防，常常泛滥成灾，时常“三年河东，三年河西”，是一条“逍遥自在河”。潮白河平均两三年发一次洪水，十年九涝，可谓大水大灾、小水小灾。据统计从1368年至1939年，500多年中，潮白河共发生大小水灾380多次，其中5次水进北京，8次淹天津，给两岸人民带来深重的灾难。在潮白河两岸流传着这样的民谣：

潮白河水滚滚流／流不尽的眼泪
流不尽的愁／冲毁了多少平川地
卷走了多少房子和马牛／它要了多少人命
害得妻离子散流落在街头……

为了防治潮白河水患，早在1929年，华北水利委员会就计划在潮白河修建水库，并勘察了4处坝址。当时的中国，战乱频仍，积贫积弱，修建水库只能是纸上谈兵。

纵观历史，兴水利、除水害，历来都是治国安邦的大事。新中国成立后，党中央、国务院从利国利民，兴利除害出发，作出了修建密云水库的决策。著名的水利专家张光斗和冯寅挂帅，清华大学水利水电系师生参与设计。按照“千年一遇，万年校核”的标准，设计了密云水库建设方案。1958年6月26日，也就是《关于修建密云水库的请示》上报中央的第三天，刚刚在十三陵水库参加完劳动的周恩来总理，不顾疲劳，驱车来到密云潮、白两河的河畔，为密云水库勘选坝址。周总理仔细听取了有关专家、教授以及各方面的意见，回京后立即主持召开会议，专门研究了修建密云水库问题。决定把原规划中拟订的在第三个五年计划后期（20世纪60年代中期）动工修建的密云水库，提前到1958年汛期之后开工。

1958年9月1日，密云水库开工誓师大会在潮河工地隆重举行。会后，来自京、津、冀28个区、县的民工，清华大学等高校师生、解放军指战员20多万人，按班、排、连、营、团的编制，立即开赴各自的工地，在燕山脚下，潮、白两河河畔掀起了一场大会战。仅仅一个月，人民大会堂开工建设，人称“天字号”工程。集防洪、灌溉、供水、发电等多功能的大型水利枢纽的密云水库，则被冠以“地字号”工程。在那个激情燃烧的岁月，在新中国广袤的土地上，同步创造着惊天动地的奇迹。

二

在纪录片《修建密云水库》纪实的黑白历史影像中，我们仿佛身临其境，那如火如荼、忘我奋战的场景，深深地震撼了我们，真切体会到什么叫“一盘棋”精神！什么叫艰苦奋斗！什么叫无私奉献！

水库建设者们，从四面八方奔赴密云水库工地，他们当中很多人自带手推车、铣镐、炊具、干粮、行李，跋山涉水，来到密云。蓟县第一批建设者头顶烈日，两天半急行200多公里赶到工地；母亲送儿子、妻子送丈夫、父子结伴同行，玉田县王永宽祖孙三代8个人，一齐上阵，踊跃参加密云水库建设。当时在密云水库工地流行这样的男女对唱《送郎修水库》:

女：村外的谷子一片金，妹送哥哥离家门，郎去密云修水库，家中的事情莫挂心。

男：村外的谷子一片金，哥哥离家不担心，公社自然会照顾，劳动当中学本领。

合：小河流水水清清，夫妻离别在桥心，两人互相来挑战，相见时光荣花儿挂在胸。

铁臂撬动山河，20万建库大军追着太阳，赶着月亮，昼夜奋战，要在短短两年内，修筑潮、白两河的两座主坝，九松山、走马庄等5座副坝，另外建3座溢洪道、6条泄水、输水（发电）隧洞等附属工程，可谓工程浩大。密云水库建设者们，顶风雨、冒严寒，用肩扛、用车推，战天斗地。全国一盘棋，密云水库的建设得到各地的支援，东北的木材、江南的大米、鞍山的钢轨、三门峡的钻机等物资，源源不断地运送到工地。水库建设者们干劲十足，各个支队之间、班组之间、男女之间，展开各种劳动竞赛，歌声与劳动的夯歌，此起彼伏，响彻云霄：

太阳满天红/哎咳哟喂
沙滩摆战场/哎咳哟喂
不怕狂风刮/哎咳哟喂
不怕地又冻/哎咳哟喂
难不住真英雄/哎咳哟喂……

水库工地既是个大熔炉，又是个大学校，清华大学、北京水利勘测学院等高校师生，在劳动中“淬火”，同时把科学技术传授给建库民工，培养和锻炼了成千上万名有经验、有理论的干部和技术工人；从总指挥、各级干部到普通建设者，同甘共苦，住的是靠向阳山坡搭的近6000多座“地窖”或“半地窖”式的工棚；吃的多是玉米面窝头，熬白菜和腌咸菜。最苦、最累的是冬天，工地上的温度降到零下20多摄氏度，许多人光着膀子、赤脚踩在冰面上，浑身冒着热汗，头顶升腾着一片白白的雾气。但他们以苦为乐，以苦为荣，每个人脸上都洋溢着幸福、自豪的笑容，充满了革命乐观主义精神。

四季无声更迭，年华掷地有声。日月如梭，似乎只是一转眼，就到了半个多世纪后的夏末初秋时节。一个阳光灿烂的下午，我去采访王建华。82岁的王建华坐着轮椅，由儿媳推着从卧室来到客厅，我搀扶她坐到沙发上。她看起来有些消瘦，但精神矍铄，思路清晰，娓娓地讲起修建密云水库那段难忘的经历——

1958年7月26日，王建华和她的姐妹响应号召，自带工棚、工具、口粮来到水库的工地，她们受十三陵水库“九兰组”和“七姐妹”的启发，次日就自发成立了“十姐妹”突击队，王建华被选为队长。突击队是由城关公社南菜园大队和四街大队的10名姑娘组成的，最大的21岁，最小的17岁。她们都是自愿报名参加水库建设的，临行前向大队党支部和乡亲们表示：“不扛回红旗不回家，不修好水库不见妈。”

她们一开始是在潮河工地，主要任务是开挖导流隧洞和2000米引水明渠。初到工地时，大家都不会推手推车。在突击队长王建华的带领下，她们起五更、爬半夜，借着月光勤学苦练，终于掌握了推车技术。在潮河明渠开挖中，手推车装得满，跑得快，单车重量达150—200公斤，日超定额三四倍之多，顺利完成任务。1959年春季，“十姐妹”在王建华的带领下转战北白岩，经受了筛沙石、打混凝土、打风钻等超体力和需要技术的劳动，这对她们又是个难题，开始时她们费了很大力气才对准要破的隧洞，可是风钻的震动有时把她们的胳膊都震麻了，有时险些伤到自己……可姑娘们坚定地说：“修建水库是为人民造福。男人能干的事，我们就能干。”在支队领导的支持下，白天“十姐妹”挤时间积极向风钻师傅请教，学习打风钻的方法，进洞试行操作；夜里她们围坐一团交流经验。经过一次次的试验，姐妹们终于掌握了打风钻的操作技能。王建华、陈淑良等6名队员，被支队党委批准为参加水库建设的第一批女风钻手。

工地搬迁之后，没有地方住，“十姐妹”自己挖了一个有几间房大的地窖，周围用苇席围起来，顶上盖上草帘子，地上铺上麦秸和炕席当床。夏天闷热，工棚里像个大蒸笼，加上蚊子叮咬，睡个好觉都很困难。寒冬腊月，寒风刺骨，王建华用铁钎子撬水沟边的冻土埂，由于用力过猛，一下子扑空了，掉进水里，浑身全湿透了，手和腿很快被冻木了，两条小辫子也冻成了“冰棍”，一绺一绺的。团长叫她回去休息，她仍然坚持要干，大家硬把她拽回住处。她躺在被窝里刚捂暖和，就爬起来跑回工地，继续干起来。她说没事儿，大家都能坚持，她也一定能够坚持。

1959年4月10日上午，周恩来总理又一次来密云水库视察。此时，王建华正在东营子工地筛沙石，周总理从大坝西头走过来。王宪对总理说：“这是密云支队的王建华同志，‘十姐妹’突击队队长，人称穆桂英。”

总理上前握着她的手亲切地问：“你担任什么任务？”

她清脆地回答：“筛沙石。”

总理又问：“累不累？”

她说：“不累。”

总理和蔼可亲地问道：“为什么这么能干？”

她说：“为了修好水库呢。”

总理鼓励她：“你们干得很好，要再接再厉。”

她满怀信心地回答：“您放心，我们有决心，不完成任务不回家。”

“十姐妹”突击队在修建密云水库中，一直保持着旺盛的拼搏精神。1959

年，国务院秘书长习仲勋再次视察密云水库，亲临指导，倡导技术革新，给水库建设工地吹来了强劲的技术革新之风。经过改进的手推车、双轮车、脚踏三轮车、四轮车、六轮车、滑轮、木制车辐条、木制火车头、链条式运土机、高空绞车、高线牵引运输机等层出不穷。技术革新迅速成为助推水库建设的动力，水库建设工效大幅度地提高。“十姐妹”突击队使用革新后的成果，敢与“钢铁”“卫星”“闪电”等青壮年突击队挑战比高低，被誉为密云支队标兵。正如《密云水库战歌》中唱道：“进军战鼓响咚咚，二十万大军齐出动，英雄壮志修水库，造福万民为人民。驯服洪水降蛟龙，潮白河上逞英雄，坚决把水库修建好，不获全胜不收兵。”

在一年多的时间里，她们先后4次被评为先进生产集体，7次获红旗奖；王建华光荣地加入了中国共产党；陈桂芝、陈淑良、端佩如、辛庆伶、杨秀琴、范淑和、田秀荣、殷淑琴、孔海伶9人加入了共青团。

采访结束后，我和她儿媳互加了微信，她把婆婆当年修水库的十几张照片发给了我。王建华握着我的手，怀着兴奋的心情对我说，前些日子区里召开了密云水库建成60周年座谈会，我们参会的代表提议给习近平总书记写封信，向总书记汇报密云水库保护得非常好，密云也发生了翻天覆地的变化，不知道总书记收到信没有。我说，您放心，一定能收到，一定会给回信的。我与王建华告别，当年英姿飒爽的她，早已头发斑白，矫健的身体只能依靠轮椅而行，可我却从她身上感受到了信仰的力量和生命的厚重。

一个人的力量是渺小的，只有投身于伟大的时代洪流当中，生命才会闪耀出光彩。密云水库为建设者们提供了绽放光彩的舞台，成千上万和王建华一样的劳动英模不断涌现。比如，霸县青年红旗突击手阎尔太，朝阳单臂英雄李世喜，三河推车大王张贺，怀柔花木兰，顺义九兄弟等。产生了41000多名先进生产者的代表，1000多支青年突击队，他们成为建设新中国的一代榜样。经过两年艰苦奋战，1960年9月1日，水库竣工，实现了“一年拦洪，两年建成”的目标，创造了“高峡出平湖”的人间奇迹，水库的总指挥王宪感慨万千，赋诗赞道：

燕山脚下密云水，高坝耸立碧波美。
当年雄师廿四万，誓锁蛟龙战旗飞。
严寒酷暑热汗流，挑灯夜战迎晨晖。
主席关怀亲视察，总理六顾多教诲。
千家万户饮甘露，滋润百花吐芳菲。

三

在波澜壮阔的密云水库建设史上，密云人民经历了3次大规模搬迁，7次小规模搬迁。从1958年开始，到2000年结束，在近半个世纪中，共迁移村庄102个，迁出近7万人，淹没了共工、石匣、马营三座古城及清朝的太子陵。占用耕地28.6万亩，占当时全县耕地总面积的42.1%。浩荡的移民搬迁队伍早已融入了历史的长河，移民的故事却依旧留在人们的心中。

修建密云水库另外一个艰巨而复杂的任务，就是水库移民。库区内65个村庄5万多人，要在1959年汛期前迁出并安置，5万多间房屋要拆除，1000多万棵树要伐掉，库底要清理平整，移民搬迁和清库工作迫在眉睫，刻不容缓，一场持续半个世纪的移民就此拉开了序幕。库区移民的村庄主要散落在潮白河冲积成的燕落平原和小营平原，这里自古就是密云的粮仓，素有密云“乌克兰”之称。“这里土地肥沃得似乎攥一把就能攥出油来。”“咱这地方，插根筷子都能发芽”是老一辈人常挂在嘴边的话。平原上田畴交错，物产丰饶，春夏之交滚滚的麦浪涌到天尽头；金秋时节大片大片的庄稼地一望无际，尺把长的棒子捋着胡须与红彤彤的高粱盘算着秋天的收成。水田里盛产一种水稻叫清水稻子，碾出的米，青白细腻，颗粒像半透明的美玉。用它做饭，同一碗米，第一次捞成干饭，第二次熬成黏粥，第三次煮成水饭，每煮一次米粒都伸一次腰，吃着仍有咬劲儿，所以叫“三伸腰”。

石匣、庄禾屯、清水潭、渤海寨、金沟屯等村庄，星罗棋布，错落有致，每到傍晚，炊烟四起，一派北国田园牧歌风光。新中国成立后这里经济发展很快，群众的生活水平不断提高，许多人家盖了新房。现在说话之间他们的家园美梦化为瓦砾，抛下多年的心血去往他乡，那种被称为“故土难离”的乡情确实是铭心刻骨的。

从来没有过，就不会有失去，失去美好，那是一种心碎的记忆。

1958年9月是密云水库移民区百姓最为揪心牵肠的日子，庄稼眼看就要熟了，可迈出的却是搬家的脚步。移民村的这段日子就像炸开了锅，每个村庄每个人都在议论着移民的事情。穷家难舍、热土难离呀。故乡山坡的每一块石头摸也摸热了，祖先留下的土地就像心头肉，硬生生地剜去一块谁不心痛？移民区的百姓们拆除了自己的房屋、猪圈，砍倒房前屋后的树木。汛期来临，还有一部分房屋没有拆完，只好推倒。

辘轳上的井绳结记着移民痛苦的诀别，清水潭村的孙大娘年近70岁，儿子是支书，白天走东家，串西家，开大会，劝乡亲；讲国家、集体、个人的关系，讲根治潮白河、兴利除弊的意义。有的村民死说活说就是不同意搬，支书生气地说：“天塌有大家，过河有矬子，晚搬不如早走，早晚都得搬。等水库修好了有咱的汗马功劳。国家说咱有贡献，子孙说咱有恩德。谁要是软磨硬泡，哭天抹泪，谁就是给脸不装兜。俗话说，人挪活，树挪死，咱们一块搬迁。”晚上回家动员老娘，老娘说：“我这把老骨头了，死也死在家里。”那一刻，他跑到里屋，用被子蒙住脑袋泣不成声，任汹涌的眼泪把被子打湿。老娘整天坐在台阶上，一条狗孤零零地陪着她。水慢慢涨起来了，支书只得硬背着老娘离开。老娘捶着儿子的背骂道：“你把我扔到水里淹死算啦！”

就这样老弱者骑着毛驴，青壮年挑着担子，女的抱着大包袱，病残者和孩子坐着大车，一步三回头地沿着白河、潮河成群结队地搬出了祖祖辈辈居住的家园。这些移民户，搬迁到库南几个乡镇，出现了一村地两村种，一家房两家住，大伙儿都不方便，有的移民户一再搬家，最多的搬了11回。他们就像连根拔起的大树，要在新的地方重新扎根、重新长叶、重新开花、重新结果，那是一个多么艰辛的历程呀。

1994年雨量丰沛，密云水库的水位达到历史最高。水库边上的12个村有160多户进水，移民搬迁更显得急迫。1995年5月8日，首批移民开始搬迁，密云县出动56辆车，密云水库附近村民开始第三次大搬迁。这年的5月至6月是搬迁的关键阶段，最多的一次出动了260多辆车，车队首尾达20公里。这次搬迁历时6年，从密云水库周围共移民12484人到通州和顺义，另有2724人选择了投亲靠友。

我曾去通州九棵树采访郑春江一家人，他家原来住在白河峡谷里二道河大队的亮平台村，村子坐落在半山的一块平地上。村东的一个高坡下是白河，村西是一座座陡峭的山峰，一个挨一个，一直排到湛蓝色的天空中。

二三十户人家，不足百人。村民天天都是背着梯架，扛着豁子，蹚着晨雾出发，顶着晚霞回家。村后的山梁上有一棵几百年的松树，过了一年又一年，每逢密云水库的水涨上来了，村东白河两旁，那沉甸甸的谷穗，那顶着黄须的玉米，两三天的时间全淹没在一片汪洋之中，失去土地的农民像丢了魂一样。多少满脸皱纹、一手老茧的村民坐在村边，看着水中战栗、挣扎的庄稼欲哭无泪，泪水早已流干了。

郑春江的家随着这次整体移民就要搬离这里了，他遥望山脚下爷爷奶奶的坟地，思虑着一家人的命运。30多年前，老爹还是个棒小伙儿，是修水库的民工队长，他抱着风枪，玩儿命地干，两年后水库拦洪了，蓄水了。老爹抱着一摞奖状，拖着一种不知名的肺病，回到了亮平台，后来才知道叫矽肺病，每当阴天下雨老爹喘得就像破风箱一样，一喘就是30多个年头，老爹的病是春江成长的痛。

“我生在亮平台，长在亮平台，看着白河，看着水库，我心里踏实，莫不成我这把老骨头真要埋在外乡？”老爹喘着气问儿子。春江和前来帮忙的人先把大件东西抬上车，春江的媳妇把大包小包的被褥塞进柜子，然后一趟一趟端着锅、碗、瓢、盆。

“那破腌菜坛子就别要了。”春江冲抱着菜坛子的媳妇说。

“搬上吧，那坛子是你奶奶留给你妈的，坛子里留有她们的味道呢。”老爹对春江说。

“嘀——嘀——”汽车一起鸣响。妇女号啕大哭，男人用衣袖抹着眼泪；车开动了，亮平台被大山淹没了，横在天际的群山，最终也隐没在远方。

我采访时，郑春江的父亲去世了，按照父亲的遗嘱，春江把他骨灰埋葬在峡谷的老栗树下。他一开始时跑小客运，后来开了个打字复印社，房子翻盖成二层小楼，大女儿上高中，儿子上小学。乡音难改的郑春江对我说，日子越过越舒心，就是一到逢年过节，有点想白河峡谷里的老家。他和其他移民，就像蒲公英的种子，在异地他乡扎下了生命之根，开出了希望之花。60年过去了，水库移民的风雨沧桑路，浓缩着水库移民们无私奉献的家国情怀。

四

太阳又一次从潮河升起，水面上洒下了万道金光。我坐着水库管理处的巡逻船，从白河口出发，实地采访密云水库的保水护水情况。我和杨队长坐在舱室，窗外水天一色，库中小岛好似随风沉浮，岛上的树木郁郁葱葱，山腰以下被水刻画成一圈一圈裸露着泥石，仿佛是水用柔软的刻刀，在坚硬的山石上刻下的年轮。

杨队长告诉我，他是水库移民后代，老家就淹没在这碧波之下。姥爷参加过密云水库的建设，小时候姥爷经常给他讲修水库的故事，姥爷最为自豪的是在白河工地亲眼见过毛主席和周总理。据《密云水库志》记载，1959年9月10日，毛主席视察密云水库，从白河大坝下乘坐木船，岸线逶迤，远山如黛，木船犁开如雪的浪花。毛主席把密云县委书记阎振峰叫到近旁，询问了密云县的人口、土地、修建水库占地和移民安置等情况。

阎振峰详细地作了汇报，当汇报到密云县境内70%都是山场，为了改变当地自然面貌，县委已经制定了绿化山场的规划时，毛主席指着四周的群山说："你看，这周围光秃秃的，什么时候能够绿化哟？"

阎振峰根据县里的规划和绿化荒山的设想，鼓了鼓劲儿说："保证5年，争取3年完成绿化任务。"

"我看你20年完成任务就不错嘛。"主席轻轻地摇了摇头，笑了。

杨队长对我说，毛主席的估计是正确的。20多年后，水库周围的山山岭岭，栽植了洋槐、板栗、苹果等树木，全部实现了绿化。

我说，我们的封山育林，生态涵养就是从那时开始的。密云素有"八山一水一分田"之说，解放前，由于战争频繁，不重视保护，森林遭受严重破坏，山荒岭秃，水、旱、泥石流等灾害不断发生。1949年全县仅有林地20万亩，占全县总面积的5.98%。半个多世纪的水源涵养林建设，先后建立了7个国营林场，拥有云蒙山、云峰山和雾灵山三个自然保护区。林木覆盖率达到75.3%，城区绿化覆盖率55.22%，全面提升人居生态环境，为首都筑起一道绿色的生态屏障。

我们从船舱走出来，凭栏临风，远处的青山葱茏欲燃，那朦胧绿意随着阳光的瀑布从天空倾泻而下，水天之间，一派无底的安静与寂寞，有几只水鸟翩翩飞来，鱼跃出水面发出哗啦啦的声响，我们的船向东驶入潮河水域。杨队长问我，你对水库的印象是什么样的。我说，水库的春天绚烂、夏天茂盛、秋天斑斓、冬天素雅，四季优美如画。杨队长骄傲地说，密云之所以有这样好的生态环境，完全是密云人民一年接着一年干、一代接着一代干、一任接着一任干的结果。

密云水库建成后，在防洪、灌溉、供水、发电、养鱼等方面发挥了巨大的效益，20世纪80年代初期，华北地区连续出现5年的干旱，北京用水极为紧张，国务院决定密云水库只给北京供水。进入20世纪90年代，首都城市地表水的供给，已基本上由密云水库取代。为了保护好首都这盆净水，密云关停了当时全国最大的游乐场——密云国际游乐场；关闭了铁矿、水泥、化工等200多家工业企业；拆除了水库坝上的商业、餐饮、娱乐等设施并停用旅游船只。

进入21世纪，水库全面退出网箱养鱼，库区退耕禁种，实施生态修复；禽畜禁养，防止粪便污染，库中岛清理，生产经营全部停止，完成库滨带300公里围网建设，实现封闭管理；建立严格的“六护”机制，采取“七禁”措施，全面落实“河长制”，建立完善区、镇、村三级保水体系，从“九龙治水”到“龙管水”，实现了“清水下山，净水入库”。

现在，按照北京市委提出“上游保水、库区保水、护林保水、政策保水、依法保水”要求，不断创新机制举措，坚持“部门联动、市区协同、京冀携手”，坚决打好蓝天保卫战、碧水保卫战、污染防治攻坚战，从首都的“大水缸”“后花园”迈向了“聚宝盆”。

天近晌午，巡逻船停在一个库中小岛旁，我们登上小岛，低矮的灌木掩映其间，周围的杨树，有的被水泡久了，树根腐烂而死。树上高低错落地筑满了鸟巢，看上去，像一个个黑色的音符标点在枝丫之上……我蹲在水边，湖水清澈，白云倒影在水中，一群小鱼倏忽而来，又倏忽而去，恍惚间，不知它们是在水里游，还是在云里游。我把手伸进水里，水从我的指缝间悄然流过，仿佛感觉到了这湖碧水柔软而又坚硬的质感。这座最大库容43.75亿立方米，环水库一周110公里，水面面积188平方公里的大湖，一度形销骨立到十几个亿，南水北调后，才日渐丰满，达到本世纪最高水位24多亿立方米。冰清玉洁的水库，水质稳定达到地表水Ⅱ类标准，部分标准优于Ⅱ类。水库于我而言，因熟而亲切、因盼而绵长、因忧而厚重、因情而辽远。

我用手掬起一捧水，喝了几口，味道是那么清纯、甘甜、绵长。燕山怀中一泓水，润泽京华千万人。60年来，密云水库累计为京、津、冀供水390多亿立方米，其中向北京供水约280亿立方米，年均供水量6.5亿立方米，相当于每年供出320多个昆明湖的水量。曾有一种说法是：“北京人每喝三杯水中，就有两杯来自密云水库”，是名副其实的首都“生命之水”。

五

如果说巍巍的白河大坝是密云水库的丰碑，那么在大坝脚下如期建成的水库展览馆，就是密云水库鲜活生动的教科书。

水库展览馆建成不久，我又参与了由北京市委宣传部、密云区人民政府举办“牢记嘱托，接续奋斗”群众主题文化活动。经过精心的准备，2020年9月1日下午，“牢记嘱托·接续奋斗”密云水库建成60周年群众主题文化活动，在密云大剧院举行。

我坐在大剧院观众席的后排，与观众一起收看习近平总书记给建设和守护密云水库乡亲们回信的新闻联播，主题文化活动就此拉开了序幕。整台节目由建设篇·奋斗；移民篇·奉献；保水篇·坚守；传承篇·接力4个部分组成。当王建华上台接受主持人访谈，回顾水库的修建，讲述了为什么要给习近平总书记写信，台下的观众和她一起沉浸在激动之中。习近平总书记的诚挚问候，让密云人民满怀欣喜；习近平总书记的殷切期望，让密云人民信心百倍。正像区委书记潘临珠讲的那样，一定牢记习近平总书记嘱托，像保护眼睛一样保护密云水库，像对待生命一样对待生态环境，再接再厉，善作善成，保护好首都这盆生命之水。

从我懂事起，每天看着太阳从东边的潮河升起，目送太阳从西边的白河落下，那湛蓝的湖水，在太阳的照耀下，波光潋滟，像一首悠远深情的碧水谣；那烟波浩渺、气象万千的密云水库，承载着几代人的心血、眷恋和感情。密云水库激情燃烧的建设岁月虽已远去，但其凝聚的精神，却生生不息，历久弥新，把历史和未来不断地衔接起来，创造出一个又一个奇迹。镶嵌在青山翠峰间的密云水库，就像一颗璀璨的“燕山明珠”，在首都的冠冕上熠熠生辉，又像一面镜子，照亮历史，照亮未来……

北京地铁诞生记

黄加佳

引 言

截至2019年底，北京城市轨道交通客运量达39.5亿人次，日均客运量1035万人次，排名世界第一；运营里程698.6公里，车站405座，排名世界第二。

北京已建成开通的城市轨道交通线路23条；截至2021年3月，在建地铁线路16条线（段），全长291.3公里。

在过去十几年间，有关北京地铁的数字，以令人咋舌的速度不断更新。北京已经编织出一张四通八达的地下交通网。这座城市和生活在其中的人们，对地铁出行的依赖，可谓前所未有。

然而，就在北京已经成为一座“地铁上的城市”的今天，却很少有人知道，北京的第一条地铁，也是新中国第一条地铁，当初设计建设并非为了交通出行。

“北京要搞地下铁道”

“北京要搞地下铁道，不仅北京要搞，有很多城市也要搞，一定要搞起来。”新中国成立后不久，在规划新中国各方面建设时，毛泽东主席专门提到了“地下铁道”这个新名词。

彼时，地铁已经在世界许多城市的地下运行了几十年。可是在中国，不但普通人对它一无所知，就连工程技术人员也只知道那是一种在地下运行的列车。当时的北京真的需要造价昂贵的地铁吗？

新中国成立之初，北京常住人口还不到300万人，机动车也仅有5000多辆。大街上人多车少，人们出行多是步行或骑自行车，连乘公共汽车的都是少数。修地铁投资大、技术要求高，对于新生的共和国来说，的确过于奢侈。

这些现实问题中央当然知道，那么领导层为什么要将修建地铁提上日程呢？周恩来总理曾一语道破：“北京修建地铁，完全是为了备战。如果为了交通，只要买200辆公共汽车，就能解决。”

1950年6月，成立刚刚半年的新中国，被迫卷入朝鲜战争。与此同时，美国第七舰队开入了台湾海峡。浓烈的火药味，包围着新生的红色政权。在这样的国际形势下，战备理所应当地成为北京城市规划中首先考虑的因素。

一直被我们尊为“老大哥”的苏联，对地铁的战备功用深有体会。1941年德军大举进犯莫斯科，刚刚建成6年的莫斯科地铁，不但成了莫斯科市民的避弹掩体，也成了苏军的战时指挥部。

开战不久，苏军总参谋部就迁入地铁“白俄罗斯”车站，并在那里建立了指挥所和通信枢纽部。最危急的时刻，以斯大林为首的最高指挥部也迁入“基洛夫地铁站”。成千上万的莫斯科市民，更拥入地铁，无论有无警报，他们每晚都到那里过夜。地铁的战备功能，在第二次世界大战中的莫斯科被发挥到了极致。这无疑给了新中国领导人们很大启发。

1953年11月，一份名为《改建与扩建北京市规划草案要点》的报告，摆在中央决策层面前。这份具有北京城市总体规划意味的规划草案，是在北京市委领导下，由国内和苏联著名城市规划建设专家共同完成的。

它不但对北京城市的规模、政治经济定位和今后的发展走向作了规划，而且明确提出“为了提供城市居民以最便利、最经济的交通工具，特别是为了适应国防的需要，必须及早筹划地下铁道的建设”。

地铁建设是一项极其复杂的工程，涉及的问题方方面面，需要有一个专门部门协调管理。1956年10月，国家建设委员会召集铁道部、地质部和北京市的相关负责人开会，决定共同组建“北京地下铁道筹建处”，地质部负责地质勘探，铁道部负责路线和结构设计，北京市则负责筹建日常领导工作。

当时的中国百废待兴，各个领域都人才奇缺。中国没有建设地铁方面的专家，甚至连收集资料的工作都无从着手。国务院副总理李富春亲自向苏联政府提出，请苏联派遣一个地下铁道建设专家小组支援中国。

与此同时，大量中国留学生也被派往苏联学习，他们从规划设计到工程施工等各个方面学习了苏联的技术。几年后，中国留学生学成归国，充实到与地铁有关的各个领域，在发展自主技术的同时也必然带回了深刻的苏联模式。

深埋浅埋之辩

地铁规划进入实质阶段后，一个选择摆在中国领导人面前：是学习苏联地铁全线深埋入地面60米以下，还是像大多西方国家那样浅埋在地下5米至12米？这个看似简单的选择题，在筹建地铁的十几年当中，几经变化。

1956年开始，地质部901大队负责地铁建设的地质勘探工作。勘探结果表明，北京西部的地下黏土层在地面40米以下，东部在120米以下。地铁最好修建在不透水的黏土层中。根据北京的地质特点，一些苏联专家主张北京地铁学习苏联全线深埋。

深埋比浅埋施工难度大，技术要求高，投资也大。这些人力、物力的投入，对于刚刚成立不到10年的新中国来说是一个巨大的负担，但从战备考虑，深埋比浅埋具有很多无法比拟的优势。尽管有诸多困难，但在“战备为主，兼顾交通”的总原则下，北京地铁还是选择了深埋。

新中国成立之初，我们的城市建设往往与战备紧密联系。最典型的例子是对长安街宽度的争论。当时，很多人对长安街100米至120米的宽度提出质疑，批评这是“大马路主义”。建筑学家梁思成曾幽默地说：“西长安街太宽，短跑家也要跑11秒钟，一般的人走一趟要一分多钟，小脚老太婆过这条街道就更困难了。”但另一方面的观点认为，一旦战争爆发，长安街可以直接作为飞机跑道。

与长安街的宽度相比，把“战备”当作优先考虑的问题对于地铁这个“战备工程”而言，更是不言而喻。

1958年，北京地铁考察团赴苏联和民主德国考察，并要求苏方对带去的路网规划和埋设深度两个问题帮助审议。对于路网规划，方案双方意见比较一致，但对埋深问题的看法，却有一些微妙的分歧——苏联专家一致推荐浅埋。

回国后，考察团向中央有关方面作了汇报。虽然中央了解到“深埋”的困难，但仍然决定选择北京地铁全线深埋于地面150米以下的方案。

1959年，北京地铁设计处的专家们开始对深埋方案展开设计。设计中，他们发现困难比之前预想的大得多。根据新的地质勘探资料，北京地下岩层有较厚而破碎的风化层，地铁的实际埋深将超过原来估算的深度。地铁北京站埋深将达到160米，红庙附近将达到200米，相当于60层楼那么高。

“这样的深度，电梯的长度至少要400米。这种超长电梯，当时国内根本无法生产。供电中断怎么办？电梯出现故障怎么办？如果遭到破坏、漏水，就更麻烦了。”时任地铁设计工程处总工程师谢仁德忧心忡忡。

经过反复权衡，设计人员们不得不把目光重新集中到苏联专家建议的“全线采用防护性结构浅埋明挖”的方案上来。经过严密计算和比对，他们认为这种方法不但克服了深埋的诸多不利，也同样能达到防护的战备目的。

1960年1月，利用中央军委扩大会议在广州召开的机会，谢仁德向周总理、总参和六位元帅作了汇报。

同时，在公主坟和木樨地为深埋方案打的两眼竖井也得出了深埋难以实行的实证。这两眼竖井，直径6米，深为100米和120米。当时，北京还不是一个缺水的城市，地面2米以下就有水，每24小时就有200立方米的水渗出，而且水压很大。

时任国防部长、中央军委副主席的林彪专程来到木樨地，乘坐升降机到达井下，看到地下30多米，水就再也抽不干了。

这年5月，北京地铁修建委员会传达了中央正式批准北京地铁采用“浅埋明挖”方案的决定。一场关于深埋还是浅埋的讨论终于尘埃落定。

此前中央一直倾向于深埋方案的原因，直到1965年才揭开。在那年举行的北京地铁一期工程开工典礼上，时任北京市市长的彭真说，莫斯科、列宁格勒的地下铁道都是深埋，但是我们请来的专家却异口同声主张浅埋，因而对其用心深表怀疑。

事后人们才知道，那时候中苏关系已经出现了裂痕。

中国血统地铁

1960年7月，苏联驻华临时代办的苏达利柯夫向中国外交部副部长章汉夫递交了一份照会，召回在华全部苏联专家。自此，援华的几千名苏联专家带着他们的科研资料陆续离开中国。对于正处于三年困难时期的中国，这无疑是雪上加霜。

面对苏方的背信弃义，毛主席气愤地说：“还不如法国的资产阶级，他们还有一点商业道德观念。”

外有苏联背信弃义，内有三年困难时期，中国经济受到重创。1961年1月，党的八届九中全会决定，对国民经济进行全面调整，缩短基本建设战线。

在这种形势下，北京地铁下马了。

1961年6月，铁道部指示原定于当年7月开工的北京地下铁道工程暂缓，地下铁道工程局撤销，只保留一个地下铁道研究所。一时间，参与地铁设计、施工的人们，风流云散。有人甚至传言：中央决定，地铁10年不上马。

对于那些为地铁花费将近10年心血的设计者们，这无疑是个不小的打击，但他们始终坚信，北京的地铁建设不会无疾而终。“下马”的日子里，留守在地铁研究所的技术人员始终没有停止研究工作。

其实，自中苏关系恶化伊始，中方就着手自主研发设计的工作。苏联专家撤走后，大批归国留学生和我们自主培养的技术人员充实到地铁设计的第一线。地铁的设计工作低调而有条不紊地进行着。

那时，无论是苏联还是西方都断言：“没有外国人的帮助，中国人不可能修建自己的地铁。”事实有力地回击了这种说法。中国的地铁人，等待着重拾地铁梦的那一天。

1963年7月，苏联与蒙古人民共和国签订了《关于苏联帮助蒙古加强南部边界防务的协定》。从标题就能很清楚地看出，这个协议是针对中国的。次年7月，毛泽东在政治局会议上提出：“我们不能只注意东边，不注意北边，只注意帝国主义，不注意修正主义，要有两面作战的准备。”

此时的中国，正面临着来自四面八方的威胁。备战，成为那一时期的关键词。建设三线、加紧研究“两弹一星”、恢复各级人民防空委员会，都是备战的一部分。此时，搁置了好几年的地铁建设工程重新上马。

1965年1月，北京军区司令员杨勇被任命为地铁建设领导小组组长。1月15日，他与副组长万里、武竞天联名以《关于北京修建地下铁道问题的报告》上报中央。2月4日，毛泽东对此直接作了批示：“杨勇同志，你是委员会的统帅。希望你精心设计、精心施工。在建设过程中，一定会有不少错误失败，随时注意改正。是为至盼。”时隔50余年，对于毛主席的批示，健在的第一代地铁人仍能流利地背出。

1965年7月1日上午9时，北京地铁一期工程开工典礼在京西玉泉路西侧两棵大白果树下举行。

在许多人的记忆里，那是个晴空万里的好天气。一条写有“北京地下铁道开工典礼”的红底白字横幅挂在会场上。北京市市长彭真主持，党和国家领导人朱德、邓小平、罗瑞卿等出席了开工典礼。杨勇在讲话中提出地铁建设的三条原则：“地上服从地下，交通服从战备，时间服从质量。”这三条原则始终贯穿于地铁一期工程建设的全过程。

会后，年近八旬的朱德元帅亲自拿起扎着红绸的铁锹，为北京地铁一期工程破土。这一珍贵的历史瞬间，被永远定格在中央新影的胶片中。

神秘的地下工程

1965年下半年，正在永定路附近十一学校上初中的徐金华发现，一向冷冷清清的西郊突然多了很多工人和汽车。他们分日夜轮班工作，连吃饭都在工地上。有时施完工，还会在工地上踢踢正步。路中央宽大的绿化带上一棵棵高大的树木被拔掉，挖掘机开了进来，土被一车一车运走。工地旁边甚至建起了一条小铁道，专门用于运土。没人明确说那是在修地铁，但是所有北京市民都心照不宣。

当时，地铁工程从北京站到石景山22公里的路段，几乎同时分段开挖。由于是明挖又没有遮挡，路过的北京市民随时能看到施工的进展。铁道兵战士们夜以继日地施工，挖出的隧道渐渐有了形状，从最初浅浅的沟渠，变成了一条宽十几米、深接近10米、放坡完整的梯形隧道。隧道挖好后，工人们又依照图纸依次完成了钢筋敷设，混凝土浇筑，以及铺贴玻璃布油毡防水层的工作。

20世纪60年代，石景山到复兴门段的居民和车辆都很少，因此拆迁和施工方面进展得相当顺利，但复兴门到北京站段，情况就没那么简单了。

线路规划时，一线地铁到达复兴门将折而向南，经象来街（即长椿街）向东，经宣武门、和平门、前门、崇文门，最终到达北京站。这条线路，地处旧城区，不但有城墙，还有前门、宣武门、崇文门三座城楼和箭楼。这里从明代以来就是店铺林立的老商业区，民居、单位分布极广。地铁工程在这里进行敞口明挖，必将牵扯一大批搬迁问题。无论工期还是资金，都是一个巨大的难题。

如何解决这个矛盾，规划人员非常为难。这时，有人提出可以把内城城墙和城楼拆掉，地铁沿着城墙的走势修，这样可以把拆迁数量减到最小。这个方案一经提出就得到地铁领导小组的重视。当然，今天站在保护古都风貌的立场看，几乎所有人都会对北京城墙的拆除而感到扼腕叹息，但是在文保观念尚未深入人心的当时，沿城墙走势修建地铁，确实是一个最省时、省力，又省钱的方案。

1965年1月，在杨勇、万里和武竞天上报中央的报告中有这样一段话：

> 修地下铁道是军事的需要，也兼顾解决城市交通问题。同时，由于现有城墙大部分已拆除或塌毁，地铁准备选择合适的城墙位置修建。这样既符合军事需要，又避免了大量拆房，在施工中也不妨碍城市正常交通，可方便施工，降低造价。

这个报告得到了中央的批准。历史向现实做出了让步，成千上万的北京人参与到拆城墙的义务劳动中。

原计划地铁要直穿宣武门、正阳门和崇文门，三座城门的箭楼和城楼都要拆除，但地铁却在正阳门前拐了一个弯，把它让过去了。据说，因为周恩来总理的指示，正阳门城楼和箭楼保住了。

地铁初体验

1969年10月1日，第一辆地铁机车从古城站呼啸驶出。经过四年零三个月的紧张施工，北京地铁一期工程建成通车了。虽然比原计划晚了一年多，但总算赶在新中国成立20周年前完成了。那时，正值北京战备疏散，没搞典礼，只有国务院总理周恩来和几位元帅先乘为快。面对这条中国人自主设计施工的地铁，上至中央领导人，下至参与地铁建设的普通工人都百感交集。

由于是战备工程，并且在设备调试和管理调度上都缺乏经验，在1969年10月通车以后，地铁只是小范围接受参观性质的乘客。想乘坐或参观地铁，都需要持单位统一领取的参观券。

眼看着地铁修建完成的常华非常兴奋。因为单位发的参观券数量有限，他特意找一些老同志要了参观券。至今，常华仍记得第一次乘地铁的情景，特别惊讶，也特别兴奋。这是我们中国人自己修建的地铁呀！

当时，北京市民都知道地铁是个战备工程，一旦打起仗来，坐着地铁就可以撤走，心里别提多踏实了。

1971年，地铁开始售票，票价只要一角钱，有的人甚至在地铁里来回来去地坐。“第一次坐地铁没经验，到了苹果园站中间过不去，只好上来再买票坐回去，后来长了心眼儿，坐到八宝山就下车了。这样还能免费坐对面的车回来。”提起往事，常华呵呵直笑。

不少来京出差的人也专程赶来乘坐地铁，地铁俨然已经成了首都的一个观光项目。令人唏嘘的是，作为毛主席“点将”的地铁一期工程统帅，杨勇本人直到1972年才第一次乘坐地铁。工程开工不久，杨勇就被“揪”了出来，但对一手经营起来的地铁，他有着割舍不掉的牵挂。

1972年，杨勇打听到自己的老部下安谦还在铁道兵办公室担任副主任，就请他带领自己乘坐地铁。安谦后来回忆，那一次，他带着杨勇乘了几站地铁，并简单介绍了些情况。杨勇始终兴致勃勃，看得出他很兴奋。听说，后来杨勇又带着小儿子来坐地铁，跑了好多站，他自己当讲解员。

“军转民”的嬗变

1985年6月4日，在京西宾馆举行的中央军委扩大会议，宣布了一个石破天惊的决定：中国人民解放军将减少军队员额100万！

宣布这一决定时，中央军委主席邓小平竖起一只手指说：“我们下这样大的决心，把中国人民解放军的员额减少一百万，这是中国共产党、中国政府和中国人民有力量、有信心的表现。”①

一次性裁军100万世所罕有。中国共产党人用自信和魄力向世界彰显着中国的大国风范。这既是我们对世界和平作出的贡献，也是立足于国家经济发展的必由之路。

而在此之前，北京地铁的建设者——铁道兵和基建工程兵已经率先完成了“军转民”的嬗变。铁道兵归入铁道部，基建工程兵全部就地转业。

今人看来，不过是称呼上的变化，但在当时却是很大的角色转变。1966年，基建工程兵扩建，许多工人一夜之间从老百姓变成现役军人。不少老同志依然记得“工改兵”时的兴奋，他们激动地欢呼：“入伍啦，参军啦！”那时，军人地位非常崇高，入伍参军是许多年轻人的梦想。

军人以服从命令为天职。中央军委一声令下，不管有多么不舍，他们还是二话不说脱下了军服，以地铁职工的身份重新投入地铁的建设中。

事实上，北京地铁的“军转民”，不仅仅发生在建设者身上，从管理机制，到运营宗旨都发生了根本的转变。

随着国内外形势的变化，北京地铁的工作重点开始从“以战备为主”向“以运营为中心”转移。1975年12月23日，国务院、中央军委决定，将铁道

---

①《邓小平文选》第3卷，人民出版社1993年版，第126页。

兵北京地下铁道运营管理处和铁道兵北京地下铁道大修厂筹建处划归北京市交通局管理。

1978年3月，6000名知识分子参加了中共中央召开的第一次全国科学大会。会议的最后一天，郭沫若深情地宣布：科学的春天来了！

第一次全国科学大会闭幕仅仅10天，地铁管理处便在五棵松六建礼堂举行了北京地铁第一次科技大会。能容纳800多人的礼堂被挤得水泄不通，与会代表上午开会，下午讨论，有的夜里还要赶回工作岗位上班。对于一个技术含量极高的部门，地铁要良性、健康发展必须要尊重科学。4月10日，地铁管理处领导作了题为《向地铁科技现代化进军》的报告，提出“安全、准确、高效、服务”的运营宗旨，并且布置了扩大运营范围，增加运力，提高运营质量的事宜。

此后，地铁的战备色彩逐渐淡化，而作为交通工具的一面日益凸显。1981年，经过刻苦攻关和改进，地铁技术人员对地铁的供电系统反复试验，终于通过专家鉴定。北京地铁一期工程，经国家批准正式投入运营。

至1984年，北京地铁一期工程客运量超过1亿人次，列车运行图兑现率保持在99.8%以上。

与此同时，北京市规划部门也一直没有停止对北京地铁路网的整体规划。在《北京城市总体规划（1991年至2010年）》中，提出城市交通建设的战略目标是：在20年或者更长时间内，逐步完善城市道路网和轨道交通网，建立一个以公共运输网络为主体，以快速交通为骨干，功能完善，管理先进，具有足够容量和应变能力的综合交通体系。

在北京市编制的轨道交通路网规划图中，包括地铁1号线至13号线的线路都已经规划在蓝图中。不过，这一切的实现，还需要一个“加速器”才能驶入“快行道”。

奥运“加速器”

许多40岁以上的北京人，都记得2001年7月13日，北京的那个不眠之夜。这一天，国际奥委会主席萨马兰奇在莫斯科宣布，2008年奥运会主办权授予北京。几十万狂喜的北京市民，自发来到天安门广场。长长的车流经过广场时，发出长鸣。数十面代表各高校的旗帜迎风招展，在震耳欲聋的威风锣鼓声中，人们齐声高呼：“北京！北京！北京！”从那一刻起，北京地铁建设走上了通往奥运的快行道。

为了满足北京市民日常出行的需要，也为了兑现举办一届“有特色、高水平”奥运会的承诺，北京市委、市政府将轨道交通建设作为优先工作重点。

2003年12月27日，北京地铁八通线通车。

2007年10月7日，北京地铁5号线通车。

2008年7月19日，北京地铁10号线一期工程（巴沟站至劲松站）、奥运支线、机场线同时通车……

2008年8月8日，第29届夏季奥林匹克运动会在北京召开，北京向世界兑现了“新北京、新奥运”的承诺。北京城也借着奥运会的天时地利人和，完成了自己作为世界城市的华丽转身。

奥运结束后，北京地铁的发展脚步一步也没有停歇。

2009年9月28日，北京地铁4号线开通。

2010年12月30日，北京地铁亦庄线一期工程（宋家庄站至次渠站）、大兴线、房山线、昌平线、15号线一期一段（望京西站至后沙峪站），5条线路同时开通。

2011年12月31日、2014年12月28日，15号线的东段、西段也分别开通。

2012年12月30日、2014年12月30日、2018年12月30日，北京地铁6号线的东段、西段也分别开通并延长。

2016年12月31日，北京地铁16号线北段（北安河站至西苑站）开通。

2017年12月30日，北京地铁燕房线主线工程开通……

新冠肺炎疫情严重的2020年，北京地铁建设的脚步也没有丝毫迟滞。16条新建或延伸的地铁线路，在北京的地下紧锣密鼓地施工，建设总长度超300公里。

截至2020年底，北京市轨道交通路网总里程达727公里，共有24条运营线路、428座车站。今天，即便是资格最老的“老北京”也不敢说自己坐过每一条轨道交通线路，更不敢说自己去过所有的车站。而密密匝匝的北京轨道交通网，还在以人们难以想象的速度越织越密、越织越细。

安全永远是第一追求

2016年7月18日，当清晨上班的人们进入地铁1号线永安里站时，惊喜地发现地铁1号线一夜之间竖立起的三扇半高屏蔽门。

在此之前，北京地铁投入运营的十几条线路中，只有地铁1号线和2号线没有装屏蔽门。随着北京地铁运营网越织越密，每天乘坐地铁通勤的乘客也成倍增长。2016年3月，北京地铁全路网日客流已经超过1100万人次。地铁站台上，人挨人、人挤人，特别是上下班高峰时段，要等两三趟才能上得去车是常态。

面对这种状况，不少乘客抱怨：“为什么还不给地铁1号线、2号线加装屏蔽门？”“上下班高峰期人这么多，要是被挤到站台下面多危险？”

其实不仅乘客着急，北京地铁运营公司更急。但是地铁1号线、2号线是建成于20世纪七八十年代的老线路，原有站台板根本无法荷载屏蔽门的重量。因此，在安装屏蔽门之前，要先进行站台板的“加固补强”，将“碍事”的接触轨进行平移，在原有的站台板下重新浇筑一块新板，用来固定后续安装的屏蔽门。

地铁1、2号线贯穿北京中心城区，每天客流量巨大，如果封站改造会给市民日常工作生活造成很大不便，地铁运营公司只能选择夜间施工。每天地铁末班车后至次日首班车前，再除去必需的线路检测时段，留给工人们调试和安装屏蔽门的时间只有3个多小时。

2016年7月18日零时38分，随着“三轨已断电”的广播在地铁1号线永安里站响起，等候多时的工人师傅们翻下站台，按照已演练得驾轻就熟的工序开始安装屏蔽门，搬运门体、放线、确认尺寸、拆除预挡板、站台门定位连接、张贴标识……一道道工序有条不紊地推进着。

3时30分，站台上响起了“接触轨准备通电，所有人员撤离”的提示。忙碌了3个多小时的工人们开始整理工具，将调试完的屏蔽门逐一复位，迅速撤离施工现场。

如此这般，经过20多天的紧张施工，永安里车站站台两侧的46组屏蔽门安装完毕，站台板内部的桥架和线路铺设也一切就绪。工人师傅们又转战到国贸地铁站，开启下一场“改造攻坚战”。

2017年9月10日，随着北京地铁1号线屏蔽门全线投入使用，北京地铁全路网告别了无屏蔽门的时代。

曾有人提出，北京地铁——特别是建设较早的1、2号线，是否有加装屏蔽门的必要。毕竟加装屏蔽门投入巨大，而且世界上许多城市的地铁并无屏蔽门。但乘客的安全永远是北京轨道交通的第一追求。安全、高效、美观……这些早已经成为北京轨道交通的“代名词”。

未来北京轨道交通还将以何种巍巍壮观的景象出现在人们面前，恐怕无人敢于设想。因为北京轨道交通，正像我们这个国家一样，以世人难以想象的速度大踏步地迈向未来。而这一切，正兑现了百年前中国共产党成立时，向国人许下的诺言。

亲历改革开放的那一刻

梁 衡

今年是中国共产党建党100周年。100年来，我们国家有过多少艰难曲折，又有过多少峰回路转、柳暗花明。其中我印象最深刻的是，经“文革”10年的与世隔绝，我们是怎样突然打开国门，解放思想的。

现在的中国人，有的小学生假期出国游，都已是很平常的事了。但是不可想象，当“文化大革命”刚结束时中国大部分高干都未曾踏出国门。1978年，中央决定派人出去看看，由副总理谷牧带队，选了20多位主管经济的高干，出访西欧五国。行前，邓小平亲自与他们谈话送行，嘱咐好生考察学习。

代表团组成后才发现，20多人中只有两个人出过国，一个是水利部部长钱正英，也就只去过苏联东欧等几个社会主义国家，还有一个是外交部给配的工作人员。这些高干出国后诸多不习惯，宾馆等场合到处是落地玻璃门，工作人员提醒千万别碰头，但有一次还是碰碎了眼镜。吃冰激凌，有人怕凉，就有人说：“可以加热一下嘛。”言谈举止，土里土气，笑话不断。一个10多亿人口的大国，一个联合国的常任理事国，在世界舞台上竟是这样地手足无措。

生活上不适应还好说，关键每天都要脑筋急转弯。出国前脑子里想的是西方正在腐朽没落，我们要拯救世界上2/3受苦的人。而眼前西方世界的富足、繁荣让他们天天感叹，处处吃惊。联邦德国的一个露天煤矿，年产煤5000万吨，只有2000名职工，最大的一台挖掘机，一天就产40万吨。而国内，年产5000万吨煤大约需要16万名工人，相差80倍。法国一个钢铁厂年产钢350万吨，职工7000人。而武汉钢铁公司年产230万吨，有6.7万人。我们与欧洲的差距大体上落后20年。震惊之下，代表团问我使馆："长期以来，为什么不把实情报告国内？"回答是："不敢讲。"

代表团6月归来，在大会堂里向最高层汇报，从下午3点半一直讲到晚上11点，听者无不动容，大呼"石破天惊"。

1978年10月邓小平又亲自出访当时已是"亚洲四小龙"的新加坡，在此之前我们常称新加坡为"美帝国主义的走狗"。邓深为新加坡的成就吃惊，尤其佩服其对外开放和引进外资的政策，便求教于李光耀总理。李直率地说，你要交朋友，要引资，先停止对别国反政府武装的支持，停止他们设在华南的广播电台。邓回国后断然停止"文革"中奉行的"革命输出"，转而大胆引进外资，改革体制，直至提出"一国两制"。邓的虚心和坚决给李光耀留下了深刻的印象，多少年后他回忆说："我从未见过一位共产党领袖，在现实面前愿意放弃自己的一己之见。尽管邓小平当时已74岁。"认错是痛苦的，但这更见一个伟人的伟大。

而当时的普通百姓是怎样接触并接受外部世界的呢？1984年，我时任中央某大报驻省记者，应该算是不很闭塞的人了。一次回京，见办公室一群人围着一件东西看，这是报社派驻西柏林记者带回的一张绵纸，八寸见方，雪白柔软，上面压印着极精美的花纹。大家就考我，是什么物件。当时中国还没有"纸巾"这个词，也没有"一次性"这个概念，我无论如何答不上来。那位记者说："这是人家公共厕所里的擦手纸。"天啊，我听了简直要晕了过去，老外这样的阔气，又这样的浪费呀！我把这张纸带回驻地，给很多人传看，无不惊得合不上嘴。

不久，我第一次出国到欧洲，飞机上喝水用一种硬塑杯，晶莹剔透，比玻璃杯还漂亮，喝完便扔。但我当时觉得实在是一件艺术品，舍不得扔掉，把玩许久，一直带回国内。不仅如此，喝热茶时每人一套精美的茶具，喝咖啡时又换另一套咖啡具。机上走廊很窄，空嫂来回更换不厌其烦。该送咖啡了，我嫌面前小桌上的杯盘太多，也为空嫂少洗一套杯具着想，便将空的茶杯递了过去。不想这位洋大嫂用吃惊、鄙夷的眼光，深深地瞪了我一眼，那潜台词是："你这个中国土包子！"我一时羞愧难当，永远也忘不了那个抽了我一鞭子似的目光。

这就是当时我们与世界的差距。

当中国10年冰冻的体制、停滞的生产力受到外来信息的吹拂时，一切守旧的思想开始在春风中慢慢融化。责任制、承包、下海、商品经济等，这些新概念先是如幽灵般地在人们身边徘徊，最后聚成了一个时代大潮，而一批时代的弄潮儿也就出现了。

1980年春，当时人民公社的体制还未撤销。我到山西五台山下一个小村庄里采访一位奇人。他在"文化大革命"前即考上清华大学，却因出身不好，被退回乡里务农。他躬耕于农亩却不改科研的初心，自学两门外语，研究养猪技术。公社猪场连年亏损。改革春风稍一吹动，他便带上自己的一个小存款折，推开公社书记办公室的门，说："我愿承包公社猪场，一年翻身。如若不能甘愿受罚。口说无凭，立个军令状，以此相押。"说罢将存折"啪"的一声，扣在桌子上。书记也豪爽，说："如若有失，你我共担。"后来这个猪场一年翻身，大大盈利。这篇稿子见报后，一个月竟收到5000多封来信。全国各地前来学习的人络绎不绝，他就借势办起了养猪培训班。当地破格将这个农民转为国家干部，又直接任科委副主任。科学的春天、政治的春天一起到来了。我那篇新闻稿也获得当年全国好新闻奖。

还有更破格的。1981年2月，我去采访一个煤矿，矿长是学采煤专业的大学生，长期在矿上工作。我去时他正戴着安全帽下井。稿子见报不久，他突然被任命为省长。一届任满后又调任煤炭部长。那几年经我报道过的普通人，就有4人当上全国人大代表，甚至人大常委。那时，新人成长、重用，真正用上了4个词：雨后春笋。恩格斯说："文艺复兴时期是需要巨人，而且产生了巨人的时代。"40年前的1978年和随后的日子正是一个产生了巨人和奇迹的时代。

当时虽然大力起用知识分子，但也只能用一小部分。你想，从错划"右派"，知识分子被下放，到十年内乱再次打压，民间窝了多少人才啊。我们一个小小记者站每天挤满上访的人，有申冤的，有要工作的，还有申报发明的。他们以为报纸可帮他们解决一切问题。于是我突发奇想，提出"像开发矿藏一样开发人才"，组织一个人才开发公司，让他们自己解放自己。省政府大力支持，随即拨款40万元。这是全国第一家人才开发公司，消息还上了《人民日报》。

那时处在社会最底层的农民在想什么？强烈地想摆脱贫穷，要发财致富。长期穷的原因不是自然条件不好，也不是人懒，是思想上的束缚。本来经济发展就是如河水行地，利益所驱，自通有无。这一招，早在春秋时的政治家管仲治齐时大见灵验，全球资本主义发展也大得其利。而我们搞社会主义，却弃之不用，还避之如瘟疫，防之如猛虎。动不动就贴标签，是姓"社"还是姓"资"。当时国家供应短缺，农民卖一点自产品都被撵、被抓、被罚，人为地制造穷困。

我家乡出煤，煤矿工人有钱但无肉吃。某日一青年农民就趁天未亮时背上猪肉到矿上去卖。突然有谁喊了一声："来人了！"那青年慌急间剁肉，一刀下去砍在自己的左手上，齐刷刷断了四指。这就是那个春风未绿、黎明前的悲剧。

随着大气候的变暖，开放集市的呼声愈来愈高。报上只是试探性地登了一条四指宽的"群众来信"《是赶集还是撵集》，当日报纸便脱销，甚至有人上门要加订报纸。农民赶集时将这张报纸挂在扁担上作为护身符。冰冻10年的市场，哗啦一下，春潮澎湃。

晋南平原产芝麻，一个叫朱勤学的农民从收音机里听到城里副食店缺芝麻酱，就立即手磨一小罐到北京推销，一下拿到上百吨的订单，还带出了一个靠做芝麻酱致富的“麻酱村”。我采访时他拿出自己订的十几种报刊，大谈如何利用外部的科技信息、商品信息。这在当时是很新鲜的事。我很快在报上发了一个头条《听农民朱勤学谈信息》。

马克思说：“人们能够自由地获得世界范围内的最大信息，才能得到完全的精神解放。”古今中外，历来的改革都是先睁开眼睛看世界，从对比中找差距。当俄国农奴制走进死胡同时，彼得大帝发起改革，组织庞大的出访团巡访欧洲，而他自己则化装为一个普通团员随团学习。清末，当中国封建社会已千疮百孔，感到不得不改时，也于1866年派出了第一个出国考察团。西方先进文化的信息逐渐吹入国内。然而，近代以来中国对外的大门总是时开时闭，思想也就一放一收。

历史证明，国门打开多大，改革的步子就有多大。五四运动是近代以来最大的一次打开国门，思想解放，直接导致中国共产党的成立，并经过28年的艰苦卓绝的奋斗，建立了新中国；1978年以后中国人再次睁开眼睛看世界，是又一次思想大解放，直接导致中国特色社会主义的出现。

我与1977年那场高考

刘学红

前几日，又有微信好友给我转发了一篇记述我当年高考的文章，题目是《1977年北京女状元，语文考99分，作文还登〈人民日报〉，近况如何》。对这些转发，我一般都是淡然处之，因为近些年，每年都会有好事者不经采访，只是将网上文章拼拼凑凑、修修改改拿出来重发一遍，其中还不乏失实与谬误之处。起初，我还向友人解释澄清一下，后来就懒得再去费嘴皮子了。每当看到这类文章，我都感觉自己像“出土文物”似的，几十年前的事情，用得着年年“炒”、反复“炒”吗？

但这件事也从另一个侧面反映出，尽管1977年的高考已经过去了44年，但是它的影响却一直都在社会上延续，因为那场高考并不是一次普通的高考，它是中国历史变革最早的一声春雷，是改革开放这部交响乐的一支前奏曲……而我只不过是有幸汇入了时代变革这部交响曲中一个小小的音符而已。

不像现在有的家长恨不得从孩子一出生就直奔大学这个目标而去，买房要学区房，上幼儿园、小学、中学都瞄准重点，就是为了高考时能够上一所心目中的理想大学！而我从记事起就没有过上学的压力，对上大学更是没有概念。父亲是铁道兵，铁路修到哪里，我们的家就随军搬到哪里，天南地北，四海为家。上学也是家搬到哪儿就在哪儿上，之前写简历的时候，我的小学阶段几乎是一年换一个地方，导致我至今没有一位记忆中的小学同学。1967年，父亲的部队被调到北京修地铁，我们家也就跟着来到了北京。

在北京，我们曾住在一个“文革”中被搬走的大学校园里，后来，校园里来了许多工农兵大学生，甚至还有友好国家的留学生，虽然很羡慕这些人，但我还是没有感觉到大学跟我有什么关系。因为，当时的学生中学毕业后，除了极个别的可以当兵、进工厂（父母身边唯一子女可以留城）外，其余全都要“上山下乡”，接受贫下中农再教育，广阔天地炼红心。想上大学，需要先工作若干年，再经过“群众推荐，领导批准”才能有资格（标准说法是“从有实践经验的工人农民中间招收学生，文化程度为初中以上”）。那时上大学，不是仅靠个人意愿和努力就能实现的人生梦想，个人的命运不掌握在自己的手里。

就这样，1976年年初，我轻轻松松地上完了高中，毫无悬念地来到了与学校对口的密云县农村插队落户。当时的“长远”想法，就是下乡两年之后，能够得到一个招工回城的机会，进到一个自己满意的单位工作。

插队时也不是完全没有上大学的念头，但是一想到要具备“群众推荐”的资格，必须表态“扎根农村一辈子”，就心灰意冷了。因为插队后的现实告诉我，在那时的农村，一个人的价值仅仅表现在“干活的力气”上，你的力气大，挖的树坑多（我们村的知青都集中在林业队，主要任务是种树），榜的地多，挣的工分就多，跟文化水平、聪明才智没啥关系。相反，村民还很看不起电视里那些拉琴唱歌跳舞的男人，说一个大男人怎么去干这个活儿！我打心底里不愿意在这样的环境里过一生，哪怕几年也受不了！

后来我的这种心理状态被身边的一个小伙伴彻底搅乱了！那是1976年底，我们知青所在的生产队破天荒得到了一个工农兵大学生的推荐名额，上的还是北京大学低温物理专业！最后这个名额落在了经常跟我们知青在一起玩的大队会计的女儿身上。这件事对我的刺激是巨大的！中学时，我当过班里的物理科代表，对物理的兴趣非常浓，每次考试都是100分。只有一次错了一道题，得了个90分，结果在年级老师同学中引起很大震动，好像我考了个不及格似的。北京大学低温物理专业，这应该是我梦中所想啊！然而，它却与我无关！

跟那个女孩相比，我们年龄相仿，阅历相当，论文化知识水平我也绝不比她低，我想不通，为什么她能上大学，而我就不能？然而，当时没有人能回答我的问题。我的大学梦就是通过这件事被真正激发出来的，我多么盼望有一天，能凭着自己的学识也拥有上大学的权利！

1977年初，这个女孩高高兴兴去北大上学了。我则压抑不住内心的向往，趁回城过春节之机，专程坐了一趟332路公共汽车，不为别的，只为能在车上看一眼心仪中的北京大学（当时332路公共汽车的线路从北大南门到西门绕校园半圈）。从车窗里望着北大高高的虎纹石墙和古老的校门，我幻想着，如果有朝一日自己也能进到这个校园里读书该多好！

没想到，这个转变命运的机会竟然真的来了！1977年10月21日，广播里传来了国家恢复高考的消息，不管什么人，只要符合报考条件都可以报名。当时的报考条件是：政治历史清楚，拥护中国共产党，热爱社会主义，热爱劳动，遵守革命纪律，决心为革命而学习；具有高中毕业或相当于高中毕业的文化水平；身体健康，不超过25周岁，未婚。另外，还特别注明，对实践经验比较丰富并钻研有成绩或确有专长的，年龄可放宽到30岁，婚否不限（要注意招收1966年、1967年两届高中毕业生）。

忽如一夜春风来，千树万树梨花开！上大学不再是别人的恩赐，不再是少数人才能享有的权利，而是自己可以掌握的机会！听到恢复高考的消息，我们知青点的所有人都兴奋无比，并无一例外地全都报了名。紧张的复习开始了，白天我们照常上工，劳动的间歇和晚上的空闲时间便全都用来看书学习。其实当时也找不到什么像样的书，也不知道会考什么内容，只是把上中学时的课本重新翻出来看而已。四场考试五个学科，从得知消息到开考只有短短的50天时间，不可能做太系统、太深入的复习，我只能抓重点。语文基本没复习，政治注意听广播看报纸就大致可以。最初本想考理科，报我喜欢的物理系，后来经过权衡，为了提高命中率，不得已弃理从文，因为理科的“理化”与文科的“史地”相比，我对“史地”的把握要更大一些，“理化”的题，不会做一分也得不到，而“史地”至少答题不会“开天窗”。

眼看离12月10日的考试只剩半个月的时间了，我们知青集体向生产队请假，回城做最后的复习冲刺。虽说是一场能够改变命运的考试，且会集了从1966年到1976年总计11年被耽误的考生，但当时社会上的备考气氛却并不太紧张。我回城以后，一些没打算参加考试的同学伙伴还经常来家找我聊天。为了让我的复习不受干扰，我母亲只好无奈地把我反锁在屋内，然而，即便这样，门外仍然时常响起敲门声。

由于这是10多年来第一次恢复高考，没有考试大纲，也没有高考辅导资料，我们这些已经离开学校的社会考生也没有老师辅导复习，只有自己四处寻找复习资料。家长们也是各显神通，互相打探消息，互通有无。我母亲就通过她的同事找到了几份“文革”前的历史高考卷子，但卷子不能外借，我只好到母亲同事家里跟她的女儿一起做题。有一次，我得知邻居伙伴的父亲留有“文革”前的高中数学课本，便到她家把课本从箱底里翻了出来……“文革”前的课本比我们上学时用的内容丰富多了，我把课本里所有的内容都复习了一遍，就连没学过的等差数列和等比数列也自学了一下。

由于我报考时临时“弃理从文”，一时没想好报什么专业，在与同学交流填报志愿的时候，我第一次听说了“新闻”这个专业。喜欢读报的我感觉当记者是一个非常符合我天性的理想职业，于是毫不犹豫地也是无知无畏地在第一志愿栏内，填上了北京大学新闻专业。我暗下决心，要凭自己的水平考进这所我心目中的“知识殿堂”。

12月10日和11日，决定命运的考试来到了。从我们知青点到高岭公社中学的考点要走十几里山路。我们一大早就顶着寒风，翻山越岭往公社赶。所有考生都在高岭中学的操场上集合，然后分别进入考场。记得当时参加考试的人非常多，学生、老师、知青、干部、农村青年什么人都有。高考没什么特别，就像以前上学考试一样，一个教室坐四五十人，考生两个人一桌，一斜眼都能看到同桌的试卷。

我坐在教室后排靠门的一张桌子旁，冷风从木门的缝隙往里灌，可是我却没有感觉到冷。考前本来还有点小紧张，但拿到考卷之后，发现考题比我原先想象得要简单很多，都是一些基础性和常识性的题，所以，越到后来越放松。第一天考政治和“史地”，没有感觉太难；第二天考数学和语文需要认真对待。考语文作文是关键，头一天晚上，我就在脑海里“过电影”，心想，不管作文题是什么，内容肯定离不开这两年的插队生活，于是在脑海里把这两年的经历仔仔细细地回顾了一遍……

上午考数学的时候，我发现最后一道题居然跟等差数列和等比数列有关，本来觉得没把握想放弃的，但是把上面所有的题都做完并把结果带进去验算全都正确之后，时间还剩半个多小时。与其浪费时间，不如试着做一下这道题。凭着几天前自学时的印象，我还真做出来了，验算之后结果成立。于是，我把所有题的答案全都抄了下来才交卷。走出教室，大家着急对答案，我发现我的答案与高岭中学数学老师的答案完全一致，心里更加有了底。

最后一门语文，知识题占20分，作文占80分，作文题目是《我在这战斗的一年里》。我一看这个作文题，正中下怀，昨晚上的“电影”没有白过！做完知识题后，我稍微打了一下腹稿，便开始奋笔疾书起来。我从1976年10月党和国家粉碎“四人帮”写起，到1977年10月结束，记述了我在林业队与贫下中农一起开山造田，修建大型现代化果园的过程，历经冬春夏秋4个季节完整的一年。由于是自己亲身经历的生活，平时又经过认真总结，年初还代表我们知青队在密云县知青表彰大会上作过发言，所以写起来一气呵成。在大约1个半小时里，居然写了1700多字，卷面几乎没有修改。

全部课程考完后，我自信每门都能达到80分以上，数学还有可能得满分，心里开始期盼大学梦圆的那一天。

在等待考试结果期间，我特意找了几本“文革”前出版的有关大学生活的文学作品来看，开始憧憬未来的大学生活。其中，有一本名叫《大学春秋》的小说，写的就是20世纪50年代北大学生的故事。由于想上大学的愿望太强烈，有一天做梦梦到我真的考上了大学，心情那叫一个激动！然而一觉醒来，发现自己仍然躺在冰冷简陋的知青宿舍里，才体味到什么叫黄粱美梦！

1978年2月19日下午，在城里过春节的我，与一个中学同学在街上闲逛，在商店门口正好碰到我们知青队的队长，她对我说，刘学红，你的作文见报了！我说，真的？见哪个报？她说，好像是《人民日报》。你是怎么知道的？我问。我弟弟早上在广播里听到的，“新闻和报纸摘要”节目。她答。得知这个消息，我将信将疑，于是到附近的一个同学家里找报纸。同学说，当天的报纸还没到。我也就没当回事，说不定是重名呢！

晚上吃完饭我在桌子旁边看书，忽然发现不常回家的父亲走到了我的身后，他把一份《人民日报》往我桌上一放：看看，是不是你写的？我看了一下标题和文章的第一句话——“一年一度秋风劲。转眼之间，从去年金色的十月，欢乐的十月，到今年丰收的十月，胜利硕果累累的十月，已经整整一年了”——便笑着说，是我写的。

我的高考作文见报的消息在父母亲的单位和同学中不胫而走，大家纷纷祝贺我考上了大学。我嘴上说，作文上报纸并不见得就真能拿到录取通知书，但心里却早已心花怒放：我知道，这篇见报作文已提前通知我：我的大学梦终于实现了！

在此期间，我曾到毕业的中学去看望老师，一位参加了高考阅卷的语文老师拿出一个笔记本对我说，你看，你的高考作文就是我参与判卷的，大家都说好，卷面也特别干净。我把你这篇作文抄到笔记本里了，准备当范文给学生讲。当时不知道是你的，见报后才知道。我一听赶紧问，我的语文得了多少分？老师说，语文不知道，但你的作文是99分（作文分要按80%折算到总分里）。本来应该是给满分的，但有的阅卷老师认为，文无第一，武无第二，怎么也能挑出点毛病，于是就扣了1分。这也是我所知道的我高考试卷的唯一分数（上大学后，我曾问过专业老师我的高考分数是多少，老师说，你都考上北大了，还问分数干什么）。

1978年3月初，我终于凭着自己的努力、自己的才学，走进了中国的最高学府北京大学，成为新闻专业的一名大学生。毕业后，我又如愿进入了《中国青年报》，成为一名新闻记者，为自己热爱的党的新闻事业奋斗了30余年。

考上大学后我才知道，当年党和国家为了恢复已终止了11年的高考，冲破了多少阻力，付出了多大的代价！可以说，没有党中央的拨乱反正，没有邓小平同志的力排众议、果断决策，就没有1977年底的这次改变中国历史方向和发展进程的高考！全国上千万被耽误了的青年学子终于有机会通过公平的考试，来实现自己的梦想，改变人生的命运！

随着时间的流逝，高考早已成为万千学子走向人生成功的阶梯。高考的规模不断扩大，考试方式也几经变化，通过高考走进心目中理想大学的青年人也越来越多——我们高考时，录取率约为4.8%，只有区区的27.3万人走进大学校门。而2020年全国高校本专科录取人数则高达967.45万人，是我们那时的35倍多！

尽管现在大家已对每年的高考习以为常，竞争也不像早年那样激烈，但1977年的恢复高考并没有被社会所淡漠、所遗忘。相反，这次恢复高考对国家发展、民族复兴、社会进步所具有的重大意义越来越为人们所认知、所铭记，其历史价值也被社会普遍认可。由于我的那篇高考作文登上了《人民日报》，我也成了见证这一重大历史事件的代表人物之一，多次被邀请参与各种纪念1977年恢复高考的活动。恢复高考20周年、30周年、40周年……甚至每年高考时节，都会有媒体采访我，反复回忆1977年的那场高考。

2007年7月10日下午两点，当我把写着我名字、印着“100198”报名号的

"北京市1977年高等学校招生准考证"，以及我的北京大学毕业证、学位证等交给中国国家博物馆藏品保管二部征集室的工作人员时，内心充满了一种幸福和感激之情。从这时候起，这张准考证和毕业证、学位证开始承载着特殊的使命，它们被陈列在国家博物馆"复兴之路"常设展览中，成为当代中国和中国教育一段特殊的历史转折和发端的实物见证。

个人的命运与国家的命运紧密相连，这是我们这一代人曾经经常挂在嘴边上的一句话。对我来说，印证这个说法最好的个人经历和历史事件，当数1977年的那次史无前例的高考。那是一次汇集年代最长、考生年龄差距最大、复习时间最短的一次创纪录的高考。历史没有如果，如果没有那次高考，我无法知道我现在会怎么样；然而，因为有了那次高考，我的人生轨迹得以彻底改变却是不争的事实！在大学里，学的是我心爱的新闻专业；大学毕业后，从事着我从未梦想过的理想职业；工作中，施展着我从未发现过的才智和能力。时光倒转，我甚至不敢想象，我竟能成为一家中央级大报网站的总经理！

在中国共产党建党100周年的今天，回想当年的高考经历，回顾我的人生成长历程，我想，只有用"幸运"两个字才能概括——我幸运地遇上了中国共产党勇于拨乱反正的年代；幸运地赶上了1977年重新恢复高考制度，考上了心目中的理想大学；之后，又幸运地参与到了国家改革开放和民族复兴的伟大事业中……

没有党的拨乱反正和改革开放的政策，没有教育的改革和发展，就没有我们个人命运的改变，也就没有我们国家这几十年来经济飞速发展、人民生活水平大幅提高和令举世瞩目的成就。

为此，我从内心里感谢1977年那场高考！

压箱底儿的东西

周家望

前几天换季收拾屋子，我和妻子、女儿说好，大家一起做“减法”——在望京生活了18年，屋子里的东西越堆越多。一翻才知道，“破家值万贯”真不是虚夸：女儿小时候的毛绒玩具、芭比娃娃，个个儿灰头土脸；鞋盒子里日久年深的布鞋皮鞋运动鞋，保留着10多年前的足迹；衣柜里棒针马海毛的毛衣、旧绒裤、老棉袄，都是中国入世前的式样……看来狠狠心“断舍离”的时候到了，“疏解整治促提升”从我做起！

那娘儿俩斗志昂扬，说干就干，大义凛然地对自己的东西做着“减法”，半天工夫就“瘦身成功”。反躬自察，我却成了“保守主义”的代表人物——翻了半天，望着扔在地上的几片纸、两本书还在犹豫之中，“敝帚自珍”的念头逐渐占据了上风。

“老爸，做减法呀！”

“做着呢。”

“说得好听，其实什么都舍不得扔。”

“别催呀，这不正考虑呐！”

“这儿卷破纸都舍不得扔啊？”女儿指着我眼前打开的小红箱子，一脸不屑。

“这可是压箱子底儿的宝贝，知道是什么吗？粮票！当年要是没有它，咱一家子就得饿肚子。当然喽，你没赶上。没赶上好！”看着眼前这些熟悉的“宝贝疙瘩”，一下子勾起了将近50年前的回忆。

票证，曾经是国人“限量版生活”的命根子。兜里有钞票没粮票找不到饭辙的日子，像我女儿这样的“00后”肯定觉得奇怪。

票证是物质匮乏时代的产物，它是从什么时候开始的呢？生活在票证里的感觉如何？大概只有20世纪中叶的国人体味最真。我查了资料，票证生活骤至，其实有准确的日子——1955年9月5日。那天，中华人民共和国粮食部发布了《市镇粮食定量供应凭证印制暂行办法》的命令。10天前，这个暂行办法刚刚由国务院全体会议第十七次会议通过。从这一天起，各种票证铺天盖地地进入我们的社会生活，揭开了中国“票证经济”的帷幕。人们或许记不清这个具体的日子，却不得不从此开始了将近40年的票证人生。

粮食票证的出现，并非共和国首创。据考证，最早出现“粮票”二字的票证，是清乾隆三十二年（1767年）潼川府发行的《收粮票》。但是这种由来已久的票证，多为战乱时期一时一地的用粮凭证，作为一项长时间影响全国民众生活的管理办法，在1955年之前尚无先例。为配合1953年10月在全国范围内实行粮食统购统销政策的实施，共和国首任粮食部部长、著名爱国民主人士章乃器先生创立的全国通用粮票制度，在当时无疑起到了稳定粮价的重要作用。试想僧多粥少，持票食粥，是既简单又有效的分粥办法。于是在一切物质皆处于紧缺的时代，票证生活大行其道。

粮票——比金钱还宝贵的东西

1955年，与全国通用粮票一齐亮相的票证，可谓盛友如云，高朋满座，史称“五票十二证”，以此解决城市居民迁出迁入，流动人口往来就餐、购买粮食、熟食之需。“五票”即全国通用粮票、省（市、自治区）地方粮票、军用粮票、侨汇粮票、省（市、自治区）地方饲料票。“十二证”即城市居民粮食供应证、工商行业粮食供应证、饲料供应证、城镇居民粮食供应转移证、农村粮食转移证、粮食副食照顾证、军用粮食供应证、居民储备粮证、南方籍职工大米供应证、集体伙食单位粮食供应证、粮食划拨证、农民购粮证。另外，对各项粮食票证的管理，从粮食局到各基层单位，均设专人管理，建立健全收支账簿，做到收有凭，支有据，日清月结，账票相符，定期盘点，专柜保存。粮寄于票，票即是粮，一块馍、一碗饭、一口汤，即使有钞票，拿不出粮票也没得吃、没得喝，所以粮票又被称为“第二货币”。

倘若有人问，世间什么东西用金钱难以买来？答案中自然有光阴、有思想、有情感，或许也应该包括20世纪50年代国人手中的粮票。因为这“第二货币”在当时的确比金钱还宝贵，你可以用粮票换到钱，却很难再用钱买到粮票，如果说人以食为天，票证制度可就是粮以票为本了。粮票成了城市居民身份的象征，一些到城里寄居的农村亲戚，常常被暗地指为“吃白食的”，因为他吃的每一口饭，都是城里亲戚从自己定量供应的粮票里挤出来的。20世纪70年代，我正上小学，家里经常有河北献县老家的亲戚来北京看病、办事，为了省钱，都在我家的两间小平房里挤着睡。夏天的时候，他们就在小院的门道里，铺上木板打地铺。吃饭自然也是在家，无非是多了一张或几张嘴。等我长大了些才知道，姥姥为了解决家里陡增的伙食消耗，费尽了心思。她宁肯自己只喝一小碗稀粥，也要让来人吃些“搪时候”的干粮。长期营养跟不上，姥姥眼窝深陷，两腮干瘪，清癯羸弱，气血两亏。她的支气管炎总也好不利索，69岁就突然扔下我们走了。母亲每每忆及，唏嘘良久。

这样的窘境，在当年是极为普遍的。1955年粮食定量供应办法实施不久，在粮食产量和人口数量均可称为大省的河南，即制定了该省的居民口粮标准："特殊重体力劳动者：五十至六十斤，其平均数不得超过五十五斤；重体力劳动者：四十至四十九斤，其平均数不得超过四十四斤；轻体力劳动者：二十九至三十九斤，其平均数不得超过三十五斤……"这一标准在3年后，又因为国家供粮压力增大，出现了进一步压缩。1959年4月，河南省作出了压缩市镇粮食供应的紧急指示，主要精神是"既要吃饱吃好，还要吃省不浪费"。同年10月10日，河南省人民委员会批转了省粮食厅《调整市镇定量人口粮食供应的报告》，对全省980个工种的口粮标准进行了重新调整。口粮标准调整后，人们实际吃到嘴里的东西更少了，家里多一张嘴，口粮就十分紧张，所以那时到亲戚家吃顿饭，甚至也要交点儿粮票才觉得心安。当时郑州、开封、焦作、淮阳等10个市（县）被确定为口粮定量调整试点。1960年1月1日，调整政策在全省统一施行。从此，河南粮食定量供应标准开始降低。档案记载："根据郑州16个不同类型厂矿361个工种25096人的调查计算，调整后，该市每月供应粮食998721斤，每月减少粮食10630斤，供应水平降低0.43斤。以此推算，全省现有定量供应体力劳动者2298467人，每月可减少粮食988341斤……综合体力劳动者、高中和大学学生、十周岁以下儿童这三类粮食定量供应人群，调整后每月可以减少粮食988511斤，较调整前下降0.21斤……"

人还是那些人，粮食的供应量却降低了，粮票在其中扮演着极其尴尬的角色，尽管老肠老胃们以"咕咕叫"的方式表达着不满。

票证——无处不在的生活标签

粮食是生活的压舱石。在天津市，粮食定量压缩后，粮油短缺的现象如同一块投入湖中的巨石，迅速在民众生活中激起层层波澜：不但棉布、煤炭需要凭证供应，连抽烟、喝酒也出现了烟票、酒票，甚至买盒火柴，也得凭票购买。在当时，离开票证，人们简直无法生活，寸步难行。据估计，到1961年底，天津市所发的各类票证多达上百种，全国其他城市也大致如此。

当时各类票证五花八门，凡涉及国计民生的重要生活和生产资料必需品，几乎都实行凭票限量计划供应。有的票证只发城镇户口，不发农村户口，如粮票、煤球票；有的票证是按所在户口的人数与岁数发放，不同的岁数有不同的发放标准，如粮票(也叫粮食定额支票)成年人每月27斤，年纪大一点的25斤，小孩根据岁数每月8斤到20斤不等；食用植物油实行定量凭票供应，农民每人每月定量为5两，城市居民每人每月定量为7两，实行动态调整。每人每年只有14尺的布票，只够买一套衣服，而身材魁伟的则要捉襟见肘了，买一条毛巾或手帕要动用1寸或半寸的布票；有的票证是按户发放，如豆制品票、火柴票、肥皂票等。鸡蛋不管人数多少，每户一律半斤。糖票、盐票都是按人按月发放。有些票证则是一年发放一次，大多数票证是一个季度发放一次；有些物品，如糖果、花生、瓜子之类，只有过年过节和结婚才可以享受。

我记忆较深的是，我脖子上的红领巾，用棉布票“换回”过几次。我上小学低年级的时候，课上经常交头接耳，课下追跑打闹，班主任动不动就把我的红领巾查扣了。红领巾可是荣誉的象征，没有红领巾，就在同学面前矮三寸，更何况光着脖子放学回家，肯定会被爹妈再审一堂。好在班主任老师有着慈母般的心肠，她以警告、教育为主，没有真把我清理出“红领巾”的队伍。在此期间，班主任曾经和我妈妈互换过几封信，都是让我转交对方。我一直以为是老师和家长之间讨论我守纪律方面的信，也是对我个人品德的考验，看我会不会偷偷拆开看，我以“看破不说破”而沾沾自喜。果然，每次信封交换后不久，我的红领巾就又在胸前飘扬了。直到过了很多年才知道，妈妈的信封里装的敢情不是信，是老师托我妈妈帮她换的新棉布票。我妈妈是东华门副食商场的售货员，认识的人多，路子广，于是我老师手里即将过期作废的旧布票就有了更新的可能。

其实，岂止是棉布票，从1955年开始，全国各地发行使用过的票证多了去了，到底有多少种？至今没有一个准确的数字。但其深入生活肌理的程度，却令人咋舌。据载，凭票、证、券控制供应的商品，1962年达到最高峰，全国各地一般都在100种（类）左右，连同计划供应的，占消费品零售额的60%左右。大体可以分为粮油类、副食类、生活类、工业品类、特殊供应类“五大票仓”。其中粮票的种类最为繁复，大约有上千个样式，按类别分，有全国通用、地方流通、定额、周转、供给、品种交换、流动、农业、划拨、兑换、奖售、工种、补助、价购、行业、军用等；按票面分，大小相差几十倍，小的如浙江省1955年随证粮票1斤票、10斤票，每张只有小手指甲大小；大的价购粮票如河南省流动购粮票，比一张壹角人民币还大；按面额分，50年代中期至60年代初发行的粮票有10两制和16两制，而最小的为一钱，面额最大的粮票是1963年上海市粮食局印制的专供内部调拨使用的《粮食支拨书》，全套9种面额，最大的面额为14000斤。有趣的是，这些小小粮票上后来还印上毛主席语录，最早的“语录粮票”是1960年山西太原市“兑粮证”上率先出现的毛主席语录；最晚的“语录粮票”是1982年广东肇庆市的通用粮票。

至于副食类的票证，则包括购物本和相关副食票，如肉票、豆制品票、蔬菜票、鱼票、盐票、糖票、粉丝票、糖果票、糕点票、酒票、麻酱票等。生活类的票证包括布票、鞋票、煤票、火柴票、香烟票、肥皂票、棉花票、木材票等。工业品类的票证包括自行车票、电视机票、手表票、电风扇票、电冰箱票、洗衣机票等。此外，还有一些特殊供应类的票证，如军用粮票，军用布票，侨汇券，用于高干、婴儿、产妇和病人的特需票证，春节额外供应的节日票，有的地方还发行了专门用于购买《毛泽东选集》的“请宝书证”。

清简——票证之外的生活味道

著名漫画家李滨声先生今年已经96岁高龄。这些年，我每隔两个来月就去敬老院找老爷子聊天，喝着茶吃着点心，一聊就是半天。后来随着老爷子年事已高，聊天的时间渐渐缩短为一个半小时。除了聊京戏、聊北京日报社的往事，也聊老北京的生活，其中就有关于票证的故事。

日子紧巴的那些年，尽管票证在当时人们的生活中无处不在，但仅有票证是远远不够的，于是民间的执着与智慧便生发出来。由于粮食供应紧张，北京的部分饭馆开始歇业，一般的小吃店每天只在早晨卖大米粥，老北京人称之为“烫饭”。粥一售完，店里的职工就下班，一天的营业即告结束。买粥也需要凭票供应，但由于民政部门从中做了一定的贴补，那号称一两一碗的大米粥，量又大汁又稠，很能疗饥。每天不等天亮，不等小吃店开门，老百姓就扶老携幼排起了曲曲弯弯的长队，一向以美食家著称的老北京人，此时此刻对“饭后之用”的米粥表现出了浓厚的兴趣和空前高涨的热情。我一直对“粥”字的构造写法不甚了了，后来看了一本《基础汉字形义释源》的书才从中晓悟，原来“米”字两边的那个“弓”，是指米煮熟了以后冒出的蒸气！阿弥陀佛！当米少蒸气多的时候，可不就是“粥”了嘛！尽管米少，人们在小吃店门前排队的热情还是跟热气腾腾的蒸气一样，泱泱乎众矣。

蒸米饭，各机关单位的食堂也创造出了“双蒸法”。就是把大米淘过之后，先蒸一下，然后二次加水再蒸，这样蒸出来的米粒个头奇大，蓬松异常，像爆米花似的特别出数。只有一点不尽如人意——吃过不久即饿。“双蒸法”给人们开辟了新的思路，各种各样的代食品、营养品纷纷涌现，大家在这一段时间，加深了对维生素和蛋白质的理解。因为缺了它们，人就会患浮肿。有的单位为了给患浮肿的职工增加点营养，就培植出一种水生藻类——小球藻。此物捞出晾干便成了绿色粉末，包成小包叫作“水中猪肉”。名字很好听，因为那个时候还没有“注水肉”这样缺德的“发明”，所以很容易让人联想起肉松的美味来。领这种限量供应的“水中猪肉”，必须是身患浮肿的，还要医务室开出证明，严防假冒。据用过“水中猪肉”的人讲，真要是饿出毛病来，这类偏方无济于事，还是得送进医院住院治疗。治疗的方法很简单：每天喝牛奶、吃鸡蛋，静脉注射葡萄糖液，菜里多少有点肉末儿，再加上每顿供应的3个白面大馒头，比什么特效药都管用。这样治疗，有一个星期，全身的浮肿就全消了。

普通京城百姓什么时候第一次把目光投向西餐厅？也是在这个捉襟见肘的票证时代。西餐馆于清末来京，一直是高官显宦、名媛贵妇、留洋教授、时髦阔少们光顾的特殊食府，土生土长的老北京人，很少去那里“开洋荤”。当人们吃着“双蒸饭”，到处淘换“水中猪肉”的时候，终于想到了西餐，想到了炸牛排，想到了著名的莫斯科餐厅。北京人第一次感受到了西餐在他们生活中的重要性。尽管当时莫斯科餐厅的炸牛排10块钱一块，而且比早点铺的油饼还薄，但那毕竟是牛肉啊！而且还用油炸过，又有肉又有油，吃上一块能顶两碗“双蒸饭”！所以，莫斯科餐厅门前也排起了长队，队伍里满是焦灼的目光。

那焦灼的目光不仅投向了“老莫”，还投向了全北京所有卖啤酒的地方。老北京人过去很少喝啤酒，他们倾心的是到黄酒馆喝绍兴花雕。也有的老北京人夏天喜欢喝点儿药酒，以“四消酒”和“莲花白酒”居多，清心养神。20世纪初，北京的啤酒只有寥寥数种，其中以德国云龙牌啤酒最为高档，不可多得；像日本的太阳牌啤酒和中国的五星牌啤酒，味道也很不错，但都因为老北京人多数不喜啤酒而销量不高。直到新中国成立以后，老北京人办红白喜宴还是中餐席面，而那个时候的中餐席面根本不能上啤酒。1959年，北京的市面上还时常有散装的啤酒供应，而且不限量，此时的北京人幡然醒悟：啤酒不是被称为“液体面包”吗？那也是大麦做的呀！于是，越来越多的北京人第一次提着暖瓶、抬着钢种锅，豪放地打起啤酒来。从此，北京人渐渐有了“啤酒肚”的雅号，渐渐有了“啤酒节”的盛况，渐渐有了“喝扎啤”的海量。当今天人们举起泛着酒花的啤酒杯畅饮的时候，可曾想起，大约半个世纪前，京城百姓初次结识啤酒的那份尴尬？是的，那真是生活的一种尴尬。

1978年，随着国家粮食政策的调整，粮食进入多渠道经营。1985年，中央和国务院决定，取消长达30多年的农产品粮食统购，改为合同定购，农村粮食实行购销合同，城市扩大粮食议销，从根本上结束了粮食统购统销的历史。随着改革开放，人们的开放物质生活不断提升，粮食供应得到了极大的改善。从20世纪80年代后期开始，北京胡同里用粮票换鸡蛋的生意越来越多，农民推着自行车串胡同，用自家的柴鸡蛋换取城市居民手中多余的粮票，10斤粮票可以换10个鸡蛋，要是全国粮票，还能多换俩鸡蛋。这样，农民进城就有粮票进饭馆吃饭了，居民手里多余的粮票也变成了新鲜的鸡蛋，两边都觉得值。1992年至1997年，票证终于结束了它的特殊身份和流通历程，票证制度在全国范围内谢幕。我上大学的时候，是20世纪90年代前半期，入校的时候，每月还定期发粮票，等毕业的时候，粮票已经彻底停发了。没用完的粮票我没舍得换鸡蛋，而是一直保存着，直到现在还静静地躺在我家的票证夹子里，成为我记忆中的一部分。

从1955年开始，票证和国人一起走过的几十年，抚今追昔，颇有欲说还休的味道。毋庸置疑，存在于那个时代的票证，不但是社会物资紧缺的象征，同样是社会分配难以回避的方式。它使人们对生活和生存有了重新的认识，对人与人之间的关系有了重新的考量，当冷漠与温暖、卑鄙与高尚、失落与兴奋、贪婪与慷慨交织在一起，浓缩于这些小小的薄薄的票证之上，生命被赋予了更为深刻的含义。

这种历练人生的洗礼，将会在人们的集体潜意识里留下难以磨蚀的痕迹。即使我们现在生活得安逸富足，即使中国已经完成了脱贫攻坚，即使我们已经站在了建党百年新的历史起点上，惜福和利他同样应该成为我们内心强大的动力，成为精神里压箱底儿的东西。

压箱底儿的东西，不能扔。

行走在北京的春天里

刘元举

春节一到，就能触摸到春天的肌肤了。在蠕动的南方，那种绿色的薄膜般的气息，温润绵和地包裹着你。路旁巨大的榕树，四季繁茂，遮天蔽日的树冠，只有细瞅才会发觉在那老绿的肥硕叶片刚刚飘落下来时，那些娇嫩的新叶，就已经蹿腾开来，完成无缝对接。

然而，同一时段来到北方，对春天的感觉则完全不同。我从北京大兴机场一出来，便一脚踩上这条冬天的尾巴，那种逼人的春寒，兜头袭来。由深圳飞往北京不过3小时的路程，竟有着如此大的温差。

春之声

多年前读过老舍的散文《北京的春天》，那股浓浓的京味儿，仿佛刚揭开锅盖，冒出的热气，还依稀飘在为数不多的胡同里。他写得十分细腻，从腊八写到元宵节，从民宅写到庙会，层层剥开了正月里的形式和内涵，写出了令人愉悦的春之韵。

丰子恺也曾赞美过春天：“春是多么可爱的一个名词。”但他认为真实的春天并不那么可爱，而是料峭之寒，之凄冷。但接下来他阐述：春是属于精神的、艺术的美。

人们常常习惯用“春回大地”“春雷激荡”“春潮涌动”这类词儿，描绘一个大时代的斗转星移，抑或大自然的季节更替。我们这一代过来的人，无论何时何地，都不会忘记1978年那个著名的春天，那个特定的历史时刻。

可能再也不会有这样一位政治家像小平同志这般三落三起了；可能再也不会有一个诗人，像郭沫若这般既是诗人又是中科院院长的双重身份，在弥留之际，还迎来了科学的春天，并且如此高扬激情地发出“拥抱春天”的“绝唱”；可能再也不会有一个数学家，如同陈景润这般拥有个性，这般充满传奇色彩了。他们三个人在同一个春天，同一个时空下相逢，其命运，均与时代民族和国家前途息息相关。

我的叙述不能不回溯到那次改变中国命运的全国科学大会上。

那是1978年3月18日开幕，一直开到了31日，为期13天的大会。人民大会堂坐满了来自全国各地的代表，5500余人，加上列席代表，共有7000多人。开幕式上，邓小平同志作了长篇讲话。据当时一位与会代表回忆，这个讲话的内容大大出乎人们的意料。因为小平同志撇开“以阶级斗争为纲”，旗帜鲜明地提出了新的治国纲领：“建设四个现代化。”小平同志以洪亮的四川口音，铿锵有力地说出“科学技术是第一生产力”这句话，更是石破天惊，简直是历史性的宣言。在经久不息的掌声中，许多代表难抑激动和亢奋，泪水盈眶，感慨万千。

我也曾数次参加全国作代会，特别是20世纪90年代，在人民大会堂聆听中央首长激动人心的讲话，并裹入那种掌声风暴之中，激情与希望瞬间在周身膨胀、升腾，仰望人民大会堂穹顶，正中的红色五角星，映衬着满天星斗熠熠发光，格外耀目。全国科学大会的那个历史瞬间，想必更甚于文学大会的盛况。

郭沫若是位颇具影响力的作家、诗人，许多代表作品如《屈原》《凤凰涅槃》还有历史小说等。小时候就曾读过他的《炉中煤》。但无论他有多少著述，多少脍炙人口的诗篇，都抵不上他在闭幕上的这个《科学的春天》讲稿。那是诗，真正的抒情诗！多么大的号召力，多么鼓舞人心的号角：

“我们民族历史上最灿烂的春天来到了。”“让我们伸开双臂，热烈拥抱这个春天吧！”

郭沫若当时是在北京某医院住院。当他盼到全国科学大会要召开时，衰竭的身体迸出蓬勃的精神，让他那双被皱纹缠绑的眼睛闪出惊人的坚毅：他要出席大会现场。医生惊呆了。这是不可能的，他的身体状况随时都会有危险发生。医生不允许老人走出医院半步。然而，无论医生怎么劝说他，他都执意要去参加开幕式。他说他是中科院院长，这样重要的会议不能不去，一定要去！

方毅办公室秘书的工作日记中有这样的记载：郭老的秘书王庭芳今天来电话，郭老的病情稍有好转，但生活仍不能自理，行动不便，但他还是坚持要参加科学大会。于立群同志（郭老的夫人）打算给方毅同志写封信……

大会开幕前一天，王庭芳再次来电话告知：郭老坚持要参加明天的开幕式。今天上午与医生谈判了一上午，没有成功。医生说，肺部炎症还没有消失，只允许参加半小时。但郭老仍然坚持要坐半天。希望方毅同志做做郭老工作，请郭老半小时后离席。在这种情况下，方毅只好同意，但请王秘书转告郭老，只能参加半个小时。

于是，郭沫若乘坐轮椅，在人民大会堂那深沉的红地毯上缓缓经过，进入会场，出席了开幕式，见证了一个伟大的历史瞬间。而他在闭幕式上的讲话，则是形成书面材料，由播音员朗诵，掷地有声。

即使作为书面材料，字里行间的激情也足以令人震撼。

这位在大会之后仅弥留了两个月零24天的老人，带着对科学春天的满腹热望，一腔不甘凝固的血液，多有不舍地告别了人世。有人说他的这篇讲话，是诗人献给科学事业的“绝唱”。

这次大会上有一张流传很广的照片，上面是一个白发老人与3位年轻学者的合影。老人戴着一个黑框眼镜，笑容满面地望着身边围拢的年轻人说着什么。3位年轻人与老人表情一致地绽开笑容。四个人的口型开合都是一样的“尺寸”。有人说这张照片就是“春天的表情”，也有人说这个照片应该取名叫“内心的绽放”。这就是1978年全国科学大会上华罗庚和他的学生著名数学家陈景润、杨乐、张广厚在一起交谈的情景。

杨乐在一篇回忆文章中诠释这张照片：“华罗庚是我国有着传奇色彩、妇孺皆知的杰出数学家，陈景润痴迷于哥德巴赫猜想，经过长期不懈的努力作出了卓越成果的事迹，由徐迟的生花妙笔在大会前刚刚得以报道。于是，华老、陈景润、张广厚和我成为会议记者注意的一个焦点。”杨乐又说，记者们捕捉机会拍摄到了一些我们4人的照片，有些一直流传至今。

照片比文字更直观，但照片永远不可能替代文字。因为文字给人的力量是一种阅读的持续发酵。这张4位科学家的欢悦交谈的瞬间照片之所以能够成为那次大会的聚焦点，能够一直流传下来，确实与徐迟先生那篇《哥德巴赫猜想》密不可分。由于徐迟的文章是在全国科学大会召开之前刊发在1978年1月号《人民文学》的头题位置，由《人民日报》2月17日转载，遂形成轰动效应。因此，科学大会之前还是默默沉潜于数学海洋中的陈景润，被一下子推到了聚光灯下，成为街谈巷议，家喻户晓的人物，也成了令全国人民钦佩与爱戴的一道科学风景线，一个偶像级的榜样。从此，诗人徐迟的名字与数学家陈景润“捆绑”到了一起。还有哥德巴赫猜想，这个古怪的名词，在神州大地，被无数人津津乐道，竞相传诵。

诗人与数学家

让我们先从1977年的《人民文学》说起吧。那是经历了漫长冬天的一本文学期刊，抖落了尘封的浮土，披着新时期的锐气与霞光，犹似开裂的冰河，从缝隙间冒出了蒸腾的热气。我们那时候管《人民文学》叫大刊物，自然就管那里的编辑叫大编辑。就如同当下的网络语言：大伽。

《人民文学》在那个秋天里，就决定组织歌颂科学家的稿件，可见其敏锐的时代触角与眼光。为什么要挑选陈景润？为什么挑选当时老诗人徐迟去采写？

杨晓升提示我：周明最了解这件事情，他曾为此撰写过文章。周明是我的老朋友了，找到他轻车熟路。如今已经到了耄耋之年的周明，依然精神矍铄，谈吐酣畅。尤其当我一开口提到《哥德巴赫猜想》，他就滔滔不绝地讲了起来。

他说编辑部在选择一位什么样的科学家时，我们想起当时流传的一个民间故事：有个外国代表团来华访问，成员中有人提出要见中国一名大数学家陈景润教授。因为，此人从一本权威科学杂志上看到了陈景润攻克世界数学难题“哥德巴赫猜想”的学术论文，十分敬佩。我国有关方面并不知道陈景润是谁，也不知道他取得的这样一个了不起的成果。他们千方百计寻找，终于在中国科学院数学研究所找到了这位数学家。

那时的陈景润慑于“文革”中对他所谓走“白专”道路的严厉批判和打击，甚至一度要自杀，但他挺了过来，冒着风险，埋头潜心于论证。平日他将自己封闭在一间仅6平方米的宿舍里，趴在床边上日夜演算，反复印证，刻苦钻研，悄悄地攻关，不事张扬。就是在这个阴暗狭窄的6平方米的小屋，他领先突破了一道世界难题，惊动了国际数学界。编辑部的同志们一致认为，就写陈景润吧！尽管当时还有争议，但编辑们认定了他是有贡献的人物。那么，接下来的是，找谁来写好呢？大家都不约而同地想到了徐迟。

因为此前徐迟写的一篇报告文学《祁连山下》，发表在1962年《人民文学》上。描写了敦煌艺术家常书鸿的创业事迹，在当时反响颇好。他比较熟悉知识分子，并且对逆境奋斗的人充满理解与情感，如果请他来写数学家陈景润，估计能写得很好。鉴于此，编辑部找徐迟来写，便顺理成章了。

周明那时尚且年轻，头脑活跃，人脉宽广，又为人热情真诚。他当即把长途电话打到了武汉，寻找这位久违了的诗人。

“这年，诗人已63岁。他，一个热情的歌者，焕发了精神，增添了力量，他多么想放声为祖国歌唱！……听得出，徐迟在电话里的声音是多么激动！对于我们邀请他来京采写陈景润一事，他很高兴，但只是说，‘试试看’。几天后，他风尘仆仆地从扬子江边带着滚滚的涛声赶来了。”周明仿佛回到了当年。

徐迟为什么说“试试看”呢？一是他觉得数学这门学科他不熟悉更不懂；二是听说陈景润是个“科学怪人”，尽管他突破“哥德巴赫猜想”有贡献，成就是了不起的，但这样的“怪人”好采访吗？

想不到的是，陈景润与徐迟相见时，他紧紧握住徐迟的手，望着清瘦高挺的徐迟，那精致的额头，那黑浓的剑眉，那双深邃的眼睛说：“徐迟，哦，诗人，我中学时读过你的诗。”

诗人与数学家，就是这么简单爽快地相识了。数学家居然读过诗人的诗。这是缘分。

数学研究所五学科室党支部书记李尚杰，是陈景润最信任的人。他对陈景润说明了徐迟专程过来采写他时，陈景润面露难色，率真地说：“哎呀，徐老，你可别写我，我没有什么好写的。你写写工农兵吧！写写老前辈科学家吧！”

徐迟说我是要写四个现代化，写科学的发展和一代代科学家的奋斗与贡献。陈景润听到这话放松地笑了。他笑起来像个中学生，满脸的清纯。

诗人与数学家都是单纯的人，他们为了“四个现代化”的美好，一下子就有了共识。

走进中关村

中关村我并不陌生。10多年前，这个中国的硅谷，曾吸引了大批有志青年从全国各地潮涌而来。我女儿那时也被裹挟进这股巨大的洪流之中。当清晨的城市还没有完全醒来时，中关村的宽阔大街，便已经人潮鼎沸。最深的记忆是当浩荡人流横穿马路时，人与车有着一种壮观的对峙与交流。一位年轻作家曾因《跑步穿过中关村》这部中篇小说而一举成名。

原以为中科院也在中关村。此番来到中关村实地采访，才得知中科院的一些研究机构设在中关村，但中科院则在三里河那边，相距大约10里路。

与共和国同龄的中国科学院，是1949年11月成立的。据说仅用了一个月的时间就搭设起来。那时候中国科学院是将自然科学与社会科学放在一起，郭沫若当了首届院长。后来变成两个院，社科院分出去了。

据2018年11月中国科学院官网显示，全院拥有12个分院、3所大学、130多个国家级重点实验室和工程中心、210多个野外观测台站，100多家科研院所、承担20余项国家重大科技基础设施的建设与运行。而数学研究所，便是这庞大躯体的1%。

徐迟先生当年走进这个数学研究所时，眼前是一栋低矮简易的普通小楼，如同一个放大的火柴盒，孑然于一片空旷之地。那时候四周绝没有这几栋拔地而起的现代楼房，围拢成屏风阵式。

那天遇上了北京多年不遇的沙尘暴，整个视线如同蒙上了一层土黄色的塑膜。这种模糊视线，平添了一种穿越时空的奇幻感。进了院子，左边是晨兴数学中心，是一位科学家捐款建起的。正前方是一栋深灰色砖石结构的长条形楼房，3个大字穿透沙尘暴：思源楼。这栋扁长型的灰楼，两侧翼楼如同张开的翅膀，将数学研究所、应用数学研究所、计算数学研究所、系统科学研究所，这4个数学类研究机构，一并拥搂怀中，组成一个新的单位：中国科学院数学与系统科学研究院。

移步思源楼近前，因为疫情不方便进入，我便趴在玻璃门上望进去，看到了大堂正中的华罗庚半身塑像，肃穆端庄，也有些孤寂地坐在那里。任凭屋外沙尘飞掠，他也一尘不染。华罗庚先生是在1985年6月12日访日期间，心脏病复发，在东京大学的讲坛上猝然倒地，结束了他为祖国数学事业奉献的一生。消息传来，举国悲哀，抱病的陈景润更是万分悲痛得泣不成声："走了，支持我、爱护我的恩师走了。"

我在华罗庚雕像周围没有找到陈景润的雕像。陈景润的雕塑安放在厦门大学。他们师生就此南北相隔，却隔不住彼此间的深情厚谊。

陈景润妻子由昆说，他们结婚时，华罗庚前来祝贺。老人家腿不好，走路都费劲，却一步步爬着楼梯，艰难上到4楼，敲门，没有人开门，他们当时没在家，老人家拎着一套茶具在门外守候……

徐迟住在中关村。白天黑夜都排满了采访日程。这期间，他去了陈景润经常出入的图书馆，去了他的办公室，也跟他一起走进了食堂。

当年的那个食堂尚在，一个扁平的二层小楼，尽管外墙皮经过修缮，门窗更换了白色塑钢，但一看就是20世纪的老房子，不争不抢地趴伏在这几栋大楼的一侧。望过去，这个素面餐厅门脸上方挂着一排金色大字：中国科学院基础科学园区。大字末端的下边，缀着两个小字：餐厅。显然这是后来的装饰。

老孙告诉我这是科学家们的餐厅。我熟知的那些数学家，如陈省身、吴文俊等，都会到这里就餐的。

有成就的数学家是喜欢安静或独处的，不仅陈景润有这种特点，吴文俊亦是如此。这是大科学家们的人生态度。被称作"人在家中坐，奖从天上来"的吴文俊，从来不习惯与人打交道，他"经常是远远看见人就溜走了"。1947年，吴文俊在陈省身推荐下，去了法国研读深造。陈省身很了解他，没有要求他去法国当时的数学中心巴黎居住，而是安排他去了法国的一个边界小城。吴先生远离喧嚣，一如当地学者，在一家咖啡馆的一个安静角落里思考和运算，深深沉入他的拓扑学中，并作出了惊世贡献，赢得了当时拓扑学界大师霍普夫的钦佩。

这些了不起的数学大师已经先后远去了，就是那张广为流传的“春天的表情”的4人照片，也有3人作古，再也回不到这里了。然而，这个餐厅却依然每天开业，蒸腾的热气拥裹着新一代的数学骄子。

小屋情结

随着采访的细致深入，徐迟很快就和陈景润成了知心的朋友。但是唯独没有看到过一个重要的地方——陈景润解析“哥德巴赫猜想”的那间6平方米小屋。这成了采访中一个难以攻下的堡垒。如果不看看这间小屋，势必缺少对他攻关的环境氛围的直接感受，那该多遗憾。

支部书记李尚杰说：“小陈可是从来不让人进他那间小屋的！他每次进了门就赶紧锁起来，使得那间小屋很神秘。我倒是进去过，如果你们要进去，只能另想办法，要不，咱们搞点‘阴谋诡计’试试看。”周明讲到当年他们如何“闯”进这个小屋时，口吻透着神秘。

李尚杰是从部队转业过来的，是位富有正义感和同情心的党员干部。他给予陈景润的支持和帮助，让陈景润的妻子由昆至今感动不已。那是一种兄弟般的人间关爱。陈景润患了牙病挂不上号，他起大早迎着寒风去替他排队挂号，牙医问陈景润他是你哥哥吧？陈景润说哪里啊，他是我们的支部书记。医生说，你真幸福，遇上了这么好的书记。

由昆提到那间小屋时说，先生说（她管陈景润称先生）6平方米，其实没有6平方米，一条烟道占了很大地方，把房间切成了刀把子形。

李尚杰的儿子李小凝继承了父亲的厚德和责任。好人也是有传承的。父亲已年迈，他替父亲行善。由昆说，家里有什么事情他都会过来帮忙的，几十年如此。李小凝还与一位记者合写过一本《陈景润传》，里面有记载李书记第一次进到这间小屋的情景。

“地刚刚扫过，空气中还弥漫着淡淡的尘土的气味；木床上铺着崭新的蓝白格床单，床单铺得不太平整，长长的布丝还拖在地上。因为事先知道有人要来，房间里显然仓促收拾了一下，床单也是新铺上的。陈景润客气地请李尚杰坐下，可是屋里连一只矮凳都没有。陈景润示意李尚杰坐床上。

“初秋的傍晚，窗外的阳光还没有褪尽，但是陈景润的房间里已是暗淡得很。李尚杰这才发现，窗子上钉着三条大木板，好几块玻璃破了，就用报纸和牛皮纸糊严，阳光一下子被拒绝在窗外了。李尚杰习惯性地去开灯，他发现房间里没有电灯。”陈景润每天靠点着煤油灯在工作，这让李尚杰心里很不是滋味。

等到周明看到这间小房间时，已经是支部书记关心帮助之后，接通了电灯，安好了窗玻璃，添置了办公桌椅，全面改善之后的小屋了。

“经策划，那天我和徐迟、李尚杰三人一同上楼，临近陈景润房间时，老李去敲门，先进屋。我和徐迟过了10分钟后也去敲门，表示找李书记有急事，然后争取挤进屋去。

“当我敲响门，陈景润还未反应过来，李尚杰抢先给我们开了门，来了个措手不及，我和徐迟迅速跨进了屋，他也只好不好意思地说：‘请坐，请坐。’其实，哪里能坐呀！”

87岁的周明，记忆力惊人。他讲得绘声绘色：

屋内摆放着一张单人床，一张简陋的办公桌和一把椅子。墙角放了两个鼓鼓囊囊的麻袋，一个装的是他要换洗的衣服，另一个全是计算题手稿和废纸。办公桌上除了胳膊肘常用的一小片光亮地方，其余桌面上落满了灰尘，他伏案的地方与灰尘堆积的地方，形成了两片反差鲜明的区域。像幅沙画？不，应该是灰画。即使这个小桌子，他有时也不在上面工作，而是将床板的一角褥子撩起，拖过小板凳，趴在床上思考和演算。床底下还放有碗筷。当时是11月份，屋子里有些冷，他穿着棉袄，里面的白衬衫一个领子在外，一个领子掖在了里面。一顶棉帽子，还是倒着扣在头上的。

有些东西保留下来了，有些东西却拆除了。此番来京采访，我最想看的就是陈景润的那个6平方米的小屋。这个小屋被徐迟写神了。当年我看了小屋细节的描写，便有着刀砍斧凿般印象。小屋也被广大读者传神了。它成了一个惊世骇俗的学术圣殿，也好似一个数学家图腾般的“成功密码”。几天前，通过北京市作协去联系中科院宣传部门想要参观一下那个小屋，但对方回应要耐心等待，需要请示一下，并要征得陈景润家人的同意。我有点纳闷：不就是一个小屋嘛，有这么复杂？当年周明和徐迟看这个小屋不容易，现在怎么还这般不容易？

善解人意的晓升说，可能那个小屋还住着人吧。

然而，几天后得到的答案：小屋已经被拆了。

深感遗憾的同时，我不甘心，执拗地前来看看被拆过的地方。这难为了老孙。他在风沙中仔细辨别着方向，指挥司机左转右拐，在一处街巷停靠。他下车后一指，我看到了一栋大楼。这是被沙尘减弱了色泽的红色大楼：过程大厦。挨着大厦的是一排五层楼群，像是住宅。有排铁栅围成院落，里面的空地停放一些车辆。每辆车的占地，与那个小屋的面积应该差不多吧。路旁有几棵不成阵的老树，虬枝歪扭，光秃的树冠不见叶片。想必，它们见证了拆除的过程。那个筒子楼，那个锅炉房，那个6平方米的小屋，是什么时候被拆掉的呢？

老孙说大概是2000年前后吧。随后他又说让我查一下，他也说不太准。可是，这个能查到吗？

我还真上网查了，结果是：“1983年，邓小平在得知陈景润的困难无法解决时，下达了一个指示：一周之内，请给陈景润解决三个问题：住房、爱人的调动和配备一个秘书。最高领导人亲自为他把生活问题全部解决。”

但是，他的6平方米小屋何时拆的却没有任何记载。

温故知新

也许是怕我失落，老孙带我参观了中关村的一些老建筑。一些洋风格的建筑是苏联援建时期的，保留完好，很气派地与院里树木构成和谐画面。还有一栋研发彩电显像管的小楼。这让我感慨20世纪80年代初，人们对于彩电的如饥似渴。这栋小楼外墙贴着小块灰白瓷砖，牙齿状密集排列，一看就是20世纪七八十年代的装饰。

老孙说，人们生活中需要什么，中科院研究人员就会去解决什么。这是问题导向。中国科学院刚建院时，由中央研究院和北京研究院这两股人马合并，按学科组建。到了1956年，中科院就按着问题导向，布局组建相关研究院所。比如中国工业化急需材料、自动控制、加工，应用化学等，就针对这些需要设置相应的研究所。这些研究所好多并未设在北京，而是根据各地的自然条件，分设下去。诸如自动化研究所设在沈阳，被誉为中国机器人之父的蒋新松就是在这个研究所干出名堂的；还有中国金属研究所也设在沈阳，还有我经常会看到的沈阳马路湾那个地方的铝研究所等。因为东北是老工业基地，资源雄厚。设在大连的“大连化物所”，搞化学化工研究方便，因为大连是港口城市；山西建了煤炭化学研究所，武汉水生生物所，武汉测地所，都是因地制宜。武汉还建有病毒研究所，但当初不是为人研究病毒，而是为植物研究，因为水稻生虫子，是为解决吃饭问题。还有成都光电技术研究所、长春光学精密机械与物理研究所、上海药物研究所等。这些带有国字号的研究所，均为中科院的全国布局。这是新中国成立初的中科院架构。老孙说这是我们党的一个创举，世界上没有其他国家这样搞。举国体制的优势，充分彰显。

老孙出生于20世纪60年代。20世纪80年代初，他以高分考进吉林大学，原本是要留校的，但科学的春天到来了，北京从全国重点高校毕业生中大量招收人才。他有幸被分配到了北京，揣着阳光走进了中国科学院。从此，成为一名因知识而改变命运的人。

那年他21岁。

他感激高考。感激科学的春天。如果不是这样的机遇，他这个东北的农村孩子，怎么可能进入北京，而且是中科院这种连想都不敢想的地方。

这种知识改变命运的故事，还要溯源到中科院里的科学之春。我们都知道全国高考是1977年恢复的，但是，我们并不知道在中科院，率先恢复了研究生招生，并随即创办了我国第一个研究生院。这是中国当代“科举”的里程碑。

4年后，中科院又是《中华人民共和国学位条例》正式实施的率先试点单位。而到了1982年2月6日，在中科院高能物理研究所，举行了我国学位史上首次博士论文答辩。

中科院高能物理研究所前身是中国科学院近代物理研究所，创建于1950年。后改称物理研究所、原子能研究所。1973年2月，根据周恩来总理的指示，在原子能研究所一部的基础上，组建成高能物理研究所。老孙当年就是满怀着青春的梦想，来到了玉泉营——高能物理研究所。

老孙回忆说，1983年5月27日，在人民大会堂召开了博士学位和硕士学位授予大会。这是由国务院学位委员会和北京市人民政府为首批获得博士学位的18人颁发证书。这是学术界最具影响力的高光时刻。博士之后呢，就是博士后了。

博士后制度在世界上已有100多年的历史，但对于20世纪80年代的我们国家而言，还闻所未闻。如今谈到中国的博士后制度，不能不提到诺贝尔奖获得者李政道先生。他在1983年3月和1984年5月，曾两度给国家领导人写信，建议在中国建立博士后科研流动站，实施博士后制度。邓小平同志为此专门接见了他。

邓小平同志率直地问：既然已经取得了博士学位，博士已经很博了，为什么还要办博士后呢?

李政道说：“我向邓小平先生解释：大学生是老师教学生，考试答案老师知道，学生按照教师的方法去答试题，做对了就毕业，获得学士学位。毕业后进研究生院，在硕士基础上，教师除了上课以外，给研究生一个研究题目，可是老师并不知道答案，让研究生自己去按老师指导的方向，求知一个新的结果，如果老师与同行专家评议认定研究生的结果是对的，研究生就可以毕业，老师给研究生的毕业学位叫博士。但是，真正做研究，必须让学生学习和锻炼如何自己找方向、找方法、找结果出来，这个锻炼的阶段就是博士后。博士后与博士不同，博士一般只是按照老师选定的博士论文课题进行研究，而博士后可以参与或承担重大科研项目的研究，同时也可以根据自己的专长和爱好自行选择研究课题。"

据李政道回忆：邓小平同志对他的建议表示赞赏。说博士后对他来说是新事物、新名词，他第一次听到。成千上万的留学人员回来是很大问题，对回来的人不知道怎样使用，设立博士后流动站是一个培养人和使用科技人才的新方法，这个方法很好，他赞成。

李政道还建议费用由国家拨专款，建造一批博士后公寓，建立博士后基金，建立博士后日常费用，为博士后科研、生活提供必要的费用保障。李政道还提议了博士后期间的编制问题等，很细致，他说，邓小平先生对我的这些建议频频点头表示赞同，他当即表示，国家要拨款。"看准了就要行动，明天就批。""小平先生还责成主管领导和有关部门尽快予以落实。"

就这样，中国博士后制度于1985年诞生。

李政道说："多年来，祖国的博士后事业从无到有，迅速发展，不断完善。这是一项了不起的成就，也是一项对祖国今后的发展有着深远影响的成就。"

"博采科学精华，士当为国争光，后辈定能居上。"这是李政道为首届博士后学术大会的题词，以"博士后"三字嵌入句首。

后来居上，这是老一代科学家的殷殷期盼，也是科学春天里迅速生长的苗子。名闻天下的中国科学技术大学少年班，就是春天里的第一个天才成长的摇篮。时间：1978年3月8日。

那时候，我曾被一个超常少年宁铂的耳朵听字所吸引。后来，我也曾风闻某位少年班的天才出家当和尚的经历。无论过去多久，一俟有了关于这些少年班的新闻，还是颇有吸引力的。我曾采访过南方科技大学的朱清时校长，他谈到南科大那个轰动全国的试验班时，不仅让我联想到当年中科大的少年班。这两个来之不易的“小班”，都让我有了密切的关注。

一晃40多年过去，中科大当年那批少年天才已年过半百。这些当年引人瞩目的苗子，虽然不能说个个成为科学大树，但绝大多数不辜负岁月。据载，这些毕业生在西方一流名校担任正教授的就有几十人。有的是美国“天才奖”得主，有的成为微软全球的副总裁、微软中国董事长，也有的得到杨振宁先生的盛赞，称其为“高温超导领域里做得最成功的年轻理论物理学家之一”。

100年前，从广东新会茶坑村怡堂书室走出的梁启超先生喊出“少年强，中国强”，迄今犹在华夏大地震荡。那个清代“三眼灶”式青砖黑瓦硬山顶的木结构房子，与当代钢架玻璃幕的高楼学府实在无法相比。但是，你走进这里，笃静片刻，就会从那些沉积岁月的门楣甚至墙缝之间，感受到一种安静的古灯书卷气息。

人才的培养，我们喊了多少年！少年、低幼、胎教，不能输在起跑线上！我们越来越早，越来越焦虑，但是，结果依然缥缈。岁月无情。当年沐浴着科学春天跨进中科院的老孙，现在也接近退休年龄，但他浑身依然散发着一种精明强干的劲头儿。

他口才好，文章也写得棒。说起中科院的发展如数家珍。他做过中科院院地合作局的局长。他认为实现科技成果产业化的路，就是从中关村开始的。

那是1980年10月，中科院物理所科研人员陈春先在中关村创办“北京先进技术服务部”。这在计划经济体制下，对于科研人员离开科研岗位，从事民营科技实业活动的做法引起了争议。1983年1月，中央领导同志对此作出批示，给予充分肯定，认为这“可能走出一条新路子”。此后，科技开发型的民办公司，在中关村如雨后春笋大量涌现。

1983年3月，中科院组织专家对北京海淀区进行了一个半月的调研。5月4日，与北京市海淀区签订新技术联合开发协议，决定组成联合开发中心，计划把海淀区建成具有先进技术设备、生产一流产品的新兴经济区。

10月，正式成立中科院科技开发部、北京海淀区新技术联合开发中心，简称“科海新技术联合开发中心”和“科海公司”。

这是中科院第一个参与组建的科技开发公司。“科海”成立当年，推广了32个科技项目，帮助海淀区兴办了9家工厂，与首都钢铁集团等几十家企业建立了密切的合作关系。后期发展成北京科海高技术（集团）公司，服务范围遍及交通、电力、电子、通信、医疗卫生等多个行业。

20世纪六七十年代，国际上相继研制出第一代、第二代永磁材料、但因含钴造价昂贵而无法投入生产。中国钴资源奇缺，95%依靠进口。物理所王震西等以及电子所的科研人员，独立选择了创新的思路和方法，研制出钕铁硼永磁材料。该成果获国家科技进步一等奖。产品进入国际市场，新增产值3000万元，创汇300多万美元，成为继美国、日本之后，国际上第三家钕铁硼永磁材料的生产国和供应地。

这股科学春天的强劲东风越刮越猛，从中关村刮向全国。沈阳有了三好街，那是车水马龙从早到晚沸腾不息的电子科技一条街。深圳有了华强北，那条街曾孕育了华为的萌发。合肥有了科学岛。那是一个“以基础科学和新兴技术科学为主的综合科研基地”。在这个美丽的岛上，形成了以等离子体物理和核聚变工程技术研究为主攻方向，离子束生物工程、强磁场科学和技术、应用等离子体研究等多学科共同发展的格局。承担着国家大科学工程建设、国家“八六三”计划、“九七三”计划、国家发展改革委、国家科学基金委的多项重大科研项目，是中国主要的核聚变研究基地。

回顾科学岛最初的时光，中科院原院长路甬祥登岛听取汇报。当他听到一下子打算发展成几十家时，他开玩笑说：要注意“计划生育”呵！

路甬祥是中科院第五任院长，斯文儒雅的外表下，内含着智慧与魄力。中科院的院地合作局就是那时候成立的。老孙当时还在安徽铜陵挂职。一年半之后，他进入院地合作局当局长。他曾跟随路甬祥到全国各地开展合作项目，在广东就待了一个多月。他们以中科院的科技能力，与当地发展需求进行对接。路甬祥与时任广东省委书记汪洋同志相见甚欢。一方是有技术缺资金，一方攥着大把资金却苦于没有科研基地，所以，两厢情愿，一拍即合。随后，广州的生物健康研究院、深圳先进技术研究院、东莞云计算中心、佛山研究院、江门中微子试验等应运而生。这些研究机构的建立，对于广东未来，尤其是深圳的高科技发展，起到了催生作用。

行走在这片中科院科研机构的建筑群之间，就像走进了时空隧道。从新中国成立初期到改革开放，不同时代的建筑，从高低错落间，新旧交替间，逐一浮现。科学发展无非两个用途和方向，首先要解决人类面临的生存问题，在这个同时，不断增加知识和能力的拓展，向宇宙浩瀚空间探求。既要入地，也要上天。我们入地已经全国遍开科技之花，结下科技经济之果；我们上飞，已有多颗卫星发射成功，和北斗导航系统。还有各种实用性的无人机成功进入国际市场，并受到广泛欢迎。我们还有核潜艇的奇迹。黄旭华、黄大年与钱学森、钱三强等科学家一样，不计功名利禄，为国家战略重器忘我奋斗，作出贡献，令世人铭记。

一个建筑物，相当于一群着装统一的人站成的方阵，几十个这样的方阵，构成了岁月的陈列馆，在风沙中讲述着中国科学的发展历程。有些建筑虽然已经从地面上拆除了，但还是留在了人们的记忆之中。那是无论如何也抹不掉的。

我们来到了中科院在中关村的住宅小区。这是科学家们当年居住的地方。那时应该叫家属宿舍。这种当年闪烁光彩和荣耀的院落，看上去已然落寞。格式化的简易布局，在现代豪宅的倒逼中，显得促狭而灰暗，甚至捉襟见肘。但是，这里原封不动地保留了20世纪80年代的风格与气息，置身其间恍若回到从前。

老孙告诉我钱学森先生就曾住在这里，是14号楼。我眼前的这栋灰楼是中关村甲21号。顺着楼间小路寻找钱学森的故居。其实每一栋都是一样的，如同那个时代的灰色中山服着装，四个兜，对衬的，素朴有余。

我将这个院落四周逐一拍下来，那是一幅幅岁月沉淀的茶色照片。岁月无情，建筑有情，树木有情。

印象最深的是院子里的那些参天大树，方阵形状，围起了一个空地，那是供小区人休闲的地方。空场间隔着的石凳，天暖时一定会有人坐在上面。大树的高度与楼房的低矮形成强烈反差。这是被茅盾先生称作“伟丈夫”的白杨树，长得好高，它们简直像天兵天将镇守在这里。它们只顾俯视天穹，而无视膝下那些小灰楼。在那些笔挺粗壮的躯干、树皮上我看到了多处的皴裂破损，与小楼的边角或阳台的裂痕形成对话，似乎在默默述说着各自的伤心往事。

原以为陈景润结婚后也搬进了这个小区，但听由昆说，他们是在另一个小区：黄庄小区的803室。与这片“灰色中山装”不同的是，黄庄小区是一片红色的楼群，可以从中关村南街走，也可以从知春路绕过去，相距2.3公里。

春天的联想

3月，恍若昨日。我是在北京度过了疫情肆虐的春天。那时候每天在自我隔离中，感觉过得真慢。我所住的那个小区有两个大门，封堵了一个，剩下的这个每天进出都要严查体温或居住证。进出时总有些不自在，有被羁押之感。但是，一旦走出小区，拐到了护城河边，便赶紧将口罩揪下来，猛吸几口气。感觉中，护城河两岸光秃的树干枝丫，就在我一次次贪婪的呼吸中，回黄转绿。

在北京经历了2020年那个春天之后，我便对春天有了更深的认知。这绝不是一个鲜花肯轻易开放的季节，一个寒气肯轻易退出的季节。生长在北方的我，小时候就听说过“春冻骨头冬冻肉”。在冷风冻骨的时候，其实就已经蕴含着万物复苏，生机勃发。不妨设想一下那些桃花，在灿烂开放之前，孕育时段是多么的不容易！它们是历经了冬天的长尾巴，忍受着一阵阵寒风冷雨，有着怎样的韧忍与期待！人们只注意到鲜花开放时的绚丽芳香，可谁去体验它在绽放之前的那些苦闷与坚忍？

由此可见，春天的美丽，是由于忍耐苦闷与寂寞而来的，是经历了长久的期盼而来的。桃花亦如梅花，也是香自苦寒来的。

中关村好大，中关村也好小。当年的火热喧哗，似乎已经不再。也许因为受疫情冲击，很多电脑或电子大店，已闭门谢客。潮涨潮落，云起云飞，莫非中关村的火爆只是市场的短期喧哗？就像新浪大厦、搜狐大厦，当年那么光鲜地映着高天流云，赫赫瞩目，而此时，则再难见到昔日风光。

当年我那么向往中关村，那些音响，那些电脑，那些光盘，那些科学技术日新月异的成果，简直眼花缭乱。特别是IBM 、联想电脑。然而，如今的联想，还能给我们多少联想？

没有核心技术，如何能够真正长久地站稳？华为何以能够走得更远，就是因为企业一直大力度的投入研发，有着自己的创新研发作基础支撑。当下，社会中广泛存在的功利主义，对于创新的氛围是一种极大的损伤。从科学的根本来说，一切创造性的发现和研究本质上都是非功利的。

行进在这片昔日喧哗的地域，想到市场经济给人们带来的狂喜，也带来浮躁、功利、目光短浅，忽视或轻慢了研发创新的漫长瓶颈，削弱了对于基础科学的长期沉潜的钻研精神。就像攻克哥德巴赫猜想这种皇冠上耀眼的明珠，如果没有陈景润这般不计功名利禄，埋头多年的苦干痴干，忍受常人难以想象的孤寂，怎么可能会摘取皇冠上的这颗明珠？

从这个意义上说，陈景润的以命相搏的攻关精神，埋头苦干的意志品质，正是科学春天的品质，也正是我们在40多年后，仍然深深怀念他敬仰他的理由。

亢奋之后的沉静与思考，可能更接近春天的特质。

40多年过去，中国的科学道路并不平坦。如今，我们加倍感受到了自主创新、自主研发的重要性。习近平总书记在刚刚结束的全国“两会”上，强调重点要搞研发与创新，搞基础科学研究，打出自己的高端品牌。如果说40年前的春天是科学救国，那么，在这个春天里，科学依然肩负着重任：科学兴邦。科学助长国威。

2021年的春天，进入了中国共产党建党百年的辉煌的季节，尽管桃花、迎春花暂没开放，但是，我相信就在这个月，或许就是这几天，不定什么时候，在你的一扭头或一转睛间，就会突然被满目春色灌满！就像2020年的春天，某一时刻步出家门，无意间突然发现一树又一树粉嫩的桃花，和一片艳黄的迎春花在河两岸竞相绽放，将河水映出一片绚丽之时，那份留存的激动与惊喜，常忆常新，常想常美。

我在航天城等你

赵 雁

1970年4月24日，太空中响起清晰的《东方红》乐曲，并以20.009兆周的频率回荡在中国大地那个激动人心的时刻，我尚未出生。据说喜讯传来，全国士气大振。首都北京的街头巷尾更是被欢乐和豪情点燃，人们一遍一遍用目光搜寻着遥远的太空中第一颗“中国星”。

而“东方红一号”卫星升起的地方，就在我的出生地——酒泉卫星发射中心。在父母和周围人日后的讲述里，我得知在当年乃至未来很多年，那都算是一件天大的事情，是值得作为亲身经历过这一历史事件的他们自豪一生的事情。在那一年“五一”国际劳动节的晚上，参加火箭与卫星研制和发射的功臣被邀请登上天安门城楼，和毛主席、周总理等国家领导人一起观看节日庆典。在那群功臣代表中，就有发射基地的代表，那是何等的荣光?

发射基地地处西北大漠戈壁，酒泉卫星发射中心是它后来的名字，那是直到20多年前才被世人所知的。在此前的几十年中，它是一个不会在地图上显示的秘密所在。内部人都习惯称呼它的代号“东风”。它远离城市，荒凉和封闭是东风人记忆中的关键词，神秘是它赋予世界的印象。

即便在地理位置上远隔几千里，但在心理上，北京虽需要仰望，却并不遥远。

基地与北京密不可分。关于它们的关系，是一个个具象和抽象的所在：基地所有的行动指令都来自北京。来自北京的专线电话，从北京来视察的首长，来自北京的试验队，北京调配的物资……基地人的出差地点，“北京”是频率最高的。似乎基地的一点事都能轻而易举捅到北京，那个至高无上的地方。

基地的高光时刻也来自北京，某一天的新闻播报里：“×月×日，在我国西北某试验基地成功发射了×××……”虽然只是一句话的新闻，尽管中央广播电台的播音员语调平静，但这几个字就像锣鼓喧天的喜庆鼓点，为干燥到近乎暴烈的沙漠“哗啦啦”下了一场透雨般，鼓舞着这里的人们，他们的欢呼雀跃只能留给同伴，一旦走出基地，即便在听到旁人议论或看到报纸上的新闻时，他们也要像没事人一般，只能偷偷在心里乐开花，把腰杆挺一挺。

对基地的孩子们来说，这是一种自豪的传递和感染。尽管在外人眼中他们是一群封闭在艰苦的小世界近乎可怜的孩子，但他们的心却很大。“北京”就像亲肤的所在，笼罩在他们身体四周。谁的爸爸妈妈没有到北京出过差？出差北京的叔叔阿姨都会责无旁贷地充当北京物资的运送者，带来孩子们渴望的新奇玩具、书籍和漂亮衣衫，一句“北京带回来”的，足以让拥有它们的主人感觉良好一阵子。一旦有发射任务，基地就会迎来北京的试验队，他们说的北京儿化音，像乡音般亲切。北京来的粉丝、啤酒、虾片是每个家庭的必备品。就连没有上过幼儿园，从未得到老师真传的我，童年时，一旦听见收音机里响起《我爱北京天安门》，总会情不自禁起舞，将自编的舞蹈跳得像模像样，也成为招待家中来客人时的保留节目。

在孩子的眼中，北京与作为中国航天腾飞之地的基地的联结颇为直观，却也有些自以为是和武断。但基地的封闭和艰苦是不变的，我曾经坚定地以为，我和航天的因缘将随着我离开基地而完结。直到若干年后，我从最初的拒绝、逃离到主动选择来到北京航天城，并成为其中的一名工作人员。在一次次对历史的探访中，中国航天的巨幅画卷在心中一点点被临摹、填补、着色，而无论过去或未来，局部与宏观，北京都与航天血脉交融，密不可分。

在今天的北京西三环外北洼路，与香格里拉酒店隔路相望，有一所大楼高启，设备先进的现代化医院——空军特色医学中心（北区）。在院门外伫立的我，脑子却在飞快脑补着65年前它的模样，可依据的只有凤毛麟角的一两张老照片，然而时过境迁，只有依稀和仿佛，无从对照。

那时，它是原解放军第466医院所在地。然而，令很多人想象不到的是，这座外观平淡无奇的院落却成为中国航天的起源之地，也是中国第一代航天人心中一方无可替代的圣地。

1956年，党中央发出“向科学进军”的口号在中国大地回荡。百废待兴之下，建设一个国强民富崭新的国家，是每一个华夏儿女心之所向。此时，所有急待建设的项目可谓千头万绪，然而国防科学先进技术的发展规划却成为党中央决策的重要议题，火箭、导弹的研制被列入重中之重。

穿过时光隧道，一个沸腾的年代在我面前徐徐展开。创造的激情在得到最充分的释放后，从零起步的一切都以高速运转。

当我国第一个火箭、导弹研究院——国防部第五研究院筹建时，办公地点还没有着落。于是位于北京海淀区北洼路的466医院被命令火速腾撤。一群神秘的人进驻了这所还弥漫着强烈消毒药水味道的医院，虽说多是军用野战简易房，但丝毫不妨碍一批从全国高校经过精挑细选的优秀学子在此齐聚，他们中有学数学的、机械的、化学的、内燃机的，甚至还有学纺织的，就是没有一个学习过火箭导弹理论的。

这一年秋阳正好的日子——10月8日，迎来了国防部五院成立仪式。院长就是中国唯一的著名火箭导弹专家、大名鼎鼎的钱学森，此时距离他冲破重重阻力回到祖国怀抱整整一年。

在一个简陋的大食堂充当的礼堂会场，前方三两张三屉桌权当主席台，底下样貌各异的条凳上端坐着参会的20多名技术专家、150多名大学生和研究院工作人员，新来的学生们带着崇敬和仰望悄悄打量着那些在书本和学界金光闪闪、声名远扬的专家们——屠守锷、任新民、梁守槃、黄纬禄、庄逢甘……年轻人心中既兴奋又忐忑。谁能想到，就在这个简朴到有些寒酸的地方，会成为中国航天事业的奠基之地，真乃群雄会聚，星徽闪亮。

主持会议的是刚刚组建成立的航空工业委员会主任聂荣臻，他是新中国成立后北京市第一任市长。当他郑重宣布中国第一个火箭导弹研究院正式成立时，环顾四周，掩盖不住内心的激动："在座的各位，从今天起，你们就是中国火箭导弹事业的元勋了！"

隔着时光，我依然能感受到聂帅的动情，和每一个人胸中升腾的豪气，眼中迸射出烤得化人的炽热。掌声将会场的气氛推向高潮。而此时的他们别说火箭的基本概念，就是火箭的模样也没有人见过，他们更不会想到此生会和火箭导弹结缘，一干就是几十年。

研究院成立后，钱学森抓的第一件事就是火箭启蒙训练班。以火箭为攻克方向的年轻人的老师不仅有身边的大专家，还有来自全国的顶级教授，他们开设的课程独一无二。一个月后，10个专业方向的研究室成立，成为支撑未来中国航天的顶梁立柱，即将开启新的征程。

年轻的科技人员就像饱满而结实的火种，传递着发展壮大的力量。

研制队伍中的绝大部分都是刚出校门不久的大中专毕业生，时势逼着他们必须迅速成材。而成材的唯一方法就是不惜一切代价，挤压一切时间来做一件事。

当时导弹的研制地点之一是在北京市西边距八宝山不远的永定路。为了不被卡脖子，早日拿出中国人自己的"争气弹"，著名的"生在永定路，死在八宝山"的豪言壮语至今在航天人中流传。

永定路这家单位前身就是国防部第五研究院二分院，如今依旧是著名的航天单位。作为从神秘466发展壮大起来的血脉根系，几经变迁，如今它的职能已有了很大拓展。唯一不变的是航天人的初心。

我认识一个在院子里工作的女孩，上班时她是严谨、雷厉风行的工程师，她可以为一个数据的跳变，铁面无情，毫无通融，也可以为一个传感器的失效，住进办公室，不眠不休，做拼命三娘。但业余时间，她是优雅时尚的潮人，朋友圈里令人眼花缭乱的尽是美食、美衣、美景等一切关于美好的展示。她对二院的历史，以及老一辈人的“流行语”熟悉而敬重，但“好好工作，好好生活”的直白心语，在航天新时代也丝毫不失分量。

北京的核心属性，注定是国之重器的大本营。刚到北京航天城工作时，别人总会问，你去的是哪一个航天城？南苑的还是唐家岭的？

开始时，我总是很疑惑，难道北京的航天城不止一个？一番探究之下，原来北京具有“城”规模的航天城确有两个，分属京城一南一北，一个是历史传承，约定俗成；一个是后来新建，正式命名。一个是中国航天的发祥地，一个是中国航天的集成神经中枢，没有孰轻孰重，两个都是中国航天历史发展的代言之地。

在北京，说到南苑，说到东高地，就会想到航天，想到运载火箭。特定的地理位置，蕴藏着卓著的功勋和辉煌的历史。

北京南中轴延长线的重要地标南苑，曾是元、明、清三朝的皇家狩猎场，是专供皇室行猎和操兵习武的围场。曾有清代著名诗人纳兰性德《南海子》咏之：“相风微动九门开，南陌离宫万柳栽。草色横粘下马泊，水光平占晾鹰台。锦鞯欲射波间去，玉辇疑从岛上回。自是软红惊十丈，天教到此洗尘埃。”南海子正是南苑。作为北京历史上的最大湿地，优良的水文环境令植被茂盛，各种动物飞禽聚集。文人将它呈现的浓荫洒地、水光潋滟，鸟飞鹿栖的生态美景释为“南囿秋风”，荣登燕京十景之一。

到了近现代，南苑地区功能经历了重要转型。1913年，中国第一个机场落户南苑。1920年，第一条民用航线正式通航。这里开办了中国第一所航校，自行培养出150余名飞行员。这里开办的第一个飞机修理厂，不仅能维修，还能研制飞机。在中国的航空事业发展中发挥了重要作用。1949年开国大典上的受阅机群正是从南苑机场起飞的。

我猜想，就是因为南苑具有中国航空先行者奠定的基础和创造的基因，于是在这块沃土上开启中国航天征程就变得顺理成章。1957年11月，国防部五院决定在原有10个研究室的基础上组建两个分院。其中，一分院即为今天的中国运载火箭技术研究院的前身，是我国最大的导弹和运载火箭研究、设计和制造基地。

这里是挑战科技尖端前沿的战场，这里曾创造了许多震荡寰宇的中国奇迹，当第一次实战蹒跚起步，历经困难，却平地飞起了中国自行制造的第一枚导弹——“东风一号”，成为我国军事装备史上一个重要的转折点。从第一枚运载火箭在太平洋海域驰骋，到今天，几十种型号长征系列运载火箭整齐列阵，有着高达300多次的成功率，成为中国航天通天之箭，它们佑护着一颗颗卫星、一艘艘飞船、一个个航天器飞上万里九天，星辰揽月，一次次成功也让世界一次次重新评价中国。

对这方神奇的土地，我充满崇敬，不仅仅是因为它光芒夺目的骄人成绩，也不仅仅是航天同道的惺惺相惜，还有一层对故乡相依相存情感的追寻与召唤。是的，作为曾经出生和成长的地方，虽然已离开它30多年，日后也没有回归的机会，但东风基地是我的第一故乡，情感上无可替代。而火箭出征太空之地正是在发射场。著名作家周肖在30多年前以东风基地为背景，写过长篇小说《神箭故乡》，曾被我视为解读故乡的密码。因为只有当按下发射场按钮，经历过烈火焚身的考验，将托举物送上预定位置，火箭才完成使命，而这一刻也是它终结生命的时刻，悲壮却似凤凰涅槃。火箭的品格正代表着航天人的精神品质。

遗憾的是，我却仅仅去过一次火箭研究院，那是一次事先约定，时间颇为紧张的工作采访。我一路上都在梳理采访提纲，以致根本没有机会领略火箭研究院的风采。对它的印象如同所有航天单位一样，充满神秘和森严的气息，让你不由自主约束一举一动，生怕越界。

那天的采访对象有院士，有型号火箭的总设计师，也有某一专业领域的负责人和一般科研人员。印象中，他们和所有航天人一样工作繁忙，他们都擅长时间规划，每日的计划如同程序设计一般没有一点儿含糊，所以不能有丁点儿无效采访耽误宝贵时间。他们说话逻辑强，语言准确，对专业的表达总是多于对个人的表达，叙述也更流利。但面对无法拒绝和回避的涉及个人的提问，却表述简单，不讲故事，不会煽情。我想这一定是所有文字工作者颇为“头痛”的采访对象。

但恰恰就是这一次采访，诞生了我致敬航天人的长篇小说的标题——《第四级火箭》。无论是航天业内人士，还是图书编辑、普通读者都认为其非常贴切，有深意。没错，我写的就是在60年时光隧道中，中国飞天基座上那些默默奉献的千万航天人。

这不能不说是注定的缘分。

如果说，地处京南的火箭研究院像一支熊熊燃烧的火炬，照亮了中国飞天之路。如一架高速运转的孵化器，将一众航天精英播撒全国各地，将“两弹一星”精神和航天精神辐照神州大地。那京西北的北京航天城则是插上腾飞之翼的接力手，接过几代航天人用心血培育的航天精神之花，与火箭研究院强强联手，联袂成为今天航天强国的主力军、科技强国的排头兵。

在北京，人们熟知新技术革命在中关村造就了神话般的电子城。而前些年，却很少有人知道在北京西北郊名叫唐家岭的地方有一座占地面积达3000亩的航天城。而随着近些年中国人一次次飞上太空；从月球背面第一次取回珍贵月壤，中国探月工程“绕落回”三步走完满收官；中国北斗卫星导航系统正式建成；中国“天问”火星车飞赴红色星球……一次次极目抒怀的成就，掀起了经久不息的航天热潮，北京航天城成为普通百姓心向往之的神秘所在，知道它的人越来越多，但能一睹真容的却不多。

沿北清路一路向西，南侧拐弯进入友谊路，入口处立有一标志性雕塑，上书：北京航天城。

在网上搜到一段关于它的表述，大致说明了它的状况："北京航天城，世界三大航天员中心之一的中国航天员科研训练中心所在地，也是中国空间技术研究院、北京航天飞行控制中心所在地、位于北京西北郊，是中国第一个也是世界第三个具有透明控制能力、可视化测控支持能力、高精度实时定轨能力、高速数据处理能力、自动化计划生成能力和清晰图像传输能力的现代化飞控中心。"

航天城在日益逼仄的城市中，抛开职业赋予的庄严肃穆神秘的隔离感，它还是一个远离喧嚣的清幽去处，有着独特的气韵，四季鲜明的色调。春天草长莺飞，花红柳绿，是清新的橙粉色；夏天，清水依傍，绿地莹莹，粉荷初绽，是蓬勃的青绿色；收获的秋天，经历红叶的绚烂，再归于宁静的温厚，伴着秋日暖阳，和这个季节独有的蓝色净空，便是温暖的金黄色；而冬季，清冽的风顺着整齐划一的建筑，宽阔的马路飘过，伴随着鼓舞人心的航天誓言警句，以及忙碌有序却始终沉静的科研工作者，一切现出本质，便是沉静的深蓝，那是深邃的太空色彩。

它是中国航天的心脏位置，也是我工作的地方。

这里之前是一大片庄稼地，1996年，现代化的试验厂房拔地而起，北京航天飞行控制中心的科研人员在这里敲下了第一行代码，航天器的研制、航天员的选拔、训练，以及与航天员相关的各种医学和工程技术研究和实验等，都超常规地高效运转起来。

把几个关系紧密的航天机构建在一起，对航天这样庞大的工程，便于全系统整合、组织管理和技术协调，是富有创造性的建设思路。

而在我眼中，北京航天城就像缩小版的东风航天城，它们都远离城市喧嚣，偏僻静谧，封闭和高远。因航天城与主城区相隔遥远，在航天城工作生活的人，一说到北京市区，总以"进城""去市里"表明与日常的差别。

航天城是每次航天任务的神经中枢。虽说经历了多次航天任务，但我还是被航天人的沉静所折服。

每临大事有静气。每次发射任务前，外人丝毫感受不到大战来临前的紧张和忙碌。而每一次任务成功，片刻的喧嚣过后，旋即就恢复平静。

经历多了，我就知道，这种静是平和心态、良好状态，是自信坚强的表现，是胜利成功的希望。这种静是靠一次次艰苦的科研攻关磨砺出来的，是靠一件件合格的产品成功试验铺就出来的，是靠一遍遍枯燥的数据判读比对出来的，是靠航天人追求卓越默默奉献干出来的。

如果说，从前只是对航天的远观，受到火箭烈焰喷射的微幅振动。此时，我是真正置身其中。“航天”依旧生冷枯燥，紧张烦琐，过程并不美好。我还知道，卸下神秘的光环，无数的煎熬和等待才能换回一次局部小成功，若干局部微小成功，紧密连接，环环相扣，才有整个系统的成功。每个岗位都是咬合紧密齿轮上的小小锯齿，容不得你有一点出离跑偏，懈怠停滞。

也因此，每一次成功，带给我的都是火箭升腾带来的地动山摇的震撼。

在航天城里，有名满天下的航天英雄，有运筹帷幄的总设计师，但更多的是虽名不见经传却同样卓越非凡的普通科技工作者，他们有一个共同点，就是无限挤压属于自己的时间、体力和脑力，与时间赛跑，与世界赛跑。他们毫无吝啬地牺牲和奉献，只为能亲身参与和见证这项国家伟业，他们一点点描绘出中国人的太空蓝图，当不可能变为可能，把不敢想变为现实，在他们笔下的图景变得愈来愈生动、清晰和饱满，他们就会格外珍惜此生的幸运。

在庞大的系统工程中，他们只是微小的分子。其实，他们更是人类探索太空的先锋。他们并非圣人也非铁人，只是从来没有丢掉过梦想。

关于太空的梦想也感染和吸引着越来越多的人。

今天的北京，航天似乎已成为朝阳产业，正在打造“南箭北星”的卫星网络产业布局，形成有规划、有规模的产业基地与创新中心，辐射引领着北京海淀区、丰台区、大兴区、经开区建设。民营商业航天走上舞台，渐成气候。中国民营商业火箭、民营商业卫星相继诞生并走向成熟。

在这风云际会的时代，我希望有新的航天城加入，也期盼更多的人来到航天城，听我讲述航天人的故事，讲述百年来翻天覆地的变化，从过去到现在，从现在到未来，从高远的太空到现实的日常。讲耳闻目睹的，也将沿着太空飞行的轨迹去想象和证实。

来到春天的温暖里

李林荣

从政治到文学：进入新时期

中国当代文学史上的新时期，在亲历者的回忆中，在学术著作的归纳中，有很多说法不一的具体起点。但这些起点组合起来，映衬出的是同一时代大背景。1977年8月召开的党的十一大和1978年2月召开的五届全国人大一次会议，分别通过党的政治报告和政府工作报告，面向全国，也面向世界，明确提出中国已进入社会主义革命和社会主义建设的新的发展时期，从而为“文化大革命”画下了句号，更为建设社会主义现代化强国的世纪征途，画下了再出发的起跑线。文坛的新时期，从说法到事实，都源发于并且归属于新时期社会生活的总体格局变迁。

1978年3月18日至31日，党和国家领导人与全国各地各行业近6000名科技工作者，齐聚北京人民大会堂，举行全国科学大会。中共中央副主席、国务院副总理邓小平，在开幕式上的讲话中，深入阐述了科学技术是生产力、绝大多数知识分子已经是工人阶级一部分的重要观点，为科学技术和脑力劳动者正名。[①]身任中国科学院院长和中国文联主席的郭沫若，在大会闭幕式上，发表以《科学的春天》为题的书面讲话，宣告“我们民族历史上最灿烂的科学的春天到来了。”[②]从全国科学大会振奋人心的氛围中，特别是826个先进集体、1192名先进科技工作者和7657项优秀科技成果的完成单位和个人接受隆重表彰的现场，尊重科学、尊重人才、尊重知识的一阵阵话语和思想的热流，持续升腾，昂扬回荡，伴着随风吹送的春日暖意，迅速传遍四方。

就在全国科学大会即将闭幕之际，中央批准启动恢复中国文联及各文艺家协会的筹备工作。约两个月后，中国文联第三届全委会第三次扩大会议于1978年5月27日上午在北京西苑饭店礼堂开幕，800多人到场。茅盾致开幕词，宣布中国文联、中国作协和《文艺报》即日起正式恢复工作。时令已近盛夏，从上海赶来参会的中国文联副主席巴金，29日作大会发言时，还是用了带着春天修辞的题目《迎接社会主义文艺的春天》。遥隔43年，重读巴老的这篇发言稿，仍能感受到字里行间满含着欢欣鼓舞之意：“现在春回大地，日月重光。”“许多人得到了‘再生’。我也得到了第二次的‘解放’，给‘四人帮’夺走了的笔又回到了我的手里。……我要奋笔写作，我制订了创作和翻译的规划，写到八十岁我有把握，只要六分之五的时间有保证，我一定能完成计划。”[③]

确如巴老发言中所说：“我们这个大会是团结的大会，是胜利的大会。我们自己的组织全国文联会恢复了，中国作家协会恢复了。其他的协会也将逐步恢复工作。”中断运行10年之久的文联—作协体制，由此全面重启。担任这次会议宣传组副组长的刘锡诚，多年后在回忆录中确认，正是1978年6月5日这次会上通过的决定次年召开第四次文代会的决议，首次将“新时期”一词与文

① 邓小平：《在全国科学大会开幕式上的讲话》，《人民日报》1978年3月22日。
② 郭沫若：《科学的春天——在全国科学大会闭幕式上的讲话》，《人民日报》1978年4月1日。
③ 巴金：《迎接社会主义文艺的春天》，《文艺报》1978年第1期。

艺工作直接联系起来，称作“新时期文艺”。[①]此后，“新时期文艺”“新时期文学”等提法，日益多见于文艺政策表述和文艺评论活动及文学史论著，以至逐渐通行为约定俗成的文艺史和文学史断代概念。

新时期新气象：文坛在回暖

迄今为止的大多数文学史著作，都还沿袭着以文学作品或创作现象为聚焦中心的习惯。按照这种习惯，新时期文学兴起的一连串重要标志，无疑应推1976年清明节悼念周总理的天安门诗歌运动、《人民文学》杂志1977年第11期和1978年第1期分别刊发的刘心武的短篇小说《班主任》和徐迟的报告文学《哥德巴赫猜想》、《文汇报》1978年8月11日登载的卢新华的短篇小说《伤痕》。如果把视野放开阔，在关注文学创作的同时，对它们周边上下紧密关联的社会条件，也多加留意、多予探察，那么，我们对文学史信息的掌握，就会更完整更翔实。某些容易被忽视或遮蔽，但实际参与了文学发展进程，甚至在其中发挥过积极作用的人物、事件等主客观因素，才有可能重新得以显现。

首都北京作为全国首屈一指的政治文化中心城市，在新中国文学事业的每一步历史进程中，都担当了出台政策、动员人力、配置资源和引领方向的重大功能。从在中南海怀仁堂召开全国第一次文代会，随后17年先后在东总布胡同22号设立文联和作协办公地、在王府井大街64号落成文联大楼，以及在市区各处新建大批国家级和地方级的文学出版社、文学研究机构和文艺演出场所，所有这些，都属北京城市空间资源的开发和利用切实服务于文学事业的鲜明记录。回顾中国当代文学史上一系列大事件，时时处处贯穿着清晰可辨的北京场景或北京地标。

而新时期文学之兴，之所以在许多作家、评论家和文艺家的感受中，有如

① 刘锡诚：《在文坛边缘上》（增订本）上册，河南大学出版社2016年版，第94页。

春风般温暖，最直接的缘由，就在于这时候的北京，作为全国最重要的政治文化中心城市，开始从一个个具有时代标志意义的文学活动场合，吹拂出驱散寒凉、播撒暖意的和煦春风。这些场合中，最突出也最为人所周知的，是1979年10月30日在人民大会堂开幕的全国第四次文代会。开幕次日大会报告阶段，文联副主席阳翰笙宣读“被林彪、‘四人帮’迫害逝世和身后遭诬陷的作家和艺术家”53人名单，全场3000多名代表肃立致哀。周扬在大会讲话中，历数自己17年期间领导文艺工作时所犯的错误，向遭受伤害的同志再三致歉，萧军当场叫好，满堂响起掌声。[①]亲历1976年《人民文学》杂志复刊和1978年《文艺报》复刊的评论家阎纲，记述了天津作家蒋子龙在第四次文代会上发言的情景：“他发言头一句话就是‘我是从寒冷的冬天来到春天的温暖里’。”[②]因为在这之前，蒋子龙刚刚经历了由于《乔厂长上任记》的发表而引发的一场争议，是当时担任中国社科院文学所副所长的陈荒煤和担任《文艺报》主编的冯牧，组织在京学者和评论家仗义执言，公允地评析了作品，使他不但摆脱了困境，而且得到了充分的肯定。[③]

事实上，类似这样的文坛会风转变和空间回暖的场面，在新时期的早春时节，已经出现。1976年1月在东四八条52号原中国戏曲研究院办公楼二层复刊的《人民文学》杂志，粉碎“四人帮”后，迎来新任的主编张光年和副主编刘剑青，评论组也形成了原《文艺报》编辑阎纲、吴泰昌和一度任职新华社的刘锡诚“三驾马车”的阵容。据阎纲回忆，他们三人聊起如何从评论工作的角度继续推动作家的解放和作品的解禁时，“刘锡诚动议开个短篇小说创作的座谈会，我俩极表赞同”。[④]刘锡诚的回忆，则把开这次座谈会归为评论组的集体提议：“评论组在（1977年）9月20日研究第11期选题时，提出希望召开一次

---

① 屠岸：《第四次文代会回忆点滴》，《中国艺术报》2009年7月17日。
② 阎纲：《“放”？还是“收”？最具历史意义的第四次文代会》，《礼泉文史资料第十三辑·阎纲专辑》第二卷，中国人民政治协商会议陕西省礼泉县委员会编，2016年9月印行，第504页。
③ 参阅刘锡诚：《在文坛边缘上》（增订本）上册，河南大学出版社2016年版，第336-345页。
④ 阎纲：《从〈人民文学〉的争夺到〈文艺报〉的复刊》，《文艺争鸣》2009年第10期。

短篇小说的小型座谈会，来讨论当前小说创作中出现的问题。”[①]

在张光年、刘剑青支持下，以《人民文学》编辑部的名义召集的这次短篇小说座谈会，于1977年10月20日，在北京虎坊桥东北边的一家名叫“远东饭店”的小宾馆顺利举行。这是“文革”结束后在北京举办的第一次全国性的文学会议。应邀到会的有茅盾、沙汀、刘白羽、周立波、贺敬之、王子野、马烽、李準、王朝闻、茹志鹃、韦君宜、王愿坚、邓绍基、张庆田、张天民、林雨、邹志安、叶文玲、赵燕翼、萧育轩、陈骏涛、张韧等京内外20多位老中青作家、评论家、文学编辑及青年业余作者。张光年主持会议，刘剑青和《人民文学》编辑部小说组、评论组的各位编辑也一并参会。

会议连开5天，24日下午结束。大家在会上热烈发言，会间深入畅谈，结合个人的写作体会、生活经验和社会观察，围绕短篇小说怎样克服公式化和概念化，更好地反映社会现实斗争，更好地在创作方法、题材选择和风格锤炼方面贯彻“双百方针”，以及杜绝“打棍子”“扣帽子”，更好地加强文学批评、提倡争鸣和讨论等问题，开诚布公，各抒己见。这些意见，会后由刘锡诚执笔整理，编印为一期供内部参阅的《人民文学》简报，上报给《人民文学》当时的主管部门国家出版局和文化部等上级机关。

座谈会结束前一天，茅盾亲临会场，作了热情洋溢而又语重心长的发言。会后一个月，他的发言稿同时在《光明日报》和《人民文学》刊出。稿中开头的几句话，可谓对这次会议最恰如其分的一个总结：“这次座谈会，人数不多而方面甚广；作家而外，有诗人，评论家，都是文坛上久经考验的坚强的战士，卓有贡献，向来为广大读者所欢迎和热爱。现在共聚一堂，畅谈心得，交流经验，必将对创作的繁荣发展，发生重大影响。”[②]

---

① 刘锡诚：《在文坛边缘上》（增订本）上册，河南大学出版社2016年版，第24页。

② 茅盾：《老兵的希望》，《人民文学》1977年第11期。

宣南出发：重塑文学新空间

老北京外城西南一隅，史称宣南，地域范围相当于原来的宣武区。明清时期，这里会馆书肆密集，享有“宣南士乡”之誉。近代以降，大量报馆、杂志社和出版机构在这里设址，各类新式学校和学部、教育部等官府衙门也曾汇聚于此。自新中国成立至20世纪80年代初，30多年时间里，位处宣南地区的前门饭店、北纬路旅馆、虎坊公寓，曾长期承担接待赴京参加党和国家大型会议的各地代表在京集中住宿的服务工作。其中，也包括很多文艺行业的全国会议或演出活动。古朴的宣南士乡，因此而在新社会新北京继续焕发着几许文化厚土的特殊神采。

“文革”后第一次全国性的文学会议——《人民文学》编辑部召集的短篇小说座谈会，选中的会址远东饭店，就在宣南。或许这只是出于偶然。不过，这次会议的提议者和会务操办人刘锡诚，显然对这个会址留有深刻印象。20多年后，他在回忆录中追述这次会议经过时，还专门为远东饭店写了这么一笔：“这是一家很小的饭店，但很清静幽雅。它大约从来还没有与灾难深重的作家们发生过什么关系。也许有什么缘分，从此有好几次文学界的会是选择这里作为会址的。”①

小小的远东饭店和巨大时代转折中的新时期文学之兴的缘分，在它被选定为1978年10月20日至25日召开的《人民文学》《诗刊》《文艺报》三刊编委会联席会议的会址时，似乎又不期而然地加深了一步。这时，随着文艺界拨乱反正的持续推进，中国作协的工作局面已初步回转常态，《人民文学》《诗刊》《文艺报》都已收归中国作协主管。组织和主持这次三刊编委会联席会议的，就是当时已任中国作协党组书记和书记处常务书记的张光年。

他在会上的开场白和长篇发言中，希望作协三家刊物在1978年5月11日

---

① 刘锡诚：《在文坛边缘上》（增订本）上册，河南大学出版社2016年版，第25页。

《光明日报》特约评论员文章《实践是检验真理的唯一标准》引发大讨论的背景下，接着一年前集中批判“文艺黑线专政”论的势头，继续联系现实，创造机会，针对文艺创作能不能适应新时期总任务以及在文艺领域扩大社会主义民主等新问题，展开生动活泼的讨论。出席会议的三家刊物的编委们，其实也都是首都文艺界的资深名家，如冰心、曹禺、冯至、刘白羽、沙汀、林默涵、唐弢、魏巍、孔罗荪、陈荒煤、臧克家、韦君宜、柯岩、李季、严辰、冯牧、草明、李瑛、袁鹰、赵寻、邹荻帆、李春光等。[①]

与原先和文艺界毫不搭界、位置也在窄巷深处的远东饭店不同，坐落在虎坊桥十字路口西南方向的北京市工人俱乐部，端居街边，造型气派，占地宽广，称得上宣南一带的一处醒目地标。而且20世纪60年代初，它就成为北京京剧团的驻场剧院（紧邻它的虎坊公寓成了北京京剧团的办公楼和宿舍）。“文革”期间，工人俱乐部剧场也就成为北京京剧团改编、排练和演出《沙家浜》《杜鹃山》等样板戏的地方。论和当时文艺界的关联，宣南一带找不出第二处可与这里相提并论的所在。但若仅止于此，作为当代中国文艺生活的一处空间见证的北京市工人俱乐部，最终留下来的色彩，就未免单调了些。

充满戏剧性的真实一幕，出现在1978年11月14日。这天，经胡乔木推荐，文化部和全国总工会邀请，编剧宗福先、导演苏乐慈和上海市工人文化宫《于无声处》剧组一行抵达北京。同日，《于无声处》剧情背景所反映的1976年清明节广大群众在天安门广场悼念周总理的诗歌运动，经中央批准，由北京市委正式予以平反，并宣布为革命行动。11月16日晚，文化部、全国总工会在北京市工人俱乐部为《于无声处》郑重举行晋京首演仪式。当天《人民日报》头版刊发特约评论员文章《人民的愿望 人民的力量——评话剧〈于无声处〉》，称《于无声处》剧组来京为首都人民演出，是人民力量的胜利。

① 参见刘锡诚：《饯腊催耕——大地回春前后的张光年》，《张光年文学研究集》，严辉编选，华中师范大学出版社2017年版，第626–628页。

随后一个多月，《于无声处》剧组在北京连续演出近40场，场场爆满，一票难求，有的观众为了买票甚至坚持排队20多个小时。12月17日晚，文化部和全国总工会在北京市工人俱乐部再次举行大会，为《于无声处》的剧本作者、剧组人员和上海市工人文化宫颁发特别嘉奖。就这样，北京市工人俱乐部在1978年隆冬时节的短短一个月里，像跨过了整整一个时代似的，猛地摆脱了样板戏滥觞地的旧影，一跃迈进了迎向新时期的早春天气。

几乎与此同时，北京市工人俱乐部东南方向不远处的北纬路旅馆，一半的房间都被中国作协包了下来。没过多久，罗烽、白朗、舒群、艾青、严辰、陆菲等从各地历劫归来的老作家们，都在中国作协安排下，暂时安顿在了那里。[①]而工人俱乐部往南两三百步处，也正要动工建起一座日后会以它的门牌号“虎坊路甲15号”著称文坛的居住和办公两用的楼房。

在随后到来的新时期文学发展的高光阶段，也就是20世纪80年代，生活和工作在虎坊路甲15号这幢五六层混搭的楼房里的人们，将因为催生和呵护朦胧诗等文坛新人新作和新潮流新观念而大放异彩，也将因为经受时代和社会对文学事业更复杂更强劲的冲击和影响，而留下值得后人长久深思的曲折故事。当然，以置身历史现场的眼光来看，所有这一切还都在视线之外，唯一真切可感的，只是宣南这块老北京城的文化厚土上，又矗立起了崭新的文学空间。

---

① 参见张僖：《只言片语——中国作协前秘书长的回忆》，北京十月文艺出版社2002年版，第150页。